MIRA®

Der Preis dieses Bandes versteht sich einschließlich
der gesetzlichen Mehrwertsteuer.

*Umwelthinweis:*
Dieses Buch wurde auf chlor- und säurefreiem Papier gedruckt.

*Schätze der Leidenschaft*

Nein, lautet Kapitän Rand Hamiltons Antwort, als man ihm anbietet, mit der „Cerberus" in die Südsee zu segeln. Denn auf die gefahrvolle Reise soll er eine junge erblindete Frau mitnehmen. Doch dann sucht Claire Bancroft ihn auf. Rand ist von ihr fasziniert, fühlt sich auf magische Weise von der bezaubernden Schönheit angezogen. Und als sie zufällig jene geheimnisvolle Insel erwähnt, auf der sieben Götterstatuen einen Piratenschatz bewachen sollen, lässt er sich zu einer gemeinsamen Exkursion hinreißen. Mit jeder Seemeile, die sie hinter sich bringen, brennt das Begehren zwischen Rand und Claire heißer – und sie kommen einem gefährlichen Abenteuer mit ungewissem Ausgang näher ...

*Jo Goodman*

# Schätze der Leidenschaft

Roman

Aus dem Amerikanischen von
Ute-Christine Geiler

MIRA®

MIRA® TASCHENBUCH
Band 25111
1. Auflage: Mai 2004

MIRA® TASCHENBÜCHER
erscheinen in der Cora Verlag GmbH & Co. KG,
Axel-Springer-Platz 1, 20350 Hamburg
Deutsche Taschenbucherstausgabe

Titel der nordamerikanischen Originalausgabe:
More Than You Know

erschienen bei: zebra Books, New York
Published by arrangement with Kensington Publishing Corp.
Dieses Werk wurde vermittelt durch
die Literarische Agentur Thomas Schlück GmbH, 30827 Garbsen.

Konzeption/Reihengestaltung: fredeboldpartner.network, Köln
Umschlaggestaltung: pecher und soiron, Köln
Titelabbildung: by Agentur Schluck GmbH, Garbsen
Satz: Berger Grafikpartner, Köln
Druck und Bindearbeiten: Ebner & Spiegel, Ulm
Printed in Germany
ISBN 3-89941-147-1

www.mira-taschenbuch.de

## Das Hamilton-Rätsel

*Sieben Schwestern, verflucht eine jede,*
*Sieben Schwestern ganz allein,*
*Eine immer schöner als die nächste,*
*Doch im Herzen kalt wie Stein.*

*Blut wird fließen,*
*Flammen schießen,*
*Sonne, blendend hell, gepriesen,*
*Wie Lanzen aus dem Boden sprießen.*
*Die Fluten steigen, es ist Regenmond,*
*Pesthauch wie Tinte am Horizont*
*Und dein Aug' von Schatten umflort.*

*Sieben Schwestern, verflucht eine jede,*
*Sieben Schwestern ganz allein,*
*Erwarten den Tag, da sie vereint*
*Werden auf ihrem Throne sein.*

## Das Waterstone-Rätsel

*Am Ende eines Gottes Versprechen,*
*Sieben der heidnischen Gottheiten steh'n.*
*Sieben Ringe, aber Schlüssel einer nur.*
*Silber, Zinn und Quecksilberspur,*
*Kette aus Blei, Eisen gewunden,*
*Ein Schatz verloren und wieder gefunden,*
*Ring von Kupfer, Krone aus Gold,*
*Sieben Schwestern, aus dem Kerker geholt,*

*Wieder vereint, dem Banne entfloh'n,*
*Sei die prallste Börse dein Lohn.*
*Sieben Ringe, aber Schlüssel einer nur,*
*Alchemie, Metalle pur.*
*Mit den Schwestern dieser Vers dir bringt*
*Mehr Reichtum, als ein König je erringt.*

## 1. KAPITEL

*London, April 1875*

Es überraschte ihn nicht, dass er sie nicht von Anfang an bemerkt hatte. Ihr war es ausgezeichnet gelungen, sich möglichst unscheinbar zu machen, obwohl er vermutete, dass es bei ihr dafür keiner großen Anstrengung bedurft hatte. Die Natur hatte sie mit wenig Aufsehen erregenden Zügen ausgestattet: braune Haare, braune Augen, ein schmales Gesicht. Ihr Mund war höchstens wegen seiner geraden, humorlosen Form bemerkenswert. Im Großen und Ganzen war sie leicht zu vergessen, was gut war. Es war sein innigster Wunsch, sie zu vergessen.

Er drehte sich um und wandte ihr wieder den Rücken zu, so wie er es während des ganzen Gespräches schon getan hatte. Zuvor war es eine unbeabsichtigte Unhöflichkeit gewesen, nun aber konnte man es nur für absichtliche Grobheit halten. Er beugte sich vor und stützte seine Ellbogen auf den großen Walnussschreibtisch, während er den Mann ihm gegenüber mit seinen Blicken maß. Er gab sich nicht der Illusion hin, dass das, was er gleich sagen würde, begrüßt werden würde, und er machte sich auch nicht die Mühe, es mit kunstvollen Formulierungen zu verbrämen, wenn ein Wort denselben Zweck erfüllte.

„Nein."

Evan Markham, der achte Duke of Strickland, zuckte nicht mit der Wimper. Obwohl er nur selten auf Widerspruch stieß, verriet er durch nichts seine Gefühle. Langsam hob er seine blassen, beinahe zartgliedrigen Hände und faltete sie vor seinem Kinn. Trotz der ähnlichen Stellung hatte diese Haltung nichts mit einem Gebet zu tun.

„Vielleicht verstehen Sie nicht", sagte er. „Ich habe keine Bitte vorgetragen, Captain Hamilton, sondern Ihnen lediglich eine meiner Bedingungen genannt. Um die Summe zu erhalten, die Sie benötigen, müssen Sie Miss Bancroft als Passagier mitnehmen. Darüber lasse ich mit mir nicht handeln."

Das schattenhafte Lächeln, das kurz den schmalen Mund des Dukes umspielte, entging Randall Hamilton nicht, aber er entschied sich, es zu ignorieren. Es kümmerte ihn nicht, ob Strickland sich auf seine Kosten amüsierte, und er würde sich durch nichts dazu verleiten lassen, einer Abmachung zuzustimmen, die so hirnverbrannt war. Er beugte sich ein wenig weiter vor, und seine Haltung entspannte sich etwas, doch Ton und Antwort blieben fest. „Nein."

Strickland verschränkte seine Hände, so dass sie nun eine einzige Faust bildeten, und ließ sie auf die spiegelglatt polierte Oberfläche seines Schreibtisches sinken. Seine blassblauen Augen ruhten weiter auf seinem Gast, und auch wenn seine Miene nichts von seinen Überlegungen preisgab, fragte er sich doch, ob die Schlüsse, die er über den Charakter des Mannes vor ihm gezogen hatte, falsch wären. Er hatte erwartet, Intelligenz und Stärke zu finden. Er hatte erwartet, dass Hamilton klug genug wäre, die Bedeutsamkeit des Angebotes zu begreifen, das ihm unterbreitet wurde, und verzweifelt genug, es anzunehmen.

Offenbar kannte der Wagemut des Captains Grenzen.

Unter dem musternden Blick des Dukes richtete Randall sich auf. Mit einer Geste, die weniger geistesabwesend war, als sie wirkte, strich er sich das dichte Haar aus der Stirn und ließ seinen Blick wandern. Er hatte noch keine Gelegenheit gehabt, sich umzusehen. Von dem Moment an, als er in Stricklands Stadthaus vorgelassen worden war, hatte er das seltsame Gefühl gehabt, man habe ihm eine Audienz gewährt und erwarte dafür von ihm die angemessene Mischung aus Ehrfurcht und Dankbarkeit. Die Vorstellung belustigte ihn. Er ließe sich eher vierteilen, als auch nur den Anflug eines dieser Gefühle zuzugeben.

Die Bibliothek des Dukes war in edlem Walnussholz getäfelt; die gesamte Nordseite nahmen Regale ein, die sich vom Boden bis zur Decke erstreckten. Hunderte ledergebundener Bände verliehen dem Raum einen Geruch, der jedem, der Bücher so liebte wie Randall, gefallen musste. Es roch nach Leder, Papier, Tinte und einem Hauch Tabak. Randall war nicht auf den Neid gefasst, den er angesichts der vollen Bücherregale empfand. Das Wissen, dass dies hier nur ein Bruchteil dessen war, was der Duke in seinen Bibliotheken auf seinen Landsitzen haben musste, erleichterte es ihm nicht, ihn zu verwinden. Um keine Schwäche zu verraten, widerstand er der Versuchung, sich Stricklands Sammlung näher anzusehen.

Er richtete seinen Blick auf die gegenüberliegende Wand, an der in reich vergoldeten Rahmen kunstvolle Ölgemälde von englischen Landschaften neben denen der Ahnen des Dukes hingen. Hie und da konnte Randall bei den Porträts den einen oder anderen Zug ausmachen, der sich auch im Gesicht seines Gegenübers wiederfinden ließ. Seine blassblauen Augen waren die gleichen wie bei jener vor etwa zweihundert Jahren gemalten jungen Dame mit den beiden Welpen auf dem Schoß. Die strenge Linie seines Kinnes verdankte er einem anderen Duke, der in steifer Pose auf einem Pferd thronte. Stricklands dichtes dunkles Haar war auf verschiedenen Gemälden vertreten, auch auf dem eines Herrn in mittleren Jahren, der ihm darüber hinaus seinen schmalen Mund vererbt hatte. Randall glaubte nicht, dass er sich die vage Missbilligung, die diese Herrschaften ausstrahlten, nur einbildete. Und ganz bestimmt nicht Stricklands.

Randalls Blick fiel auf das schwache Feuer im Kamin seitlich hinter dem Duke, und er musste unwillkürlich an zu Hause denken. Dort in Charleston wäre an einem Aprilnachmittag eine zusätzliche Wärmequelle überflüssig. Mittlerweile hätte die Sonne die morgendliche Kühle vertrieben und würde kraftvoll auf jedes grüne Blatt scheinen, das sich ihr entgegenstreckte. Bria würde auf der Veranda sitzen, ihr Gesicht den wärmenden Strahlen zugewandt. Vielleicht würde sie sogar lächeln. Wenigstens hoffte Randall das.

Diese Gedanken brachten ihn wieder zu der Frau hinter ihm zurück, die nicht gelächelt hatte, als er sich zu ihr umdrehte. Es schien sie weder zu kümmern, was er über ihr langweiliges Aussehen dachte, noch hatte sie sich Überraschung darüber anmerken lassen, dass er sie eben erst bemerkt hatte. Sie war nicht rot geworden und hatte auch sonst durch keine Regung verraten, ob ihr seine Musterung unangenehm war. Beinahe so, als ob sie sich dieser Tatsache gar nicht bewusst gewesen wäre.

Sie unterzog ihn keiner ähnlichen Musterung, wie es vielleicht eine forschere Frau getan hätte. Aber genauso wenig wandte sie sich ab, um ihm von der Seite oder unter gesenkten Wimpern einen prüfenden Blick zuzuwerfen. Ihre Augen waren weiter auf irgendeinen Punkt über seiner Schulter gerichtet geblieben.

Miss Bancroft hat nicht wissen können, wurde Randall klar, dass sie so entdeckt hatte, was einzig sein Interesse zu wecken vermochte: Gleichgültigkeit. Er überlegte, ob er, wenn er sich jetzt plötzlich umwandte, sie genauso würde dasitzen sehen. Oder nutzte sie vielleicht gerade diese Augenblicke, um ihn zu mustern?

Strickland stieß sich von seinem Schreibtisch ab. „Bitte, Captain, bleiben Sie doch sitzen. Ein Drink täte uns jetzt sicher gut. Ich finde immer, dass hervorragender schottischer Whisky den Kopf besser klärt als alles andere. Ich fürchte, ich habe Ihnen die Angelegenheit nicht gut genug erklärt.“

Randall verzichtete darauf, dem Duke zu widersprechen. Er begriff, dass Strickland es sich einfach nicht vorstellen konnte, dass irgendjemand nicht mit ihm einer Meinung war oder ihm gar einen Wunsch abschlug. Vielmehr glaubte er, dass, wenn er nur seine Gründe gut und ausführlich genug darlegte, die Zustimmung auf dem Fuße folgen musste. Dass sein Gegner eine andere, ebenso gut begründete, aber gegensätzliche Meinung haben konnte, der Gedanke kam ihm nicht. „Scotch wäre gut, danke."

Der Duke nickte, befriedigt über das erste von einer Reihe von Zugeständnissen, die nun sicher folgen würden. „Claire, wärest du so liebenswürdig?"

Erst glaubte Randall, Miss Bancroft würde gebeten, sie zu bedienen. Er war sich der Bewegung hinter seinem Rücken bewusst, als sie sich aus ihrem Stuhl erhob. Aus dem Augenwinkel sah er sie, als sie auf dem Weg zur Tür sein Gesichtsfeld streifte, wo sie nach dem Klingelzug griff, um Stricklands Butler zu rufen.

„Danke, meine Liebe", sagte der Duke freundlich. „Du darfst bleiben oder gehen, ganz wie du möchtest. Allerdings fürchte ich, dass die Erörterung der Einzelheiten dich nur erschöpfen wird."

Sich beim Aufstehen halb umdrehend bemerkte Randall, dass, wenn Claire Bancroft von dieser kaum verschleierten Entlassung gekränkt war, sie es sich nicht anmerken ließ. Ihr schwaches Lächeln blieb reserviert, ihre Haltung unverändert. Als sie sprach, enthielt ihr Tonfall Zuneigung und ein gewisses Maß an Vertraulichkeit. Es nahm ihren Worten den Stachel, die man anderenfalls als Zurechtweisung hätte missdeuten können.

„Geben Sie Acht, Euer Gnaden. So, wie Sie es ausdrücken, klingt es, als ob Captain Hamilton sich Ihren Wünschen fügen wird. Aber wenn er seine Meinung nicht ändert, werden Sie nie den Punkt erreichen, an dem Einzelheiten zu erörtern sind."

Randall beobachtete, wie sie ihre schmale Hand nach dem

Türgriff ausstreckte. Einen Moment verspürte er Enttäuschung darüber, dass sie gehen würde, und fragte sich verwundert, weshalb. Vielleicht weil sie im Gegensatz zum Duke sein Recht, Nein zu sagen, achtete. Sie wenigstens war nicht entschlossen, mit ihm über die Angelegenheit zu streiten.

„Es war mir ein Vergnügen, Miss Bancroft“, entgegnete Randall höflich.

Sie fixierte ihn mit ihrem ausdruckslosen Blick, während sich ihre Finger um die Türklinke aus Messing schlossen. „Es war kein Vergnügen, Captain Hamilton, wie Sie sehr wohl wissen.“ Claire drückte die Klinke nach unten. „Ich werde in meinem Salon warten, Euer Gnaden.“ Dann ging sie.

Strickland schaute ihr nicht nach. Seine Aufmerksamkeit galt allein seinem Gast. Die Überraschung des Captains bei Claires Abfuhr war ihm nicht entgangen. „Sie werden mit meiner Patentochter Nachsicht üben müssen wegen ihrer offenen Sprechweise“, sagte er. „Ich jedenfalls tue das.“

Randall wusste nicht, was ihn mehr erstaunte: die Tatsache, dass Miss Bancroft die Patentochter des Dukes war, oder dass er Nachsicht üben sollte. Er ging auf keines von beidem ein und fragte stattdessen: „Ist sie krank gewesen?“

„Ah“, erwiderte Strickland gedehnt. „Meine Äußerung, dass unser Gespräch sie erschöpfen könnte, ist nicht unbemerkt geblieben.“

Randall ließ den Duke in dem Glauben, dass das alles war, was er bemerkt hatte. Er hätte hinzufügen können, dass außer den Schatten unter ihren Augen auch ihr Teint verdächtig fahl gewesen war. „War sie krank?“ wiederholte er.

Strickland bat Randall mit einer Geste, Platz zu nehmen, und antwortete erst, als er es getan hatte. So gesehen, war es eigentlich weniger eine Bitte als eine Aufforderung. „Nicht krank im üblichen Sinn", sagte er, während Randall lässig seine Beine ausstreckte. Der Duke bezweifelte, dass er sich je an diese merkwürdige amerikanische Angewohnheit, die er im Übrigen disziplinlos fand, allen zur Verfügung stehenden Platz zu nutzen, gewöhnen würde. Mit Absicht setzte er sich aufrechter hin, in der Hoffnung, der Captain würde seinem Beispiel folgen.

„Sie hat eine schwere Zeit hinter sich. Sie war ..." Er machte eine Pause, um zu überlegen, wie er es am besten erklären sollte. „Wahrscheinlich wäre es am richtigsten zu sagen, dass sie Schlimmes durchmachen musste. Inzwischen befindet sie sich auf dem Wege der Besserung. Darin stimmen alle Ärzte überein. Was ihre körperliche Verfassung, eine Reise zu verkraften angeht, brauchen Sie sich keine Sorgen zu machen. Sie versichert uns allen, dass sie den Anstrengungen gewachsen ist."

Randalls Augen waren von der Farbe schimmernder Kastanien, jedoch weniger warm. Er musterte den Duke offen. „Missdeuten Sie meine Frage nicht als Interesse. Es ist mir völlig gleich, ob Miss Bancroft dazu in der Lage ist, den Kanal zu durchschwimmen. Sie wird keinen Fuß an Bord der *Cerberus* setzen."

Strickland verzichtete darauf, ihm zu widersprechen. Schließlich war der Whisky noch nicht gekommen. „Sagen Sie mir, Captain, warum benennt man sein Schiff nach dem Wächter des Tors zur Hölle?"

„Ich vermute, Euer Gnaden, weil von einem erwartet wird, dass man sein Schiff nach irgendetwas benennt."

Des Dukes Verstimmung war nur an dem unmerklichen Zusammenpressen seiner Lippen abzulesen. Randall Hamilton strahlte eine gewisse Unverschämtheit aus. Stricklands Begegnungen mit Amerikanern hatten ihn zu dem Schluss kommen lassen, dass, während sie fast fanatisch stolz auf ihre Bürgerlichkeit waren und sogar ihren Präsidenten einfach mit „Mister" ansprachen, sie auf der anderen Seite seltsam fasziniert waren – vielleicht sogar mit einer gewissen Ehrfurcht erfüllt – von den Adelstiteln und Ahnenreihen, die sie abgeschafft hatten. Bislang jedoch fiel Captain Hamilton aus dem Rahmen solcher Erfahrungen. „Ich gebe zu, ich dachte immer, ich verstehe ein paar Dinge von euch Yankees", sagte er.

„Das mag schon sein", erwiderte Randall gedehnt, „wenn Sie es mit einem Yankee zu tun hätten. Aber wir südlich der Mason-Dixon-Linie sind von anderem Schlag."

„Mason-Dixon?"

„So etwas wie der Hadrianswall hier. Nördlich davon hausen die Barbaren."

„Dann ist es eine Grenze?"

„Ja. Zwischen Maryland und Pennsylvania. Obwohl jetzt, wo ich darüber nachdenke, wäre ein Wall gar nicht verkehrt."

Strickland schaute zur Tür, die gerade geöffnet wurde, nahm aber von dem eintretenden Butler nicht weiter Notiz. Emmereths Gegenwart war so unaufdringlich, dass es schien, als tauchten die Kristallkaraffe und die Gläser aus dem Nichts auf. „Wirklich, Captain, Sie sprechen, als ob es immer noch ernsthafte Unstimmigkeiten zwischen dem nördlichen und dem südlichen Teil Ihres Landes gäbe. Ihr Bürgerkrieg liegt zehn Jahre zurück."

„Der Krieg ist vorbei", entgegnete Randall ausdruckslos. „Ob aber irgendetwas darin beigelegt wurde, wird die Geschichte entscheiden."

Strickland zog eine seiner dunklen Brauen in die Höhe. „Höre ich da Verbitterung?"

„Tun Sie das?"

Der Duke hielt inne, während er sein Glas hob. Er betrachtete seinen Gast über den Rand hinweg. „Es wäre verständlich." Er nahm einen Schluck und sah, dass, wenn überhaupt, der Blick des

Captains kälter geworden war. „Verzeihen Sie, aber ich habe Sie nicht gebeten herzukommen, ohne vorher ein paar Erkundigungen über Sie einzuholen. Ich weiß zum Beispiel, dass Sie alles verloren haben in dem Bürger…“

„Krieg zwischen den Staaten“, unterbrach ihn Randall.

„Entschuldigung?“

„Wir ziehen es vor, vom ‚Krieg zwischen den Staaten‘ zu sprechen.“

Strickland nickte, da er begriff, dass das *wir*, das Randall Hamilton verwendete, sich auf alle südlich der Mason-Dixie-Linie Lebenden bezog. Ganz offensichtlich war dieser Punkt von einiger Bedeutung, und der Duke verspürte nicht den Wunsch, die Grenzen der Geduld seines Gastes zu erforschen, besonders da er seinen eigenen Feldzug gewinnen wollte. „Nun gut. Sie haben Ihren Vater verloren, Ihren Bruder, Ihr Heim und Ihr Land. Ich glaube, das Einzige, was Sie retten konnten, war die *Cerberus*. Wenn irgendjemand das Recht hat, bitter zu sein, dann stelle ich mir vor, sind Sie es.“

Einen Augenblick lang schwieg Randall. Er stellte seine Füße nebeneinander und richtete sich in dem Lehnstuhl auf. Seine Kieferknochen waren hervorgetreten, so dass seine Gesichtszüge schärfer wirkten. Von seiner Schläfe aus verlief über seine rechte Wange eine schmale, lange Narbe bis zum Kinn, und die Linie war nun weißer als noch kurz zuvor. „Ihre Tatsachen stimmen nicht ganz. Ich habe niemanden *verloren*. Mein Vater wurde bei Vicksburg getötet. Mein älterer Bruder David wurde von plündernden Yankees ermordet, die meine Mutter vergewaltigen wollten. Shelby starb in Manassas. Einer von beiden ist der Bruder, von dem Sie ganz offensichtlich nichts wussten. Mein Heim und mein Land wurden von einem Kriegsgewinnler gestohlen um den Preis unserer Steuerschuld. Mir ist es gelungen, die *Cerberus* in meinen Besitz zu bringen. Da draußen sind viele Menschen, die mich glücklich schätzen. Es gibt Tage, da neige ich dazu, ihnen beizupflichten."

„Gibt es auch andere?"

„Ich denke, Sie wissen von den anderen Tagen", erwiderte Randall. „Deswegen bin ich hier, nicht wahr?"

„Ich weiß nur, was man mir gesagt hat: Sie haben die letzten zehn Jahre Ihres Lebens darauf verwandt, das Vermögen Ihrer Familie wiederherzustellen. Ein derart zielgerichtetes Streben legt nicht gerade die Vermutung nahe, dass Sie sich die meiste Zeit glücklich schätzen."

Randall zuckte die Schultern. Die weiße Linie seiner Narbe verblasste, so dass sie beinahe wieder unsichtbar war.

Der Duke legte den Kopf leicht schräg. „Sie sind was? Dreißig? Einunddreißig?"

„Einunddreißig."

„Da habe ich Ihnen an Jahren einiges voraus, und ich denke, ich begreife, was Sie zu tun versuchen. Behalten zu wollen, was wir besitzen, ist eine mächtige Antriebsfeder; der Versuch, sich das zurückzuholen, was man verloren hatte, kann einen Mann leicht an den Rand des Wahnsinns treiben." Er hob sein Glas in Richtung der Gemälde. Doch er deutete nicht auf ein Porträt, sondern auf ein Landschaftsbild. „Das ist die Landschaft um Abberly Hall. Es wurde um den Besitz gekämpft, er wurde belagert, erobert, geplündert und wieder eingenommen von verschiedenen Mitgliedern der Familie in über fünfhundert Jahren. In einem Anfall königlichen Unmutes zog Königin Elisabeth I. es für einen großen Teil ihrer Regierungszeit ein. Mein Ur-Ur-Urgroßvater gewann es zurück, aber es kostete ihn fast seinen Kopf. Sie sehen also, es liegt auch mir im Blut. Ich würde ... nein, ich werde tun, was immer nötig ist, um das zu sichern, was mein ist. Wir sind gar nicht so verschieden, Sie und ich."

„Abberly Hall gehört Ihnen“, entgegnete Randall trocken. „Man hat Ihnen also nichts genommen.“

„Ja, da haben Sie Recht ... was Abberly Hall angeht.“

Randall glaubte, Strickland würde fortfahren, aber der Duke sprach nicht weiter. Nach einem Moment ergriff Randall das Wort: „Sie müssen sich der Tatsache bewusst sein, dass ich Ihr Angebot, meine nächste Reise zu finanzieren, sehr gerne annehmen will. Ich hatte gehofft, es wäre ernst gemeint und in dem Wissen um die Bedingungen gemacht, die meine früheren Geldgeber akzeptiert haben.“

„Geldgeber?“ fragte Strickland spöttisch. „Sie waren Glücksritter. Das bin ich nicht. Ich will etwas im Gegenzug für die Summe, die ich bereit bin, Ihnen zur Verfügung zu stellen. Ich brauche mehr als bloße Versprechen, dass ich einen Anteil des Hamilton-Waterstone-Schatzes erhalte. Dieser Schatz existiert bislang nur in Sagen und Legenden. Ich gehe schon ein erhebliches Risiko ein, indem ich mich hierin auf Ihr Wort verlasse. Und Sie haben mir noch keinen Beweis erbracht, dass, wenn Sie ihn tatsächlich finden, Sie auch rechtmäßig Besitzanspruch darauf erheben können.“

„Ich bin ein Hamilton.“

„Es gibt hunderte Hamiltons. Eher tausende. Sie können nicht alle Nachfahren von Hamilton-Waterstone sein.“

Ein Mundwinkel Randalls hob sich. „Das ist einer Erwägung wert, meinen Sie nicht, falls Sie nicht infrage stellen wollen, dass wir alle von Adam abstammen?“

Strickland hob anerkennend sein Glas. „Nun gut. Charles Darwins Beobachtungen einmal beiseite lassend, haben Sie da einen Punkt.“ Er trank und schenkte sich dann nach, halb so viel wie vorhin.

„Auf jeden Fall“, fuhr Randall fort, „war Hamilton-Waterstone nicht ein Mann, sondern zwei, und ich denke, Sie wissen das. Glaubten Sie etwa, ich nicht?"

„Ich musste mich vergewissern. Schließlich sind Sie Amerikaner. Und der Schatz ist *unsere* Legende."

„Und es ist *mein* Erbe. James Hamilton war mein direkter Vorfahre. Sein Enkel hat sich 1626 in South Carolina niedergelassen. Sein Sohn, seine Enkel und Urenkel wurden dort geboren, die meisten auf *Henley*."

„*Henley* ist Ihre Plantage."

„War", verbesserte Randall ihn. „Sie ist von dem neuen Besitzer umbenannt worden in *Conquered*."

„Conquered? Sie meinen wie ‚erobert'?" erkundigte sich Strickland stirnrunzelnd.

„Habe ich das gesagt?" Randall zeigte kurz ein trockenes Lächeln, und sein Blick heuchelte Unschuld. „Ich meinte Concord. Glauben Sie mir, die Ähnlichkeit im Klang ist kein Zufall. Orrin Foster hat lange und gründlich über den neuen Namen für Henley nachgedacht, bis er einen fand, der ihm gefiel." Und er hatte keine Zeit verschwendet, ihn, Randall, darüber in Kenntnis zu setzen.

„Umso mehr Anreiz für Sie, den Schatz zu finden", bemerkte der Duke. Er stand auf und ging zum Kamin. Sein Glas stellte er auf dem Sims ab und stocherte ein wenig im Feuer herum, bevor er einen weiteren Holzscheit nachlegte. Als er sich umdrehte, war seine Stirn in nachdenkliche Falten gelegt. „Sagen Sie, wenn Henley sich noch in Ihrem Besitz befände, hätten Sie dann überhaupt Interesse daran, den Schatz zu finden?"

Randall musste über die Frage nicht lange nachdenken, bevor er antwortete. „Nein. Die Schatzsuche war Shelbys Steckenpferd. Als Kinder haben wir oft Schatzsuche gespielt, und Shelby durfte ihn am Ende immer finden." Randall beugte sich vor und stützte seine Arme auf die Knie. Geistesabwesend rollte er sein Whiskyglas zwischen den Händen. „In Wahrheit, Euer Gnaden, habe ich lange gar nicht daran geglaubt, dass es einen Schatz gibt. Und ich bin mir nicht sicher, ob mein Vater es tat. Meinen Großvater habe ich nicht gekannt, aber es gibt Hinweise darauf, dass er und Shelby ähnlich veranlagt waren. Ich weiß nicht, wie weit man zurückgehen müsste, um jemanden in der Familie zu finden, der dem Schatz viel Beachtung schenkte. Onkel. Großonkel. Ich weiß von keinem, der sich tatsächlich auf die Suche gemacht hätte."

„Bis zu Ihnen."

Randall nickte, und sein Lächeln war beinahe grimmig. „Bis zu mir."

„Und nun? Glauben Sie, es gibt ihn?"

„Das muss ich wohl, oder?" erwiderte er lässig.

Die Miene des Dukes war nachdenklich. „Sie kommen mir nicht wie jemand vor, der aus einer Laune heraus einer Sage nachjagt. So jemand hätte schon vor Jahren aufgegeben. Sicher gibt es brauchbarere Methoden, Henley zurückzubekommen."

Randall zuckte mit den Schultern und fragte sich, ob Strickland Mord als eine brauchbarere Methode ansehen würde. „Da könnten Sie Recht haben."

„Ich bin mir sicher, dass ich es habe", erwiderte der ernst. „Und genauso sicher, dass Sie mehr wissen, als Sie mir gegenüber zugeben wollen. Insofern stimmt die Legende dann. Hamiltons vertrauen niemandem."

„Wir ziehen es vor, uns als vorsichtig zu bezeichnen. Sie müssen sich nur einmal die Waterstones ansehen, um zu erkennen, warum die Hamiltons einen anderen Weg eingeschlagen haben."

„Sie beziehen sich auf die Tatsache, dass die Familie Waterstone kein Geheimnis aus ihrer Verbindung zu dem Schatz gemacht hat."

„Ich beziehe mich auf die Tatsache, dass es die Familie Waterstone nicht mehr gibt. Der Letzte von ihnen starb vor zwanzig Jahren, genau hier in London, von Dieben überfallen, die sich des Rätsels bemächtigen wollten.“

Der Duke betrachtete Randall eindringlich. „Es gibt Leute, die behaupten, die Diebe trugen den Namen Hamilton oder standen wenigstens in deren Diensten.“

„Das habe ich auch gehört“, erwiderte Randall schulterzuckend. „Es ist ganz natürlich, dass, bedenkt man die Feindschaft, die zwischen James Hamilton und Henry Waterstone bestand, sich Geschichten wie diese um die Legende ranken. Wenn man der Version meiner Familie Glauben schenkt, dann hat Henley Hamilton das Land verlassen, um seine Frau und seine Kinder vor einem Anschlag der Waterstones in Sicherheit zu bringen.“

Der Duke trat wieder zu seinem Schreibtisch, beschloss dann aber, sich auf einen Randall näher stehenden Stuhl zu setzen. „Und hier komme ich ins Bild“, sagte er. „Ist es Ihnen wirklich möglich, den Schatz ohne die Hilfe eines Waterstone zu finden?“

„Sie sprechen von dem Waterstone-Rätsel.“

„Ja“, antwortete Strickland. „Haben Sie es?“

Randall lachte leise. „Nun, das zu verraten wäre unklug, nicht wahr? Ich denke, ich werde nicht darauf antworten.“

„Aber Sie haben es? Es existiert?“

Es war nicht zu erkennen, ob Strickland sich Gewissheit verschaffen wollte, oder einfach nur auf gut Glück fragte. Doch es war an der Zeit, die Sache abzukürzen. Randall stellte sein Glas ab und lehnte sich in seinen Stuhl zurück. „Welcher Natur ist eigentlich Ihr Interesse an dem Schatz, Euer Gnaden?“

„Er gehört hierher.“

„Die Spanier wären da sicher anderer Ansicht. Wenn man der Geschichte glaubt, gehörte der Schatz zuerst ihnen.“

„Ja", pflichtete ihm der Duke unwillig bei. „Allerdings hätten sie dann besser darauf Acht geben und ihn nicht verlieren sollen."

Randall lachte laut auf. „Und mein Vorfahr und Henry Waterstone? Was haben die denn anderes getan, als ihn zu verlieren?"

„Sie haben ihn in Sicherheit gebracht, Captain. Wenn sie nicht in Streit geraten wären, dann wäre ein Großteil des Schatzes in die Truhen der Königin geflossen."

„Vielleicht", antwortete Randall, „wollten sie genau das verhindern." Der Duke blickte überrascht auf. „Ist Ihnen der Gedanke nie gekommen? Gewiss sind sie nicht die ersten Freibeuter gewesen, die versucht haben, etwas von ihrer Beute der Königin vorzuenthalten. Vielleicht denken Sie, ich sollte das nicht so leichthin sagen oder mir das Eingeständnis wenigstens etwas peinlich sein, aber es ist lange her, Euer Gnaden, und da wir nun mal mehr amerikanisch als englisch sind, verspüren wir Hamiltons sogar ein wenig Stolz darauf, dass unser bürgerlicher Ahne damit durchgekommen ist."

Da Strickland aussah, als würde er gleich ersticken, erhob sich Randall und holte das Glas des Dukes vom Kaminsims. Er füllte es noch einmal mit einem Fingerbreit Scotch und reichte es ihm. „Ich kann nicht behaupten, dass es mir gleichgültig wäre, wenn Sie Ihren Anteil des Schatzes dem Britischen Museum stiften oder sogar einen Teil der Königin geben wollten. Aber auf der anderen Seite, wenn Sie meine nächste Fahrt finanzieren und sie zum Erfolg führt, dann können Sie mit Ihrem Anteil anstellen, was Sie möchten."

Der Duke hob sein Glas wie zum Salut und trank in einem Zug aus. „Wo waren wir?"

Randall fragte sich, ob die Wirkung des Scotches zu seinen Gunsten ausfallen würde. „Ich denke dabei, Ihren Einsatz zu besprechen."

„Mein Angebot von dreitausend Pfund steht unverändert."

Randall sagte nichts. Es war eine großzügig bemessene Summe, und Strickland wusste das auch. Aber es war auch eine Art Bestechung.

„Nun gut", sagte der Duke nach längerem Schweigen. „Ich kann Ihnen unter Umständen viertausend geben. Mehr aber nicht."

„Und die Bedingungen? Sind die unverändert?"

„Ich verlange ein Drittel des Schatzes, kein Viertel. Und ich verlange immer noch, dass Sie meine Patentochter mitnehmen."

Mit einer geschmeidigen Bewegung sprang Randall auf. „Nein." Er schaute über seine Schulter, als erwarte er beinahe, sie hinter sich zu entdecken, schweigend und wachsam, während sie sich mühelos unsichtbar machte. Inzwischen ungeduldig, da er keine Möglichkeit auf ein Einvernehmen oder einen Kompromiss mehr sah, fuhr sich Randall durchs Haar, während sein Blick die Tür suchte.

„Wollen Sie gar nicht fragen, warum?" erkundigte sich Strickland.

Randall blickte den Duke offen an. „Sie haben mich nicht verstanden, wenn Sie denken, dass das Warum einen Unterschied für mich machen würde. Meine Antwort lautet Nein. Dabei wird es bleiben. Ich werde nicht für Miss Bancroft das Kindermädchen spielen, und von meinen Männern werde ich es auch nicht verlangen. Sie muss sich hier in England von ihrer in die Brüche gegangenen Verlobung, ihrer angestoßenen Zehe, ihrem Splitter oder ..."

„Sie sprechen von der schweren Zeit, die sie hinter sich hat, nehme ich an."

In dem Ton des Dukes hatte eine schneidende Schärfe gelegen, die Randall nicht entging. Ganz offensichtlich billigte Strickland seine abfällige Charakterisierung dessen, was Miss Bancroft widerfahren war, nicht. „Ich entschuldige mich“, erklärte er steif, und die Worte fielen ihm nicht leicht, nicht unter diesen Umständen. „Es war nicht recht, Miss Bancrofts Leiden ins Lächerliche zu ziehen. Doch es geht mich nichts an, und ich werde nicht zulassen, dass Sie daran etwas ändern. Sie kann an dieser Fahrt nicht teilnehmen.“

„Und was, wenn sie mein Patensohn wäre, Captain Hamilton?“

„Dann wäre meine Antwort immer noch dieselbe.“ Stricklands Skepsis war offensichtlich. „Sie glauben mir nicht?“ fragte Randall. „Stellen Sie doch die Bedingung, dass ich Sie selbst mitnehme.“ Damit war ihm die volle Aufmerksamkeit des Dukes gewiss. „Sie wissen, dass es stimmt. Keinem Geldgeber ist es gestattet worden, die Fahrt mitzumachen. Sie haben mich angesprochen. Ich selbst hätte mich näher an meiner Heimat umgesehen. John MacKenzie hat Interesse bekundet. Carnegie. Vanderbilt. Rushton Holiday.“

„Anscheinend haben Sie keine Skrupel, Yankee-Geld zu nehmen.“

„Nicht im Geringsten. Solange sie meinen Bedingungen zustimmen. Das heißt, keiner schaut mir über die Schulter, keiner folgt mir oder versucht mich sonst irgendwie um den Schatz zu bringen.“

„Himmel“, sagte Strickland leise und sah Randall an. „Ihr Hamiltons seid aber eine argwöhnische Sippe. Was Sie vermuten, ist nicht der Grund, warum ich will, dass meine Patentochter Sie begleitet.“

„Nein?“ Sobald er sich das Wort aussprechen hörte, bereute Randall es schon, hielt abwehrend seine Hand in die Höhe und sagte: „Sagen Sie es mir nicht. Ich will es gar nicht wissen.“

„Dann sind Sie also bereit, die günstige Gelegenheit, einen neuen Geldgeber für Ihre Fahrt zu finden, ungenutzt verstreichen zu lassen?"

„In Ihrem Brief hieß es, dass ich mit einer Entschädigung für die Kosten meiner Anreise rechnen dürfte."

„Ja. Ja, natürlich. Ich werde Ihnen sofort eine Bankanweisung ausstellen, wenn das Ihr Wunsch ist."

„Das ist es."

Strickland erhob sich langsam. „Ich kann nicht behaupten, ich wäre nicht enttäuscht. Ich hatte gehofft, Sie wären nicht so unzugänglich."

Randalls Lächeln erreichte seine kastanienbraunen Augen nicht. „Ich hatte mir ebenfalls Hoffnungen gemacht."

Der Duke wich seinem Blick aus. Dann räusperte er sich. „Ja, nun ..." Strickland umrundete seinen Schreibtisch und öffnete eine Schublade und reichte Randall kurz darauf die ausgefüllte Bankanweisung.

Der betrachtete die Summe. „Das ist zu großzügig. Es übersteigt meine Kosten um einiges."

„Ich hoffe, Sie nehmen es trotzdem. Und machen Sie sich keine Sorgen, dass ich etwas im Gegenzug erwarte." Er beobachtete, wie Randall das Papier faltete und in seine Jacke steckte. „Wann reisen Sie aus London ab?"

„Ich habe mir und meiner Mannschaft zwei Wochen Aufenthalt hier zugestanden. Es kann sein, dass meine Männer mit mir einer Meinung sind, dass wir mit Warten nichts gewinnen, aber ich habe es nicht eilig. Die Königliche Geographische Gesellschaft hat mich eingeladen, über meine Reisen durch den Südpazifik zu sprechen."

„Das habe ich gehört", bemerkte Strickland. „Meinen Glückwunsch. Die Gesellschaft wählt ihre Gastredner sehr sorgfältig aus. Nur wenige Forscher außerhalb Englands bekommen die Gelegenheit geboten.“

Randall war sich ziemlich sicher, dass der Duke bei dieser Einladung seine Hand im Spiel gehabt hatte. Irgendein Mitglied von dessen Familie war bestimmt seit ihrer Gründung stets in der Gesellschaft vertreten gewesen. Ganz offensichtlich erwartete Strickland jedoch weder Anerkennung noch Dank. „Die Ehre liegt ganz auf meiner Seite, dass mein geringer Beitrag zu den Naturwissenschaften Beachtung findet.“

„Ich würde ihn bestimmt nicht mit gering umschreiben“, erwiderte der Duke.

„Ich bin kein sonderlich bescheidener Mann“, erklärte Randall. „Die Aufzeichnungen meiner Beobachtungen werden nicht dieselbe Wirkung haben wie die Darwins, und meine Forschungen sind nicht so Aufsehen erregend wie die Burtons, aber im Rahmen meiner Möglichkeiten habe ich das Verständnis der Menschen um ihren Einfluss auf ihre Umgebung verbessert.“

Stricklands Miene wurde nachdenklich. „Wenn man Ihnen so zuhört, könnte man glatt glauben, dass die Suche nach dem Hamilton-Waterstone-Schatz für Sie nur eine Nebenbeschäftigung auf Ihren Reisen ist und nicht deren Zweck.“ Er richtete seine blassblauen Augen sinnend auf Randall und betrachtete ihn von neuem, dieses Mal ein anderes Maß anlegend. „Aber Sie haben Ihre Studien ja als Naturwissenschaftler begonnen, nicht wahr? Hier in England, wenn mich nicht alles täuscht.“

Randall hatte den Eindruck, der Duke wusste sehr wohl, dass er sich nicht täuschte. Strickland kam ihm nicht so vor, als habe er bei seinen Nachforschungen viele Fehler gemacht. Viertausend Pfund und seine Patentochter würde er nicht irgendwem anvertrauen. „In Oxford“, bestätigte Randall. „Meine Studien wurden durch den Krieg zu Hause unterbrochen.“

„Sie sind nie zurückgekehrt?“

„Nein. Ich habe meine Studien für mich fortgeführt.“

„Dann haben Sie also Ihre Ausbildung nicht an einer Universität in Amerika beendet?“

„Ich habe sie an Bord der *Cerberus* abgeschlossen.“ Und auf dem Schlachtfeld vor Gettysburg, hätte er hinzufügen können. Er hatte bei der Gelegenheit auch die Spezies Mensch studieren können, aber das war kein Thema, über das er schreiben wollte. Am liebsten würde er sich noch nicht einmal daran erinnern.

„Bereuen Sie, nicht Ihren Abschluss in Oxford gemacht zu haben?“

„Was ich bereue, ist, dass ich nicht Gelegenheit hatte, bei Abbernathy, Bancroft oder Sonnenfeld zu studieren. Sie lehrten im dritten Studienjahr und ...“ Randall brach ab. Er betrachtete Strickland aus schmalen Augen und presste einen Moment lang die Lippen zusammen. „Bancroft?“

Der Duke ließ sich nichts anmerken. „Ja?“

„Sir Griffin Bancroft unterrichtete in Oxford Botanik. Ihm ist die Entdeckung sieben verschiedener Orchideenarten mit medizinisch nachgewiesener Heilwirkung zu verdanken.“

„Ich denke, inzwischen sind es weit mehr als ein Dutzend“, verbesserte Strickland ihn liebenswürdig. „Es ist fast sieben Jahre her, seit er seinen Lehrstuhl in Oxford aufgegeben hat, und ich vermute, er hat die Zeit gut genutzt. Er besaß immer schon ein erstaunliches Talent.“

„Er hat im Südpazifik Studien angestellt.“

„Das stimmt. Dorthin ist er zurückgekehrt, als er Oxford verließ.“

Randall griff in die Innentasche seines Rockes und zog die Bankanweisung hervor. Er hielt sie ihm hin. Als der Duke sie nicht nahm, legte er sie auf den Schreibtisch. „Sie konnten mich nicht gehen lassen, ohne dass ich es erfuhr", sagte er bitter, durchquerte den Raum und öffnete die Tür. Gerade als er sich anschickte, das Zimmer zu verlassen, hörte er Stricklands leise, spöttische Erwiderung.

„Ich dachte, es würde für Sie keinen Unterschied machen."

Randall Hamilton kehrte nicht gleich in das von ihm gemietete Haus in der Beecher Street zurück. Er traf sich mit seiner Mannschaft auf der *Cerberus* und unterrichtete sie davon, dass es für diese Fahrt keine Entlohnung geben würde. Seinen Männern hätte er es nicht verdenken können, wenn sie auf der Stelle abgeheuert hätten. Er rechnete nicht damit, aber er hätte ihnen keinen Vorwurf daraus gemacht. Stattdessen hatten sie ihre mageren Ersparnisse zusammengelegt und ihn zu einer Hafenkneipe mitgenommen. Sie ließen ihn sich betrinken und kauften ihm eine Hure.

Wenigstens hoffte Randall, dass sie für sie bezahlt hatten. Er stützte sich auf einen Ellbogen und zog langsam das Laken fort, das ihr Gesicht bedeckte. Ihre Stirn legte sich in Falten, als der Stoff über ihre Haut glitt, aber sie wachte nicht auf. Sie hatte ein leicht herzförmiges Gesicht und dunkle Haare. Ihre Lippen waren geöffnet, und sie machte ein Geräusch, das ein wenig nach Schnarchen klang, als Randall sie wieder bedeckte. Wenigstens war sie kein Kind. Er musste dankbar sein, dass seine Männer immerhin so viel Umsicht hatten walten lassen, als sie eine Zerstreuung für ihn aussuchten. Damit blieb nur noch die Frage, ob sie irgendwelche Krankheiten hatte.

Er setzte sich auf und fasste sich augenblicklich an den Kopf. „Gott", sagte er leise und schloss gequält die Augen. „Was für einen Fusel haben sie mir die Kehle hinabgegossen?"

„Das Zeug musste Ihnen niemand in die Kehle schütten. Das haben Sie ganz allein besorgt."

Randall drehte sich vorsichtig, jede abrupte Bewegung vermeidend, zu ihr um. Er senkte seinen Kopf gerade genug, um die Dirne ansehen zu können. „Ich dachte, Sie schliefen."

„Das hab ich auch", antwortete sie. „Aber dann haben Sie die Ware begutachtet." Sie lächelte und entblößte dabei eine Reihe bemerkenswert weißer, wenn auch ein wenig schiefer Zähne. „Ich bin keine Enttäuschung, was?" Sie setzte sich auf, ohne sich darum zu kümmern, dass ihr dabei das Laken bis zur Taille hinabrutschte. „Das ist ein Paar, was? Die sind echt, ganz und gar. Nun machen Sie schon, anfassen ist nicht verboten."

„Das ist sehr freundlich, Miss ..."

Sie kicherte und warf ihren Kopf in den Nacken. Ihr Haar fiel ihr über die Schulter. Sie wollte, dass Randall etwas zu sehen bekam. „Jeri-Ellen. Zwei Namen, wissen Sie, nach meiner Mutter und meinem Vater."

Oder ein Name für jede Brust, dachte er verschwommen.

„Nun los, Sir. Nehmen Sie sie in die Hand. Selbst Kneifen ist erlaubt."

„Ja, Jeri-Ellen, nur werden im Augenblick meine Hände dazu benötigt, meinen Kopf auf meinem Hals festzuhalten. Aber das ist fraglos eines der nettesten Angebote, die mir je unterbreitet wurden."

Schmollend schob sie ihre Unterlippe vor, nicht im Mindesten besänftigt durch sein Kompliment. „Dann wollen Sie es nicht mit mir machen?"

Er begann, seinen Kopf zu schütteln, stöhnte und entschied sich für Worte statt der Geste. „Nicht heute Morgen."

Jeri-Ellen ließ sich in die Kissen zurückfallen und bedeckte ihre Augen mit dem Unterarm. „Ich denke, das heißt jetzt, Sie wollen Ihr Geld zurück. Und wo bleibe ich dann? Charles weiß, dass ich die Nacht hier verbracht hab. Er wird etwas für meine

Dienste erwarten. Da kann ich schlecht mit leeren Händen auftauchen, oder?"

„Dann wurden Sie schon bezahlt?"

Sie hob ihren Arm und sah ihn an. „Gleich zu Anfang. Heißt das, Sie erinnern sich nicht mehr?"

„Nicht im Geringsten."

Jeri-Ellen setzte ein breites Lächeln auf. Sie nickte befriedigt, sprang federnd aus dem Bett und begann ihre Sachen zusammenzusuchen, ohne zu bemerken, dass ihr hastiger Aufbruch beinahe Randalls Untergang gewesen wäre. „Dann ist es in Ordnung. Wer weiß? Sie waren ein begnadeter Liebhaber, Sir. Haben es dreimal hintereinander mit mir getrieben. Kann ich immer noch spüren. Aber keine Sorge, mich stört es nicht, wenn ich ab und zu mal einen gut bestückten Kunden hab, wenn Sie wissen, was ich meine." Sie ging flink im Zimmer umher, schlüpfte in Hemd und Unterrock und strafte so ihre Behauptung Lügen. „Ich denke, ich bin nichts schuldig geblieben", fuhr sie fort, sich für ihr Thema erwärmend. Mit einem Augenzwinkern fügte sie hinzu: „Wenigstens haben Sie sich nicht beschwert."

Randall entdeckte, dass ihm selbst das Lächeln wehtat, aber er konnte einfach nicht anders. Bei der Vorstellung, diese kecke Dirne dreimal genommen zu haben, hätte er am liebsten laut aufgelacht, wenn die Chance bestanden hätte, das zu überleben. „Dreimal", wiederholte er leise. „Stell sich das einer vor."

„Das werde ich müssen." Sie seufzte und gab ihr Spiel auf. Die Münzen, die man ihr gegeben hatte, klimperten lustig in der Tasche ihres Kleides, als sie es sich anzog. „Sie brauchen mir nicht mit den Haken zu helfen. Ich such mir eine Freundin, die sie zumacht. Ich bin wahrscheinlich eh nicht die Einzige, die heute spät aufsteht. Charles bekommt bestimmt einen Anfall." Sie schürzte ihre Röcke, um ihre Strümpfe anzuziehen.

„Charles?“ fragte Randall. „Sie haben ihn vorhin schon erwähnt.“

„Er kümmert sich um mich.“

„Ihr Zuhälter.“

„Es gibt Leute, die ihn so nennen. Aber er zieht Beschützer vor.“ Sie zwängte ihre Füße in Schuhe, die ihr ein wenig zu eng waren. „Au. Das ist das Erste, was ich mir von meinem Geld kaufen werd. Ein Paar neue Schuhe.“

„Unterhosen würden auch nicht schaden“, bemerkte Randall trocken. Beim Heben ihrer Röcke hatte er jede Menge zu sehen bekommen.

„Wofür sollte ich denn neue Unterhosen brauchen? Meine sind hier.“ Mit ihrer Zehenspitze holte sie das besagte Wäschestück unter dem Bett hervor. Sie schleuderte es in die Luft, fing es geschickt auf und zog es sich an. „Sie müssen schon zugeben, Sir, es gibt nicht viele, die Ihnen für den Preis auch noch eine solche Schau bieten würden.“

„Ich fürchte, ich bin im Moment nicht in der Fassung, Ihre Darbietung angemessen zu würdigen.“

„Macht nichts.“ Sie klopfte ihm tröstend auf die Schulter und drückte ihm einen Kuss auf die Stirn, wobei ihr üppiger Busen beinahe aus dem Ausschnitt purzelte. „Nächstes Mal trinken Sie in Maßen und kommen mich dann besuchen. Sollte mich nicht überraschen, wenn wir dann sogar vier Runden schaffen.“

„Bestimmt.“

„Männer haben einfach nicht das Durchhaltevermögen von uns Frauen, was?“ verkündete sie nachdenklich. „Eigentlich schade.“ Sie zuckte mit den Schultern und schlüpfte mit einem fröhlichen „Guten Morgen“ aus dem Raum, taub seinem hastig gerufenen Wunsch gegenüber, die Tür leise zu schließen.

Randall ließ sich sehr langsam und vorsichtig auf das Bett zurücksinken. Es war nur ein schwacher Trost, dass er nun der Sorge enthoben war, sich irgendeine Krankheit eingefangen zu haben.

Erst zwei Stunden nach Jeri-Ellens Aufbruch fühlte sich Randall in der Lage, ebenfalls zu gehen. Es überraschte ihn nicht sonderlich, dass er sich nicht mehr in der Kneipe befand, wo das Trinkgelage stattgefunden hatte, trotzdem war es irgendwie verwirrend. Er beachtete die wissenden Blicke der Vorübergehenden nicht weiter, während er einen Augenblick stehen blieb, um sich zurechtzufinden. Als er schließlich das Gebäude von Lloyds entdeckte, schlug er die entgegengesetzte Richtung ein.

Das Haus in der Beecher Street war ein Luxus, den er sich nicht länger leisten konnte. Er konnte sich ohnehin gar nicht mehr genau daran erinnern, warum es ihm so wichtig gewesen war, Stricklands Bankanweisung zurückzulassen. In dem Augenblick war es ihm weder vorschnell noch unklug erschienen, aber jetzt konnte er nicht anders, als es als einen überstürzten Entschluss zu bereuen.

Randall betrat das Foyer und zog die Tür leise hinter sich zu. Nachdem er sich die Stiefel abgetreten hatte, warf er seinen Mantel über einen Stuhl in der Ecke. Die Geräusche, die er dabei machte, reichten aus, um Cutch aus der Küche im Untergeschoss herbeizurufen.

„Du bist zurück“, rief Cutch und musterte ihn. „Und für eine Nacht des Saufens und Herumhurens in gar nicht einmal so schlimmer Verfassung.“

„Das sagst du nur, weil du nicht mit diesem Kopf herumlaufen musst.“

Cutch war beinahe sieben Fuß groß und einer der wenigen Männer, die Randall überragten. Das nutzte er jetzt aus, indem er einen Schritt auf ihn zu machte und ihn dadurch zwang, zu ihm aufzublicken. So konnte er ihn sich genauer anschauen. „Sollte mich nicht überraschen, wenn du Fusel getrunken hast. Fühlt sich noch jemand außer dir so schlecht?“

„Das weiß ich nicht. Heute Morgen habe ich noch niemanden zu Gesicht bekommen. Sie haben mich im Stich gelassen. Ich habe das Geld nicht, Cutch.“ Er sah, wie der andere seine schwarzen Brauen hob, und bemerkte zu spät, dass seine Worte missverständlich waren. „Ich meine nicht, dass sie mich im Stich gelassen haben, weil ich das Geld nicht bekommen habe. Sie haben mit mir gezecht und mir zum Trost eine Hure besorgt. Und sie haben mich wohl im Stich gelassen, weil sie zu ihrer Arbeit auf die *Cerberus* zurückmussten, ich jedoch nicht transportfähig war.“

Cutchs hohe Stirn glättete sich wieder. „Du bist nicht in der Verfassung, Besucher zu empfangen, aber du hast trotzdem einen.“ Er lächelte breit, und seine strahlend weißen Zähne bildeten einen auffälligen Kontrast zu seiner dunklen Haut. Ein tiefes Lachen ließ seine mächtige Brust erbeben. „Irgendwoher muss das Geld ja kommen. Das hier würde ich nicht ausschlagen.“

Randall fluchte tonlos. Das Letzte, was er nun gebrauchen konnte, war Strickland in seiner gegenwärtigen Verfassung gegenübertreten zu müssen. „Ich muss mich umziehen.“

„In Erwartung deiner Ankunft habe ich dir ein Bad eingelassen. Natürlich war das vor über einer Stunde, aber das Wasser könnte immer noch warm sein. Los, mach schon. Dein Gast wird nicht gehen, ehe er nicht mit dir gesprochen hat. Da war er sehr bestimmt. Für deinen Kopf bringe ich dir noch etwas.“ Damit machte er einen Schritt nach hinten und deutete auf die Treppe. „Willst du, dass ich dich trage?“

Randall bedachte den älteren Mann mit einem vernichtenden Blick. „Danke, das schaffe ich alleine.“

Cutch sah ihm nach, und in seinen kaffeebraunen Augen stand

stumme Belustigung. Er hatte genau die richtige Medizin für das, was den Captain plagte.

Das Wasser war etwas kälter als lauwarm, aber das störte Randall nicht. Und ohne zu fragen, trank er auch Cutchs übel schmeckendes Gebräu in einem Zug aus. Bei den wenigen Gelegenheiten, an denen er es zuvor benötigt hatte, war Cutch bezüglich des Rezeptes nie sonderlich gesprächig gewesen. Das wäre jetzt bestimmt nicht anders, und Randall zog es im Grunde genommen vor, nicht über die offensichtlichen Zutaten Tomatensaft und rohe Eier hinaus nachzudenken.

Von der Badewanne aus hörte er, wie Cutch ihm im Schlafzimmer frische Kleidung zurechtlegte. Randall konnte sich an keine Zeit erinnern, in der Cutch sich nicht um ihn oder ein anderes Mitglied der Familie gekümmert hätte. Der ehemalige Sklave war von unbestimmbarem Alter, die vielen Jahre in den Diensten der Familie Hamilton legten jedoch die Vermutung nahe, dass er ungefähr Ende fünfzig sein musste. Schon Randalls Vater hatte ihm seine Papiere übergeben und ihn so zwanzig Jahre vor der Abschaffung der Sklaverei zu einem freien Mann gemacht. Andrew Hamilton hatte das getan, weil Cutch David vor dem Ertrinken gerettet hatte und er ihm nicht anders zu danken wusste. Aber Cutch ging daraufhin nicht, sondern begnügte sich damit, seine neu gewonnene Freiheit zu feiern, indem er sich den Schädel kahl rasierte.

Randall fühlte sich beinahe wieder wie ein Mensch, als er mit dem Anziehen fertig war. Er betrachtete sich kritisch in dem großen Ankleidespiegel, strich sich die noch ein wenig feuchten Haare aus der Stirn und zupfte an seinem Kragen. Cutch bürstete ihm den Überrock ab und zog ihn zurecht.

„Sei nur nicht zu stolz, das Geld anzunehmen“, mahnte Cutch.

Im Spiegel suchte Randall dessen Blick. „Es kann durchaus sein, dass es kein neues Angebot gibt."

Cutch zuckte nur mit den breiten Schultern. „Kann mir nicht vorstellen, dass jemand sich die Mühe macht herzukommen, es sei denn, um ein weiteres Angebot zu unterbreiten."

Randall war nach wie vor nicht überzeugt, aber nun eher dazu aufgelegt, dem Duke gegenüberzutreten. „Wir werden sehen. Bringst du uns Tee?"

„Habe ich schon."

Entschlossenen Schrittes stieg Randall die Treppe hinab. An der Tür zum Empfangssalon nickte er Cutch aufmunternd zu und bemerkte im allerletzten Augenblick, dass der Mann ein bisschen zu breit grinste. Erst als er schon mitten im Zimmer stand, begriff er, warum.

„Guten Morgen", sagte er. „Miss Bancroft, nicht wahr?"

Claire Bancroft nickte. Sie hatte sich langsam erhoben, als sie hörte, wie die Tür geöffnet wurde; jetzt ließ sie sich wieder in die Ecke des Sofas zurücksinken. „Ihr Diener sagte, es würde Ihnen nichts ausmachen, wenn ich hier auf Sie warte."

Randall ging nicht näher auf den entschuldigenden Unterton ihrer Worte ein. Wenn sie glaubte, dass ihm ihr Besuch ungelegen kam, hätte sie ihre Karte hinterlassen sollen. Sich jetzt zu entschuldigen war Zeitverschwendung. „Cutch weiß nicht immer, was ich denke oder fühle." Er sah, wie sie ihr Kinn reckte und ihr eine leichte Röte in die Wangen stieg. Es stand ihr viel besser als ihre übliche Blässe.

Randall ging zu dem Seitentisch, auf dem Cutch das Teetablett abgestellt hatte. Er schenkte sich eine Tasse ein und gab etwas Milch dazu. Claire Bancroft, bemerkte er, schien seine Bewegungen zu verfolgen, obwohl sie ihm nicht direkt ins Gesicht sah. „Möchten Sie noch Tee?" fragte er.

„Nein, danke." Sie faltete die Hände auf dem Schoß und senkte den Blick darauf.

Randall setzte sich ihr gegenüber in einen Lehnstuhl. Er nahm einen Schluck Tee und wünschte sich sehnlichst, er hätte Kaffee bestellt. Darjeeling war einfach kein ausreichender Ersatz für das starke, belebende Getränk, das Cutch zusammenbraute. „Was kann ich für Sie tun, Miss Bancroft?"

„Stickle hat gesagt, Sie hätten sein Angebot ausgeschlagen."

Randall blinzelte erstaunt. „Stickle?" Er musste sich verhört haben. „Sie dürfen Evan Markham, den achten Duke of Strickland, *Stickle* nennen?"

Claire spürte, wie ihre Wangen wieder heiß wurden, aber sie konnte sich gerade noch davon abhalten, die Hände darauf zu legen. „Er ist nun einmal mein Pate", erklärte sie. „Das war alles, was ich als kleines Kind zu Stande gebracht habe. Und im Übrigen sitzt er nicht so hoch zu Ross, wie er Sie glauben machen möchte."

„Dann sind wir schon unterschiedlicher Meinung", erwiderte Randall, „aber ich nehme zur Kenntnis, dass Sie es glauben. Hat er Sie hergeschickt?"

„O nein", beeilte sie sich zu sagen. „Ich bezweifle, ob er überhaupt davon weiß, dass ich außer Haus bin. Er würde es nicht billigen. Er wollte, dass ich Sie noch einmal in sein Haus bitte, aber ich dachte nicht, dass Sie kommen würden." Sie hielt inne und blickte ihn von der Seite an. „Wären Sie?"

„Ich weiß es nicht."

Claire nickte. „Dann ist es ja nur gut, dass ich es nicht dem Zufall überlassen habe. Glück wird gerne überschätzt, nicht wahr?"

„Ich neige zu der Ansicht, dass wir für unser Glück selbst verantwortlich sind", pflichtete er ihr bei.

Ihr Lächeln war zögernd und erreichte nicht ganz ihre Augen. „Ja, das hatte ich mir gedacht.“ Neben ihr lag eine kleine perlenbestickte Tasche. Sie griff danach, öffnete sie und holte Stricklands Bankanweisung heraus. „Wir beide möchten, dass Sie dies hier nehmen“, bemerkte sie. „Sie sollen nicht das Gefühl haben, zu irgendetwas verpflichtet zu sein.“ Sie hielt sie ihm hin. „Nehmen Sie sie bitte?“

Claire hielt ihm das Papier, so schien es ihr, eine halbe Ewigkeit lang hin. Schließlich spürte sie, wie es ihr sachte aus den Fingern genommen wurde. Langsam stieß sie den angehaltenen Atem aus und ließ sich gegen die Sofalehne sinken. „Danke. Ich räume ein, ich hatte Sorge, sie würden das Geld nicht annehmen wollen. Es ist sehr leicht für uns zu sagen, dass keinerlei Verpflichtungen damit verbunden sind, aber das kann Ihren Empfindungen nicht gerecht werden. Ich habe meinem Paten zu erklären versucht, dass er Sie durch die allzu großzügig bemessene Summe in eine unangenehme Lage gebracht hat. Er hat nicht versucht, Sie zu kaufen, Captain Hamilton, sondern wollte lediglich für all Ihre Kosten aufkommen.“

Claire verstummte, und die Stille zwischen ihnen dehnte sich aus, wurde unbehaglich. Hatte sie ihn beleidigt? Was war geschehen? „Captain?“

Randall drehte seine Hand um und ließ die Schnipsel, die bis vor kurzem noch die Bankanweisung gewesen waren, lautlos zu Boden fallen. Ihre Blicke folgten ihnen nicht. Seine Hand zitterte ein wenig, als er nach seiner Tasse griff.

„Wann wollten Sie mir eigentlich sagen, dass Sie blind sind, Miss Bancroft?“

## 2. KAPITEL

Claire Bancrofts Lächeln enthielt einen Hauch Ironie. „Sie sind doch derjenige von uns beiden, der ein Paar gesunder Augen hat. Schließlich ist es nichts, was ich vor Ihnen zu verbergen gesucht habe. Ich dachte, Sie könnten es sehen."

Tatsächlich konnte er das jetzt, da er wusste, worauf er achten musste. Es gelang ihr sehr gut, das zu vertuschen, was sie von anderen unterschied, das musste man ihr lassen. Für den flüchtigen Betrachter war es schwer zu erkennen, dass sie blind war. Als sie ihn nicht direkt angeschaut hatte, hatte er das für Schüchternheit gehalten. Im Augenblick schien sie sich seiner Musterung bewusst zu sein, aber sie verzog keine Miene. Stattdessen hob sie unwillkürlich ihr Kinn, beinahe trotzig, als ob sie ihn einlud, sich satt zu sehen.

Randall glaubte nicht, dass sie von Geburt an blind war. Ihre mandelförmigen Augen waren so tiefbraun wie Bitterschokolade und Iris und Pupillen offensichtlich unversehrt. Es schien ihm am wahrscheinlichsten, dass sie langsam erblindet war, im Laufe vieler Jahre. Er schätzte sie auf knapp fünfundzwanzig. Wann hat sie zum letzten Mal etwas klar und deutlich erkennen können? überlegte er. Und was war das Letzte, was sie gesehen hat? „Wie lange?" fragte er.

„Achtzehn Monate", antwortete sie. „Vermutlich sind Sie überrascht. Wenigstens sind das die meisten Leute, die sich nicht davor scheuen, die Frage zu stellen."

Ob das die schwere Zeit war, von der Strickland gesprochen hatte? „Wollten Sie noch etwas anderes, als Stricklands Geld zu überbringen?" Es hatte keinen Sinn zu erwähnen, was er damit angestellt hatte. Nur der Duke würde es irgendwann merken, wenn die Bankanweisung nicht eingelöst wurde. Claire Bancroft brauchte nichts davon zu wissen.

Sie zögerte. Während der Fahrt in der Kutsche hatte sie sich ganz genau zurechtgelegt, was sie sagen wollte. In der Zeit, die sie auf ihn wartete, hatte sie reichlich Muße gehabt, ihre Bitte weiter auszuformulieren. Jetzt, da die Gelegenheit gekommen war, sie vorzutragen, musste sie jedoch feststellen, dass ihr Mund trocken war und in ihrem Kopf ein Durcheinander herrschte. Ihre Blindheit hatte ihr nicht mehr Mut verliehen, wenn es darum ging, sich durchzusetzen. Wie sie entdeckte, arbeitete ihre Fantasie noch viel zu gut. Das, was sie vor ihrem geistigen Auge sah, war viel einschüchternder als alles, was ihre gesunden Augen tatsächlich erblickt hätten. Oder wenigstens hoffte sie das. Ähnlich war es ihr vorhin ergangen, als sie die Bekanntschaft des Mannes, der sich Cutch nannte, gemacht hatte. Der riesige Obelisk aus Obsidian, dessen Bild sich ihr da aufgedrängt hatte, ließ sich einfach nicht aus ihren Gedanken verbannen.

Und mit Captain Hamilton war es auch nicht besser. Ihr war nicht entgangen, dass seine ruhige Selbstsicherheit an Arroganz grenzte, und dass er nicht bereit war, Zugeständnisse zu machen, hatte er schon bewiesen. Unwillkürlich musste sie an die Götterstatuen aus Stein denken, die sie auf den Osterinseln und überall in Polynesien gesehen hatte. Dieses Tiki, so stellte Claire es sich vor, wäre etwas größer als seine Gefährten und besäße ein Gesicht mit bedrohlicheren, aber ebenso unerbittlichen Zügen.

„Ich bin gekommen, Sie zu bitten, Ihre Entscheidung noch einmal zu überdenken“, sagte sie. „Sie sind ein Mann sowohl der Wissenschaft als auch der Abenteuer. Ich hoffe, Sie sind auch ein Mann der Vernunft.“

„Bislang schlagen Ihre Versuche, mir zu schmeicheln, fehl. Ich bin *stets* ein Mann der Vernunft.“

Ein trockener Unterton schwang in seinen Worten mit. Claire konnte sich vorstellen, dass ein angedeutetes Lächeln um seinen

Mund spielte. Vielleicht war der Captain doch nicht so unzugänglich wie Stein. Und selbst wenn sie sich irrte, konnte er ihre Hoffnungen einfach zunichte machen, indem er bei seiner Ablehnung blieb. „Stickle sagte, Sie hätten den Namen meines Vaters erkannt."

„Ich blieb nicht lang genug, um die Beziehung zwischen Ihnen und Sir Griffin zu erörtern, aber ja, ich habe den Namen und die Tatsache, dass es da eine Verbindung geben muss, erkannt. Der Duke sagt, Ihr Vater sei im Südpazifik?"

„Ja, das stimmt." Claire machte eine Pause. „Wenigstens soweit ich weiß."

Randall runzelte die Stirn, dann fiel ihm ein, dass sie das nicht sehen konnte. „Miss Bancroft, wenn Sie eine Expedition zusammenstellen wollen, die nach Ihrem Vater sucht, warum tun Sie das nicht einfach? Wozu brauchen Sie mich?"

„Weil ich von niemandem weiß, bei dem der Erfolg wahrscheinlicher wäre."

„Ihre Schmeicheleien werden besser."

„Ich habe nicht den geringsten Wunsch, Ihnen zu schmeicheln, Captain. Ich spreche nur aus, was ich muss, weil ich es für die Wahrheit halte. Außerdem kann ich nicht zulassen, dass Sie meine Bitte unter Berücksichtigung irgendeines Vorwandes erwägen. Es ist unwahrscheinlich, dass mein Vater noch am Leben ist, und wenn ich auch nicht alle Hoffnung aufgeben will, so habe ich es doch zu akzeptieren gelernt. Bei meinem Wunsch, nach Solonesien zurückzukehren, geht es mir nicht darum, diese Befürchtung zu bestätigen oder zu entkräften."

„Worum dann?"

„Mein Bruder ist noch dort. Oder wenigstens hoffe ich das. Während ich nicht denke, dass mein Vater noch am Leben ist, glaube ich fest, dass Tipu es ist."

„Gab es irgendeinen Unfall? Eine Krankheit?“

Claire schüttelte den Kopf. Sie legte ihre Finger an die Schläfen und erklärte mit schwacher Stimme: „Ich bin mir nicht sicher.“ Auf diese Äußerung folgte Schweigen. „Blicken Sie finster drein, Captain Hamilton? Oder zeigt Ihre Miene nur Verwirrung?“

Randall war sich ziemlich sicher, dass er finster dreinblickte. „Verwirrung, fürchte ich.“

„Dann haben Sie vielleicht eine Vorstellung davon, was ich empfinde. Ich habe keine klare Erinnerung mehr an meine Tage in Solonesien. Es ist gut möglich, dass mir nur ein paar Stunden fehlen, aber genauso gut kann es eine ganze Woche sein. Das Erste, woran ich mich klar erinnere, ist, als ich bei Raiatea von Inselbewohnern von einem Auslegerkanu gehoben wurde.“

„Raiatea? Aber das ist beinahe sechshundert Seemeilen von den Sonneninseln entfernt!“

„Eher siebenhundert. Stickle hat es mir auf einer Karte gezeigt.“

„Das haben Sie allein geschafft?“

Claire konnte Randall aus seinen Zweifeln keinen Vorwurf machen. Ihr selbst fiel es schwer, daran zu glauben, und dabei hatte sie es getan. „Offensichtlich“, sagte sie. „Ich sage das so, weil ich nicht sicher bin. Man hat mir erzählt, dass mit mir im Boot ein leerer Beutel war, in dem sich vermutlich Wasser befunden hatte. Auf dem Boden lagen Krümel, so dass ich etwas zu essen gehabt haben muss. Ein Paddel fehlte. Aber ich war ganz allein. Ich hatte schwere Verbrennungen von der Sonne, und mein Körper war stark ausgetrocknet. Und ich wog deutlich weniger als jetzt.“

Dann muss ja fast nichts mehr von ihr übrig gewesen sein, dachte Randall. Einen Augenblick lang stellte er sich vor, wie sie an der Heckreling der *Cerberus* stünde, ihr Haar von einer sanften Pazifikbrise zerzaust ... Rasch verdrängte er das Bild. Nie würde sie die kalte Überfahrt über den Atlantik überleben, um die milden Pazifikbrisen noch einmal zu spüren. Und ganz sicher würde sie sie nicht an Bord der *Cerberus* erleben. „Wie lange ist das her?“

„Anderthalb Jahre.“

Randall stellte sofort die Verbindung zu ihrer Erblindung her. „War es die Sonne?“

„Die meisten Ärzte sagen das. Stickle hat mich zu mehr als einem Dutzend gebracht. Fast einstimmig erklären sie, dass die sich im Wasser spiegelnden Sonnenstrahlen, und die Tatsache, dass ich ständig dem grellen Licht ausgesetzt war, meine Augen unwiderruflich geschädigt haben. Die Netzhaut ist verbrannt. Sie sagen, meine Blindheit ist unheilbar.“

Fast hätte er gesagt, dass es ihm Leid täte. Doch solche Worte von einem völlig Fremden würden ihr wenig Trost spenden und höchstens als Mitleid verstanden werden. Außerdem glaubte er noch etwas aus ihren Worten gehört zu haben, das die Vermutung nahe legte, dass Claire Bancroft trotz allem noch hoffte. „Sie sagten, beinahe einstimmig“, erwiderte er. „Was meinen die anderen?“

„Keine anderen“, entgegnete sie. „Nur einer. Ein Arzt aus Paris, ein Dr. Anton Messier, glaubt, es könne noch eine andere Erklärung geben. Der Zustand meiner Augen passt nicht zu meinen Schilderungen dessen, was mir widerfahren ist. Er denkt, die Blindheit ist mehr in meinem Kopf.“ Sie tippte sich an die Schläfe. „In meinen Gedanken, nicht in meinen Augen.“

Jetzt, so wurde Randall klar, empfand er Mitleid mit ihr. Sie tappte im wörtlichsten Sinn im Dunkeln und wollte an die Meinung eines einzigen, unverantwortlichen Arztes glauben, statt an die von vielen verschiedenen Medizinern getroffene Diagnose.

Claire wusste, was sein Schweigen bedeutete. „Ihre Skepsis ist verständlich. Der Duke hält nicht mehr davon als Sie, aber er ist nun einmal mein Pate und der Ansicht, er müsse Nachsicht mit mir üben."

„Verzeihen Sie, Miss Bancroft, aber ich kann nicht anders, als Sie darauf aufmerksam zu machen ..."

Sie hielt ihre Hand in die Höhe. „Wenn Sie einen Satz mit ‚Verzeihen Sie' anfangen, ist das ein sicheres Zeichen dafür, dass der Rest besser ungesagt bliebe. Komme ich Ihnen verwöhnt vor? Habe ich Ihnen den Eindruck vermittelt, dass immer alles nach meinem Kopf gehen muss? Bisher habe ich wegen Ihrer Absage noch keinen Trotzanfall bekommen, nicht wahr? Wenn Sie blind wären, würden Sie da nicht nach dem Strohhalm greifen, den Dr. Messier hingehalten hat?"

Während sie sprach, hatte Claire sich näher zum Rand des Sofas bewegt. „Ich weiß, welches Risiko ich eingehe, indem ich mich an diese Hoffnung klammere, aber wenn ich gar nichts riskiere, finde ich mich mit einem Leben in Dunkelheit ab."

Randall beobachtete, wie sie aufstand. Vor zwei Jahren, dachte er, wäre sie wahrscheinlich erregt im Zimmer auf und ab gegangen. Während ihrer kurzen, bewegten Rede hatte sie eine Rastlosigkeit erfasst, der sie in einem ihr nicht vertrauten Raum nicht nachgeben konnte. So stand sie vor dem Sofa, die Hände an den Seiten, und nur das Spiel ihrer Finger mit dem dunklen Stoff ihres Rockes verriet ihre Gefühle.

„Ich stehe auf sechs Uhr von Ihnen", sagte er ruhig. „Eine Bank steht vor dem Fenster auf zwölf Uhr, ungefähr zwölf Schritt hinter Ihnen. Sie müssen nur an dem Sofa und dem Tischchen entlanggehen."

Überrascht hielt sie inne. Sie drehte den Kopf in Randalls Richtung und kniff die Augen zusammen, gerade so, als versuchte sie durch den schwarzen Schleier ihrer Blindheit zu spähen. Ein schwaches Lächeln spielte um ihre Lippen, als sie merkte, was sie tat. „Danke“, sagte Claire. „Ich hatte keine Zeit, mich mit dem Zimmer vertraut zu machen. Es hätte etwas zu Bruch gehen können.“

Er überlegte, wie schwer es für sie gewesen sein musste, auf dem Sofa zu sitzen und auf ihn zu warten, wenn sie doch am liebsten den Raum erkundet hätte. „Hier gibt es nichts, was nicht ersetzbar wäre“, erklärte er. „Natürlich gehört nichts davon mir, da ich das Haus nur gemietet habe.“ Er beobachtete sie dabei, wie sie sich um das Beistelltischchen tastete. Die Tasse und Untertasse, die sie dort abgestellt hatte, schepperten leise, als ihre Finger dagegen stießen.

„Zwölf Schritt?“ fragte sie, als sie den Tisch umrundet hatte.

„Ich denke. Es sei denn, Sie haben einen männlich ausholenden Gang, Miss Bancroft. Dann werden es nur etwa zehn sein.“

Mehrere Strähnen ihres dunklen Haares hatten sich aus dem Knoten im Nacken gelöst und waren ihr ins Gesicht gefallen. Ungeduldig strich Claire sie sich hinter die Ohren. „Ich werde mir Mühe geben, mich wie eine Dame zu benehmen“, erwiderte sie trocken.

Unwillkürlich musste Randall grinsen. Es war seltsam, ihr zuzusehen. Noch hatte er seine ursprüngliche Einschätzung von Claire Bancroft nicht geändert, aber er hielt es nicht für völlig ausgeschlossen, dass er das bald tun würde. Bei ihrem ersten Zusammentreffen gestern hatte sie auf ihre Erscheinung keine große Sorgfalt verwandt. Er überlegte, ob das mit ihrer Blindheit zusammenhing, verwarf aber die Idee sogleich wieder. Es stand zu bezweifeln, dass sie je einen Gedanken an ihr Äußeres verschwendete. Wahrscheinlich hatte jemand ihr das marineblaue Kleid heute Morgen herausgelegt; allerdings hingen vermutlich in ihrem

Schrank nur noch ähnlich unauffällige Kleider. Sie musste nach ihrer Rückkehr nach England bei der Auswahl ihrer Garderobe ein Mitspracherecht gehabt haben, und ganz offensichtlich waren praktische Gesichtspunkte dabei für sie ausschlaggebend gewesen.

Vielleicht war es die Schlichtheit des Kleidungsstückes, die Randalls Aufmerksamkeit auf die darin umschlossene Figur lenkte, aus welchem Grund auch immer ertappte er sich jedenfalls dabei, wie er die schlanke Linie ihres Rückens und ihrer Schultern, die schmale Taille, die er mit seinen Händen umspannen könnte, und die angedeuteten langen, schlanken Beine betrachtete. An ihrem Gang war überhaupt nichts Männliches. Claire Bancroft bewegte sich mit lässiger Anmut, und das kaum wahrnehmbare Zögern in ihren Schritten war auf ihre Blindheit zurückzuführen.

Sie fand die Bank mit ihrer Fußspitze, dann mit ihrer Hand das Fenster. Sie legte die flache Hand darauf und spürte die Kälte des Glases. „Ist es immer noch neblig?“

Randall erhob sich von seinem Stuhl und trat neben sie. „Ja. Es ist ein trüber Tag. Woher wissen Sie von dem Nebel?“

„Der Kutscher erwähnte es, als er mir in die Droschke half. Er sagte, er glaube nicht, dass er in der Lage sei, etwas zu erkennen.“ Sie zuckte die Schultern. „Ich habe ihm angeboten, selbst zu fahren ...“

Randall lachte. „Sie haben einen seltsamen Sinn für Humor.“

„Ja?“ Sie erwog die Bemerkung für ein paar Augenblicke ernsthaft, ihre Lippen nachdenklich zusammengepresst. Eine kleine senkrechte Falte bildete sich auf ihrer Stirn. „Vermutlich entwickle ich langsam einen“, sagte sie schließlich.

Randall war sich nicht sicher, ob sie ihn wieder aufzog. Ihr Ton war so trocken, dass es schwer zu sagen war. „Würden Sie sich gerne hinsetzen, oder gefällt es Ihnen, auf und ab zu laufen?“

Röte stieg ihr in die Wangen. „Ich denke, ich werde mich hinsetzen", antwortete sie. „Ich habe nicht vor, mich noch einmal so leicht von Ihnen ärgern zu lassen."

„Und ich wollte Sie vorhin nicht ärgern." Randall spürte, wie sie sich unter seinen Fingern versteifte, als er sie am Ellbogen berührte, um sie langsam zur Bank zu führen, ließ sie aber nicht los. „Aber ich kann Ihnen nicht versprechen, dass ich es nicht doch wieder tue."

Claire entzog ihm ihren Arm. Sie hoffte, sie hatte es sich nicht zu sehr anmerken lassen, dass die Berührung ihr unangenehm war. Andere Leute waren oft unsicher, wie sie ihr behilflich sein sollten.

„Ich hätte vorher fragen sollen, ob meine Hilfe erwünscht oder auch nur nötig war", bemerkte Randall.

Claire ertastete den Rand der Fensterbank und rutschte ein paar Zoll nach hinten. Die Richtung, aus der seine Stimme kam, verriet ihr, dass Randall Hamilton nicht länger vor ihr aufragte, sondern sich neben sie auf die Bank gesetzt hatte. Sie schaute fort, zu dem Fenster, das sie nicht sehen konnte, und fühlte sich plötzlich beengt. „Ja, danke. Das wäre gut. Ich finde es beunruhigend, wenn man mich ..." Sie suchte nach dem richtigen Ausdruck. „Herumschiebt."

Nachdenklich betrachtete Randall ihr halb abgewandtes Profil. Ihre Augen waren so dunkelbraun, dass sie fast schwarz wirkten, und ihr mandelförmiges Aussehen verlieh ihrem Gesicht etwas Exotisches. Als könnte sie seinen Blick spüren, vertiefte sich die Röte auf ihren Wangen. „Dann werde ich es Ihnen sagen, wenn ich Sie das nächste Mal anfasse", verkündete er.

Es ist die Art und Weise, wie er das gesagt hat, dachte Claire, die meine Haut kribbeln lässt. Einen Moment lang befürchtete sie, dass sie tatsächlich erschauern würde. Sie biss die Zähne zusammen, um die Reaktion zu unterdrücken. Dann rief sie sich entschlossen die Züge des riesigen Tikis aus Stein ins Gedächtnis. Wenigstens konnte sie die eine Angst durch eine andere ersetzen.

Randall stand auf und lehnte sich ein Stück entfernt gegen die Sofalehne. Er verschränkte die Arme vor der Brust. „Ich denke, ich lasse mir alles noch einmal von Ihnen erzählen. Der Bericht des Dukes, finde ich, entsprach nicht ganz den Tatsachen."

Claire wandte sich zu ihm um. Ihre Hände ruhten wieder auf ihrem Schoß, und sie merkte, dass ihr das Atmen leichter fiel, da der Captain eine gewisse Entfernung zwischen sich und sie gelegt hatte. „Seine Tatsachen werden in Ordnung gewesen sein, nur hat er vermutlich die eine oder andere unerwähnt gelassen", sagte sie. „Das hat er auf mein Drängen hin getan, also hoffe ich, machen Sie Seiner Gnaden daraus keinen Vorwurf."

„Ich habe nicht vor, in Zukunft noch einmal an ihn zu denken", entgegnete Randall. „Und ich glaube keinen Augenblick lang, dass ihm irgendetwas an meiner guten Meinung liegt."

Claires gefaltete Hände verkrampften sich unmerklich. Ihre Knöchel schimmerten weiß vor dem dunklen Hintergrund ihres Kleides. Das war ihre einzige Reaktion auf seine Äußerung. „Strickland interessiert sich für das Hamilton-Waterstone-Rätsel, so lange ich zurückdenken kann. Von Kindesbeinen an habe ich davon gehört. Auf Abberly Hall besitzt er eine Sammlung von Kunstgegenständen aus aller Welt. Handschriften. Wandteppiche. Ketten und Armbänder aus Ägypten. Schwerter der Mandarin. Indianische Skulpturen. Es gibt nur wenige Stücke darunter, die nicht juwelenbesetzt sind. Lapislazuli. Rubine. Diamanten. Besonders gefallen Stickle Saphire, gleich welcher Farbe. Wahrscheinlich hat er mehr verschiedene Saphire als die Königin in ihren Kronjuwelen."

„Ihr Pate erwähnte Museen", erklärte Randall gedehnt. „Mir war nicht bewusst, dass er von seinen eigenen sprach."

„Es ist nicht allgemein bekannt, und das soll es auch nicht werden. Ich erzähle Ihnen nur davon, damit Sie sehen, dass das Interesse des Dukes an Ihren Forschungen echt ist. Er hat Ihre Entwicklung über Jahre hinweg verfolgt."

„Warum erfahre ich dann erst jetzt davon?"

Claire schaute einfach nur in seine Richtung und überließ es ihm, die Antwort auf seine Frage selbst zu finden.

„Sie?" fragte er. „Der Duke hat Ihretwegen mit mir Kontakt aufgenommen?"

„Ja", entgegnete sie, „meinetwegen. Dr. Messier hat die Hypothese aufgestellt, dass, wenn ich nach Solonesien zurückkehre, ich vielleicht in der Lage sein werde, die Ereignisse zu rekonstruieren, die zu meiner Erblindung geführt haben. Indem ich mich meiner Angst stelle – falls es das wirklich ist –, könnte ich so mein Augenlicht wiedererlangen."

„Das ist schon zuvor geschehen, nehme ich an?"

„Dr. Messier zitiert drei Fälle plötzlicher Heilung von Blindheit."

„Spielt in einem davon Jesus Christus eine Rolle?"

Fast wäre Claire wieder aufgesprungen. Im letzten Moment entsann sie sich des Versprechens, das sie sich gegeben hatte, nicht nach jedem Köder zu schnappen, den er ihr hinhielt. „Ich glaube, der Doktor sprach von Ereignissen außerhalb der Bibel", erwiderte sie kühl.

„Diese Fälle", hakte er nach, „haben die sich in den letzten fünfzig Jahren zugetragen?"

„In den vergangenen fünfhundert."

Randall fluchte leise. „Drei Beispiele aus den vergangenen fünfhundert Jahren?" wiederholte er ungläubig. „Das ist Ihre beste Hoffnung?"

„Das ist meine *einzige* Hoffnung."

Eine Weile schwieg Randall. „Erzählen Sie mir mehr von Ihrem Vater und Ihrem Bruder."

„Mein Vater verließ Oxford 1868, um in den Südpazifik zurückzukehren. Der Duke gewährte ihm finanzielle Unterstützung, um die Flora rund um Tahiti und weiter nördlich bis zu den Sonneninseln zu erforschen. Seine frühere Arbeit in Polynesien, um die Cook Inseln herum, hatte zur Entwicklung viel versprechender Arzneimittel für Hämophilie geführt. Die Königin war natürlich interessiert."

Randall wusste, weswegen. In der königlichen Familie gab es Fälle der Krankheit, die die Blutgerinnung verhinderte, so dass jede Schramme lebensgefährlich werden konnte. „Dafür erhielt er seinen Ritterschlag", sagte Randall langsam und ging in Gedanken zurück. „Er war noch nicht *Sir* Griffin, als ich nach Oxford kam."

„Die Ehre wurde ihm 1863 zuteil. Ihre Majestät war sehr dankbar."

„Und genauso dankbar dem Duke, kann ich mir vorstellen." Als Claire die Stirn runzelte, fügte er hinzu: „Dass er die Expedition finanzierte."

„O ja. Er steht hoch in ihrer Gunst." In ihrem Nacken, genau an der Stelle, wo ihr Haar zu einem weichen Knoten geschlungen war, spürte Claire Wärme. Unwillkürlich beugte sie ihren Kopf ein Stück vor, so dass die Sonnenstrahlen ihre Haut besser erreichten. Sie konnte es nicht wissen, aber diese Geste erschien dem Mann, der sie beobachtete, unglaublich sinnlich. „Die Sonne ist herausgekommen", sagte sie. Das Heben ihrer Mundwinkel war nur angedeutet, so dass man es nicht wirklich ein Lächeln nennen konnte, aber Randall glaubte zu sehen, wie sie vor Wonne leise erschauerte.

„Ja", pflichtete er ihr heiser bei.

Claire hob wieder den Kopf und fuhr fort, als wäre nichts geschehen. „Ich begleitete meinen Vater auf seine beiden Reisen nach Polynesien. Ich war noch sehr jung, als er Tahiti und die Cook Inseln bereiste, aber ich kann mich noch lebhaft an vieles erinnern. Ich habe keinen Augenblick gezögert, mit ihm zurückzugehen." Ihre Stimme senkte sich zu einem Flüstern. „Ich zögere auch heute nicht."

„Nein", bemerkte Randall ausdruckslos. „Ganz offensichtlich liegt das Zögern ganz auf meiner Seite."

„Nun, Captain Hamilton, wenn Sie es nicht tun, wird es jemand anders sein. Ich habe bereits erklärt, warum die erste Wahl auf Sie gefallen ist. Mein Vater wird nicht so verehrt wie Dr. Livingstone, und Solonesien ist nicht der Schwarze Kontinent, aber wenn es Ihnen gelingen sollte, ihn lebend zu finden, sind Ihnen Ruhm und Reichtum so gut wie sicher."

„Wie bei Stanley? Eine eher schwierige Aufgabe, denke ich, da Sie ja bereits gesagt haben, dass Sir Griffin wahrscheinlich tot ist. Ich nehme nicht an, dass ich mit Ruhm und Reichtum rechnen kann, wenn ich Ihren Bastard-Bruder aufspüre."

Claire atmete scharf ein. „Sie haben kein ..."

„Kein Recht? Vielleicht nicht, aber das ändert nichts an der Wahrheit. Sie sagten, sein Name sei Tipu. Das legt die Vermutung nahe, dass er eine einheimische Mutter hat. Wenn er in Solonesien war, als sie fortgingen, dann wird er dort auch geboren sein, so dass ich sein Alter auf höchstens sechs Jahre schätze. Mutmaßlich ist Stickle nicht auch sein Pate."

Diese Mal stand Claire auf. Ihr Ärger hinderte sie daran, klar zu denken, und das brachte sie durcheinander. Auch wenn man schon blind ist, kann man zudem noch blind vor Zorn sein, entdeckte sie.

„Ich stehe immer noch auf sechs Uhr von Ihnen", bemerkte

Randall lässig. „Die Tür ist auf neun. Ihr Retikül liegt auf dem Sofa. Möchten Sie es haben?“

„Ja.“

„Dann werden Sie herkommen müssen und es sich holen, nicht wahr?“

Claires Lippen formten das Wort „Bastard“. Sie machte einen Schritt nach vorne, blieb aber beim Klang von Randalls Lachen sofort wieder stehen.

„Achtung, Miss Bancroft. Das ist genau das Wort, durch das ich bei Ihnen in Ungnade gefallen bin. Was würde es bringen, wenn ich jetzt auf einmal auch noch eingeschnappt wäre?“

Claire ging weiter, nunmehr jedoch waren ihre Schritte unsicherer, da sie befürchtete, dass er sich ihr in den Weg stellen könnte. Sie ertastete die Sofalehne, spürte seine Nähe und bewegte sich vorsichtig weiter. An das kleine Tischchen dachte sie nicht mehr und stieß sich das Bein daran. Um den Schmerzensschrei zu unterdrücken, biss sie sich auf die Lippe und schmeckte augenblicklich Blut. Aber wenigstens hatte sie sich nicht verraten.

Ihr Täschchen war noch genau dort, wo sie es hingelegt hatte. Claire nahm es mit beiden Händen und ging zur Tür.

„Ich werde Sie jetzt anfassen.“

Seine Stimme war nah an ihrem Ohr. Sie hatte keine Ahnung, wie er ihr unbemerkt so nahe hatte kommen können. Abrupt blieb sie stehen, und ihr Herz geriet aus dem Takt. Es schlug ein paar Mal heftiger, bevor es zu seinem normalen Rhythmus zurückfand.

Randall legte seine Hand auf ihren Oberarm. „Wollen Sie wirklich gehen, weil ich Sie beleidigt habe?“ erkundigte er sich. „Oder ist es wegen etwas anderem?“

Claire hob ihr Gesicht. „Ich weiß nicht, wovon Sie sprechen.“

Es war schwer zu sagen, ob das stimmte oder nicht. Gestern noch hatte er sie fast übersehen, und heute konnte er seine Augen kaum abwenden. Er war sich ihrer irgendwie seltsam *bewusst*, und das war nicht allein auf die Ausschweifungen der vergangenen Nacht zurückzuführen.

Randall entschied sich für einen Themenwechsel. „Wo würden Sie in einem solchen Fall an Bord der *Cerberus* hingehen? Wenn Sie alle naselang aus dem Raum stürmen, werden Sie im Wasser landen, bevor wir auch nur Charleston erreichen."

„Ich denke, ich würde mich in meine Kabine zurückziehen, Captain", erklärte sie obenhin, „und dabei nicht über Bord gehen."

Randall lockerte seinen Griff. „Würden Sie bitte wieder Platz nehmen, Miss Bancroft?" Er spürte ihre Zustimmung, als die Spannung allmählich aus ihrem Körper wich. Wenn es auch keine endgültige Kapitulation war, so doch immerhin ein Fortschritt. Randall half ihr zum Sofa zurück. Sie setzte sich, behielt ihre Tasche aber dieses Mal in der Hand.

„Bezüglich Ihres Bruders habe ich mich nicht geirrt, nicht wahr?" fragte er.

„Nein." Claire schüttelte den Kopf. „Das nicht. Aber es klang so, als ob Tipu unwichtig wäre. Er ist mein Bruder, und mir liegt viel daran zu erfahren, wie es ihm geht."

„Vielleicht mehr als Ihrem Vater?"

Sie antwortete nicht sofort, und als sie es dann tat, stritt sie es nicht ab. „Anders als bei meinem Vater."

Randall wartete, dass sie mehr sagte, war sich sicher, dass sie kurz davor stand. Er beobachtete, wie sie sich wieder in die Gewalt bekam. Jetzt war sie von der Mühe, die es sie kostete, ihre Gefühle unausgesprochen zu lassen, blasser als noch vor wenigen Augenblicken.

„Solonesien ist eine Kette von mehr als zwanzig Inseln und

Atollen", bemerkte Randall. „Wie wollen Sie wissen, ob wir auf der richtigen Insel sind?"

„Acht davon sind bewohnt. Als ich ging, arbeitete mein Vater auf einer der unbewohnten. Sie wird von den Eingeborenen Pulotu genannt, die Geisterinsel."

Randall schüttelte den Kopf und wunderte sich insgeheim, welche Narrheit von Sir Griffin Besitz ergriffen hatte, dass er Land betrat, das den Eingeborenen zweifellos heilig war. „Dann wird die Insel von Tikis bewacht."

„Sieben weibliche Tikis. Ich nenne sie Schwestern."

Randall spürte, wie sein Herz schneller zu schlagen begann. „Sieben Schwestern", wiederholte er langsam, als teste er den Klang der Worte. „Ist das nur *Ihr* Name für sie?"

„Ja", antwortete sie. „Wie in dem Kinderreim. Es schien mir ein passender Name für sieben Göttinnen. Ganz sicher habe ich das nirgendwo anders gehört. Die Eingeborenen von Solonesien setzen weder freiwillig einen Fuß auf das Eiland, noch sprechen sie ohne Not über Pulotu. Dort gibt es ein sehr mächtiges Tapu."

„Einen heiligen Fluch."

„Ja."

„Aber Ihr Vater hat es dennoch gewagt, die Insel zu betreten."

„Er glaubte nicht an das Tapu. Er sagte, die Tikis wären da, um Seeleute vor den Untiefen zu warnen."

Allmählich gelangte Randall zu der Erkenntnis, dass Sir Griffin zwar ein begnadeter Botaniker und Forscher gewesen war, aber ein erbärmlicher Historiker und Seemann. Die Sandbänke und Riffe, die der Küste vorgelagert waren, würden für die Auslegerkanus der Polynesier keine Gefahr darstellen. Und niemand hätte sich die Mühe gemacht, fremde Entdecker und Seeleute vor Untiefen zu warnen.

Davon erwähnte er jedoch nichts Claire gegenüber. Stattdessen fragte er mit einem Anflug von Belustigung: „Untiefen? Ich muss also auch noch befürchten, mein Schiff auf Grund zu setzen? Gibt es sonst noch etwas, um das meine Mannschaft oder ich uns Sorgen machen müssten? Haie in rauen Mengen zum Beispiel? Oder wilde Eber, wenn wir erst einmal an Land gegangen sind?“

In Claires Stimme schwang eine Hoffnung mit, die sie selbst erstaunte. „Bedeuten Ihre Fragen, dass Sie mich mitnehmen? Werde ich mit Ihnen nach Solonesien zurückkehren?“

„Ich denke, wir könnten uns einig werden.“

Zum zweiten Mal innerhalb von zwei Tagen war Randall Gast im Londoner Stadthaus des Duke of Strickland – dieses Mal zum Dinner. Die Einladung, Strickland und Claire Gesellschaft zu leisten, war am Nachmittag eingetroffen, nicht lange, nachdem Claire nach Hause zurückgekehrt war und ihrem Paten von Randalls Kapitulation berichtet haben konnte. Offensichtlich hatte Claire keine Zeit verschwendet, nachdem sie mit ihrem Paten gesprochen hatte, dafür zu sorgen, dass er, Randall, gleich am Abend zu ihnen kam. Es war augenscheinlich ihr Wunsch, so schnell wie möglich zu einer Übereinkunft zu kommen.

Er fragte sich, ob sie glaubte, er könnte seine Meinung ändern.

Sein Platz bei Tisch befand sich rechts von seinem Gastgeber. Claire hatte sich, wie ihm gleich auffiel, eigens für das Dinner umgezogen und saß ihm gegenüber. Bei jedem Gang, der aufgetragen wurde, fuhr Claire unauffällig mit ihrem Finger über den Tellerrand, um festzustellen, wo sich das Essen befand. Einzig, dass sie sich so gut wie gar nicht an der Konversation beteiligte, fiel auf. Da sie ihre ganze Aufmerksamkeit darauf richtete, die kalte Suppe, die gedünstete Forelle und das Zitronensorbet zu essen, konnte sie nur wenig zur Unterhaltung bei Tisch beitragen.

Vielleicht lag es auch einfach daran, dass Strickland ihr so wenig Gelegenheit ließ, das eine oder andere Wort einzuflechten. Der Duke, überlegte Randall, mag seiner Patentochter darin nachgeben, ihren Reisewunsch zu unterstützen, aber er hat eine ganze Reihe eigener Bedingungen. Und alle gipfelten in der, die er ihm beim Portwein unterbreitete.

„Ich möchte, dass jemand sich um Claire kümmert", erklärte Strickland und lehnte sich in seinem Stuhl zurück. Er schwenkte den Inhalt seines Glases, roch daran und betrachtete das tiefe Rot. Dann blickte er zu seiner Patentochter. „Ich wünschte wirklich, du würdest uns jetzt allein lassen, meine Liebe. Das hier muss dir unangenehm sein."

Claire lächelte aufrichtig belustigt. „Und verpassen, wie ohne mein Beisein über das gefeilscht wird, was mich am meisten angeht?" erkundigte sie sich. „Ich denke, ich bleibe, wo ich bin, vielen Dank. Und lassen Sie sich durch meine Anwesenheit nicht davon abhalten, sich Ihre Zigarre zu gönnen." Um das zu unterstreichen, erhob Claire sich und ging zur Anrichte. Es dauerte nur einen Moment, bis sie die kostbar verzierte Zigarrenkiste des Dukes gefunden hatte. Sie nahm sie und trug sie zum Tisch, ließ sie aufschnappen und hielt sie Strickland hin. Der wählte eine, und Claire ging um den Tisch herum zu Mr. Hamilton.

„Captain? Seine Gnaden sagt, dies seien die besten Zigarren, die es in London gibt."

„Das mag sein, aber ich rauche nicht." Er wandte sich wieder dem Duke zu, während Claire die Kiste zurückbrachte. „Miss Bancroft scheint mir ausgezeichnet in der Lage, sich nicht nur um ihre eigenen Bedürfnisse, sondern auch um die anderer zu kümmern", sagte er. „Ich bin nicht auf einen weiteren Passagier außer ihr eingestellt."

Der Duke schmunzelte. „Sie spielen auf Claires kleine Demonstration ihrer Unabhängigkeit hier an? Ich bitte Sie, lassen Sie sich nicht täuschen. Bevor Sie sich Ihre Meinung bilden, sollten Sie vielleicht wissen, dass sie den halben Nachmittag damit zugebracht hat, genau das eben zu üben."

Randall sah zu Claire, die an der Anrichte stand. Sie stellte die Kiste so heftig ab, dass er unwillkürlich zusammenzuckte, dann drehte sie sich um.

„Ich muss alles üben", erklärte sie nicht im Mindesten entschuldigend. „Ich musste erst wieder lernen zu gehen und zu essen. Wenn es nach Ihnen gegangen wäre, Sir, dann wäre ich hilflos und selbst in Kleinigkeiten auf Ihr Personal angewiesen geblieben. Ich habe Ihnen von Anfang an gesagt, dass ich das nicht dulden werde. Ich bin nicht so unabhängig, wie ich es gerne hätte, aber ich brauche niemanden, der hinter mir aufräumt."

Damit stieß sie sich von der Anrichte ab und nahm wieder auf ihrem Stuhl am Tisch Platz. „Ich werde nicht zulassen, dass meine Überfahrt auf der *Cerberus* durch irgendeine Ihrer Bedingungen in Gefahr gerät. Ich habe Ihnen bereits gesagt, dass Captain Hamilton eigene Bedingungen haben wird. Die habe ich bislang noch nicht gehört."

Randall konnte sich nicht vorstellen, dass es im ganzen britischen Reich noch jemanden gab, der so mit dem Duke of Strickland sprechen durfte, wie Claire es eben getan hatte. Ihr gegenüber übte er Nachsicht wie niemandem sonst gegenüber, und Randall glaubte nicht, dass das erst seit kurzem so war. Er hoffte nur, sie erwartete nicht dasselbe von ihm. An Bord der *Cerberus* hatte er das letzte Wort, und nur selten ließ er sich auf irgendeine Diskussion ein.

Er stellte sein Glas auf den Tisch. Das Licht der Kerzen fiel auf seine Hand. „Ich sollte Ihnen am besten gleich sagen, Miss Bancroft, dass meine erste Bedingung lautet, dass Sie nie so zu mir sprechen, wie Sie es gerade mit Ihrem Paten getan haben. Wenn Sie das tun, solange wir allein sind, werden Sie in Ihre Kabine verbannt. Sollten Sie es vor Zeugen tun, werden Sie gekielholt."

Als er zu reden angefangen hatte, hatten sich Claires Wangen rosa gefärbt. Als er fertig war, glühten sie leuchtend rot. Dennoch antwortete sie unbeeindruckt, eine Braue fragend gehoben: „Macht man das noch? Kielholen?"

„Ich schon."

Claire schwieg einen Augenblick. „Lächelt Seine Gnaden?" erkundigte sie sich schließlich.

Randall schaute zum Duke, dann wieder zu Claire. „Ja, er scheint amüsiert."

„Verräter", murmelte sie mit vorwurfsvoll zusammengepressten Lippen.

Immer noch nachsichtig lächelnd zuckte der Duke mit den Schultern und hielt seine Zigarre hoch. Augenblicklich trat einer der im Speisesalon bereitstehenden Lakaien vor, um ihm Feuer zu reichen. Strickland zog an der Zigarre und stieß den Rauch aus, dessen würziger Duft kurz darauf das ganze Zimmer erfüllte. „Nun, Captain?" fragte er. „Sind Sie jetzt überzeugt, dass sie jemanden braucht, der ihr aufwartet?"

In Randalls Augen brauchte Claire Bancroft viel eher einen Wärter. Aber diese Ansicht zu äußern würde zu nichts führen. „Ich habe keineswegs gesagt, dass ich Ihren Vorschlag ablehne, sondern nur, dass ich nicht darauf eingestellt war, ihn anzunehmen. Haben Sie schon jemanden im Sinn, der sie begleiten kann? Wie soll diese Begleitung untergebracht werden? Die *Cerberus* verfügt nur begrenzt über Raum."

„Kurz nach Claires Ankunft in London habe ich Mrs. Webster von der Blindenschule angestellt, dass sie sie privat unterrichtet. Sie ist Witwe und konnte uns auf unseren Reisen auf den Kontinent zu verschiedenen Ärzten begleiten. Claires Heilung war mir stets am wichtigsten. Doch ich räume ein, ich hege Zweifel daran, dass sie je wieder wird sehen können, und im Hinblick darauf habe ich Mrs. Webster angestellt." Strickland blickte zu Claire und sah ihre stoische Miene. „Bist du dir sicher, dass du dich nicht zurückziehen möchtest, meine Liebe? Dieses Gespräch kann nicht anders als schmerzhaft für dich sein."

„Es ist nichts, was Sie und ich nicht schon zuvor besprochen haben", erklärte sie. „Ich weiß, was Sie von der Chance halten, dass sich mein Zustand wieder bessert. Heute Morgen habe ich Captain Hamilton erzählt, dass Sie wenig Hoffnung haben. Ich kann es ertragen, es noch einmal zu hören."

Das hat sie gesagt, um dem Duke die lästige Pflicht abzunehmen, begriff Randall. Claire billigte die Wünsche ihres Paten vielleicht nicht, aber sie erkannte, in welchem Zwiespalt der Gefühle er sich befand: Einerseits wollte er nur, dass sie wieder sehen konnte, während er sich andererseits eingestehen musste, dass all seine Gebete, sein Einfluss und sein Geld das nicht erreichen konnten.

„Dann möchten Sie also, dass Mrs. Webster uns begleitet?" fragte Randall.

Strickland schüttelte den Kopf. „Ich glaube nicht, dass sie bereit wäre, eine solche Reise zu unternehmen, selbst nicht für die Summe, die ich zahlen würde."

„Mrs. Webster hat Enkelkinder, die sie nicht für so lange Zeit verlassen will", erläuterte Claire. „Die Reisen nach Paris und Rom waren für sie aufregend, aber schon nach ein paar Wochen bekam sie Heimweh."

„Verständlich. Auf wen ist dann Ihre Wahl gefallen?"

Es war Strickland, der antwortete. „Nächste Woche werde ich mit der Auswahl beginnen und bis zur Abfahrt jemanden gefunden haben. Mrs. Webster kann gewiss mit einer Liste von geeigneten Lehrern aus der Blindenschule aufwarten, aber ich werde auch an anderer Stelle Ausschau halten. Ich gehe davon aus, dass sich Mrs. Webster wird überreden lassen können, mir zu helfen. Sie kann sagen, welche Voraussetzungen Claires zukünftiger Lehrer ihrer Meinung nach erfüllen sollte. Ich werde meine eigenen Auswahlkriterien haben."

„Und welchen Anteil wird Miss Bancroft an der Entscheidung haben?" wollte Randall wissen.

Claire seufzte. „Nur einen begrenzten, fürchte ich, und zwar dem zuzustimmen, den mein Pate ausgesucht hat."

„Ich denke, Sie können selbst erkennen", sagte Strickland, „dass Claires Anwesenheit während der Vorstellungsgespräche wenig hilfreich wäre."

Randall konnte nicht umhin, dem zuzustimmen. „Diese Person wäre ausschließlich Miss Bancrofts Gesellschafterin, richtig?"

„Sie wäre meine Lehrerin", warf Claire ein. „Ich gebe zu, dass ich noch viel lernen muss. Was ich nicht dulden kann, wäre, dass diese Frau sich genötigt fühlen könnte, mir Unterhaltung oder anderen Zerstreuungen zu bieten. Das eine würde mich ermüden, mit dem anderen würde ich nichts anzufangen wissen."

Randall konnte sich nicht beherrschen. „Vielleicht wird sie es Ihnen erlauben, Däumchen zu drehen und Selbstgespräche zu führen", bemerkte er trocken.

„Das würde ich vorziehen, ob Sie es glauben oder nicht. Wenigstens würde ich so nicht durch Dummheit angeödet."

Der Duke räusperte sich, und Randall blickte zu ihm. „Mrs. Webster war eine gute Lehrerin, aber ihr Gesprächsstoff beschränkte sich auf ihre Gesundheit und ihre Enkel. Ihre Gesundheit war stets bestenfalls mittelmäßig, und die Taten ihrer Enkel waren in keiner Weise bemerkenswert."

„Seine Gnaden will damit ausdrücken, dass er ihre Gegenwart nur geduldet hat, weil ich ihrer Dienste bedurfte. Sobald sich die Gelegenheit bot, ließ er uns allein."

„Nun, nun, meine Liebe", begann der Duke zu widersprechen. „Ich denke wirklich nicht ..."

„Ich auf der anderen Seite, hatte keine andere Wahl, als sie ständig zu ertragen."

Da musste Randall lächeln. „Das muss Ihren Lerneifer ja ungemein angespornt haben."

Claires Lippen zuckten. „Ganz genau. Ich habe schneller gelernt, als jeder – einschließlich Mrs. Webster – es für möglich gehalten hätte. Mein Unterricht beschränkt sich nun auf wenige Stunden am Tag."

Sie hat jeden Grund, stolz auf das von ihr Erreichte zu sein, dachte Randall. Er konnte sich gut vorstellen, dass sie sich bei längerer und näherer Bekanntschaft als ausgesprochen fähig und begabt herausstellen würde. Wenn es tatsächlich zu einer näheren Bekanntschaft käme. Claire Bancroft konnte ganz bestimmt nicht als körperlich robust bezeichnet werden. Einzig, wenn sie verlegen oder ärgerlich wurde, war Farbe in ihren Wangen zu sehen, und diese Gefühle waren ihrer Rekonvaleszenz gewiss nicht zuträglich. Er fragte sich, wie oft man ihr gestattet hatte, zu ihrem Unterricht an die frische Luft zu gehen. Die Witwe Webster mochte der Ansicht gewesen sein, dass ihr Zögling Spaziergängen im Park oder der Öffentlichkeit noch nicht wieder gewachsen war. Oder Miss Bancroft selbst war dagegen gewesen.

Ihr Haar, so dunkel wie Karamell, war nicht so leblos, wie er zuerst gedacht hatte. Aufgesteckt, wie sie es heute Abend trug, leuchteten im Schein der Kerzen bronzefarbene und goldene

Lichter darin auf. Die Strähnen, die sich heute Morgen aus ihrer Frisur gelöst hatten, waren wieder aus dem Knoten geglitten. Claire strich sie sich geistesabwesend aus dem Gesicht.

Die Frage ließ sich nicht vermeiden. „Wie steht es um Miss Bancrofts Gesundheit?“ fragte er Strickland. „Haben Ihre Ärzte wirklich erklärt, dass sie den Anstrengungen der Reise gewachsen ist?“

„Sie können ihnen diese Fragen gerne selbst stellen. Die beiden, die sie in letzter Zeit regelmäßig untersucht haben, sind in London.“

Claire fügte hinzu: „An Bord der *HMS Mansfield* wurde ich schon von einem Arzt betreut. Meine Genesung begann dort. Ich kehrte über Australien, Indien und Afrika nach England zurück. Ich hatte also genug Zeit, mich an meinen Zustand zu gewöhnen, wenn ihn auch nicht hinzunehmen.“

Strickland schüttelte den Kopf. „Aus ihrem Mund klingt das, als sei sie gesund gewesen, als sie hier ankam. Die Reise für sich war auch anstrengend, selbst wenn alles unternommen wurde, es ihr so angenehm wie möglich zu machen. Ihre Ärzte werden Ihnen sagen, dass sie Rückfälle erlitten hat. Man vermutet eine immer wieder in Schüben auftretende Tropenkrankheit.“

„Wie Malaria.“

„Ja, so ähnlich, aber es ist nicht Malaria. Das ließ sich ausschließen. Der erste Ausbruch der Krankheit war am schlimmsten, doch dadurch, dass sie das überlebt hat, kann sich ihr Körper bei neuen Schüben besser wehren. Wenigstens hat man mir das gesagt. Ich verstehe nicht viel davon. Ich bin kein Wissenschaftler oder Arzt.“

„Vermutlich begreifen die es selber nicht.“

„Ganz genau meine Gedanken“, erwiderte Strickland. „Claires Körper kann zwar vielleicht gegen diese seltsame Krankheit ankämpfen, aber nicht ohne Preis.“

Claire klopfte mit ihrem Teelöffel gegen die Tasse, so dass der

Duke zu ihr sah. „Lassen Sie das Thema fallen, bevor Captain Hamilton es sich anders überlegt. Mit solchen Äußerungen stützen Sie nicht gerade die Behauptung, dass ich reisetauglich sei." Sie wandte sich zu Randall um. „Sie müssen selbst mit meinen Ärzten reden. Sie werden Ihnen sagen, dass diese Reise nicht gefährlicher für mich ist, als hier in London zu bleiben. Dr. Philips wird sogar erklären, dass die Seeluft mir besser bekommt als die in der Stadt."

„Wir könnten jederzeit nach Abberly Hall zurückkehren", warf der Duke ein.

Claire brachte ihn mit einem Stirnrunzeln zum Schweigen. „Nun, Captain? Ist es Seiner Gnaden gelungen, in Ihnen weitere Zweifel zu wecken?"

„Lassen Sie es mich so ausdrücken: Er hat keine ausgeräumt." Aber Randall wusste genau, dass er sie mitnehmen würde und er alles in seiner Macht Stehende unternähme, damit sie lange genug lebte, um ihm den Weg nach Pulotu und zu den sieben Schwestern zu weisen.

„Ich habe persönlich jedes einzelne Besatzungsmitglied der *Cerberus* ausgewählt. Für Miss Bancroft und ihre Gesellschafterin kann ich keine Ausnahme machen. Ich habe schon zugestimmt, Ihre Patentochter an Bord zu nehmen. Ich verlange, die letzte Entscheidung über die Lehrerin zu haben."

Die blassblauen Augen des Dukes weiteten sich kurz. Er setzte zu einem Protest an, doch dann verschluckte er sich.

Randall, der ihn beobachtete, hob nur fragend eine Augenbraue. Claire stand auf, fand die Schulter des Dukes und klopfte ihm auf den Rücken, bis er wieder zu Atem kam.

„Ich vermute, Sie haben Einwände", folgerte Randall.

Strickland tätschelte Claire die Hand, die auf seiner Schulter ruhte, und gab ihr somit wortlos zu verstehen, dass er sich erholt hatte. Doch sie ging nicht zu ihrem Stuhl zurück, sondern blieb an seiner Seite stehen. „Ich denke nicht, dass Seine Gnaden Sie für geeignet hält, das zu beurteilen."

Randall zuckte gleichgültig die Schultern. „Das mag schon sein, aber ich behalte mir das Recht dennoch vor. Wenn ich mit ihr auf dem ersten Teilstück unserer Fahrt unzufrieden bin, werde ich in Charleston Ersatz finden und schicke sie auf meine Kosten nach London zurück."

Unter ihrer Hand spürte Claire, wie Strickland sich verspannte. Er war von niemandem außer ihr ein solch hochfahrendes Benehmen gewohnt. Einen Augenblick lang empfand sie fast Mitleid mit ihm, aber das nahm ihrem Lächeln nichts von seiner Aufrichtigkeit.

Strickland schaute nicht zu Claire, sondern wandte sich an Randall. „Lächelt sie?"

Randall blickte zu ihr. „Ja. Ich glaube, sie ist belustigt."

Der Duke seufzte. „Dann haben Sie meine Einwilligung. Vielleicht kann ich hiermit meiner Patentochter zeigen, dass nachzugeben keine Schande ist. Sie haben das letzte Wort in der Entscheidung. Ich glaube allerdings nicht, dass Sie gegen meine Wahl irgendwelche Einwände haben werden."

„Nun gut." Randall nickte. „Damit kommen wir zu den Kosten dieser Expedition. Ich habe alles noch einmal neu kalkuliert und überschlagen, was wir alles benötigen, und muss mindestens sechstausend Pfund verlangen."

Strickland konnte nicht anders, als Randall innerlich zu der unbewegten Miene zu gratulieren, mit der er seine Forderung vortrug. „Ich hatte schon erwähnt, dass mein Limit viertausend sind."

„Ich erkläre mich bereit, Miss Bancroft und ihr Kindermädchen mitzunehmen, führe die Suche nach ihrem Vater und ihrem

Bruder durch und nehme in Kauf, meine Reise weiter als bis nach Solonesien auszuweiten."

„Nicht zu vergessen den Hamilton-Waterstone-Schatz", sagte der Duke nach einem Moment.

„Den habe ich nicht vergessen. Ich habe mich allerdings gefragt, ob Sie ihn vergessen hätten. Bei meinen sechstausend bleibe ich."

„Pah", schnaubte Strickland abfällig und drückte seine Zigarre in einem gläsernen Aschenbecher aus. „Das Geld ist hier nicht die Frage. Aber dazu gezwungen zu werden, sehr wohl. Sie sind arrogant und unhöflich, so dass ich mich zu fragen beginne, welche Dienste Sie mir mit der Fahrt leisten werden. Doch Claire will Sie, und ich mag ihr den Wunsch nicht abschlagen."

„Claire will mich", wiederholte Randall leise, wie um den Klang zu testen.

„Eine unglückliche Wortwahl", erklärte Claire. Ihre Stimme war so kühl, wie ihr Blick es nicht sein konnte. „Seine Gnaden meinte ..."

„Ich weiß, was er meinte", unterbrach sie Randall. „Ich weiß, dass ich mehr Ihre Wahl bin als seine." Wenigstens in mancher Hinsicht, rief er sich ins Gedächtnis. „Wenn wir uns auf die Summe geeinigt haben, dann fehlt nur noch ..."

Strickland hob seine Hand. „Es fehlt nur noch der Beweis von Ihnen, dass Sie im Besitz des Hamilton-Rätsels sind. Das *wollten* Sie doch sagen, oder? Ich muss mich vergewissern, dass Sie sind, wer Sie zu sein vorgeben. Anders wird Claire mich nicht dazu überreden können, sie in Ihre Obhut zu übergeben."

„Das Rätsel trage ich nicht mit mir herum", erklärte Randall. „Nach drei Jahrhunderten ist das Papier nicht mehr in einem Zustand, der es mir erlauben würde, es mit mir herumzutragen. Aber ich habe es auswendig gelernt."

„Und ich kann die vierzehn Sonette des Barden auswendig, und doch macht es sie nicht zum Hamilton-Rätsel.“

„Dann sind wir in einer Sackgasse angelangt, denn ich werde Ihnen ganz bestimmt nicht gestatten, sich das ganze Rätsel anzusehen.“

„Warum nicht? Was sollte ich damit anfangen?“ Der Duke brach ab und dachte kurz nach. „Liegt das daran, dass Sie nicht die Waterstone-Hälfte haben?“

Randall antwortete darauf nicht.

Strickland hakte nach. „Wie können Sie sicher sein, dass Sie auch nur in der Nähe des Rätsels suchen, ohne beide Rätsel zu besitzen?“

„Das kann ich nicht.“

„Meine Güte“, sagte der Duke, „wissen Sie überhaupt, wonach Sie suchen?“

Statt einer Antwort, zitierte Randall aus dem Gedicht.

*Blut wird fließen,*
*Flammen schießen,*
*Sonne, blendend hell, gepriesen,*
*Wie Lanzen aus dem Boden sprießen.*
*Die Fluten steigen, es ist Regenmond,*
*Pesthauch wie Tinte am Horizont*
*Und dein Aug' von Schatten umflort.*

Strickland schaute ihn mit ausdrucksloser Miene an. „Ein Fluch?“ fragte er schließlich. „Ihr Rätsel ist ein Fluch?“

„Kann sein. Andere vor mir haben das bestimmt geglaubt. Die wenigen Versuche, die unternommen wurden, den Schatz zu finden, endeten im Verderben. Aber es könnte noch eine andere Erklärung geben. Flüche sind oft als Warnung gedacht.“

„Tapu“, sagte Claire leise. „Ein heiliger Fluch.“

„Ja, so wie Tapus und Tikis. Ich glaube, die Flüche haben eine verborgene Bedeutung. Sie könnten für kostbare Steine stehen. Danach suche ich.“ Randall ließ dem Duke Zeit, das zu erwägen, sah, wie der versuchte, sich an den genauen Wortlaut des Rätsels zu erinnern.

„Es sind Edelsteine, die König Philipp II. von Spanien für Papst Gregor bestimmt hatte. Sie waren als Zahlung gedacht, für die Unterstützung bei dem Versuch, Katholiken in ganz Europa gegen England zu vereinen und so die Neue Welt unter Spaniens Oberherrschaft zu halten. Die Steine haben die spanische Kriegskasse beinahe in den Bankrott geführt, aber es gibt kein Anzeichen dafür, dass sie je in Rom oder sogar bei dem Papst eintrafen. Genau genommen, kann man nicht sicher sagen, ob sie überhaupt je existiert haben. Sie könnten ganz einfach eine weitere Sage sein, ersonnen, um die bedenkliche Leere in den Schatztruhen zu erklären.“

„Wenn es dieses Vermögen überhaupt gegeben hat“, warf der Duke ein.

Randall hob sein Glas und nahm einen Schluck von seinem Port. „Ich könnte mich irren. In der Geschichte des Hamilton-Waterstone-Schatzes wird die Art der spanischen Beute nicht erwähnt. Vielleicht ist es so etwas Gewöhnliches wie Gold. Ich wäre es natürlich zufrieden, wenn ich eine Kiste Gold entdeckte.“ Er musterte Strickland verstohlen. Der Miene des Dukes konnte man nichts entnehmen. „Und Sie?“ erkundigte sich Randall.

Stricklands ernste Züge entspannten sich. „Ein Drittel von einer Kiste voll Gold? Ja, damit wäre ich zufrieden.“

„Ein Viertel“, verbesserte Randall ihn. „Und natürlich erhielten Sie Ihren Einsatz vollständig zurück.“

„Natürlich“, sagte der Duke, und sein Lächeln verblasste. „Ich finde dieses Gefeilsche höchst ermüdend. Es sollte besser

Händlern und Yankees überlassen bleiben. Ich werde das Viertel akzeptieren, aber einzig wegen meiner Patentochter. Sie würden mich nicht so nachgiebig Ihren Forderungen gegenüber finden, wäre es nicht um ihretwillen."

Randall nickte knapp, die Wahrheit hinter diesen Worten anerkennend. Er erhob sich, als Strickland aufstand.

„Sie werden mich entschuldigen", sagte der Duke. „Ich habe entdecken müssen, dass ich der Liste von immer neuen Bedingungen und Kosten müde bin." Er beugte sich zu Claire und küsste sie auf die Wange. „Gute Nacht, meine Liebe. Du wirst den Captain zur Tür begleiten, nicht wahr?"

Claire nickte. „Ich werde nach Ihnen sehen, bevor ich mich zurückziehe."

Er lächelte und tätschelte ihren Arm. „Ja, tu das."

Claire wartete, bis er den Raum verlassen hatte, entließ kurz darauf die Dienstboten und wandte sich zu Randall um. „Ein Viertel?" verlangte sie hitzig zu wissen. „Er sagte mir gestern, dass er ein Drittel vorgeschlagen habe."

„Das hat Stickle. Aber ich habe nicht angenommen", erklärte Randall. „Gestern hätte ich nichts von all dem hier zugestimmt." Mit seiner Stiefelspitze schob Randall den Stuhl aus dem Weg, der zwischen ihm und Claire stand. Er machte einen Schritt auf sie zu, schweigend, und wagte kaum zu atmen. Sein Blick glitt von ihren Augen zu ihrem Mund und blieb wie gebannt an ihren Lippen hängen.

„Nennen Sie ihn nicht Stickle. Das ist *mein* Name für ihn, und ich erlaube Ihnen nicht, ihn zu benutzen." Sie holte tief Luft, war sich bewusst, wie dünkelhaft sie klang, aber unfähig, etwas dagegen zu tun. „Sie müssen wissen, dass er nur meinetwegen diesen Bedingungen zugestimmt hat. Ich bin sicher, Sie waren den anderen Geldgebern gegenüber großzügiger. Sie wissen sehr gut, dass ich weder für Sie noch für die Besatzung Ihres Schiffes eine Belastung sein werde. Sie müssen mich nicht unterhalten ..."

Bevor sie wusste, wie ihr geschah, verschloss sein Mund den ihren, erstickte erst ihre Worte, dann ihre Gedanken.

## *3. KAPITEL*

Claire wich vor dem plötzlichen Druck auf ihren Lippen zurück, machte einen Schritt nach hinten und geriet aus dem Gleichgewicht. Sie griff nach dem Stuhl, um sich festzuhalten, und fand stattdessen nur Mr. Hamiltons Arme. Seine Hände hielten fest ihre Taille umschlossen, und jeder seiner einzelnen Finger war wie der Eisenstab eines Käfigs. Claire hob ihre Arme und drückte sie mit all der Kraft, die die Furcht ihr verlieh, gegen seine Brust.

Das reichte aus, dass er sie losließ, aber nicht, um ihn von sich zu stoßen. Stattdessen wurde sie nach hinten gedrängt. Sie stolperte und stieß mit ihrer Hüfte an die Lehne des Stuhles vom Duke. Unsicher, was sie berührt hatte, schlug sie heftig genug dagegen, um ihn umzuwerfen. Randall konnte nicht verhindern, dass er krachend zu Boden fiel.

Claire schrie leise auf, teils vor Überraschung, teils vor Schmerz. Unwillkürlich wich sie zurück und stieß sich heftig an der Tischkante. Die Hand, die sie Halt suchend ausgestreckt hatte, fand den gläsernen Aschenbecher. Sie nahm ihn und schleuderte ihn in Mr. Hamiltons Richtung.

Einzig weil Randall sich gerade bückte, um den Stuhl aufzustellen, verfehlte ihn das schwere Geschoss. Dafür landete es mit unheilvoller Präzision in einer Sèvres-Vase mit einem Blumenstrauß. Wasser, rosa Blüten und Scherben reich verzierten französischen Porzellans verteilten sich über die Anrichte.

„Was zum ..." Während er sich mit dem Stuhl in der Hand aufrichtete, blickte Randall über seine Schulter. Das war ein Fehler. Denn so sah er den Dessertteller nicht kommen, der wie eine asiatische Wurfscheibe auf ihn zuwirbelte. Er traf ihn mit voller Wucht an der Brust. Er sog scharf die Luft ein, griff nach dem Teller, erwischte ihn aber nicht und musste hilflos zusehen, wie er zu seinen Füßen zersprang.

Auf den nächsten Gegenstand, den sie ihm an den Kopf zu werfen versuchte, war er nur unmerklich besser vorbereitet. Gerade noch rechtzeitig duckte er sich zur Seite, so dass er zwar dem Weinglas entging, nicht aber dem Wein. Roter Port ergoss sich über Schulter und Ärmel seines Rockes.

„Genug, Claire! Hören Sie auf! Ich werde nicht ...“ Er brach ab, als er sah, wie sie den Kopf in seine Richtung drehte und anhand seiner Stimme ausmachte, wo er sich befand. Sie tastete auf dem Tisch nach leeren Tellern, Schüsseln und Besteck und fand schließlich eine Gabel, die sie sofort einsetzte. Ihre Zielgenauigkeit ließ zu wünschen übrig, für seine Reflexe galt das allerdings auch, so dass er genau in die Flugbahn der Gabel trat und von den spitzen Zinken gestochen wurde. „Verflucht, Claire!“

Jetzt hatte sie das ganze Besteck als Munition. Sie hielt eine Hand voll warnend in die Höhe. „Bleiben Sie genau dort, wo Sie gerade sind, Captain.“

Er stand vier Fuß von ihr entfernt und hob langsam die Hände in die Höhe. „Ich ergebe mich“, verkündete er. Er sah sie zögern. Immerhin war es ein ermutigendes Zeichen, dass sie ihre Waffen nicht weiter auf ihn abfeuerte. „Wirklich, Claire. Meine Hände sind oben.“

Die Vorstellung gefiel ihr, aber sie war auch misstrauisch. „Ich glaube Ihnen nicht“, sagte sie und fügte hinzu: „Außerdem habe ich Ihnen nicht erlaubt, mich Claire zu nennen!“

Bei dem leisen Geräusch der sich öffnenden Tür fuhren beide herum. Stricklands Butler stand auf der Schwelle und musterte mit ausdrucksloser Miene das Durcheinander. „Soll ich Seine Gnaden von den Vorgängen informieren?“

Langsam senkte Claire die Hand mit ihren Waffen. „Nein, Emmereth. Das ist nicht nötig.“

„Sehr gut, Miss Bancroft. Das dachte ich schon.“

Sie nickte, und ein schwaches Lächeln umspielte ihre Lippen. „Danke.“ Sie hörte, wie er sich anschickte, die Tür wieder zu schließen. „Emmereth?“

„Ja, Miss?“

„Hat Captain Hamilton die Hände oben?“

„Und eine Serviette“, versetzte Emmereth trocken, als Randall sie wie eine weiße Fahne zu schwenken begann. „Er ergibt sich, Miss Bancroft. Wie Napoleon in Waterloo.“

„Danke“, erwiderte sie.

Emmereth nickte und verließ den Raum, die Tür hinter sich zuziehend.

Claire fand den Rand des Tisches und legte das Besteck weg. „Auch wenn Emmereth Seiner Gnaden nicht von dem Vorfall berichtet, werden wir doch das Gesprächsthema der Dienstboten heute Abend sein.“

„Und morgen Abend auch noch“, bemerkte Randall, „wenn ich das Glitzern in Emmereths Augen richtig deute.“

„Ein Glitzern? Ehrlich? Ich kann mich an ihn nur als steif erinnern. Als Kind hatte ich sogar Angst vor ihm.“

„Da war ein Glitzern ... oder eine Träne.“ Randall betrachtete die zerbrochene Vase. „Vielleicht wegen des Sèvresporzellans.“

„O Gott. Habe ich das zerbrochen?“

„Ich fürchte schon. Der Aschenbecher ist aber wohl noch ganz.“

Claire seufzte. „Stickle wird mehr an dem Sèvres liegen.“

Randall vermutete, dass sie Recht hatte. „Darf ich jetzt meine Hände wieder senken?“

„Sie haben sie immer noch oben?“

„Allerdings.“

„Und Ihre weiße Fahne?“

„Schwenke ich noch."

„Mit dem Unsinn können Sie aufhören, aber lassen Sie Ihre Hände, wo sie sind."

Randall ließ die Serviette zu Boden flattern. „Wie Sie wünschen", sagte er und senkte die Arme.

Claire drehte sich um, so dass sie mit dem Rücken zum Tisch stand, und stützte sich rechts und links an der Kante ab. „Ich wüsste gerne, warum Sie mich geküsst haben", sagte sie.

„Versucht", verbesserte er sie. „Ich habe versucht, Sie zu küssen. Was dabei herauskam, kann man nicht guten Gewissens als Kuss bezeichnen."

„Nein, das kann man nicht."

Also kannte sie sich ein wenig aus. Das hatte Randall sich nämlich gefragt. Allerdings war es irgendwie befremdlich, dass Claire scheinbar seine Gedanken lesen konnte.

„Dachten Sie, ich wäre noch nie geküsst worden, Captain? Ich versichere Ihnen, ich verfüge über die Erfahrung, die eine Frau meines Alters gewöhnlich hat. Ich bin vierundzwanzig, wie Sie vielleicht nicht wissen. Aber ich bin überall auf der Welt gewesen, also gewissermaßen eine Frau von Welt. Und in einigen Kulturen gelte ich als recht ansehnlich. Ihr Kuss, das gebe ich zu, ist der erste seit meiner Erblindung. Ich denke nicht, dass Stickles Kuss auf die Wange zählt, nicht wahr?"

„Nein", erwiderte Randall ruhig. „Der zählt nicht."

„So." Der Tonfall hatte etwas Abschließendes, gerade so, als wäre sie zu einem Schluss gekommen und brauche nur noch seine Bestätigung. „Ich gebe mich nicht der Illusion hin, dass Sie mich sonderlich begehrenswert finden, Captain Hamilton. Ich habe allen Grund anzunehmen, dass Sie mich gestern völlig übersehen haben. Wollten Sie mich mit Ihrem Überfall abschrecken? Muss ich an Bord der *Cerberus* mit weiteren Übergriffen dieser Art rechnen?"

Randall war rot geworden. Das letzte Mal, als man ihm eine solche Standpauke gehalten hatte, war er noch feucht hinter den Ohren gewesen und hatte Küsse auf dem Heuboden hinter den Sklavenunterkünften gestohlen. Er war dreizehn, und Mammy Komati hatte ihn dabei erwischt, wie er seine Erfahrungen zu erweitern versucht hatte. Jennie Ann hatte sie fortgescheucht und ihm dann mit einem Holzlöffel gründlich den Hintern versohlt. Doch die Hiebe schmerzten viel weniger als ihre scharfen Worte. *Manche Menschen haben von Geburt an Vorrechte*, hatte sie ihm vorgehalten. *Aber dadurch haben sie vor allem mehr Verantwortung für das, was sie tun. Sie müssen auf andere Acht geben, nicht anders herum. Es ist nicht richtig, sich zu nehmen, was nicht verweigert werden kann, und es macht keinen Spaß zu erringen, was sich nicht wehren kann. Du weißt, was richtig und was falsch ist, mein Junge. Das hier ist deiner unwürdig. Ich weiß, dass du besser erzogen bist.*

Ihre Stimme klang ihm noch so deutlich in den Ohren, dass es ihn wunderte, nicht auch den Holzlöffel zu spüren.

„Nun, Captain?“ hakte Claire nach, als er stumm blieb.

Randall erkannte, dass es nur einen Weg gab, sich Mammy Komatis würdig zu erweisen: Er musste ihr die Wahrheit sagen. Doch es war jetzt nicht einfacher als mit dreizehn. „Es war ein Test“, erklärte er.

„Ein Test?“

„Ich war mir nicht sicher, ob Sie nicht einfach nur so tun, als ob Sie blind wären.“

Claire blieb vor Überraschung der Mund offen stehen. Mit dieser Antwort hatte sie ganz offensichtlich nicht gerechnet. „Vermutlich sollte ich dankbar sein, dass Sie mir nicht einfach das Bein gestellt haben. Damit hätten Sie dasselbe erreicht.“

„Es lag nicht in meiner Absicht, Ihnen wehzutun.“

Claire schnaubte abfällig. „Gehörten Sie zu der Sorte Jungen, die Schmetterlingen die Flügel ausgerissen haben?“

„Nein“, antwortete Randall. „Das war mein Bruder David. Und bevor Sie weiterfragen, es war Shelby, der die Katzen quälte.“

„Und wer war Ihr bevorzugtes Opfer?“ Sie wartete. „Sie müssen lauter sprechen, Captain. Es ist nicht wahr, dass Blinde besser hören. Blindheit macht einen lediglich für Geräusche empfindlicher, aber es macht sie nicht lauter.“

Randall räusperte sich. „Mädchen“, brachte er reuig hervor. „Ich habe Mädchen gejagt.“ Auf dieses Geständnis folgte eine längere Pause, die schließlich von Claires Gelächter unterbrochen wurde. Neue Röte stieg ihm ins Gesicht, obwohl er selbst grinsen musste. „Am liebsten habe ich sie an den Zöpfen gezogen.“

„Als Sie sechs Jahre alt waren“, sagte Claire, nachdem sie wieder zu Atem gekommen war. „Ich nehme an, inzwischen haben sich Ihre Interessen verlagert.“

„Das stimmt. Die der Mädchen aber auch.“

„Ja“, sagte sie langsam. Sie überlegte, ob Randall Hamilton wohl ein gut aussehender Mann war und ob er ihr, danach befragt, aufrichtig antworten würde. „Haben Sie Ihre Aufmerksamkeiten häufig erzwingen müssen?“

Randall dachte an Jennie Ann. Er hatte sie zu nichts gezwungen, aber Mammy Komati hatte Recht gehabt. Jennie Ann hätte ihm nichts verweigern können. „Nein“, antwortete er. „Da war nie Zwang.“

„*Droit du seigneur*? Das Recht des Herrn und Meisters? Hat man in South Carolina dafür einen eigenen Namen?“

Vielleicht nicht immer, dachte Randall. Nicht wenn es um die Sklavinnen ging. Aber es war möglich, dass das tatsächlich etwas war, das sich durch den Krieg zum Besseren gewendet hatte. „Man nennt es Vergewaltigung.“

„So wird es hier auch genannt“, erwiderte Claire. „Ich wollte mich nur vergewissern.“

„An Bord der *Cerberus* werden Sie nichts zu befürchten haben. Sie werden nicht zu Schaden kommen.“

Claire glaubte ihm, aber sie fühlte sich verpflichtet, ihn darauf aufmerksam zu machen, dass er sie schon einmal angelogen hatte. „Sie haben mir heute Vormittag noch versprochen, dass Sie mich jedes Mal vorwarnen würden, bevor Sie mich berühren. Ich erwarte von nun an, dass Sie sich daran halten.“

„Das werde ich.“

„Was alle anderen Fragen angeht, die Sie bezüglich meiner Blindheit haben, hoffe ich, dass sie nun beantwortet sind.“

„Vollkommen.“

„Gut.“ Sie nickte einmal. „Sie dürfen nun Ihre Hände herabnehmen, Captain, und gehen. Ich mache keine Gefangenen.“

Randall blickte kurz auf seine Arme herab. Schon vor einiger Zeit hatte er sie vor der Brust verschränkt. „Ja ... Danke. Sie wurden mir langsam schon schwer.“

„Ich hatte es vergessen.“

„Das dachte ich mir.“

„Wären Sie so freundlich, Emmereth davon zu unterrichten, dass dieser Raum wieder in Ordnung gebracht werden muss? Auf Ihrem Weg nach draußen, meine ich.“ Sie seufzte. „Wegen der Vase werde ich mir etwas überlegen müssen.“

Randall sah, wie Claires Miene sich plötzlich aufhellte, als ob ihr soeben eine Idee gekommen sei, und wappnete sich für das, was er gleich hören würde.

„Ich weiß“, verkündete sie triumphierend. „Ich werde einfach auf meine Blindheit hinweisen. Das sollte reichen, oder? Schließlich kann man so nicht von mir erwarten, dass ich weiß, wo all seine Schätze stehen.“

„Miss Bancroft", erwiderte Randall gedehnt, „welch ein Wunderwerk Sie doch sind."

Zufrieden, sie mit diesem Zitat zum Schweigen gebracht zu haben, verabschiedete er sich und ging. Sie stand eine ganze Weile noch da, an den Tisch gelehnt, doch dieses Mal weniger zum Schutz als zur Stütze. Blicklos starrte sie in Richtung der geschlossenen Tür, eine kleine Falte zwischen den Brauen.

Sie glaubte nicht, sich die Bewunderung, die in seiner Stimme mitschwang, eingebildet zu haben.

Es klopfte leise an der Tür. Strickland klappte sein Schreibpult zu und rief: „Herein!"

Vorsichtig stieß Claire die Tür auf. Auf einem Tablett trug sie eine Tasse heiße Milch und Brandy. Hinter ihr folgte ein Diener, jederzeit bereit, ihr zu Hilfe zu kommen, sollte sie gegen irgendetwas stoßen oder etwas verschütten oder irgendein anderes Missgeschick erleiden. „Wenn Sie das so gnädig sagen, habe ich immer das Gefühl, ich bekäme eine Audienz erteilt."

„Das stimmt ja auch", entgegnete der Duke. Seine schmalen, fein gemeißelten Züge wurden etwas weicher. Er winkte dem Diener. „Miss Bancroft hat oft genug bewiesen, dass sie das kann. Und was ist schon schlimm daran, wenn sie wirklich einmal etwas auf den Teppich verschüttet? Der kann gereinigt oder ersetzt werden."

Wenn der Teppich, wie sie sich erinnerte, tatsächlich der mit dem ägyptischen Muster war, dann konnte er nicht so einfach ersetzt werden. Es hieß, Napoleon habe ihn einst in seinem Feldlager vor Alexandria benutzt. Der Duke bezog ein beinahe unheiliges Vergnügen daraus, ihn auf seinem Weg zum Bett buchstäblich mit Füßen zu treten. „Denken Sie ähnlich über die Sèvres-Vase im Speisesalon?" fragte sie. Claire verließ sich auf seine Stimme, ihr den Weg zu der Stelle zu weisen, an der sie das Tablett absetzen sollte.

„Sèvres? Auf der Anrichte?"

„Ja, ganz genau. Es ist ihr übel ergangen, fürchte ich."

„Angeschlagen?" erkundigte er sich irgendwie hoffnungsvoll.

„Zerbrochen."

„Hier, gib mir das Tablett, meine Liebe. Du hast das bewundernswert geschafft, von der Vase einmal abgesehen."

Claire überließ ihm das Tablett. Sie streckte ihren Arm aus, ertastete die Lehne eines nahen Stuhles und setzte sich vorsichtig darauf. Es war ihr unmöglich, sich einigermaßen sicher zu fühlen, wenn sie sich auf einen Stuhl oder ein Sofa setzen wollte. Mrs. Webster schalt sie dafür und fand dieses Zögern unerklärlich. *Es ist schließlich nicht so, als würde ihn jemand unter Ihnen wegziehen*, hatte sie gesagt. Aber genau das war es, was Claire insgeheim und völlig unsinnigerweise fürchtete. Sie vertraute der Witwe nicht an, dass das kein unbekanntes Gefühl war. Erst seit sie blind geworden war, hatte sich das Gefühl auch auf greifbare Dinge ausgedehnt. Zuvor hatte sich das nur auf Gefühle erstreckt, wie Liebe und Vertrauen.

Claire hielt ihre Hand auf. Der Duke reichte ihr die Milchtasse. „Danke."

„Bitte sehr." Strickland lehnte sich in seinem Stuhl zurück und rieb sich mit dem Handrücken das Kinn. „Erzähl mir von der Vase."

„Eine leidenschaftliche Rede. Ich wollte meine Worte mit einer Geste unterstreichen", sagte sie. „Aber ich stand zu nah an der Anrichte."

„Leidenschaftlich?" Der Blick des Dukes ruhte nachdenklich auf seiner Patentochter. „Weckt der Captain dieses Gefühl in dir?"

Claires Lippen verzogen sich zu einem trockenen Lächeln. „Vielleicht beschreibt ‚verärgert' es besser. Ganz sicher vermag der Captain Ärger zu wecken."

„Ich weiß nicht, ob mir das besser gefällt. Du solltest vorsichtig sein, Claire. Ich traue ihm nicht ganz."

„Ich wünschte, es wäre ein besseres Geschäft, Stickle."

„Ich hoffe nur, dass du mich nie in seinem Beisein so genannt hast. Das ist genau die Art Vertraulichkeit, die Hamilton ausnutzen würde. Was bringt es schon, sich als knallharter Verhandlungspartner zu geben, wenn man als Stickle bekannt ist?"

Claire hob rasch die Tasse an ihre Lippen. „Ich glaube nicht, dass ich den Namen vor ihm erwähnt habe", erklärte sie über den Rand hinweg.

Strickland seufzte. „Was für eine erbärmlich schlechte Lügnerin du doch bist."

Claire zuckte die Schultern.

„Ich bin auch nicht sicher, ob ich dir wegen der Vase glauben soll."

Nur mit Müh und Not konnte Claire verhindern, dass sie sich verschluckte. Sie spürte beinahe körperlich den bohrenden Blick ihres Paten. Seine Augen würden so kühl und scharf wie Eiszapfen sein, während er ihr ein Geständnis abzuringen suchte. „Was haben Sie gerade getan, als ich hereinkam?" fragte sie rasch und wechselte so das Thema. „Sie erwähnten, dass Sie sich zurückziehen wollten, aber dabei arbeiten Sie an Ihrem Schreibtisch."

„Ich war gerade dabei, eine Anzeige für die Zeitungen aufzusetzen. Für deine Begleiterin."

„Was für ein erbärmlich schlechter Lügner Sie doch sind."

Stricklands Augen weiteten sich ein wenig; dann lachte er leise. „Also gut. Ich habe versucht das Rätsel aufzuschreiben, wenn du es unbedingt wissen musst."

Claire nickte. „Das dachte ich mir schon. Darum haben Sie sich so bald entschuldigt, nachdem Sie es gehört hatten. An wie viel können Sie sich erinnern?"

Der Duke öffnete den Deckel des Schreibpultes gerade weit genug, um ein Blatt Papier herauszunehmen. *„Blut wird fließen, Flammen schießen.* Irgendwas mit der Sonne."

*„Sonne, blendend hell, gepriesen."*

Es war verständlich, vermutete Strickland, dass Claire diese eine Zeile im Gedächtnis haften geblieben war. „Dann sagte er noch etwas von Fluten und Pesthauch. Das war's. Mehr weiß ich nicht."

„Ich verstehe nicht, wie er die Verbindung zu den Edelsteinen zieht. Du?"

„Nein, aber wir haben ja auch nur einen Teil des Rätsels gehört. An anderer Stelle könnte sich ein Hinweis verbergen."

Claire fiel auf, dass der Duke weder Echtheit noch Herkunft des Rätsels in Zweifel zog. Er schien nicht zu glauben, dass Randall Hamilton sich die Reime ausgedacht hatte. „Was er von dem Schatz erzählt hat, passt zu Ihrer eigenen Theorie."

„Ich hatte nicht angenommen, dass dir das entgehen würde. Captain Hamilton hat entweder die Legende um den Schatz gründlich erforscht, oder er verfügt über andere geheime Erkenntnisse, die ihm den Weg weisen. Oder es ist ein bisschen von alledem. Ich glaube nicht, dass er seine Zeit in Oxford nur dazu genutzt hat, die Naturwissenschaften zu studieren. In der Bibliothek dort bin ich selbst schon auf erstaunliche Übereinstimmungen zwischen der Legende und den Berichten über die Aufbringung der spanischen Galeone *Frontera* gestoßen."

Claire lächelte. „Das Geheimnis zu lüften ist es, was Sie reizt, nicht wahr? Den Schatz zu finden ist nur eine erfreuliche Zugabe."

Strickland hob erstaunt seine Brauen. „Ich würde nicht so weit gehen, es so auszudrücken. Wenn ich diese Steine meiner Sammlung hinzufügen könnte, würde ich mich nicht beklagen."

„Ein Viertel davon", verbesserte ihn Claire. „Dem haben Sie zugestimmt."

„Ja“, erwiderte er nach einer kleinen Pause. „Nur ein Viertel. Geh schon, du solltest dich zu Bett begeben. In den kommenden Wochen gibt es eine Menge zu tun. Du wirst die Reise brauchen, um dich von den anstrengenden Vorbereitungen zu erholen.“

Claire lachte und hielt ihm ihre Tasse hin. „Gute Nacht, Stickle. Angenehme Träume.“ Sie drückte ihm die Hand, als er ihr die Tasse abnahm.

„Brauchst du Hilfe?“

„Zehn Schritt bis zur Tür und weitere vierzehn nach dem dritten Zimmer auf der rechten Seite. Das werde ich allein bewerkstelligen, danke.“

Er beobachtete, wie sie den Raum durchquerte, um sich zu vergewissern, dass sie es schaffte. Als sie gegangen war, fiel sein Blick auf das Papier in seiner Hand. Er musste Hamiltons Gedicht nicht aufschreiben. Die Zeilen waren bedeutungslos. Dass es sieben waren, reichte völlig als Beweis, dass der Captain sich auf dem richtigen Weg befand und der Lösung vielleicht sogar näher war, als er selbst es je gewesen war.

Sieben Zeilen. Sieben Flüche. Ein Fluch für jede Schwester. Es war sehr gut möglich, dass der Captain wusste, wonach er suchen musste.

Evan Markham, der achte Duke of Strickland, zerknüllte das Blatt in seiner Hand und warf es in den Kamin. Er öffnete das Pult und holte die Briefe heraus, die er angefangen hatte. An diesem Punkt durfte nichts dem Zufall überlassen bleiben.

Die nächsten zwölf Tage vergingen für Claire wie im Flug, genau so, wie ihr Pate es vorausgesagt hatte.

Auf Drängen des Dukes wurde sie neu eingekleidet. Sie wurde nicht gefragt und hatte auch bei der Auswahl der Schnitte, Farben und Muster kaum Mitspracherecht. Strickland entdeckte zu seiner Genugtuung, dass Mrs. Webster ein gutes Auge dafür besaß, was seiner Patentochter stand und was nicht. Nachdem er am ersten Tag erlebt hatte, wie sie gegen allzu üppige Rüschen Einspruch erhob, überließ der Duke Claire frohen Herzens den fähigen Händen ihrer Lehrerin. Sein Besuch in dem Salon, wo die letzte Anprobe stattfand, reichte aus, sich zu vergewissern, dass alles rechtzeitig fertig sein würde, wenn die *Cerberus* auslief.

Claire erhielt weitere Unterrichtsstunden, um den Umgang mit ihrem Stock zu üben. Eigentlich lehnte sie ihn als eine Krücke ab, die nur die Aufmerksamkeit auf sie lenken würde. Es nützte auch nichts, dass der Duke ihr Unbehagen zu lindern versuchte, indem er ihr einen Stock aus Ebenholz anfertigen ließ und ihn als modisches Accessoire bezeichnete. Mrs. Webster war es bislang nicht gelungen, Claire begreiflich zu machen, wie hilfreich diese „Krücke" war. Sie erklärte ihrer Schülerin, dass sie an Bord der *Cerberus* häufiger Gefahren ausgesetzt wäre als auf der *HMS Mansfield*. Auf ihrer Fahrt zurück nach London hatte sie sich ihrer Krankheit wegen größtenteils in ihrer Kabine aufgehalten. Seither hatte sie so viel gelernt, dass sie dazu neigte, sich zu überschätzen. Das aber war der sicherste Weg, so warnte Mrs. Webster sie, am Ende über Bord zu gehen.

Claire erkannte die Wahrheit dieser Aussage und übte von nun an täglich, zunächst in der vertrauten Umgebung des Stadthauses und später, um ihr Können zu erproben, in den verschlungenen Korridoren und ausgedehnten Zimmerfluchten auf Abberly Hall. Dort beschäftigte sie sich auch mit der ausgedehnten Sammlung von Artefakten, die dem Duke gehörte. Er hatte deutlich gemacht, dass Mrs. Webster ihr nicht in den Raum folgen durfte, und Claire hielt sich an seine Anweisung. Sie wunderte sich nur, dass ihr Pate ihr vertraute, obwohl sie die Sèvres-Vase zerbrochen hatte.

Stricklands privates Museum war eine etwa sechzig Fuß lange und ungefähr dreißig Fuß breite Galerie, die im zweiten Stockwerk des Westflügels von Abberly Hall lag. Die schweren Türen waren stets verschlossen. Nur Strickland selbst und seine Haushälterin, die sich seit gut dreißig Jahren in seinen Diensten befand, besaßen die Schlüssel. Soweit Claire wusste, hatte kein anderes Mitglied der Dienerschaft je den Raum betreten.

Mrs. Novak öffnete ihr die Tür und begann Staub zu wischen, während Claire vorsichtig die Galerie erkundete. Sie hob die Deckel von Glaskästen, in denen sich alte Waffen von Rittern und die reicher mit Juwelen verzierten Dolche ihrer Damen befanden. Noch älter waren ein römisches Breitschwert und Druidenklingen, in die magische Runen geritzt waren, um ihre Treffsicherheit zu steigern. Claire entdeckte ein ägyptisches Armband, das auf einem der Kästen lag. Mit dem Finger fuhr sie das feine Silberband nach, so gebogen, dass es sich wie eine Schlange um den Arm legen würde. Sie ertastete die beiden Augen des Reptils und erinnerte sich, dass diese winzigen Steine Rubine waren. Sie streifte sich das Armband über und tat so, als bewunderte sie es. Wenn sie als Kind in Abberly Hall gewesen war, hatte Strickland ihr stets erlaubt, das Armband zu tragen, während er sie und ihre Mutter herumführte. Sogar damals schon war er ihr gegenüber überaus nachsichtig gewesen.

Claire blieb stehen, als sie bei den Wandbehängen ankam. Jetzt konnte sie sie nur befühlen, aber nicht zurücktreten und die Geschichten bestaunen, die sie erzählten. Es enttäuschte sie, dass sie nicht in der Lage war, sie zu unterscheiden oder sich die lebhaften Farben ins Gedächtnis zu rufen. Sie wusste noch, dass einer die Schlacht von Hastings zeigte, ein anderer die Suche Sir Gawains nach dem heiligen Gral. Ohne Mrs. Novak um Hilfe zu bitten, hätten es genauso gut die Bettvorhänge des Dukes sein können.

Claire spürte, wie ihre Freude an dem Erkunden verblasste. Die Jadefiguren aus China erkannte sie wieder, genauso wie die aufs Feinste gearbeiteten Schüsseln und Vasen einer Dynastie, deren Namen sie vergessen hatte, aber sie kamen ihr nur noch kühl vor und sonst nichts. Die zart gemalten Muster auf dem Porzellan vermochten sie nicht zu fesseln. Die Saphirsammlung des Dukes ließ sie völlig aus. Ohnehin würde sich ein Stein wie der andere anfühlen, wenn sie sie nicht ins Licht halten und ihre Reinheit oder leuchtende Farbe bestaunen konnte.

Aber erst bei den Büchern spürte Claire mit voller Wucht den Verlust, den sie auf der anderen Seite der Erdkugel erfahren hatte. Sie fuhr mit den Händen über die kostbaren Folianten. Die ledernen Einbände waren vom Alter ganz weich und außer den geprägten Buchstaben völlig glatt. Vorsichtig schlug sie eines auf und fragte sich, ob sie wohl eine im Kloster sorgfältig angefertigte Abschrift von Plutarchs *Vitae* oder eines von Homers Epen vor sich hatte. Ihr Pate, das wusste sie, besaß beides und noch viel mehr. Claire blätterte um, langsam und voller Ehrfurcht für das Alter und den Inhalt des Buches.

Sie blieb stehen, als sie mit der Hand ein Stück Papier berührte, das sich anders als die vorherigen anfühlte. Als sie ihre Hand fortzog, löste sich die Seite. Ihr erster Gedanke war, dass sie sie in ihrer Ungeschicklichkeit herausgerissen hatte. Beinahe hätte sie das schwere Buch zugeschlagen, um ihr Missgeschick zu verbergen. Doch diese Reaktion passt eher zu einem Kind, entschied sie. Außerdem war es gut möglich, dass die Haushälterin sie bei ihrem Tun beobachtet hatte.

„Mrs. Novak?"

„Ja? Ich bin gleich bei Ihnen. Wie kann ich Ihnen helfen?"

Claire konnte an der Stimme erkennen, dass Mrs. Novak ihr den Rücken zuwandte. Sie konnte sich also so kindisch benehmen, wie sie wollte, und schloss das Buch. „Stauben Sie gerade eine der Rüstungen ab?" erkundigte sie sich.

„Himmel, ja. Sie sind wirklich erstaunlich."

Dann befand sie sich gut und gerne auf der anderen Seite des Raumes. „Ich habe mich gefragt, ob Sie vielleicht Mrs. Webster Beschied geben könnten, dass ich nun bald gehen möchte. Soweit ich weiß, ist sie im Wintergarten. Wenn sie ein lauschiges Plätzchen gefunden hat und eingenickt ist, wäre es besser, wenn sie rechtzeitig vorgewarnt wird. Bestimmt wird sie sich frisch machen wollen, bevor wir aufbrechen."

„Natürlich. Kann ich Sie solange allein lassen?" Mrs. Novak fuhr ein letztes Mal über den Ritterhelm, dann stellte sie sich zu Claire und den Büchern. „Die hier habe ich nie begriffen", erklärte sie. „Ich verstehe kein Wort Latein, und das ist die Sprache, in der die Bücher geschrieben sind, sagt Seine Gnaden. Ich nehme nicht an, dass Sie etwas lesen ..." Sie schlug sich die Hand vor den Mund, als ihr auffiel, was sie da gerade gesagt hatte. „O Miss Bancroft, das tut mir ja so Leid. Es ist nur, dass Sie sich kaum verändert haben durch ... ich meine dadurch, dass ..." Sie drückte den Staubwedel an sich. „Was für eine Närrin ich geworden bin. Meine Zunge verknotet sich schlimmer als meine Schürzenbänder."

„Das macht nichts, Mrs. Novak." Claire fand die Entschuldigungen viel schlimmer als die gedankenlosen Bemerkungen, die ihnen vorausgingen. „Bitte, schauen Sie einfach nach Mrs. Webster, ja?"

Die Haushälterin war nur zu glücklich, gehen zu können.

Claire öffnete das Buch, sobald Mrs. Novak die Tür hinter sich geschlossen hatte. Sie brauchte nur einen Augenblick, um die Seite wiederzufinden. Dieses Mal nahm sie sie ganz heraus. Ihr Herzschlag beruhigte sich langsam wieder, während sie die Ränder des Blattes nachfuhr. Es war überall glatt. Obwohl das Papier sich von den übrigen Seiten der Handschrift unterschied, war es gut, eine weitere Bestätigung zu erhalten. Sie fragte sich, ob der Duke das Blatt als Lesezeichen hineingelegt haben konnte. Sie versuchte sich vorzustellen, wie er zum Vergnügen in dem schweren Buch las, aber es gelang ihr nicht. Dieses Werk war nicht dazu gedacht, gelesen, sondern wegen seiner kunstvollen Ausführung bewundert zu werden. Strickland besaß gewiss lesbare Ausgaben dieser Bücher in mehreren seiner Bibliotheken.

Vorsichtig fuhr Claire mit ihrer Hand über das Papier, so ähnlich wie sie es bei den Wandbehängen und geprägten Buchdeckeln getan hatte, ohne damit zu rechnen, irgendetwas mit ihren Fingerspitzen zu ertasten. Es erschreckte sie daher fast, als sie plötzlich die kleinen Löcher spürte, die in das Blatt gestochen worden waren.

Jedes dieser Löcher war ein wenig größer als ein Nadelstich, aber nicht viel. Hätte das Papier nicht zwischen den Seiten des schweren Buches gelegen, würde man auf der Rückseite die kleinen Erhebungen fühlen können. Die Löcher waren nicht geschnitten worden, sondern entstanden, indem jemand mit einem spitzen Gegenstand hineingestochen hatte.

Claire tastete das Blatt noch einmal ab. Sie fragte sich, wie leicht diese Löcher zu erkennen wären, wenn sie sehen könnte. Wären sie ihr überhaupt aufgefallen? Es schien ihr unwahrscheinlich. Da das Blatt Papier in dem Manuskript gelegen hatte, würde man die Löcher kaum erkennen können.

Mit dem Zeigefinger fuhr sie sie noch einmal nach. Sie zählte sieben. Alle befanden sich in der rechten unteren Ecke des Blattes, von ihr aus gesehen. Aber sie hatte keine Ahnung, ob sie das Papier richtig herum hielt, auch wenn sie es nicht umgedreht hatte.

Sie überlegte, ob Strickland von seiner Existenz wusste, und verspürte die Erregung, die jede Entdeckung mit sich bringt. Vielleicht hatte der Mönch es zwischen die Seiten geschoben, der die Handschrift angefertigt hatte. Seine Gebete. Seine Widmung. Seine lateinische Wäscheliste.

Claire lächelte, während sie ein drittes Mal ihren Finger über die Löcher gleiten ließ. Nein, vermutlich keine Liste. Irgendetwas, das mit dem Himmel zu tun hatte. Die Anordnung der sieben Löcher war ihr vertraut; es war das am leichtesten zu erkennende Sternbild am Nachthimmel: der Große Wagen.

Sie legte ihre Entdeckung wieder in das Buch zurück, genau so – wenigstens hoffte sie das – wie sie es vorgefunden hatte. Mrs. Novaks näher kommende Schritte waren im Flur zu hören. „Ich bin bereit zu gehen“, sagte sie. „Danke, dass Sie mich hereingelassen haben.“

„Es war mir ein Vergnügen, Miss Bancroft. Seine Gnaden kommt nicht oft genug zu Besuch her, und auch wenn ich ihm all diese schönen Dinge gönne, kommt es mir doch immer ein wenig wie Verschwendung vor, dass er nicht ab und zu Bekannte einlädt, sie zu besichtigen. Himmel, ich kann mühelos an meinen Fingern abzählen, wie oft er Besucher hergebracht hat.“ Mrs. Novak versperrte die Tür, dann sprach sie weiter, während sie neben Claire herging. „Ich kann mir natürlich selbst denken, dass ein solches Kommen und Gehen zu anderen Schwierigkeiten führen würde. Wir haben genug Diebe, die versuchen die Mauern von Abberly Hall zu erklimmen. Ich kann nicht behaupten, dass ich unbedingt mehr davon hier sehen möchte, so dass die Vorsicht Seiner Gnaden begründet scheint. Wissen Sie, dass nie ein Stück abhanden gekommen ist in all den Jahren, die ich in den Diensten des Dukes stehe?“

„Es besteht kein Zweifel daran, dass er Ihnen vertraut“, erwiderte Claire freundlich.

„Bis jetzt“, fuhr Mrs. Novak fort.

Claire runzelte die Stirn. „Wollen Sie sagen, er vertraut Ihnen nicht länger?"

„Nein, ich meinte die verloren gegangenen Dinge. Jetzt fehlt etwas."

Claires Stirnrunzeln verstärkte sich. Hatte Mrs. Novak den Zwischenfall mit dem Papier doch beobachtet? Glaubte die Haushälterin, sie habe das Blatt entwendet? Claire wollte gerade abstreiten, dass sie irgendetwas an sich genommen hatte, als Mrs. Novak ihr zuvorkam.

„Machen Sie sich keine Gedanken", erklärte sie. Ihr herzlicher Tonfall war keine Spur anklagend. „Mir ist klar, dass Sie es einfach vergessen haben." Sie blieb an der Treppe stehen. „Darf ich?"

Claire war verwirrt. „Sie werden deutlicher werden müssen, fürchte ich." Ihre linke Hand legte sie auf das Geländer und machte sich daran, die Stufen hinabzusteigen. „Was wollen Sie tun?"

„Das Armband nehmen", antwortete Mrs. Novak. „Sie haben die grässliche Schlange noch an."

Lachend hielt ihr Claire den Arm hin. „O bitte. Nehmen Sie sie zurück. Es wäre entsetzlich gewesen, wenn ich es erst auf der Fahrt nach London entdeckt hätte. Seine Gnaden wäre alles andere als zufrieden mit mir."

Auf der Rückfahrt jedoch war Claire in Gedanken mit etwas völlig anderem beschäftigt. Es war unwahrscheinlich, dass sie auch nur einen an das Armband verschwendet hätte.

„Sie sind so still, meine Liebe", bemerkte Mrs. Webster schließlich.

Claire war erstaunt, dass das ihrer Lehrerin aufgefallen war. Mrs. Webster hatte sich zuvor in einem längeren Monolog über ihre jüngste Magenverstimmung ergangen, und ihre Worte konnten nur bedeuten, dass das Thema nunmehr erschöpft war. „Ist Captain Hamilton eigentlich ein gut aussehender Mann?“ erkundigte sich Claire ohne Einleitung.

Die Kutsche fuhr sanft schaukelnd weiter, so dass kein Schlagloch für das scharfe Luftholen von Mrs. Webster verantwortlich sein konnte. Weder die Überraschung ihrer Lehrerin noch deren wissendes Lächeln, das folgte, würden Claire gefallen. „Aus dieser Richtung weht also der Wind“, sagte sie.

„Es ist doch nur eine Frage“, entgegnete Claire knapp. „Kein Ausdruck irgendeines besonderen Interesses.“

Mrs. Websters Lächeln verblasste. „Kein Grund, kratzbürstig zu werden, Miss Bancroft. Zufällig kann ich mit einer Beschreibung des Äußeren des Captains aufwarten.“

Claire war Entschuldigungen von Herzen Leid und bot nun auch von sich aus keine an. Doch sie bemühte sich um einen freundlicheren Tonfall. „Die würde ich gerne hören.“

„Nun, ich bin ihm nicht offiziell vorgestellt worden, müssen Sie wissen. Ich habe ihn nur hie und da zufällig gesehen, wenn er Seine Gnaden aufgesucht hat. Ich muss sagen, dass er sehr beeindruckend aussieht.“

„Ja, das dachte ich mir schon.“ Das passte zu dem Bild des steinernen Tikis, das sie sich von ihm gemacht hatte. „Aber das ist nicht sehr aussagekräftig. Wie sieht er aus?“

„Sein Haar hat die Farbe von Kupfer. Aber nicht wie bei einer frisch geprägten Münze, sondern dunkler, wie bei einer etwas älteren, die man schon eine Weile in der Tasche stecken hat.“

„Angelaufen?“

„Aber nein, nicht grünlich.“ Mrs. Webster lachte leise bei der Vorstellung. „Es ist mehr braun, mit einem rötlichen Schimmer. Wie ein dunkler Sonnenuntergang, könnte man sagen. Ist der Vergleich besser?“

„Ja. Was noch?“

„Er hat dunkle Augen“, fuhr die andere fort. „Nicht so dunkel wie Ihre, aber ein Braunton. Er hat ausgeprägte Züge: ein Gesicht, das irgendwie an einen Raubvogel erinnert, mit einem festen Kinn und einer geraden Nase. Eigentlich gar nicht so verschieden von Seiner Gnaden, als er noch jünger war.“

Claire konnte sich daran noch gut erinnern. Nach dem attraktiven Duke of Strickland hatten sich viele Frauen umgedreht. Ihr enges Verhältnis hatte sie dafür nicht unempfänglich gemacht. Als kleines Mädchen hatte sie ihm sogar einmal einen Heiratsantrag gemacht. Inzwischen konnte Claire bei der Erinnerung daran lächeln, doch damals hatte es sie in tiefe Verlegenheit gestürzt und ihrer Mutter nicht wenig Kummer bereitet. Stickle hatte sich als Erster erholt und erklärt, wie sehr er sich durch ihren Antrag geschmeichelt fühle.

„Dann sieht er gut aus“, sagte Claire.

„Das ist eine zutreffende Beschreibung“, räumte Mrs. Webster ein, „trifft es aber nicht ganz. Es berücksichtigt die Narbe nicht.“

„Welche Narbe?“

„Der Captain hat eine schmale Narbe, die von seinem Haaransatz an der einen Schläfe bis zum Kinn verläuft. Ich kann nicht sagen, wo sie herstammt, und ganz bestimmt nicht, wie lange er sie schon hat. Sie scheint ihn nicht im Mindesten zu stören, darum schätze ich, hat er sie schon länger. Eigentlich müsste die Narbe entstellend wirken, aber bei Captain Hamilton hält sie mich nur davon ab, ihn als schön zu bezeichnen.“

Claire blieb der Mund offen stehen. „Himmel, Mrs. Webster, ich hatte nie vermutet ...“

„Weil ich Witwe bin?“ unterbrach Mrs. Webster sie. „Und alt? Das hindert mich nicht daran, mich an Schönem zu erfreuen.“

„Wer ist jetzt hier kratzbürstig?“ neckte Claire sie. „Sind Sie sicher, dass Sie mich nicht doch begleiten wollen? Es könnte ja sein, dass Sie und der Captain ...“

Mrs. Webster lehnte sich vor und tätschelte Claire das Knie, so dass sie mitten im Satz abbrach. „Keine Sorge. Mir würden die beengten Verhältnisse an Bord nicht bekommen.“

Claire lächelte pflichtschuldigst und sagte nichts. Was Mrs. Webster da ausgesprochen hatte, traf vermutlich auch auf sie selbst zu.

„Du hast heute Abend aber eine seltsame Laune“, sagte Cutch und warf einen viel sagenden Blick auf das Buch, das aufgeschlagen auf Randalls Schoß lag. Dort hatte Randall es vor zehn Minuten abgelegt, als er müde wurde, es zu halten. Bis dahin hatte er wenigstens den Anschein erweckt zu lesen. Cutch faltete seine Zeitung ordentlich zusammen und platzierte sie auf dem Beistelltischchen. Dann nahm er seinen Brandy. „Denkst du darüber nach, ob du es bereust?“

Randall wusste genau, worauf Cutch anspielte. „Über das Nachdenken bin ich schon hinaus“, gestand er. „Ich habe mich bereits mindestens ein Dutzend Mal entweder dafür oder dagegen entschieden, sie mitzunehmen.“

Cutch nickte. Er konnte sich nicht daran erinnern, dass Randall je immer wieder über eine Entscheidung nachgedacht hätte, die schon gefällt war. „Frauen an Bord haben noch nie etwas anderes als Ärger gebracht.“

Randall hob zweifelnd eine Augenbraue. „Das glaubst du doch selbst nicht.“

„Ich dachte, du wärest auf der Suche nach einem passenden Vorwand ...“ Cutch zuckte die Schultern.

„Wir werden übermorgen auslaufen. Da ist es ein bisschen

spät, schließlich sind schon jede Menge Vorbereitungen getroffen worden. Nach dem Kommen und Gehen von Schneiderinnen, Hutmacherinnen und Modistinnen zu schließen, werden allein Miss Bancrofts neue Kleider eine eigene Kabine ausfüllen. Heute habe ich über ihren Lehrer entschieden."

„Wie ist sie?"

„Nicht sie, er. Es ist ein Mann."

„Oh." Cutch gab sich keine Mühe, seine Enttäuschung zu verbergen. Es wäre nett gewesen, zwei Frauen an Bord der *Cerberus* zu haben. Nicht, dass sie ihm auch nur die geringste Beachtung geschenkt hätten, doch das konnte ihn nicht davon abhalten, sich an ihrer Gegenwart zu freuen. „Damit hatte ich nicht gerechnet."

„Ich auch nicht." Randall schloss das Buch und legte es zur Seite. „Bis gestern waren alle Bewerber für die Position Frauen. Dann stellte Strickland noch mehr vor, mit denen er gesprochen hatte, während Mrs. Webster auf Abberly war. Sie hat sie sich heute Morgen angesehen und alle für geeignet erklärt. Doch wir waren uns alle einig, dass einer bessere Qualifikationen für die Stellung mitbrachte als die anderen."

„Dann ist es gut."

Es wäre besser, wenn es eine Frau gewesen wäre, überlegte Randall. Er hatte seine Befürchtungen nicht ausgesprochen, weil er keine Begründung angeben konnte. Um keinen Preis wollte er die Möglichkeit einräumen, dass seine Ablehnung auf Eifersucht zurückzuführen sein könnte. „Wir müssen die Unterbringung an Bord ändern. Ich bin davon ausgegangen, dass Miss Bancroft und ihre Lehrerin sich eine Kabine teilen würden."

Das ist auch jetzt nicht völlig auszuschließen, dachte Cutch. Und vielleicht war es das, was Randall störte. „Hmm", war deshalb alles, was er darauf erwiderte.

Randall musterte ihn mit hochgezogenen Augenbrauen, fragte

aber nicht, was ihm durch den Kopf ging. „Sein Name ist Macauley Stuart, *Dr.* Macauley Stuart."

„Ein Arzt?"

„Ja. Aus Schottland. Soweit ich weiß, hatte er eine gut gehende Praxis in Aberdeen. Er behandelt alles, interessiert sich aber besonders für Erkrankungen der Augen. Die Chancen Miss Bancrofts, wieder sehen zu können, beurteilt er bestenfalls als gering. In der Tat sagte er sogar, seinem französischen Kollegen Dr. Messier sollte es verboten werden, solche Einschätzungen abzugeben. Mrs. Webster muss einräumen, dass er in vielen Punkten nicht so erfahren ist wie andere Bewerber, die Miss Bancrofts Fähigkeiten erweitern könnten, aber sein medizinischer Hintergrund ist etwas, das keiner der anderen zu bieten hat. Außerdem meint sie, dass er Miss Bancroft nicht langweilen wird."

„Warum will er die Reise unternehmen? Des Geldes wegen?"

„Das glaube ich nicht. Er scheint mir ein gutes Auskommen zu haben. Ich denke, es ist die Abenteuerlust, irgendeine romantisch verklärte Vorstellung von Seereisen."

„Das klingt erträglich. Es wäre etwas anderes, wenn du mir erzählt hättest, dass er einer dieser so genannten Menschenfreunde ist. Solche Weltverbesserer kann ich nicht ausstehen."

Randall wusste um Cutchs Meinung und teilte sie, wenn auch etwas weniger heftig. „Er will niemanden bekehren, und es wird nicht lange dauern, bis er erkennt, dass Dichter und Schriftsteller die Romantik des Meeres bei weitem übertrieben haben."

Besonders wenn Randall eine raue Route für die Atlantiküberquerung wählte. Cutch konnte sich nicht vorstellen, dass der Arzt viel zur Unterhaltung beizutragen hatte, wenn er ständig über der Reling hing. „Was hält Miss Bancroft von ihm?"

„Als ich aufbrach, war sie nicht zu Hause. Sie wird Dr. Stuart heute Abend kennen lernen."

„Und Ihre Einstellung zu ihm?“

„Entweder wird sie ihn hassen, weil er meine Wahl war, oder ihn lieben, nur um mich zu ärgern.“

„Hm.“

Randall nickte und starrte auf seine Hände. „Ja, das denke ich auch.“

Die *Cerberus* war ein Klipper, den Randall davor bewahrt hatte, nach Kriegsende in einen Dampfer umgebaut zu werden. Er hatte sich Geld geliehen und Geldgeber gesucht, um das Schiff zu kaufen und in Stand zu setzen. Es war ein erstklassiger Remington-Segler aus Boston, schlank und wendig, auf Schnelligkeit ausgelegt und mit so vielen Segeln, dass es bei voller Fahrt schien, als ob selbst der Wind die *Cerberus* nicht einholen könnte. Ursprünglich war sie von den Yankees bei der Blockade von Charleston eingesetzt worden, doch ein gut gezielter Kanonenschuss der Konföderierten hatte dem ein frühes Ende gesetzt. Ihre Besatzung hatte sie aufgeben müssen, und schließlich war sie in den Hafen geschleppt und repariert worden. Danach wurde sie als Blockadebrecher verwendet und half so, die Not in einer Stadt zu lindern, die von jeglicher Versorgung von außen abgeschnitten worden war.

Randall gefiel es, dass die *Cerberus* ihre Laufbahn als Boston-Klipper begonnen hatte. Er genoss die Vorstellung, dass er den Yankees etwas weggenommen hatte und es nun selbst nutzte. Zu oft war das, was Wiederaufbau des Südens genannt wurde, eher ein Neuaufbau des Südens nach den Vorstellungen des Nordens. Es schmerzte ihn immer noch, dass gleichgültig, wie viel der Klipper einbrachte, es nur ein Bruchteil der Summe war, die er für die Steuernachzahlung für Henley benötigt hätte.

Randall stand an der Reling und beobachtete den Verkehr auf

dem Kai. Hinter ihm erledigten seine Männer mit der Leichtigkeit, die man nur durch Übung erlangt, die letzten Arbeiten, luden Proviant an Bord und bereiteten das Schiff für das Auslaufen vor. Er hätte seine Augen überall haben müssen, aber Cutch war bestens in der Lage, sich um alles zu kümmern, solange er selbst nach der Kutsche des Dukes Ausschau hielt.

Er würde ohne sie absegeln, wenn sie nicht pünktlich eintraf. Das stand außer Frage. Randall wusste nicht, ob Strickland oder seine Patentochter diese Möglichkeit überhaupt in Betracht zogen. Zum Teufel mit den sieben Schwestern. Nun, da er von Pulotu wusste, konnte er sie allein finden. Claires Anwesenheit an Bord war nicht unverzichtbar, und außerdem würde er sich nicht mit Dr. Stuart herumschlagen müssen.

Eigentlich bestand keine Notwendigkeit, sich mit der Abfahrt zu beeilen; eine Stunde oder sogar mehrere würden ihn in seinem Zeitplan nicht wesentlich nach hinten werfen. Schließlich musste er nicht Waren oder Passagiere zu einem bestimmten Zeitpunkt irgendwo abliefern. Daneben war die *Cerberus* schnell, sehr schnell. Sie konnte die Wasser des Atlantiks von London nach Charleston in weniger als zwei Wochen überqueren. So gerne Randall auch Charleston, Henley und Bria wiedersehen wollte, so hatte er dennoch nicht vor, sein Schiff oder seine Mannschaft deswegen unnötig anzutreiben.

Allerdings plante er sehr wohl von diesen Gestaden pünktlich aufzubrechen, und das aus Prinzip, um damit Miss Bancroft die erste der Lektionen zu erteilen, die sie lernen musste. Bei allem, was an Bord der *Cerberus* geschah, trug er die Verantwortung und hatte die uneingeschränkte Befehlsgewalt.

Randall schaute zu, wie aus einem Wagen die letzte Kiste frischen Obstes abgeladen und über die Gangway an Bord der *Cerberus* gebracht wurde. Dann gab er Cutch ein Zeichen.

„Zieht die Gangway hoch!“ befahl der. Seine tiefe Bassstimme rollte wie ferner Donner über die Mannschaft hinweg. „Macht euch bereit!“

„Platz da! Platz da, sage ich. Aus dem Weg!“

Randall drehte sich um und erblickte auf dem Kai einen Droschkenkutscher, der nicht nur sein Pferd die Peitsche spüren ließ, sondern auch jeden anderen, der seinem Gefährt zu nahe kam. Die Fußgänger, die nicht rasch genug aus dem Weg springen konnten, hoben zornentbrannt die Fäuste und fluchten. Die Anzahl aufgebrachter Menschen schien dramatisch anzuwachsen, je weiter sich die Kutsche der *Cerberus* näherte. Das konnte leicht zu einer Massenschlägerei ausarten, die zu verpassen Randall beinahe bedauerte.

Dennoch ... Gerade, als er dabei war, den Vorgängen wieder den Rücken zuzukehren, kam die Droschke zum Stehen. Die Tür wurde aufgestoßen, und der Duke of Strickland sprang heraus. Randalls Augen verengten sich zu schmalen Schlitzen, während er die Mietdroschke und das gerötete Gesicht des Dukes musterte. Er war sich ziemlich sicher, dass diese Kutsche nicht das Gefährt war, in dem Strickland ursprünglich vorgehabt hatte, hier einzutreffen.

„Halt!“ rief Randall seinen Männern zu, die dabei waren, die Gangway einzuziehen. „Lasst sie unten.“ Er deutete zu der Droschke, aus der soeben Claire mit der Unterstützung ihres Paten ausstieg. Währenddessen gab der Duke dem Fahrer Anweisungen, sich mit den Truhen zu beeilen. Randall zählte sie verwundert. Eigentlich war er davon ausgegangen, bereits Claires ganzes Gepäck an Bord zu haben. Er seufzte. „Cutch, schaff irgendwo Platz für die da.“

Cutch kratzte sich nachdenklich am Kopf. „Wenn das nicht betrübliche Aussichten sind.“ Er schnappte sich ein ahnungsloses

Besatzungsmitglied, das gerade vorbeikam. „Diggs, du hast den Captain gehört. Schaff irgendwo Platz für all diese Truhen." Über den Kopf des Seemanns hinweg schenkte er Randall ein breites Grinsen. „Immer gut, wenn ein Kleinerer da ist, dem man den schwarzen Peter zuschieben kann."

Randall, der Cutchs hoch gewachsene, kräftige Gestalt mit einem Blick streifte, nickte. „Das dürfte dir nicht schwer fallen."

Er schaute über die Reling. Claire ging am Arm ihres Paten, aber sie hielt ihren Ebenholzstock in der Hand. Er hatte sie noch nie zuvor damit gesehen, und sein erster Gedanke war, dass sie sich verletzt hatte, doch dann begriff er, wozu sie ihn benutzte.

Zuletzt entstieg Macauley Stuart der Kutsche. Die zum Gruß erhobene Hand des Arztes nahm Randall nur mit einem knappen Nicken zur Kenntnis. Er hatte nicht vor, sich mit diesem Mann anzufreunden.

Strickland geleitete Claire die Gangway hinauf. „Ruhig, meine Liebe. Das machst du wunderbar. Vielleicht solltest du versuchen, deinen Stock zu benutzen."

Claire umklammerte den Ellbogen des Dukes etwas fester. „Nicht jetzt", flüsterte sie. „Jetzt noch nicht."

Er nickte. „Natürlich. Wenn du dich eingewöhnt hast. Dr. Stuart wird dir helfen."

„Ganz sicher, Miss Bancroft. Sie befinden sich in guten Händen."

„Sie wird unter meinen Händen sein", sagte Randall, als Claire und Strickland oben angekommen waren. „Ich werde jetzt Ihren Arm nehmen, Miss Bancroft." Sie bot ihn ihm ohne zu zögern, was er als gutes Omen deutete. „Willkommen an Bord."

Claire spürte, wie sie plötzlich von Schüchternheit erfasst wurde. „Danke. Ich entschuldige mich für unsere Verspätung."

„Es ist nicht ihre Schuld", erklärte Strickland ärgerlich. „Sie muss sich für nichts entschuldigen. Die verflixte Kutsche hat ein Rad verloren, keine hundert Meter vom Haus entfernt. Wir mussten eine Droschke rufen und alles umladen. Pah! Was für einen Anblick wir geboten haben müssen! Die meisten Anwohner standen an den Fenstern und weideten sich an dem Schauspiel, während sie vorgaben, es nicht zu tun. Was für eine Geschichte für ihre Dinnerrunde heute Abend: Der Duke of Strickland steht am Straßenrand und versucht verzweifelt eine Droschke herbeizuwinken, während sein Kutscher sich abmüht, das Rad zu richten. Ich sah aus wie ein ungelenker Vogel, darauf wette ich."

„Bestimmt nicht", bemerkte Claire sanft.

„Ein Strauß", fuhr er fort. „Oder ... wie heißt der andere, von dem ich dir im Zoo erzählt habe?"

„Ein Emu."

„Ja genau, so ein verflixter Emu. Das sind keine hübschen Vögel, nein, wirklich nicht."

Claire streckte die Hand aus und fand den Arm des Dukes. Sie zupfte an seinem Ärmel, bis er näher trat.

„Was hast du vor, Mädchen?"

Sie lächelte. Er nannte sie nur Mädchen, wenn er sich große Mühe gab, verärgert zu erscheinen. „Ich werde Sie sehr vermissen", sagte sie. „Dr. Stuart hat versprochen, mir dabei zu helfen, ein Tagebuch zu führen und Briefe zu schreiben. Ich werde die Reise in jeder Einzelheit festhalten, so dass Sie das Gefühl haben werden, Sie wären selbst dabei gewesen. Und ich werde zu Ihnen zurückkehren, die Augen weit geöffnet, meinen Bruder an der Hand, und Ihnen Ihren Anteil an dem Schatz bringen. Lieber, lieber Stickle, es wird gar nicht lange dauern." Sie stellte sich auf die Zehenspitzen. Ihr Stock stieß gegen sein Bein, als sie ihm einen Kuss auf die Wange gab.

Diese öffentliche Zurschaustellung von Zuneigung war ihm

etwas unangenehm, aber dennoch glitzerten seine blassblauen Augen feucht.

Claire befreite sich aus seiner Umarmung und ergriff wieder Mr. Hamiltons Ellbogen.

„Gottes Segen für die Reise, Claire“, sagte Strickland leise. Damit wandte er sich ab und eilte die Gangway herab. Sobald er auf dem Kai stand, wurde sie hinter ihm eingeholt.

„Geht er zur Kutsche?“ fragte Claire.

„Ja“, erwiderte Randall.

Sie nickte. „Ich habe nicht damit gerechnet, dass er es aushalten würde, stehen zu bleiben und mir hinterherzuwinken. Trotzdem würde ich gerne hier bleiben, bis wir abgelegt haben.“

„Selbstverständlich. So lange Sie wünschen.“ Randall sah zu, wie Claire den Kopf hob. Ihr Lächeln verriet eine heitere Gelassenheit, die er eigentlich nicht mit ihr in Verbindung brachte. Er fragte sich, ob sie diese ungewöhnliche Gelassenheit beibehalten würde, wenn sie wüsste, was er gerade dachte.

## 4. KAPITEL

Die *Cerberus* befand sich schon zehn Tage auf See, als Macauley Stuart seine Seekrankheit einigermaßen überwunden hatte. „Vielleicht würden Sie gerne einmal über Deck schlendern“, schlug Claire vor, als er sie in die Offiziersmesse geleitete. Es war schon ein gutes Zeichen, dass der Arzt nicht während des Essens vom Tisch aufgesprungen war, wie er das bislang bei jeder anderen Mahlzeit getan hatte.

„Ein Deckspaziergang“, wiederholte er und überlegte, ob seine Beine und sein Magen das aushalten würden. „Das wäre genau das Richtige. Sollen wir Ihren Stock aus der Kabine holen?“

Claire schüttelte den Kopf. „Solange Sie an meiner Seite sind, werde ich bestens zurechtkommen.“

„Gut. Gehen Sie voran.“

„Ich glaube, Sie sollten diese Rolle übernehmen“, erinnerte sie ihn und umfasste seinen Ellbogen, so dass er wusste, sie war etwa einen Schritt hinter ihm.

„Ganz recht, Miss Bancroft. Sie machen es einem leicht, das zu vergessen.“

Claire wertete das als Kompliment. Sie war selbst der Ansicht, dass es ihr bestens gelungen war, sich vom Land auf das Meer umzustellen. Sehr stolz war sie darauf, dass ihr das ohne besondere Unterstützung von Dr. Stuart gelungen war. Wenn er sich nicht gerade über die Reling beugte, hatte er sich in seine Kabine zurückgezogen, so dass Claire sich im Großen und Ganzen selbst überlassen geblieben war.

Als sie über die Kajüttreppe das Deck erreichten, hob Claire ihr Gesicht in die frische Brise. „Es ist beinahe wie fliegen, Doktor.“

„Sie werden mir verzeihen, wenn ich Ihre Begeisterung nicht teile“, antwortete er.

Claire lachte. In kürzester Zeit hatte sie sich orientiert und deutete nach Steuerbord. „Ich glaube, wir fangen am besten auf der rauen Seite an und beenden den Ausflug im Ruhigen."

Stuart überlegte, was sie mit „im Ruhigen" meinen könnte. „Meiner Erfahrung nach gibt es auf dem Meer nichts Ruhiges, höchstens weniger Seegang."

Claire lächelte bloß. „Da könnten Sie Recht haben."

Von seinem Posten auf dem Achterdeck aus beobachtete Cutch, wie Claire und der Doktor ihren Spaziergang aufnahmen. Augenblicke später erschien Randall über die Haupttreppe.

„Scheint so, als hätte er das Dinner heute Abend überlebt", bemerkte Cutch, als Randall zu ihm trat. Aus dem Augenwinkel warf er seinem Captain einen prüfenden Blick zu. „Natürlich ist der Abend noch nicht vorüber."

Randall ließ das Paar nicht aus den Augen. „Hm."

„Das habe ich auch schon gedacht. Warum schickst du den guten Doktor nicht einfach zum Teufel?"

„Ich kann ihn kaum über Bord werfen", erwiderte Randall.

Cutch lachte leise. Der Captain hatte wahrscheinlich gar nicht gemerkt, dass er laut gesprochen hatte. Trotzdem ergriff Cutch die Gelegenheit beim Schopfe. „Ich werde mir etwas überlegen", sagte er und ging zu Claire und dem Arzt, bevor Randall ihn zurückhalten konnte.

Kopfschüttelnd sah der ihm hinterher. Ihm blieb nichts anderes übrig, als ihm zu folgen. Wenn es Cutch gelang, Stuart von Claires Seite wegzulotsen, dann würde sie Unterstützung benötigen. Nicht, dass es ihr an Auswahl mangeln würde – es gab keinen Mann an Bord der *Cerberus*, der sich nicht glücklich schätzen würde, wenn er mit ihr Zeit verbringen könnte. Wäre sie in der Lage zu sehen, würde sie selbst beobachten können, wie jeder der Männer sich beinahe überschlug, um als Erster bei ihr zu sein, sobald sie allein an Deck erschien. Sie bildeten praktisch einen Schutzwall um sie herum, während sie umherschlenderte. Randall hatte die Männer einzeln warnen müssen, dass, wenn sie so weitermachten, er Miss Bancrofts Besuche an Deck einschränken müsste.

Er bedurfte nicht Cutchs Bestätigung, um zu wissen, dass seine Beliebtheit bei der Mannschaft daraufhin gesunken war.

„Miss Bancroft", begrüßte Randall sie, während Cutch Dr. Stuart mit sich fortzog. Der Doktor ließ zwar ein paar Protestlaute hören, aber Cutch mit seiner beeindruckenden Größe von sieben Fuß war unnachgiebig.

Claire löste ihre Finger von der Reling. „Captain."

Randall hörte die Erleichterung in ihrem Ton, vermutete aber, dass es weniger mit ihm als vielmehr mit dem Umstand zu tun hatte, nicht verlassen worden zu sein. „Sie haben Ihren Stock gar nicht dabei", stellte er fest.

Claire verzog das Gesicht. Mit ihrem Kopf deutete sie in die Richtung des sich entfernenden Arztes und des Ersten Maats. „Ich dachte, ich hätte einen Begleiter."

„Den haben Sie doch. Darf ich?" Als sie nickte, nahm er ihre Hand und legte sie sich in die Armbeuge. „Was hat Cutch gesagt, dass der Doktor so hastig aufgebrochen ist?"

„Wissen Sie das nicht?"

„Dann hätte ich nicht gefragt."

„Seltsam. Ich hatte den Eindruck, dass Sie und Cutch zusammen auf dem Achterdeck standen, bevor er herkam."

Randall wusste, dass sie diesen *Eindruck* Stuart zu verdanken hatte. Einen Moment fragte er sich, ob der Arzt ihr einfach nur alles an Deck beschrieben hatte, oder ob sie sich nach ihm erkundigt hatte.

„Ich wollte wissen, wo Mr. Cutch heute Abend ist“, erklärte Claire.

Bei dieser Enthüllung zuckte Randall ein wenig zusammen, aber ertrug es mannhaft. Cutch hatte sich bei Claire eindeutig beliebt gemacht. Solange der Arzt indisponiert war, hatte Randall Cutch ein paar seiner Pflichten erlassen, so dass der Erste Maat mehr Zeit mit Claire verbringen konnte. „Er hat mir erzählt, dass er Ihnen vorliest“, bemerkte er.

„Ja.“ Eine Locke wehte ihr ins Gesicht, als sie an der Achtergalerie umkehrten. Sie strich sie zurück, steckte sie aber nicht fest. „Vermutlich wird er das heute Abend nicht können. Er hat Dr. Stuart mit sich genommen, damit der ihn wegen seiner Magenkrämpfe untersuchen kann.“

Das also war Cutchs Ablenkungsmanöver. Randall konnte nur den Kopf schütteln. „Vielleicht wird der Doktor Ihnen vorlesen. Jetzt, da er wiederhergestellt ist, scheint es mir zu seinen Pflichten zu gehören.“

Claire gelang es nicht, ihren Mangel an Begeisterung zu verhehlen. „Selbstverständlich. Sie werden wollen, dass Mr. Cutch wieder zu seinen Pflichten zurückkehrt. Das verstehe ich. Ich denke nicht, dass ich Ihnen schon angemessen gedankt habe, dass Sie ihm gestattet haben, mir zur Seite zu stehen.“

Bis zu diesem Augenblick hatte Randall nicht geglaubt, dass ihr bewusst war, inwieweit das mit ihm zu tun hatte.

„Mr. Cutch hat mir erzählt, dass Sie es ermöglicht haben“, fuhr sie fort. „Das war sehr freundlich von Ihnen. Bevor wir London verließen, haben Sie deutlich gemacht, was Sie davon halten, mir ein Kindermädchen zu stellen. Ich kann mir denken, wie sehr es Ihnen gegen den Strich gegangen sein muss.“

„Ich fühlte mich in gewisser Weise verantwortlich, Miss Bancroft. Schließlich hatte ich das letzte Wort bei der Entscheidung für Dr. Stuart. Ich glaubte, dass der Duke, Mrs. Webster und ich seine Eignung für diese Reise in jeder Hinsicht geprüft hätten. Aber wir haben leider versäumt, uns nach seiner Seetauglichkeit zu erkundigen."

Claire überlegte, ob sie ihn daran erinnern sollte, dass es ihr nicht gestattet worden war, den Arzt zu befragen, entschied sich dann jedoch dagegen. Schließlich wäre sie selbst auch nicht auf die Idee gekommen, das zur Sprache zu bringen. Jeder, der sich für eine mehrere Monate dauernde Seereise verpflichtete, hätte sich zuvor selbst über seine Tauglichkeit Gedanken machen sollen. „Die See scheint mir ungewöhnlich rau zu sein", sagte sie zur Verteidigung des Arztes.

Sie spürte, wie Randall die Schultern zuckte. „Es war nicht sonderlich schlimm. Ihnen hat es anscheinend nichts ausgemacht."

Claire zog an seinem Ellbogen, so dass er stehen blieb. Sie drehte sich zum offenen Meer und nahm ihre Hand fort, legte sie flach auf die Reling. „Ist es jetzt schon dunkel?" wollte sie wissen.

„Nein. Noch nicht. Wir segeln dem Sonnenuntergang hinterher."

Claire nahm es den Atem, so treffend hatte er die Schnelligkeit beschrieben, mit der das Schiff dahinflog. „Wie lange können wir das?"

„Etwa eine halbe Stunde", sagte er. „Nicht viel länger. Die *Cerberus* holt sie nie ganz ein." Randall sah, dass Claire unter ihrem Umhang leicht zitterte. „Ihnen ist kalt. Vielleicht sollte ich Sie wieder unter Deck bringen."

„O nein, bitte jetzt noch nicht. Wirklich. Mir geht es gut." *Ich bin nicht vor Kälte erschauert.* Sie zog den Umhang enger um ihre Schultern. „Da. Das war alles."

Randall betrachtete ihr zartes Profil, als sie sich wieder von ihm abwandte. Der Wind hatte auf ihren Wangen Rosen erblühen lassen, aber er wusste, dass das nicht allein für ihren gesunden Teint verantwortlich war. Er hatte selbst sehen können, wie alle Blässe langsam aus ihrem Gesicht wich, bereits bevor sie London verlassen hatten, und an Bord der *Cerberus* war ihre Genesung weiter fortgeschritten. Randall erkannte, dass die Frau, die er in der Bibliothek des Dukes getroffen hatte, nur ein blasser Schatten jener war, die nun neben ihm stand. Lange schon hatte er sich von der Ansicht verabschiedet, dass man sie in einem Meer aus Menschen übersehen würde. Seine Augen würden sie unausweichlich finden.

Der Wind wehte Claire erneut ein paar dunkle Haarsträhnen ins Gesicht. Dieses Mal machte sie sich nicht die Mühe, sie wieder nach hinten zu streichen. Sie schlängelten sich über ihre Wangen, ihre Lippen und ihren Hals. Randall konnte über das leise Klatschen der Wellen gegen den Schiffsrumpf hören, wie sie vor Freude aufseufzte. „Sie haben Ihren Hut unten gelassen", sagte er.

„Hm", antwortete sie leise. „Richtig. Soll ich Ihnen auch sagen, warum?"

„Wenn Sie möchten."

„Hüte sind unpraktisch. Die, die nicht von Bändern gehalten werden, wehen einfach weg. Ich würde Hutnadeln, groß wie Anker, brauchen, um sie in meinen Haaren festzustecken. Und die mit Bändern würden mich erwürgen." Sie hob eine Hand an ihren Hals, um ihm zu zeigen, wo die Bänder unter ihrem Kinn hängen bleiben würden. „Es ist besser, wenn sie in meiner Kabine bleiben."

„Das leuchtet mir ein."

„Tragen Sie einen Hut?"

„Nein."

Claire stellte sich vor, wie der Wind in sein kupferfarbenes Haar fuhr. „Sie haben nicht irgend so einen Kapitänshut?“

„Ich gehöre nicht zu diesen Kapitänen. Die *Cerberus* ist ein Forschungsschiff, kein Kriegsschiff.“

„Das weiß ich.“ An Cutchs Seite hatte sie in den vergangenen zehn Tagen fast das ganze Schiff erkundet, Randall Hamiltons Arbeitsraum eingeschlossen. Die *Cerberus* war mit Mikroskopen ausgestattet, Objektträgern, Chemikalien, um Proben zu konservieren, und allen anderen Werkzeugen, die man zum Untersuchen und zum Sezieren benötigte. Cutch hatte ihr erlaubt, mit ihren Fingern über die vielen Bücher zu fahren, in denen Randall seine Forschungsergebnisse aufzeichnete, und ihr in allen Einzelheiten beschrieben, was in den Gläsern aufbewahrt wurde, die im Regal standen. Der ältere Mann war eindeutig stolz auf das, was der Herr und Meister der *Cerberus* erreicht hatte. Claire glaubte nicht, dass sie sich etwas von ihrem Unbehagen, in dem Raum zu sein, hatte anmerken lassen. „Aber im Krieg waren Sie doch auch ein Captain, nicht wahr?“

„Genau genommen war ich ein Leutnant, und zwar in der Armee, nicht in der Marine. Und den Hut habe ich nicht behalten.“

Claire hörte, dass Randall sich zu einem leichten Ton zwang. Seine Kriegserlebnisse waren für ihn kein Gesprächsthema. „Wie kam es, dass Sie selbst das Kommando auf der *Cerberus* übernommen haben? Warum haben Sie nicht einfach jemanden dafür angeheuert?“

„Es liegt mir nicht sonderlich, Befehle entgegenzunehmen.“

Claire hielt sich eine Hand vor den Mund, um ihr Lächeln zu verbergen. Das konnte sie sich gut vorstellen. „Aber Sie sind schon zuvor gesegelt, oder?“

„Nur als Passagier, bevor ich dieses Schiff gekauft habe. Ich habe unter ein paar echten Seebären gelernt, während die *Cerbe-*

*rus* repariert wurde. Sie haben mich für geeignet erklärt, ein Ruderboot bis nach Fort Sumter und wieder zurück zu steuern." Einer seiner Mundwinkel hob sich zu einem halben Lächeln. „Etwas mehr habe ich schon zu Stande gebracht."

„Sie haben die *Cerberus* nicht auf Grund gesetzt."

„Das habe ich nicht gesagt." Er lachte als Claire vor Überraschung der Mund offen stehen blieb. „Einmal. In den Untiefen vor Avarua. Es war ein reichlich schwieriges Unterfangen, sie wieder ins tiefe Wasser zurückzubringen, und es bedurfte gut zweihundert starker Rücken dazu. Die Eingeborenen haben für ihre Mithilfe einen stolzen Preis verlangt. Seitdem habe ich gelernt, die Karten besser zu lesen und um die Inseln herum vorsichtiger zu sein."

„Das will ich hoffen."

„Sie haben nichts zu befürchten, Miss Bancroft. Wenigstens in dieser Hinsicht nicht. Kommen Sie, nehmen Sie wieder meinen Arm, und lassen Sie uns weitergehen. Die Kälte halten Sie nicht mehr lange aus."

Claire fand seinen Arm und schritt neben ihm her. „Sie wissen, wie Sie mich führen müssen", bemerkte sie. „Dr. Stuart kann es nicht so gut."

Dem Doktor fehlt die Unterweisung von Mrs. Webster, überlegte Randall. „Vermutlich ist das ein angeborenes Talent", sagte er.

Claire musste lachen. „Sie sind wirklich schlimm. Mrs. Webster hat mir erzählt, dass Sie sich bei ihr erkundigt haben."

Randall versuchte sich zu erinnern, ob er die Witwe gebeten hatte, es nicht weiterzuerzählen. „Das sollte sie aber nicht", sagte er schließlich.

„Warum?" tadelte sie ihn. „Fürchten Sie, dass ich es Ihnen als Interesse an mir auslegen könnte? Das scheint mir recht unwahrscheinlich. Bis auf ein paar gemeinsam eingenommene Mahlzeiten ist dies die längste Zeit, die Sie mit mir verbracht haben, seit ich an Bord bin. Ich beklage mich nicht, Captain. Wie ich Ihnen schon einmal gesagt habe, brauche ich niemanden zu meiner Unterhaltung."

Randall führte Claire geschickt um ein aufgerolltes Seil herum, das gerade repariert wurde. „Sind Sie mit Stuart zufrieden?" fragte er.

„Ich kenne ihn kaum. Aber ich habe eine Menge über Mr. Cutch erfahren."

„Cutch."

„Bitte?"

„Nur Cutch. Niemand nennt ihn Mister."

„Ich schon. Ihn scheint es nicht zu stören. Außerdem ist es ein Ausdruck von Respekt."

„Cutch weiß, dass ich ihn respektiere."

„Ich wollte nicht andeuten, dass Sie das nicht tun. Er ist Ihr Freund, nicht wahr?"

Randall antwortete nicht sofort. Cutch als seinen Freund zu bezeichnen, wurde der Beziehung zwischen ihnen nicht ganz gerecht. Mentor, Helfer, Lehrer, weiser Ratgeber, Stütze ... Vaterersatz. „Ja", bestätigte er, „er ist mein Freund."

„Ein faszinierender Mann."

„Das findet er auch", erwiderte Randall trocken.

Claire lächelte. „Er liest mir gerade *In achtzig Tagen um die Welt* vor."

„Unsere Reise wird länger dauern."

„Das ist in Ordnung. Ich habe genug Bücher dabei."

„Das ist mir nicht entgangen. Allerdings dachte ich, in den letzten Kisten, die hier ankamen, wären noch mehr Kleider."

„Mehr Kleider?" Sie schüttelte ungläubig den Kopf. „Ich

kann doch kaum anziehen, was ich schon besitze." Claire machte eine Pause. „Wenigstens nicht alles auf einmal."

Randall erinnerte sich, dass sie unter ihrem dunklen Umhang ein Tageskleid aus blau-weiß gestreifter Seide trug. Das war eine gewaltige Verbesserung zu dem langweiligen Kleid, das sie bei ihrem ersten Treffen angehabt hatte. „Ihr Pate hat Ihnen eine ganz neue Garderobe bestellt."

„Die Sachen, die ich zuvor ausgesucht hatte, fand er abscheulich", gestand sie. „Er sagte, ich bade in Selbstmitleid und trauere um den Verlust meines Augenlichtes. Und ich konnte noch nicht einmal mit der Begründung widersprechen, dass ich um meinen Vater und meinen Bruder trauerte, denn das hätte bedeutet, alle Hoffnung für sie aufzugeben."

„Hatte er Recht damit, dass Sie Mitleid mit sich selbst hatten?"

„Ja. Und es ist nicht schön, das zugeben zu müssen."

„Dass er Recht hatte, oder dass Sie Selbstmitleid hatten?"

„Beides."

Randall lachte. Er blieb stehen und sagte ihr, dass sie am anderen Ende des Decks angekommen waren. „Würden Sie gerne einmal das Steuerrad halten?"

Claire wandte ihm ihr Gesicht mit weit aufgerissenen Augen zu. „Und dafür verantwortlich sein, uns auf Grund zu setzen?" fragte sie. „Ich denke nicht."

„Wir befinden uns hier auf offener See, Miss Bancroft."

„Dann eben einen Eisberg rammen."

„Die gibt es auf dieser Route nicht."

„Ich könnte die *Cerberus* aber vom Kurs abbringen."

„Nicht so sehr, dass es sich nicht wieder korrigieren ließe."

„Und was, wenn sie kentert? Ich könnte sie leicht versenken."

Randall betrachtete forschend ihre Züge, die dunklen Brauen

in die Höhe gezogen. Ihre Augen verrieten nichts, die schmalen Linien um ihren Mund schon. „Haben Sie Angst, Claire?“

„Ganz bestimmt nicht.“

„Lügnerin“, entgegnete er leise, herausfordernd.

„Sie sollten meine Hände besser auf das Steuer legen, Captain, oder sie werden am Ende noch Ihren Hals finden.“

„Vermutlich sollte ich dankbar sein, dass Sie hier keine Wurfgeschosse zur Hand haben.“ Randall bedeutete Paul Dodd, dem Steuermann, sich zu entfernen, während er Claire zum Steuerrad führte. Er nahm ihre Hände, legte sie auf das Steuer und ließ sie die Kraft spüren, die durch das Holz rann. Er stand hinter ihr, seine Hände ruhten leicht auf ihren schmalen Schultern. „Sie müssen gar nichts tun“, erklärte er ihr. „Sie weiß, wo sie hin muss. Ruhig halten, das ist alles.“

Von Randalls sehniger Gestalt in ihrem Rücken geschützt, presste der Wind nur Claires Röcke nach hinten gegen seine Beine. Über sich konnte sie hören, wie die Segel, von der steten Brise gebläht, knarrend an der Takelage zerrten. Sie müssen aus der Ferne wie weiße Blüten aussehen, überlegte Claire, die über das Meer treiben. Wenn Randall sie nicht mit den Händen an der Schulter festhielte, würde sie vermutlich selbst davongetragen werden. Dass sie so viel Kraft zügelte, die Macht und die Schnelligkeit, rührte etwas in ihr an. Ihr ganzer Körper vibrierte beinahe davon. So etwas hatte sie noch nie zuvor erlebt.

Betörend stieg Randall der Fliederduft ihrer Haare in die Nase. Er stand ihr so nahe, dass ihn immer wieder Strähnen am Kinn berührten.

„Erzählen Sie mir, welche Bücher Sie noch mit an Bord genommen haben“, brach er das Schweigen. Im Moment wollte er nicht an Flieder denken, aber das Vergnügen hier durfte er ihr nicht verderben.

„*Durch den Spiegel* von Carroll. *Onkel Toms Hütte*. *Der Graf von Monte Christo* von Dumas, Romane von George Eliot und Victor Hugo.“ Sie machte eine Pause und überlegte. „Das sind die, die mir sofort einfallen. Oh, und *Der Mondstein* von Wilkie Collins.“

„Dr. Stuart wird viel zu tun haben.“

„Vermutlich“, erwiderte sie mit einem Seufzen. „Es sei denn, Sie gestatten Mr. Cutch, mir weiter vorzulesen.“

„Hat Cutch das vorgeschlagen?“ erkundigte sich Randall misstrauisch.

„O nein. Aber ich gebe zu, dass ich seine Stimme mag. Er passt sie den Charakteren an, sogar den Frauen. Und er hat ein Ohr für die richtige Betonung.“

„Ein Mann mit vielen Talenten, unser Cutch.“ Randalls Lächeln war trocken. „Was soll ich mit Dr. Stuart anfangen? Jetzt, wo es ihm besser geht, sollte er sich sein Honorar schon verdienen.“

„Ich werde mir etwas ausdenken.“

Das bezweifelte Randall keinen Augenblick. „Wir werden sehen“, sagte er unverbindlich. „Dodd, übernimm wieder.“ Er ließ seine Hände von ihren Schultern auf ihre Oberarme gleiten. Ihm entging das Widerstreben nicht, mit dem Claire das Steuer losließ. „Sie haben das sehr gut gemacht, Miss Bancroft. Doch jetzt müssen Sie in Ihre Kabine zurückkehren.“

Claire nahm den Arm, den er ihr bot, und ließ sich zur Treppe führen. Sie schwieg, bis sie an der Tür zu ihrer Kabine angekommen waren. Es kam ihr so vor, als füllte Mr. Hamilton den schmalen Durchgang völlig aus. Irgendein merkwürdiger Selbsterhaltungstrieb brachte sie dazu, sich mit dem Rücken an die Tür zu pressen. Hinter sich tastete sie nach dem Türgriff und entdeckte, dass er ihn schon gefunden hatte. „Danke, Captain. Von hier aus schaffe ich es alleine.“

„Natürlich.“ Er richtete sich auf, nahm seine Hand aber nicht fort. Und sie auch nicht. Sie hatte ihre Augen auf eine Stelle genau neben seiner Wange gerichtet. Genauso gut hätte sie gar nicht blind, sondern nur schüchtern sein können. Randall berührte sie mit seiner freien Hand am Kinn und sah sie zusammenzucken. „Entschuldigung“, sagte er. „Ich habe vergessen, Sie zu warnen.“ Aber er ließ seine Finger, wo sie waren, und zwang sie mit sanftem Druck, ihr Gesicht zu ihm zu wenden. „Sind Sie wirklich schon oft geküsst worden, Claire?“

Ihr Mund war trocken. Eigentlich müsste sie sich durch seine Frage beleidigt fühlen. Welche Antwort er sich von ihr erhoffte, war ihr nicht sofort klar. Sie hatte keine Ahnung, was die Wahrheit ihr bringen würde.

Doch Claire wurde eine Erwiderung erspart. Eine Tür weiter unten im Gang öffnete sich und Dr. Stuart trat heraus. „Ah, Miss Bancroft“, rief er erfreut. „Und Captain Hamilton. Wie freundlich, dass Sie sich ihrer angenommen haben, als ich abberufen wurde. Ich habe Mr. Cutch ein leichtes Magenpulver gegeben, das seine Beschwerden lindern müsste. Morgen früh wird er nicht mehr darüber klagen.“

Randall ließ seine Hände in den Taschen seines Rockes, dort, wo er sie hingesteckt hatte, als er das erste Geräusch hörte. Mit einem prüfenden Blick in das Gesicht des Arztes versuchte er zu entdecken, ob der Mann etwas gesehen hatte. Doch in der unbekümmerten Miene Dr. Stuarts gab es kein Anzeichen dafür, dass etwas nicht so war, wie es sein sollte. Der Doktor wirkte nicht gerade jungenhaft, doch seine neunundzwanzig Jahre sah man ihm nicht an. Seine weit auseinander stehenden Augen blickten meist fröhlich und er lächelte leicht, wenn auch mehr aus Herzlichkeit als aus Belustigung. Selbst wenn er sich über die Reling beugen musste – und einmal hatte er das unglücklicherweise auf der Wetterseite getan – hatte Macauley Stuart die Sache doch mit philosophischer Gelassenheit genommen.

Er war kein sonderlich großer Mann und überragte Claire kaum, besaß aber eine schlanke, sehnige Gestalt und eine gute Haltung. In Edinburgh, so hatte er erzählt, hatte er geboxt, was seine Leichtfüßigkeit erklärte. Sein Haar war kupferfarben, aber nicht so wie das von Randall, sondern viel heller und rötlicher, wie die Sonne bei Tagesanbruch. Jedes Mal, wenn Randall dieses Haar sah, musste er unwillkürlich an den alten Seemannsspruch denken: *Roter Himmel am Morgen bringt Kummer und Sorgen.* Das war alles andere als fair, und das wusste er auch. Genauso gut hätte er an den Rest des Spruches denken können: *Roter Himmel bei Nacht, dem Seemann stets Segen gebracht.* Aber das tat er nicht und fand auch keine Ausrede dafür.

„Ich gehe jetzt nach oben", sagte Randall zu Stuart. „Wenn Sie mögen, können Sie mitkommen."

„Nein, ich bleibe lieber hier bei Miss Bancroft", erwiderte er. Er schaute Claire an. „Wenn es Ihnen recht ist."

„Er spricht mit Ihnen, Miss Bancroft", bemerkte Randall, als sie nicht antwortete. „Nicht mit mir."

„Oh." Sie wurde rot, verlegen, dass sie das nicht gemerkt hatte.

Ein Muskel zuckte in Randalls Mundwinkel. Er wusste, dass Stuart nicht die jahrelange Erfahrung von Mrs. Webster im Umgang mit Blinden besaß und bisher nicht sonderlich viel Zeit in Claires Gesellschaft verbracht hatte, aber er war der Meinung, seine Erfahrung als Arzt müsste eigentlich dafür sorgen, dass er sich weniger unbeholfen anstellte. „Sie müssen sie mit Namen ansprechen, damit sie weiß, dass Sie mit ihr sprechen."

Stuarts helle, sommersprossenübersäte Haut wurde beinahe so leuchtend rot wie sein Haar. „Natürlich", entgegnete er. „Verzeihen Sie mir."

Claire runzelte die Stirn. Mr. Hamilton hätte nicht so viel Aufhebens davon machen müssen. Hätte sie die Gelegenheit erhalten, hätte sie es selbst erklärt. „Denken Sie sich nichts dabei", antwortete sie. „Und bitte nennen Sie mich doch Claire. Miss Bancroft ist so umständlich, wenn wir so viel Zeit miteinander verbringen." Sie öffnete die Tür, hielt sie einladend für Dr. Stuart auf und überlegte, ob sie sich täuschte oder ob die sich entfernenden Schritte des Captains tatsächlich noch energischer klangen als sonst.

Die *Cerberus* erreichte Charleston vier Tage später. Ein kleiner Teil der Mannschaft musste auf dem Schiff zurückbleiben, während die anderen Besatzungsmitglieder in das Hafenviertel ausschwärmten, um den zweiwöchigen Landurlaub bestmöglich zu nutzen.

Cutch war schon vorausgeritten, um ihre bevorstehende Ankunft anzukündigen, während Randall ein Pferd und einen Einspänner für sich, seine Passagiere sowie einen Teil ihres Gepäcks mietete. Er nahm den Sitz auf dem Kutschbock ein und hielt das Pferd ruhig, während Dr. Stuart Claire beim Einsteigen behilflich war. Sobald sie Platz genommen hatte, der Doktor allerdings noch nicht, ließ Randall die Peitsche knallen.

„Geht es Ihnen gut?" erkundigte sich Claire. Sie hatte das überraschte Aufkeuchen des Arztes gehört und gespürt, wie er neben ihr auf den Sitz fiel.

„Ja. Nichts geschehen", antwortete er freundlich und richtete sich auf. „Des Captains Ungeduld ist verständlich. Sie und ich werden bei unserer Rückkehr nach London ähnlich empfinden."

Das mag schon sein, dachte sie. Aber Dr. Stuart würde bestimmt niemand derart buchstäblich aus dem Gleichgewicht bringen. Doch Claire behielt diese Überlegung für sich. Sie hatte nicht den Wunsch, Mr. Hamiltons Aufmerksamkeit auf sich zu lenken. Unter den Besatzungsmitgliedern hieß es dieser Tage allgemein, dass man den Captain am besten in Ruhe ließ. Jeder, der ihm unter die Augen kam, schien ihn früher oder später zu reizen. Seine Männer und selbst der unerschrockene Cutch gingen ihren Pflichten nach Möglichkeit schweigend nach.

„Berichten Sie mir, was Sie sehen, Macauley“, sagte Claire.

Vor ihnen gab sich Randall Mühe, nicht hinzuhören. Er verspürte nicht den geringsten Wunsch, Zeuge werden zu müssen, wie jemand, der selbst keine Beziehung dazu hatte, die Stadt beschrieb, die er selbst so liebte. Durch die Augen eines Fremden betrachtet, wäre es nicht derselbe Ort. Der Arzt würde Claire nichts von den sich windenden Straßen erzählen können, oder dass hinter den alten, hohen Mauern, an denen sie vorüberfuhren, wunderschöne Gärten lagen. Er konnte die Geschichte der stuckverzierten Häuser nicht kennen oder die richtigen Farben in der Natur finden, mit denen sich ihre Pastelltöne vergleichen ließen. Er wusste nicht, dass manchmal junge Frauen auf die schmiedeeisernen Balkone traten, um sich von ihren Verehrern umwerben zu lassen. Es waren nicht nur zu Wohlstand gelangte Kaufleute, die sich hier an Battery und White Point Gardens prächtige Stadthäuser errichtet hatten, sondern auch fast jeder der reichen Pflanzer entlang der Flüsse Cooper und Ashley, der etwas auf sich hielt. In die entspannt elegante Atmosphäre von Charleston im Sommer konnten sich die Besitzer der Reisplantagen und Indigofelder vor der drückenden Hitze zurückziehen, der drohenden Malaria entfliehen und die kühle Meeresbrise genießen.

Es wurde ruhiger, sobald sie die Stadt hinter sich ließen. Das stetige Geklapper von Pferdehufen ließ nach, und die gedämpften Stimmen der Vorübergehenden verklangen. Von Zeit zu Zeit überschatteten die mächtigen Kronen von Weißeichen den Weg.

Der Duft von Kirschlorbeerblüten und Tannennadeln hing in der Luft, und von ferne hörte man beständig das Gackern der Carolina-Hühner.

Sie kamen an Plantagenhäusern vorbei, die nach dem Krieg als Schatten ihres früheren Glanzes wieder aufgebaut worden waren. Was die Yankees nicht zerstört hatten, versuchten sich die Kriegsgewinnler zu ergaunern. Stolze Familien, deren Reihen durch den Krieg gelichtet waren, taten alles, um ihr Land zu behalten.

Randall Hamiltons Familie machte darin keine Ausnahme. Er musste nicht daran erinnert werden, als er mit der Kutsche in die Auffahrt einbog, die nach *Henley* führte. Dort, auf dem Tor am Eingang stand in neuen Stein gehauen: *Concord*. Randall drückte es bei dem Anblick jedes Mal das Herz zu.

Claire beugte sich vor, als Macauley ihr sagte, dass sie sich nun dem Haus näherten. Sie versuchte sich vorzustellen, wie Randall sein Heim nach so langer Abwesenheit erscheinen mochte. Für ihn konnte es nicht nur die symmetrische Anordnung roter Ziegel, weißer Säulen und Fensterläden sein, die der Doktor ihr beschrieb. Was war mit dem Sonnenlicht, das sich in den Fenstern spiegelte? Blinkte es einladend? Wärmte es die Fassade? Kräuselte sich aus einem der Schornsteine Rauch? War irgendjemand auf den Balkon im zweiten Stock getreten, um Randall zuzuwinken?

Randall verlangsamte die Fahrt. „Die Ziegel stammen aus England“, sagte er leise. „Sie sind als Schiffsballast hergebracht worden. Es heißt, es wären sieben verschiedene Schiffe nötig gewesen und hätte fünf Jahre gedauert, bevor man genug Ziegelsteine beisammen hatte. Henley und seine Braut lebten in einer Blockhütte am Fluss, während sie das Land urbar machten, die Felder bebauten und Pläne für ihr Haus entwarfen. Die Hütte gibt es nicht mehr. Mein Großvater ließ sie abreißen, als er den

Garten auf der Vorderseite des Hauses vergrößern wollte. Zu dem Zeitpunkt war ohnehin nicht mehr viel davon zu sehen."

Claire hätte gerne noch mehr Geschichten über das Haus gehört, aber Randall schien sich mit einem Mal seiner Zuhörer gewahr zu werden, fast so, als habe er zuvor mehr zu sich selbst gesprochen, und verstummte jäh. Sie hörte die Peitsche durch die Luft zischen, als er das Pferd wieder antrieb. Der Buggy beschleunigte seine Fahrt, und es gab keine weiteren Erzählungen.

Es ist genug, dachte Claire. Sie wusste, was der Captain sah, wenn er *Henley* anschaute: Geschichte und sein Erbe.

Als Randall vom Kutschbock herabsprang, kam Jebediah Brown angelaufen und hielt die Zügel. „Willkommen zu Hause, Sir", sagte er mit einem breiten Grinsen. „Ist eine gewaltige Freude, Sie zurückzuhaben."

„Und es ist gut, wieder hier zu sein, Jeb." Er blickte zu den Stufen, die zur Eingangstür führten, als erwarte er, dass jemand zur Begrüßung aus dem Haus käme. „Wo sind Mutter und Bria?"

Jebs Lächeln verblasste, als er Randalls verwundertem Blick folgte. „Miz Foster fühlt sich heute nicht wohl, denke ich. Miss Bria ... nun, sie ist zum Fluss gegangen, als Cutch gesagt hat, dass Sie Besuch mitbringen. Sie wissen doch, wie scheu sie ist und wie wenig sie so ein Trara mag."

„Und Mr. Foster? Wo kann ich ihn finden?"

Jeb deutete auf das letzte Fenster im ersten Stock, das Fenster, das zum Arbeitszimmer des Hausherrn gehörte, und machte eine Geste, wie jemand mehrere Gläser trank.

Randall nickte bloß. „Kümmere dich um das Pferd, ja?" Er drehte sich um und sah, dass Claire und Dr. Stuart ausgestiegen waren und nun unbehaglich neben der Kutsche standen. Einen Moment überlegte er, ob Stuart Claire erklärt hatte, was Jeb mit seiner Geste angedeutet hatte. Wusste sie jetzt, dass der gegenwärtige Eigentümer von *Henley* nichts anderes als ein Trinker war?

„Willkommen auf *Concord*", sagte er ausdruckslos. Es war nicht sein Zuhause. Es war nicht *Henley*. „Kommen Sie. Ich werde Ihnen Ihre Zimmer zeigen."

Addie Thomas öffnete die Tür und ließ sie eintreten. Ihr Begrüßungslächeln fiel weniger breit aus als Jebediahs, war aber nicht minder herzlich. „Ihre Mama möchte Sie augenblicklich sehen", sagte sie zu Randall. „Bitte nicht trödeln. Sie regt sich auf, weil sie nicht selbst herunterkommen kann, um Sie willkommen zu heißen."

„Gehen Sie schon", drängte ihn Claire.

Randall zögerte. Doch dann wurde er der Notwendigkeit enthoben, eine schwierige Entscheidung zu treffen, als Cutch oben an der Treppe erschien. Er überließ Claire und Stuart dessen fähigen Händen und eilte zum Zimmer seiner Mutter.

Elizabeth Hamilton, nunmehr Foster, saß in ihrem großen Bett. Ihre Arme ruhten auf rüschenbesetzte Kissen, eines war hinter ihren Rücken gesteckt. Sie war eine zierliche Frau mit dunklem kupferfarbenem Haar, das an den Schläfen langsam ergraute. Ihr Teint, jahrelang auf schattigen Veranden und von unzähligen Sonnenschirmen vor dem Sonnenlicht geschützt, war sahnig blass – bis auf die gelbliche Verfärbung, die ihre Wange verunzierte.

Sie hob ihre Hand und bedeckte die leichte Schwellung, sobald sie bemerkte, dass Randalls Blick daran hängenblieb. Bis ins Herz hinein spürte sie seinen Blick erkalten. „Es ist nicht, was du denkst, Lieber", sagte sie leise. „Ich bin auf der Treppe gestürzt und habe meine Wange am Geländer gestoßen. Komm her, gib mir einen Kuss und denk nicht weiter daran."

Randall setzte sich auf den Bettrand und beugte sich zu seiner Mutter. Er drückte einen Kuss auf die unversehrte Wange, die sie ihm hinhielt, und wehrte sich nicht gegen ihre Umarmung. Er stützte sie leicht im Rücken und drückte sie an sich. Sie war ihm immer so zerbrechlich erschienen. Wie kommt es eigentlich, fragte er sich, dass sie nie gebrochen war? Er widersprach ihrer Geschichte mit dem Treppengeländer nicht, aber genauso wenig glaubte er sie. Ein Gefühl der Ohnmacht erfasste ihn.

Elizabeth Foster hielt ihren Sohn auf Armeslänge von sich und musterte ihn eindringlich. „Dein Gesicht ist zu hager und ganz braun“, erklärte sie bestimmt. „Und glaube ja nicht, dass mir gefällt, wie Cutch dein Haar schneidet.“ Sie drückte die von schwerer Arbeit gestählten Muskeln in seinen Oberarmen. „Und außerdem ganz sehnig. Du bist wie ein Stück Dörrfleisch, nichts als Fleisch und davon nicht viel.“

Randall lachte. „Pst, Mutter. Mit so vielen Komplimenten wirst du mir noch den Kopf verdrehen.“ Von der Prellung an der Wange einmal abgesehen, war seine Mutter so liebreizend wie immer. „Warum liegst du im Bett?“ fragte er. „Doch sicher nicht wegen deines ... Unfalles. Bist du etwa am Ende eitel geworden, Mutter?“

„Ich bin immer eitel gewesen“, verkündete sie, ohne sich zu entschuldigen. „Dieser Tage besitze ich einfach nicht mehr so viel, das bewahrt werden muss. Nein, natürlich ist es nicht die Prellung. Bei dem Sturz habe ich mir den Knöchel verstaucht. Heute tut es mehr weh als letzte Woche.“

„Hat Dr. Edwards es sich schon angesehen?“

Sie zögerte und wandte kurz den Blick ab. „Ich habe keinen Grund gesehen, Jeb nach ihm zu schicken.“

Randall vermutete, dass die Wahrheit ein wenig anders lautete. Entweder folgte seine Mutter dem ausdrücklichen Wunsch ihres Ehemannes, oder sie musste Vergeltungsmaßnahmen befürchten, wenn sie Edwards kommen ließ.

„Dann ist es in der Tat ein glücklicher Umstand, dass Dr. Stuart zu unseren Gästen zählt. Ich werde ihn zu dir schicken, sobald er ausgepackt hat.“

„Ein Gast, der mich untersucht? Das denke ich nicht“, entgegnete sie empört.

Randall nahm die zartgliedrige Hand seiner Mutter und drückte sie sanft. „Du wirst in der Angelegenheit überhaupt nicht gefragt, Mutter. Und jetzt will ich dir von unserem anderen Gast erzählen.“

Es war schon nach Sonnenuntergang, als Cutch Claire zum Ufer des Cooper brachte. Unter dem einen Arm trug er eine zusammengefaltete Decke, mit dem anderen führte er sie. So gingen sie über die Veranda an der Vorderseite des Hauses entlang und weiter durch die weitläufigen Gärten, die sich bis zum Fluss erstreckten. Die Luft war schwer von dem Duft unzähliger Blüten, untermalt von dem frischen Geruch des Wassers.

Cutch blieb stehen und breitete die Decke an einer leicht abschüssigen Stelle auf dem Rasen aus. „Glauben Sie ja nicht, Sie könnten sich auf Erkundungsgänge begeben“, warnte er sie. „Niemand will Sie aus dem Cooper fischen müssen.“

Claire hob das Buch, das sie in der Hand hielt. „Sie lesen mir nicht vor?“

„Nicht heute Abend. Ich ... ich, äh, muss in der ersten Nacht nach meiner Ankunft hier ... äh, noch etwas erledigen.“

„Mr.Cutch! Ich glaube fast, Sie haben eine Verabredung. Und haben kein Wort darüber verloren!“

„Verschwiegen wie eine Sphinx.“ Er blickte über seine Schulter. „Aber hier kommt Miss Bria. Sie hat sich anerboten, mich zu vertreten.“

Claire versteifte sich ein wenig. Bria Hamilton war eine

höchst unwahrscheinliche Freiwillige. Ihr Willkommen war so knapp und sie selbst so zurückhaltend gewesen, dass es schon an Unhöflichkeit grenzte. Selbst bei Tisch war sie kein bisschen aufgetaut. Claire hätte das Alleinsein ihrer Gesellschaft vorgezogen. Sie nahm an, dass ihre Chancen gut standen, ohne Hilfe ihren Weg ins Haus zurückzufinden, während sie mit Bria an ihrer Seite wahrscheinlich tropfnass zurückkommen würde.

„Guten Abend, Miss Bancroft", sagte Bria leise.

„Claire, bitte." Dasselbe Angebot hatte sie schon zuvor gemacht, aber Randalls Schwester beharrte auf der förmlichen Anrede. Claire klopfte auf die Stelle neben sich. „Wollen Sie sich nicht zu mir setzen? Mr. Cutch hat eine Decke mitgenommen, die der gesamten Mannschaft der *Cerberus* Platz bieten würde." Ihr Lächeln verblasste, als Bria darauf nicht einging. Sie überlegte, was für Blicke Cutch und Randalls Schwester jetzt wohl tauschten. „Mr. Cutch?" erkundigte sie sich unsicher.

„Ich gehe jetzt, Claire. Sie sind bei Miss Bria gut aufgehoben."

Claire hörte, wie seine vom Rasen gedämpften Schritte sich entfernten und dann das Rascheln von Brias Röcken, als sie sich neben ihr niederließ. Der Arzt hatte Claire mit einem Wortreichtum, den er sonst vermissen ließ, davon unterrichtet, dass Miss Bria Hamilton von seltener Schönheit war. Ihr Haar besaß die Farbe von dunklem Honig und war im Nacken zu einem eleganten Knoten geschlungen. Ihre Augen, so erzählte er Claire, sich für das Thema erwärmend, waren so blau wie Saphire und von langen Wimpern umschattet, die ihrem Blick etwas Geheimnisvolles verliehen. Vermutlich besaß sie auch eine Gestalt, die dem derzeitigen Schönheitsideal entsprach: einen kurzen Oberkörper und lange Beine, alles in ein fischbeinverstärktes Korsett gezwängt, das sie wie ein Harnisch umschloss. Brias Hände waren in Macauley Stuarts Augen ihr einziger Makel. Ihre Handrücken waren braun, die Innenseiten abgearbeitet und voller Schwielen. Die Nägel waren gerade und kurz geschnitten. Wenn sie irgendeine Salbe oder Creme zur Pflege verwandte, dann nützte sie nichts.

„Ich nehme Ihr Buch", sagte Bria. „Wenn Sie wollen, dass ich vorlese, muss ich gleich anfangen. Das Tageslicht schwindet rasch."

Claire wollte ihr schon das Buch reichen, zog es dann aber wieder zurück. „Lieber nicht. Würde es Ihnen viel ausmachen, mir einfach nur Gesellschaft zu leisten?"

Bria zog ihre Knie an und schaute auf den Fluss hinaus. „Das hier ist einer meiner Lieblingsplätze."

Was, dachte Claire, ihre Art ist zu sagen, dass ich ein Eindringling bin. Mit Randalls Schwester auszukommen war mindestens genauso schwierig wie mit ihm selbst. „Es ist wunderschön", pflichtete Claire ihr bei. „Es ist ..."

„Wie wollen Sie das beurteilen? Sie können doch gar nicht sehen."

„Daran müssen Sie mich nicht eigens erinnern", entgegnete Claire gleichmütig, die sich nicht aus der Ruhe bringen lassen wollte. „Aber mir ist noch niemand begegnet, der einen Lieblingsplatz hätte, der nicht in irgendeiner Weise schön wäre. Ich kann das viele Grün im Garten riechen. Die Äste über uns seufzen leise im Wind, und das Rauschen von Wasser ist immer angenehm. Verzeihen Sie, aber ich denke nicht, dass ich ein Eindringling an Ihrem Lieblingsplatz bin. Das Bild, das ich mir davon mache, unterscheidet sich ganz bestimmt von Ihrem."

Bria sagte nichts, aber genauso wenig stand sie auf und ging. Claire Bancroft schien Rückgrat zu besitzen. „Was hat Randall über mich erzählt?"

Die Frage erstaunte Claire. „Herzlich wenig", räumte sie ein. „Aber Ihr Bruder hat sich auf der Reise nur selten mit mir unterhalten und dann so gut wie gar nicht über seine Familie. Mr. Cutch hat auch nicht viel mehr gesagt."

„Dann haben Sie gefragt."

„Ich gebe zu, ich war neugierig, als ich erfuhr, dass wir hier Halt machen wollten. Als das erste Mal Ihr Name fiel, dachte ich, Sie wären Captain Hamiltons Verlobte."

Brias Mundwinkel hoben sich zu einem Lächeln, das dem ihres Bruder überraschend ähnlich war. „Das muss meinen Bruder sehr belustigt haben."

„Oh, ich habe es ihm nicht verraten. Er hätte dem zu viel Bedeutung beigemessen, denke ich. Oder mich absichtlich in die Irre geführt, nur um mir eine Reaktion zu entlocken."

„Und das würde er? Ihnen eine Reaktion entlocken, meine ich?" Bria drehte den Kopf, um Claires abgewandtes Profil zu studieren. „Wären Sie eifersüchtig?"

Claire hoffte, die Dämmerung hatte sich bereits so weit über das Land gesenkt, dass man ihr ihr Unbehagen nicht ansah. „Ich denke, es hätte vor allem meine Neugier auf Sie noch verstärkt. Ihr Bruder ist ... nun, er ist ... er ist ungewöhnlich ..."

„Manchmal ist er ein richtiger Bastard", beendete Bria den Satz für sie.

„Ja", stimmte ihr Claire zu. „Genau."

Bria lachte. „Haben Sie ihm das gesagt? Ins Gesicht?"

„Nur einmal. Ins Gesicht. Hinter seinem Rücken unzählige Male."

Brias Lächeln wurde breiter. „Das ist gut, Miss Bancroft ... Claire." Bria richtete sich auf und rutschte näher. „Ich liebe ihn sehr, müssen Sie wissen, aber wir Hamiltons sind eigensinnig und haben fest gefügte Ansichten. Und diese Ansichten decken sich nicht immer. Er denkt, ich sollte heiraten und Orrin die Verwaltung der Plantage überlassen. Als ob das eine Lösung wäre. Den

Besitz Orrin zu überlassen, ist der sicherste Weg, ihn in den Ruin zu treiben."

„Ihr Bruder muss seine Gründe haben."

„Oh, die hat er. Er will nur mein Bestes, sagt er immer. Eine Heirat würde mich von hier fortbringen. Er versteht nicht, dass ich Mutter einfach nicht verlassen kann." Brias Stimme senkte sich zu einem Flüstern. „Er versteht nicht, dass ich *Henley* für ihn bewahren will."

Claire wunderte sich, ob Bria sie für eine Verbündete hielt – und nur, weil sie Randall Hamilton einen Bastard genannt hatte. „Ich bin mir nicht ganz sicher, warum Sie mir das alles erzählen", sagte sie. „Ich habe keinen Einfluss auf ihn und weiß noch nicht einmal, ob ich anderer Meinung bin als er. Vielleicht will er sich nicht für das Opfer, das sie bringen, verantwortlich fühlen müssen."

„Opfer? Das hier ist ... war auch mein Zuhause. Ich habe ein Recht, selbst zu entscheiden, was ich dafür tun will. Es gibt keinen Grund, warum Randall sich verantwortlich oder sogar schuldig fühlen sollte."

„Haben Sie Ihrem Bruder das schon einmal so gesagt?" erkundigte Claire sich vorsichtig.

Alle Leidenschaft schwand aus Brias Stimme, und sie klang nur noch müde. „Zwanzig Minuten bevor ich hier herkam", gab sie leise zu. „Ich hatte mich noch nicht ganz erholt, als ich hier eintraf."

„Verstehe", erwiderte Claire langsam, ohne den nachdenklichen Blick oder die Bewunderung in den Augen ihrer Begleiterin zu sehen.

„Ja", sagte Bria. „Das glaube ich sogar."

Claire begann im Verlauf ihrer ersten Woche auf der Plantage eine

Menge mehr zu verstehen. Orrin Foster war ein Trinker. Kein liederlicher, nuschelnder, unbeholfen stolpernder Trinker, sondern einer, der sich langsam, aber zielstrebig betrank. Wenn er sich vom Frühstückstisch erhob, gewöhnlich gegen zehn Uhr, widmete er sich gewissenhaft dieser Aufgabe und setzte sie den Tag über nur mit Unterbrechungen für einen Ritt über seinen Besitz oder zu seinem kleinen Gestüt fort. Dass ihm das gelang, ohne sich das Genick zu brechen, war entweder ein Beweis seines reiterischen Könnens oder dafür, dass Gott seine schützende Hand über Narren hielt.

Der Herr von *Concord* – wie er sich gerne nannte – war am Tage im Großen und Ganzen freundlich. Er hatte offene, ein wenig grobe Züge: ein rundliches Gesicht, ein breites Lächeln und vom ständigen Trinken gerötete Wangen sowie eine große Nase. Von Natur aus war er laut und gestikulierte heftig, breitete seine Arme während des Sprechens aus und schlug mit der Hand auf den Tisch, wenn man ihm widersprach. Erst gegen Abend wurde er müde, und diese Müdigkeit ließ ihn bösartig werden.

Was Claire nicht selbst sehen konnte, erfuhr sie von anderen. Die Anspannung, die sich mit dem anbrechenden Abend ausbreitete, war beinahe greifbar. Elizabeth Foster bemühte sich, ihren Ehemann zu besänftigen und sein Benehmen zu entschuldigen. Bria verließ oft unter einem Vorwand das Zimmer. Dr. Stuart folgte ihr gewöhnlich und lud sie zu einem Spaziergang entlang des Flussufers ein. Claire und Randall blieben, die Stunden verrannen zäh, bis sich entweder Elizabeth auf ihr Zimmer zurückzog oder Orrin sich in sein Arbeitszimmer begab. Randalls Anwesenheit hatte, soweit Claire feststellen konnte, keine Auswirkung auf Orrins Trinken oder sein Verhalten. Durch seinen Stiefsohn schien er sich weder gestört noch zur Rücksichtnahme verpflichtet zu fühlen. Er gab sich keine Mühe, wegen Randall Elizabeth oder Bria gegenüber freundlich zu sein, aber Claire glaubte auch nicht, dass er sie schlechter behandelte als sonst. Orrin Foster hatte nichts für Verstellung übrig. Er war, was er war, und schien es zu genießen, dass Randall nichts dagegen unternehmen konnte.

Als sich ein besonders unangenehmer Sonntag seinem Ende zuneigte, ziemlich genau eine Woche nach ihrer Ankunft, entschied Claire, dass sie Randall und Orrin sich selbst überlassen konnte, ohne dass etwas geschehen würde. Zwar war es nicht auszuschließen, dass heftige Worte fallen würden, aber sie würden nicht mit Fäusten aufeinander losgehen. Erschöpft von der gespannten Atmosphäre, die Orrin wie eine Staubwolke um sich herum erzeugte, entschuldigte sich Claire kurz nach Elizabeth. Überrascht hörte sie, als sie im Foyer angekommen war, dass die ältere Frau noch nicht das obere Stockwerk erreicht hatte.

Mit ihrem Stock den Boden abtastend ging Claire zur Treppe. Sie musste nur ungefähr ein Drittel der Treppe hochsteigen, um Elizabeth einzuholen. „Ist es Ihr Knöchel?“ erkundigte sie sich. „Ich glaube, er schmerzt Sie mehr, als Sie zugeben wollen.“

Elizabeths Hand verkrampfte sich um das Geländer, und sie verlagerte ihr Gewicht auf ihr unverletztes Bein. „Es ist wirklich nichts“, sagte sie. „Ich kann einfach Schmerz nicht sonderlich gut aushalten, fürchte ich.“

„Das bezweifle ich“, antwortete Claire leise. Eine Frau, die sich freiwillig Orrins Fosters scharfer Zunge und seinem rüpelhaften Verhalten aussetzt, dachte sie, muss eine Mengen Schmerzen aushalten können. Vermutlich war Elizabeth Foster einfach in vielerlei Hinsicht bereits abgestumpft. „Hier, nehmen Sie.“ Sie gab der älteren Frau ihren Stock. „Halten Sie sich mit der einen Hand am Geländer fest, mit der anderen stützen Sie sich hierauf.“

Elizabeth nahm den Stock erst, als Claire ihn ihr in die Hand drückte.

„Hier", wiederholte sie. „Nehmen Sie ihn, oder ich werde Ihren Sohn rufen." Da erst schlossen sich Elizabeths Finger um den Stock. Claire passte ihre Schritte den vorsichtigeren ihrer Gastgeberin an, bis sie oben angekommen waren. „Ich fasse Sie jetzt am Ellbogen, und Sie nehmen weiter den Stock. Sie werden sehen, so geht es hervorragend, versprochen."

Elizabeth bot ihr den Arm, aber Claire war diejenige, die Stütze war. Langsam gingen sie den Flur hinunter. Als sie vor ihrer Zimmertür stehen blieben, wollte Elizabeth den Stock zurückgeben.

„Behalten Sie ihn noch. Morgen werden Sie ihn vermutlich dringender brauchen als ich."

„O nein, ich kann sie doch nicht merken lassen ..." Elizabeth brach ab. „Ich will nicht, dass Randall und Bria ahnen, wie sehr mich der Knöchel noch schmerzt."

In Elizabeths Stimme hörte Claire, wie schwer es ihr fiel, das zuzugeben. „Ich denke nicht, dass sie Ihren anderslautenden Beteuerungen Glauben schenken. Was sagt Dr. Stuart?"

„Er hat mich nur einmal untersucht", erwiderte sie. „Am Tage Ihrer Ankunft. Seitdem habe ich ihn nicht noch einmal gebeten, sich den Knöchel anzusehen. Er sagt, es ist eine Verstauchung, zwar eine schlimme, aber nichts weiter." Elizabeth öffnete die Tür und humpelte ins Zimmer. Dann bat sie Claire, einzutreten.

„Werden Sie mir erlauben, einen Blick darauf zu werfen?" fragte Claire.

Elizabeth schaute sie verwundert an. „Sie? Was meinen Sie, meine Liebe? Wie können Sie denn *einen Blick darauf werfen*?"

Claire hielt ihre Hände in die Höhe. „Hiermit." Es war nicht schwer, sich die Überraschung und den Unglauben der älteren Frau vorzustellen. „Ich habe viel Zeit mit den einheimischen Medizinmännern auf den Inseln verbracht. Mit Krankheiten am Herzen oder am Magen kannte ich mich bestens aus. Und auch gebrochene Knochen waren kein Problem."

„Aber damals hatten Sie noch Ihr Augenlicht", erwiderte Elizabeth zögernd. „Und es waren *Eingeborene*."

„Ich schlage ja nicht vor, Zaubersprüche, Amulette oder Tikis einzusetzen, um Ihre Schmerzen zu lindern, doch vielleicht gibt es eine Kräutermedizin, die Ihnen besser hilft als das, was Dr. Stuart Ihnen gegeben hat."

Elizabeth ließ sich langsam auf dem Rand ihres Bettes nieder. „Woher wissen Sie, dass er mir etwas gegeben hat?"

„Der Hauch von Anis und Alkohol in Ihrem Atem."

Elizabeth schlug sich die Hand vor den Mund. „Ach du meine Güte."

„Es sollte mich nicht sonderlich überraschen, wenn sie Laudanum enthält", sagte Claire. „Und sie hat nicht gewirkt, oder?"

„Nicht so sehr, wie ich es mir erhofft hatte."

„Sitzen Sie auf dem Bett, Elizabeth?"

„Ja."

„Dann legen Sie sich bitte hin."

Elizabeth lehnte den Stock an das Fußende des Bettes und streckte sich aus. Sie zuckte zusammen, als sich die Matratze unter Claires Gewicht senkte. Eine so kleine Bewegung sollte nicht derart wehtun, dachte sie und biss sich auf die Lippen, als Claire mit ihren zarten Händen den geschwollenen Knöchel, Unterschenkel und Fuß vorsichtig abtastete.

„Ist die Haut hier noch lila verfärbt oder eher schon gelblich?"

„Indigo", antwortete Elizabeth. „Da ... und da."

Claire nickte. Vorsichtig ließ sie den verletzten Fuß sinken. „Ich bin nicht ganz überzeugt, dass es nur eine Verstauchung ist. Gut möglich, dass doch etwas gebrochen ist. Sie müssen im Bett bleiben und dürfen den Fuß nicht belasten. Dass alles blau angelaufen ist, liegt an der Schwellung und der schlechten Blutzirkulation. Sie brauchen keine Medizin mit Alkohol. Das wird das Problem nur verschlimmern." Sie beugte sich vor. „Und für den Fall, dass Sie glauben, ich hätte das von irgendeinem Medizinmann, lassen Sie sich sagen, dass ich es von meinem Vater gelernt habe. Er hat Untersuchungen über das Blut gemacht und die Wirkstoffe, die seinen Fluss und seine Eigenschaften verändern. Manchen Kindern wird aus Bilderbüchern vorgelesen. Sir Griffin ließ mich auf seinem Schoß sitzen und durch sein Mikroskop schauen. Er las mir seine Notizen vor, als wären sie Kapitel eines Romans von Dickens. Lange Zeit glaubte ich, ein Blutkörperchen wäre eine Person." Als sie Elizabeths leises Lachen vernahm, lächelte sie. „Als mein Vater und ich nach Solonesien zurückkehrten, war ich seine Assistentin. Ich half ihm bei seiner Arbeit über die Bluterkrankheit."

„Es wäre bestimmt klug, auf Miss Bancroft zu hören, Mutter."

Elizabeth und Claire drehten sich gleichzeitig zur Tür herum. So stolz Claire auch darauf war, selbst leiseste Geräusche wahrzunehmen, Randalls Eintreten war ihr doch entgangen. Erst jetzt fielen ihr die gedämpften Schritte auf, mit denen er sich dem Bett näherte.

„Wenn man ungestört sein will", bemerkte Randall, „sollte man die Tür schließen. Es war nicht meine Absicht ..." Da fiel sein Blick auf den dunkel verfärbten Knöchel seiner Mutter. Er fluchte leise.

„Randall!" tadelte Elizabeth ihn. „Es besteht kein Grund, grob zu werden."

Claire lächelte. Ihrer Meinung nach gab sich Randall große Mühe, sich zu beherrschen. Schließlich hatte sie die ganze Bandbreite seiner Ausdrucksfähigkeit an Bord der *Cerberus* zu hören bekommen, und dieser zahme Fluch eben war gar nichts dagegen. „Sie müssen ihn meinetwegen nicht zurechtweisen“, warf Claire mit Unschuldsmiene ein. „Ich habe schon Schlimmeres gehört.“

Randall wünschte sich, dass der wütende Blick, den er ihr zuwarf, nicht verschwendet wäre, und schnaubte abfällig.

Elizabeths Blick aus Augen, die denen ihres Sohnes so sehr ähnelten, flog zwischen den beiden hin und her. Sie fragte sich, ob sie wussten, dass sie ihre immer wieder beteuerte Abneigung wie einen Schutzschild trugen. „Warum nimmst du Claire nicht mit nach draußen?“ schlug sie Randall vor. „Für einen Spaziergang ist es noch nicht zu spät. Ich glaube, Bria und der Doktor unternehmen auch einen. Schließlich bringt es nichts, wenn wir zu dritt um meinen Knöchel herumstehen.“ Sie ordnete ihre Unterröcke und zog den Taftrock ihres Kleides über das anstößige Körperteil. „Schick bitte Addie zu mir.“

„Ich würde Ihnen gerne einen Umschlag machen“, erklärte Claire. „Und Blutegel würden auch nicht schaden.“

Elizabeth schnitt eine Grimasse. „Ganz bestimmt keine Blutegel. Aber ein Umschlag wäre schön, doch nicht jetzt. Bitte genießt, was noch vom Abend übrig ist, und verschwendet keinen Gedanken an mich.“ Sie schenkte ihrem Sohn ein süßliches Lächeln.

Und der fragte sich, seit wann seine Mutter seinen mahnenden Blicken gegenüber genauso unempfindlich war wie Claire.

„Ich fürchte, die Absichten meiner Mutter sind manchmal ziemlich durchsichtig“, bemerkte Randall, als er und Claire auf die Veranda traten. „Sie würde ihre Seele verkaufen, um mich verheiratet zu sehen.“

„Solange sie nicht *Ihre* Seele verkauft“, sagte Claire.

Randall blieb abrupt stehen, so dass Claire beinahe gegen ihn gestoßen wäre. „Wie meinen Sie das?“

Von dem jähen Wunsch beseelt, ihre Worte zurücknehmen zu können, schüttelte Claire den Kopf. Eine sanfte Brise vom Fluss spielte mit einzelnen Strähnen ihres dunklen Haares. Verlegen strich sie sie sich aus dem Gesicht.

„Nein.“

Zuerst glaubte Claire, Randall verböte ihr, ihr Haar zu berühren. Sie ließ die Hand fallen, bevor sie sich darüber Rechenschaft ablegen konnte, warum sie ihm eigentlich gehorchte. Als sie begriff, wie leicht er sie herumkommandieren konnte, hob sie ihre Hand wieder und steckte sich mit einem Anflug von Trotz eine weitere Haarsträhne hinters Ohr.

Randall beobachtete sie stirnrunzelnd. Ihm kam es so vor, als täte sie das, um seiner Frage auszuweichen. „Sagen Sie mir, was Sie damit gemeint haben“, wiederholte er scharf.

Claire hätte nicht überraschter sein könne, wenn er sie bei den Schultern gepackt und geschüttelt hätte. Sie ließ ihre Hand wieder sinken. „Ich wollte nur sagen, dass es so aussieht, als hätten Sie schon viel von sich selbst aufgegeben“, flüsterte sie.

„Was wissen Sie davon?“ fragte er. „Mit wem haben Sie darüber gesprochen? Bria?“

„Nein, nicht so, wie Sie denken. Nicht über Sie.“ Sie ließ seinen Ellbogen los und trat einen Schritt zurück. Ohne ihren Stock konnte sie nicht weitergehen. Die Veranda mit den Tischen und Sitzmöbeln, den Blumentöpfen und unzähligen Hängepflanzen stellte so ein schier unüberwindliches Hindernis für sie dar. „Natürlich habe ich mich mit Bria unterhalten, aber über David und Shelby ... und Ihre Mutter und Ihren Vater."

Randall versteifte sich. „Worüber? Was hat Bria erzählt?"

Plötzlich fröstelnd, schlang Claire ihre Arme um sich. „Nichts."

„Wohl kaum."

„Nur Geschichten", verbesserte sich Claire. „Das ist alles. Nur Geschichten aus Ihrer Kindheit und von Ihrem gemeinsamen Aufwachsen."

Randall betrachtete sie einen langen Augenblick. Claire schien stets mehr zu hören, als gesagt wurde. Und nun hatte sie sich aus dem Gehörten ihr eigenes Bild gemacht. „Ich nehme jetzt wieder Ihren Arm", sagte er schließlich. In dem schwachen Licht, das aus dem Haus in den Garten fiel, konnte er erkennen, wie sie zusammenzuckte, gerade so, als hätte er sie schon berührt, statt sie vorzuwarnen.

Claire spürte, wie sich Randalls Finger um ihr Handgelenk schlossen. Er legte ihre Hand auf seinen Arm, doch sie zog sie so weit zurück, dass sie ihn gerade noch am Ärmel berührte. Als er sie vom Haus fortführte, folgte sie ihm. Allein an seinen Schritten war seine Anspannung erkennbar.

„Warum sind Sie so verärgert?" wollte sie wissen.

„Mir gefällt es nicht, Gegenstand Ihrer Vermutungen zu sein."

Darauf erwiderte Claire nichts.

„Ich wünschte, Sie hätten sich nicht mit Bria angefreundet."

Wenn er das mit einem Anflug von Arroganz oder im Befehlston gesagt hätte, wäre Claire auf ihn losgegangen und hätte ihn nicht im Zweifel darüber gelassen, was sie von seinem Wunsch hielt. Stattdessen war sie von der ruhigen Resignation in seinem Ton gerührt und verspürte leichtes Bedauern. „Und ich wünschte, es wäre möglich“, entgegnete sie. „Aber mit Ihrer Schwester kann man sich nur schwer anfreunden.“

„Sie haben viel Zeit mit ihr verbracht.“

„Das heißt nichts. Bria ist sehr verschlossen.“

„Ich habe sie mit Ihnen gesehen“, antwortete Randall. „Sie mag Sie. In Ihrer Gesellschaft lächelt sie, und sie geht gerne mit Ihnen spazieren.“

„Vielleicht denkt sie, dass es Sie freut. Es stimmt schon, dass sie inzwischen freundlicher ist als am ersten Tag, aber sie tauscht keine Vertraulichkeiten mit mir aus.“ Außer einmal, dachte Claire. Brias erstem fehlgeschlagenen Versuch, sie als Verbündete zu gewinnen, war kein zweiter gefolgt. „Sie sehen also, Captain, ich bin nicht die Freundin Ihrer Schwester geworden. Sie haben also keinen Grund, mich zur Rechenschaft zu ziehen.“

Randall hatte den Weg eingeschlagen, der geradewegs durch den Garten zum Fluss führte. Jetzt standen er und Claire am Rand eines leichten Abhanges, der an das Ufer grenzte. Fünfzig Schritt entfernt befand sich eine Laube. Er wandte sich dorthin. „Glauben Sie, ich möchte, dass Bria keine Freunde hat?“ erkundigte er sich.

„Nein“, erwiderte Claire ruhig. „Ganz im Gegenteil. Ich nehme an, Sie haben an meinem Charakter etwas auszusetzen, das mich zu keiner geeigneten Freundin für Ihre Schwester macht.“

Randall seufzte. „Das ist es nicht. Reizen Sie mich nicht mit so abwegigen Schlussfolgerungen.“

Claire fand das gar nicht so abwegig. Schließlich überschüttete Mr. Hamilton sie nicht gerade mit Komplimenten. „Dann erklären Sie es mir doch.“

„Ich dachte, das wäre offensichtlich. In sieben Tagen reisen wir ab. Weiterer Kontakt zu meiner Schwester kann nur brieflich aufrechterhalten werden, wobei Sie auf Dr. Stuart angewiesen sind, was lediglich dazu führt, ihn unnötig zu ermutigen."

„Macauley ermutigen? Inwiefern?"

„Bria weiter mit seinen Aufmerksamkeiten zu verfolgen."

„Verfolgen? Er hat sich doch nur ein paar Mal anerboten, mit ihr spazieren zu gehen."

„Bria verlässt das Haus, um ihm zu entkommen."

„Sie verlässt das Haus, um Mr. Fosters Gegenwart zu entfliehen."

Randall blieb am Rand der sechseckigen Gartenlaube stehen. „Achtung, eine Treppe", sagte er. „Es sind drei Stufen." Er half ihr hinauf, dann führte er sie zu der Bank, die an den sechs mit Geländer gesäumten Seiten der Laube entlanglief. „Hier können wir uns hinsetzen. Der Fluss liegt hinter Ihnen. *Henley* kann man durch die Bäume vor uns sehen. Vier Fenster im oberen Stockwerk sind erleuchtet. Vermutlich liest meine Mutter in ihrem Zimmer."

„Wenn sie das tut", sagte Claire, „dann um sich von dem Schmerz abzulenken."

Randall schwieg. Er lehnte sich gegen das Geländer und merkte, dass Claires Hand noch immer auf seinem Arm lag. Ein Blick auf ihr in Schatten gehülltes Profil zeigte ihm, dass sie zu dem Haus schaute, gerade so, als könnte sie durch die Bäume die erleuchteten Fenster sehen. „Glauben Sie, der Knöchel meiner Mutter ist gebrochen?"

„Das ist im Moment schwer zu erkennen", antwortete sie ausweichend.

„Stuart hat sie am ersten Tag untersucht."

„Ich weiß. Er sagte mir, es sei eine schwere Verstauchung. Aber das ist nicht ausschlaggebend. Ihr Hauptproblem ist der

Blutfluss. Sie sollte einen Kräuterumschlag erhalten, damit die Schwellung zurückgeht, Blutegel, wenn sie dazu gebracht werden kann, und sie sollte auf jeden Fall ihr Bein erhöht lagern. Sicher war es schädlich, dass sie in der vergangenen Woche nicht im Bett geblieben ist." Man hätte ihr auch nicht die Mixtur aus Alkohol und Laudanum geben sollen, dachte Claire. Es war bedauerlich, dass Ärzte gewöhnlich nicht so viel über das Funktionieren des Blutes wussten wie ihr eigener Vater. „Sie werden sie überreden müssen. Mr. Foster wird wollen, dass sie aufsteht, und sie wird während Ihres Besuches nur ungern das Bett hüten."

Randall nickte. Als er schließlich sprach, war seine Stimme gepresst. „Er hat sie gestoßen, wissen Sie. So hart ins Gesicht geschlagen, dass sie gefallen ist."

„Etwas Ähnliches hatte ich mir schon gedacht. Macauley erwähnte den blauen Fleck auf ihrer Wange."

„Manchmal hasse ich sie dafür, dass sie ihn geheiratet hat." Die bitteren Worte brachen aus ihm hervor, als hätte er den Kampf, sie zurückzuhalten, verloren. „Sie hat das Andenken meines Vaters beschmutzt, indem sie Orrin in ihr Bett genommen hat."

„Sie hat das Erbe Ihres Vaters bewahrt", sagte Claire ruhig. „Elizabeth hat *Henley* gerettet. Sie hat Ihnen Zeit verschafft."

Randall rieb sich den Nacken. „Zwischen meiner Mutter und Jeri-Ellen gibt es keinen großen Unterschied."

„Jeri-Ellen?"

„Eine Londoner Hure."

Claire riss ihre Hand zurück. „Wie können Sie es wagen?" zischte sie drohend. „Es ist zwar annehmbar, bei einer zu liegen, aber unannehmbar, eine zu *sein*? Wollen Sie das sagen? Ihre Mutter hat das Einzige getan, was sie konnte, um *Henley* der Familie zu erhalten, und in Ihrem Herzen verunglimpfen Sie sie dafür? Sagen Sie, empfinden Sie genauso bei Bria?"

Randall fuhr auf. „Was meinen Sie? Was haben Sie gehört?"

Claire wich vor der Heftigkeit seiner kaum gezügelten Wut zurück. Die unverhüllte Anschuldigung in seinem Ton brauchte sie nicht zu verstehen, um sich getroffen zu fühlen. „Gar nichts. Bria führt die Plantage, das habe ich gemeint. Sie bleibt hier, fährt nicht nach Charleston, nur damit *Henley* Gewinn bringt. Es ist völlig gleichgültig, dass der Besitz nun Orrin Foster gehört und er ihn *Concord* nennt. Besudelt sie das Andenken Ihres Vaters, indem sie *Henley* für einen anderen Mann führt, einen groben Klotz, der nicht zu würdigen weiß, was sie tut?"

Verwundert starrte Randall sie an. „Sprechen Sie von Orrin oder mir?" erkundigte er sich schließlich.

„Das weiß ich selbst nicht mehr, aber wem der Schuh passt ..." Sie zuckte die Schultern. „Soll ich Ihnen sagen, was ich wirklich glaube, Captain?"

Da sie eben schon kein Blatt vor den Mund genommen hatte, fragte er sich, was sie wohl ungesagt gelassen hatte. „Nur, wenn Sie mich Randall nennen."

„Wie bitte?"

„Wenn Sie mir weiter so zusetzen, fände ich es besser, wenn Sie mich Randall nennen."

„Was ich glaube, Captain", antwortete sie und betonte das letzte Wort, „ist, dass Sie denken, Sie hätten darin versagt, Ihre Schwester, Ihre Mutter und das Andenken von zwei Brüdern und einem geliebten Vater zu beschützen. Sie geben sich die Schuld für die Entscheidung, die Ihre Mutter getroffen hat, und für das Leben, das Ihre Schwester gewählt hat. Sie möchten, dass Bria heiratet und von hier fortgeht, als Heilpflaster für Ihr Gewissen, gleichgültig, was sie will. Es quält Sie genauso, ihre schwieligen Hände zu sehen, wie der Anblick der Verletzungen Ihrer Mutter. Sie sehen all das und spüren Ihr Versagen umso schmerzlicher. Das Problem dabei ist nur, dass es das herabsetzt, was Elizabeth und Bria erreicht haben." Claire holte tief Luft, um sich zu beruhigen. „Und das ist, was *ich* denke", schloss sie, „Captain."

Randall stützte die Arme auf seine Knie. Seine Finger hatte er verschränkt, die Daumen leicht aneinander gelegt. Den Kopf hielt er gesenkt, den Blick auf den hölzernen Boden der Laube gerichtet. Das Schlucken fiel ihm mit einem Mal schwer. Hinter seinen Augen entstand ein schmerzhafter Druck, so dass er blinzeln musste. Am Rande seiner Wimpern spürte er Tränen. *Wann habe ich das letzte Mal geweint?* Hatte er bei Shelbys oder Davids Tod Tränen vergossen? Hatte er geweint, als er den Namen seines Vaters auf der Liste mit den Gefallenen gelesen hatte? Noch nicht einmal für Bria, als er erfahren hatte, was man ihr angetan hatte, waren ihm Tränen gekommen.

„Randall?"

Es war die Sorge, die in ihrem Ton mitschwang. Nur das. Es war kein Mitleid oder Mitgefühl, ohne vorzugeben zu verstehen. Es war einfach bloß Sorge um ihn, und das war zu viel.

Randall fühlte die erste Träne über seine Wange rinnen. Rasch folgte ihr eine weitere. Er holte zitternd Luft und hielt sie an, bis er ihre Hand auf seinem Arm spürte. Sie fasste ihn gar nicht richtig an, ließ ihre Finger auf seinem Ärmel ruhen, aber er spürte sie doch. Weder streichelte sie ihn, noch tätschelte sie ihn wie ein Kind, und sie verzichtete auch auf besänftigende Laute, doch ihre Berührung wirkte auf ihn wie ein Blitzableiter, verband ihn mit der Erde, während der Sturm der Gefühle in ihm tobte und ihn erbeben ließ.

Langsam drehte er sich zu ihr um, sorgsam darauf bedacht, die Hand nicht zu verlieren, die sein Rettungsanker war. „Lass mich“, sagte er mit brüchiger Stimme. „Sag Ja.“

Sie hatte keine klare Vorstellung, worum er bat, aber Claire wusste, dass sie es ihm nicht abschlagen würde. „Ja“, sagte sie. Als sie seine Hitze spürte, hörte, wie sein Atem schneller ging, als er sich zu ihr beugte und sie begriff, was er wollte, änderte sich ihre Antwort nicht.

„Ja“, flüsterte sie noch einmal. Und dann schloss sich sein Mund über ihren leicht geöffneten Lippen.

Ihm geht es nicht um mich, dachte Claire. Es war die Nähe zu einem anderen Menschen, die er suchte, nicht zu *ihr*. Das darfst du nicht vergessen, mahnte sie sich, aber das erwies sich von Anfang an als schwierig. Es waren *ihre* Lippen, die sich unter dem Druck seines Mundes weiter öffneten. *Ihr* stockte der Atem.

Seine Hand ruhte auf ihrem Kreuz. Er ließ ihr nur einen Augenblick Zeit, sich daran zu gewöhnen, bevor sie spürte, wie seine Arme sich spannten und er sie an sich zog.

Er hielt sie fest an sich gedrückt. Eine Hand ließ er an ihrem Rückgrat entlang nach oben gleiten, so dass ihre Brüste flach gegen seinen Oberkörper gepresst wurden. Ihre Finger fanden an seinen Schultern Halt, und sie klammerte sich an ihnen fest. Der Druck seiner Lippen auf ihrem Mund verstärkte sich. Mit seiner Zunge streichelte er ihre Unterlippe. Die Luft, die sie einatmen wollte, nahm er ihr.

Es reichte ihm nicht. Er fuhr über den Rand ihrer Zähne, zog sich zurück, küsste sie auf den Mundwinkel. Er hielt sie fest, eine Hand in ihren seidigen Haaren vergraben, während er die andere zwischen seinen und ihren Körper gleiten ließ und eine Brust umschloss. Mit seinem Daumen rieb er zärtlich die Spitze, bis Claire leise wimmerte.

Sie spürte, wie er ihre Haare löste, hörte, wie die Nadeln eine nach der anderen auf den Boden der Laube fielen, und mit dem Teil ihres Verstandes, der an nichts anderes mehr denken konnte als an das, was gleich geschehen würde, zählte sie sie mit. Bei der Zahl sechs angekommen, fiel ihr das Haar über den Rücken und auf Randalls Hand. Bewundernd strich er durch die seidige Fülle, zog ihren Kopf ein wenig nach hinten, so dass sie ihr Gesicht heben musste und so seinem Mund besseren Zugang gewährte. Er ließ Küsse auf ihre Wangen, ihr Kinn und ihren Hals herabregnen. In dem samtigen Schatten des Abends schimmerte ihre Haut sahnig weiß. Mit seinen Lippen streifte er die empfindsame Stelle direkt unter ihrem Ohr, dann weiter unten, bis sie den heftig klopfenden Puls an ihrem Halsansatz fanden. Da begann er sanft zu saugen, so dass sie leise erbebte. Sein Mund schien danach noch feuriger zu werden, und seine Berührung war wie Flammen auf ihrer Haut. Er schien sie nicht dicht genug an sich ziehen, nicht fest genug küssen zu können. Sie hielt sich einfach an ihm fest.

Sein Atem ging schwer, als er sich von ihr löste. Nach einer winzigen Pause stand er auf und zog Claire vor sich auf die Füße. Sie folgte ihm ohne Widerstreben oder Furcht und bettete ihren Kopf an seiner Schulter, während er die Knöpfe in ihrem Rücken zu öffnen begann. Er schob den geweiteten Ausschnitt über ihre Schultern nach unten und wandte sich den Bändern ihres Hemdes zu. Claire holte tief Luft, um sich zu beruhigen, als er die Schnüre ihres Korsetts lockerte und unter die versteiften Stäbe fuhr, um ihre Haut zu berühren.

Sie konnte nicht nach unten blicken und sehen, was er als Nächstes tun würde. Egal ob mit offenen oder geschlossenen Augen konnte sie nur ahnen, wo sie ihn als Nächstes spüren würde. Seine Hände auf ihren Brüsten, ihrem Hals, in ihrem Kreuz, all das erwartete sie. Seine Lippen an ihrer Stirn, an ihrem Ohr und auf ihren Wangen. Erst als sie sanft auf den Boden gebettet wurde, regte sich ein Anflug von Furcht in ihr.

„Schsch“, flüsterte er dicht an ihrem Mund.

Es sollte ihm nicht so leicht fallen, dachte Claire flüchtig. Alle Spannung wich aus ihrem Körper, als er sie hinlegte. Sie fühlte sein Gesicht dicht über ihrem, und dieses Mal hob sie ihm die Lippen zu einem Kuss entgegen.

Der Kuss war hart, tief und hungrig. Er umfasste ihren Kopf nicht sanft, sondern hielt ihn fest. Seine Finger hatte er in ihrem dichten Haar vergraben, und seine Daumen lagen an ihren Schläfen. Sein Mund bewegte sich über dem ihren, und beim nächsten Mal stieß er seine Zunge tief in ihren Mund. Obwohl sie sich nicht wehrte, war es nun weniger eine Liebkosung als ein Kampf. Als Randall schließlich seinen Kopf hob, bedeckte Claire ihre wunden Lippen mit einer Hand.

Sie spürte, wie Randall sich bewegte, sein Gewicht verlagerte. Er rutschte an ihr hinab, ließ ihr Haar los und küsste sie auf den Hals. Dann hörte sie, wie er tief einatmete, den Duft ihrer Haut einsog. Claire hatte immer noch die Hand vor dem Mund, so dass ihr erstaunter Ausruf, als Randall eine ihrer Brustspitzen in den Mund nahm, nur gedämpft war. Er begann sanft an der Knospe zu knabbern, um sie kurz darauf besänftigend mit der Zunge zu streicheln.

Claire bog sich ihm entgegen, wortlos um mehr bittend. Dieses Mal umfing er sie mit seinen heißen Lippen.

Sie wand sich unter ihm, aber nur ein wenig und nicht, um ihm zu entkommen. Er umfing ihre Handgelenke und drückte sie rechts und links von ihrem Kopf auf den Boden. Wieder küsste er sie, erst zärtlich, als könnte er die Kräfte, die in ihm tobten, im Zaum halten, dann härter, beinahe verzweifelt, als ob er sich ihnen gegen seinen Willen auslieferte.

Als er ihren Mund freigab, holte Claire tief Luft und stieß sie scharf wieder aus, da er sich ihrer anderen Brust zuwandte. Seine Zungenspitze war heiß und feucht, und er zog eine Spur von Feuer über ihre Haut.

Mit einem Knie schob er ihren Rocksaum nach oben. Ihre Unterröcke bauschten sich um ihre Taille, und sie spreizte ihre Beine. Er schien sich über ihr zu bewegen, ohne dass sie sein Gewicht spürte. Es gelang ihm, sie dazu zu bringen, ihre Knie anzuziehen, ohne dass er etwas sagen oder tun musste. Als er ihre Handgelenke losließ, hob sie ihre Arme nicht, um sich zu bedekken oder ihn abzuwehren.

Er entfernte ihr Korsett und entblößte ihren Oberkörper bis zur Taille. Ihre Haut dort war beinahe durchscheinend. Zart küsste er sie auf den flachen Bauch und fühlte, wie sie sich unter dem Druck seines Mundes verspannte.

Claire spürte, wie ihr die Brust eng wurde, als Randall ihren Körper mit Händen und Lippen erforschte. Ihr war heiß und kalt zugleich, und zwischen ihren Beinen bildete sich eine feuchte Wärme. Seine Hände waren ungeduldig, sein Mund hingegen küsste sie zärtlich. Sie fürchtete sich nicht vor dem, was er gleich mit ihr tun würde, nur dass sie nicht so auf seine Liebkosungen antwortete, wie er es erwartete. Es wäre einfacher, wenn er nichts erwartete.

Als er an ihren Unterhosen zog, hob sie die Hüften, um ihm sein Vorhaben zu erleichtern. Ihr Rock rutschte noch etwas höher. Zum ersten Mal, seit Randall sie auf den Boden gebettet hatte, schloss sie die Augen. Sie hatte keine Zeit, darüber nachzudenken, warum sie sich nun deutlicher sehen konnte; sie wusste nur, dass es so war. Beinahe, als hielte man einen Spiegel über ihre verschlungenen Körper.

Die Hingabe in ihrer Stellung beunruhigte und erregte sie

gleichermaßen. Sie sah ihren einen Arm ausgestreckt, den anderen um ihren Kopf geschlungen. Ihr Haar breitete sich wie ein dunkler Fächer um sie aus, die Finger ihrer einen Hand berührten es. Es war eine verführerische Geste. Das war ihre Hand, ihr Haar und sie streichelte sich, lud Randall ein, sie auf dieselbe Art und Weise zu berühren.

Ihr Teint war blass, in das bläuliche Licht des Mondes getaucht. Ein schmaler Schatten fiel über ihre Augen, aber ihr Mund war klar zu sehen, feucht und leicht geöffnet. Ihr schlanker Hals war gebogen. Randalls Kopf lag zwischen ihren Brüsten, und als sie spürte, wie seine Lippen tiefer glitten, sah sie das auch vor ihrem geistigen Auge.

Sie hörte sich selbst leise aufschreien und sah, wie ihr Körper sich hob. Randall strich mit seinen Fingerspitzen leicht über ihre Schenkel, bevor er sie zwischen ihren Beinen nach oben wandern ließ. Ihr Kopf fiel zur Seite, als er sie dort streichelte, erst mit seinen Fingern, dann mit seiner Zunge. Sein kupferfarbenes Haar war im Mondlicht dunkler, beinahe mahagonifarben. Claire beobachtete innerlich, wie er ihre Knie weiter auseinander drückte, bis sie auf seinen Schultern ruhten und ihre schlanken Beine auf seinem Rücken lagen.

Es könnte jede Beliebige sein, mahnte sie sich, aber es war schwierig, so zu denken, während er mit ihr all das anstellte.

Claire ballte ihre Hände zu Fäusten, das Blut rann ihr heiß und schwer durch die Adern, und sie spürte, wie sich diese Hitze und Schwere um ihr Herz und in ihrem Schoß sammelten. Die Spannung, die sich in ihr aufbaute, wurde beinahe unerträglich. Sie stieß einen unverständlichen Laut aus und fragte sich, was sie zu sagen versucht hatte. Sie fragte sich, ob es ihn kümmerte.

Ihre Beine glitten von seinem Rücken, als er den Kopf hob und sich aufrichtete. Es entstand eine Pause, und sie wand sich unruhig unter ihm, da sie das Geräusch, als Randall sich entkleidete, nicht erkannte. Er fasste sie am Handgelenk und zog ihre Hand zu sich. Dann öffnete er ihre Finger und legte sie an etwas, das zugleich hart, heiß und samtig war. Sie wusste sofort, was es war, und schloss ihre Hand um ihn.

Sie hörte sein leises Aufstöhnen dicht an ihrem Ohr, dann spürte sie seine Lippen wieder auf ihren.

„Nein!“ Der Schrei war dünn und brüchig. In dem einen Wort schwang so viel Furcht mit, dass es ganz kraftlos klang. „Fassen Sie mich nicht an. Bitte. Mir wird schlecht.“

Mit einer schnellen Bewegung stieß sich Randall von Claire ab und kam auf die Füße. Er richtete seine Kleidung notdürftig, sparte sich aber die Zeit, seinen Rock zuzuknöpfen oder sich das Hemd in die Hose zu stecken. Das Blut pochte ihm in den Schläfen, und in seinen Ohren dröhnte es wie die Brandung des Meeres. Er schüttelte den Kopf, um klar zu werden, und wies Claire in knappem Ton an: „Bleib hier.“

Claire spürte, wie er um sie herumging, und hörte ihn zu den drei Stufen eilen. Er übersprang sie und landete mit einem dumpfen Aufprall auf dem Kiesweg, dann begann er in die Richtung zu laufen, aus der die Stimme gekommen war. Er rannte zu Bria.

Als Claire sich aufsetzte, hörte sie wieder deren Schrei. Dieses Mal schwang eine Verzweiflung darin, die an Schmerz grenzte. Claires Hände zitterten leicht, als sie sich ihre Unterröcke und ihren Rock wieder nach unten zog. Sie zerrte an ihrem Hemd und ihrem Ausschnitt, bis ihr Busen wieder bedeckt war. Auf Händen und Knien tastete sie den Boden nach ihren Unterhosen und dem fortgeworfenen Korsett ab. Tränen traten ihr in die Augen, fielen aber nicht. Ihre eigene Verlegenheit rang mit ihrer Angst um Bria.

In gebückter Stellung schlüpfte Claire in ihre Unterhosen. Mit dem Korsett in der Hand trat sie an die Seite der Laube, die zum Fluss gewandt war, und warf es so weit sie konnte hinaus. Mit einem leisen Platschen landete es im Wasser.

Es war schwierig, das leicht hügelige Gelände zwischen der Laube und dem Weg ohne die Hilfe ihres Stockes oder eines Begleiters zu überqueren. Claire richtete sich nach dem Geräusch fließenden Wassers und den erhobenen Stimmen direkt vor ihr.

Randall fand seine Schwester mit dem Rücken an den dicken Stamm eines Baumwollbaumes gedrückt. Rechts und links waren ihre Fingernägel in die gefurchte Rinde gekrallt. Sie hielt sich daran mit der Wildheit einer in die Enge getriebenen Katze fest.

Dr. Stuart stand gute drei Meter von ihr entfernt, die Hände gehoben, die Handflächen nach außen gekehrt. Es war weniger eine Geste des Ergebens als der Besänftigung.

„Bria?“ sagte Randall fragend. Damit konnte er alles meinen. Ging es ihr gut? War etwas geschehen? Was ging hier vor? Doch das war eigentlich egal, denn Randall wartete eine Antwort gar nicht erst ab. Er stürzte sich auf Macauley Stuart, bevor der auch nur zu einer Erklärung ansetzen konnte. Und nun interessierte es nicht mehr, was irgendjemand dazu zu sagen hatte.

Macauley war leicht zu Boden zu werfen. Dann packte Randall ihn am Kragen, riss ihn in die Höhe und versetzte ihm einen rechten Haken, der ihn sofort wieder zu Fall brachte.

„Randall“, rief Bria. „Nein! Tu ihm nicht ...“ Sie beendete ihren Satz nicht, weil es nutzlos war. Macauley Stuarts Schmerzensschrei ließ keinen Zweifel daran, dass ihm wehgetan worden war.

„Verdammt!“ fluchte der Arzt. „Hölle, Sie haben mir die Nase gebrochen!“

„Sind Sie sicher, dass ich sie Ihnen nicht nur *verstaucht* habe?“ Randall presste die Worte zwischen zusammengebissenen

Zähnen hervor. Er duckte sich unter Macauleys Schlag hindurch und landete selbst einen Treffer, diesmal in den Magen des Doktors.

Dem wurde die Luft aus den Lungen gepresst. Er knickte ein, aber statt auf die Knie zu fallen, rammte er den gesenkten Kopf Randall in den Bauch.

„So weit ist es also mit den Regeln der Gentlemen gekommen", entgegnete Randall mühsam. Er fand sein Gleichgewicht wieder und schickte Macauley mit einem gezielten Schwinger zu Boden. Der Kopf des Arztes wurde durch die Wucht des Schlages nach hinten gerissen, und seine Zähne schlugen hörbar aufeinander.

„Randall", schrie Bria wieder. „Randall! Bitte!" Aus dem Augenwinkel sah sie Claire näher kommen. „Können Sie ihn nicht aufhalten, Claire? Er wird Dr. Stuart umbringen."

Als er Claires Namen hörte, fuhr Randall unwillkürlich herum. Nicht willens, diesen Vorteil ungenutzt verstreichen zu lassen, holte der Arzt zu einem gewaltigen rechten Haken aus. Es steckte so viel Kraft hinter dem Hieb, dass die Haut über seinen Knöcheln platzte, aber auch, dass Randall in die Knie ging. Er fiel gegen Dr. Stuart und riss ihn mit sich. Die beiden Männer landeten auf der Erde, wo sie wild weiter miteinander rangen, stets darauf bedacht, den Treffer zu platzieren, der den Kampf beenden würde.

Einmal kamen sie Claire zu nahe und streiften ihre Röcke, was sie einen Schritt zurückweichen ließ. „Bria?" rief sie. „Wo sind Sie?"

Bria löste sich von dem Baum. „Hier", antwortete sie und kam zu Claire. „Ich bin hier." Sie nahm Claires ausgestreckte Hand und zog sie mit sich ein Stück zur Seite, als die beiden Männer sich ihnen wieder näherten.

„Es ist Macauley, nicht?“ fragte Claire. „Randall kämpft mit Dr. Stuart.“

„Ja.“

Claire merkte, dass ihre eigene Hand weniger zitterte als Brias. „Sind Sie verletzt? Wir haben Sie schreien gehört.“

„Nein. Mir geht es gut.“ Sie hob die Stimme, so dass sie über das Keuchen und Stöhnen des Kampfes zu hören war. „Mir geht es gut! Es ist nichts geschehen. Randall! Ich habe mich dumm benommen und hatte Angst und ...“ Ihr Griff um Claires Hand verstärkte sich, bis es beinahe wehtat. Inzwischen waren die beiden Kontrahenten auf die Füße gekommen. Randall packte den Arzt vorne am Hemd und drückte ihn gegen einen Baumstamm.

Sein Atem ging schwer, aber trotzdem gelang es ihm, sich verständlich zu machen. „Sie ... lassen ... meine Schwester ... in Zukunft ... in Ruhe ... Sie ... rühren ... sie ... nicht an ... Sie ... schleichen ... ihr nicht ... nach ... und ... scharwenzeln ... nicht um ... sie herum. Sie ist keine Hure. Nächstes Mal ... bringe ich Sie um.“

Um seine Worte zu unterstreichen, schlug Randall den Arzt mit dem Kopf gegen den Baum. Dann ließ er ihn los, richtete sich auf und schüttelte sich. Er spähte in die Schatten, wo Claire und Bria dicht beieinander standen. „Bria, geh bitte ins Haus. In ein paar Minuten bringe ich Claire nach.“

Bria warf einen besorgten Blick zu der zusammengesunkenen Gestalt des Arztes. „Was ist mit Dr. Stuart?“

„Ein Bad im Fluss wird ihn wieder auf die Beine bringen.“

„Du hast nicht vor, ihn zu ertränken, oder?“

Randall machte eine Pause, die gerade lange genug war, um anzudeuten, dass ihm der Gedanke auch schon gekommen war. „Nicht dieses Mal“, sagte er schließlich leise. „Geh schon, Bria. Ich spreche später mit dir.“

Bria versuchte sich von Claire zu lösen, nur um festzustellen, dass nicht mehr sie diejenige war, die sich festhielt. „Claire?“

„Ich gehe mit Ihnen zurück“, erwiderte sie ruhig.

Randall fuhr sich mit den Fingern durchs Haar. Vor Enttäuschung war sein Tonfall eher barsch als überredend. „Bleib bei mir, Claire. Das mit dem Doktor dauert nur ein paar Minuten.“

„Ich gehe mit Bria. Ich habe alles gehört, was ich hören wollte.“ Sie zog an Brias Hand. „Bitte.“ Das Flehen, das sie mit ihren Augen nicht ausdrücken konnte, lag in ihrer Stimme und dem festen Druck ihrer Finger.

Dennoch schaute Bria ratsuchend zu Randall. Er nickte einmal steif und gab sich keine Mühe, seine Unzufriedenheit über Claires Entscheidung zu verhehlen. „Nehmen Sie meinen Ellbogen“, sagte Bria zu Claire und ging mit ihr zum Haus.

Die alte Standuhr in der Eingangshalle schlug zur halben Stunde. Claire drehte sich in ihrem Bett um und zog sich die Decke über die Schultern. Sie versuchte sich daran zu erinnern, ob es schon zwei geschlagen hatte. Vielleicht war sie gerade dann eingeschlafen, als sie gar nicht mehr damit gerechnet hatte. Aber das war egal, denn jetzt war sie wieder wach.

Sie stützte sich auf einen Ellbogen und griff nach der kühlen Kompresse auf dem Nachttischchen, um sie sich über die Augen zu legen. Unter dem nassen Tuch waren ihre Augen immer noch geschwollen, die Ränder vom Weinen gerötet. Sie hatte noch nie besonders hübsch ausgesehen, wenn sie weinte, und sie glaubte nicht, dass ihre Blindheit daran etwas geändert hatte. Bestimmt war ihre Haut im Gesicht und am Hals rot und fleckig.

Sie zog wenig damenhaft die Nase hoch und fand ihr Taschentuch, das sie sich in den Ärmel ihres Nachthemdes gesteckt hatte. Dann schnäuzte sie sich und verzog das Gesicht, als sie an die wunde Nasenspitze kam. Wenn sie nicht bald ihre Fassung zurückgewann, würde ihre Nase morgen früh wie ein Signalfeuer leuchten. Erzürnt warf sie das Taschentuch in Richtung des Nachttischchens. So, wie es im Augenblick um ihr Glück bestellt war, würde sie es nicht wiederfinden, wenn sie es brauchte.

Sie ließ ihren Arm auf der Kompresse über den Augen ruhen. Langsam wurde ihr Ärmel feucht, aber sie nahm ihn nicht weg. Das zusätzliche Gewicht half die Tränen zurückzuhalten. Und das war das Einzige, was sie im Augenblick kümmerte. Es war eine Sache, sich das Weinen zu erlauben, aber etwas völlig anderes, es andere wissen zu lassen.

In diese und ähnliche Überlegungen versunken, hörte sie nicht, wie die Türklinke heruntergedrückt wurde. Sie war taub für das flüsternde Geräusch, mit dem die Tür über den Teppich im Zimmer strich. Erst als das erste Dielenbrett knarrte, begriff sie, dass sie nicht länger allein war.

Sie lag völlig reglos, atmete kaum. Vielleicht wusste ihr Besucher nicht, dass sie wach war, und diesen kleinen Vorteil wollte sie nutzen. Als der Eindringling das Zimmer durchquert und ihr Bett erreicht hatte, wusste sie, wer es war. Und sie wusste, so zu tun, als ob sie schliefe, war die einzige Möglichkeit.

„Claire?“

Randalls raues Flüstern würde noch einmal ihr Untergang sein. Ein Teil von ihr sehnte sich danach, aufzuspringen und ihm eine schallende Ohrfeige zu geben. Wenn er ihren Namen noch ein einziges Mal so aussprach, so drängend und zugleich lockend, dann würde sie das auch tun.

„Ich weiß, dass du nicht schläfst“, sagte er. Er setzte sich auf das Bett und hob die Kerze. Das goldene Licht fiel flackernd auf sie, aber sie rührte sich nicht. „Claire, bitte.“ Er dachte, sie würde sich noch weiter schlafend stellen, doch dann sah er, wie sich ihre Lippen bewegten.

„Geh weg.“ Das war keine launische Aufforderung, sondern ein Befehl, der keinen Widerspruch duldete.

„Ich komme gerade von Bria“, erwiderte er. „Sonst wäre ich schon früher hier gewesen.“

„Ich wünschte, du wärest gar nicht gekommen. Eigentlich hielt ich es nicht für nötig, meine Tür abzuschließen.“ Sie rollte sich auf die Seite, von ihm fort, und legte den Kopf auf ihren feuchten Arm. Die Kompresse fiel auf das Kopfkissen.

Randall hielt die Kerze höher, so dass er erkennen konnte, was heruntergefallen war. Beim Anblick der Kompresse erfasste ihn Sorge. „Sind es deine Augen, Claire? Tun sie dir weh?“

Lautlos schimpfte sich Claire eine Närrin. Sie hätte sich denken müssen, dass er eine Kerze oder eine Lampe dabeihatte, als er auf dem Weg zu ihrem Bett nicht einmal stehen geblieben war. „Mach die Kerze aus“, sagte sie.

Einen Augenblick dachte Randall, dass es das Licht wäre, das ihre Augen blendete, doch dann wurde ihm klar, dass sie nur nicht von ihm gesehen werden wollte. Er befeuchtete Zeigefinger und Daumen und erstickte die Flamme. Es zischte kurz, und ein dünner Rauchfaden kräuselte sich von dem Docht aus in die Höhe. „Sie ist aus“, erklärte er, als sie sich nicht wieder zu ihm herumdrehte.

„Ich weiß.“ Sie blieb, wo sie war.

„Was ist mit deinen Augen, Claire? Soll ich Stuart wecken lassen?“

„Dann hast du ihn also am Leben gelassen“, entgegnete sie dumpf. „Wie umsichtig von dir, auf die Idee zu kommen, dass ich ihn noch brauchen könnte.“

„Claire.“

Der Tadel in seiner Stimme war nicht zu überhören. Claire seufzte ungeduldig. „Mir geht es gut. Kein Grund, Macauley zu stören."

Randall streckte die Hand nach ihr aus, um sie an der Schulter zu fassen und umzudrehen, doch er spürte, noch bevor er sie berührte, wie sie sich versteifte.

„Fass mich nicht an", sagte sie. „Wag es nicht, mich anzufassen. Ich könnte es nicht ertragen."

Langsam zog er seine Hand zurück. „Es tut mir Leid."

Claire hatte keine Ahnung, was ihm Leid tat. Tat es ihm Leid, dass er sie eben beinahe berührt hatte, oder alles, was zuvor am Abend zwischen ihnen geschehen war? Vermutlich war es ohnehin gleichgültig. Wenn er gekommen war, um sich zu entschuldigen, dann hatte er das ja nun getan. „In Ordnung", erwiderte sie. „Gute Nacht."

Randall schwieg eine ganze Weile. „Vielleicht war es ein Fehler, herzukommen", bemerkte er schließlich ruhig. „Aber ich musste mich vergewissern, dass es dir gut geht."

„Nun, das hast du jetzt getan. Du kannst beruhigt sein."

Er fluchte leise. „Das zwischen uns ist nicht vorbei, Claire. Offensichtlich glaubst du, einen Grund zu haben, auf mich böse zu sein. In meinen Augen verdiene ich das nicht. Heute Abend habe ich nichts Falsches getan."

Diese Worte raubten ihr den Atem. Es dauerte einen Augenblick, bis sie antworten konnte. „Nein. Du hast Recht. Ich war es. Das hast du sehr deutlich gemacht."

Randall runzelte die Stirn. „Wovon redest du? Ich habe nie gesagt ..."

„Du hast zu Macauley gesagt, er hätte nicht das Recht, deine Schwester anzufassen."

„Claire, ich wollte doch nur ..."

„Sie sei keine Hure, hast du gesagt."

„Das bedeutet doch aber nicht, dass du es bist."

„Ach nein? Hatten wir nicht genau darüber gesprochen, bevor ... bevor du ..." Sie beendete den Satz nicht. Sie konnte es nicht. Der Druck in ihrem Hals machte ihr das Sprechen unmöglich. Randall setzte sich anders hin und zog sein Knie an, so dass es dicht hinter ihrem Rücken ruhte. Er sehnte sich danach, sie zu berühren. Um zu verhindern, dass das geschah, griff er mit seinen Fingern in die Falten des Lakens. „Das ist es nicht, woran ich mich erinnere", hielt er ihr vor, und seine Stimme war kaum lauter als ein Flüstern. „So denke ich nicht von dir."

Claire glaubte ihm kein Wort. „Nein? Du bist doch hier, nicht wahr? Oder möchtest du mir weismachen, dass du es dir zur Angewohnheit gemacht hast, allen weiblichen Gästen auf *Henley* des Nachts einen Besuch abzustatten?"

„Du verdrehst alles. Du weißt, dass ..."

„Ich weiß gar nichts." Claire zerrte fest an der Decke und zog sie sich wie einen Schutzschild um die Schultern. „Vielleicht ist es auch ein Spiel von dir und deinen Brüdern. Hatten die anderen Frauen eine Wahl, oder mussten sie eure Aufmerksamkeiten erdulden, wenn ihr erst einmal in ihre Schlafzimmer eingedrungen wart?"

Randall riss den Kopf hoch, als hätte sie ihm eine Ohrfeige gegeben.

Ohne zu ahnen, dass ihre Bemerkung bereits getroffen hatte, fuhr sie fort: „Was würdest du zu Macauley Stuart sagen, wenn du ihn so in dem Schlafzimmer deiner Schwester vorgefunden hättest? Der einzige Unterschied zwischen Bria und mir besteht darin, dass sie jemanden hat, der sie beschützt."

Randall erhob sich vom Bett. Einen Moment stand er neben ihr und schaute auf ihre in Schatten getauchte Gestalt. „Du irrst,

Claire", sagte er schließlich. „Es gibt noch einen anderen Unterschied. Bria hat Nein gesagt. Das Wort ist dir nicht über die Lippen gekommen."

Unter ihrem Kissen ballte Claire die Hand zur Faust. „Geh jetzt", flüsterte sie heiser.

„Wie du wünschst."

Weil er grundsätzlich spät aufstand, war Orrin Foster es gewöhnt, sein Frühstück allein einzunehmen. Was ihm aber heute Morgen seltsam vorkam, war die ungewöhnliche Stille in seinem Haus. Als er sich nach dem Verbleib der anderen Bewohner und seiner Gäste erkundigte, erfuhr er, dass seine Ehefrau das Bett hütete, Bria, Claire und Dr. Stuart sich ihr Frühstück aufs Zimmer hatten bringen lassen und Randall im Morgengrauen mit Cutch fischen gegangen war.

Orrin nahm diese Auskünfte schweigend entgegen. Seine Verärgerung meisterte er, indem er sich in sein Arbeitszimmer zurückzog und sich zwei Stunden früher als sonst seinen ersten Drink gönnte.

In Unkenntnis des Umstandes, dass sich sein Stiefvater heute ungewohnt früh besinnungslos zu trinken suchte, ließ sich Randall rückwärts auf das grasbewachsene Flussufer sinken und schloss die Augen. Nicht weil er so entspannt, sondern weil er so müde war. Neben ihm saß Cutch im Schneidersitz, pflückte breite Grashalme und hielt sie sich an den Mund, um darauf zu pfeifen. Ihre Angeln lagen beinahe vergessen in Astgabeln, so dass die Leinen in der Flussströmung treiben konnten.

Cutch betrachtete eine der Angelruten, die ein wenig ruckte. „Könnte sein, dass bei dir einer angebissen hat", sagte er zu Randall.

„Mmm."

Cutch zuckte die Achseln. „Vermutlich würdest du ihn sowieso nur wieder zurück ins Wasser werfen wie die anderen auch."

„Vermutlich."

Die Hand mit dem Grashalm senkend, musterte Cutch Randall. „Scheint mir nicht richtig, das hier. Erst zerrst du mich früh am Morgen aus den Federn, damit ich mit dir komme. Dann gehen wir den ganzen Weg vom Haus zu Fuß hierher, nur um zu fischen, und dir ist es völlig egal, ob du was fängst oder nicht."

„Ich wollte Gesellschaft."

„Das sehe ich." Cutch nickte langsam, den Mund zu einem trockenen Lächeln verzogen. „Bislang bist du ganz schön redselig gewesen."

„Ich habe nicht gesagt, dass ich reden wollte. Ich wollte nur nicht alleine sein."

„Wahrscheinlich möchtest du dann, dass ich einfach still neben dir sitze."

„Wahrscheinlich."

„Kein Pfeifen auf Grashalmen."

„Kein Pfeifen", bestätigte Randall.

Cutch wandte seine Aufmerksamkeit wieder dem Fluss zu. Er ließ den Grashalm fallen und pflückte sich einen neuen. Statt zu versuchen, Töne zu erzeugen, strich er sich damit übers Kinn. Aus Rücksicht auf Randall behielt er seine Gedanken für sich.

Ein Sonnenstrahl brach durch das Geflecht von Weidenzweigen über ihnen und schien Randall ins Gesicht. Er hob einen Arm und legte ihn sich über die Augen, um sie zu beschatten. So hatte auch Claire im Bett gelegen, als er ihr Schlafzimmer betrat. Er runzelte leicht die Stirn und wünschte sich, er hätte sich nicht daran erinnert. Er hatte Cutch zwei Meilen weit den Fluss entlanggeschleppt, um seinen Erinnerungen an Claire zu entkommen. Offensichtlich hatte Entfernung keinen Einfluss darauf.

„Was glaubst du, wie spät es ist?“ fragte er.

Cutch blinzelte durch die Zweige nach oben, um den Stand der Sonne zu bestimmen. „Etwa halb elf. Warum? Hast du irgendeine dringende Verabredung, die dir gerade erst wieder eingefallen ist?“

„Nein. Keine Verabredung.“

„Das dachte ich schon.“ Cutch hatte das Gefühl, dass Beste für Randall wäre ein erholsamer Schlaf. Aus dem zu schließen, was er letzte Nacht gehört hatte, bekam der Junge davon zu wenig. Er hatte nicht nachgefragt. Das war nicht seine Art. Er konnte warten, bis Randall es ihm von selbst erzählte. „Inzwischen werden auf *Henley* alle aufgestanden sein. Sie wundern sich vielleicht, wo wir stecken.“

„Ich hab's Jeb gesagt.“ Randall spürte, wie der Sonnenstrahl weiterwanderte, und nahm seinen Arm fort. „Du warst gestern in Charleston. Was meinst du, wie schnell können wir zur Abfahrt fertig sein?“

Cutch merkte, dass ihn diese Frage nicht überraschte. Schon den ganzen Morgen über hatte er bei Randall eine gewisse Rastlosigkeit ausgemacht. Es wäre gut möglich, dass sie noch weitergegangen wären, hätte er nicht seine Angelrute an die Weide gelehnt und erklärt, das hier wäre der ideale Platz zum Fischen. „Vorräte sind bestellt, aber noch nicht an Bord“, antwortete Cutch. „Die Männer glauben, sie hätten noch eine Woche Zeit.“

„Das weiß ich. Ist es in zwei Tagen machbar?“

Cutch pfiff leise. „Zwei Tage. Den Männern wird das nicht gefallen.“

„Ich habe nicht gefragt, ob es ihnen gefallen wird, sondern ob es zu schaffen ist.“

Nachdenklich legte Cutch seine Stirn in Falten. „Wenn ich heute Nachmittag aufbreche und denen, die auf der *Cerberus* Wache halten, Bescheid gebe, ja, dann ist es zu schaffen. Die restliche Besatzung muss aufgespürt werden, denn sie denken, sie hätten noch Zeit bei ihren Familien."

Randall nickte, gab aber keine Anweisung. Das Wissen, dass es innerhalb von zwei Tagen machbar war, reichte ihm. Er würde jetzt noch nicht darauf drängen. Er setzte sich auf. Unwahrscheinlich, dass er heute Morgen noch Schlaf fand. Mit Daumen und Zeigefinger rieb er sich die Nasenwurzel, seufzte leise, dann pflückte er sich einen Grashalm und hielt ihn an die Lippen. Der Ton war kurz und scharf.

Cutch hielt mit einem tiefen, vibrierenden Ton dagegen, und kurz darauf war der Wettstreit in vollem Gange. Im Verlauf der nächsten Minuten erklangen die Melodie von „Dixie" und „Camptown Races". Randall gab sich geschlagen, als Cutch die ersten Töne von „Ode an die Freude" zu Stande brachte.

Lachend warf er seinen Halm ins Gras, ließ sich auf seine Ellbogen gestützt zurücksinken und überkreuzte seine Knöchel. „‚Ode an die Freude'. Wo hast du das gelernt?"

„Da, wo du es auch herkennst, vermute ich. Dein Vater hat es oft gespielt. Und Bria auch. Es ist lange her, seit auf *Henley* Musik erklungen ist."

Randall nickte langsam. Die Yankees hätten ebenso gut das Klavier zerstören können, als sie in sein Heim eingedrungen waren. Doch sie hatten es nicht angerührt. Was leider nicht für die Klavierspielerin galt. „Warst du gestern irgendwann in meinem Zimmer?" fragte er.

Randalls abrupter Themenwechsel entlockte Cutch nicht einmal ein Wimpernzucken. „Nur bevor ich nach Charleston gefahren bin", erwiderte er. „Aber da warst du ja auch da. Warum?"

Randall zuckte die Schultern. „Ich dachte, du hättest vielleicht die Papiere auf meinem Schreibtisch durchgesehen."

„Nicht in deiner Anwesenheit und ganz bestimmt nicht in deiner Abwesenheit. Fehlt etwas?“

„Nein. Sie liegen nur nicht mehr so da, wie ich sie hingelegt hatte. Oder wenigstens wie ich dachte, dass ich sie hingelegt hatte.“

„Orrin“, sagte Cutch, und es war keine Frage. „Der versucht immer noch, das Rätsel in seine Finger zu bekommen.“

„Das denke ich auch. Vermutlich ist er der Meinung, dass ich es nicht auf dem Schiff lasse, wenn ich hier bin.“

„Das wäre ein logischer Schluss.“

„Ich weiß nicht. Eigentlich glaubte ich immer, er sei gar nicht so recht davon überzeugt, dass es das Rätsel wirklich gibt, aber Bria hat mir erzählt, dass er sogar, wenn ich nicht da bin, das Haus von Zeit zu Zeit danach durchsucht. Sieht fast so aus, als könnte er sich nicht entscheiden, wo ich es versteckt habe.“

„Er hat Angst davor.“

Das fand Randall nicht schade. „Gut. Das sollte er auch.“

Cutch antwortete nicht. Selbst wenn er eine Antwort für nötig gehalten hätte, so war er im Moment doch abgelenkt. Seine Angelrute ruckte immer wieder und drohte aus der Astgabel gerissen zu werden. „Schau dir das an!“ rief er und ergriff sie, bevor sie in Wasser fiel. „Sieht so aus, als hätte ich endlich mal einen Fang gemacht, mit dem ich angeben kann.“ Er stand auf und begann die Leine einzuholen. Doch die spannte sich nur, und die Rute bog sich durch, aber nichts erschien an der Wasseroberfläche.

Unbeeindruckt blieb Randall, wo er war. „Hat sich vermutlich an einem Felsen verfangen“, verkündete er. „Mit dem kannst du dann angeben, so viel du willst. Es wird mir eine Freude sein, dafür zu sorgen, dass alle davon erfahren.“

Cutch schnaubte abfällig. „Freu dich nicht zu früh.“ Er duckte sich unter den Weidenzweigen durch und ging ein paar Schritt zur Seite. Etwas zog an seiner Angel, kein Zweifel. Er konnte spüren, wie die Strömung daran zerrte. Das war *kein* Felsen. Rasch begann er, die Leine einzuholen, während er am Ufer entlangging. Wasser umspülte seine bloßen Zehen, und die Steine unter seinen Sohlen waren kalt.

„Er kommt, Randall!“ Die Leine spannte sich straff, während Cutch weiter daran zog. Er tänzelte zur Seite und suchte nach dem richtigen Ansatzpunkt, von dem aus er seinen Fisch an Land holen konnte. Die Muskelstränge in seinen Armen traten hervor, als er noch einmal zog. Dieses Mal hatte er Erfolg. Er fiel beinahe nach hinten, als sein Fang aus dem Wasser kam, über seinen Kopf segelte, dabei Tropfen auf ihn regnen ließ und schließlich hinter ihm klatschend im Gras landete.

Cutch erklomm das Ufer, um sich seine Beute anzusehen. Randall kniete schon daneben und versuchte den Haken zu lösen. Cutch sah mit großen Augen erst auf seinen Fang und dann zu dem Mann, der ihn zu befreien versuchte. Die leichte Röte in Randalls Gesicht ließ sich nicht einfach mit der plötzlichen körperlichen Betätigung erklären.

„Scheint mir, da hab ich ein Exemplar der seltenen Gattung *corsettum feminum* erwischt.“

„Scheint so“, antwortete Randall, ohne aufzublicken.

„Stammt wahrscheinlich von irgendwo stromaufwärts.“

„Wahrscheinlich.“

„Ungefähr in Höhe von *Henley*, würde ich sagen.“

Randalls Erwiderung war nicht gerade aussagekräftig. Das befriedigende Gefühl, das ihn erfasste, als er Cutchs Haken aus dem Stoff befreit hatte, stand in keinem Verhältnis zu dem Erreichten. Er nahm seine Jacke, faltete Claires Korsett zusammen und steckte es in einen der Ärmel. Dann legte er sie sich über den Arm und nahm seine Angelrute. Ohne ein weiteres Wort zu Cutch schlug er den Weg Richtung *Henley* ein.

Cutch schnappte sich seine eigene Angel und hatte ihn rasch eingeholt. Es bereitete ihm keine Mühe, mit Randall Schritt zu halten. „Ich vermute, jetzt habe ich doch nichts zum Angeben."

„Nein", erwiderte Randall leise, den Blick auf den unebenen Boden gesenkt. „Vermutlich hat es das nie gegeben."

Orrin hatte alle in der Eingangshalle von *Henley* versammelt, als Randall und Cutch heimkamen. Elizabeth stand auf der Treppe, auf der einen Seite auf das Geländer gestützt, auf der anderen auf Claire. Ihr Gesicht war blass und schmerzverzerrt. Claires Züge verrieten Besorgnis. Ganz anders Bria, deren Miene unbewegt war. Sie zeigte weder Abscheu noch Freude an den Vorgängen, keine Angst oder Sorge. Ihr wunderschönes Gesicht war einfach bar jeder Gefühlsregung, beinahe so, als hätte das, was um sie herum geschah, keine Wirkung auf sie.

Am Fuße der Treppe stand Dr. Stuart. Der Verband über seiner Nase war nur etwas heller als seine sommersprossige Haut. Seinen linken Arm hatte er zur Seite ausgestreckt, und seine Hand ruhte auf dem Geländerkopf. Seine Körperhaltung schien anzudeuten, dass er die Frauen vor einem etwaigen Angriff des Betrunkenen schützen wollte. Am anderen Ende der Halle sah Randall Jebediah, Addie und zwei andere Dienstboten, die Angst hatten, sich einzumischen und Angst, wegzugehen.

Randall reichte Jacke und Angel an Cutch weiter. „Was geht hier vor, Orrin? Warum ist meine Mutter nicht im Bett?"

„Wenn sie drin liegt, ist sie auch zu nichts gut", lautete die scharfe Erwiderung, und die Worte waren nur ein bisschen undeutlich gesprochen.

Randall begann auf ihn loszugehen, die Hände zu Fäusten geballt.

„Randall, nein!"

Die Stimme seiner Mutter ließ ihn innehalten. „Es ist das Trinken", sagte sie. „Das geht vorüber."

Orrin lachte leise. „Immer die Friedensstifterin, deine Mutter. Nun, ich habe meinen eigenen Friedensstifter." Bis zu diesem Augenblick war seine linke Hand für Randall nicht zu sehen gewesen. Nun hob er sie, so dass auch sein Stiefsohn die Pistole sehen konnte. Er fuchtelte damit in Richtung der Treppe herum. Elizabeth und Dr. Stuart zuckten zusammen; Claires Reaktion kam zeitverzögert als Antwort auf den Schauer, der Randalls Mutter durchlief. Nur Bria blieb reglos stehen.

Randall wusste, dass er Orrin die Waffe entwinden konnte, aber vielleicht nicht, ohne dass sich ein Schuss daraus löste. Er blieb stehen. „Legen Sie die Pistole weg, Orrin. Sie können *Henley* nicht genießen, wenn Sie an einem Strick baumeln."

„*Concord*, verdammt. So heißt es jetzt, du Bastard. So habe ich es getauft. Kein verdammtes *Henley* mehr, keine verdammten Hamiltons mehr. Das ist *mein* Haus, und ich will verflucht sein, wenn ich irgendjemanden von euch in *mein* Arbeitszimmer lasse, um in *meinen* Sachen herumzuwühlen. Habt ihr gedacht, ich merke das nicht? Ich weiß alles, was hier vor sich geht, hört ihr? Alles!"

„Orrin." Randall versuchte, seine Stimme beruhigend klingen zu lassen, aber selbst in seinen eigenen Ohren hörte es sich eher warnend an.

„Sei ruhig", fuhr Orrin ihn an. Sein Griff um die Pistole festigte sich, und er richtete sie nun auf Randall. „Es sei denn, du willst, dass ich allen erzähle, was ich gestern gesehen habe. Willst du das, Randall? Willst du das?"

Randall gab sich Mühe, nicht zu Claire zu schauen. Wenn sie sich nicht verriet, dann würde er das nicht mit einem schuldbewussten Blick tun. In der Hoffnung, seinen Stiefvater abzulenken, fragte er: „Was soll das heißen, dass jemand in Ihrem Arbeitszimmer war? Haben Sie darum alle herzitiert?“

„Das nicht allein“, antwortete Orrin gedehnt. „Jemand hat meine Bücher durchgesehen. Ich weiß genau, wie sie geordnet sind. Ich weiß es, wenn sie an anderer Stelle im Regal stehen. Dasselbe ist mit meinem Schreibtisch. Der Brieföffner liegt immer an derselben Stelle, oben auf meinen Papieren. Er lag nicht mehr so da wie sonst. Es scheint, als ob niemand etwas darüber weiß. Du kommst ein bisschen zu spät zu der Feier. Ich könnte wetten, du warst es.“

„Ich war es“, erklärte Cutch.

Erstaunt hob Orrin die Augenbrauen. Er schwankte ein wenig auf seinen Füßen, überrascht, plötzlich Cutchs tiefe Stimme zu hören, beinahe so, als habe er den schweigend dastehenden Riesen vergessen. „Verflucht“, sagte er leise. Dann schoss er.

## 6. KAPITEL

Cutch stolperte rückwärts, aber die Kugel warf den großen Mann nicht zu Boden. Sein ersticktes Aufkeuchen wurde von dem Knall und Elizabeths Schrei übertönt. Bevor Orrin die Pistole noch einmal abdrücken konnte, stürzte sich Randall auf ihn und riss ihn um. Die Waffe fiel dem Schützen aus der Hand und schlitterte, sich um sich selbst drehend, über die Fliesen. Macauley Stuart bückte sich, um sie aufzuheben, doch Bria kam ihm zuvor. Langsam richtete sie sich auf, die Pistole mit beiden Händen haltend und zielte auf die Stelle, wo Randall und Orrin miteinander rangen. Ihr Blick war genauso entschlossen wie ihr Griff.

Ihre Stimme klang unwirklich ruhig. „Geh von ihm weg, Randall."

Randall drückte Orrin nach unten und blickte erstaunt zu seiner Schwester. Ihre Miene war kühl, ihre wunderschönen saphirblauen Augen ausdruckslos. Sie könnte töten, dachte er. Wäre sie jemand anderer gewesen, hätte er es vielleicht zugelassen. „Nein, Bria. Gib Stuart die Waffe."

Auf den Stufen hinter ihr sah Randall flüchtig, dass seine Mutter sich hatte setzen müssen. Sie weinte leise, beinahe lautlos. Claire war bei ihr, einen Arm um ihre schmalen Schultern geschlungen. Randall wusste, dass es Claires Gegenwart war, der Trost, den sie spendete, der seine Mutter von einem mehr als verständlichen hysterischen Anfall abhielt. Sein Blick glitt zu Stuart. Der Doktor stand dicht hinter Bria und machte keine Anstalten, Cutchs Verletzung zu untersuchen.

Randall blickte hinter sich. Cutch stand gegen die Tür gelehnt da und hielt sich mit einer Hand die Schulter, um den Blutfluss zu stoppen. Die Jacke hatte er fallen lassen, doch die beiden Angelruten hatte er noch in der anderen Hand. Langsam schüttelte Randall den Kopf, und ein winziges Lächeln spielte um seine Lippen.

„Cutch wird bald wieder in Ordnung sein“, sagte er zu Bria. „Orrins Schuss hat ihn nur gestreift.“ Als Bria sich nicht rührte und ihr Blick unbewegt blieb, fragte er sich, ob sie ihn überhaupt gehört hatte. „Bria, schau ihn dir an“, fuhr er lauter und drängender fort. „Schau Cutch an.“ Randall hatte das Gefühl, als ob selbst Orrin den Atem anhielt und wartete, was Bria tun würde. Damit sein Stiefvater wusste, dass er ihn nicht vergessen hatte, verstärkte Randall den Druck seiner Hände.

„Ich werde schon morgen wieder putzmunter sein, Miss Bria“, meldete Cutch sich zu Wort. Seine tiefe, melodiöse Stimme hatte einen beruhigenden Klang. „Putzmunter. Ich habe mich schon schwerer verletzt, wenn ich aus dem Bett gefallen bin; dieser Kratzer hier ist nichts.“

Bria kniff die Augen zusammen. Sie zögerte, dann warf sie rasch einen Blick zu Cutch.

Er zwinkerte ihr zu.

Bria blinzelte überrascht. Sie schaute erst auf Cutchs Verwundung, dann auf die Waffe in ihrer Hand. Die kühle Reglosigkeit wich aus ihren Zügen, und an ihre Stelle trat so etwas wie Verwunderung.

Randall erkannte seine Chance. „Stuart, nehmen Sie die Pistole. Bria wird sie Ihnen geben.“

Macauley streckte die Hand aus. Einen Augenblick schwebten seine Finger über Brias Handgelenk, dann senkte sie die Waffe und lockerte ihren Griff, so dass er sie ihr mühelos abnehmen konnte.

Orrin stieß den Atem aus, den er angehalten hatte, und Randall wich bei der säuerlichen Wolke, die ihm entgegenwehte, angewidert zurück. Langsam richtete er sich auf und klopfte sich die

Kleider ab. Als wäre er ein Haufen Abfall, machte er einen großen Schritt über seinen Stiefvater hinweg und ging zu Cutch. Er nahm seinem Freund die Angelruten aus der Hand und lehnte sie gegen die Wand. „Jeb“, rief er dem Diener zu, der immer noch am anderen Ende der Eingangshalle stand. „Hilf Cutch in eines der Zimmer oben.“

Orrin hatte sich inzwischen so weit erholt, dass er sich aufsetzen konnte. Und er fand seine Stimme wieder. „Kein dreckiger Nigger wird eines meiner Gästezimmer benutzen“, bellte er. „Schafft ihn in die Dienstbotenquartiere.“

Mit einer geschmeidigen Bewegung fuhr Randall zu seinem Stiefvater herum. „Halt die Klappe, Orrin“, befahl er barsch.

Cutch widersprach mit ruhiger Stimme. „Ich muss nicht im großen Haus untergebracht werden. Ich kann ...“

„Halt die Klappe, Cutch.“ Randall winkte den zögernden Jebediah zu sich. „Komm, Jeb. Du stützt Cutch. Stuart, Sie helfen ihm.“ Als der Arzt zu Cutch trat, nahm Randall ihm die Pistole ab und machte Platz. Er bedeutete einer Dienerin, zu ihm zu kommen, und trug ihr auf, Stuart alles zu besorgen, was er brauchte. „Geh ihnen nach, Kate, und mach dich nützlich. Mutter, hilf Claire eine Stufe nach unten, so dass sie an ihr vorbei können.“

Elizabeth wischte sich mit ihrem Handrücken das tränenüberströmte Gesicht. Dann blickte sie ihren Sohn mit einer Mischung aus Erstaunen und Bewunderung an. „Ja“, sagte sie leise und führte Claire auf die Stufe vor ihr. „Nur einen Augenblick, Liebes. Dann können Sie mir auf mein Zimmer zurückhelfen. Wir werden die Nachhut in dem Zug übernehmen.“

Orrin sprang auf die Füße. „Den Teufel wirst du tun. Elizabeth, ich will dich in meinem Arbeitszimmer sehen.“

Randall machte einen Schritt auf ihn zu und richtete die Pistole, die er in seiner Hand hielt, auf Orrins Kopf. „Noch einmal werde ich es mir von Mutter nicht ausreden lassen“, erklärte er drohend. Er spürte, dass die Parade auf der Treppe zum Stehen gekommen war, um zu sehen, ob das Schauspiel diesmal zu Ende aufgeführt wurde. Randall deutete mit seiner Waffe auf die holzgetäfelte Tür zum Arbeitszimmer des Hausherrn. „Da hinein, Orrin. Betrink dich weiter. Bis zur Besinnungslosigkeit. Niemand will heute noch etwas von dir hören.“

Sein Zögern kam Orrin teuer zu stehen. Blitzschnell drehte Randall die Pistole um und schlug seinem Stiefvater mit dem Griff auf den Hinterkopf. Der grunzte einmal und sackte dann Stück für Stück in sich zusammen, fiel erst auf die Knie, dann auf die Hände und schließlich flach auf den Fußboden, direkt vor Brias Füße. Sie starrte lange genug auf ihn hinab, um sicher zu gehen, dass er wirklich bewusstlos war.

Entschlossen machte sie einen Schritt um ihn herum, um die Tür zum Arbeitszimmer aufzustoßen. Dann bückte sie sich und packte ihn an den Knöcheln.

Elizabeth lehnte sich vor und legte Claire leicht eine Hand auf die Schulter. „Bria zieht Orrin jetzt in sein Arbeitszimmer.“

Claire nickte. Den Vorgängen hatte sie folgen können, bis Orrins Körper mit einem dumpfen Geräusch auf den Boden geschlagen war. Sie merkte, dass sich neben ihr Jeb, Macauley und Cutch wieder in Bewegung gesetzt hatten, und wartete, bis sie an ihr vorbei waren, bevor sie wieder an Elizabeths Seite trat und ihr Hilfe anbot.

Randall sah, wie Claire die Schultern hob, um seine Mutter halten zu können, und es gefiel ihm nicht. Elizabeth stützte sich bereits mit fast ihrem ganzen Gewicht auf Claire, allein um stehen zu können. Beinahe wirkte es, als würde Claire sie nicht nur stützen, sondern halb tragen. Er drückte Bria wieder die Pistole in die

Hand, als sie aus dem Arbeitszimmer kam, und eilte, immer zwei Stufen auf einmal nehmend, die Treppe hoch.

„Lass mich“, sagte er. Er spürte, wie Claire sich versteifte, als er zwischen sie und seine Mutter trat. „Sie können sie nicht tragen, Claire.“

Elizabeth hielt sich an den breiten Schultern ihres Sohnes fest und wurde mühelos hochgehoben. „Nehmen Sie seinen Ellbogen“, bat sie Claire. „Kommen Sie bitte mit in mein Zimmer.“

Claire konnte nicht erwidern, dass sie Randalls Arm nicht anfassen wollte. Vermutlich empfand er ebenso, aber er gab ihr nicht lange Zeit, weiter darüber nachzudenken. Claire griff nach ihm und erwartete, den Ärmel seiner Jacke unter ihren Fingern zu spüren, doch stattdessen traf sie auf warme Haut. Die kräftigen Muskeln fühlte sie angespannt unter ihrer Hand. Fast hätte sie sie zurückgerissen, doch im letzten Moment konnte sie sich davon abhalten. Ihn wieder loszulassen würde bedeuten, zuzugeben, dass seine Nähe sie durcheinander brachte. Und sie war nicht bereit, sich das selbst einzugestehen, geschweige denn Randall.

Vom Fuß der Treppe aus schaute Bria zu, wie ihre Mutter, Randall und Claire die Stufen hochstiegen. Die Pistole wog schwer in ihrer Hand. Sie entleerte das Magazin und steckte die restlichen Kugeln ein, dann legte sie die Waffe auf den Tisch in der Eingangshalle. Sie fand nicht, dass sie dort neben der Vase mit den Blumen, die sie gestern gepflückt hatte, fehlplatziert wirkte, sondern eher ... griffbereit.

Bria schickte sich gerade an, den anderen nach oben zu folgen, als sie Randalls Rock auf dem Boden entdeckte. Er lag zusammengeknüllt da, hatte aber wohl keine Flecken von Cutchs Blut abbekommen. Sie ging zurück, bückte sich und hob ihn auf, strich die Aufschläge gerade und glättete vorsichtig die Ärmel.

Einer der Ärmel war feucht. Das erregte ihre Neugier. Zuerst dachte sie, sie hätte sich getäuscht, was die Blutflecken anging, aber als sie ihre Hand anschaute, war sie nicht rot, sondern nur nass. Stirnrunzelnd hob sie den Ärmel an und merkte, dass sein Gewicht nicht allein durch die Nässe zu erklären war. Sie schlug den Rock auf und fuhr mit der Hand in den Ärmel. Ihre Finger stießen auf den gezackten Rand des Gegenstandes, der hineingesteckt worden war.

Als sie das zusammengelegte Korsett sah, wusste sie, dass es nur Claire gehören konnte. Das, was sie da in Randalls Rockärmel gefunden hatte, war wohl ein weiteres Hamilton-Rätsel.

Die Veranda, auf der es dank einer leichten Brise angenehm kühl war, hatte sich Randall für das Gespräch mit seiner Schwester ausgesucht. Er wusste selbst, dass der Zeitpunkt schlecht gewählt war; es war bestimmt schon nach neun Uhr abends, und nach den Ereignissen des heutigen Tages sehnte sich jeder auf *Henley* nach Schlaf. Soweit er wusste, hatten lediglich Orrin und Cutch den bislang auch gefunden. Orrin war nach einer weiteren Begegnung mit seiner Whiskey-Flasche am Nachmittag auf sein Zimmer gebracht worden, und Cutch ruhte sich nach der Versorgung seiner Wunde aus.

Bria beobachtete ihren Bruder ein paar Augenblicke lang von der Tür aus, bevor sie den geräumigen Vorbau betrat. Randall saß lässig in einem Korbsessel, doch seine Haltung war eher auf Erschöpfung denn auf Entspannung zurückzuführen. Seine Hände ruhten auf den Armlehnen, und er klopfte ausnahmsweise nicht mit seinen Fingern im Takt der in der Hecke zirpenden Grillen und dem vereinzelten Ruf der Eule in der großen Kiefer. Er schaute gedankenverloren über die Gärten hinweg zum Fluss. Bria fragte sich, ob er wohl vor seinem geistigen Auge die *Cerberus* oder das Meer sah. Wenigstens hoffte sie das. Es war besser, wenn er ging.

Sie gesellte sich zu ihm und setzte sich auf den Stuhl neben ihn. Er hob seine Hand ein wenig, und sie ergriff sie, drückte sie. „Addie sagte, du wolltest mich sehen."

Randall nickte. „Ich dachte, wir könnten reden."

„Streiten?" erkundigte sie sich.

„Reden", bekräftigte er.

Bria wartete. Als Randall aber nur schwieg, sagte sie: „Was hast du eben gedacht, bevor ich herkam?"

„Dass Macauley Stuart ein Idiot ist."

„Oh", bemerkte Bria leise und unterdrückte ein Lächeln. Sie entzog ihm ihre Hand. „Ich dachte, es wäre etwas anderes gewesen."

Randall richtete sich in seinem Sessel auf. „Er hätte in der Lage sein müssen, die Kugel aus Cutchs Schulter allein zu entfernen", erklärte er. „Was für ein Arzt hat keine Erfahrung mit Schusswunden?"

„Ein sehr britischer", antwortete Bria und ahmte dabei den Akzent der englischen Oberschicht nach.

„Er ist Schotte", verbesserte Randall sie trocken.

„Ach, dann eben ein sehr schottischer Arzt", sagte sie, diesmal in breitestem Schottisch.

Randall konnte nicht anders und lachte. „Das war grässlich."

„Ich weiß." Aber sie hatte ihn zum Lachen gebracht, und das war, was zählte. „Vermutlich hat Dr. Stuart bislang in seiner Praxis noch nicht oft mit Schussverletzungen zu tun gehabt. Er sagte mir, dass es jedenfalls an der Universität nicht zum Lehrstoff gehörte. Und du hast ja selbst gesagt, dass sein Fachgebiet die Augenheilkunde ist. Jedenfalls war es gut, dass Dr. Edwards herkommen konnte. Ich war mir nicht sicher, ob er Cutch verarzten würde. Seine Meinung über die Schwarzen unterscheidet sich nicht stark von der von Orrin."

„Ich habe ihm keine große Wahl gelassen."

Dem konnte Bria nicht widersprechen. Sie fragte lieber nicht, auf welche Weise ihr Bruder den Arzt überredet hatte. Ihr war aufgefallen, dass die Pistole nicht mehr da lag, wo sie sie hingelegt hatte. „Dr. Stuart hat sich um Orrins Wunde am Kopf gekümmert", bemerkte sie. „Und um seinen Kater."

„Hat ihn gründlich nüchtern gemacht", stimmte Randall ihr zu, der nicht bereit war, an dem Arzt auch nur ein gutes Haar zu lassen. „So dass er für die zweite Saufrunde bereit war. Schotten haben mit Trinken und Schlägereien Erfahrung."

„Hast du deshalb Mutter von Dr. Edwards untersuchen lassen? Du traust Macauley nicht zu, den Unterschied zwischen einem Bruch und einer Verstauchung zu erkennen?"

Randall entging nicht, wie leicht seiner Schwester der Vorname des schottischen Arztes über die Lippen kam. Außerdem schien sie willens, ihn zu verteidigen. „Mutter hatte zu große Schmerzen für eine Verstauchung. Ich dachte, ihr Knöchel müsste geschient werden."

„Nur um sie ans Bett zu fesseln", erwiderte Bria. „Dr. Edwards hat bestätigt, was Macauley schon sagte. Mutter braucht viel Ruhe und muss ihr Bein hoch lagern. Sie hat seine Anweisungen nicht befolgt, und dafür kannst du ihm nicht die Schuld in die Schuhe schieben."

„Von einer Venenentzündung hat er nichts gesagt, oder? Edwards hat das diagnostiziert. Selbst Claire hat erkannt, dass etwas nicht stimmte." Seine Mutter hatte sich gegen Dr. Edwards Behandlung aufgelehnt – dieselbe, die Claire ihr gestern Abend vorgeschlagen hatte. Elizabeth hatte nichts davon hören wollen, Egel an ihrem geschwollenen Knöchel und Unterschenkel angesetzt zu bekommen; aber nachdem Dr. Stuart seine Ansicht dazu geäußert hatte, hatte sie eingelenkt.

„Macauley hat Mutter dazu gebracht, einzuwilligen, Randall. Das weißt du selbst."

Randalls Knurren war unverbindlich. „Was empfindest du für den Doktor?"

Bria verstand ihn absichtlich falsch. „Ich wünschte, Edwards besäße mehr Feingefühl im Umgang mit seinen Patienten, aber er versteht etwas von seinem Beruf."

„Bria."

Sie seufzte. „Na gut. Die Wahrheit ist, dass ich nichts empfinde."

Randall wartete auf mehr, doch als Bria schwieg, erkannte er, dass sie glaubte, alles erklärt zu haben. Ihm wurde kalt, als er begriff, was sie da sagte. Er wollte es abstreiten. „Das kann nicht sein, Bria."

„Ich weiß nicht, ob du verstehen kannst, wie ernst ich das meine. Ich bin nicht wie du, Randall. Ich bin anders als jeder andere, den ich kenne. Ich tue so, als hätte ich Gefühle. Das mache ich schon sehr lange so. Manchmal gelingt es mir sogar, es bis in alle Nuancen hinzubekommen – der Gesichtsausdruck, der Tonfall, die Geste –, aber es kommt immer nur von außen, nie von innen."

„Letzte Nacht ... als Stuart bei dir war ... da hattest du Angst."

„Ja? Ich weiß, dass du mir das erzählt hast, als wir später darüber sprachen. Weil du es sagst, glaube ich es, doch nicht, weil ich es empfunden habe. Ich wollte nicht, dass er mich anfasst, das ist wohl wahr; ob ich allerdings dabei irgendwelche Gefühle hatte, kann ich nicht sagen."

Randall drehte sich zu ihr um und betrachtete das in Schatten getauchte Profil seiner Schwester. Er erinnerte sich daran, wie sie ausgesehen hatte, als sie in der Eingangshalle stand, während Orrin wütete. Fast so, als ob die Vorgänge sie nichts angingen, als ob sie ihren Körper verlassen hätte und das Drama verfolgen konnte, ohne davon berührt zu werden. Selbst als sie die Waffe genommen hatte, war es so gewesen, als ob ihr jemand den Befehl dazu erteilt hätte. Bria wäre imstande gewesen, abzudrücken. Daran hatte er keine Zweifel. Und nichts, was sie eben gesagt hatte, brachte ihn dazu, diese Meinung zu ändern.

„Komm mit mir, Bria", bat er. „Verlass *Henley.* Komm mit Cutch und mir auf die *Cerberus.* Claire wird sich über deine Gesellschaft freuen, und du und ich können gemeinsam den Schatz finden. Du bist noch nie mit mir gesegelt ..."

Bria streckte die Hand aus und legte sie ihm auf den Arm. „Ich lasse Mutter nicht allein."

„Das wollte ich auch nicht. Keine von euch beiden ist hier mit Orrin sicher. Ihr könnt doch beide mitkommen. Wir werden für euch Platz an Bord schaffen. Ich gebe euch meine Kabine. Schließlich bin ich ohnehin die meiste Zeit an Deck."

Bria schüttelte den Kopf. „Lass es gut sein, Randall. Ich komme nicht mit dir. Ebenso wenig wie Mutter. Wir werden *Henley* nicht verlassen, also hat es keinen Sinn, dafür Pläne zu schmieden. Heute Morgen habe ich begriffen, dass ich Mutter beschützen kann. Orrin Foster macht mir keine Angst, Randall. Ich habe es in seinen Augen gesehen. Er hat Angst vor mir. Ich denke nicht, dass er noch dieselbe Bedrohung für Mutter darstellt wie zuvor."

„Was ist mit dir?"

Sie zuckte die Schultern. „Er ist stets nur ein lästiges Ärgernis gewesen. Eine Fliege in der Suppe, mehr nicht. Ich sehe Orrin anders als du. Ich führe *Henley* nicht ihm zum Trotz, sondern trotz seiner. Sein Yankee-Geld wird noch immer benötigt, damit alles läuft. Dieses ist erst das dritte Jahr nach dem Krieg, in dem wir mit einem Gewinn rechnen können."

Randall stieß den angehaltenen Atem langsam aus. Bria musste ihn nicht erst daran erinnern, dass sie *Henley* in den letzten Jahren bis in jede Einzelheit hinein allein geleitet hatte. Davor hatte selbst Orrin Fosters Geld nicht gereicht, die Misswirtschaft auf der Plantage auszugleichen. Mit neunzehn hatte Bria die Zügel in die Hand genommen, zunächst noch nicht offensichtlich, sondern nur, indem sie Orrins Anweisungen stillschweigend durch ihre eigenen, richtigen ersetzte. Als sie zwanzig wurde, traf sie alle Entscheidungen, die wichtig waren, allein. Orrin ließ sich durch nichts anmerken, dass er genau wusste, was vor sich ging, doch nie hatte ihm jemand vorwerfen können, dumm zu sein. Die Wahrheit war schlicht und einfach, dass er nach vier Jahren vergeblicher Versuche, *Henley* wieder in seiner früheren Pracht auferstehen zu lassen, das Interesse daran verloren hatte. Solange er genug zu trinken hatte, überließ er Details gerne anderen. Er beanspruchte zwar den Besitz für sich, aber nicht die damit einhergehende Verantwortung.

„Vielleicht sollte ich Cutch bei dir und Mutter lassen“, überlegte Randall laut.

„Damit Orrin noch einmal auf ihn schießen kann? Das ist in meinen Augen eine armselige Idee. Und Cutch wird mir bestimmt beipflichten.“

Randalls seltenes Lächeln flackerte kurz über seine Züge. „Na gut. Es war eine schlechte Idee. Aber ich weiß wirklich nicht, wie ich diesmal einfach gehen kann.“

Bria sprang auf. „Nein, Randall. Bitte denk noch nicht einmal daran, ganz oder auch nur länger zu bleiben, als ursprünglich geplant. Das kann zu nichts Gutem führen. Außerdem hast du mit Claire und ihrem Paten eine geschäftliche Abmachung getroffen. Die kannst du doch nicht brechen.“

„Himmel, Bria. Was soll ich denn tun? Wie soll ich ...“

Bria fiel vor ihm auf die Knie und umschloss seine Hände mit ihren. „Du gehörst nicht hierher“, sagte sie eindringlich. „Für mich ist es kein Opfer, hier zu sein, Randall. Das war es nie. Ich kann es nicht erklären, aber *Henley* ist der einzige Ort, an dem ich mich wirklich sicher fühle. Ich erwarte nicht, dass du es verstehst, denn ich tue es ja selber nicht. Nach dem, was mir hier geschehen ist, wäre es doch natürlich, zu glauben, dass ich überall sonst glücklicher wäre. Aber so ist es nicht. Nicht bei mir. Ich verzichte auf nichts, indem ich auf *Henley* bleibe. Aber *du* würdest das schon.“

Randall schüttelte den Kopf und weigerte sich zuzugeben, dass sie die Wahrheit sprach. „Du irrst, Bria. Nenne mir nur eines, das ich aufgeben würde, ohne das ich nicht leben könnte.“

Bria zögerte keinen Augenblick. „Claire“, lautete ihre Antwort. „Du würdest Claire aufgeben.“

Sich von Bria losreißend, stand Randall auf. Er ging um sie herum und blieb an den Verandastufen stehen. „Für jemanden, der behauptet, gefühllos zu sein, hegst du aber ziemlich romantische Vorstellungen.“

„Ich muss ja selbst nichts fühlen“, sagte sie und erhob sich ebenfalls. „Ich muss nur wissen, wie es aussieht.“

„Wovon sprichst du?“

„Liebe. Du liebst Claire.“

„Himmel, Bria!“ Er schüttelte die Hand ab, die sie ihm auf den Arm legen wollte. „Da ziehst du voreilige Schlüsse. Ich befand mich eine geschlagene halbe Stunde mit ihrem Paten im Zimmer, bevor ich sie überhaupt bemerkt habe.“

Bria lächelte milde. „Ich habe nicht gesagt, dass es Liebe auf den ersten Blick war“, erwiderte sie. „Aber jetzt übersiehst du sie bestimmt nicht. Dir entgeht nichts an ihr. Wenn sie wüsste, wie deine Augen ihr folgen, wäre sie nicht in der Lage, das Zimmer zu durchqueren, ohne dass ihr die Knie weich würden.“

„Du verwechselst mich mit dem guten Doktor."

„Ganz und gar nicht. Er beobachtet sie, ja, doch nicht so wie du."

„Du irrst dich, Bria."

„Worin?"

„In allem."

Sie lachte leise, spöttisch. Als sie ihm dieses Mal den Arm tätschelte, zog er ihn nicht weg. „Mach ruhig so weiter", riet sie ihm. „Vielleicht ist es das größte Kunststück eines Zauberers, sein eigenes Herz zu verleugnen."

Fragend zog Randall die Brauen zusammen. Ungeduldig fuhr er sich mit der Hand durch die Haare und strich sie zurück. „Was soll das denn heißen? Bin ich jetzt etwa ein Zauberer?"

„Was sonst soll ich denn denken?" versetzte sie freundlich. „Heute Morgen habe ich deinen Rock aufgehoben, den Cutch fallen gelassen hatte. Es scheint, als hättest du immer eine Überraschung im Ärmel." Nachdem sie diesen letzten Schuss abgegeben hatte, drehte sie sich auf dem Absatz um und wich ihrem Bruder geschickt aus, als der sie festhalten wollte. Sie lief ins Haus, schlug ihm die Tür vor der Nase zu und versperrte sie zur Sicherheit noch. Mit einem leisen Klicken schnappte der Riegel ein.

„Bria!" rief Randall ihr nach. „Bria!" Durch das Fenster sah er sie über den erleuchteten Flur verschwinden, nachdem sie kurz stehen geblieben war und ihm über die Schulter ein übermütiges Lächeln zugeworfen hatte. „Verdammt. Wenn ich dich kriege ..."

Das Räuspern, das hinter ihm erklang, ließ ihn verstummen. Er fuhr herum und entdeckte eine schlanke Gestalt im fahlen Mondlicht. Claire stand auf der untersten Verandastufe und hielt ihren Stock vor sich. Die Linke ruhte auf der Rechten, die sich um den goldverzierten Knauf schloss.

„Wie lange stehen Sie schon da?" erkundigte er sich barsch.

Wenn sie sich von seinem Ton getroffen fühlte, so verbarg sie es geschickt, das musste er zugeben.

„Ich kam durch die Gärten“, antwortete Claire. „Ich habe ein Weilchen am Flussufer gesessen.“

Was keine Antwort auf seine Frage war. „Ich habe Sie gar nicht gesehen.“

„Nein? Vermutlich waren Sie zu sehr damit beschäftigt, Ihre Schwester zu quälen. Hat sie die Tür abgesperrt?“

„Ja.“

Claire nickte. „Das dachte ich fast schon. Ich werde zur anderen Seite des Hauses gehen.“ Sie drehte sich um und tastete mit ihrem Stock den Boden vor sich ab. Doch bevor sie einen Schritt machen konnte, wurde sie von Randall in die Höhe gehoben und auf die Veranda gestellt.

„Bleiben Sie hier. Ich werde das machen. Wenn ich mich nicht sehr irre, hat Bria die andere Tür inzwischen auch verriegelt. Es bringt Ihnen nichts, selbst zu gehen.“

Als er zurückkam, saß Claire auf dem Stuhl, auf dem zuvor Bria gesessen hatte. Randall lehnte sich gegen eine der schlanken Säulen und verschränkte seine Arme vor der Brust. „Offenbar hat sie alle im Haus auf ihre Seite gebracht“, berichtete er verärgert. „Es ist mir nicht gelungen, irgendjemandes Aufmerksamkeit zu erregen, mich ins Haus zu lassen.“

„Da sind doch genug Fenster, oder? Vielleicht steht eines davon offen.“

„Daran habe ich auch schon gedacht. Im ersten Stock gibt es welche, aber nicht hier im Erdgeschoss. Das letzte Mal, als ich durch ein so hoch liegendes Fenster eingestiegen bin, stand ich auf den Schultern meines Bruders.“

Claire lächelte, als sie sich das vorstellte. „Sind Sie sicher in Ihrem Zimmer angekommen?“

„Sagte ich, dass es mein Zimmer war, in das ich wollte?“

„Oh“, entgegnete Claire nachdenklich. „Wie hieß *sie* denn?“

Randall bemerkte, dass sich seine Laune gebessert hatte. „Miss Emily Tipping. Den Tippings gehört die Nachbarplantage im Westen. Eigentlich war sie Davids Angebetete. Ich war gewissermaßen nur die Vorhut, um zu beweisen, dass es machbar war. Sie hat mich praktisch geradewegs wieder zurück aus dem Fenster geworfen.“

„Waren Sie verletzt?“

„Nur mein Stolz. Ich hegte eine Art Schulbubenschwärmerei für sie. Ich dachte, vielleicht würde sie sich meinetwegen mit David überwerfen.“

„Und stattdessen hat sie Sie hinausgeworfen.“

„Hm.“ Randall überlegte, wann es aufgehört hatte, so zu schmerzen, über David zu sprechen. Hatte es langsam nachgelassen, dass es ihm gar nicht aufgefallen war, oder war es erst seit kurzem so; ein weiterer Beweis dafür, wie gut Claires Gesellschaft seiner Seele tat? Er stieß sich von der Säule ab und setzte sich. „Daran hatte ich lange schon nicht mehr gedacht.“ Und was noch wichtiger war, daran zu denken, hatte ihm nichts ausgemacht.

Claire strich über ihre Röcke, dort wo Randall sie gestreift hatte, als er an ihr vorbeigegangen war. Die Geste hatte mehr mit dem Zustand ihrer Nerven zu tun als mit dem ihres Kleides. Sie konnte nicht anders, als sich zu fragen, wie aufnahmefähig Randall für das war, was sie sagen wollte. „Wenn David und Ihr Vater den Krieg überlebt hätten, dann würden sie doch jetzt die Plantage führen.“

Randall warf ihr einen flüchtigen Blick zu. „Ja, das stimmt. David hätte Emily geheiratet, und sie würde mit ihm auf *Henley* leben. Er wusste alles darüber, wie man einen solchen Besitz verwaltet.“

„Der Erbe.“

Randall nickte. Ihm fiel ein, dass Claire das nicht sehen konnte. „Ja“, bestätigte er. „Der Erbe.“

„Und Shelby?“ fragte Claire. „Was täte er jetzt?“

„Das ist einfach. Shelby hat sich immer nach Abenteuern gesehnt. Er wäre jetzt in Afrika, auf einem Floß auf dem Kongo unterwegs.“

„Ehrlich? Was ist mit dem Hamilton-Schatz?“

Das langsame Lächeln, das Randalls Mundwinkel hob, war wehmütig. „Er hätte ihn schon vor Jahren gefunden, Claire. Shelby wusste damals mehr darüber als sonst jemand. Er wollte mir nach Oxford folgen und die Legende dort weiter untersuchen. Aber er war zu ungeduldig, um darauf zu warten, selbst alt genug zu werden, und hat stattdessen mich gebeten, schon einmal anzufangen und ihm in meinen Briefen über das, was ich herausfand, genau zu berichten.“

Claire erinnerte sich daran, dass Stickle erwähnt hatte, Randall habe in der Oxforder Universitätsbibliothek Nachforschungen angestellt. Ganz offensichtlich hatte er sich in der Annahme getäuscht, dass es der eigentliche Grund für Randalls Aufenthalt dort gewesen war. „Und haben Sie das getan?“ wollte sie wissen.

„Wenn meine Zeit es mir gestattete“, erwiderte Randall. „Aber nie so gründlich und sorgfältig, wie Shelby es getan hätte, aber ich muss doch einräumen, dass mich die Sache nach einiger Zeit faszinierte.“

Das zu glauben fiel Claire nicht schwer. „Ich kann mir vorstellen, dass Shelby das Rätsel als Mittel zum Zweck ansah, während Sie es allein schon interessant fanden.“

Randall fragte sich, was er wohl gesagt hatte, dass Claire zu diesem Schluss gekommen war. Er zuckte die Schultern. „Damals traf das wohl zu. Es ist einige Zeit her, seit ich das Rätsel anders als mit Shelbys Augen gesehen habe.“

„Ich weiß“, erwiderte Claire leise.

Das war der Haken, den Claire ausgeworfen hatte, um ihn an Land zu ziehen. „Was, denken Sie, wissen Sie?“

Sie antwortete nicht sofort, sondern strich sich erst eine widerspenstige Strähne hinters Ohr. „David war damit beschäftigt, *Henley* für eine neue Generation von Hamiltons zu bewahren. Shelby war damit beschäftigt, den Schatz der Familie zurückzugeben. Es sieht für mich so aus, als würden sie das immer noch tun, Randall. Ihr Tod hat ihren Plänen kein Ende gesetzt. Sie erreichen das, was sie wollten, ganz gut durch Sie.“

Ihre Worte trafen ihn wie ein Schlag. Es war, als würde ihm die Luft aus den Lungen gepresst.

„Randall?“ Claire klang verunsichert. Sie neigte den Kopf zur Seite und lauschte nach den leisen Geräuschen seines Atems. „Sind Sie noch da?“

„Ich bin hier, Claire“, antwortete er nach einer Weile. Er ertappte sich bei der Frage, ob er so auch heftig reagiert hätte, wenn ihre Worte nicht ein Körnchen Wahrheit enthalten hätten.

„Sind Sie verärgert?“

„Das vergeht.“

„Soll ich gehen?“

Er seufzte. „Nein. Die Türen sind ohnehin noch verschlossen.“

„Oh, das hatte ich vergessen.“

Randalls Auflachen war bar jeder Belustigung. „Dieses Mal gibt es kein Entkommen. Sie müssen zu Ende bringen, was Sie beginnen.“

Claire wollte seine Aufmerksamkeit nicht auf ihr flammend rotes Gesicht lenken, indem sie ihre Hände an die Wangen hob. Randall würde auch ohne ihre Bestätigung wissen, dass sein Pfeil das Ziel gefunden hatte. Sie wartete, bis sie sicher sein konnte, dass ihre Stimme nicht wanken würde. „Wenn Ihre Brüder den Krieg überlebt hätten“, sagte sie, „was würden Sie dann jetzt tun?“

Randall entschied, dass es keinen Sinn hatte, so zu tun, als wüsste er die Antwort nicht. Claire kannte sie vermutlich ebenso gut wie er selbst. „Studieren“, sagte er. „Sammeln. Katalogisieren. Ich habe es nicht völlig aufgegeben, Claire, trotz all der Angelegenheiten, die mich derzeit beschäftigen. Sie sind in meinem Arbeitszimmer auf der *Cerberus* gewesen und wissen, dass das stimmt.“

„Ich weiß, dass es die meiste Zeit ein Hintergedanke Ihres Tuns ist. Und wenn Sie erst einmal den Schatz in Ihren Händen halten, wird es noch nicht einmal mehr das sein. Sie werden hierher zurückkehren und die Fäden von Davids Traum aufnehmen ... Emily Tipping oder jemanden wie sie heiraten. Sie können noch nicht einmal weiter denken als bis dahin, was David getan hätte, um zu erkennen, dass Bria nicht nur dazu in der Lage ist, *Henley* zu führen, sondern es darüber hinaus auch *wirklich* will.“

„Hat Bria Sie dazu angestiftet?“

Claire schüttelte den Kopf.

„Warum sollte es Sie auch nur das Geringste kümmern, was ich mache und warum?“

„Das tut es aber“, entgegnete Claire leise. „Mehr als Sie ahnen.“ Im selben Augenblick wünschte sie sich, sie könnte ihre Worte zurücknehmen und stand auf. Ohne jede Vorwarnung schlossen sich Randalls Finger um ihr Handgelenk. „Nicht.“ Das eine Wort war mehr Bitte als Befehl. Sie sträubte sich nicht, als Randall sie zwischen seine gespreizten Beine zog und ihr den Stock abnahm. Claire hörte ihn neben sich auf den Boden fallen. Randall verstärkte den Druck seiner Hände so lange, bis sie beinahe ganz auf seinem Schoß saß, und legte sich ihre Arme auf die Schultern. Claire hielt sich an ihnen fest und spürte sein Gesicht dicht an ihrem.

Das Aufschnappen des Türschlosses zerriss den Augenblick wie ein Pistolenschuss. Claire stieß sich von Randalls Schoß, obwohl er sie daran zu hindern versuchte. Sie fand ihren Stock in dem Moment, als die Türen zur Veranda aufschwangen und Bria aus dem Haus trat.

„Eigentlich hatte ich dich deinem Schicksal hier draußen überlassen wollen, Randall, aber dann habe ich gemerkt, dass ich auch Claire ausgesperrt hatte."

Randall zog eine Augenbraue zweifelnd in die Höhe. Das Licht aus dem Flur flackerte kurz über Brias Züge. Ihr Lächeln war zu süßlich, um ernst gemeint zu sein, genauso wie der Zeitpunkt von ihr zu gut – oder zu schlecht – gewählt war, um zufällig zu sein. „Sie sollten besser gehen, Claire."

Seiner Ermutigung bedurfte Claire nicht. Sie hatte schon die Hälfte des Weges zurückgelegt, als sich Brias Stimme noch einmal in ihre Gedanken drängte: *Du bemerkst alles an ihr. Du lässt sie nicht aus den Augen.* Sie stolperte kurz, aber die Knie wurden ihr nicht weich. Sie unterdrückte ein Lächeln. Offenbar besaß sie unter Randalls Blick doch mehr Kraft, als Bria ihr zugetraut hatte.

In den nächsten Tagen hatte Claire kaum Gelegenheit, viel an ihre Knie zu denken. Randall fuhr nach Charleston, um die Vorbereitungen für den nächsten Abschnitt ihrer Reise zu beaufsichtigen. Cutch beschwerte sich ausgiebig darüber, dass er das Bett hüten musste, aber niemand, und ganz besonders Randall nicht, schenkte ihm Beachtung. Claire half Cutch, sich wenigstens halbwegs nützlich vorzukommen, indem sie darauf bestand, dass er ihr vorlas. Es störte sie nicht im Mindesten, wenn er von Zeit zu Zeit darüber einnickte.

Sein eigenes lautes Schnarchen weckte Cutch. Er schlug nach dem Buch, das auf seiner Brust lag, als wäre es eine lästige Fliege.

Dann schüttelte er sich, um die letzten Reste der Müdigkeit zu vertreiben, und schaute zu Claire. Sie starrte geradeaus, die Stirn gerunzelt, während sie sich auf ihre Stricknadeln konzentrierte. „Hoffentlich machen Sie das da für niemanden, den ich kenne. Ich glaube nicht, dass ich es ertragen könnte, zu sehen, wie jemand das trägt."

Claires Finger flogen über die Maschen auf den Nadeln, als sie sie zum dritten Mal zählte. „Was sagen Sie da, Mr. Cutch? Ist es so krumm und schief?"

„Eigentlich nicht, denke ich." Umständlich stützte er sich auf einen Ellbogen und schob sich mit der freien Hand ein Kissen in den Rücken. „Es ist ein Schal, oder?"

„Vermutlich könnte es das sein." Sie hielt das Gestrickte in die Höhe. „Sieht es so aus?"

Cutch betrachtete Claires Handarbeit prüfend. Sie hatte etwa sechzig Reihen zu Stande gebracht, aber unten war das Stück viel breiter als oben. „Sieht mehr wie ein Dreieck aus."

„Ein Dreieck? Wirklich? Dann habe ich Maschen fallen lassen." Sie senkte die Strickerei wieder, so dass Cutch an ihrer Miene erkennen konnte, dass sie ihn aufzog. „Ich weiß sehr wohl, dass es völlig verdorben ist", vertraute sie ihm an. „Und noch dazu in jeder Farbe des Regenbogens, kann ich mir vorstellen."

„Kein Zweifel. Nur nicht so beruhigend. Tut mehr in den Augen weh."

„Dann ist es ja bloß gut, dass ich blind bin."

Einen Augenblick schwieg Cutch. Dann lachte er scharf auf. „Welch ein Wunderwerk Sie sind, Miss Bancroft. So wie Randall immer sagt."

„Ich dachte, das wäre Shakespeare gewesen", bemerkte sie trocken.

„Shakespeare bezog sich auf die ganze Menschheit. Randall sagt das über Sie."

Claire senkte den Kopf und ließ ihre Finger noch einmal über die Maschen gleiten. Es war nutzlos. Aufseufzend tastete sie nach dem Handarbeitskörbchen zu ihren Füßen und warf das Strickzeug hinein. „*Das* ist ein Wunderwerk."

Schmunzelnd nahm Cutch das Buch. „Wollen Sie, dass ich Ihnen weiter vorlese?"

„Nein, eher nicht, danke. Ich habe mich gefragt, ob wir uns nicht lieber unterhalten könnten?"

Sorgsam schloss Cutch das Buch und legte es weg. „Was schwebt Ihnen vor?"

„Sie haben doch gar nicht wirklich Mr. Fosters Bücher und Papiere durchgesehen, nicht wahr?"

Zu spät merkte Cutch, dass es besser gewesen wäre, wenn er weitergeschlafen hätte. „Nein", antwortete er, „das habe ich nicht."

„Wer dann?"

Er zuckte die Schultern. „Ich weiß es nicht."

„Dann haben Sie also nicht Randall zu schützen versucht?"

„O doch, ich habe ihn beschützt, aber nicht, weil ich glaubte, er hätte Orrins Arbeitszimmer durchsucht. Sein Stiefvater hätte auf ihn geschossen, wenn ich nichts gesagt hätte. Orrin Foster hatte sich zu sehr in die Sache hineingesteigert."

„Ich war nicht sicher. Dem meisten von dem, was vorfiel, konnte ich folgen, aber nicht allem. Als der Schuss abgefeuert wurde, war ich mir nicht sicher, wer ..." Sie brach ab, und es verging ein Augenblick, bevor sie weitersprach. „Irgendjemanden müssen Sie doch verdächtigen."

„Höchstwahrscheinlich war es Orrin selbst."

„Orrin?"

„Es wäre nicht das erste Mal, dass er etwas getan und dann später vergessen hätte.“

„Der Gedanke ist mir nicht gekommen.“

„Dann haben Sie vielleicht jemand anderen im Verdacht.“

Claire schüttelte den Kopf. „Nein.“ Cutchs Zweifel waren beinahe greifbar. „Wirklich nicht. Ich kann mir nicht vorstellen, was an Orrins Büchern interessant sein kann?“

„Das Rätsel.“

„Das Hamilton-Rätsel? Aber das hat doch Randall, oder nicht?“

„Ach ja? Ich habe es nie zu Gesicht bekommen.“

„Er hat einen Teil davon meinem Paten zitiert. Ich war selbst dabei.“

„Ich habe nicht gesagt, dass Randall das Rätsel nicht kennt. Vielmehr glaube ich sogar, dass er mit diesem Wissen groß geworden ist.“

„Wollen Sie etwa sagen, dass es nirgendwo aufgeschrieben ist? Dass es dreihundert Jahre lang nur mündlich überliefert wurde?“

„Wäre möglich.“

Oder auch nicht, dachte Claire. Cutch behauptete das nicht wirklich, oder? „Sie würden es mir unter keinen Umständen verraten“, erklärte sie.

„Nein“, pflichtete Cutch ihr bei. „Das würde ich nicht. In meinen Augen ist es eine Angelegenheit der Hamiltons. Alles, was ich während meines Zusammenlebens mit ihnen hier erfahren habe ... nun, trotzdem geht es niemand anderen etwas an. Außerdem könnten schließlich ja auch Sie es gewesen sein, die in Orrins Arbeitszimmer war.“

Bei dieser Bemerkung hob Claire die Augenbrauen. „Haben Sie das ernsthaft in Erwägung gezogen?“ fragte sie. „Wenigstens einen Moment?“

Cutch fragte sich, warum sie das wissen wollte. „Es ging mir durch den Sinn“, räumte er ein. „Etwas länger als einen Moment sogar.“

Claire sprang von ihrem Stuhl auf und tastete sich an der Bettkante entlang zum Kopfende. Dort angekommen warf sie ihm, so dass sich ihre gestreiften Popeline-Röcke um sie bauschten, die Arme um den mächtigen Nacken. „Lieber Mr. Cutch“, flüsterte sie unter Tränen, „lieber, guter Mr. Cutch.“

Er grinste. „Ich freue mich über das Kompliment, aber ich verstehe nicht ganz, womit ich es mir verdient habe.“

Sie wich etwas zurück. Mit ihren Fingern fuhr sie nach oben und berührte seine Wange. „Sie haben gedacht, dass ich es getan haben könnte“, erklärte sie. „Sie wissen gar nicht, was mir das bedeutet. Für Sie war es bedeutungslos, dass ich blind bin.“

Cutch legte sich ihre Hand über den Mund, so dass sie sein breites Lächeln spüren konnte. „Genau genommen war es das nicht“, sagte er. „Das ist der Grund, warum ich entschied, dass Sie es nicht waren. Sie hätten Ihre Sache besser gemacht. Nichts wäre am falschen Platz gewesen. Niemand hätte etwas gemerkt.“

Claire lachte. „Ich bin nicht so achtsam im Umgang mit meinen Sachen, wie Sie meinen, Mr. Cutch. Gestern erst habe ich eine Viertelstunde darauf verschwendet, meine Haarbürste zu suchen. Meine Reisetruhe ist schon zum Teil gepackt, und ich habe das Gefühl, dass nichts da ist, wo es hingehört.“

Cutch schnalzte missbilligend mit der Zunge. „Mrs. Webster wird enttäuscht sein, dass Sie so viel vergessen haben.“

„Allerdings. Dem kann ich nur zustimmen.“

Claire richtete sich auf, als Randalls Stimme von der Türschwelle her erklang. „Sie sollten lernen, anzuklopfen“, verkündete sie spitz und klopfte Cutch das Kissen zurecht.

„So ist es viel besser“, bedankte sich Cutch, während er über ihre zu einer schmalen Linie zusammengepressten Lippen und ihre emsigen Finger unwillkürlich grinsen musste. Völlig ungerührt schenkte er Randall ein fröhliches Lächeln. „Sie hat sich in deiner Abwesenheit hervorragend um mich gekümmert."

Randall erwiderte das Lächeln seines Freundes nicht. „Offensichtlich." Er durchquerte den Raum zum Bett, gerade als Claire auf der Suche nach ihrem Buch die Bettdecke abzutasten begann. Bevor ihre Hand sich zu Cutchs Schritt verirrte, nahm Randall das Gesuchte und reichte es ihr.

„Danke, Mr. Cutch."

„Bitte sehr", erwiderte der, sich ohne Gewissensbisse mit fremden Federn schmückend und Randalls wütenden Blick ignorierend.

Claire steckte sich das Buch unter den Arm und bückte sich, um ihren Handarbeitskorb aufzuheben. „Wenn die Herren mich entschuldigen wollen, ich bin sicher, Sie beide haben Geschäftliches zu besprechen."

„Bis morgen dann", entgegnete Cutch. „Wir werden ..."

Randall fiel ihm ins Wort. „An Bord der *Cerberus* sein. Das ist mein ‚Geschäft' heute. Bleiben Sie ruhig, Miss Bancroft. Sie betrifft es genauso."

Claire verspürte Sorge und Vorfreude zugleich. Sie legte ihr Buch in den Korb und setzte sich langsam. „Wir brechen morgen auf?"

Randall strich sich die feine Schicht Straßenstaub vom Ärmel. Er hatte sich nicht die Zeit genommen, sich nach seiner Rückkehr umzuziehen. Er hatte Bria in den Ställen getroffen und sie wirkte nicht präsentabler als er. Ihr Reitkostüm war von dem harten Morgenritt über die Plantage voller Schmutz und Schweißflecken. Sie sah aus, als hätte sie den Fortschritt jeder Reispflanze einzeln überprüft und sich dann anschließend mit einem ausgiebigen Ritt über die Felder belohnt. Ihr Gesicht war von der Anstrengung feucht – es leuchtete beinahe, hätte er gesagt, wenn sie ihm die Gelegenheit gegeben hätte. Stattdessen hatte sie seine Neuigkeiten erraten und sich ihm halb weinend, halb lachend in die Arme geworfen.

Seine Mutter hatte seine Ankündigung nicht mit derselben Begeisterung aufgenommen wie Bria, aber sie hatte auch keinen Versuch unternommen, ihn umzustimmen.

„Wir verlassen Charleston morgen früh", sagte Randall. „Heute Abend brechen wir von *Henley* auf."

Claire hatte gewusst, dass Randalls Ritt nach Charleston mit der Vorbereitung ihrer Abfahrt zu tun hatte, aber sie hatte nicht geglaubt, dass er sie drei Tage vorverlegen würde. „So bald schon", sagte sie.

„Ich war mir nicht darüber im Klaren, dass Sie andere Pläne hatten."

Obwohl es sie störte, entschloss sich Claire, nicht auf seinen sarkastischen Tonfall einzugehen. „Ich dachte, ich hätte mehr Zeit zum Packen."

„Ich habe Sie sagen gehört, dass Sie schon angefangen hätten."

„Dann haben Sie auch gehört, dass es mir nicht gerade gelungen ist."

„Ich werde jemanden suchen, der Ihnen hilft."

„Haben Sie es schon Bria gesagt? Und Ihrer Mutter?"

„Kurz bevor ich herkam", erwiderte Randall.

Dann hat er schon begonnen, sich zu verabschieden, dachte Claire. Sie hatte das vor sich hergeschoben. „Ich sollte jetzt gehen."

„Wir werden hier noch zu Abend essen. Direkt danach brechen wir auf."

Claire nickte und bückte sich nach Korb und Stock. Beides

beinahe schützend vor sich haltend, wünschte sie den Männern einen guten Tag.

„Wie deutest du das?“ fragte Cutch, als Claire gegangen war. „Scheint fast so, als wäre sie gar nicht glücklich über die Abreise.“

„Sie ist hin und hergerissen“, entgegnete Randall. „Wenn sie *Henley* erst einmal verlassen hat, wird sie nur wenig Ruhe vor mir haben.“

An das Korsett denkend, kratzte sich Cutch den kahlen Kopf. Hier gab es ganz offensichtlich etwas, das er nicht verstand. Innerlich zuckte er die Schultern. Das war wie schon das Rätsel eine Hamilton-Angelegenheit.

Der Morgen graute gerade erst, als die *Cerberus* aus dem Hafen von Charleston auslief. Mit sanft im Wind geblähten Segeln glitt sie durch das im Morgenrot rosig schimmernde Wasser. Randall stand am Steuerrad, und sein vom Wind zerzaustes kupferfarbenes Haar glühte wie Feuer. Sie kamen schnell voran. Bereits in wenigen Tagen würden sie die Karibik erreichen. Er erwartete keine Schwierigkeiten für diesen Reiseabschnitt, genauso wie er mit Sicherheit mit rauerem Wetter rechnete, wenn sie sich erst einmal dem Winter auf der Südhälfte der Erdkugel näherten.

In ihrer Kabine unten lag Claire wach. Die Schiffsbewegung und das beständige Klatschen der Wellen gegen den Schiffsrumpf hatten sie aus ihrem leichten Schlaf geweckt. Sich auf die Seite drehend, drückte sie sich ihr Kopfkissen an die Brust und stützte ihren Kopf auf den anderen Arm. Sie streckte einen Finger aus, berührte die Wand und fuhr eine Furche im Holz nach.

Was hat Bria wohl mit ihren Abschiedsworten gemeint, fragte sie sich. *Gib Acht*, hatte sie Claire ins Ohr geflüstert, *ich werde nicht an Bord sein, um den Doktor abzulenken.* Hatte Bria das auf *Henley* getan? Absichtlich? Das hätte Claire nie in Erwägung gezogen. Ihr war es so vorgekommen, als wäre Macauley Stuart von Anfang an von Bria fasziniert gewesen. Seine schwärmerische Beschreibung ihrer Züge wenigstens hatte diesen Eindruck erweckt.

Mit einem abgrundtiefen Seufzer ließ sich Claire auf den Rücken fallen. Wie typisch für die Hamiltons, ihr so ein Rätsel aufzugeben.

Während der nächsten Woche verbrachte sie einen Großteil ihrer Zeit mit der Pflege von Cutch, bis Macauley ihn für so weit genesen erklärte, dass er wieder leichtere Arbeiten erledigen konnte. Wenn ihr irgendjemand in dieser Zeit besondere Aufmerksamkeit schenkte, so war das Cutch selbst. Er erfand immer neue Gründe, sie an seinem Bett zu beschäftigen, und ein oder zwei Mal hatte sie sogar den Eindruck, dass es ihm besser ging, als er sie glauben machen wollte. Nicht, dass sein Täuschungsmanöver sie störte, wenn es denn wirklich eines war. Er las viel lebendiger vor als Macauley, und er war wesentlich gesprächiger als Randall. An dem Morgen, an dem er sich zu seinen Pflichten an Bord zurückmeldete, wusste Claire, dass die friedliche Zeit für sie vorbei war.

Als das Wetter milder wurde und der Wind nachließ, hielt sich Claire häufiger an Deck auf. Die Mannschaft war ihr gegenüber aufmerksam – das spürte sie – und manchmal sogar freundlich. Paul Dodd zeigte ihr, wie man Seemannsknoten knüpft. Sie lernte den Unterschied zwischen Stek, mit dem Seile verbunden wurden, und Schlag, mit dem Seile an Dingen befestigt wurden. Er zeigte ihr, wie man zwei Taue miteinander verzurrte und wie man sie spleißte, die Enden auftrennte und neu miteinander verflocht. Einen halben Schlag zu machen war nicht schwieriger, als sich die Schuhe zu binden. Für Achtknoten und Palstek benötigte sie etwas mehr Zeit, und sie saß eine halbe Stunde an einem doppelten Kreuzknoten. Doch für diese Arbeit brachte Claire wesentlich mehr Geduld auf, als für das Stricken, zu dem Macauley sie drängte.

Kein Geschick dagegen besaß sie für das Segelflicken, obwohl verschiedene Besatzungsmitglieder ihr zu helfen versuchten. Die Werkzeuge waren ihr einfach zu fremd. Wenn eine größere Reparatur anstand, genügte es nicht einfach, Nadel und Faden durch das Segeltuch zu treiben, nein, man brauchte Hammer, Haken und einen spitz zulaufenden Holzpflock, Fid genannt, um die Legel zu öffnen. Außerdem hatten die Männer einen Lederriemen mit einer Aussparung für den Daumen und einer metallenen Nadelplatte, den sie sich über die Hand zogen. Doch keiner dieser Riemen passte Claire, worüber sie nicht sonderlich betrübt war.

Ein Klopfen an ihrer Tür störte sie in ihrer Konzentration für den Schotstek auf ihrem Schoß. Als Randall die Kabine betrat, hielt sie in jeder Hand ein Seilende.

„Ich glaube nicht, dass ich Sie gebeten hatte, hereinzukommen", sagte sie.

Er schaute auf das Seil in ihren Händen, dann auf ihren missmutig verzogenen Mund. „Dann müssen die Worte, die ich für ein Willkommen hielt, in Wahrheit ein paar gewählte Flüche gewesen sein."

„Hm." Claire legte das Seil weg und stützte ihre Ellbogen auf den kleinen Schreibtisch, an dem sie saß, und wartete, dass er sagte, weshalb er gekommen war. Es schien unwahrscheinlich, dass er einfach ihre Gesellschaft suchte oder ihr welche leisten wollte. Seit der Abfahrt aus Charleston war er ihr nicht mehr mit offener Freundschaft begegnet.

Randall schloss die Tür hinter sich und lehnte sich dagegen. Er verschränke die Arme und sah Claire unverwandt ins Gesicht. Eine Strähne ihres dunklen Haares fiel ihr in die Stirn. Sie unternahm keinen Versuch, sie nach hinten zu stecken, sondern pustete sie einfach fort. Fasziniert verfolgte Randall diese ungekünstelte Geste und sah, wie ihr Mund weicher wurde.

„Ja?“ fragte sie.

Ihr kühler Tonfall riss Randall jäh aus seiner Versunkenheit. Ihr Mund war zwar weicher geworden, aber Butter würde noch lange nicht darin schmelzen. „Wussten Sie, dass ich es war?“ wollte er wissen.

Sie konnte sich nicht vorstellen, warum ihm das wichtig war. „Sie klopfen kurz, aber heftig an“, erwiderte sie. „Zweimal knapp hintereinander. Wie Pistolenschüsse. Sehr direkt. Mr. Cutch dagegen, auch wenn er deutlich größer ist als Sie, klopft nur mit den Fingerspitzen an. Dr. Stuart nimmt seinen Handrücken. Das klingt irgendwie anders, außerdem klopft er meistens dreimal.“ Claire hob ihre Brauen. „Genügt das? Mr. Cutch und Dr. Stuart sind meine häufigsten Besucher, aber andere kann ich auch ab und zu unterscheiden.“

„Das reicht, danke. Darf ich mich setzen?“

„Natürlich.“ Ihre Haltung veränderte sich ein wenig, während Claire seinen Weg durch den Raum verfolgte. Er hätte sich auf die Truhe am Kopfende ihres Bettes niederlassen können, aber als sie hörte, wie die Seile der Matratze sich spannten, wusste sie, dass er sich für ihr Bett entschieden hatte. Sie versuchte, nicht daran zu denken.

„Dr. Stuart sagt, dass Sie sich heute Abend nicht wohl fühlten. Beim Dinner haben Sie uns nicht Gesellschaft geleistet.“

„Es waren nur Kopfschmerzen.“ Sie fand die Seilenden und hielt sie hoch. „Wegen der hier, denke ich.“

„Sie sind sehr hartnäckig.“

Nachdem sie die Seilenden wieder zurückgelegt hatte, stützte sie ihr Kinn auf die Hände. „Das bin ich.“

„Darin, mich zu meiden, meinte ich.“

Vor Überraschung blieb Claire der Mund offen stehen, aber kein Laut kam heraus.

„Vermutlich dachten Sie, ich bezöge mich auf etwas anderes."

„Das wissen Sie sehr gut."

„Aber ich täusche mich doch nicht, oder? Sie haben sich bemüht, nicht in meine Nähe zu kommen."

„Sie täuschen sich sehr wohl! Ich habe Sie lediglich in Ruhe Ihre Arbeit tun lassen und mir etwas gesucht, das mich beschäftigt. Von Anfang an wollten Sie mich nicht an Bord haben, Captain. Das habe ich nicht vergessen und versucht, Ihnen entgegenzukommen. Ich dachte, Sie wären froh, dass Sie mich nicht ständig vor den Füßen haben."

„Ich heiße Randall, Claire, und vor meinen *Füßen* möchte ich Sie ganz bestimmt nicht haben."

# 7. KAPITEL

Langsam richtete Claire sich auf. Sie legte ihre Hände auf die Tischkante und reckte ihr Kinn. Randalls Äußerung trieb ihr nicht heiße Röte in die Wangen. Sie bewirkte genau das Gegenteil. Ihr wurde unnatürlich kalt. „Ihren Daumen würden Sie auch nicht auf mich halten wollen“, entgegnete sie. „Es wäre so, als würde man ihn auf das spitze Ende eines Nagels drücken.“

Das bezweifelte Randall keinen Augenblick. Aber das war ja auch nicht, was ihm vorschwebte. „Wollen Sie hier besonders geistreich sein, oder stellen Sie sich absichtlich dumm?“

„Ich wollte Ihnen lediglich die Gelegenheit bieten, die Richtung der Unterhaltung zu wechseln, oder genauer gesagt, die Richtung, die Ihre Gedanken nehmen. Es fällt mir jetzt erst auf, zugegebenermaßen ein wenig zu spät, dass Sie vermutlich meinen, ich sollte mich von Ihrer Bemerkung geschmeichelt fühlen. Die Wahrheit jedoch ist, dass ich die Vorstellung, mich unter Ihnen zu befinden, alles andere als angenehm finde.“ Sie lächelte humorlos. „Da. Ich habe ausgesprochen, was Sie nur andeuten. Sie können also die Idee verwerfen, dass ich dumm bin. Dann wird wohl nur noch geistreich übrig bleiben.“

Randall starrte sie schweigend an. Die Narbe von der Schläfe zum Kinn stach weiß hervor. Ein Muskel zuckte in seiner Wange.

„Captain?“ Sein Schweigen war Claire unbehaglich. Den Kopf leicht auf die Seite gelegt, strengte sie sich an, etwas zu hören, vernahm aber nur seinen leisen Atem. „Randall? Was tun Sie?“

Er antwortete immer noch nicht gleich, sondern wartete, bis der erste Schmerz verklungen war. „Meine Wunden lecken.“

„Oh.“ Sie sank ein wenig in sich zusammen.

Die Seile unter der Matratze knarrten leise, als er sich erhob.

„Wohin gehen Sie?“

„Weg.“

Claire verfolgte seine Schritte zur Tür. Erst als sie hörte, wie er die Türklinke drückte, sprang sie auf und streckte eine Hand aus. „Warte.“ Sie konnte sein Zögern beinahe spüren. „Bitte“, sagte sie leise. „Bitte warte.“

Randall ließ die Türklinke los und drehte sich zu Claire um. Sein Blick fiel auf die Hand, die sie langsam sinken ließ. „Ich bin noch da, Claire.“

Sie nickte. Ihre Stimme war nur ein heiseres Flüstern, und ihre Gefühle schwangen unverhohlen darin. „Kannst du dir vorstellen, wie verlegen es mich macht, dass ich dein Geschlecht in meiner Hand gehalten habe, aber nie gebeten wurde, dein Gesicht zu berühren?“ Tränen traten ihr in die Augen und benetzten ihre Wimpern, bis sie sie sich ungeduldig fortrieb. Dann atmete sie tief ein, um sich zu beruhigen, aber es half nicht. Der Atemzug durchlief sie wie ein Beben, und sie erkannte, dass sie in Gefahr geriet, ernsthaft zu weinen. Rasch kehrte sie Randall den Rücken. Die Arme hatte sie vor sich verschränkt, halb zum Trost und halb zum Schutz.

„Claire.“

Seine Stimme erklang dicht an ihrem Ohr, und sie begriff, dass sie für das, was um sie herum geschah, taub gewesen war. Er war zu ihr gekommen. Sie machte einen Schritt nach vorne, von ihm weg, und stieß gegen die Schreibtischkante.

„Claire, bitte.“

Sie konnte die Wärme seiner Hände fühlen, bevor er sie ihr auf die Schultern legte. Sie senkte den Kopf, so dass sie ihm ihren Nacken schutzlos darbot. Doch damit versuchte sie ihm nicht auszuweichen, sondern ergab sich.

Ohne seine Hände fortzunehmen, beugte Randall sich vor, bis seine Lippen ihr Ohr fast berührten. „Claire“, sagte er leise, „es tut mir so Leid. Ich hatte nicht ... ich wollte nie ...“ Er beendete den Satz nicht, sondern drehte sie stattdessen um, so dass er ihr ins Gesicht sehen konnte. Seine Hände glitten von ihren Schultern zu ihren Ellbogen und schließlich zu ihren Handgelenken. Sie sträubte sich nur ein wenig, als er ihre Arme auseinander zog und ihre Hände an sein Gesicht legte. „Sieh mich an, Claire.“

Einen Augenblick zögerte sie und verriet dadurch ihre Verunsicherung.

„Ich erwarte dafür nichts“, erklärte Randall ruhig. „Es wird nicht in deinem oder meinem Bett enden.“ Er spürte, wie Claires Fingerknöchel über seine Haut strichen. Er ließ ihre Handgelenke los und seine Arme sinken. „Nur zu“, ermutigte er sie. „Ich will, dass du mich siehst.“

Seine Haut war warm unter ihren Fingerspitzen und spannte sich fest über seine Wangenknochen. Claire drückte ihre Handflächen auf seine Stirn und ertastete seine Züge. Seine Wimpern bewegten sich unter ihren Fingern, als sie zu seinen Augen kam. Sie hatte nicht vergessen, dass Mrs. Webster gesagt hatte, sie seien braun, aber sie fragte sich, welche Schattierung von Braun. Waren sie mehr wie Teak oder wie die Rinde des Hickory-Baumes? Dunkel wie Kaffee oder hell wie Bernstein?

Sachte fuhr Claire seine Nase nach, erst einmal, dann noch einmal, um die leichte Erhebung zu überprüfen, die ihr etwas Herrisches verlieh. Ihre Fingerspitze passte genau in die Delle zwischen Nase und Oberlippe, dann glitt sie weiter über seine Lippen, bis sie an seinem Kinn ankam.

Randall nahm ihr Handgelenk und legte ihre Finger wieder auf seinen Mund. „Hier auch“, sagte er.

Claire spürte seinen Atem auf ihrer Hand. Als er sie losließ, begann sie die Form und Beschaffenheit seiner Lippen zu erkunden. Sein Mund war leicht geöffnet, und an ihrer Fingerspitze fühlte sie feuchte Hitze. Ihr stockte der Atem, und sie fuhr mit der Hand tiefer, an seinem Kiefer entlang und weiter abwärts, wo sie den Puls an seinem Hals spüren konnte. Sie hielt inne und hob dann ihre Finger an sein Ohr, so dass ihre Daumen auf seinen Wangen lagen.

Randall fiel es schwer zu atmen, als sie über seine Narbe strich. Er zwang sich still zu stehen, während sie sie von seinem Haaransatz bis zu seinem Kiefer ertastete.

„Dein schönes Gesicht", hauchte sie. In ihrer Stimme war Mitgefühl, aber kein Mitleid. „Wie ist das geschehen?"

„Ein Yankee-Säbel."

„Du hättest dabei sterben können."

Der Schatten eines Lächelns zuckte um seine Mundwinkel. „Ich denke, das war die Absicht des Yankees."

„Wie bist du bloß davon gekommen?"

„Eine Bleikugel traf ihn, bevor er seinen Hieb mit mehr Kraft wiederholen konnte. Ich wurde unter ihm bewusstlos. Aber statt für tot auf dem Schlachtfeld zurückgelassen zu werden, landete ich in einem Feldlazarett der Yankees. Und danach im Gefängnis."

„O Randall." Claires Hände sanken auf seine Schultern, dann glitten sie zu seiner Brust. „Das wusste ich nicht. Warst du lange dort?"

„Bis Kriegsende. Etwa achtzehn Monate."

Claire nickte und versuchte zu begreifen, was das für ihn bedeutet haben mochte. Seine Erfahrungen übertrafen ihre Vorstellung. „Ich wusste von der Narbe", erklärte sie. „Mrs. Webster sagte es mir."

„Ich dachte mir schon, dass du sie zu finden erwartet hast", antwortete Randall. „Als du nicht abgestoßen warst ...“ Er zuckte mit den Schultern. „Du schienst darauf gefasst zu sein.“

Claire runzelte die Stirn. „Ich musste mich nicht fassen, nicht wie du denkst. Offen gesagt, ich war neugierig.“ Ihre Stimme senkte sich zu einem Flüstern, als sie gestand: „Fasziniert sogar.“

Randall starrte sie an und fand sich von dem zarten Rosa, das ihre Wange färbte, gefesselt. Den Kopf hatte sie halb abgewandt, und wenn sie sehen könnte, würde sie auf einen Punkt irgendwo über seiner Schulter schauen; ihre ganze Haltung war unsicher und schüchtern. „Was genau hat Mrs. Webster denn über mich gesagt?“ fragte er.

„Sie sagte, die Narbe hindere sie daran, dich als schön zu bezeichnen.“

Randall fuhr sich mit einer Hand durch das kupferfarbene Haar und verlagerte sein Gewicht.

„Jetzt habe ich dich in Verlegenheit gebracht“, bemerkte Claire. Sie lächelte leise, von der Tatsache gerührt, dass Mrs. Websters Beobachtung ihm peinlich war. „Würde es helfen, wenn ich dir sage, dass ich mir dich immer als großes Tiki aus Stein vorgestellt habe?“

Randall dachte an die Schnitzereien, die er überall im Südpazifik gesehen hatte. Keine davon schmeichelte dem menschlichen Gesicht. Gewöhnlich waren die Züge grob geschnitten, irgendwie grimmig, und die Geister, die in ihnen lebten, waren nicht immer freundlich. „Ich vermute, ich ziehe Mrs. Websters Beschreibung vor“, erwiderte er schließlich trocken.

„Das dachte ich mir schon.“ Claire nahm ihre Hände von seiner Brust und erwartete, dass er einen Schritt zurücktrat, aber er rührte sich nicht von der Stelle.

Randall musterte Claires feine Züge. Um ihren Mund spielte ein angedeutetes Lächeln. „Ich wüsste gerne“, sagte er, „ob Mrs.

Webster ihre Beschreibung meines Aussehens von sich aus zum Besten gegeben hat oder ob sie das auf eine Nachfrage hin tat.“

Claires Lächeln erstarb. „Daran kann ich mich nicht mehr genau erinnern“, lautete ihre kühle Antwort.

„Was für eine erbärmliche Lügnerin du doch bist.“

„Das sagt Stickle auch.“

„Und da dachte ich immer, es gäbe nichts, worin ich mit ihm einer Meinung sein könnte.“ Er lachte leise, als sie schmollend den Mund verzog. „Du hast sie gefragt, wie ich aussehe, stimmt's?“

„Das heißt gar nichts. Ich frage dauernd danach, wie etwas aussieht.“

„Welche Farbe hat mein Haar?“

„Das weiß ich bestimmt nicht mehr.“

„Du vergisst doch nie etwas.“

„Oh, na gut. Sie sagte, es wäre wie ein dunkler Sonnenuntergang.“

Erstaunt hob Randall beide Augenbrauen. Dann grinste er. „Ich würde es eher mit einem angelaufenen Kupferpfennig vergleichen.“

„Das tat sie auch zuerst, bis ihr einfiel, ich könnte denken, es hätte einen Grünstich.“

„Dann will ich ihr dankbar sein, dass sie sich deutlicher ausgedrückt hat. Und was ist mit meinen Augen?“

„Braun.“

„Das ist alles? Einfach nur braun?“

„Nicht so dunkel wie meine, sagte sie, glaube ich.“

„Zartbitterschokolade“, warf er ein. „Deine sind dunkel und schön. Meine haben die Farbe von Kastanien. Wenigstens behauptet meine Mutter das immer.“

„Kastanien. Dann sind sie ja eine passende Ergänzung zu deiner Haarfarbe.“

„Manche Leute meinen die ideale Ergänzung."

„Frauen", erwiderte Claire. „So etwas würden nur Frauen sagen."

Randall tat so, als dächte er darüber nach. „Da könntest du Recht haben."

Claire schwieg, und ihre Miene war fast betrübt. Sie wich nicht zurück, als sie seine Finger unter ihrem Kinn spürte, aber ebenso wenig konnte die ermutigende Berührung die Nachdenklichkeit von ihren Zügen vertreiben. „Ich habe nicht vergessen, wie ich aussehe", erklärte sie schließlich. „Meine Mutter war schön. Ich weiß, dass ich es nicht bin. Das hat mir vorher nie viel ausgemacht, und ich wünschte, daran hätte sich nichts geändert. Doch das hat es, Randall. Jetzt macht es mir schrecklich viel aus, das merke ich. Mir fehlt die Erfahrung, deine Aufmerksamkeiten unbekümmert entgegenzunehmen. Ich fürchte, dass ich zu viel Bedeutung darein lege, mehr erwarte, als du mir bietest. Wie ich dir mit Anstand den Rücken kehren sollte, wüsste ich nicht. Darin habe ich keine Übung."

Randall strich mit einem Finger zart über ihre rosige Wange und steckte ihr eine Haarsträhne, die sich gelöst hatte, hinters Ohr. „Was ist nur aus der Frau geworden, die mir gesagt hat, sie sei schon zuvor geküsst worden? Die Frau, die ganz buchstäblich von Welt ist?"

„Genau genommen war das keine Lüge."

„Dann eine kleine Übertreibung vielleicht."

„Ja."

„Was also soll ich tun, Claire?" erkundigte sich Randall. „Daneben stehen, während du Erfahrungen mit Macauley Stuart, Cutch und der halben Besatzung sammelst? Muss ich zusehen, wie du lernst, ihnen allen den Rücken zu kehren, bevor du dich mir zuwendest?" Er schüttelte den Kopf. „Ich hoffe, das ist nicht dein Vorschlag. Das könnte ich nicht. Dich mit ihnen zu sehen, tut beinahe weh."

„Aber es ist nichts geschehen", entgegnete sie. „Nichts."

„Ich weiß. Ich sagte ja auch *beinahe*."

Aus seinem Tonfall konnte Claire keine Belustigung heraushören. Sie hob ihre Hand und legte sie ihm auf den Mund. Mit ihren Fingern konnte sie kein Lächeln ertasten. Es war ihm ernst. Sie ließ ihre Hand sinken. Sie stützte sich auf beiden Seiten auf dem Schreibtisch ab, um ihr Zittern zu unterdrücken und sich daran zu hindern, ihm die Arme um den Nacken zu werfen. „Du solltest jetzt wohl besser gehen."

Er schaute ihr lange ins Gesicht. Auch wenn ihre Stimme nur ein schwaches Flüstern war, verriet ihr Mund doch Entschiedenheit. „Gut."

Erst als sie hörte, wie sich die Tür hinter ihm schloss, stieß Claire den Atem aus, von dem sie gar nicht gewusst hatte, dass sie ihn angehalten hatte.

„Dort sehe ich Polarwale. Man nennt sie auch ‚richtige Wale', sagte Cutch. Er stand dicht hinter Claire an der Reling und schützte sie so davor, auf dem schlüpfrigen Deck auszurutschen. Die *Cerberus* hob und senkte sich unter ihnen, und nur Cutchs ausgezeichnetem Gleichgewichtssinn war es zu verdanken, dass sie beide noch standen. Inzwischen befanden sie sich ein ganzes Stück südlich des Äquators, weit entfernt von den warmen Passatwinden. Hier herrschte Anfang Juli tiefster Winter. Zwar schien die Sonne hell, aber ihr Licht war kalt. Vor ihnen lagen immer noch die tückischen Gewässer um Kap Hoorn an der Spitze Südamerikas, wo Stürme an den regennassen Segeln zerren würden und Masten fällen konnten.

Wasser durchweichte den Saum von Claires jagdgrünem

Kleid, aber trotz der Nässe wehte der kräftige Wind es gegen die Bordwand und ihre Beine. Sie drehte den Kopf Cutch zu, damit er sie über die gepeitschten Wellen und die knarrenden Masten verstehen konnte. „Warum ‚richtige Wale', Mr. Cutch? Warum nennt man sie so?"

„Ein alter Walfänger hat mir einmal gesagt, sie hießen so, weil sie genau richtig für die Jagd sind. Das sind die Einzigen, die an der Meeresoberfläche treiben, nachdem sie erlegt wurden."

„Wie viele sind es?"

„Ich kann sechs ausmachen. Der längste kommt auf etwa fünfundfünfzig Fuß vom Maul bis zur Schwanzflosse."

Claire hatte früher schon Wale gesehen, aber der Anblick von mehreren nebeneinander schwimmenden Tieren hatte nie seinen Zauber für sie verloren. Sie beugte sich nach vorne, stützte sich auf die Reling und versuchte durch den dunklen Schleier ihrer Blindheit zu spähen. „Sind auch Kälber dabei?"

„Zwei. Sie schnauben und prusten gerade so wie ihre Mütter. Eines taucht gerade!" Cutch beschrieb ihr alles: die anmutigen Bewegungen, mit denen die Meeresriesen sich mit ihren mächtigen Schwanzflossen aus dem Wasser hoben und dann wieder eintauchten; die Gischt, die um sie aufspritzte und in der sich flüchtig ein Regenbogen bildete; und wie das zweite Walkalb es dem ersten nachmachte. „Sie jagen einander. Ihre Mütter werden sie gleich zur Ordnung rufen."

Von seinem Standpunkt in der Nähe des Steuerrades sah Randall, wie Claire ihr Gesicht hob, den Elementen entgegen. Die Wellen trugen große weiße Schaumkronen, und die *Cerberus* ritt mit etwa zwölf Knoten auf ihnen. Die eisige Gischt musste wie Nesseln brennen, und doch fiel ihm auf, dass Claire den Kopf nicht wegdrehte oder sich schutzsuchend an Cutchs Schulter drückte. Die Kapuze ihres Umhanges war nach hinten gefallen, und ihr

Haar wurde nicht länger von Haarnadeln gehalten, so dass der Wind mit den einzelnen Strähnen ungehindert spielen konnte.

Sie hat Unrecht, dachte er, sie ist schön. Nicht auf die übliche Weise; nicht auf eine Weise, die er leicht in Worte fassen konnte, die aber nichtsdestoweniger unleugbar da war. Er konnte sich nicht vorstellen, dass irgendein Mann, der sie jetzt sähe, sie nicht zu der Seinen würde machen wollen.

Randall drehte sich zu Diggs um, der am Steuer stand. „Halten Sie die *Cerberus* schön ruhig, Mr. Diggs. Lassen Sie sie nicht auf Teufel komm raus durch die Wellen pflügen."

„Aye, Captain", erwiderte Diggs, auch wenn er nicht glaubte, dass seine Antwort gehört wurde, denn der Captain war schon mehrere Schritte gegangen.

Aus dem Augenwinkel sah Cutch Randall auf sie zukommen. Claire hatte diesen Vorteil nicht. Als Randall zu reden begann, musste Cutch sie festhalten.

„Sie muss nach unten", erklärte Randall, und seine Blicke bohrten sich förmlich in Cutchs große Hände, die Claires Taille umspannten. „Bevor sie über Bord geht."

Claire stieß sich von der Reling ab. „Mr. Cutch hat mir von den Walen erzählt."

„Das ist schön", lautete die knappe Antwort, „aber nun ist es vorbei."

Cutch nickte. Er bemerkte, wie Claire angesichts Randalls Kühle um Fassung rang. „Sehr wohl, Captain. Claire, bitte hier entlang."

Erst als sie an ihrer Kabinentür angekommen waren, brach sie das Schweigen. „Jetzt hasst er mich", sagte sie leise.

„Nein."

„Er spricht kein Wort, außer um mich ihm aus den Augen schaffen zu lassen."

„Was wollen Sie denn, das er tut?" erkundigte sich Cutch und beobachtete sie genau. Ihre Gekränktheit war beinahe greifbar. „Soll er Ihnen etwa wie ein liebeskranker Jüngling nachlaufen? Er hat seinen Stolz, Claire. Und Verstand. Er hält Sie aus gutem Grund auf Armeslänge entfernt. Sie sollten ihm danken und ihn nicht in Versuchung führen."

Abrupt hob Claire den Kopf. „In Versuchung führen? Aber ich ..." *Dich mit ihnen zu sehen, tut beinahe weh.* Randalls Worte fielen ihr wieder ein. Hatte sie ihn gebeten zu beweisen, was er gesagt hatte? Bewusst hatte sie das nicht getan. Und vorsätzlich auch nicht. So grausam bin ich nicht, dachte Claire. Das bin ich *nicht*.

Cutch sagte nichts, als Claire in ihre Kabine trat und die Tür hinter sich schloss. Es schien ihr gar nicht aufgefallen zu sein, dass sie ihn auf dem Gang stehen ließ oder die Antwort auf seine letzte Bemerkung schuldig blieb. Leise vor sich hin pfeifend drehte Cutch sich um und kehrte an Deck zurück.

Claire setzte sich auf die Bettkante und löste die Verschnürung ihres Umhanges. Sie ließ ihn auf die Überdecke gleiten und bückte sich, um sich die Schuhe aufzubinden. Die Schnürsenkel waren beinahe so kalt und steif wie ihre Finger. Sie fluchte leise, als sie sich ihren Versuchen widersetzten.

Dann vernahm sie plötzlich leises Atmen, das nicht ihr eigenes war. Sie hob den Kopf, legte ihn schräg und lauschte angestrengt. „Ist da jemand?" fragte sie. „Mr. Cutch?"

Aber Cutch konnte es nicht sein. Er wäre ihr nie in die Kabine gefolgt, ohne sie auf seine Anwesenheit aufmerksam zu machen. Der Laut wiederholte sich nicht. Hatte sie sich alles nur eingebildet, oder hatte sie einen Eindringling überrascht?

Langsam erhob Claire sich. Sie ließ ihren Stock immer rechts neben der Tür stehen, so dass sie ihn stets griffbereit hatte, wenn sie die Kabine verlassen wollte. Es waren sechs Schritt von der Tür zum Bett. Sie war nur noch einen Schritt von der Tür entfernt, als sie den Laut wieder hörte. Eilig tastete sie nach dem Stock, fand ihn schließlich und schwang ihn herum. Sie stach damit in alle Richtungen in die Luft. Der Stock stieß klappernd gegen die Truhe und den Schreibtischstuhl, Bücher fielen, und Papiere flatterten zu Boden. In ihrer fieberhaften Suche stieß sie an das Bett und traf die Kommode mit solcher Wucht, dass der Stock in ihrer Hand erzitterte. Unbeirrt setzte sie ihre Suche fort, fuhr mit dem Ebenholzstock in den Schrank, während sie mit der anderen Hand ihre sorgfältig aufgehängten Kleider herausriss. Alles, worauf sie traf, gab nach. Nichts stöhnte schmerzerfüllt auf.

Als sie sich umdrehte, stolperte Claire über den Kleiderhaufen. Ihr Stock entglitt ihren Händen, und sie fiel auf die Knie. Hastig tastete sie den Boden nach ihm ab und fand ihn schließlich halb unter dem Bett. Sie merkte, dass dies ein Platz war, den sie zuvor ausgespart hatte. Statt den Stock hervorzuziehen, stieß sie ihn einen weiten Bogen beschreibend tiefer hinunter. Kein Hindernis störte seine Bahn.

Claire hielt inne. Das Herz klopfte ihr bis zum Hals und ihr eigener Atem war in dem stillen Raum laut zu hören. Sie lachte etwas unsicher, als sie sich aufsetzte und überlegte, welchen Schaden sie wohl angerichtet hatte. Unter ihr lagen Kleider und Bettlaken verstreut, und sie erinnerte sich an das dumpfe Krachen herabfallender Bücher. Ohne Hilfe würde sie das nie in Ordnung bringen können. Sie erhob sich, vage erstaunt darüber, dass ihre Beine sie trugen, obwohl sie innerlich so zitterte. Wenn sie sehen könnte, würde sie sich dann so fürchten? Hatte ihre Einbildung ihr diesen Streich gespielt? Verärgert schob Claire die verstreuten Kleider aus dem Weg und verließ ihre Kabine, um Macauley Stuart zu suchen.

Mit ihrem Stock klopfte sie laut an seine Tür. Als sie keine Antwort erhielt, rief sie ihn. In der Hoffnung, ihn, falls er ein Nickerchen machte, zu wecken, stieß sie die Tür auf und wiederholte seinen Namen. Immer noch hörte sie keine Antwort. Einen Augenblick lang erwog Claire die Möglichkeit, dass er irgendwo an Bord ein Besatzungsmitglied medizinisch versorgte. Der Arzt hielt sich auch gern in der Kombüse auf. Ab und zu war er eingeladen worden, Randalls Arbeitszimmer für seine Studien zu benutzen, aber soweit Claire wusste, hatte er nicht oft davon Gebrauch gemacht. Am wahrscheinlichsten befand sich Macauley Stuart an Deck. Seit die *Cerberus* durch die raueren, kälteren Wasser des Südatlantiks segelte, war des Doktors Anfälligkeit für Seekrankheit zurückgekehrt.

Claire ging nicht in ihre Kabine zurück, um ihren Umhang zu holen. Sie hatte nicht vor, länger als die Minute, die sie brauchen würde, um den Arzt zu finden, an Deck zu bleiben. Und tatsächlich war sie sogar noch kürzer dort.

Ihre einzige Warnung bestand aus Randalls gebrülltem Befehl: „Pack sie, Cutch! Jetzt!" Claire bekam keine Chance, selbst die Kajütentreppe wieder hinabzusteigen. Cutchs große Hand schloss sich um ihren Arm und fasste sie fest genug, um blaue Flecken zu hinterlassen. Unwillkürlich ließ sie ihren Stock fallen, als sie die Stufen hinabgestoßen wurde, die sie eben erst hinaufgestiegen war. Ihre Röcke verhedderten sich, und sie taumelte rückwärts; nur Cutchs fester Griff bewahrte sie vor einem Sturz.

Claires Aufschrei wurde von dem dröhnenden Krachen an Deck übertönt. Das ganze Schiff schien zu erzittern, und da ihr Körper gegen die Wand gepresst wurde, konnte sie das Beben überdeutlich spüren. Schließlich war sie doch dankbar für Cutchs Hand auf ihrem Arm. Nun fühlte sie sich auch viel weniger dadurch bedrängt, sondern gestützt.

Über ihnen waren Rufe und Getöse zu hören, als Randalls Befehle ausgeführt wurden. Die *Cerberus* hob sich plötzlich, und Claire hatte das Gefühl, als würde ihr der Boden unter den Füßen fortgezogen. „Mr. Cutch?“ Sein Arm lag immer noch fest um ihre Taille, aber sie musste sich dennoch seiner Gegenwart auf andere Weise versichern.

„Ich bin hier“, sagte er mit tiefer Stimme. Durch die Öffnung über der Kajüttreppe konnte er sehen, dass der in der Mitte zersplitterte Mast und das durchnässte Segel den Aufgang teilweise versperrten. Wasser tropfte so stetig auf die Stufen, als ob es regnete. Er lockerte seinen Griff um Claires Arm, ließ sie aber nicht los. „Es war die Großbramstenge“, erklärte er. „Das nasse Segel und der Wind waren zu viel für sie. Jetzt liegt sie über dem Einstieg zur Kajüttreppe.“

Claire nickte langsam und begriff allmählich, warum Randalls Ruf so scharf geklungen hatte, und was Cutch getan hatte. „Sie haben mir das Leben gerettet“, flüsterte sie.

„Nein. Das war der Captain. Ich habe Sie nur gepackt. Er ist derjenige, der gemerkt hat, dass Sie in Gefahr schwebten.“

Bevor Claire antworten konnte, hörte man aufgeregte Stimmen und einen Ruf nach dem Arzt. Cutch schrie zurück, dass er Stuart holen würde.

„Er ist nicht in seiner Kabine“, sagte Claire. „Ich wollte nachschauen, ob er an Deck ist. Seinetwegen bin ich hergekommen.“

„Ich kann mich nicht erinnern, ihn an Deck gesehen zu haben.“

„In Randalls Arbeitszimmer vielleicht?“ schlug Claire vor.

Cutch ließ ihren Arm los, so dass sie seine Hand auf seinen Ellbogen legen konnte. „Wo ist Ihr Stock?“ fragte er.

„Ich weiß es nicht. Eben hatte ich ihn noch.“

Cutch schaute sich um, konnte ihn aber nicht finden. „Ich

werde ihn später suchen. Kommen Sie. Ich werde Sie in Ihre Kabine zurückbringen und den Arzt holen."

Claire stolperte, als das Schiff sich aus einem Wellental hob. Sie klammerte sich an Cutchs Unterarm fest. „Werden wir sinken?"

„Nein. Das eben wird uns noch nicht einmal länger aufhalten. Solche Reparaturen kann man auf See machen." An Claires Kabine angekommen, war es Cutch, der die Tür öffnete. Auf der Türschwelle zögerte er, während er mit zusammengekniffenen Augen die Verwüstung im Inneren wahrnahm.

Claire entging die erstarrte Haltung ihres Begleiters nicht. „Es ist in Ordnung, Mr. Cutch. Ich werde es später erklären, wenn die wichtigen Dinge erledigt sind. Sie sollten jetzt nach Dr. Stuart suchen."

Anders als Claire war Cutch nicht der Ansicht, dass das Durcheinander in ihrer Kabine unwichtig war. Doch er half ihr, den Weg zu ihrem Bett zu finden. „Es wird nicht lange dauern", versicherte er ihr. „Es wird am besten für Sie sein, wenn Sie sich aufs Bett legen."

Claire widersprach ihm nicht. Sie hatte das Gefühl, als hätte sie ihre Fassung auf der Kajüttreppe verloren und müsste sie erst zurückgewinnen. Sie legte sich hin und schloss die Augen. Kaum dass Cutch den Raum verlassen hatte, quollen ihr die Tränen unter den Augenlidern hervor.

Sie schlief, als er die Kabine betrat. Es war spät, und der Raum lag im Dunkeln, aber ihr Atmen verriet sie. Cutch hatte ihn vor der Unordnung gewarnt. Er machte einen Schritt über die herumliegenden Kleider und die Bücher am Boden. Mit der Schuhspitze blieb er in einer Decke hängen, die halb vom Bett gerutscht war. Ein Stück schleifte er sie mit sich, dann merkte er, dass er sie von Claires Beinen fortzog.

Er nahm eine Laterne, die in der Nähe des Schreibtisches an der Wand hing, und zündete den Docht an. Sie in die Höhe haltend, betrachtete er sich den angerichteten Schaden genauer, bevor er sie zurück an die Wand hängte. Dann richtete er den Schreibtischstuhl wieder auf und drehte ihn um. Er setzte sich rittlings darauf, verschränkte seine Arme auf der Lehne und wartete.

Claire lag still, in dem benebelten Zustand zwischen Wachen und Schlafen gefangen. Sie wusste, etwas war anders – nicht notwendigerweise falsch, nur anders. Dieses Mal, so schwor sie sich, würde sie sich nicht so leicht davon verunsichern lassen, würde sie sich von ihrem Verstand nicht denselben Streich spielen lassen.

So sehr sie sich auch bemühte, konnte sie nichts anderes hören als ihr eigenes Atmen. Aber sie spürte die Gegenwart eines anderen Menschen. Ihr fiel wieder ein, dass sie nicht länger ihren Stock hatte. So wenig er ihr auch vorhin genutzt hatte, so schmerzlich fühlte sie nun ihre Verletzlichkeit ohne ihn.

„Ich bin hier, Claire", sagte Randall.

Sie wusste selbst nicht, was genau sie so erschreckte. Doch beim Klang seiner Stimme versteifte sie sich, ihr Herzschlag setzte aus, beschleunigte sich dann. Sie fuhr auf und sprang aus dem Bett. Die Hände hatte sie an ihrer Seite zu Fäusten geballt.

Randall atmete scharf ein, als er begriff, wie sehr er sie erschreckt hatte. Er hätte gehen sollen, sobald ihm klar wurde, dass sie schlief, anstatt der Versuchung nachzugeben, sich an ihr satt zu sehen. „Claire, ich bin es, Randall." Da er sie nicht noch mehr erschrecken wollte, stand er nicht auf. „Ich bin bei deinem Schreibtisch."

Sie wich zurück, eine Hand abwehrend gehoben.

„Ich sitze", fuhr er fort. „Ich komme nicht zu dir."

Claire zögerte und überlegte, ob das der Wahrheit entsprach. Argwöhnisch legte sie den Kopf schräg und lauschte.

„Ich rühre mich nicht, Claire“, erklärte er, damit sie wusste, wo er sich befand. „Ich gehe nirgendwohin, bis du mir die Erlaubnis gibst.“

Da deutete Claire mit ihrer Hand auf die Tür. „Dann geh. Jetzt.“

Randall schüttelte den Kopf. „Jetzt nicht. Ich bin hier, um mit dir zu reden. Es lag nicht in meiner Absicht, dir einen Schreck einzujagen, und ich entschuldige mich dafür, aber ich werde nicht einfach so gehen.“

Ohne Warnung ging Claire in die Knie. Mit ihren Händen tastete sie den Boden nach einem Buch ab. Als ihre Finger sich um eines schlossen, nahm sie es und schleuderte es in Randalls Richtung. Es erfüllte sie mit einer gewissen Befriedigung, als sie den unterdrückten Schmerzenslaut hörte, der ihm entwich, als es ihn an der Brust traf. Sofort setzte sie ihre Suche nach weiteren Wurfgeschossen fort, doch das Einzige, was ihre Hände fanden, war Randalls Fuß. Er hatte sich doch bewegt.

Randall hockte sich vor sie und ergriff ihre Handgelenke. „Du hast nicht im Ernst geglaubt, dass ich dort sitzen bleiben würde, ohne etwas zu unternehmen, nicht wahr?“

Claire versuchte sich loszureißen, aber er hielt sie weiter fest. Der Ärger verlieh ihr eine Kraft, von der sie nicht gewusst hatte, dass sie sie besaß, und die sie auch nicht kontrollieren konnte. Als sie ihre Anstrengungen verstärkte, fiel sie dieses Mal nach hinten. Ihr Schwung reichte nicht aus, um sich zu befreien, sondern nur, um auch Randall aus dem Gleichgewicht zu bringen, so dass er auf ihr landete. Nun wehrte sich Claire ernsthaft und begann sich unter ihm heftig zu winden. Er fluchte leise, als sie ihn mit ihrem Knie am Schenkel traf, bemühte sich dennoch, ihr nicht wehzutun. Mit nur wenig Kraftaufwand drückte er sie zu Boden und hielt ihre Hände über ihrem Kopf zusammen.

Claire sog heftig den Atem ein und versuchte sich unter ihm hervorzuschlängeln, doch er legte nur ein Bein über ihre. Noch einmal versuchte sie ihn von sich zu stoßen, aber es gelang ihr nicht, Randall erneut zu überraschen. „Lass mich hoch", sagte sie mit gepresster Stimme.

„Gleich."

Sie wandte ihr Gesicht ab. „Jetzt ... bitte."

Gegen die Tränen, die Claire ihn nicht sehen lassen wollte, war Randall machtlos. Er bemerkte, wie sie sie zurückzublinzeln versuchte. Sie biss sich auf die Lippe, den Schmerz dem vorziehend, was sie als persönliche Schwäche betrachtete. Erst lockerte er seinen Griff, dann rollte er sich von ihr. Er lag auf dem Rücken, einen Teil des Durcheinanders unter sich begrabend. Unter seiner Hand spürte er den weichen Stoff eines Baumwollunterrocks, und sein Kopf ruhte auf einem Tageskleid aus dunkler Wolle. Er beobachtete, wie Claire sich aufsetzte, die Knie anzog und ihre Arme darum schlang. Den Kopf hielt sie gesenkt und sah sehr einsam aus, wie sie so dasaß und sich Trost suchend selbst umarmte. Randall gab sich nicht der Illusion hin, dass sie seinen annehmen würde.

„Was ist geschehen?" fragte er und schaute auf die Kleider, Bücher und Papiere, die überall in der Kabine verstreut lagen. Jetzt, wo er auf dem Boden lag, wirkte das Durcheinander noch größer.

„Du hast mir Angst eingejagt."

„Nein, davor. Was ist geschehen, bevor ich herkam?"

„Du meinst die ganzen Sachen auf dem Boden?" Sie hob den Kopf. „Das war ich."

„Das dachte ich mir schon. Aber ich glaubte, du würdest nur nach mir werfen."

Der Schatten eines Lächelns zuckte um Claires Lippen. „Soweit ich weiß, stimmt das immer noch." Ihre frühere Furcht wirkte nun auf einmal so grundlos, dass sie zögerte, ihm zu erklären, was sie getan hatte. Wenn sie auch nur einen Augenblick geglaubt hätte, dass Randall die Angelegenheit auf sich beruhen lassen würde, hätte sie auch nichts davon gesagt. So aber berichtete sie ihm einfach, was er wissen wollte.

Randall hörte ihr zu, ohne sie zu unterbrechen. Die steile kleine Falte, die zwischen seinen Brauen erschien, war der einzige Beweis für seine wachsende Sorge. Nachdem Claire geendet hatte, schwieg er eine Weile. Ohne ihm einen Vorwurf zu machen, hatte sie ihm begreiflich gemacht, warum es sie derart entsetzt hatte, ihn in ihrer Kabine vorzufinden.

„Glaubst du, es war wirklich jemand hier?" erkundigte er sich schließlich. „Oder hast du dir die Geräusche nur eingebildet."

„Das habe ich nicht", antwortete Claire. „Vielleicht habe ich sie falsch interpretiert, aber ich glaube nicht, dass ich sie mir nur eingebildet habe."

„Könnte derjenige, während du nach ihm suchtest, hinausgeschlüpft sein?"

„Daran habe ich später auch gedacht." Und sich vorzustellen, dass es so gewesen war, behagte ihr gar nicht. „Ich war bei meiner Suche laut, so dass es durchaus möglich ist, dass ich das Öffnen und Schließen der Tür überhört habe."

„Warum bist du nicht einfach hinausgelaufen?"

„Vermutlich, weil ich nicht wie eine Närrin aussehen wollte, die vor nichts davonläuft."

Das Wort Närrin würde er nie mit Claire in Zusammenhang bringen. „Ich werde mit Cutch darüber sprechen", sagte er. Sie würden aufschreiben, wer von der Mannschaft zur fraglichen Zeit wo beschäftigt gewesen war. Es wäre nicht schwer, wachsamer zu sein. „Einer der Männer wird an deiner Tür ein Schloss anbringen."

„Wird das dich daran hindern, hereinzukommen?“ erkundigte sie sich trocken.

„Wahrscheinlich nicht.“

„Dann spar dir die Mühe.“

Diese Bemerkung würdigte Randall mit keiner Erwiderung. Er richtete sich auf, rutschte nach hinten, bis er mit dem Rücken an das Bett stieß. Claire, so fiel ihm auf, blieb genau dort, wo sie war.

„Wer wurde verletzt, als der Mast brach?“

„Matt Barcus.“

„Schlimm?“

„Eine ausgerenkte Schulter und ein gebrochenes Bein. Diesmal konnte selbst Stuart nicht anders, als die Art der Verletzungen zu erkennen.“

Claire verkniff es sich, ihn darauf aufmerksam zu machen, dass der Arzt bei dem Knöchel von Randalls Mutter mit seiner Diagnose nicht völlig falsch gelegen hatte. Das wollte Randall bestimmt nicht hören. „Dann hat Cutch Macauley gefunden“, erklärte sie erleichtert. „Ich habe ihn selbst gesucht. War er also doch an Deck?“

„In seiner Kabine, denke ich.“

„Nein, das kann nicht sein.“ Dann winkte sie ab. „Es ist nicht wichtig.“ Claire schlang die Arme ein wenig fester um ihre Knie und wippte vor und zurück. „Danke für das, was du heute getan hast.“

„Was ich getan habe?“ Randall war ehrlich verwirrt.

„Du hast mich davor bewahrt, verletzt zu werden.“

„Das war Cutchs schnelles Handeln.“

„Mr. Cutch habe ich schon gedankt. Jetzt danke ich dir.“

„Dann bitte sehr, gern geschehen“, entgegnete er.

Ein wohl tuendes Schweigen entstand. Claire drehte ihren

Kopf, legte ihre Wange auf ihr Knie. „Ist es spät?“ erkundigte sie sich nach einer Weile.

Während er hier gewartet hatte, hatte es einen Wachwechsel an Bord gegeben. „Nach acht.“

Sie hatte viel länger geschlafen, als sie für möglich gehalten hätte. „Ich habe das Dinner versäumt.“

„Das haben die meisten von uns. Bist du hungrig?“

„Nein, nicht richtig.“ Ihr Magen strafte diese Aussage umgehend durch ein vernehmliches Knurren Lügen.

Randall lachte leise und beugte sich vor. „Kommst du mit in meine Kabine? Da habe ich Obst und Käse.“

Eine ablehnende Antwort lag ihr schon auf der Zunge, doch das Wort, das aus ihrem Mund kam, lautete: „Ja.“

Sein Quartier war um einiges geräumiger als ihr eigenes. Es gab zusätzlich eine lange, gepolsterte Bank, die die gesamte Heckwand einnahm, und einen großen Tisch, der acht Personen Platz bot. Claire war nie aufgefordert worden, sich mit dem Raum vertraut zu machen, und das wenige, was sie darüber wusste, hatte sie während der Mahlzeiten, die sie hier eingenommen hatte, erfahren.

Sie wartete an der Tür, bis Randall zwei Lampen angezündet hatte. Bei dem Gedanken, dass *sie* den Weg zum Tisch mühelos auch ohne Licht und ohne seine Hilfe finden könnte, musste sie innerlich lächeln.

„Wo ist dein Stock?“ fragte er.

„Ich habe ihn fallen lassen, als der Mastbaum herabstürzte. Mr. Cutch versprach mir, ihn für mich zu suchen. Ich vermute, er hatte noch keine Zeit dazu.“ Claire saß auf der Bank und strich sich den Rock über ihrem Schoß glatt. Während Randall dünne Scheiben von dem Käse abschnitt und einen Apfel zerteilte, zupfte sie Kragen und Ärmel gerade. Der Rocksaum war getrocknet, aber sie wusste, dass das Salzwasser bei ihrem früheren Besuch an Deck Flecken darauf hinterlassen hatte. Ihre Schuhe trugen vermutlich ähnliche Spuren. Sich ihres zerknitterten Kleides und ihrer unordentlichen Haare unangenehm bewusst, fuhr Claire mit einer Hand darüber.

Randalls Finger schlossen sich um ihr Handgelenk, so dass sie aufhören musste. Er hob ihre Hand und schloss sie um den Stiel eines Weinglases. „Burgunder", erklärte er.

„Danke."

Er zögerte. „Du siehst gut aus, Claire."

Verlegen senkte sie den Kopf. „Ich habe in diesen Kleidern geschlafen. Mein Haar ist ..."

„Zerzaust." Genau so, wie es aussehen würde, wenn sie neben ihm aufwachte. „Fass es nicht wieder an."

„Ich glaube nicht, dass ein Kapitän das so einfach befehlen darf", entgegnete sie.

„Dann tu es mir zuliebe nicht." Mit einer Fingerspitze schob er das Weinglas in ihrer Hand nach oben. „Trink."

Der Burgunder war kühl und trocken. Als er ihre Kehle hinabrann, spülte er den metallischen Geschmack der Furcht aus ihrem Mund, der dort seit heute Nachmittag gewesen war. Sie machte einen wohligen Laut, und ihre Lippen, die noch am Rand des Glases lagen, vibrierten sacht. Claire musste unwillkürlich lächeln und setzte den Weinkelch ab. Ihre Lippen schimmerten feucht.

„Hier", sagte Randall mit belegter Stimme. „Mach den Mund auf."

Gehorsam öffnete sie die Lippen. Ein Stück Käse wurde ihr dazwischen geschoben. Sie kaute und schluckte es zusammen mit etwas Wein hinunter.

„Noch einmal", forderte Randall sie auf. Diesmal gab er ihr

ein schmales Stückchen Apfel. Sein Finger berührte ihren Mund. Claire zuckte nicht zurück. „Mehr?“ erkundigte er sich.

„Ja, bitte.“

Randall lächelte. Sie hatte so leise gesprochen, dass es noch nicht einmal Flüstern genannt werden konnte. Er hatte ihr vielmehr von den Lippen gelesen, als dass er sie gehört hatte. „Käse“, sagte er und hielt ihr etwas hin.

Claire nahm ihn in den Mund, dann wieder ein Stück Apfel. In tiefen Zügen trank sie aus ihrem Weinglas, fuhr mit der Zunge über die Lippen und schmeckte den Wein.

Während er ihr dabei zusah, wurden Randalls Augen dunkel. „Mund auf“, wiederholte er.

Aber diesmal gab er ihr nichts zu essen, sondern verschloss ihr den Mund mit seinem. Sie schmeckte nach dem Burgunder, und er trank von ihr. Sie machte keine Anstalten, sich ihm zu entziehen.

Randall schob den Teller mit Käse und Obst aus dem Weg. Ohne seinen Mund von ihrem zu lösen, nahm er ihr das leere Weinglas ab und stellte es zur Seite. Er umfasste ihre Hände und legte sie sich an die Wangen. Dann hob er den Kopf ein wenig und flüsterte dicht an ihren Lippen: „Schau mich an, Claire. Du musst keine Angst haben.“

Sie hatte nie Angst vor dem gehabt, was er ihr antun würde, sondern nur vor dem, was sie sich dabei selbst antun könnte. Das schmerzliche Zusammenziehen in ihrer Brust, das ungewohnte Gefühl, in seiner Nähe nicht ruhig atmen zu können, ständig aus dem Gleichgewicht gebracht zu sein – Claire fragte sich, ob es vielleicht schon zu spät war. Eine erfahrene Frau hätte gewusst, ob sie verliebt war. „Ich habe keine Angst“, war alles, was sie erwiderte.

„Lügnerin.“ Aus seinem Mund, so dicht an ihrem, war es eine Liebkosung.

Claire fuhr mit ihren Fingerspitzen seine Wangenknochen nach, mit ihren Daumen streichelte sie seine Mundwinkel. Die Haut dort war gespannt, er lächelte nicht. Ein Muskel zuckte schwach unterhalb seiner Narbe. Sie legte ihre Hand darüber und lehnte sich vor. Dieses Mal war sie es, die den Kuss begann.

Mit ihrer Zunge strich sie zart über seine Oberlippe und über die Zahnreihe dahinter. Sie öffnete ihren Mund weit, und aus seiner Kehle stieg ein rauer Laut auf. Als er den Druck seiner Lippen verstärkte, erwiderte sie ihn.

Es war ein langsamer, tiefer Kuss, lang und forschend. Allein schon in der Erwartung dessen, was noch folgen würde, lag ein Glücksgefühl, und auch darin, das Verlangen im Zaum zu halten. Randall ließ seine Finger durch ihre Haare gleiten, streichelte die empfindsame Stelle in ihrem Nacken. Er hob ihr Haar an, sog den Duft ein, der ihr allein eigen war, als die dunklen Strähnen über seine Hand glitten. Claire stöhnte leise. Dann beendete er den Kuss, aber nur, um mit seinen Lippen ihren Hals zu erkunden.

Ihre Hände ruhten leicht auf Randalls Schultern, während er seinen sinnlichen Beutezug auf ihrer Haut fortsetzte. Ihre Finger zuckten, und dann zupfte sie leicht an den Aufschlägen seines Rockes. Sie kam eher zufällig an den Knopf, der sein Hemd am Kragen zusammenhielt. Sie öffnete ihn. Der Stoff teilte sich unter ihren Händen.

Claire hielt verunsichert inne. Einen Augenblick lang rührte sich Randall nicht. Dann sagte er ihren Namen, seine Stimme nicht mehr als ein heiseres Wispern, und dann: „Mach weiter."

Sie berührte seine Haut so vorsichtig, als ob sie – von der Hitze einmal abgesehen – aus Glas wäre. Ihr Daumen fand den nächsten Knopf, und sie öffnete ihn ebenfalls. Dann ließ sie ihre Hände höher gleiten und half ihm, aus seinem Rock zu schlüpfen. Er warf ihn in Richtung des nahen Bettes. Sie strich über seine Arme zu den Händen und hörte den Rock vom Bett rutschen. Ihre Aufmerksamkeit galt aber schon wieder seinem Hemd, doch dieses Mal umspielte die Andeutung eines Sirenenlächelns ihre Lippen.

Seinen Blick nicht von diesem Lächeln wendend, drehte sich Randall, nahm sie hoch und war mit ihr in drei Schritten am Bett. Er ließ sich so darauf fallen, dass er halb unter ihr lag. Claire stieß ihn gegen die Schulter und setzte sich auf. Sie fand seine Handgelenke und zog seine Hände zur Seite. Zwar sagte sie ihm nicht, dass er sich nicht rühren sollte, aber seine Reglosigkeit – bis auf die Bewegungen, die er nicht unterdrücken konnte – war genau das, was sie wollte. Vorsichtig zog sie sein Hemd aus der Hose und knöpfte es ganz auf. Dann schob sie es beiseite und erkundete mit ihren Händen seinen Oberkörper von dem flachen Bauch bis zu seinem Halsansatz. Mir ihren Fingern fuhr sie sein Schlüsselbein nach, erforschte die Breite seiner Schultern. Sie spürte Anspannung in den Muskeln seiner Arme und die wellige Ebene seiner Brust. Unter ihrer Hand fühlte sie sein Herz kräftig schlagen.

Nach einem Moment glitt ihre Hand tiefer.

Claire ertastete den Bund seiner Hosen. Sie spürte, wie Randall die Luft einsog, als sie mit ihren Fingern unter den Stoff fuhr. Sich vorbeugend, so dass ihre Haare wie ein dunkler Vorhang zu beiden Seiten ihres Gesichtes herabfielen, küsste sie seinen Halsansatz. Sein Herz schlug schneller, unregelmäßiger, und sein Atem ging schwer, noch schwerer, als Claires Finger seine Lenden streiften.

Die Hände an seinen Seiten ballten sich zu Fäusten. Unter schweren Lidern hinweg betrachtete er Claire, wie sie sich wieder aufrichtete und auf dem Bett nach unten rutschte.

Sie zog an seinen Stiefeln, erst am linken, dann am rechten. Er wollte ihr helfen, aber sie winkte ab. Die Rolle der Dienerin war unerwartet erregend: ihn auszuziehen, während sie völlig angekleidet blieb, sich über ihm zu bewegen, während er reglos unter ihr lag. Ein Stiefel landete mit einem dumpfen Aufprall am Boden, dann folgte der zweite.

Claire entfernte Randalls dicke Socken, bevor sie sich über ihm ausstreckte. Einen Augenblick lang strichen ihre Brüste dabei über seinen Unterleib, und bei seinem leisen Aufstöhnen verharrte sie. Sie hob den Kopf, wie um ihm ins Gesicht zu sehen, doch es waren ihre Finger, die in seinen Zügen lasen, über seine vernarbte Wange glitten, seine Stirn und seine Augenlider. Sie wusste, dass er sie betrachtete, die Augen dunkel, eindringlich. Ihr Daumen strich über seine Lippen. Dort war kein Lächeln zu ertasten, sondern nur Anspannung. Unter ihren Fingern spürte sie, wie viel ihn diese Selbstbeherrschung kostete.

Sie ersetzte ihre Finger durch ihre Lippen. Er überließ ihr die Führung in diesem Kuss, ließ sie Verlangen und Tiefe bestimmen. Zwischen ihren Körpern machte sie sich an den Knöpfen seiner Hose zu schaffen. Einzig durch das Anheben seiner Hüften half er ihr. Claire unterbrach den Kuss nur so lange, wie sie brauchte, um ihm Hose und Unterhose abzustreifen. Als sie sich wieder seinem Mund zuwandte, war ihr Körper das Einzige, was ihn bedeckte.

Ihr gefiel es, dass er sie tun ließ, was sie wollte, dass diese Erforschung von ihr ausging, ihren Wünschen folgte, aber nach einer Weile war das nicht mehr genug. Ihre Brüste waren seltsam empfindsam, und zwischen ihren Beinen, dort wo sie schon ganz feucht und heiß war, verspürte sie eine quälende Leere. Es war beinahe so, als ob dadurch, dass sie Randalls Körper näher kennen lernte, sie sich ihres eigenen intensiver bewusst wurde.

Claire löste ihre Lippen von seinen. Ihr Atem ging unregelmäßig, und das Herz schlug ihr schmerzhaft in der Brust. „Bitte“, sagte sie.

Das eine Wort reichte aus. Er wusste Bescheid.

Randall fasste sie an der Taille, wie um sie zu stützen. Seine Hände glitten zu ihrem Gesäß, schlossen sich darum, drängten sie, sich auf ihn zu legen. Ihre Unterröcke und ihr Kleid schienen auf einmal keine Barriere mehr zu sein. Er begann die winzigen Knöpfe auf der Rückseite ihres Kleides zu öffnen. Sechs mussten aufgeknöpft werden, damit er es ihr über die Schultern nach unten ziehen konnte.

Die dünnen Batistträger von Claires Hemd wurden ihr abgestreift. Dann suchte er nach den Bändern, die ihr Korsett hielten, und entdeckte, dass sie keines trug. Randall fand zu seinem eigenen Erstaunen heraus, dass er trotz der Anspannung, unter der er stand, noch lächeln konnte, auch wenn es nur knapp und ein bisschen unartig war. Er legte ihr seine Hand in den Nacken, schob die Finger in ihr dichtes Haar und küsste sie hart, tief.

Dieses Mal entspann sich ein hitziges Duell ihrer Zungen. Er drehte sich mit ihr um, so dass Claire nun unter ihm lag, und nutzte diesen Vorteil gnadenlos aus. Er küsste ihre Mundwinkel, ihr Kinn und verschloss ihr die Augen mit seinen Lippen. Eine Hand ließ er in ihren Ausschnitt gleiten und hob ihre Brüste heraus. Zuerst liebkoste er sie mit seinen Fingerspitzen, dann mit seiner Zunge.

Claire bog sich ihm entgegen. Randall hauchte Küsse auf ihren zarten Hals, knabberte sanft an ihrer empfindsamen Haut und sog ihren berauschenden Duft genüsslich ein. Sie machte einen kleinen Laut, halb Unterwerfung, halb Ermutigung, als sie seine Lippen wieder auf ihrer Brust spürte. Seinen Kopf hielt sie in ihren Händen, und ihre Finger verkrampften sich unter dem heißen Saugen seines Mundes.

Randall schob Claires Unterröcke hoch bis zu ihren Knien. Sie wand sich unruhig unter ihm, während er sich an ihren Unterhosen zu schaffen machte, die kurz darauf bei seinen Kleidungsstücken auf dem Boden vor dem Bett landeten.

Er setzte sich gerade lang genug auf, um Claire die Schuhe auszuziehen. Sein Zeigefinger zog eine Spur von ihrem Spann über ihre Unterschenkel bis knapp über ihr Knie, wo der zarte Seidenstrumpf endete und die noch zartere Haut begann. Er senkte den Kopf und küsste sie auf die Innenseite des Schenkels. Sie roch schwach nach Moschus, und unter seinen Lippen war sie warm. Der Rock ihres Kleides und ihre Unterröcke bauschten sich um ihre Taille, als er sich wieder über sie schob, sich auf seinen Ellbogen abstützend. Unwillkürlich hob sie ihm die Hüften entgegen.

Er fuhr mit einer Hand unter ihren Rücken und öffnete zwei weitere Knöpfe, und Claire konnte endlich ihre Arme aus den Ärmeln ziehen. Sie umschlang ihn, und ihre Fingerspitzen berührten die Grübchen am Ende seines Rückgrates. Als er seine Hüften zwischen ihre Beine drängte, hörte sie ihn stöhnen, beinahe so, als geschähe das gegen seinen Willen. Sie umfasste seine Pobacken.

„Es ist in Ordnung“, flüsterte sie. „Ich habe keine Angst.“

Dasselbe konnte Randall von sich nicht behaupten. Sie schien ihm mit einem Mal so klein und zierlich. Ihr Körper war wie ein Weidenzweig, so schlank und biegsam, aber irgendwie zerbrechlicher. „Ich werde dir wehtun“, erklärte er mit belegter Stimme.

„Ich weiß.“ Aber sie glaubte nicht, dass sie über dasselbe sprachen. Sie zog ihre Knie an, so dass sie seine Hüften umfingen. Eine Hand ließ sie von seinem Rücken zwischen ihre Körper gleiten. Dieses Mal war sie auf das vorbereitet, was sie dort stolz gereckt erwartete. Sie war auf das Stocken seines Atems vorbereitet, als ihre Finger sich fest um ihn schlossen. Worauf sie nicht vorbereitet war, war der Druck, den sie wenig später bei seinem Eindringen spürte.

Sie versteifte sich und atmete flach. Die Hände legte sie ihm wieder auf die Schultern, und dieses Mal grub sie ihre Nägel tief in sein Fleisch. Sie fühlte, dass er sich zurückhielt, auf sie wartete. Langsam nickte sie, und er drang weiter in sie ein, jetzt aber mit einem einzigen, kraftvollen Stoß. Ihren Mund bedeckte er mit seinem und schluckte den leisen Schmerzenslaut.

Ihr Griff lockerte sich. Randalls Kuss war nun süß und beinahe bedächtig, als hätten sie alle Zeit der Welt. Sie spürte, wie sie sich dehnte, um ihn aufnehmen zu können. Er bedrängte sie nicht, sondern ließ ihr Zeit. Bis auf die Bewegung seiner Lippen verharrte er reglos über ihr.

Claire ließ ihre Finger zu seinem Hals gleiten. Dabei streifte sie mit ihren Daumen über seine Kiefer. Sanft verstärkte sie den Druck, bis er den Kopf hob und den Kuss beendete. „Gleichgültig, was du denkst,", sagte sie heiser, „ich werde nicht zerbrechen." Einladend hob sie die Hüften. Ich unterscheide mich nicht so sehr von den Segeln oben, dachte sie, wenn sie sich im Wind entfalten. Randall füllte sie aus, drängte sie, und die Antwort ihres Körpers, das Seufzen und Entgegenbiegen, bestimmte sein Handeln.

Beinahe war es wieder so, als stünde sie an Deck, Randall dicht hinter ihr, während sie das Steuerrad des Schiffes hielt. Die überwältigende Freude, die sie dabei verspürt hatte, unterschied sich kaum von dem, was sie nun fühlte. Nur überkam sie sie nicht auf einmal, sondern langsam, sich stetig aufbauend, so dass sie jedes bisschen der Lust, die sie nun empfand, auskostete, aufsparte und es erst dann aufgab, wenn es von einem stärkeren Wonnegefühl ersetzt wurde.

So öffnete sie sich Randall, unterwarf sich, wenn auch nicht ihm, dann doch den Empfindungen, die er in ihr zu wecken vermochte. Am Ende verschwamm der Unterschied.

Sie krallte die Finger in der Decke unter sich. Ihre Brüste waren leicht geschwollen, die Spitzen etwas dunkler als gewöhnlich, größer und aufgerichtet. Sie streiften Randalls Brust, wenn er sich bewegte. Sein Atem strich heiß über ihren Hals. Ihre Körper bewegten sich im selben Rhythmus, den die sanft rollenden Bewegungen der *Cerberus* noch verstärkten.

Claire spürte, dass sich Randalls Stöße beschleunigten. Er schien dagegen anzukämpfen, sich den kurzen, heftigen Bewegungen entgegenzustemmen. Die Worte, die er an ihrem Ohr flüsterte, waren zum größten Teil unverständlich, aber sie klangen irgendwie verärgert. Unwillkürlich versuchte sie ihn zu besänftigen, streichelte seinen Rücken. Sie wisperte seinen Namen, als er sich über ihr versteifte und einen heiseren Schrei ausstieß. Claire spürte, wie seine Muskeln erbebten, während er sich in ihr verströmte. Sie hielt ihn und wagte kaum zu atmen, während sein Atem sich langsam wieder beruhigte.

Sie selbst fühlte sich seltsam angespannt, unsicher. „Randall?“

Er rollte sich von ihr herab und legte sich auf die Seite. „Schsch!“ flüsterte er. Die eine Seite ihres Gesicht in seiner Hand bergend, küsste er sie. Und dann, ohne den Kuss zu unterbrechen, schob er seine Hand zwischen ihre Schenkel.

## *8. KAPITEL*

Bei der ersten Berührung seiner Finger presste Claire ihre Beine zusammen. Randall wartete geduldig, strich liebkosend über ihre Oberschenkel. Er hob den Kopf und sagte dicht an ihren Lippen: „Lass mich, Claire."

Die Worte kitzelten sie am Mund und sandten ihr einen wohligen Schauer über den Rücken. Als Randall seine Finger zu bewegen begann, entzündete er eine Feuersbrunst. Sie an ihrer intimsten Stelle liebkosend, zwang er sie, alle Anspannung und all die Lust aufzugeben, die sich in ihr angestaut hatten. Ihre Haut fühlte sich unter ihm an wie flüssiger Samt, feucht und warm. Als ihr Körper sich ihm hilflos entgegenbog, war es, als gehorche er nur ihm, und er allein entfesselte in ihrem erhitzten Blut einen Sog der Wollust.

Dieses Mal war es Claire, die aufschrie, als Randall sie bis an die Grenze trieb und dann darüber hinaus. Sie griff nach ihm, musste sich an ihm festhalten können, als ihre dunkle Welt um sie schmolz. Zuerst konnte sie ihn nicht deutlich genug hören, taub für ihre Umgebung, da das Blut in ihren Ohren so laut rauschte. Dann jedoch fühlte sie seine Lippen dicht an ihrem Ohr und seinen warmen Atem auf ihrer Haut. Sie hatte keine Angst. Sie war nicht allein.

Er sagte ihren Namen. „Claire. Schau mich an." Randall fand ihr Handgelenk und hob ihre Finger an sein Gesicht.

Sie erforschte seine Züge mit ihren Fingerspitzen. Alle Spannung war aus ihm gewichen, der Muskel zuckte nicht länger in seiner Wange. Sie strich über seinen Mund und erkannte den Schwung seiner Lippen wieder, wenn sie nicht zusammengepresst waren. Ein Lächeln spielte um die Mundwinkel. Das sie zögernd erwiderte.

„Das kannst du besser“, sagte er. „Eben hast du deine Freude deutlicher gezeigt.“

Ihre Fähigkeit zu erröten war unverändert. Sie spürte, wie ihr die Hitze in die Wangen stieg. Ihre Hand zog sie fort und zerrte sich ihre Röcke wieder über ihre Beine. Leise vor sich hinlächelnd half Randall ihr und zupfte an ihrem Hemd und ihrem Ausschnitt, bis sie wieder einigermaßen bedeckt war. Dennoch ließ er seine Hand auf ihrem Busen liegen.

„Besser?“ wollte er wissen.

„Hm.“ Sie drehte sich um und kuschelte sich an ihn, ihre Hand auf seine Hüfte legend. „Stört es dich denn nicht, nackt zu sein?“

„Solange du es nicht ausnutzt.“

Das klang wie eine Einladung. Claires Finger glitten zu seinem Schenkel.

„Du bis schamlos“, erklärte er und fasste ihre Hand gerade, als sie an seinen Lenden angekommen war. Er legte sie auf seine Hüfte zurück. „Hier wird nicht gelinst.“

Um ihr Lachen zu dämpfen, drückte Claire ihr Gesicht in die Kissen. Es vergingen ein paar Minuten, bis sie sich wieder gefasst hatte. „Du hast einen abartigen Sinn für Humor“, erklärte sie schließlich einigermaßen ernsthaft.

„Ach ja?“

Sie nickte. Und es schien ihr, als wäre er von ihrer Bemerkung ehrlich überrascht. „Nicht viele Menschen würden sich trauen, Witze über meine Blindheit zu machen. Genau genommen seid ihr, du und Mr. Cutch, die Ersten und Einzigen. Mein Zustand ist so vielen Leute unangenehm ...“ Claire zuckte die Schultern. „Dich scheint es nie gestört zu haben. Du behandelst mich wie jede andere Frau.“

„Nicht wie *jede*.“

Ein schwaches Lächeln spielte um Claires Mundwinkel. „Du warst es doch, der mir einmal erzählt hat, dass es dir Freude bereitet, Mädchen hinterherzujagen."

„Daran erinnere ich mich", antwortete er. „Wie du damals jedoch schon sagtest, war ich zu der Zeit sechs."

„Manche Dinge ändern sich eben nicht."

Randall berührte mit dem Handrücken ihre Wange. Dabei streiften seine Fingerknöchel ihren Kiefer. „Das schon", erwiderte er ruhig. „Den Großteil der letzten zehn Jahre habe ich an Bord der *Cerberus* oder damit verbracht, Geld für die nächste Fahrt zu beschaffen. Das hat mir kaum Zeit für etwas anderes gelassen."

„Bis jetzt."

Er runzelte die Stirn. „Claire, ich bin nicht ..."

„Ich bin eine ganz normale, unkomplizierte Frau."

Randall zog seine Brauen in die Höhe. „Das ist das *Allerletzte*, was du bist."

Claire hob eine Hand und legte sie auf seinen Mund. Die Lippen waren zu einer schmalen Linie zusammengepresst. Auf seiner Stirn stand eine steile Falte. „Du schaust finster drein", sagte sie und nahm ihre Hand fort. „Ich habe das nicht ernst gemeint ... oder wenigstens nicht ganz. Mit meiner Erfahrung ist es nicht weit her, was man ... danach so sagt. Es fällt mir nicht leicht, mir immer noch so sicher zu sein, wie als du mich geküsst hast."

Sanft umfasste er ihre Wange. „Dagegen gibt es ein Heilmittel, weißt du?" Sein Mund war dicht über ihrem, und Claires zustimmendes Murmeln vibrierte an seinen Lippen. Er küsste sie langsam, tief, als wollte er sich ihren Geschmack aufs Neue einprägen. Ihre Lippen bewegten sich unter seinen mit derselben Muße. Als Randall seine Lippen von ihren lösen wollte, ließ Claire ihn einen Moment lang nicht gehen. „Und, fühlst du dich jetzt wieder zuversichtlicher?" fragte er mit belegter Stimme.

„Hm.“ Claire lag mit geschlossenen Augen auf dem Rücken. Sie bezweifelte, dass es schicklich war, so befriedigt zu sein oder es sich anmerken zu lassen, und doch konnte sie ihr Lächeln nicht unterdrücken. „Überrasche ich dich?“ fragte sie ihn schließlich.

„Ja“, entgegnete er. „Oft.“

Claire nickte und dachte darüber nach. „Ich bin selbst überrascht“, gestand sie. Sie schlug die Augen auf, und ihr Lächeln verblasste. „Als ich begriff, dass ich vielleicht für den Rest meines Lebens blind sein würde, war einer meiner ersten Gedanken, dass ich nun auf diese Erfahrung würde verzichten müssen. Es kam mir seltsam vor, denn es war mir nie wichtig gewesen. Wenn ich überhaupt darüber nachdachte, dann nur, dass ich vermutlich später irgendwann jemanden kennen lernen würde, den es nicht störte, dass ich meine Jugend im Südpazifik damit verbracht habe, durch Mikroskope zu schauen und für meinen Vater Pflanzen zu sammeln und zu katalogisieren. Nie habe ich weiter gedacht als daran, diesen fremden Gentleman zu treffen. Nie dachte ich an Ehe oder das Ehebett, daran, wie es wäre, unter ihm zu liegen. Obwohl ich natürlich die biologischen Abläufe der Fortpflanzung und die Mechanismen der Leidenschaft kannte, habe ich nie mein Wissen auf mich bezogen. Und doch konnte ich, nachdem ich erblindet war, nur daran denken, wie viel mehr als mein Augenlicht mir genommen war.“

Randall studierte ihre Züge. Da war keine Bitterkeit, und in ihrem Tonfall lag nur schwache Ironie. „Gab es nie jemanden, Claire?“

Eine kleine Falte bildete sich zwischen ihren Brauen, als sie überlegte. „Nein, eigentlich nicht.“

„Was ist mit all den Küssen, von denen du mir erzählt hast?“

„Es waren nicht so viele“, räumte sie ein. „Und alle waren schon länger her. Als ich letztes Mal mit meinem Vater nach Solonesien kam, hatte er einen Assistenten, einen Studenten, der uns begleitete. Er sah recht gut aus, auf eine eher auffällige Art und Weise. Trenton hat viel Zeit mit mir verbracht, aber mehr, um von mir zu lernen. Er wollte für Sir Griffin unersetzlich sein. Jegliche Aufmerksamkeit, die er mir erwies, beruhte auf seiner Annahme, dass es meinem Vater gefallen würde."

„Hat dein Vater ihn ermutigt?"

„Ich kann noch nicht einmal sagen, ob es meinem Vater überhaupt aufgefallen ist. Außer dem, was ich über seine Arbeit wusste, fand auch Sir Griffin mich nicht sonderlich interessant."

Dieses Mal konnte Randall eine Veränderung in ihrem Tonfall ausmachen, es schwang eine Art von Resignation darin, die ihm verriet, dass sie sich mit der Tatsache abgefunden, sie aber nicht verwunden hatte. „Was ist mit Trenton geschehen?"

„Er folgte dem Beispiel meines Vaters und nahm sich eine eingeborene Geliebte. Genau genommen sogar mehrere." Ihr Lächeln enthielt keine Spur von Humor. „Ich weiß nicht, ob Sir Griffin das gebilligt hätte, bin mir aber ziemlich sicher, dass Trenton nicht wusste, dass ich davon erfahren hatte, obwohl es vermutlich ohnehin nichts geändert hätte. Die Frauen in Solonesien sind von einer üppigen Schönheit, die der ihrer Inseln gleichkommt, und den Engländern scheinen diese Frauen willig und einladend. Trenton nahm sich, was ihm seiner Meinung nach angeboten wurde."

Randall nickte. Das hatte er selbst immer wieder beobachten können, manchmal sogar bei seiner eigenen Mannschaft. Auf fast jeder Reise ließ die *Cerberus* den einen oder anderen Mann zurück. Selbst bevor sie die erste glutäugige Inselschönheit mit honigfarbener Haut zu sehen bekamen, erlagen viele dem Zauber der Inseln im Südpazifik mit ihren tiefblauen Wassern und smaragdgrünen Küsten. „Also hat Trenton jetzt sechs Ehefrauen und eine Horde Kinder", sagte er.

„Nein, er hat nie eine seiner Mätressen geheiratet, und von Kindern habe ich nichts gehört. Er hat sich mit einer Krankheit angesteckt.“

„Syphilis?“ fragte Randall, einmal mehr von Claires ironischem Tonfall überrascht. Er wusste, dass die Europäer die Krankheit auf den Inseln eingeschleppt hatten, genauso wie Windpocken und Typhus. Es lag vermutlich eine gewisse ausgleichende Gerechtigkeit darin, wenn Trenton sich die Krankheit bei einer seiner Geliebten geholt hatte.

„Ja“, sagte sie. „Bei Trenton wurde sie etwa sechs Monate bevor ich ging diagnostiziert. Mein Vater behandelte ihn, hatte jedoch wenig Hoffnung, dass die Seuche ihn nicht früher oder später umbringen würde. Ich kann nicht sagen, was mit Trenton geschehen ist. Vielleicht hat er Pulotu auch in einem Auslegerkanu verlassen oder ist bei meinem Vater geblieben. Ich erwarte ihn nicht wiederzusehen, und es ist mir auch egal.“

Wenn ihre letzten Worte Leidenschaft enthalten hätten, würde Randall daran zweifeln, dass sie die Wahrheit sagte. Doch Claires Stimme blieb ausdruckslos. „Du hast immer noch keine Erinnerung an die Ereignisse, die dich dazu gebracht haben, die Insel zu verlassen?“

Claire schüttelte den Kopf. Sie kniff die Augen zusammen und begann, an ihrer Unterlippe zu nagen.

Er sah ihr zu und wusste, dass die Wendung, die ihre Unterhaltung genommen hatte, sie aufregte. Er senkte den Kopf und küsste sie sanft auf die Stirn.

„Warum hast du das getan?“

„Ich wusste nicht, dass ich dafür einen Grund brauche“, erwiderte er. Er erkannte, dass sie sich damit nicht zufrieden geben würde. Seine Finger in ihren Haaren vergrabend, erklärte er: „Du sahst so aus, als bräuchtest du eine Bestätigung.“

Der Drang, das abzustreiten, war stark. Sie dachte kurz nach und wartete lang genug, es sich anders zu überlegen – sie *hatte* etwas von ihm gebraucht. Bestätigung war ein Wort, das es genauso gut beschrieb wie jedes andere. „Woher wusstest du das?" erkundigte sie sich leise.

Randall drehte seine Hand um, so dass sich Claires dunkles Haar über seinen Arm ergoss. Als Antwort auf ihre Frage zuckte er mit den Schultern. „Du hast ein ausdrucksvolles Gesicht", erwiderte er schließlich.

„Wirklich? Auch ohne meine Augen?"

„Auch, wenn deine Augen geschlossen sind." Trocken fügte er hinzu: „Claire, du hast nie davor zurückgeschreckt, auszusprechen, was du denkst."

„Vermutlich wünschst du dir, ich wäre etwas umsichtiger."

„Was ich mir ehrlich wünsche, ist, dass du müder wärst."

„Oh." Mit einer Mischung aus Naivität und kühner Neugier fragte sie ihn: „Willst du jetzt schlafen?"

„Das will man oft ... danach."

„Davon wusste ich nichts."

„Das ist auch nichts, was man studieren kann – wie hast du es genannt? O ja, die biologischen Abläufe der Fortpflanzung und die Mechanismen der Leidenschaft."

„Prägst du dir alles so ein, was ich sage?" wollte sie wissen.

„Ja", entgegnete er lächelnd. „Ich glaube schon."

Doch Claire wurde jede Möglichkeit einer Erwiderung genommen, da Randalls Mund wieder ihren bedeckte. Bevor sie später einschlief, war ihr letzter Gedanke, woher er nur immer das Richtige zu tun wusste.

Als Claire aufwachte, war sie allein und wusste zuerst nicht genau, wo sie sich befand. Ebenso wenig konnte sie sagen, ob sie bis weit in den Vormittag hinein geschlafen hatte oder ob der Morgen erst graute. Sich langsam aufsetzend, bemühte sie sich, sich zurechtzufinden. Mit ihren Fingern ertastete sie das Muster in der Decke unter sich und erkannte sie als ihre eigene wieder. Es war nicht die Wolldecke, auf der sie in Randalls Bett gelegen hatte. Ihr kam eine verschwommene Erinnerung daran, von Randall getragen worden zu sein.

„Leg deine Arme um meinen Hals", hatte er gesagt.

Schläfrig lächelnd hatte sie gehorcht. Ihren Kopf hatte sie an seine Schulter gebettet und die Augen geschlossen, sich in seinen starken Armen geborgen gefühlt.

Claire fasste sich an den Hals. Ihre Finger berührten den warmen Baumwollstoff ihres Nachthemdes, nicht die schwere Seide ihres Kleides von gestern. Jetzt erinnerte sie sich auch wieder daran, wie Randall sie ausgezogen hatte.

„Hör auf zu zappeln", hatte er zu ihr gesagt. „Sonst werde ich nie all diese winzigen Knöpfe aufbekommen."

Das hatte er auch nicht. Ein paar davon hatte sie abgerissen, als sie ungeduldig an den Ärmeln zerrte. Ihre Unterröcke hatte sie in einem unordentlichen Haufen zu ihren Füßen liegen lassen, nachdem sie die Bänder an der Taille aufgezogen hatte. Er hatte versucht, ihr bei dem Unterhemd zu helfen, aber sie hatte seine Hände fortgeschoben und es allein geschafft.

Dann hatte sie sich auf ihr Bett fallen lassen und er war ihr gefolgt, zunächst, um ihr die Stümpfe abzustreifen, und später, um sich zwischen ihre gespreizten Beine zu legen.

Er hatte ihren Namen fragend ausgesprochen, seine Lippe dicht an ihrem Ohr. „Ich glaube, du bist gar nicht wach", hatte er kurz darauf gesagt.

Damit hatte er natürlich Recht; sie war es nicht – wenigstens nicht völlig. Aber sie hatte sich bei vollem Bewusstsein entschieden. Weder da noch jetzt konnte sie leugnen, ihn begehrt zu haben.

Claire senkte den Kopf und rieb sich die Schläfen. Hinter ihren Augen konnte sie einen beginnenden Schmerz ausmachen und fragte sich, ob Dr. Stuart wohl in seiner schwarzen Tasche ein Mittel hatte, das ihn lindern würde.

Dann richtete sie sich langsam auf und erhob sich. Randall hatte in dem kleinen Ofen in ihrer Kabine Feuer gemacht, so dass der Boden nicht unerträglich kalt war. Sie fand ihren Morgenmantel, schlüpfte hinein und band den Gürtel zu. Lautlos ging sie zum Schreibpult und setzte sich auf den Stuhl davor. Sie faltete die Hände, hob sie und stützte ihr Kinn darauf. Sie versuchte an gar nichts zu denken, und als ihr das nicht gelang, versuchte sie, wenigstens nicht an Randall zu denken, aber auch das missglückte.

Wie konnte sie auch, wenn ihre Haut noch nach ihm roch. Selbst eine kleine Bewegung ihres Kopfes brachte ihr Haar in Bewegung, so dass sie unwillkürlich daran dachte, wie seine Finger sich darin angefühlt hatten. Sie konnte immer noch seine Hand auf ihrem Bauch spüren oder seinen Mund auf ihrer Brust. Sie musste nicht erst ihre Lippen berühren, um die Gefühle wachzurufen, die sie bei seinem Kuss überwältigt hatten.

Er hatte einmal neckend zu ihr gesagt, dass sie schamlos sei. Jetzt überlegte sie, ob die Bemerkung nicht eine gewisse Berechtigung hatte. Es schien ihn nicht gestört zu haben, dass sie ihn auf ihr Bett gezogen und aufgefordert hatte, sie zu lieben, aber auf der anderen Seite hatte sie ja sein Gesicht nicht sehen können. Ihre Reisen hatten sie gelehrt, dass in Liebesdingen oft mit zweierlei Maß gemessen wurde. Trenton Sinclair, der das Fehlen jeglicher Hemmungen bei den Frauen Solonesiens begrüßt hatte, hätte Claires Annäherung abstoßend gefunden. Er hätte ihr Vorhaltungen gemacht, dass sie sich ähnlich wie die eingeborenen Frauen verhielt, die er so faszinierend fand. Wenn er ihr auf das Bett gefolgt wäre, hätte er sie mit der Verachtung behandelt, die sonst Huren vorbehalten blieb.

Randall hatte das nicht getan. Nicht im Mindesten. Er hatte sie ... *verehrt*. Claire wurde rot, schloss die Augen und fragte sich, ob sie übertrieb. Nein, dachte sie und erinnerte sich daran, wie er seine Fingerspitzen von ihrem Handgelenk zum Ellbogen hatte gleiten lassen. Manchmal war ihr seine Berührung beinahe .... ehrfürchtig vorgekommen.

Hatte er sie geliebt?

Claire schüttelte den Kopf, sich selbst aus ihren Grübeleien reißend. Sie würde jetzt nicht an den ungewohnten Schmerz zwischen ihren Beinen denken oder sich vorstellen, wie er sich dort angefühlt hatte, als er hinein- und hinausglitt, zuerst vorsichtig und dann kraftvoller, so fest, dass sie sich mit den Fersen in die Matratze gestemmt und sich am Kopfende des Bettes festgehalten hatte.

Dieses Bild ließ sich einfach nicht aus ihren Gedanken vertreiben. „O Gott", stöhnte sie leise. Die Worte hingen einen Augenblick in der Luft, bis Claire sich schließlich selbst hörte und begriff, dass sie laut gesprochen hatte. Dieselben Worte habe ich vorhin auch schon gesagt, erinnerte sie sich jetzt, aber in ganz anderem Tonfall. Dass sie sie eben wieder ausgesprochen hatte, zauberte ein Lächeln auf ihre Lippen. Sie lachte, erst gedämpft, dann lauter in echter Belustigung. „O Gott."

Das Klopfen an ihrer Tür ernüchterte sie. Sie war zu sehr in Gedanken gewesen, um ihren Besucher zu erkennen. „Ja?" rief sie.

„Dodd, hier. Der Captain hat mich geschickt, frisches Wasser für Ihr Bad zu bringen."

Claire ging zur Tür und öffnete sie. „Frisches Wasser?"

„Aufgesammeltes Regenwasser. Heute Morgen hat der Captain gesagt, dass es genug ist und Sie es vielleicht gern hätten."

„O ja. Bitte."

Paul Dodds engelsgleiches Gesicht wurde blutrot, als er Claires unverhohlene Freude sah. Er machte den Männern hinter sich, die den kupfernen Zuber und Eimer mit erhitztem Wasser trugen, ein Zeichen. „Hier entlang", sagte er.

Claire lachte, als sie an ihr vorbeikamen. Sie dankte jedem Einzelnen, während sie ihr das Bad bereiteten, und noch einmal, als sie gingen.

„Wär sicher klasse, wenn der Captain Sie jetzt sehen könnte", bemerkte Dodd. „Seit er an Deck gekommen ist, benimmt er sich, als hätte er einen schlimmen Zahn. Ihr Lächeln wär bestimmt wie Nelkenöl für ihn."

Claire hörte die anderen Männer auf dem Gang lachen, und vermutlich stießen sie sich zwinkernd in die Rippen, aber sie fand, es war ein sehr hübsches Kompliment. Sie legte dem jungen Seemann eine Hand auf den Arm. „Sie wünschen sich bloß, ihnen wäre etwas so Nettes zu sagen eingefallen. Vielen Dank, Mr. Dodd."

Dodd trat von einem Fuß auf den anderen. „Ich soll mich später um ein Schloss für Ihre Tür kümmern", erklärte er. „Captain Hamilton hat darauf bestanden, dass das heute noch erledigt wird."

„Geben Sie mir eine Stunde Zeit", erwiderte sie. „Und können Sie mir vielleicht dann auch das Frühstück bringen?"

„Ja, Miss Bancroft." Er drehte sich auf dem Absatz um und entfernte sich, leise seine Aufgaben wiederholend. „Eine Stunde. Frühstück. Schloss."

Claire schüttete ein Viertel des Glases mit dem Lavendelbadesalz in das Wasser. Dann kniete sie sich neben den Zuber und rührte es um, damit das Salz sich löste. Das Klopfen an ihrer Tür war diesmal keine willkommene Abwechslung.

„Was ist, Macauley?“ fragte sie, als Dr. Stuart seinen Kopf zur Tür hereinsteckte. Claire gab sich Mühe, ihr Missvergnügen zu verbergen, als er eintrat. „Ja?“

„Es ist Zeit für unsere ...“ Der Doktor brach ab und nahm die sich ihm bietende Szene auf. „Sind Sie eben erst aufgewacht?“

„Vor einer Weile.“ Claire fragte nicht nach der Uhrzeit. Wenn er für ihre Unterrichtsstunde gekommen war, musste es halb elf sein. „Ich glaube, ich lasse die Stunde heute ausfallen.“

„Geht es Ihnen gut?“

Das war eine berechtigte Frage, bedachte man ihr spätes Aufstehen, aber Claire ärgerte sich darüber. Sie wollte ihm jetzt nicht von dem Schmerz hinter ihren Augen erzählen oder ihr sonstiges Befinden mit ihm erörtern. Das Letzte, was sie wollte, war eine Untersuchung. „Mir geht es gut. Aber ich würde jetzt gerne mein Bad nehmen. Mr. Dodd hat mir heißes Wasser gebracht.“

Macauley Stuart rührte sich nicht. Nachdenklich rieb er sich das Kinn. „Dodd. Das ist doch der, der Sie mit diesem Hundeblick verfolgt.“

„Macht er das? Davon weiß ich nichts.“

„Sie sollten im Umgang mit Besatzungsmitgliedern mehr Vorsicht walten lassen, Claire. Mr. Cutch eingeschlossen. Das sind raue Gesellen, die zu Wutausbrüchen und lockerer Zunge neigen. Captain Hamilton hat mich über die Vorfälle von gestern informiert.“

Claire hielt mitten in der Bewegung inne und hob abrupt den Kopf. „Hat er das?“

„Natürlich. Meine Pflichten hier an Bord bestehen aus mehr, als für Ihre Gesundheit zu sorgen. Der Duke erwartet von mir, dass ich Sie auch beschütze. Und ich fürchte, in dieser Hinsicht habe ich gestern versagt.“

Claire wurde die Kehle trocken. Langsam nahm sie ihre Hand aus dem Wasser und hielt sich am Rand des Zubers fest. Das reichte kaum aus, sie auf den Beinen zu halten. „Ich weiß nicht, was ..."

Stuart fiel ihr ins Wort. „Ich hätte selbst an ein Schloss für Ihre Tür denken sollen. Soweit ich es verstanden habe, hatten Sie den Eindruck, dass jemand in Ihrer Kabine war."

Claires Welt geriet wieder ins Gleichgewicht. „Ja. Wie Sie schon sagten, handelte es sich um einen Eindruck. Es hat mich erschreckt und geängstigt, aber mehr ist nicht geschehen. Danach habe ich Sie gesucht."

„Hamilton erwähnte so etwas. Es überraschte mich. Ich war in meiner Kabine."

Claire zog ihre dunklen Brauen kaum merklich zusammen. „Aber ich habe geklopft. Laut und vernehmlich. Wie können Sie mich nicht gehört haben?"

„Das weiß ich auch nicht. Ich habe eine Weile geschlafen. Vielleicht war es gerade zu dem Zeitpunkt."

Ihr blieb keine andere Wahl, als diese Erklärung zu akzeptieren. „Gut."

„Sie glauben mir nicht", erwiderte der Arzt. Es war eine Feststellung. Etwas von Claires Zögern war auf ihrem Gesicht zu sehen gewesen. Er betrachtete sie eindringlich, und die Haut unter seinen Sommersprossen hatte sich leicht gerötet.

„Es ist nur, dass ich Ihren Namen gerufen habe", antwortete sie. „Und zwar nicht gerade leise. Ich habe sogar meinen Kopf zur Tür hereingesteckt und Sie noch einmal gerufen. Es gab für mich keinen Zweifel daran, dass Sie nicht in Ihrer Kabine waren, so dass ich weiter an Deck ging, um nach Ihnen zu sehen."

„Aber Sie können gar nicht sehen, nicht wahr, Claire", bemerkte er. „Wenigstens nicht richtig."

Damit sprach er zwar die Wahrheit, Claire jedoch störte seine Bemerkung. Gewöhnlich gefiel ihr die Unverblümtheit des Arztes, aber nicht jetzt. „Sie haben Recht", antwortete sie. „Ich konnte nicht sehen, ob Sie im Bett lagen."

„Zu meinem großen Bedauern", sagte er leise und nahm damit seinen früheren Worten den Stachel. „In Zukunft werde ich mich bemühen, leichter für Sie zu finden sein."

„Ich denke, die Vorsichtsmaßnahme des Captains wird sich als ausreichend erweisen", entgegnete sie. „Es besteht keine Notwendigkeit für Sie, sich die Mühe zu machen."

„Das ist keine Mühe. Es ist wohl kaum eine Last, Ihnen Gesellschaft zu leisten."

Claire löste ihre Finger vom Zuberrand und hielt sie prüfend ins Badewasser. „Würde es Ihnen etwas ausmachen, jetzt zu gehen, Dr. Stuart? Ich möchte gerne in warmem Wasser baden."

Stuart entging ihre plötzliche Förmlichkeit ihm gegenüber keineswegs. „Ich entschuldige mich, wenn ich Sie durch meine offene Sprechweise gekränkt habe. Ein Mann kann vieles hinnehmen, aber ein Lügner genannt zu werden nicht."

„Oh, aber ich habe nie ..."

Er ließ sie nicht ausreden. „Ich überlasse Sie jetzt Ihrem Bad."

Während sie seinen sich entfernenden Schritten auf dem Gang draußen lauschte, fühlte sich Claire seltsam leer. Sie hatte nicht andeuten wollen, dass er gelogen hatte. Sie konnte sich nicht vorstellen, warum er das getan haben sollte. Vielleicht war es ihm peinlich, dass die rauen Winterstürme seine Seekrankheit hatten zurückkehren lassen. Schließlich hegte ihr Pate die Erwartung, dass Macauley Stuart ihr nicht nur Gesellschaft leistete, sondern sie auch beschützte. Vermutlich fürchtete der Arzt nun, sie könnte dem Duke von seinem Versagen berichten.

Claire stand auf und streifte sich ihren Morgenrock ab. Sie

hob ihr Nachthemd an und stieg in den Zuber. Das Wasser war noch angenehm warm. Dann zog sie sich das Nachthemd über den Kopf, warf es neben dem Badezuber auf den Boden und ließ sich ins Wasser sinken, während sie sich fragte, ob ihr wohliges Seufzen wohl an Deck zu hören war.

Das war es nicht. Oben stand Randall und suchte den Horizont mit den Augen ab, das Fernrohr unbenutzt in der Hand. Seine ganze Aufmerksamkeit schien der Sturmfront dort draußen zu gelten. Er bezweifelte, dass die Besatzungsmitglieder, Cutch eingeschlossen, etwas anderes glaubten, als dass er völlig mit dem Unwetter beschäftigt war, das sich über dem Meer zusammenbraute. Niemand ahnte, dass seine Gedanken bei Claire weilten.

Randall hatte nur einen Blick auf Paul Dodds Gesicht werfen müssen, als der an Deck zurückkehrte, um zu erkennen, dass Claire sich über sein Geschenk, das Regenwasser, gefreut hatte. Und aus ihrer Freude hatte sie, aus Dodds seliger Miene zu schließen, keinen Hehl gemacht.

Jetzt gönnte sie sich das bescheidene Vergnügen, während er sich mit beunruhigenden Bildern herumschlagen musste, die ihn empfindlich in seiner Konzentration störten. Claire, den Kopf gegen den Wannenrand gelehnt, ihr feuchter Hals verletzlich dargeboten, ihre Haut von der Hitze und dem aufsteigenden Dampf gerötet; Claire, ihr dunkles Haar zu einem lockeren Knoten geschlungen, der langsam zur Seite rutschte; Claire mit einem Schwamm in der Hand, ein schlankes Bein aus dem Wasser gehoben, den Fuß am Rand abgestützt. Über dem Bein würde sie den Schwamm auswringen, dann damit über ihren Arm fahren und schließlich zwischen ihre Brüste. Vielleicht würde sie den Schwamm auch unter Wasser drücken und sich ihre Taille oder die Hüfte waschen. Oder die Innenseite ihrer Oberschenkel.

Mit einer ungeduldigen Geste fuhr er sich durchs Haar. Das

Bild verblasste langsam, sein Kopf wurde klar. An der Nacht mit Claire bereute er nichts. Nur dass sie am Morgen geendet hatte.

„Das ist aber ein tiefes Stirnrunzeln“, bemerkte Cutch, als er neben ihn trat. „Du machst die Männer ganz unruhig. Werden wir mit dem Unwetter zu tun bekommen, noch bevor wir Kap Hoorn umrunden?“

Randall reichte ihm das Fernrohr. „Sieh selbst.“

Cutch hob es an ein Auge und betrachtete, was sein Captain angeschaut hatte. Er stieß einen Pfiff aus. „Das kommt rasch näher.“

„Genau das denke ich auch.“

„Jemand sollte Dr. Stuart und Miss Bancroft warnen.“

Randall nickte. „Dem Arzt kannst du gleich Bescheid geben, aber Miss Bancroft lass erst ihr Bad genießen. Noch ist Zeit.“

„Wie du wünschst.“

Während er dem sich entfernenden Cutch hinterhersah, dachte Randall bei sich, dass das seinen Wünschen nicht im Geringsten entsprach. Hätte er die Wahl gehabt, wäre er selbst zu Claire gegangen und hätte sie auf das vorbereitet, was die nächsten Stunden bringen würden. Der Sturm könnte sie gut und gerne den größten Teil des Tages in Atem halten. Und immer bestand die Gefahr, dass die *Cerberus* das Unwetter nicht überstehen würde.

Randall wusste nicht, ob Claire schon einmal einen Sturm erlebt hatte, wie er nun auf sie zukam. Der heftige Wind und die haushohen Wellen waren für Männer, die sehen konnten, schon ein Furcht erregender Anblick. Aber wie musste es für sie sein, sich dem allen im Dunkeln und allein zu stellen?

Dann war keine Zeit mehr, länger darüber nachzugrübeln. Der Wind drehte sich, kam diesmal aus Osten, und die *Cerberus* segelte über die Wellen in eine Nebelbank. Als Cutch an das Steuerrad zurückkehrte, prasselte bereits heftiger Regen auf das Deck.

Cutch reichte Randall einen Umhang aus Öltuch, so wie er ihn selbst bereits trug. In ein paar Stunden würde das Kleidungsstück nutzlos sein. Solange das Deck von Meerwasser überspült wurde und der Himmel über ihnen die Schleusen öffnete, konnte man nur wenig dagegen tun, bis auf die Haut durchnässt zu werden oder die schneidende Kälte bis in die Knochen zu spüren.

Randall befahl den meisten seiner Männer, unter Deck zu gehen. Die Segel waren gesichert, und jeder Mann, der an Deck blieb, lief Gefahr, von den Wellen über Bord gerissen zu werden. Cutch band Randall an dem Steuerrad fest. Für die *Cerberus* war die Zeit gekommen, sich dem Unwetter zu stellen. Es blieb nur noch die Hoffnung, dass sie sich halten konnte und nicht Schlagseite bekam.

Cutch musste schreien, um gehört zu werden. Der bitterkalte Wind aus der Antarktis presste die Ölhaut an seinen Körper und hielt ihn aufrecht, selbst als er sich vorbeugen wollte. „Es wird ihr gut gehen", rief er seinem Captain zu. „Sie hat das auch schon zuvor überstanden."

Randall war sich nicht sicher, ob Cutch von der *Cerberus* sprach oder von Claire. Vielleicht auch von beiden. Er fragte nicht nach. „Nach unten mit dir, Cutch! Du und alle anderen, bis auf die Wache!"

Cutch nickte und winkte den letzten Männern, die nicht an den Masten wie Wachhunde festgebunden worden waren, mit ihm zu kommen. Sie kämpften sich über das schlüpfrige Deck zur Kajüttreppe vor, dann verschwanden sie einer nach dem anderen durch die Öffnung. Hinter ihnen wurden die Türen geschlossen, um die Wassermassen abzuhalten.

Eisige Tropfen hingen Randall an den Haaren in Stirn und Nacken. Das Meerwasser an Deck war an manchen Stellen zu einer dünnen Eisschicht gefroren. Innerhalb einer Stunde glich die

Takelage einem riesigen Spinnennetz voller Raureif. Randalls Finger schmerzten bis auf die Knöchel vor Kälte. Ab und zu bewegte er sie einzeln, damit sie nicht völlig steif wurden. Es schien ihm, als hätten sie sich blau verfärbt, aber er war sich nicht sicher. Die aufgepeitschte Gischt machte ihn fast blind.

In regelmäßigen Abständen brüllten die Männer der ersten Wache ihm ihre Stellung zu und berichteten ihm über den Zustand des Schiffes. Von Zeit zu Zeit gab es etwas in der eisigen Takelage zu reparieren. So hart die Arbeit dort auch war, sie war doch vielen Männern lieber, als auf dem wellenüberspülten Deck zu bleiben. Dort oben würden sie auf der Wetterseite in den Rahen stehen und die fast festgefrorenen Segel lösen. Dort oben würde der Wind sie in die Takelage drücken und nicht davon weg. An Deck dagegen konnten sie schon bei der kleinsten Unaufmerksamkeit von einer Welle ins Meer gerissen werden.

In ihrer Kabine saß Claire auf dem Bett, den Rücken an der Wand, die Beine angezogen. Das Feuer in ihrem Ofen war ausgegangen, und die Kälte, die sich im Schiff ausbreitete, hatte schließlich auch sie erreicht. Zwar hatte sie sich in ihren Mantel wie in eine Decke gehüllt, aber sie spürte immer noch die Kälte mit eisigen Fingern unter den Stoff dringen.

Cutch hatte Hilfe mitgebracht, um die Kupferwanne herauszuschaffen, und dann ihre Kabine überprüft, ob auch alles so befestigt war, wie es sein musste. Dr. Stuart, hatte man ihr gesagt, spürte bereits die ersten Auswirkungen der rauen See und der heftigen Schiffsbewegungen, so dass er ihr keine Gesellschaft leisten konnte. Claire erbot sich, in Macauleys Kabine zu gehen und ihm zur Seite zu stehen, aber Cutch riet ihr ab. „Hier sind Sie sicherer“, erklärte er. „Ihre Kabine ist Ihnen vertraut. Ab und zu wird jemand kommen und nach Ihnen sehen.“

Seitdem war trotz Cutchs Versprechen niemand gekommen.

Es war weniger so, dass sie irgendetwas benötigte, sondern dass sie wissen wollte, dass *sie alle* in Sicherheit waren. Randall würde an Deck sein, das wusste sie. Cutch hatte ihr gesagt, dass der Captain seinen Platz am Steuer nicht verlassen würde. Er würde mit der *Cerberus* durch den Sturm segeln und das Bugspriet nicht aus den Augen lassen.

Das Schiff legte sich schräg. Claires Magen hob sich, als sie zur Seite geschleudert wurde. Sie hörte, wie ihre schwere Truhe über den Boden rutschte und gegen die Kommode krachte. Der Schreibtischstuhl kippte und fiel polternd um. Claire griff nach dem Kopfende und hielt sich daran fest, auch als die *Cerberus* schon wieder gerade lag. Sie überlegte, was Cutch denken würde, wenn er später nachsah und sie unter der Koje zusammengerollt fand. Am besten sagte sie einfach, sie sei auf der Suche nach ihrem Magen.

Das Unwetter – eigentlich eher eine Reihe schwerer Stürme – dauerte Tage. Die *Cerberus* umrundete Kap Hoorn mit nassen, aber intakten Segeln und vereisten, aber weitestgehend unversehrten Rahen. Die See drückte immer mehr Wasser in den Rumpf, bis die Pumpen zu versagen drohten. Der Regen wechselte zu Schnee. Die Flocken fegten in Wirbeln über Deck, setzten sich in die Wimpern der Männer, die Wache hatten. Steif gefrorene Segel verfingen sich in eisüberzogenen Halterungen und mussten von Hand befreit werden. Männer schwangen sich in die eisige Takelage, um diese Arbeit zu erledigen. Ihre ganze Aufmerksamkeit musste dieser Aufgaben gelten, oder keiner von ihnen würde überleben.

Claire erfuhr nur bruchstückhaft von dem, was über ihr geschah. Ab und zu kam jemand von Randalls Männern an ihre Tür mit einem Teller kalten Essens – das Feuer in der Kombüse war erloschen – und Nachrichten von Deck. So erfuhr sie, dass während des Wachwechsels ein Mann über Bord gespült worden war. Wäre nicht die kurze Windstille gewesen, hätte das Schiff weitersegeln müssen. Claire wusste, dass die Entscheidung für Randall schlimm gewesen wäre. Es hätte bedeutet, das Leben von sechs Männern in einem Rettungsboot in der aufgewühlten See aufs Spiel zu setzen, um einen Mann zu retten. Er musste wissen, dass der Ausgang ungewiss war. Eine Entscheidung, mit der er bis ans Ende seiner Tage hätte leben müssen. Claire fragte sich, wie sie, vor eine so schreckliche Wahl gestellt, wohl handeln würde, und betete, dass sie nie in eine Situation geraten würde, um das herauszufinden.

Die *Cerberus* brauchte etwa acht Tage, um Kap Hoorn zu umrunden und vom Atlantik in den Pazifik zu gelangen. Am fünften Tag begriff Claire, dass sie krank wurde. Sie konnte unterscheiden, ob ihr Unwohlsein von den heftigen Schiffsbewegungen oder von dem kalten Essen stammte oder ob es nichts damit zu tun hatte. Die eiskalte Feuchtigkeit, die im ganzen Schiff herrschte, war nur zum Teil für die qualvolle, alles durchdringende Kälte in ihrem Körper verantwortlich. Am sechsten Tag fror Claire so stark, dass keine noch so große Anzahl von Decken sie wärmen konnte. Es war nur eine Frage der Zeit, bis Fieber und Delirium folgen würden.

Randall stand an ihrem Bett und betrachtete ihr ungesund gerötetes Gesicht. Er schaute zu, wie Macauley Stuart ein Tuch auswrang und ihr auf die fieberheiße Stirn legte. „Ist das das Beste, was Sie tun können?" fragte er heiser flüsternd. „Cutch sagt, dass es Stunden her ist, seit sie das letzte Mal ansprechbar war."

„Und es wird vermutlich noch Stunden dauern", unterrichtete der Arzt ihn ruhig. „Ich befolge genau die Anweisungen, die Miss Bancrofts Londoner Ärzte für diesen Fall aufgeschrieben haben."

„Das heißt also, Sie haben diese Krankheit nie selbst behandelt?“

Macauley blickte von seiner Patientin auf. „Nein. Man hat im schottischen Hochmoor nur selten Gelegenheit, Tropenkrankheiten zu studieren“, erklärte er trocken. „Ich habe mich mit dem Wissen, das zur Verfügung steht, vertraut gemacht. So, wie ich es verstehe, Captain Hamilton, weist Miss Bancrofts Krankheit mehrere eigentümliche Charakteristika auf – es gibt keine Experten dafür. Von dem Arzt, der sich auf der Reise nach England um sie gekümmert hat, liegen umfangreiche Aufzeichnungen vor, die den Verlauf und die allmähliche Besserung ihres Zustandes beschreiben. Aufgrund dieser Berichte hat der Duke nach Ärzten gesucht, die sie behandeln könnten. Ich glaube, jeder, der damit zu tun hatte, hat im Verlauf der Behandlung dazugelernt. Berichte über diese Krankheit existieren nicht, bis auf die, die Miss Bancroft betreffen.“

Randall missfiel, was er da hörte. Während des Sturmes hatte ihn die Gewissheit aufrecht erhalten, dass es immer etwas gab, was er tun konnte. Im Angesicht der haushohen Wellen und heftigen Sturmböen konnte er stets irgendwelche Befehle geben, die die Wirkung der Naturgewalten auf Schiff, Mannschaft und Passagiere ändern würden. Das hier war anders. Sein Wissen und seine Fähigkeiten waren bei Claires Erkrankung nutzlos; er musste sich auf einen anderen verlassen, der sich nur unwesentlich besser auszukennen schien.

Randalls Antwort auf Hilflosigkeit war gewöhnlich Ärger. Bei Macauley Stuart fühlte er sich nicht genötigt, sich zu beherrschen. „Ich hoffe nur für Sie, dass Sie wissen, wie Sie die Anweisungen zu befolgen haben“, sagte er.

Stuart ließ sich nichts anmerken, auch wenn sein Gesicht sich rötete. „Ich denke, so weit kann man sich auf mich verlassen.“

Randall drehte sich zu Cutch um, der in der Tür stand. „Ich will, dass ein Mann vor der Kabine Wache hält, um dem Doktor alles zu holen, was er braucht, und darauf zu achten, dass das Feuer im Ofen nicht erlischt. Wenn ich herausfinden muss, dass es noch einmal ausgegangen ist, werfe ich den Verantwortlichen persönlich über Bord."

Cutch trat zur Seite, um Randall vorbeizulassen. „Ich werde Adam herschicken", sagte er zu Stuart, nachdem der Captain fort war. „Wie geht es Ihnen?"

Der Arzt zuckte die Schultern. „Solange die See ruhig bleibt, einigermaßen gut. Es tut mir Leid, dass ich bis jetzt nicht in der Lage war, mich um Miss Bancroft zu kümmern."

Darauf erwiderte Cutch nichts. Stuart würde es mehr als Leid tun, wenn seine Unfähigkeit zu einer Verschlechterung von Claires Zustand führen würde. Cutch hatte dem Arzt von ihrer Erkrankung berichtet, sobald er davon erfahren hatte. Ihm machte es genug zu schaffen, dass er sich von Claire hatte überzeugen lassen, als er das erste Mal Verdacht geschöpft hatte, es gäbe keinen Grund zur Sorge. Zu einer Zeit, da drei Viertel der Mannschaft immer wieder seekrank wurden, obwohl sie echte Seebären waren, war es für Cutch leicht zu glauben gewesen, dass es Claire ähnlich erging. Nun wusste er, dass sie zwar nicht direkt gelogen, aber auch nicht die ganze Wahrheit gesagt hatte.

Hinter diesen Umstand war er allerdings erst gekommen, als ihm ein Besatzungsmitglied berichtete, Claire sei bewusstlos auf dem Fußboden ihrer Kabine aufgefunden worden. Noch hatte die *Cerberus* nicht ruhigere Gewässer erreicht. Stuart war von seiner eigenen Übelkeit geschwächt, so dass Cutch den Arzt halb zu Claire hatte ziehen, halb hatte tragen müssen, damit er sie untersuchte, aber es war betrüblich deutlich zu sehen, dass Stuart in seinem Zustand nur wenig tun konnte. Er verfügte weder über die

Kraft noch den robusten Magen, bei ihr zu bleiben. Seine Anweisungen befolgend, war es Cutch gewesen, der sie zuerst gepflegt hatte, und der arme Paul Dodd, der zum Captain an Deck gehen musste, um ihm die Nachricht zu überbringen.

In seiner Kabine saß Randall am Schreibtisch und vervollständigte seine Eintragungen in das Logbuch. In den vergangenen acht Tagen hatte er nur wenig Zeit nicht am Steuer verbracht. Immer wieder hatte er kurz geschlafen, manchmal noch von Wind und Wasser umtost an Deck, manchmal in seiner Kabine. Zweimal hatte er nach Claire gesehen, aber nur einen Moment. Seine Besuche schienen sie zu überraschen, als ob es nicht nötig wäre, dass er sich vergewisserte, dass es ihr gut ging. Er war sich nicht sicher, ob es daran lag, dass sie seinen Fähigkeiten, sie heil durch den Sturm zu bringen, so großes Vertrauen entgegenbrachte, oder weil sie glaubte, dass es ihnen allen besser erginge, wenn er an Deck blieb.

Er erklärte ihr nicht, dass er wie von einem riesigen Magnet zu ihrer Kabine gezogen wurde, sobald er die Kajüttreppe hinabging, dass es ihm ein Bedürfnis war, sich von ihrem Wohlbefinden zu überzeugen. Vermutlich hätte sie sich nicht geschmeichelt gefühlt, wenn sie es erfahren hätte. Und viel wahrscheinlicher noch hätte sie ihm gar nicht geglaubt.

Bei keinem seiner Besuche berührte er sie. Zu dem Zeitpunkt, als er sie zum ersten Mal sah, seit sie sich geliebt hatten, war es ihm schon unwirklich vorgekommen. Und beim zweiten Mal noch viel mehr.

Randall wünschte sich nun, dass er die Hand nach ihr ausgestreckt hätte. Vielleicht hätte er bemerkt, dass sie krank wurde. Schließlich kannte er sich mit ihrer Haut genau aus. Er wusste, dass ihre Lippen sich unter seinen warm anfühlen müssten. Aber er hatte die Gelegenheit ungenutzt verstreichen lassen. Zweimal. Er hatte sie nicht berührt, um Distanz zu wahren. Nur solange er nicht ständig daran dachte, wie kostbar seine Fracht war, konnte er die *Cerberus* sicher durch den Sturm bringen.

Randall schloss das Logbuch, stand auf und streifte sich seine Kleider ab. Da sie noch feucht von seinem letzten Aufenthalt an Deck waren, landeten sie klatschend am Boden. Nackt ließ er sich auf sein Bett fallen und war, von dem sanften Rollen der *Cerberus* auf dem ruhigen Pazifik gewiegt, kurz darauf eingeschlafen.

Claires Schlaf dagegen war unruhig. An den folgenden Tagen ihrer Krankheit dämmerte sie hauptsächlich halb bewusstlos vor sich hin. Man konnte nicht sagen, ob sie in ihren wachen oder in ihren benommenen Momenten seltsame Sachen sagte. Manches konnte man wenigstens teilweise verstehen, anderes gar nicht. Es war keine große Überraschung, dass sie von Sir Griffin und ihrem Bruder sprach. Stickle wurde von Zeit zu Zeit erwähnt. Einmal, als sie sehr erregt war, rief sie Trentons Namen. Am meisten jedoch flüsterte sie Sätze und Wörter, die nur Solonesisch sein konnten. Sie sprach von Tapus und immer wieder, fast wie ein Mantra, von Tiare.

„Was soll das heißen?“ wollte Stuart wissen, als Randall kam, um ihn abzulösen. „Habe ich sie falsch verstanden? Hat sie in Wirklichkeit von ihrem Bruder gesprochen?“

„Ihr Halbbruder heißt Tipu“, antwortete Randall. „Tapu ist ein Zauberspruch ... ein Fluch.“

Der Arzt stand auf. Er reckte sich und rieb sich den Nacken. „Und Tiare?“

„Das weiß ich nicht. Es gibt eine Blume mit diesem Namen. Davon könnte sie reden.“

„Das ergibt aber keinen Sinn.“

Randall zuckte mit den Schultern. Er wollte Stuart loswerden, es sich aber nicht anmerken lassen. „Konnten Sie ihr irgendetwas zu essen geben?“

„Ein wenig Suppe."

„Und ihre Medizin?"

„Die hat sie wieder ausgespuckt."

Diese Antwort fand Randall in höchstem Maße unbefriedigend. „Gehen Sie, Stuart. Ich werde mich darum kümmern, dass sie sie nimmt."

„Ich wünsche Ihnen dabei mehr Glück, als ich es hatte", sagte Macauley. „Die Medizin ist in meiner Tasche."

Nachdem der Arzt die Kabine verlassen hatte, schob Randall den Stuhl, auf dem er gesessen hatte, zur Seite und setzte sich auf die Bettkante. Claire war bis zu den Schultern in drei Decken gewickelt. Irgendjemand – vermutlich war es Cutch – hatte sich die Zeit genommen, ihr Haar zu bürsten und zu einem ordentlichen Zopf zu flechten. Dunkle Strähnen ringelten sich auf ihrer bleichen Stirn und an ihren Schläfen. Ihre Haut war so blass wie damals bei ihrem ersten Treffen in der Bibliothek ihres Paten. Unter ihren Augen lagen violette Schatten, und ihre Lippen waren bläulich verfärbt. Sie sah aus, als schliefe sie auf einem Gletscher, obwohl Randall ihre Kabine als unangenehm heiß empfand.

Er suchte in Stuarts Tasche, bis er das Medizinfläschchen fand. Den Löffel nahm er erst gar nicht. Es hatte keinen Sinn, Claire damit die Medizin zu verabreichen. Stattdessen entkorkte Randall das Fläschchen und hielt es ihr an die Lippen. Mit seiner freien Hand umfasste er ihr Kinn und drückte es leicht, so dass sie den Mund aufmachte und er ihr einen Schluck hineingießen konnte. Claire verzog das Gesicht und versuchte ihren Kopf wegzudrehen, aber Randall ließ das nicht zu. Sie schluckte das meiste und beim zweiten Versuch nahm sie alles.

Randall stellte die Flasche ab. Er streckte seinen Kopf zur Tür hinaus und gab die Schüssel mit der erkalteten Kraftbrühe dem

Mann im Gang. Es dauerte nicht lange, bis etwas warme Suppe gebracht wurde. Mit derselben Technik, die er bei der Medizin angewandt hatte, gelang es Randall, Claire einen großen Teil der Flüssigkeit einzuflößen. Zufrieden ließ er die Schüssel zurückgehen und schickte den Mann weg, der vor der Kabine Wache gehalten hatte. Dann schloss er die Tür leise ab und ging zum Bett zurück. Er zog sich seine Stiefel aus, hob die Decke an und streckte sich neben Claire aus. Einen Arm schlang er ihr um die Taille, den anderen schob er sich unter den Kopf. Sie regte sich nicht, als sich die Wärme seines Körpers unter der Decke ausbreitete.

Er hatte eine Weile geschlafen, das wusste er. Erst als er Claires schwaches Flüstern hörte, wurde er sich bewusst, was ihn aufgeweckt hatte.

„Kein Tapu, Tiare. Kein Tapu. Ich ... Ich glaube nicht daran. Es gibt keine Tapus."

Randall sah, wie ihre Lippen die Worte formten, und fragte sich, was sie wohl bedeuten könnten. Er nahm seine Hand von ihrer Taille und legte sie ihr an die Wange. Ihre Haut fühlte sich wärmer an – aber nicht fiebrig, sondern nur warm. Als Claire plötzlich die Augen aufschlug, zuckte er überrascht zusammen. In ihnen lag so viel Ausdruck, und sie blickten so scharf, dass Randall einen Moment lang dachte, sie könnte ihn wirklich sehen.

„Tiare!"

Randall hörte das Entsetzen, das Flehen in ihrem Ton. Ihr Atem beschleunigte sich und ging schwerer, gerade so, als wäre sie mitten im Laufen stehen geblieben, dann wurde sie ruhig. Ihr Blick wurde wieder trübe, jeder Ausdruck verschwand aus ihren Augen. Beinahe sofort schlief sie erneut ein, dieses Mal jedoch friedlich.

Er hatte genug Gelegenheit, darüber nachzugrübeln, was das alles zu bedeuten hatte, während die *Cerberus* ohne weitere

Zwischenfälle in Richtung der Inseln im Südpazifik segelte. Drei weitere Tage vergingen, bis er Claire selbst fragen konnte.

Sie saß in Decken gehüllt und von Kissen gestützt gegen das Kopfende gelehnt, als er ihre Kabine betrat.

„Ich vermute, ich werde das neue Schloss wirklich noch benutzen müssen", sagte sie. „Niemand klopft mehr an."

Randall lächelte schwach. Er stand am Fuße ihres Bettes, und seine Blicke glitten über ihr Gesicht, ihr Haar, den geöffneten Kragen ihres Nachthemdes. Ihre Wangen waren schon wieder zart gerötet, doch ihr Gesicht sah unter der straff gespannten Haut zerbrechlich aus. Er schluckte, und seine Stimme war belegt. „Ich bin es, Randall", sagte er.

„Ich weiß. Ich habe dich die Treppe hinabkommen gehört."

„Mr. Dodd hat mir erzählt, dass du dich schließlich doch noch dazu herabgelassen hast, dich wieder zu uns zu gesellen."

Claire versuchte die Lage zu verniedlichen. „Wenn du damit die Lebenden meinst, dann ja, ich bin wieder unter euch. Es scheint, die *Cerberus* hat die Umrundung von Kap Hoorn problemloser überstanden als ich."

Randall stellte fest, dass er seinen Blick einfach nicht von ihr abwenden konnte. Und irgendwie waren seine Füße am Boden festgewachsen. „Claire."

Ungeduldig stieß sie die Decken ans Fußende und erhob sich auf die Knie. Sie streckte ihm eine Hand entgegen, die Handfläche nach oben. Es kam ihr wie eine Ewigkeit vor, bevor sie seine darin spürte.

Randall trat vor und riss Claire an sich. In seiner rauen Umarmung kam sie ihm unglaublich zart vor, aber sie wich weder zurück, noch sagte sie irgendetwas, das als Einwand zu verstehen war. Er küsste ihr Haar, ihre Brauen, ihre geschlossenen Augenlider. Er legte seinen Mund auf ihren. Und als er den Kuss beendete, schien es, als wären keine Worte notwendig, um auszudrücken, was er fühlte oder was er unzählige Tage und Nächte empfunden hatte. Claire hielt ihn einfach, strich ihm besänftigend über das Haar im Nacken, während sie immer wieder an seinem Hals flüsterte: „Ich weiß, ich weiß."

Seine Finger lösten sich von ihrer Taille. Sie zog ihn mit sich aufs Bett. Wieder küsste er sie, diesmal jedoch zärtlicher.

„Vorsicht", sagte sie. „Die Tür ist nicht abgesperrt."

„Hmm." Er hielt ihr Gesicht zwischen seinen Händen, mit den Daumen ihre Mundwinkel streichelnd. „Ich habe es nicht vergessen."

„Wahrscheinlich haben sich alle angewöhnt, einfach hier hereinzuplatzen, während ich krank war."

„Nicht alle. Stuart, Cutch und Dodd. Sie haben den Löwenanteil deiner Pflege übernommen."

„Und du. Ich weiß, dass du da warst."

Er wunderte sich, dass sie seine Gegenwart gespürt hatte. Soweit er sich erinnerte, hatte es keinen Moment gegeben, in dem sie sich seiner Nähe bewusst gewesen war. „Ja?" fragte er.

Claire nickte.

„Du hast nicht ein einziges Mal meinen Namen gesagt."

Sie drehte den Kopf zur Seite und drückte einen Kuss auf seinen Handballen. „Randall", flüsterte sie.

Ein Schauer durchlief ihn. Er hob Claire hoch und legte sie ins Bett zurück. Dann zog er ihr die Decke bis zum Kinn und steckte sie um sie fest. Ihr vage enttäuschter Blick entlockte ihm ein leises Lachen, so wie es von ihr, vermutete er, beabsichtigt war. „Du bist gerade erst dabei, dich zu erholen", erklärte Randall, obwohl sie das natürlich genau wusste. „Bleib hier. Möchtest du etwas Tee?"

„Ja, bitte."

Von vorhin stand noch ein Tablett auf dem Schreibtisch. Randall legte prüfend eine Hand auf die Kanne und stellte fest, dass der Tee noch warm war. Er goss Claire eine Tasse ein, fügte ein wenig Zucker hinzu, rührte ihn um und reichte ihr die Tasse. Dankbar trank sie daraus.

„Du hast mich Tiare genannt“, sagte er. Claires Finger spannten sich fester um die Tasse, aber das fiel einem nur auf, wenn man wie Randall darauf achtete.

„Du musst dich irren“, versicherte ihm Claire mit glaubhafter Ruhe.

„Nein, das denke ich nicht. Stuart hat dich diesen Namen ebenfalls sagen gehört. Vielleicht hast du ihn auch so genannt. Ich habe ihn nicht gefragt.“ Er musterte sie weiter eindringlich. „Wer ist er?“ fragte er. „Wer ist Tiare?“

„Es ist eine Blume“, antwortete sie. *„Tiare apetahi.“*

„Diese Blume kenne ich“, entgegnete Randall. „Sie kommt auf Tahiti vor ... eine heilige weiße Blume, die sonst nirgendwo wächst. Es gibt eine Legende, die sich darum rankt. Etwas von einem jungen Mädchen, das an gebrochenem Herzen stirbt.“

Claires Lächeln war trocken. „Für jemanden, in dessen Leben eine Legende eine so wichtige Rolle spielt“, schalt sie ihn sanft, „sprichst du von dieser aber ziemlich abfällig. Die Blütenblätter sind ihre fünf Finger. Die Blüte entfaltet sich bei Sonnenaufgang und welkt bei Einbruch der Nacht. Und das wunderschöne Mädchen aus der Sage verliebte sich in den Sohn eines Häuptlings. Weil die Unglückliche nicht darauf hoffen durfte, ihn je heiraten zu können, brach ihr das Herz.“

„Mir gefällt die Hamilton-Waterstone-Geschichte doch besser. Piraten ... Halsabschneider ... ein Schatz.“

„Und Verrat. Vergiss den Verrat nicht.“

„Das ist das Beste daran.“

Claire verzog ihr Gesicht. „Das denkst auch nur du.“

Randall fragte sich, ob sie wohl glaubte, dass sie ihn damit von seiner ursprünglichen Frage abgelenkt hätte. „Was ist mit Tiare?" wiederholte er darum.

Die Tasse an ihre Lippen hebend, antwortete Claire nicht direkt. „Habe ich während meiner Krankheit viel geredet?"

„Viel? Ich weiß nicht, ob man das sagen kann. Hauptsächlich von deinem Vater und deinem Bruder. Gelegentlich auch von Stickle."

„O je. Dann weiß jetzt auch Dr. Stuart, wie ich ihn nenne."

„Das schon, aber ich bezweifle, dass er je die Gelegenheit erhalten wird, ‚Stickle' zu benutzen. Du hast auch Trentons Namen fallen lassen."

„Ach ja?"

Randall sah, dass Claire davon ehrlich überrascht war. „Nur einmal, soweit ich weiß."

„Dann muss ich gerade einen Albtraum gehabt haben", erwiderte sie. „Das ist der einzige Zusammenhang, in dem mir Trenton einfällt."

„Was ist mit Tiare?"

Claire runzelte die Stirn. „Warum ist das denn so wichtig für dich? Ich bin sicher, dass ich mich nicht daran erinnern kann, irgendetwas in der Art gesagt zu haben."

„Du hast ihn im gleichen Atemzug mit einem Tapu erwähnt."

Ihre Lippen wurden schmal, und Claire verstummte völlig. Ihre Fingerknöchel waren ganz weiß, so fest umklammerte sie die Teetasse.

Randall betrachtete die Tasse nachdenklich. Ob sie sie zerbrechen könnte? „Du musst doch inzwischen selbst gemerkt haben, dass deine Ausflüchte und dein Schweigen mich nur entschlossener machen, die Wahrheit herauszufinden, Claire. Du wärest gut beraten gewesen, mir gleich von Anfang an alles zu gestehen."

Das begriff sie jetzt auch. Wenn überhaupt, dann machte es das Einlenken nur noch schwieriger.

„Bedeutet er dir etwas?“ fragte Randall. „Ein Verehrer vielleicht? Der Sohn eines Häuptlings?“

Die Röte in Claires Wangen vertiefte sich. „Nein. Das ist lächerlich.“

„Ach ja? Willst du etwa sagen, dass keiner der männlichen Inselbewohner versucht hat, dir den Hof zu machen?“

„Ja ... nein ... ich meine, es ist lächerlich, dass du denkst, sein Name wäre Tiare. Das ist ein Frauenname.“

Randall hob seine Augenbrauen. „Eine Frau?“

Claire nickte. „Tiare ist Tipus Mutter. Die Mätresse meines Vaters.“

Darüber dachte er kurz nach und überlegte, was sich wohl hinter Claires Widerstreben verbarg, ihm das zu sagen. „Was war ihr Tapu?“ erkundigte er sich schließlich.

„Ihr Tapu?“

„Ihr Zauberspruch“, erklärte er. „War sie diejenige, die deine Augen mit dem Fluch belegt hat?“

## 9. KAPITEL

Claire hielt ihre Teetasse Randall hin. Seine Worte hallten in ihrem Kopf nach. *War sie diejenige, die deine Augen mit dem Fluch belegt hat?* „Nimm", sagte sie drängend. „Bitte."

Randall merkte, dass Claires Hände so stark zitterten, dass sie die Teetasse nicht länger halten konnte. Er bekam sie gerade noch zu fassen, bevor sie ihren Fingern entglitt. „Claire? Was ist los? Geht es dir gut?"

Sie schüttelte den Kopf. „Ich fürchte, mir wird gleich schlecht." Sie zog die Knie an und schlang ihre Arme darum. Ihr Magen war in Aufruhr. Durch ihre neue Haltung hatte sich die Übelkeit nur ein wenig gebessert, und Galle stieg ihr die Kehle hoch. Sie schluckte sie runter. Ihr Herz schien sich in ihrer Brust zu überschlagen, und ihr wurde am ganzen Körper heiß. Sie verspürte eine derart überwältigende Angst, dass sie sich nicht rühren konnte. Und dass sie nicht sagen konnte, was sie fürchtete, machte alles nur noch schlimmer.

Randall zog Claire zur Bettkante. Er nahm die Schüssel von der Kommode und legte ihre Hände um den Rand. Ihre Schultern hoben sich, und ein trockenes Würgen erschütterte ihren Körper. Er hielt sie fest.

„Geh weg", sagte sie elend. Es war überhaupt nicht tröstend, jetzt von ihm gehalten zu werden, es war ihr lediglich schrecklich peinlich. Seine Gegenwart milderte ihre Angst nicht, sie ließ sie ihr nur noch irrationaler vorkommen. Sie müsste sich sicher fühlen, und doch war das vorherrschende Gefühl Unbehagen. „Bitte", flüsterte sie flehentlich. „Geh weg."

Randall zweifelte keinen Moment an der Ernsthaftigkeit ihrer Bitte, aber die Vernunft zwang ihn zum Zögern. „Ich werde Dr.

Stuart holen“, sagte er. Das war ein Kompromiss, mit dem er leben konnte.

Aber sie schüttelte bloß den Kopf. Durch die Bewegung musste sie wieder würgen. „Ich will nicht …“

Was sie wollte, kümmerte Randall im Augenblick wenig. Verzweifelt wünschte er sich, er hätte den Mann vor ihrer Kabine nicht so vorschnell weggeschickt. Er drückte ihr die Schüssel fester in die Hand und erklärte, er werde nur einen Moment fort sein. Er ging zur Tür, riss sie auf und machte sich auf die Suche nach Macauley Stuart.

Als er zurückkehrte, musste er entdecken, dass sie inzwischen abgeschlossen hatte. „Claire! Mach auf!“ Die Tür erbebte unter seiner Faust, gab aber nicht nach. „Ich habe Stuart bei mir. Du solltest dich von ihm untersuchen lassen.“

Drinnen stand Claire an der Kommode und drückte sich ein feuchtes Tuch ins Gesicht. Sie schüttelte den Kopf als Antwort, sagte aber nichts.

Randall wartete eine kurze Weile, um zu sehen, ob sie an die Tür kam. Als sie das nicht tat, wiederholte er seine Aufforderung, aufzumachen. Dieses Mal hörten er und Stuart ihre schwache Erwiderung, dass sie sie in Ruhe lassen sollten. Randall warf dem Arzt einen fragenden Blick zu.

„Lassen wir ihr mehr Zeit“, schlug Macauley vor. „Sie klingt nicht so, als bräuchte sie meinen Beistand genau in diesem Moment.“

„Sie haben sie nicht gesehen. Es könnte sein, dass sie einen Rückfall erleidet.“

Der Arzt rieb sich nachdenklich das Kinn. „Nun, wenn es das ist, dann gibt es ohnehin nur wenig, was ich tun kann, um ihr zu helfen. Die Krankheit muss ihren Verlauf nehmen. Die Medizin dient lediglich zur Linderung, sie ist aber kein Heilmittel.“ Er sah, dass Randall diese Antwort gar nicht gefiel, doch er entschuldigte sich nicht. „Ich habe ihr die Tropfen dagelassen. Sie kann sich davon genauso gut selbst nehmen."

Randall bedachte ihn mit einem scharfen Blick. „Manchmal frage ich mich, warum zum Teufel ich eigentlich eingewilligt habe, Sie mitzunehmen, Stuart. Sie sind in etwa so nützlich wie ein Euter an einem Bullen."

Macauley zuckte nur mit den Schultern. „Ich tue, was ich kann, Captain Hamilton. Und manchmal geht selbst das nicht." Er klopfte leicht an Claires Tür. „Claire, hier ist Macauley. Der Captain glaubt, dass ich Sie untersuchen sollte. Lassen Sie mich hinein?"

Nach einer langen Stille erklang die Frage: „Sie? Allein?"

„Ja", antwortete Stuart, bevor Randall etwas anderes sagen konnte. „Wenn Sie das wünschen." Er schaute Hamilton an. „Sie müssen gehen. Ich glaube nicht, dass sie mich sonst hereinlässt."

Wie um seine Worte zu bestätigen, war Claires Stimme von der anderen Seite der Tür zu hören. „Captain Hamilton?"

„Ja, Claire?"

„Geh weg."

Ohne den Arzt eines Blickes zu würdigen, drehte Randall sich um und entfernte sich.

Claire öffnete die Tür, sobald Randalls Schritte verklungen waren. „Kommen Sie herein, Macauley." Sie wandte sich um und ging zur Kommode zurück. Dort tauchte sie das Tuch wieder ins Wasser, wrang es aus und legte es sich erst auf die Stirn, dann an den Hals.

„Setzen Sie sich", trug Stuart ihr auf. „Hier drüben, auf das Bett. Ich kann selbst sehen, dass Sie erhitzt sind. Was ist geschehen?"

Seufzend legte Claire das Tuch zur Seite und tat, wie ihr aufgetragen worden war. „Ich weiß nicht. So etwas ist vorher noch nie geschehen.“

Macauley griff unter das Bett und zog seine Arzttasche hervor, um sein Stethoskop herauszuholen. „Sie werden Ihr Nachthemd aufknöpfen müssen. Ich möchte Sie abhören.“

Sie nickte und öffnete die obersten drei Knöpfe. Reglos verharrte sie, als Macauley das Instrument erst auf die Haut zwischen ihre Brüste legte, dann unter ihre linke Brust auf ihre Rippen. Mit seiner Hand auf ihrer Schulter stützte er sie.

Claires Lächeln verriet ihre Unsicherheit. Als Macauley ihr das Nachthemd über die Schultern zog, versteifte sie sich unwillkürlich.

„Ich dachte, Sie hätten Ihre Schüchternheit inzwischen überwunden.“

Sie zuckte mit den Achseln. Dadurch rutschte das Nachthemd dorthin, wo Macauley es haben wollte. Sie spürte, wie er das Stethoskop unter den Stoff schob und ihr auf den Rücken drückte. Unter der Kälte des Instruments erschauerte sie. Es war nicht falsche Sittsamkeit, die sie zögern ließ, der Untersuchung zuzustimmen, sondern das tief verwurzelte Misstrauen, dass sich dadurch etwas ändern würde. Seit sie von Raiatea aufgebrochen war, hatte sie es Dutzenden von Ärzten unzählige Male erlaubt. Doch in ihrem Leben hatte sich wenig geändert. Sie war immer noch blind, und alle waren sich darin einig, dass sie über die Tropenkrankheit, unter der sie litt, nichts wussten. Claire setzte nur wenig Hoffnung darein, dass Macauley Stuart besser oder schlechter war als seine Kollegen vor ihm. Seine Untersuchung begrüßte sie nicht, sie ließ sie nur über sich ergehen.

Macauley nahm das Stethoskop fort. Bevor er Claire mit ihrem Nachthemd helfen konnte, zog sie es schon selbst wieder hoch und knöpfte es zu. „Mit Ihren Lungen und Ihrem Herzen ist alles in Ordnung“, erklärte er ihr. „Captain Hamilton sagte, Ihnen sei schlecht geworden.“

Sie nickte. „Eine Zeit lang.“

„Mussten Sie sich übergeben?“

„Ein wenig.“

„Vermutlich war in Ihrem Magen nicht viel, dessen er sich entledigen konnte.“ Er legte ihr seine Hand auf die Stirn. Sie fühlte sich kühl an, doch wusste er, dass sie sich ein feuchtes Tuch auf das Gesicht gedrückt hatte. Macauley räumte das Stethoskop weg und suchte in seiner Tasche nach dem Laudanum. „Erzählen Sie mir von den anderen Symptomen. Haben Sie Kopfschmerzen?“

„Nein. Und hinter meinen Augen hatte ich auch keine Schmerzen.“ Sie zögerte, da sie nicht wusste, wie sie es erklären sollte. „Ich hatte Angst“, sagte sie schließlich. „Furchtbare Angst.“

„Wie meinen Sie das?“

„Genauso, wie ich es gesagt habe. Ich hatte Angst. Der Magen hat sich mir umgedreht, und meine Hände haben gezittert. Ich konnte mich nicht beruhigen. Mir schlug das Herz bis zum Hals. So etwas habe ich sonst nur empfunden, wenn ich Angst hatte.“ Ihre Stimme wurde leiser, während sie laut nachdachte. „Diesmal gab es aber nichts, vor dem ich wegrennen oder gegen das ich ankämpfen konnte.“

Macauley runzelte die Stirn. „Soll das heißen, dass Sie grundlos Angst hatten?“

„Nein, nicht grundlos. Da war schon etwas. Ich weiß nur nicht, was.“

„Captain Hamilton war bei Ihnen, als es geschah.“

„Ja.“

„Hatten Sie vielleicht vor ihm Angst? Man kann ihm untersagen, noch einmal herzukommen.“

„Nein, es war nichts dergleichen.“ Sichtlich erregt, wandte sich Claire ab. Sie hob die Decken an und schlüpfte darunter. „Sie können jetzt auch gehen“, sagte sie ihm. „Ich kann Ihnen nicht mehr erzählen, das helfen kann zu erklären, was passiert ist.“

„Gut. Ich habe hier etwas Laudanum für Sie.“

Claire wollte es nicht nehmen, aber wenn Dr. Stuart darauf bestand, dann, das wusste sie, würde zur Not die ganze Mannschaft dafür sorgen, dass sie es schluckte. Sie richtete sich gerade weit genug auf, dass er ihr den Löffel mit dem Mittel in den Mund schieben konnte. Selbst wenn es nur half, dass sie einschlief, so war das genug.

Der Arzt wartete in ihrer Kabine, bis er sah, dass die Arznei zu wirken begann; dann ging er, um Hamilton Bericht zu erstatten. Er fand den Captain mit Cutch im Gespräch an Deck, während der die Arbeit in der Takelage beaufsichtigte.

Randall verstummte, sobald er Stuart näher kommen sah. „Nun?“ fragte er ohne Vorrede.

„Jetzt geht es ihr gut. Sie ruht sich aus. Ich habe ihr etwas Laudanum gegeben.“ Macauley schaute prüfend nach oben zu den Männern, die auf den Rahen saßen. Er verzog das Gesicht und dachte bei sich, dass es nur eine Frage der Zeit wäre, bis er an Deck gerufen würde, um einen weiteren gebrochenen Knochen zu schienen. „Es gibt kein Anzeichen für einen Rückfall. So, wie sie es mir beschrieben hat, hat ihr Unwohlsein nichts mit ihrer Krankheit zu tun.“

„Was hat sie Ihnen erzählt?“ erkundigte sich Randall. Aus dem Augenwinkel bemerkte er, dass Cutchs Aufmerksamkeit nun ganz dem Arzt galt.

„Dass sie Angst hatte“, erwiderte Macauley einfach.

Randall zog seine Augenbrauen in die Höhe. „Vor mir?“

Der Arzt schüttelte den Kopf. „Den Eindruck hatte ich nicht.

Sie konnte es sich selbst nicht erklären. Die Symptome allerdings passen zu jemandem, der große Angst verspürt hat."

„Das ergibt keinen Sinn. Es ist nichts geschehen. Wir haben uns unterhalten."

Cutch blickte Randall geradewegs in die Augen. „Worüber?"

Randall musste sich Mühe geben, sich zu erinnern. Es schien jetzt so unwichtig. „Ich habe sie nach Tiare gefragt. Das war einer der Namen, die sie gerufen hat, während sie krank war."

Cutch und Macauley nickten beide.

„Tiare ist der Name der Mutter ihres Bruders. Da sie Tiares Namen im selben Atemzug mit Tapu erwähnte, dachte ich, da könnte es eine Verbindung geben."

Cutch betrachtete ihn aus schmalen Augen, während Macauley augenscheinlich im Dunkeln tappte. „Und das hast du ihr gesagt?" wollte Cutch wissen.

„Gefragt", verbesserte ihn Randall. „Ich habe sie gefragt, ob Tiare ihre Augen mit einem Fluch belegt hat."

Cutch schüttelte langsam den Kopf, sichtlich enttäuscht. „Wenn du das für möglich gehalten hast, glaubst du dann wirklich, dass sie es dir hätte sagen können? Das muss ein mächtiger Zauber sein. Ich dachte, du hättest mehr Respekt davor. Mammy Komati hat ihn dir doch beigebracht." Verärgert entfernte er sich und schwang sich in die Takelage, um den Männern zur Hand zu gehen.

Macauley starrte ihm nach, mehr erstaunt über den Ton, in dem er mit Hamilton gesprochen hatte, als über den Inhalt seiner kurzen Rede. „Was meint er?" fragte er. „Und wer ist Mammy Komati?"

„Cutch will damit sagen, dass ich wie ein Narr gehandelt habe", erklärte Randall knapp. Er ließ diese Worte wirken, dann blickte er den Arzt offen an. „Aber glauben Sie bloß nicht, dass mich jeder darauf aufmerksam machen dürfte.“ Mit einer ungeduldigen Geste strich er sich die Haare zurück und trat an die Reling. Macauley folgte ihm. „Mammy Komati war Kinderfrau, Mutter, Freundin ... Tyrannin. Sie bezeichnete sich selbst als Christin und sang die Kirchenlieder voller Inbrunst mit, um diese Behauptung zu untermauern, aber sie hat sich nie von den Göttern ihrer Vorfahren abgewandt.“

„Sie war eine Sklavin auf *Henley*“, bemerkte Macauley und begann zu verstehen.

„Ja. Sie war die Amme meiner Mutter, später dann ihre Vertraute und Gesellschafterin. Als mein Vater meine Mutter heiratete, musste er auch Mammy Komati nehmen. Sie wollte ihr Baby nicht allein lassen. Manchmal denke ich, mein Vater hatte etwas Angst vor ihr.“ Randall lächelte trocken. „Wenigstens ging es mir so.“

Er lehnte sich mit dem Rücken an die Reling, verschränkte die Arme vor der Brust. Eigentlich war Macauley Stuart der Letzte, mit dem er über Mammy Komati reden wollte. „Sie behauptete, sie kenne sich mit Hexerei aus, aber, wie sie uns stets einschärfte, nur im Dienst des Guten. Wenn irgendjemand krank wurde, zog sie sich in ihr Quartier zurück und mischte irgendwelche Tränke zusammen und verbrannte Federn. Manchmal wurde auch ein Tier geopfert. Das Kreuz, das sie an einer Kette um den Hals trug, hing zwischen einem Dutzend heidnischer Glücksbringer und Amulette.“

„Sie kannte Tapus?“ fragte Macauley.

„Nicht unter diesem Namen“, erklärte Randall. „Mammys Zauber stammte aus Afrika. Tapus gehören in die Südsee.“ Er zuckte mit den Schultern. „Aber die Unterschiede sind nicht derart groß.“

„Hat Mr. Cutch Recht mit seiner Behauptung, dass sie mächtig sind?“

„Sie sind doch ein Mann der Wissenschaft, Dr. Stuart. Was meinen Sie?“ Randall beugte sich ein wenig vor und betrachtete den Arzt aufmerksam.

Macauley lachte leise, ehrlich belustigt. „Sie sprechen mit einem Mann, der in den Highlands aufgewachsen ist und in dem Glauben groß wurde, dass in den Nebeln Zauberwesen leben. Kratzen Sie an der Oberfläche, dann, so befürchte ich, entdecken Sie einen Arzt, der bereit ist, ein paar Federn anzuzünden, wenn es eine Erkältung heilt.“ Einen Augenblick lang musterte er Hamilton gedankenvoll. „Aber Sie haben Miss Bancroft die Frage gestellt. Also müssen Sie doch selbst eine Meinung zu der Kraft dieser Tapus haben.“

Randall antwortete nicht sofort. „Ich denke, dass es sie gibt“, erwiderte er schließlich. „Was ihre Kraft angeht, so beruht sie auf dem, was man glaubt. Mammy glaubte, dass sie machtvoll waren. Cutch glaubt das auch. Ich habe die Wirkung von Tapus auf Eingeborene gesehen. Ein Mann kann unter einem Zauberspruch stumm werden oder jeglichen Lebenswillen verlieren und genau zu der Stunde sterben, die die Priesterin vorausgesagt hat. Genauso kann ein Kind auf einmal wieder gehen oder von unbekannten Schmerzen geheilt werden.“

„Aber Miss Bancroft ist Engländerin“, wandte Macauley ein. „Es fällt schwer, sich ein Volk vorzustellen, das weniger Interesse oder Respekt für Mystik empfindet. Sehen Sie sich doch nur an, was sie in Indien getan haben.“

Randall verspürte nicht den geringsten Wunsch, noch einmal den Vortrag des Arztes über britischen Imperialismus zu hören. „Miss Bancroft hat einen großen Teil ihres Lebens auf den Sonneninseln verbracht. Vielleicht ist sie von den wissenschaftlichen Ansichten ihres Vaters insgeheim weniger überzeugt, als sie andere glauben macht.“

„Also könnte mein französischer Kollege Dr. Messier am Ende doch Recht haben“, erklärte Macauley sinnend.

Randall schaute ihn überrascht an. Unter diesem Gesichtspunkt hatte er die Sache noch nicht betrachtet. „In gewisser Hinsicht schon. Miss Bancrofts Blindheit hat vielleicht wirklich keine körperliche Ursache.“

„Und es gibt kein entsetzliches Ereignis, das sie sich wieder vergegenwärtigen muss. Es ist das Ergebnis eines Tapu.“

„So *könnte* es sein“, schränkte Randall ein. „Wir haben nichts zu gewinnen, wenn wir sie deswegen bedrängen. Cutch hat Recht. Wenn es wirklich ein Tapu ist, kann sie nicht darüber sprechen.“

„Was ist dann zu tun? Ich befinde mich wieder einmal außerhalb meiner Fachkenntnis, Captain Hamilton. Wie Sie es vorhin so bildhaft beschrieben haben, bin ich da so nutzlos wie ein Euter an einem Bullen.“

Randall konnte sich nicht daran erinnern, das genau so ausgedrückt zu haben, aber da der Arzt es nun selbst gesagt hatte, musste er doch unwillkürlich lächeln. „Vermutlich werden wir einfach Tiare finden müssen“, antwortete er ruhig. „Da sollten wir ansetzen.“

Claire wusste nicht, was geschehen würde, als sie mit Randall das nächste Mal zusammentraf. Zuerst war sie angespannt und wartete argwöhnisch auf erste Anzeichen der überwältigenden Angst, die sie am Tag zuvor erlebt hatte, aber als er mit ihr über Deck schlenderte, schien es, dass sie nur die Erinnerung daran zu fürchten hatte.

Randall bemerkte ihre vorsichtigen Antworten und ihr Zögern, aber er entschloss sich klugerweise, nicht näher darauf einzugehen. Er lenkte die Unterhaltung auf Nebensächlichkeiten, erzählte ihr Geschichten von David und Shelby, bis Claire unbeschwert lachen musste. Erst als er Bria erwähnte, wurde sie ernster.

Sie blieben an der Reling stehen und Claire drehte sich um und berührte Randall am Arm. Sie hob ihm ihr Gesicht entgegen, ihre Miene war fragend. „Was ist Bria zugestoßen?“ erkundigte sie sich. „Bitte frag nicht, was ich meine, und gib nicht vor, mich nicht zu verstehen. Ich weiß, dass Bria während des Krieges etwas geschehen ist, etwas Schreckliches, über das niemand reden will.“

„Dafür gibt es einen Grund“, erwiderte er knapp, während seine Freude an dem Abendspaziergang zusammen mit der Sonne im Meer versank. „Es geht niemanden etwas an.“

Claire war nicht gekränkt. Sie wusste, sie war kein Niemand in seinem Leben. Auch wenn er ihr nicht wortreich seine Liebe beteuert hatte, war ihr doch klar, dass sie ihm nicht gleichgültig war. „Du sprichst nur selten von Bria, wenn du Geschichten aus deiner Kindheit zum Besten gibst.“

„Weil sie so viel jünger ist. Zwischen David, Shelby und mir lag jeweils nur ein Jahr. Bria kam erst später zur Welt. Eigentlich war sie mehr ein Schoßhündchen für uns als eine Schwester.“

Claire lächelte. „Weiß sie, dass du es so empfunden hast?“

„Vermutlich. Wir habe uns keine Mühe gegeben, das vor ihr zu verbergen.“ Randall lehnte sich mit der Hüfte an die Reling. „Ich habe sie nicht davon abgehalten, sich an unsere Fersen zu heften. Sie tat beinahe alles, um draußen bei uns sein zu dürfen, statt sich im Haus zu beschäftigen. Das Einzige, was sie drinnen mochte, war Klavier spielen.“

„Ja?“ fragte Claire. „Davon hatte ich keine Ahnung. Auf *Henley* habe ich sie nie spielen gehört. Einmal habe ich sie sogar nach dem Musikzimmer gefragt. Sie sagte, es sei nur zur Wahrung des Scheins da.“

Randall zuckte innerlich zusammen. Er konnte sich nur zu gut vorstellen, dass Bria genau das gesagt hatte. „Jetzt stimmt es auch. Es gab eine Zeit, da spielten sie und Vater beinahe jeden Abend nach dem Essen. Das Talent hat sie von ihm geerbt, nicht von Mutter. Auch wenn es der sehr gefiel. Sie nannte es immer Brias einzig wahre weibliche Fertigkeit."

„Ja, das muss Elizabeth wichtig gewesen sein."

„Das war es auch." Er machte eine Pause. Eine Strähne ihres Haares löste sich aus einem der kleinen Kämme. Er beobachtete, wie sie ihr ins Gesicht fiel und in ihrem Mundwinkel hängen blieb. Als sie ihre Hand hob, sie fortzustreichen, hinderte er sie daran und machte es selbst. „Bria war elf, als der Krieg begann ... fünfzehn, als die Kämpfe endeten. Irgendwann dazwischen ist sie gestorben."

„O Randall ... nein."

„Du wolltest es doch wissen." Er verlagerte sein Gewicht und überkreuzte die Beine. Die *Cerberus* pflügte mit gleichmäßiger Geschwindigkeit durch das Wasser. Die einbrechende Nacht änderte die Farbe des Wassers genauso schnell wie die des Himmels. „Plündernde Yankees zogen in kleinen Gruppen südwärts, getrennt von den großen Heeresverbänden. Es war nicht leicht, ihnen zu entgehen. *Henley* lag genau auf ihrem Weg. Bis dahin war die Plantage größtenteils verschont geblieben. Ein paar Sklaven waren zu Beginn fortgegangen, andere nach Lincolns Proklamation, aber es gab noch genug Arbeiter, so dass David *Henley* weiter führen konnte. England war der einzige Markt, der uns noch geblieben war, und den Reis durch die Blockade zu bringen, war schwierig, aber nicht unmöglich. Shelby war da schon tot, bei Manassas gefallen. Ich war Kriegsgefangener im Norden, und unser Vater war, auch wenn wir es zu jener Zeit noch nicht wussten, bereits bei Vicksburg umgekommen.

Die plündernden Yankees waren wie Heuschrecken, als sie auf *Henley* einfielen. Sie trugen alles mit sich fort, was nicht niet- und nagelfest war. Sie nahmen alle Vorräte und vernichteten aus purer Lust am Zerstören unersetzbare Familienerbstücke. Vermutlich glaubten sie, sie täten das, um das Ende des Krieges früher herbeizuführen, aber es fällt mir schwer zu sagen, was sie dazu bewegt haben kann.

Zwei von ihnen fanden meine Mutter in ihren Räumen. David erschoss den einen und wurde selbst von dem anderen getötet. Vielleicht verlor er dadurch den Appetit am Schänden, jedenfalls ließ er Mutter allein mit ihrem toten Sohn und begann wieder zu plündern. Ich weiß nicht, ob er Bria im Obstkeller entdeckte oder ein anderer oder sogar mehrere seiner Kumpane. Mutter sagt, fünf wären fortgeritten. Bria spricht überhaupt nicht darüber."

Randalls Stimme war kaum noch hörbar. „Nachdem sie von einem von ihnen vergewaltigt wurde, weiß ich nicht, ob es auf die anderen überhaupt noch ankam."

Tränen traten Claire in die Augen. „Es tut mir so Leid, Randall. Für Bria ... für dich."

Er schaute sie verwundert an. „Mir ist nichts geschehen."

„O doch." Claire drehte sich zur Reling um und hob ihr Gesicht, so dass der Wind ihre Tränen trocknete. „Vergeht denn ein Tag, an dem du dir keine Vorwürfe machst?"

„Ein Tag", räumte er schließlich zögernd ein. „Ab und zu."

„Bria gibt dir keine Schuld daran."

„Das ändert nichts."

„Nein", pflichtete sie ihm bei. „Du hast Recht, das tut es nicht. Du musst dir selbst vergeben." Randall schwieg so lange, dass sich in Claire der Verdacht regte, er sei fortgegangen. Als er sprach, merkte sie, dass er seinen Platz an der Reling verlassen hatte. Jetzt stand er hinter ihr. Seine Hände legte er ihr auf die

Schultern, und er beugte sich vor, so dass seine Lippen dicht an ihrem Ohr waren. Nur sie konnte seine Worte verstehen.

„Ich will heute Nacht zu dir kommen, Claire."

Seine Bitte, so kurz nachdem sie ihm gesagt hatte, er müsse sich selbst verzeihen, kam Claire nicht im Mindesten merkwürdig vor. Sie fragte sich, welcher Teil ihrer körperlichen Liebe für ihn Strafe war und welcher ihm Frieden brachte. „Ja", antwortete sie einfach.

Sanft drückte er ihre Schultern, und als sie erschauerte, wusste er es besser, als zu glauben, dass es vor Kälte war.

Sie standen noch lange Zeit so an der Reling, ungestört von der Mannschaft und ohne etwas von den interessierten Blicken der Männer zu bemerken. Eine Weile konnten sie glauben, sie wären allein.

Claire saß bei angelehnter Tür auf ihrer Truhe und bürstete sich die Haare. Sie lächelte, den Kopf zur Seite geneigt. „So früh? Damit hatte ich nicht gerechnet."

Macauley Stuart betrat ihre Kabine und schloss hinter sich die Tür. Seine gewöhnlich freundliche Miene war einem besorgten Gesichtsausdruck gewichen. „Ich wusste gar nicht, dass Sie überhaupt mit meinem Besuch gerechnet hatten."

Claire erschrak und ihre Finger, die den Griff der Bürste umfassten, fühlten sich mit einem Mal ganz taub an. Bevor sie ihr entglitt, ließ sie ihre Hand in den Schoß sinken. Von dem unerwarteten Eintreffen des Arztes aus dem Gleichgewicht gebracht kam sie sich töricht vor und brauchte etwas Zeit, bis sie sich wieder gefasst hatte. „Sie erwähnten beim Dinner, dass Sie mir vorlesen wollten", sagte sie nach einem Augenblick. „Darauf habe ich mich schon gefreut."

Macauleys Brauen blieben hochgezogen. Nachdenklich betrachtete er Claire. Es war klar, dass sie sich darauf vorbereitete, zu Bett zu gehen. Die Decken waren zurückgeschlagen, und auch wenn sie im Morgenmantel noch schicklich bekleidet war, hing ihr Kleid bereits an einem Haken außen am Schrank und ihre Schuhe standen unter dem Bett. In der ganzen Zeit, die er ihr jetzt schon vorlas, hatte sie ihn kein einziges Mal so empfangen. „Ich bin nicht gekommen, um Ihnen vorzulesen."

„Oh?" Claire legte ihre Bürste weg und begann ihr Haar zu flechten. „Was wollen Sie dann? Ich muss nicht noch einmal untersucht werden. Wenn Sie deswegen da sind, dann sollten Sie mich vielleicht besser in einem der Gläser des Captains konservieren, so dass Sie mich ganz in Ruhe studieren können."

Stuart lächelte nicht. „Darf ich mich setzen?" fragte er.

Claire nickte. „Sie klingen so ernst, Macauley. Ist irgendetwas geschehen?"

„Ich denke schon. Zwar hatte ich gehofft, dass es nicht so wäre, aber ich fürchte doch."

„Sie sprechen in Rätseln."

Stuart zog den Stuhl unter dem Schreibtisch hervor und ließ sich darauf nieder. „Ich bin gekommen, um mit Ihnen über den Captain zu reden, aber ich befürchte, es ist schon zu spät."

„Wäre es leichter, wenn ich Ihnen die Erlaubnis gäbe, offen zu sprechen?" fragte Claire. „Auch wenn ich nicht wüsste, warum das nötig sein sollte."

Macauley musste ihre Haltung bewundern. „Es hilft", sagte er. „Ich muss Ihnen wohl nicht eigens sagen, dass der Duke eine Reihe Erwartungen daran geknüpft hat, mich zu Ihrer Begleitung anzustellen. Natürlich soll ich mich um Ihr körperliches Wohlergehen kümmern und ihren Unterricht fortführen, wie Mrs. Webster es getan hätte. Ihr Pate hat mir darüber hinaus anvertraut, dass er hoffte, unser Verhältnis würde über das von Lehrer und Schüler oder von Arzt und Patient hinausgehen, und wir würden gewissermaßen Freunde."

„Dann wird Stickle ja vollauf mit Ihnen zufrieden sein", erwiderte Claire leichthin.

Macauley fuhr fort, als hätte sie nichts gesagt. „Des Dukes größte Sorge war, dass Captain Hamilton ein Auge auf Sie werfen könnte, Sie aber zu ..."

„Blind?" warf Claire in scharfem Ton ein. „Ich aber zu blind wäre, um zu sehen, warum?"

„Zu naiv", verbesserte Macauley sie. „Ich glaube Ihr Pate befürchtete, Sie könnten vergessen, dass der Captain seine eigenen Gründe dafür hatte, Sie mitzunehmen. Hamilton hat nur wenig oder kein Interesse, Ihren Bruder oder Ihren Vater zu suchen. Er will den Schatz finden, Claire. Der Duke sagte, wenn die Zeit käme und es so aussähe, als hätten Sie das vielleicht vergessen, dann sollte ich Sie daran erinnern."

„Und Sie glauben, die Zeit ist jetzt gekommen", erwiderte sie ausdruckslos.

„Ich glaube, sie ist gekommen und bereits verstrichen." Macauley sah sich in der Kabine um, blickte dann wieder zu Claire. „Sie haben ihn erwartet, nicht wahr? Mit ihm hatten Sie gerechnet, als ich hereinkam."

Claire antwortete nicht darauf. Sie flocht ihren Zopf zu Ende, dann warf sie ihn sich über den Rücken.

„Das hier macht mir keine Freude", erklärte er. „Ich hatte gehofft, ich müsste dies nicht zur Sprache bringen. Eine Weile sah es so aus, als ob Sie und ich ..." Seine Stimme verlor sich, und er zuckte beinahe hilflos mit den Schultern.

„Sie und ich?" fragte sie. „So etwas lag nie im Bereich des Möglichen. Und nun haben Sie mir Grund geliefert zu zweifeln, dass ich sie je wieder als meinen Freund betrachten könnte."

„Sie irren sich. Der werde ich immer sein."

„Bitte gehen Sie." Sie hörte, wie der Stuhl über den Boden scharrte, als er sich erhob. Claire blieb steif sitzen, als er vor sie trat.

„Hören Sie mir zu", sagte er beinahe flehend. „Ich spreche jetzt anstelle Ihres Paten zu Ihnen. Er bittet Sie, bei dem Captain Vorsicht walten zu lassen. Hamilton denkt, Sie wüssten etwas über den Schatz, und dem gilt sein ganzes Streben. Wenn es ihn nicht gäbe, befänden Sie sich jetzt nicht hier."

Claire schüttelte den Kopf. „Das haben Sie falsch verstanden. Es ist der Duke, der denkt, ich wüsste etwas. Es würde mich gar nicht überraschen, wenn er annähme, ich würde es Ihnen sagen." Claire wandte ihren Kopf in Richtung des Arztes. „Ich wünschte, ich könnte Sie jetzt sehen. Dann wüsste ich, ob es stimmt. Ich bin nicht so naiv, wie mein Pate Sie glauben machen wollte. Ich bin mir der Tatsache bewusst, wie gerne er selber den Hamilton-Waterstone-Schatz besäße, und ich zweifle keinen Moment daran, dass er versuchen würde Gott zu spielen, um ihn zu bekommen."

Claire erhob sich und ging vorsichtig um Macauley herum zur Tür. Ihre Finger schlossen sich um die Türklinke, und sie drückte sie herunter. „Ich weiß, der Duke kann sehr überzeugend argumentieren, und seine Ziele sind hoch gesteckt. Sie sollten es sich nicht zu sehr zu Herzen nehmen, dass Sie auf einem Gebiet versagt haben, wenn Sie in anderen so ... so leidlich erfolgreich waren." Vor ihrem geistigen Auge sah Claire den Arzt erröten. Sie öffnete die Tür und bedeutete ihm mit einer Geste, hinauszugehen. „Guten Abend."

Macauley Stuart blieb auf der Türschwelle stehen und berührte Claire an der Hand. Ihre Haut war kühl, und ihre Finger bebten leicht. „Ich denke, Sie sind sich der Aufmerksamkeiten des Captains nicht so sicher, wie Sie mir weismachen möchten", erklärte er. „Und verwechseln Sie nicht die Wünsche des Dukes mit meinen. Ich tue das auch nicht.“ Damit ging er.

Claire schloss langsam die Tür und ließ das Schloss einrasten. Später lag sie im Bett, wälzte sich von einer auf die andere Seite und starrte blicklos an die Wand, die Decke bis zum Kinn hochgezogen. Als Randall kam, tat sie so, als hörte sie sein Klopfen nicht.

„Du weichst mir aus“, sagte Randall, als er sein Arbeitszimmer betrat. „Es ist drei Tage her, seit wir uns unterhalten haben. Ich kann mir vorstellen, dass ich es einzig einer Fehleinschätzung deinerseits zu verdanken habe, dich hier allein zu finden.“

Claire saß an Randalls Arbeitstisch. Die Bücher, die überall darauf herumlagen, waren geschlossen. Sie hörte auf, an dem Mikroskop herumzuspielen, und ließ ihre Hand sinken. Sie hasste es, dass er sie ausgerechnet hier aufgespürt hatte, an dem Ort, wo sie den Verlust ihrer Sehkraft am schmerzlichsten empfand. „Mr. Cutch sagte, du wärst unten, um die Pumpen zu überprüfen“, erwiderte sie ruhig. „Ich dachte, du wärest da eine Zeit lang beschäftigt.“

Randall wunderte sich über ihre schneidende Aufrichtigkeit. Sie gab sich keine Mühe, seine Einschätzung abzustreiten. „Vor drei Nächten dachte ich noch, ich wäre vielleicht zu spät gekommen. Am nächsten Tag, als du nicht lange genug stehen bliebst, um mit mir zu reden, begriff ich, dass ich mich geirrt hatte. Du hattest überhaupt nicht geschlafen. Du wolltest mich einfach nicht hereinlassen. Deine Tür war in dieser Nacht ebenfalls verschlossen und letzte Nacht wieder.“ Mit seinem kurzen, humorlosen Lächeln machte er sich über sich selbst lustig. „Selbst als ich verstand, was du tatest, weigerte ich mich, es zu glauben.“

Randall zog sich einen Stuhl heran und setzte sich Claire

gegenüber hin. Er schob ein paar Bücher zur Seite und stützte seine Ellbogen auf die Tischkante. „Habe ich dich beleidigt?"

Claire hob den Kopf nicht. „Nein."

„Ich will wieder bei dir liegen, Claire."

Sie nickte. „Ich weiß."

„Hast du Angst vor mir?"

„Nein."

Randall stieß den angehaltenen Atem aus. „Dann verstehe ich es nicht. Warum benimmst du dich so?"

„Ich habe über den Schatz nachgedacht", sagte sie und wandte ihm das erste Mal ihr Gesicht zu.

„Den Schatz? Warum in alles in der Welt ..." Er fuhr sich durchs Haar, ehrlich verwundert. „Was hat das zu tun mit ..."

„Mit irgendetwas?" unterbrach sie ihn. „Alles." Claire begann sich vorzubeugen, merkte dann aber, dass ihr das Mikroskop im Weg war. Sie löste die Klemmen, die es festhielten, und schob es fort. Ihre Unterarme legte sie auf den Tisch und stellte sich vor, dass Randall ihr gegenüber ähnlich dasaß. Sie hätten einen Friedensvertrag aushandeln können, so ernsthaft war die Stimmung. „Ich weiß, was der Schatz dir bedeutet", sagte Claire. „Ich muss erst noch begreifen, was er mir bedeuten könnte."

„Das wirst du mir besser erklären müssen."

Sie nickte, als habe sie damit gerechnet. „Mir geht es darum, was ich akzeptieren kann. Kann ich akzeptieren, dass du mich für deine Zwecke ausnutzt? Akzeptiere ich dich vorbehaltlos oder mit Bedingungen?"

Randalls Augen wurden groß. Es war beinahe widernatürlich, wie ruhig sie über etwas sprechen konnte, was einem Vertrauensbruch gleichkam. Glaubte sie wirklich, dass er das getan hatte? „Claire, ich habe dich nicht betrogen. Du bist auf dieser Reise, weil dein Pate mir eine große Summe Geld dafür gezahlt hat. Er will, dass du wieder sehen kannst. Du willst deinen Bruder finden und erfahren, was mit deinem Vater geschehen ist. Ich will den Schatz. Was wir wollen, scheint mir letztendlich auf ein und dasselbe hinauszulaufen."

„Nein, nicht auf dasselbe. Vielleicht haben wir dasselbe Reiseziel, verfolgen aber nicht dieselben Zwecke. Was wir wollen, mag sich an manchen Punkten überschneiden, aber unsere Prioritäten liegen anders. Das hätte ich fast vergessen. Und nun muss ich mich selbst fragen, ob ich es akzeptieren kann oder nicht."

Randall entgegnete nicht, dass sie sich irrte. Dessen war er sich selbst gar nicht mehr sicher. „Vorbehaltlos oder mit Bedingungen sagtest du, glaube ich."

Sie nickte.

„An welche Bedingungen denkst du?"

„Nur eine, im Grunde genommen." Sie machte eine Pause, bevor sie sachlich hinzufügte: „Heirat."

„Ich verstehe."

Sie lächelte schwach. „Nein, vermutlich nicht." Claire stieß sich von dem Tisch ab und stand auf. „Wenn du heute Nacht an meine Kabine kommst, wird die Tür unverschlossen sein. Dann werde ich dir sagen, wie ich mich entschieden habe."

Während er ihr nachsah, musste Randall daran denken, dass seine Meinung unverändert blieb. Claire Bancroft war ein Wunderwerk.

Es war nach Mitternacht, als Randall an Claires Tür klopfte. Vor wenigen Minuten erst hatte er Cutch das Kommando für die nächste Wache übertragen. Aus Osten wehte ein leichter Wind, und die See war ruhig. Die *Cerberus* kam gut voran, und der Vollmond leuchtete ihr den Weg.

Derselbe Mond tauchte das Innere von der Kabine in ein blasses, blaugraues Licht. Randall trat ein und lehnte sich von innen gegen die Tür und sperrte sie hinter sich ab. Claire saß am Fußende des Bettes, ihr Gesicht und ihre Gestalt wirkten im fahlen Mondschein wie gemalt. Sie zog die Bürste noch einmal durch das Haar, bevor sie sie zur Seite legte und aufstand. Ihr dünnes Leinennachthemd fiel ihr in weichen Falten bis auf ihre Knöchel.

„Randall?“

Dass sie seinen Namen so fragend aussprach, als sei sie sich nicht sicher, dass er es war, überraschte ihn. Er hatte sich daran gewöhnt, dass sie ihn einfach so erkannte. „Könnte es jemand anderes sein?“ erkundigte er sich.

„Du warst so still. Erst auf dem Gang, dann an der Tür. Ich wollte ganz sicher sein.“

Obwohl ihm nicht entging, dass sie seine Frage nicht direkt beantwortet hatte, ließ er die Sache auf sich beruhen. „Komm her, Claire.“

Sie zögerte, aber nur einen Augenblick lang. Sie durchquerte die Kabine, bis sie vor ihm stand.

Randall hob eine Hand. Mit den Fingerspitzen fuhr er sanft den Ausschnitt ihres Nachthemdes entlang und schob ihn ihr über die Schulter nach unten bis knapp über ihre Brust. Unter der Berührung reckte sich ihm ihre Brustwarze keck entgegen. „Ich denke, du hast mir etwas zu sagen“, bemerkte er leise. Er flüsterte fast.

Auch Claires Stimme war nicht lauter als ein Wispern. „Es ist gleichgültig, ob du mich für deine Zwecke benutzt oder nicht“, erklärte sie. „Mein Verlangen nach dir ist zu groß, als dass es mich kümmerte. Du musst keine Befürchtungen haben, dass ich Bedingungen stelle. Noch nicht einmal eine.“

Sein Zeigefinger glitt unter den Stoff und zog sie daran näher. „Und wenn *ich* eine Heirat will?“

Claire gab sich Mühe, eine ausdruckslose Miene aufzusetzen. Sie schüttelte den Kopf. „Das würde ich dir nicht antun."

„Was antun?"

„Dir zu erlauben, noch mehr Verantwortung zu übernehmen."

„Noch eine Last aufbürden, willst du sagen. Das ist, was du denkst."

Sie leugnete es nicht. Randall öffnete die Verschnürung an ihrem Ausschnitt und ließ seine Hand tiefer gleiten, bis er ihre Brust locker umschloss. Claire spürte, wie ihr Atem flach und ungleichmäßig wurde. Fast schien es ihr so, als hielte er nicht nur ihre Brust, sondern auch ihr Herz. Ohne eine erkennbare Bewegung gelang es Randall, sie hochzuziehen, bis sie sich auf die Zehenspitzen stellte. Seine andere Hand legte er ihr in den Nacken, und es bedurfte nur des sanftesten Drängens, dass sie ihr Gesicht hob.

Dann verschloss er mit seinem Mund den ihren. Es war ein hungriger Kuss. Er öffnete ihre Lippen und küsste sie tief. Seine Zunge glitt plündernd in ihren Mund, und er verstärkte den Druck seiner Lippen. Er fühlte, wie sie ihre zwischen ihren Körpern gefangenen Hände hob und seine Jackenaufschläge fasste, sich daran festklammerte. Als ob sie zu ertrinken droht, dachte er. Als griffe sie nach ihm, weil sie keine Luft mehr bekam.

Er nahm sie auf die Arme und trug sie die kurze Entfernung zum Bett. Die Decken waren zurückgeschlagen, und er legte sie nieder. An dieses Bild hatte er immerzu denken müssen – ihr Körper, schlank und blass im Mondlicht, ihre wunderschönen Brüste in Silber getaucht. Träge hob sie die Arme, als er ihr das Nachthemd über den Kopf zog, und als er schwieg und sie einfach nur anstarrte, schien sie es zu wissen und schenkte ihm das betörende Lächeln einer erfahrenen Verführerin.

„Himmel, Claire." Dann küsste er sie wieder.

Sie spürte, dass er sie ganz für sich forderte. Offenbar reichte es ihm nicht, sie überall zu berühren, dass sie sich ihm öffnete und seine Zärtlichkeiten mit schwelgerischer Sinnlichkeit erwiderte. Er wollte auch das, was er nicht berühren konnte: ihre Seufzer, ihre Geheimnisse, ihre Seele.

Claire half ihm aus seiner Jacke und seinem Hemd. Er stieg aus seinen Stiefeln und stand auf, um sich seiner Hosen und Unterhosen zu entledigen. Sie kniete noch, als er sich wieder setzte. Er griff nach ihr, schlang einen Arm um ihren Rücken und zog sie nah genug, dass er ihre Brustspitze zwischen seine Lippen nehmen konnte. Leise stöhnend vergrub sie ihre Finger in seinem Haar und hielt seinen Kopf fest. Er hörte, wie sie den Atem anhielt, und drängte sie aufs Bett.

Genüsslich erkundete er ihre zarte Haut von den Schultern hinab zu den Handgelenken. Er küsste sie auf die Innenseite ihres Ellbogens und später auf die Innenseite ihrer Schenkel. Um die zwei Finger, die er in sie geschoben hatte, zog sie sich unwillkürlich zusammen. Sie bog ihren Kopf zurück und sagte mit einer Stimme, die sie kaum als ihre eigene wiedererkannte, seinen Namen.

Sie drängte sich ihm entgegen, und er wisperte etwas in ihr Haar, das sie wegen ihres mühsam gehenden Atems nicht verstand. Fast krampfhaft klammerte sie sich an seinen Schultern fest, als die Hitze und Spannung in ihr sich steigerten. Er küsste sie noch einmal, jetzt in demselben langsamen Rhythmus, in dem sich seine Finger in ihr bewegten. Zuerst begann sie zu wimmern.

Dann schrie sie auf. Hinter ihren geschlossenen Lidern zerbarsten Sterne, pulsierende weiße Lichter, die dem Rhythmus ihres Herzschlags folgten. Einen Augenblick lang war es, als ob alle Sterne des Firmamentes auf sie zurasten. Einen Augenblick lang war es, als könnte sie sehen.

Randall küsste ihre Mundwinkel, ihr Kinn. Seine Lippen berührten sie an den Augenlidern, und er schmeckte die salzige Feuchtigkeit dort. Er erstarrte.

„Claire? Was ...?"

Aber sie schüttelte nur den Kopf, und in ihrem Lächeln lag keine Spur von Traurigkeit. Sie fand seine Wange und fuhr mit ihrem Daumen über seinen Mund. „Später", sagte sie leise. „Komm jetzt zu mir."

Randall richtete sich auf und spreizte ihre Beine. Er schaute an sich herab, dann auf sie und merkte, dass er wollte, dass sie ihn sah, dass sie begriff, wie machtvoll und erotisch der Anblick ihrer bevorstehenden Vereinigung war. „Sieh uns an, Claire", forderte er sie auf. Dann nahm er ihre Hand und ließ sie selber sehen.

Danach lagen sie ruhig, dicht aneinander geschmiegt. Zwischen ihren Schenkeln pochte es schwach. „Ich kann dich immer noch in mir spüren", wisperte sie.

Randall streichelte ihre nackte Schulter. „Ich wünschte, ich wäre es." Gleich von Anfang an war er tief in sie eingedrungen. Ihre Finger, die sich um ihn geschlossen hatten, schienen keine Sanftheit zu verlangen, und sie bat um nichts anderes als seine Leidenschaft. Er hatte so verharren wollen, tief in ihr, auf dem Höhepunkt einer Welle gefangen, die jederzeit brechen konnte, aber ihr Körper hatte um ihn herum zu zucken begonnen, ihre Arme, ihre Beine und dann die feuchte, samtige Enge, die ihn in ihr hielt. Immer schneller bewegte er sich in ihr, wieder und wieder, unfähig, sich zu beherrschen oder es auch nur zu wollen. Claire sprach nur einmal, und dann schien ihr der Klang ihrer Stimme selbst unwirklich. „Hast du tatsächlich zu mir gesagt, du wolltest, dass ich ..." Sein Mund lag dicht in ihrem Ohr, und er flüsterte die letzten Worte.

„Ich denke, das muss ich gewesen sein", antwortete sie. Claire brauchte ihre Wangen nicht zu berühren, um zu wissen, dass sie ganz heiß waren. „Außer mir war niemand hier."

Er lachte leise und küsste sie auf die Stelle an ihrer Schulter, die er mit seinem Daumen zärtlich gerieben hatte. Stille senkte sich über sie wie eine weitere Decke. Eigentlich wollte Randall sie nicht brechen, nicht wenn es sich so wohltuend, so richtig anfühlte, aber es schien, als hätte er keine andere Wahl. „Du hast gesagt, du würdest mir deine Tränen später erklären."

Eine merkwürdige Reglosigkeit erfasste Claire. Ihr Ursprung lag nicht in Furcht oder Argwohn, sondern in absoluter Ruhe. Es dauerte einen Moment, bevor sie begriff, was es war: Gelassenheit. „Vermutlich heißt das, dass nun später ist."

„Ja." Randall legte seine Hand auf ihre Hüfte.

Claire bedeckte sie mit ihrer und verschränkte ihre Finger mit seinen. „Ein paar Augenblicke lang war es, als könnte ich sehen", wisperte sie.

Er glaubte nicht, dass er sie richtig verstanden hatte. Er setzte zum Sprechen an, aber sie drückte seine Hand, so dass er schwieg.

„Ich habe nicht aus Traurigkeit geweint, Randall. Es war Freude. Die hast du mir geschenkt." Fast unmerklich bewegte Claire sich, presste ihren Rücken fester an seine Brust. Dann hob sie seine Hand und zog sich seinen Arm um die Taille. „Hast du dir je die Handwurzel ganz fest in die Augen gedrückt?" fuhr sie fort. „Fest genug gedrückt, dass hinter deinen Augenlidern Farben explodieren und weiße Lichter wirbeln?"

„Ja", antwortete er.

„Genau so war es", erwiderte sie. „Rot und Orange und Gelb. Und ganz viel weißes Licht, das auf mich zurast." Claire hob seine Hand an ihren Mund und küsste sie. „Es war, als erinnerte ich mich daran, wie es war zu sehen. Du hast mir das gegeben, als du mir Lust bereitet hast. Es war ein Geschenk, ebenso schön wie unerwartet."

Da hielt er sie einfach. Sie schien auf keine Antwort zu warten, und darüber war Randall froh. Der Schmerz in seiner Kehle hätte ihm das Sprechen unmöglich gemacht.

Der Schlaf überkam Claire zuerst. Eine Zeit lang lag Randall neben ihr, auf einen Ellbogen gestützt, und schaute auf sie hinab, wie sie schlief.

Das Fehlen von Randalls Körperwärme weckte Claire. Sie reckte sich, zuerst noch verschlafen, dann energischer. Sie hielt sich am Kopfende fest und berührte mit ihren Zehenspitzen das Fußende. „Randall?"

Beim Klang ihrer Stimme wandte sich Randall, der vor dem Ofen kniete, um. „Ich bin hier", sagte er. „Ich habe Kohlen nachgelegt." Er schüttete noch die schmale Schaufel voll hinein und schloss dann die Tür. „In ein paar Tagen werden wir wärmere Gewässer erreichen. Dann wirst du kein zusätzliches Feuer in der Nacht mehr brauchen."

„Das brauche ich doch jetzt auch nicht", entgegnete sie. Claire fuhr mit ihrer Hand die Delle nach, die sein Körper auf der Matratze hinterlassen hatte. „Es ging mir gut, bis du mich verlassen hast."

Er stellte die Kohlenschaufel weg und kam zum Bett zurück, wo er sich auf den Rand setzte. „Aber wenn du gleich aufstehst, wirst du mir dankbar sein."

„Ich werde nicht gleich aufstehen."

„Doch, das wirst du. Jetzt, da du wach bist, möchte ich dir etwas zeigen."

Claire schnaubte abfällig. Sie würde selig schlafen, hätte er nicht das Bett verlassen. Ihrer Meinung nach hatte er das absichtlich getan, um sie zu wecken. „Ist es schon spät?" fragte sie und stützte sich auf ihre Ellbogen.

„Was verstehst du unter ‚spät'?" Er betrachtete, wie das silbrige Mondlicht auf ihre weißen Brüste fiel, als ihr die Decke zur Taille herabglitt.

„Spät ist, wenn die Sonne schon vor einer Stunde oder mehr aufgegangen ist."

„Oh." Er beugte sich vor und küsste sie auf den Mund. „Dann ist es noch sehr, sehr früh." Randall fühlte, wie sich ihre Lippen unter seinen zu einem Lächeln verzogen. Ihre Hände verschränkte sie in seinem Nacken und hielt ihn fest. Sie vertiefte den Kuss und hätte ihn zu sich hinabgezogen, wenn er nicht ihre Handgelenke genommen und sich sanft aus ihrem Griff befreit hätte. „Komm schon", drängte er sie. „Ich verspreche dir, du wirst es nicht bereuen."

„Ich bereue es aber schon", wandte sie ein. „Kann ich meinen Morgenrock haben? Er hängt im Schrank."

Randall reichte Claire ihr Nachthemd, dann fand er ihren Morgenrock. Er half ihr hinein und band den Gürtel für sie zu. Die Schleife benutzte er, um sie gerade lang genug an sich zu ziehen, um sie nachdrücklich zu küssen; dann drängte er sie zur Tür, solange sie noch zu benommen war, sich zu wehren.

Doch sie begann sich zu sträuben, als sie merkte, dass er mit ihr auf den Gang vor ihrer Tür hinaustrat. „Wohin bringst du mich?" flüsterte sie.

„In meinen Arbeitsraum."

„Mitten in der Nacht?"

„Scheint so." Er zog an ihrer Hand, so dass sie ein paar Schritte mit ihm ging. „Tu so, als wäre es mitten am Tag."

„Aber ich habe mein Nachthemd an. Was, wenn uns jemand sieht?"

„Mach dir deswegen keine Sorgen. Wie sollst du das wissen, wenn ich es dir nicht verrate?"

Sprachlos vor Erstaunen hob Claire die Augenbrauen, doch dann musste sie lachen. Als er schließlich mit ihr im Arbeitszimmer ankam, war sie immer noch atemlos. Sie warf ihm die Arme um den Nacken und drückte ihn fest an sich. Sie küsste ihn auf den Hals und unter das Kinn. „Danke", sagte sie dicht an seinen Lippen. „Danke, dass du so hohe Erwartungen an mich stellst. Bis du kamst, hat mir niemand zugetraut, über mich selbst zu lachen. Ich bin nicht sicher, ob ich selbst daran geglaubt hätte." Sie küsste ihn noch einmal. „Nun, was ist es, das du mir so dringend zeigen willst?"

Randall führte sie zum Arbeitstisch und zog einen Stuhl für sie heraus. „Setz dich." Claire tat, wie ihr befohlen, und setzte sich sehr gerade hin, die Hände sittsam gefaltet. Ihre Miene war artig, während sie sich den Anschein eines gehorsamen Schulmädchens gab.

Belustigt sagte Randall zu ihr. „Das Mondlicht ist hier noch hell genug, dass ich es sehen kann, wenn du unverschämt grinst."

„Dann werde ich mir Mühe geben, das nicht zu tun."

„Hmm."

Claire legte den Kopf auf die Seite, während sie seine Bewegungen verfolgte. Er ließ sie allein am Tisch und ging hinter ihr zu dem Regal mit den Proben verschiedener Spezies, dann weiter zu dem mit den Büchern. Sie hörte, wie er leise ein paar Titel las, bevor er fand, wonach er suchte. Er kam zu ihr zurück und legte, was er in den Händen hielt, vor sie auf den Tisch.

„Mach schon", forderte er sie auf. „Du kannst es dir anschauen."

Claire hob ihre Hände und griff nach dem Buch. Sie tastete mit ihren Fingern den Rand entlang, versuchte Größe und Dicke zu bestimmen. Es war in Leinen gebunden, nicht in Leder. Der Seitenschnitt war nicht glatt, und der Rücken verriet, dass es von einem Laien gebunden worden war. „Das ist eines der Bücher mit deinen Aufzeichnungen“, sagte sie. Davon gab es noch ein paar andere auf dem Regal, das wusste sie, zwischen seinen Büchern über Botanik, Flora und Fauna der Inselwelt. „Mr. Cutch hat mir ein- oder zweimal erlaubt, in deiner Büchersammlung zu stöbern. Ich dachte, es könnte mir Spaß machen, wenn er mir aus deinen wissenschaftlichen Werken vorliest, entschied aber dann, dass es dafür noch zu früh war.“

„Er hat es mir erzählt.“

Sie nickte, froh, dass Randall nicht nachhakte. „Was ist an diesen Aufzeichnungen so besonders?“

Randall beugte sich von hinten über sie und schlug das Buch etwa nach einem Drittel auf. „Dieses Buch ist eigentlich nicht von mir, denn ich habe es nicht geschrieben. Es ist eher eine Sammlung von Schriften einiger Gelehrter, allesamt Naturforscher. Manches ist mehrere hundert Jahre alt. Los, du kannst die Seiten ruhig anfassen.“

Claire berührte die aufgeschlagene Seite vorsichtig mit den Fingerspitzen. „Der Duke hat ein paar illustrierte Manuskripte in seiner Sammlung“, bemerkte sie.

„Sie sind viel wertvoller, als das, was ich hier habe.“ Randall legte ihr seine Hände auf die Schultern. „Die Seite, die vor dir liegt, wurde zum Beispiel erst vor hundert Jahren beschrieben. Es ist ein Rezept, wie man Kirschbaumrinde zu einem Hustensaft einkocht. Der Schreiber hat ein wundervoll detailreiches Bild des Baumes dazu gezeichnet, die Blätter, die Früchte und die Rinde. Ich habe es vor ein paar Jahren einer Familie in Boston abgekauft. Sie hatten es auf dem Boden einer Truhe entdeckt, die sie verbrennen wollten.“

„Es ist ja fast ein Wunder, dass es bei dir gelandet ist.“

„Kein Wunder. Mund-zu-Mund-Propaganda. Dieses Buch ist

gefüllt mit lauter solchen Glücksfällen. Ich habe in London damit begonnen, solche Dinge zu sammeln, bevor ich zum Studium nach Oxford ging." Er blättere mehrere Seiten weiter, dann ließ er sie wieder eine Seite berühren. „Hier steht etwas über Chinin. Soweit ich es richtig einschätzen kann, hat der Autor diese Notizen über den medizinischen Nutzen irgendwann zwischen 1620 und 1640 gemacht." Er suchte weiter. „Das hier handelt von der Brauchbarkeit von Arsen."

„Ein Rezept für einen Mörder."

„Ja, aber das wusste damals noch niemand."

„Ist alles auf Englisch geschrieben?"

„Nein. Es gibt Schriftstücke in Latein, Französisch und Deutsch. Manche der Autoren schrieben rückwärts."

„Spiegelschrift, meinst du? Wie da Vinci?"

„Ganz genau. Von ihm habe ich allerdings nichts, dafür aber ein paar andere ..." Seine Stimme erstarb, während er vorsichtig mehrere Seiten umblätterte. „Hier ist eines. Das hier sind Notizen von Henry Baker."

„Dem englischen Naturforscher?"

„Derselbe." Randall beobachtete Claire, wie sie sorgsam das Blatt abtastete, als könne sie über ihre Fingerspitzen die Schrift aufsaugen und so das darin enthaltene Wissen aufnehmen. In ihrer Berührung lag eine Art von Verehrung. Als ihre Bewegungen sich verlangsamten, nahm er ihre Hand fort und ging in der Sammlung weiter. „Hier sind Aufzeichnungen von Kölreuter über seine Befruchtungsexperimente an Pflanzen."

Claires Stimme hatte einen ehrfürchtigen Unterton. „Ich habe seine Arbeiten gelesen. Mein Vater hat versucht, die Experimente in Solonesien zu wiederholen." Sie hob den Kopf. „Du hast mir eine große Ehre erwiesen. Ich kann mir gut vorstellen, wie gerne Sir Griffin deine Sammlung sehen würde. Ich hatte keine Ahnung, was du hier besitzt. Danke, dass du mich daran teilhaben lässt."

Ihre Dankbarkeit kam aus tiefstem Herzen, und Randall begriff, dass ihr das hier schon reichte. Für ihn gab es keinen Grund weiterzugehen, noch mehr mit ihr zu teilen. Sie glaubte bereits, dass er ihr etwas von sich gegeben hatte. Es stimmte zwar, auf gewisse Weise, aber es stimmte auch, dass er diese Schriften benutzte, um etwas anderes zu verbergen. Randall blätterte noch einmal um. Als er fand, was er gesucht hatte, legte er Claires Hände darauf.

„Das ist, weswegen wir heute Nacht hergekommen sind", sagte er leise. „Ich wollte, dass du das hier siehst."

Claire lächelte über seine Wortwahl. Es war beinahe, als könnte sie es. „Was ist es?" fragte sie. „James Cooks Logbuch? Darwins Notizen über die Galapagos-Inseln?"

„Es ist das Hamilton-Rätsel."

## *10. KAPITEL*

Mit einem überraschten Ausruf, beinahe als hätte sie sich verbrannt, riss Claire ihre Hände zurück. Sie wäre sogar aufgesprungen, hätten nicht Randalls Hände auf ihren Schultern sie daran gehindert.

„Ruhig", sagte er. „Ich hatte nicht damit gerechnet, dass es dich erschrecken würde."

Claire lachte ein wenig unsicher. „Das hat es, nicht wahr?" Vorsichtig legte sie ihre Finger wieder auf die Tischkante zurück, dann näherte sie sie langsam dem Buch. „Wer weiß, dass es sich hier befindet?" erkundigte sie sich.

„Du."

Die Ungeheuerlichkeit dessen, was er ihr damit verriet, war Claire sofort bewusst und es raubte ihr den Atem.

Randall lehnte sich vor und hauchte einen Kuss auf ihre Haare. „Captain James Hamilton hatte es eine Reihe von Jahren in seinem Logbuch. Zu anderen Zeiten bewahrte die Familie es in einer verschlossenen Kiste auf, in einem Schuh, zwischen den Seiten einer Bibel, hinter dem Porträt des Captains, und während der Revolution war es in das Futter des Hutes meines Urgroßvaters eingenäht. Shelby war derjenige, der fand, es wäre an der Zeit, es für alle sichtbar zu verstecken. Er schlug vor, eine Sammlung von Schriftstücken anzulegen, in die er das Rätsel einfügen konnte. Hätte er den Krieg überlebt, wäre dies eine Sammlung von Gedichten aus den letzten vierhundert Jahren gewesen. Ich beschloss, es zwischen dem zu verbergen, was mich interessierte. Diese Seite hier unterscheidet sich nicht sonderlich von den älteren Einträgen des Bandes. Die Handschrift ist nicht ordentlicher als die anderen. Auf den ersten Blick könnte man es für eine fremde Sprache halten."

„Das Rätsel ist auf Englisch?“

„Ja. Das merkt man aber nur, wenn man es vor einen Spiegel hält. Es ist insgesamt rückwärts geschrieben.“

„Genau wie manch anderes der Schriftstücke.“

„Stimmt.“

„Für alle sichtbar versteckt.“

„Hm. Würdest du es gerne hören?“

Claire zögerte. „Diesmal alles? Bist du dir sicher?“

„Ganz sicher.“

Claire willigte dennoch nicht sofort ein. Sie griff nach hinten und berührte eine seiner Hände. „Einverstanden“, sagte sie schließlich, da sie entschieden hatte, sein so großes Vertrauen zu verdienen. „Das würde ich gerne.“

Randalls Augen blieben auf ihr Haar gerichtet. Er musste das Blatt nicht ansehen, das vor ihr lag. Er hatte nicht gelogen, als er dem Duke und Claire gesagt hatte, er wüsste es auswendig.

*Sieben Schwestern, verflucht eine jede,*
*Sieben Schwestern ganz allein,*
*Eine immer schöner als die nächste,*
*Doch im Herzen kalt wie Stein.*

*Blut wird fließen,*
*Flammen schießen,*
*Sonne, blendend hell, gepriesen,*
*Wie Lanzen aus dem Boden sprießen.*
*Die Fluten steigen, es ist Regenmond,*
*Pesthauch wie Tinte am Horizont*
*Und dein Aug’ von Schatten umflort.*

*Sieben Schwestern, verflucht eine jede,*

*Sieben Schwestern ganz allein,*
*Erwarten den Tag, da sie vereint*
*Werden auf ihrem Thron sein.*

Randall wartete, während Claire das in sich aufnahm. Als sie sprach, wurde er nicht enttäuscht. Sie hatte sehr schnell die Verbindung zu der Unterhaltung hergestellt, die sie in London geführt hatten.

„Sieben Schwestern", flüsterte Claire. „Die Tikis auf Pulotu. Ich habe dir von ihnen erzählt, erinnerst du dich?"

„Das könnte ich nicht vergessen."

Claire nickte. „Da hast du die Entscheidung getroffen, mich mitzunehmen, nicht wahr?"

„Ja."

„Dann tut es mir nicht Leid, dass ich es dir gesagt habe." Sie lehnte sich in Randalls Armen zurück. „Ich bin froh, dass ich hier mit dir bin."

Randall strich ihr zärtlich übers Haar. „Ich auch."

„Ich möchte das Rätsel auch gerne auswendig lernen", sagte sie. „Wiederholst du es bitte?"

Da gab es kein Zögern. Randall trug es ihr noch einmal vor, dann ein drittes Mal, bis Claire es selbst aufsagen konnte, ohne ein Wort auszulassen oder zu vertauschen.

„Aber was soll es bedeuten?" fragte sie, es immer wieder in Gedanken durchgehend. „Du hast dem Duke erzählt, es hätte etwas mit Edelsteinen zu tun."

„Ja. Es ist eine Beschreibung des wertvollsten Teils des Schatzes", erklärte Randall. „Die sieben Schwestern sind nicht die Tikis, die du auf Pulotu gesehen hast, sondern es sind sieben kostbare Steine."

„Ich fürchte, ich kann dir nicht folgen."

Randall hob Claire von ihrem Stuhl und setzte sie auf den Tisch, dann nahm er ihren nun leeren Platz ein.

Sie lachte. „Warum hast du das getan?"

„Weil ich dich gerne ansehe", erwiderte er schlicht. Randall sah Unglauben und Freude in ihrer Miene miteinander ringen. „Du kannst mir glauben, Claire. Ich sehe dich wirklich gerne an." Er legte ihr seine Hände auf die Oberschenkel, dicht über ihren Knien. „Du magst der Tatsache, dass du eine Frau bist, gleichgültig gegenüberstehen, ich aber nicht."

Claires üppige Lippen teilten sich ein wenig, so dass sie tief ausatmen konnte. „Ich bin nicht mehr so gleichgültig, wie ich es gewohnt war."

Randall ließ seine Hand unter ihr Nachthemd und über ihren Schenkel emporgleiten. Der leise Schauer, der sie durchlief, entging ihm nicht. „Was möchtest du wissen?" fragte er.

Ihre Stimme war belegt. „Wegen der Edelsteine", antwortete sie unter Schwierigkeiten. „Das verstehe ich nicht." Randall schob stückchenweise ihr Nachthemd nach oben. Der Saum kitzelte sie an den Beinen, erst an den Unterschenkeln, dann den Knien und schließlich an ihren Oberschenkeln. „Alles ... alles an dem Rätsel hört sich wie ein Fluch an."

„Blut wird fließen", sagte er. „Welche Farbe fällt dir dabei ein?"

„Farbe?" Randall hatte den Kopf gesenkt und küsste nun zart ihr Knie. „Rot", erwiderte sie ein wenig zitternd. „Blut ist rot."

„Hm. Ein Rubin."

„Flammen schießen?" fragte sie.

„Orange." Randall tastete sich mit seinem Mund ein Stück nach oben. „Wusstest du, dass es orangefarbene Saphire gibt?"

„Sonne, blendend hell." Claire spürte Randalls Finger an ihren Hüften. Er zog sie unaufhaltsam zur Tischkante. „Gelb."

„Auch in diesem Farbton gibt es Saphire und Diamanten. Es sind nur Spuren bestimmter Elemente nötig, um die Farbe zu ändern.“ Er spreizte langsam ihre Beine. „Wie Lanzen aus dem Boden sprießen?“

Vor ihrem geistigen Auge sah Claire unzählige Lanzen, deren Spitzen glitzernd das Sonnenlicht widerspiegelten. „Silbern. Ein Diamant?“

Randall schüttelte den Kopf, und dabei strich er mit seinen rauen Wangen über ihre Schenkel. „Aus dem Boden sprießen. Gras“, half er ihr. „Grün. Ein Smaragd.“

Claire schob ihre Finger in sein Haar. „Es steigen ... die Fluten.“ Ihr Nachthemd bauschte sich inzwischen um ihre Hüften.

„Regenmond“, warf Randall ein.

„Regen ... blass ... wie ein Aquamarin.“

„Ja.“ Das Wort strich zart über ihre warme Haut. „Pesthauch wie Tinte am Horizont.“

Bei der ersten intimen Berührung seiner Lippen schloss Claire die Augen. „Ich weiß nicht“, hauchte sie.

„Ein aufziehender Sturm färbt den Himmel dunkelblau wie Tinte“, wisperte er. „Tief dunkelblau.“

„Ein makelloser Saphir.“

Er hob den Kopf und band ihren Morgenrock auf. „Lehn dich zurück, Claire.“

Sie gehorchte langsam, spürte, wie er den dünnen Stoff hochschlug und einen Kuss auf ihren Bauch drückte. Es war so furchtbar schwer zu denken. Claire rang darum, sich an die nächste Zeile des Rätsels zu erinnern. „Dein Aug’ von ... von Schatten umflort.“

Randall lächelte über den triumphierenden Unterton in ihrer Stimme. „Violett“, erwiderte er leise. „Violette Schatten. Wie ein Amethyst.“ Der nächste Laut, der zu vernehmen war, war Claires erstickter Aufschrei. Randalls Augen leuchteten triumphierend auf.

Er berührte sie mit seinen Lippen und seiner Zunge und seinen Zähnen. Streichelnd. Liebkosend. Er hörte, wie ihre Laute der Wollust anschwollen, wie sie den Atem anhielt und dann kurz darauf wieder ausstieß. Er spürte, wie sie ihre Finger aus seinem Haar zog und damit auf der glatten Oberfläche des Tisches nach Halt suchte.

Sie fand ihn nicht, und so ballte sie ihre Hände zu so festen Fäusten, dass ihre Fingernägel kleine halbmondförmige Eindrücke in der Haut hinterließen. Claire biss sich auf die Lippen, sog jedes Gefühl gierig in sich auf, das Randall weckte. Wellenförmig breitete sich Wärme in ihrem Schoß aus, ihre Brüste fühlten sich größer an und waren empfindsamer als zuvor. Ihre Kehle war ganz eng von all den Worten, die sie mühsam unterdrückte. Fiebrige Hitze erfasste ihre Haut, erst außen, dann drang sie darunter. Die seltsame Wärme war nicht länger nur in ihrem Schoß, sondern auch in den angespannten Muskeln ihrer Schenkel und Arme. Ihr Blut siedete. Und genau an der Stelle, wo Randalls Mund einen beinahe unerträglichen Druck erzeugte, war Feuer.

Claire rief heiser seinen Namen. Unwillkürlich bog sie sich ihm entgegen, jeder Zoll ihres Körpers in Leidenschaft gefangen. Wie aus einiger Entfernung hörte sie den dumpfen Aufprall, mit dem der Stuhl auf den Boden fiel, und die Tischbeine scharrten über den Boden, als Randall aufstand. Zwischen ihren gespreizten Beinen stehend, knöpfte er seine Hose auf, dann drang er auch schon tief in sie ein, ihr den letzten Atem raubend.

Die Bewegungen seines Körpers waren so kraftvoll wie er. Er hielt ihre Hüften fest und erlaubte ihr nur den Rhythmus, den er vorgab. Jeder Stoß war tief, und das Gefühl, sich in dem anderen zu verlieren, teilte sie. Sich immer wieder in ihren unter ihm aufbäumenden Körper versenkend, von ihren erstickten Schreien angefeuert, bis er nur noch aus Gefühlen bestand, bewegte er sich immer schneller in ihr, so lange, bis sie beide ihren Höhepunkt bis zu den letzten wollüstigen Zuckungen ausgekostet hatten.

Danach lag Claire still unter ihm. Sein Kopf ruhte zwischen ihren Brüsten, und er war immer noch in ihr. Ohne sich zu rühren, konnte sie das Hämmern seines und ihres Herzens spüren. Jeder abgehackte Atemzug war warm und irgendwie beruhigend.

Randall stützte sich auf seine Ellbogen und schaute auf Claires Gesicht herab. Mondschein badete ihre Züge in schimmerndem Licht. Ihre Haut glühte noch von der eben erlebten Leidenschaft. Nur ihre dunklen Augen waren verschleiert und ohne Tiefe. Die schwache Mandelform verlieh ihnen etwas Geheimnisvolles, aber nichts konnte ihre Entrücktheit lindern. Ohne eigentlich zu wissen, warum, empfand er mit einem Mal einen seltsamen Schmerz.

Er richtete sich auf und glitt aus ihr. Er half ihr, sich aufzusetzen und machte dabei einen Schritt zurück. Plötzlich verlegen, begann sie an ihrem Nachthemd zu ziehen, während er seine Hose schloss.

„Was ist?“ fragte sie ruhig, während sie ihren Gürtel so sorgfältig zuband, als wäre es die wichtigste Aufgabe, die sie je zu erledigen hatte.

„Was meinst du?“

„Etwas hat sich geändert. Ich kann es fühlen.“

Stirnrunzelnd fuhr sich Randall durchs Haar. Wie war es ihr möglich, so empfänglich für jeden seiner Stimmungswechsel zu sein? „Du täuschst dich.“ Er legte ihr beide Hände um die Taille, um ihr von dem Tisch herunterzuhelfen. Doch sie hinderte ihn daran, indem sie sich an der Tischkante festhielt und sich weigerte, sich zu bewegen.

„Und du lügst“, erwiderte sie mit flacher Stimme. Einmal mehr war sich Claire nur zu genau ihrer Umgebung bewusst. Gerade eben hatte sie ihm erlaubt, sie auf seinem Arbeitstisch zu verführen, ohne auch nur eine Sekunde daran zu denken, es ihm zu verwehren. „Habe ich etwas falsch gemacht? Empfindest du nun Widerwillen gegen mich?“

„Nein!“ widersprach Randall heftig. „Himmel, nein. Nichts dergleichen. Lass es gut sein, Claire. So war es nicht.“

„Wie war es dann?“ hakte sie beharrlich nach.

Randall hob den umgefallenen Stuhl auf und stellte ihn mit Nachdruck wieder hin. Aus dem Augenwinkel sah er Claire bei dem Geräusch zusammenzucken. Seine Stimme klang angespannt und steif. „Entschuldigung.“

Sie hob die Schultern. „Jetzt bist du verärgert.“

Er fluchte tonlos. „Du bist wie ein Hund mit einem Knochen.“

Claire nickte, nicht im Geringsten gekränkt.

„Ein großer, unfreundlicher Hund“, fügte er hinzu.

Sie lächelte nur, entblößte ihre Zähne und schlug sie leise klackend aufeinander.

Randall starrte sie kopfschüttelnd an. Sein eigenes Lächeln flackerte kurz auf. „Es gab einen Augenblick eben“, begann er ruhig, als mache er ein Geständnis. „Einen Augenblick danach, als ich daran erinnert wurde, dass du blind bist.“

Claire spürte, wie sich etwas in ihrer Brust zusammenzog. Es fiel ihr schwer zu atmen. Sie zwang sich, weiter zuzuhören, weil sie ihn danach gefragt hatte. „Weiter.“

„Das ist es“, sagte er.

„Das kann nicht sein.“ Claire reckte trotzig ihr Kinn. „Hattest du Mitleid mit mir, Randall? War es das?“

„Nein.“

„Dann Mitleid mit dir selbst. Mitleid damit, dass dein Schicksal mit dem einer blinden Frau verknüpft ist, die ...“

„Hör auf, Claire.“

„Die in jeder Beziehung derart zu wünschen übrig lässt ...“

„Claire.“

„Selbstachtung eingeschlossen, dass sie dir gestattet, sich ihrer zu bedienen, wann immer und wie immer es dir in den Sinn kommt.“

Als hätte sie ihn geschlagen, wich Randall einen Schritt zurück.

In Claires dunklen Augen glitzerten unvergossene Tränen, und ihre Unterlippe zitterte. „Verspürst du jetzt Mitleid mit mir, Randall?“

„Nein“, erwiderte er ruhig. „Belass es dabei.“

Plötzlich senkte sie den Kopf, als wäre er ihr mit einem Mal zu schwer für ihren zarten Hals, und ihre Schultern sackten nach unten. Ihr Griff um die Tischkante lockerte sich, und sie glitt langsam herunter. Randall war nun so still, dass sie nicht mehr wusste, wo im Raum er stand. Sie hatte nicht erwartet, dass ihr erster Schritt sie geradewegs in seine Arme bringen würde.

Randall hielt sie fest an sich gedrückt, ihr Gesicht an seine Schulter gepresst. Sie weinte leise, und Tränen brannten auch in seinen Augen. „Es war wie ein Schmerz“, flüsterte er. „Das war es, was ich gefühlt habe. Kein Mitleid. Nichts, was Mitleid auch nur entfernt ähnlich ist. Selbstsucht war es, die in mir den Wunsch geweckt hat, dass ich dich von deiner Blindheit befreien könnte. Es war nicht genug, dass ich an deinem geröteten Gesicht den Beweis für deine Leidenschaft ablesen konnte oder an deinem feuchten Mund. Oder dass ich deine Lust nur Momente zuvor selbst gespürt hatte. Ich wollte sie in deinen Augen widergespiegelt sehen. Du hattest von Anfang an Recht. Was ich dachte, für dich zu empfinden, drehte sich in Wahrheit nur um mich ... um das, was ich nicht für dich tun kann."

Claire erschauerte ein wenig, als sie versuchte ihr Schluchzen zu unterdrücken. „Ich weiß nicht ... weiß nicht, was ich tun werde, falls ... falls ich nie wieder sehen kann."

Randall fasste sie bei den Schultern und hielt sie ein Stück von sich weg, um ihr Gesicht zu studieren. „Was soll das heißen?" erkundigte er sich barsch.

Ihre Stimme war kaum zu verstehen, so leise sprach sie. „Du darfst nie Mitleid mit mir haben, Randall. Darauf verlasse ich mich. Ich habe schon so viel Selbstmitleid ... du kannst es dir gar nicht vorstellen." Sie lachte ein wenig unsicher. „Oder vielleicht doch."

Nein, dachte er, das kann ich nicht. Claire ließ sich so wenig anmerken. „Liebst du mich?" verlangte er zu wissen.

Von dem Blinzeln, das sie nicht unterdrücken konnte, einmal abgesehen, wurde Claire ganz still. Sie hatte das Gefühl, als stünde sie nicht mehr länger aus eigener Kraft, sondern werde von ihm gehalten. Sie fühlte sich so schwerelos wie ihr Atem. „Ja", antwortete sie.

Randall riss sie in seine Arme zurück. Er legte seine Wange an ihr dunkles Haar und hielt sie fest. „Dann sag mir nicht, du wüsstest nicht, was du tun würdest." Jedes Wort stieß er mit unterdrückter Heftigkeit aus. „Gleichgültig, was geschieht, du wirst bei mir sein. Du lebst mit mir, wirst mit mir alt, und wenn mein eigenes Augenlicht nachlässt, dann lehrst du mich alles, was du in diesen dunklen Jahren gelernt hast."

Claire war zu bewegt, um zu sprechen.

„Ich dachte, du hättest begriffen, was es bedeutet, dass ich dich hergebracht habe." Seine Stimme wurde sanfter. „Dich das Rätsel zu lehren, dir zu zeigen, wo es sich befindet, war dazu gedacht, dir zu zeigen, dass du mir mehr bedeutest als dieser verdammte Schatz."

Sie wich ein wenig zurück, hob ihre Hand und berührte mit ihren Fingerspitzen sein Gesicht. „Wenn du das so sagst", erklärte sie, „hört es sich fast so an, als rechnetest du damit, dass ich dein Vertrauen verraten würde."

„Was ich damit ausdrücken wollte, war, dass es mir gleich ist, wenn du es tust."

„Das werde ich aber nicht."

„Das macht keinen Unterschied."

„Sag, du weißt, dass ich es nicht tun werde", beharrte sie.

„Ich *will* sagen, dass ich dich liebe."

„Das darfst du auch gerne gleich. Jetzt aber will ich hören, dass du mir vertraust."

Randall starrte sie an. Sie schien das völlig ernst zu meinen. „Du bist ein seltsames Geschöpf."

„Ja."

„Dem ich vorbehaltlos vertraue."

Erleichterung legte sich über Claires Züge. Sie nickte schwach. „Und?" drängte sie ihn leise.

„Und das ich beinahe bis zum Wahnsinn liebe."

„Nur beinahe?"

„Das liegt an deiner Seltsamkeit", entgegnete er. „Die hält mich in der Wirklichkeit verankert."

Claires Daumen strich über seine Mundwinkel. Sie spürte, dass er lächelte. „Dann ist es in Ordnung", verkündete sie. Sich auf die Zehenspitzen stellend, küsste sie ihn fest auf den Mund. Sie hielt ihn so an sich gedrückt, presste ihren schlanken Körper an seinen kräftigen, hatte die Finger in seinem Nacken verschränkt und die Augen geschlossen, während ihre Lippen sich träumerisch und ohne jede Eile über die seinen bewegten.

„Können wir in meine Kabine zurückgehen?“ fragte sie, als sie schließlich den Kuss abbrach.

Noch ein wenig benommen von den Geschehnissen, murmelte Randall etwas, von dem er hoffte, dass sie es als Zustimmung gelten lassen würde.

Claire ließ sich auf ihre Füße zurücksinken. Die rollenden Bewegungen des Schiffes fühlten sich herrlich vertraut an. „Überprüf du, ob der Gang frei ist“, trug sie ihm auf. „Ich räume inzwischen dein Buch ins Regal zurück.“ Den schweren Band fand sie ohne Schwierigkeiten. Er lag immer noch aufgeschlagen auf dem Tisch, genau dort, wo sie und Randall ihn hingeschoben hatten, um sich einer anderweitigen Beschäftigung zu widmen. Claire fuhr mit ihrer Hand über die Seite und errötete sanft. Wie sollte sie jemals an das Rätsel denken können, ohne von der Erinnerung an Randall erfasst zu werden. Jede Zeile trug den Abdruck seiner Lippen und Hände in sich. *Blut wird fließen ... Flammen schießen* ... Sie erbebte leicht. Ihre Fingerspitzen glitten über den unteren Teil der Seite und auf den Tisch.

Hinter sich hörte sie, wie Randall die Tür zum Gang öffnete. Sie schüttelte den Kopf. Die sinnlichen Bilder verblassten, und mit ihrem Verschwinden kam eine seltsame Klarheit über sie. Die Erinnerung war nicht nur auf ihren Kopf beschränkt, sondern befand sich auch in ihren Fingerspitzen. „Randall?“

„Die Luft ist rein“, verkündete er. „Keine Seele weit und breit.“

Sie verstand kaum, was er sagte. Das Buch näher ziehend, tastete sie noch einmal die aufgeschlagene Seite ab. In ihrer Stimme war ein drängender Unterton. „Komm her.“

Randall schaute über seine Schulter. Claire hatte sich nicht von dem Tisch fortbewegt. Er schloss die Tür und kehrte zu ihr zurück. „Was ist?"

Sie deutete auf den Bereich der Seite, den sie untersucht hatte. „Was ist das?"

Randall blickte zu der Stelle, auf die sie zeigte. Er kniff die Augen zusammen, während er zu erkennen versuchte, was Claire meinte. Das fahle Mondlicht war nicht hell genug. „Ich brauche eine Lampe", erklärte er. „Ich weiß nicht, was du gefunden hast."

Claire hielt ihn fest. „Das liegt daran, dass du dich nicht bemühst, mit meinen Augen zu sehen", bemerkte sie. „Schließ einmal deine Augen."

„Gut."

„Gib mir deine Hand."

Allerdings musste Randall seine Augen kurz öffnen, damit sich ihre Hände trafen. Wenn sie es merkte, so ging sie mit keinem Wort darauf ein. „Und was jetzt?" fragte er.

Claire hob die Ecke der Seite vorsichtig an. „Fühl mal hier", sagte sie. „Von beiden Seiten."

Jetzt begriff Randall und war erstaunt. „Soll das heißen, dass du die Löcher bemerkt hast?"

„Ja. Wusstest du, dass sie da waren?"

„Natürlich."

„Warum hast du mir dann nichts davon gesagt, als ich gefragt habe?"

„Ich habe nicht gewusst, dass du dahin geschaut hast. Da gibt es nicht viel zu sehen."

Claire kniff ihn verärgert in die Hand, in der Hoffnung, dass es ihm die Augen öffnen würde.

„Autsch", sagte er leise.

Sie lächelte zuckersüß und ließ ihn los. „Warum sind da Löcher im Papier?“ wollte sie wissen. „Was bedeuten sie?“

„Ich weiß es nicht.“

Claire seufzte. „Steht da irgendetwas um sie herum geschrieben? Etwas, um sie zu unterscheiden?“

„Nein.“

Sie berührte die kleinen, erhabenen Punkte auf der Rückseite vorsichtig. „Woher stammen sie?“

„Keine Ahnung. Darüber habe ich nie Vermutungen angestellt.“

„Dann tu es jetzt.“

„Nun, sie sind alle größer als einfache Nadelstiche. Ich habe dir ja schon erzählt, dass das Rätsel eine Zeit lang in einen Hut eingenäht war. Es wäre möglich, dass die Nadel mehrmals durch das Papier gezogen wurde. Es wurde auch mal im Absatz eines Schuhs aufbewahrt. Vielleicht stammen sie von einem Schusternagel.“

„Genau so?“ erkundigte sie sich. „Sieben Löcher, die so angeordnet sind?“

Randall war nie eine bestimmte Anordnung aufgefallen. „Was meinst du damit, Claire? Dass die Löcher zu einem besonderen Zweck da sind?“

„Könnte es denn sein?“

Er zuckte die Schultern. „Zu welchem?“

„Ich weiß es nicht.“

„Dann räume ein, dass sie nicht mehr sein werden, als sie auf den ersten Blick scheinen. Das Papier ist dreihundert Jahre alt. Es wäre kein Wunder, wenn es inzwischen nur noch aus Fetzen bestünde.“

„Nein.“ Claire schüttelte den Kopf. „Das wäre es wohl. Deine Familie ist sehr sorgsam damit umgegangen und hat sich stets große Mühe gegeben, es sicher aufzubewahren. Die Ränder sind nicht zerfranst. Ich glaube nicht, dass das Blatt sehr lange in dem Schuhabsatz oder dem Hut steckte. Das Papier ist nicht stark genug geknickt. Die Falten sind wieder herausgepresst worden. Du hast ihm den meisten Schaden zugefügt, indem du es in dieses Buch gebunden hast. Wären diese Löcher auf der anderen Seite des Blattes, hätte man sie völlig übersehen können."

„Sie sind dreihundert Jahre lang übersehen worden", betonte Randall trocken. „Was ich nicht verstehe, ist, warum du denkst, sie hätten eine Bedeutung."

„Kannst du die Seite gegen das Licht halten?"

„Vermutlich."

„Dann tu es."

Randall nahm das Buch und trug es zum Bullauge. Er hielt es so, dass nur die Seite mit dem Rätsel nach unten hing. Er drehte es ein wenig nach links, dann nach rechts. Das Mondlicht, das hereinfiel, zeigte ihm die genaue Lage eines jeden Loches. Es waren sieben. Sieben. Warum war ihm das nie zuvor aufgefallen? Er überlegte, vor wie vielen Jahren das Wissen um sie verloren gegangen war. An welchem Punkt hatte ein Hamilton-Vater vergessen, seinem Sohn von der Wichtigkeit der winzigen Löcher zu erzählen? Und wann war ihr Vorhandensein vergessen worden?

„Kannst du sie sehen?" erkundigte sich Claire, die nun auf einem Stuhl saß.

„Ja", erwiderte er und senkte das Buch.

„Erinnern sie dich an etwas?"

„An den Großen Wagen." Randall schloss den Band und stellte ihn ins Regal zurück. „Meintest du das?"

Sie nickte. „Ich habe mir dasselbe gedacht."

„Und du denkst, das ist ein wichtiger Hinweis auf den Schatz?“

„Könnte es nicht so sein?“

„Ich weiß nicht. Wir sind zu weit südlich des Äquators. Der Große Wagen ist am südlichen Himmel nicht zu sehen.“ Er blieb dicht vor ihr stehen und betrachtete sie nachdenklich. „Schon immer habe ich dich für sehr klug gehalten“, erklärte er. „Und alles andere als begriffsstutzig.“

Eine schmale Falte bildete sich zwischen Claires Brauen. In seiner Stimme schwang ein Unterton mit, der in ihr den Zweifel daran erweckte, dass er mit seinen Komplimenten so fortfahren würde.

„Aber das hier ist erstaunlich“, fuhr er ungläubig fort. „Selbst für dich.“

Sie nickte. „Ich habe etwas Ähnliches schon einmal gesehen.“

Randalls Augen wurden schmal. „Wo?“

„Auf Abberly Hall. In dem privaten Museum meines Paten.“

„Wann?“

„Nicht lange, bevor wir London verließen. Ich war zum ersten Mal seit Jahren wieder in seiner Schatzkammer.“ Sie streckte die Hand nach ihm aus und fand seinen Unterarm. „Können wir jetzt in meine Kabine zurückgehen? Ich erkläre es dir gerne, nur lieber dort als hier.“

Er fasste sie am Handgelenk und ging mit ihr zur Tür. Der Gang lag immer noch verlassen da. Randall führte Claire hinaus. Außer seinem Wunsch, so schnell wie möglich zu erfahren, was sie wusste, gab es keinen Grund zur Eile. Es schien ihm unwahrscheinlich viel Zeit vergangen zu sein, als sie endlich dort ankamen.

Claire schlüpfte aus ihrem Morgenrock und hängte ihn in den Schrank. Sie kroch in ihr Bett und rutschte zur Seite, um für Randall Platz zu machen. „Hier können wir genauso gut reden“, erklärte sie praktisch. „Aber hier ist es wärmer.“

Randall streifte sich seine Hosen ab und legte sich neben Claire. Sie stieß mit ihren Knien gegen seine, als sie es sich, an ihn gekuschelt, gemütlich machte. Er zog die Decke bis zu ihren Schultern hoch und stützte sich auf einen Ellbogen.

Claire blieb es nicht verborgen, dass er wartete. „Du wirst enttäuscht sein“, bemerkte sie. „Ich weiß so wenig. Ich habe in einem von Stickles illustrierten Manuskripten ein Blatt Papier entdeckt, das ähnlich markiert war. Vermutlich war dein Bruder Shelby nicht der Einzige mit der Idee, etwas für alle sichtbar zu verstecken.“

„So scheint es.“

„Doch es war nicht so eingebunden wie deines. So kam es überhaupt, dass es mir aufgefallen ist. Als ich mir das Buch ansah, löste sich die Seite plötzlich.“ Claire verzog den Mund zu einem schiefen Lächeln, als ihr aufging, wie merkwürdig ihm das vorkommen musste. „Ich weiß“, fuhr sie entschlossen fort, „warum sollte sich eine blinde Frau ein Buch ansehen?“

„Ich habe mich nicht zu fragen getraut.“

Dafür wurde er leicht in den Bauch geboxt, worauf ihm zu ihrer Befriedigung ein leises Keuchen entfuhr. „Ich war dabei, die Schätze des Dukes wieder zu entdecken, wenn du es unbedingt wissen musst. Du kannst dir nicht vorstellen, was er alles dort hat. Breitschwerter von der Invasion der Normannen. Rüstungen. Bestickte Wandbehänge. Armbänder aus Ägypten. Münzen. Edelsteine. Bücher. Ich habe beinahe alles berührt und versucht, mir vorzustellen, wie es war, als ich das alles noch sehen konnte. Es hört sich jetzt bestimmt dumm an, aber da ... da schien es mir so unwahrscheinlich wichtig.“

„Das verstehe ich“, antwortete Randall.

Claire lehnte sich zurück. Ihr Lächeln war sanft. „Ich glaube, das tust du.“ Sie machte eine Pause und versuchte den Faden ihrer Erzählung wiederzufinden. „Ich habe es zufällig entdeckt. Das Papier fühlte sich anders an als die Seiten, die zu dem Manuskript gehörten. Meine erste Vermutung war, dass es nicht so alt war. Jemand, der sehen kann, hätte das sofort erkannt. Stickle war nicht ganz so gewitzt wie du.“

„Gewitzt genug.“

„Die Löcher waren genauso angeordnet wie auf deinem Blatt. Ich dachte, es könnte eine Art Sternenkarte sein.“

„Nicht sehr wahrscheinlich.“

„Das weiß ich jetzt auch. Glaubst du, ich hatte das Waterstone-Rätsel in den Händen?“

„Das glaubst du, nicht wahr?“

Sie nickte kaum merklich. „Ich vermute, der Duke ist unser größter Gegenspieler auf der Suche nach dem Schatz.“

„Ja? Warum habe ich dann nie davon gehört? Ich suche jetzt seit Jahren. Dies ist das erste Mal, dass er sich an mich gewandt hat. Was denkst du, ist der Grund dafür?“

„Ich weiß es nicht.“

„Genauso wenig wie ich.“ Das störte Randall, weil er vermutete, dass Claire Recht hatte. Der Duke of Strickland *war* wohl wirklich sein bedeutendster Gegenspieler. Das warf die Frage auf, warum er sich so lange damit begnügt hatte, im Hintergrund zu bleiben. „Wahrscheinlich hast du nicht zufällig eine Ahnung, wie dein Pate an das Waterstone-Rätsel gekommen ist?“

„Nein.“ Sie seufzte. „Weißt du eigentlich, dass ich nach dem Blatt in dem Manuskript fragen wollte? Ich war beinahe stolz auf meine Entdeckung, aber dann war so viel vor der Abfahrt zu erledigen, dass es mir völlig entfallen ist. Ich hätte nie wieder daran gedacht, wenn du mir dein Rätsel nicht gezeigt hättest.“

Randall war nicht traurig darüber, dass sie vergessen hatte, ihren Fund Strickland gegenüber zu erwähnen. Aber er sagte nichts, um sie das wissen zu lassen. „Denkst du, der Duke interessiert sich wegen der Juwelen für den Schatz?“

„Ich vermute es. Besonders die Saphire. Ich glaube nicht, dass es eine Sammlung gibt, die seiner gleichkommt.“

„Erinnerst du dich noch gut daran?“

„Keine Ahnung wie gut, aber ja, das ist etwas, das man nicht so leicht vergisst. Das erste Mal, als ich sie sah, war ich noch ein Kind. Meine Mutter begleitete mich nach Abberly Hall.“ Ihr Lachen war ein wenig selbstbelustigt. „Hörst du, für wie wichtig ich mich hielt? Es wäre richtiger zu sagen, ich begleitete meine Mutter. Ich war das Patenkind des Dukes, natürlich, aber sie war seine Freundin und Vertraute. Er ließ mich durch sein Museum streifen und alles anfassen, was ich wollte. Mama fühlte sich dabei nicht besonders wohl, aber Stickle schien es nichts auszumachen. So setzte ich einen kunstreich verzierten Kopfschmuck auf, der einer ägyptischen Königin gehört hatte, und trug Bänder aus Silber und Gold um meinen Hals. Meine Mutter erklärte, ich sähe entsetzlich aufgedonnert aus. Stickle sagte nur, ich sei berückend.“ Ihr Lächeln vertiefte sich. „Ich bin mir sicher, dass Mama Recht hatte. Ich erinnere mich daran, auf dem Boden zu sitzen und mit den Saphiren und Rubinen des Dukes zu spielen, während er und meine Mutter umherschlenderten und sich unterhielten. Manche Steine waren so groß wie meine Faust. Aber man darf nicht vergessen, dass es damals eine viel kleinere Faust war.“

Randall war dennoch beeindruckt. „Selbst dann sind es noch große Steine. Wenn das seine Freude ist, dann verstehe ich, warum er die sieben Schwestern haben möchte. Selbst wenn in dreihundert Jahren mündlicher Überlieferung ihre Größe übertrieben wurde, dann erwarte ich doch, dass sie immer noch berückend schön sind."

„Genau wie in dem alten Reim", sagte sie schläfrig.

„Hmm. *Eine immer schöner als die nächste ... doch im Herzen kalt wie Stein.*"

„Nicht dein Rätsel", widersprach Claire. Sie reckte sich und drehte sich auf die Seite, diesmal so, dass ihr Rücken Randall zugewandt war, und schloss die Augen. „Ich meine den alten Kinderreim. Du weißt schon, der der etwa so aufhört: *Mit den Schwestern dieser Vers dir bringt ... mehr Reichtum, als ein König erringt.*"

„*Und all des Königs Rosse, all des Königs Mannen, konnten Humpty-Dumpty nicht bannen ...*"

Claires heiseres Lachen unterbrach ihn. „Ich denke, da bringst du deine Kinderreime durcheinander."

Randall legte den Kopf auf seinen Arm und schmiegte sich an sie. „Wenn du das sagst."

„Das tue ich." Sie musste plötzlich gähnen. „Weckst du mich, bevor du gehst?"

„Wenn du willst."

Sie nickte. Seine Finger hatte er unter ihr Haar geschoben, und nun spürte sie, wie er ihr leicht den Nacken rieb. Sie fühlte, wie alle Spannung aus ihr wich. Ihre Arme und Beine wurden schwer. Als sie schließlich sprach, war ihre Stimme belegt. „Ich würde dir gerne helfen, deinen Schatz zu finden."

Doch Randall antwortete nichts darauf. Er fragte sich, wie sie reagieren würde, wenn er ihr sagte, dass sie das schon getan hatte.

Die Tage und Nächte wurden wärmer, als die *Cerberus* sich tropischen Gewässern näherte. Dem hell strahlenden Stern Sirius folgend, nahm das Schiff Kurs auf Raiatea, eine der Gesellschaftsinseln. Während der Klipper eine Geschwindigkeit von immer etwa zehn Knoten hielt, bemerkte Claire, dass die Mannschaft langsamer wurde. Insel-Zeit nannte Randall das. Die Männer stellten sich in ihrer Vorfreude bereits auf das weniger fordernde Leben auf den Sonneninseln ein.

Randall saß auf der Bettkante, während Claire zwischen seinen gespreizten Beinen hockte, und zog gemächlich eine Bürste durch ihr dichtes Haar. „Heute Morgen ist mir Cutch auf dem Gang begegnet, als ich aus deiner Kabine kam."

„Das war nur eine Frage der Zeit", erwiderte sie. Da Randall in der vergangenen Woche beinahe jede Nacht zu ihr gekommen war, wäre es weit merkwürdiger gewesen, wenn der Wandel in ihrer Beziehung unentdeckt geblieben wäre. „Ich denke, Mr. Cutch – wie vermutlich auch der größte Teil der Besatzung – wusste das schon seit Tagen."

„Ehrlich?"

Claire lachte über seine Naivität. „Schließlich ist es ja nicht so, als hätten wir uns besondere Mühe gegeben, unsere Affäre geheim zu halten."

Den Ausdruck *Affäre* mochte Randall nicht sonderlich, aber das sagte er ihr nicht. Sie würde ihn nur nach einer passenderen Umschreibung ihrer Beziehung fragen, und die konnte er ihr im Moment nicht bieten. „Du bist nicht böse?"

„Nein." Claire streckte die Hand aus und umfasste sein Handgelenk, als er gerade den nächsten Bürstenstrich machen wollte. „Ich schäme mich nicht, Randall. Für mich gibt es keinen Grund, etwas dagegen zu haben, dass alle von uns wissen." Sie spürte, wie er sich versteifte, als setzte er an, ihr zu widersprechen. Claire schüttelte den Kopf, und er schwieg. Sie ließ ihn los und fragte: „Erzähl mir, was Mr. Cutch gesagt hat."

„Woher weißt du, dass er überhaupt etwas gesagt hat?"

„Weil er dein Mentor und Freund ist. Er würde sich die Gelegenheit nicht entgehen lassen."

Randall lachte kurz auf; letztendlich hatte er doch etwas Belustigendes an der Situation gefunden. „Er hat mich gefragt, ob ich wüsste, was ich tue."

„Und du hast geantwortet?"

„Mit ‚Ja'."

„Das war alles?"

„Cutch jedenfalls war es zufrieden. Er wandte sich wieder seinen Angelegenheiten zu und ich meinen."

Claire lächelte. „Es muss die Art und Weise gewesen sein, wie du ‚Ja' gesagt hast. Ich kann mir vorstellen, dass Mr. Cutch gern noch mehr erfahren hätte."

Randall gab ihr insgeheim Recht, erwiderte aber nichts. Er erklärte nicht, dass seine Zeit mit Claire ihm so kostbar war, dass er keinen Teil davon mit anderen teilen wollte, noch nicht einmal mit Cutch. Er wollte sich nicht rechtfertigen oder dazu gezwungen werden, an die Konsequenzen zu denken. „Hat er etwas zu dir gesagt?"

„Nein. Ich würde es auch nicht von ihm erwarten. Mr. Cutch mag mich, aber dich liebt er."

Die Bürstenstriche wurden langsamer, hörten schließlich ganz auf. „Willst du damit sagen, dass ich mit ihm reden *soll*?"

„Ich will damit sagen, dass es mir nichts ausmacht, wenn du es tätest. Ich habe viel mehr Erfahrung mit Affären als du, Randall. Ich glaube, ich weiß, was ich erwarten kann. Bei dir bin ich mir dagegen nicht so sicher."

Randall legte die Bürste beiseite. Er bog ihren Kopf ein wenig zurück und musterte ihr Gesicht einen Augenblick. Sie meinte das völlig ernst. Er ließ sie los. „Wovon, in Gottes Namen, sprichst du?"

Claire stand auf und stellte sich vor ihn. Ihr Kleid war am Rücken halb aufgeknöpft, und sie zog den Ausschnitt wieder nach oben, wo er ihr über die Schulter gerutscht war. Dann strich sie den Stoff vorne über ihrem Bauch glatt. Unter ihren Fingern fühlte sich die schimmernde Baumwolle kühl an. Ihre Miene war beherrscht, ernst, als sie sich zu ihm umdrehte, aber ihr Atem zitterte, als sie Luft holte. „Ich habe gehört, dass du von immer gesprochen hast", erklärte sie. „Ich weiß, du glaubst, dass du mich immer begehren wirst, dass deine Gefühle für mich immer so bleiben werden, wie sie jetzt sind. Das ist für mich schön, Randall. Wirklich. Nur denke ich anders darüber. Meine Erfahrung sagt mir, dass ich das sollte."

Randall fiel es schwer, sitzen zu bleiben. Es gelang ihm nur, weil er genau wusste, aufzustehen und drohend vor ihr aufzuragen würde ihm nichts einbringen. „Welche Erfahrung?" erkundigte er sich mit erzwungener Ruhe. „Claire, ich weiß genau, dass es nie einen anderen gegeben hat. Von wessen Affären sprichst du? Denen deines Vaters?"

„Denen meiner Mutter."

Randall starrte sie an. Er fragte sich, warum er das nicht schon vorher erraten hatte. Es hatte Hinweise gegeben, jetzt wo er darüber nachdachte, aber er hatte Claire nicht genauso gut zugehört wie sie ihm. Er hatte es wirklich nicht gewusst. „Der Duke of Strickland", sagte er endlich.

Claire nickte. Ihr Lächeln war traurig. „Mein Pate." Sie fand die Schreibtischkante und ging daran entlang. Die Stuhlbeine scharrten über den Boden, als sie den Stuhl unter dem Tisch hervorzog. Sie setzte sich, die Hände im Schoß verschränkt. „Vielleicht hätte ich es dir erzählen sollen."

„Ich kann mir keinen Grund vorstellen, warum – bis jetzt. Wenn die Affäre deiner Mutter dafür sorgt, dass dir unseretwegen

Zweifel kommen, dann ist jetzt genau der richtige Zeitpunkt, mir davon zu erzählen."

Claire holte tief Luft und stieß sie langsam wieder aus. „Es gibt eigentlich gar nicht so viel zu erzählen. Es ist noch nicht einmal eine besonders ungewöhnliche Geschichte. Wenn ich die Qualen nicht aus nächster Nähe miterlebt hätte, hielte ich es vielleicht für melodramatisch und banal."

„Darf ich das selbst entscheiden?"

Claire schloss kurz die Augen und nickte kaum wahrnehmbar. „Die Familie meiner Mutter hatte hoch gesteckte Ziele, aber wenig Einfluss. Mein Großvater war ein Baron, dessen Schwäche für Pferde und Pferderennen beinahe das kleine Vermögen seiner Vorfahren aufgezehrt hatte. Alles, was meine Mutter besaß, war ihre außergewöhnliche Schönheit, die in den Augen ihrer Eltern dafür genutzt werden sollte, eine Ehe zu schließen, die die ganze Familie versorgen würde.

Mutter erregte in ihrer ersten Saison Aufsehen. Es gab eine Reihe vorteilhafter Verbindungen, die sie hätte eingehen können, um ihren Eltern zu Gefallen zu sein, aber sie wollte Evan Markham. Sie muss gedacht haben, er wollte sie ebenso. Falls Mutter begriffen hatte, dass ihr familiärer Hintergrund eine Ehe unmöglich machte, so gab sie das nie zu. Vielleicht glaubte sie, der Duke würde seine Meinung ändern. Ich weiß nicht, wie weit ihre Affäre damals ging. Am Ende der Saison hatten sich ihre Wege getrennt. Stickle hatte der Tochter eines Earls einen Antrag gemacht, und meine Mutter hatte den unwahrscheinlichsten Kandidaten unter all ihren Verehrern gewählt."

„Sir Griffin."

„Damals war er einfach nur Mr. Bancroft. Ein einfacher Professor. Sein Interesse an den Naturwissenschaften war nicht der flatterhafte Zeitvertreib eines Adeligen. Er *arbeitete*." Claires schwaches Lächeln war trocken. „Die Familie meiner Mutter war überzeugt, dass er in jeder nur vorstellbaren Beziehung weit unter ihnen stand. Es gab genug Leute, die sogar glaubten, Mutter habe seinen Antrag aus purem Trotz angenommen."

„Strickland eingeschlossen?" fragte Randall.

Claire zuckte die Schultern. „Vielleicht. Ich weiß es nicht. Genau genommen hatte ich immer eher den Eindruck, dass mein Pate die Heirat gefördert hat."

Randall verengte seine Augen und setzte eine nachdenkliche Miene auf. „Warum sagst du das?"

„Nur ein paar Kleinigkeiten, die ich über die Jahre aufgeschnappt habe."

Randall begriff, dass Claires Talent zuzuhören nicht einfach ein Ergebnis ihrer Blindheit war. Sie hatte lediglich eine Fähigkeit, die sie ohnehin schon besaß, verfeinert. „Also stammt dein Wissen nicht aus dem, was deine Eltern dir erzählt haben."

Darüber lachte sie. „Du meine Güte, nein. Selbst Stickle, der manchmal peinlich geradeheraus sein kann, hat nie mit mir darüber gesprochen."

„Aber du weißt, dass es eine Affäre gegeben hat."

„O ja. Meine Mutter ist oft mit mir auf Abberly Hall gewesen. Vermutlich dachte sie, meine Anwesenheit würde die wahre Natur ihrer Besuche vertuschen. Schließlich war ich das Patenkind des Dukes. Und auf seine eigene Weise war er in mich vernarrt. Was könnte da natürlicher aussehen, als ihn auf seinem Landsitz aufzusuchen?"

„Wusste dein Vater davon?"

„Dass wir ihn besuchten? Ja, selbstverständlich. Dass es eine Affäre gab? Ja, vielleicht. Mich hat er nie gefragt. Ich werde ihn dafür immer achten. Er schien zu wissen, dass ich in ein schreckliches Geheimnis eingeweiht war, und er hat mich nie gezwungen, zwischen ihm und meiner Mutter zu wählen. Nie hat er mich gebeten, Stellung zu beziehen." Sie seufzte. „Die Wahrheit ist, Randall, ich bin mir nicht sicher, ob ihm überhaupt viel an meiner Mutter lag ... oder auch an mir. Bis zu Tiare und Tipu hätte ich gesagt, dass Sir Griffins Arbeit das Einzige war, was er lieben konnte."

Randall schwieg. Ihr zu widersprechen, zu behaupten, ihr Vater habe sie natürlich geliebt, weil sie es verdiente, geliebt zu werden, wäre falsch. Er wusste nicht, ob Sir Griffin sie überhaupt geliebt hatte.

„Stickles Gattin starb im Kindbett", fuhr Claire fort. „Das Kind war eine Totgeburt. Hätte sie gelebt, wären die Dinge vielleicht anders gelaufen, aber in seiner Trauer wandte sich der Duke meiner Mutter zu. Ich war noch ein Kind. Vermutlich hat Stickle meine Mutter gefragt, ob er bei meiner Erziehung Verantwortung übernehmen könnte, und meine Mutter willigte daraufhin ein, ihn zu meinem Paten zu machen."

„Du musst dich doch auch gefragt haben ..." Randalls Stimme verlor sich.

„Ob ich in Wahrheit sein Kind bin?" beendet sie seinen Satz. „Ja, das habe ich. Wie auch nicht? Aber ich habe niemandem die Frage gestellt. Ich bin nicht sicher, ob ich es überhaupt wissen will, und ob es etwas ausmacht. Nichts, was ich mir vorstellen kann, würde sich ändern, wenn es so wäre."

„Tipu wäre nicht dein Bruder."

„Das wäre nur eine biologische Unterscheidung", entgegnete sie. „Es hätte nichts damit zu tun, was ich für ihn oder jemand anderen empfinde."

„Nun gut", erklärte Randall. „Aber ich verstehe nicht, was die Affäre deiner Mutter mit uns zu tun hat."

Claire hob die Augenbrauen. „Nicht? Ich dachte, das wäre

klar. Sie hatte keine Zukunft. Mit der Zeit machte sie alle, die davon betroffen waren, unglücklich."

„Und du erwartest, dass es uns ebenso ergehen wird?"

„Erwarten? Ich glaube nicht, dass ich es so ausdrücken würde."

„Doch es würde dich nicht überraschen."

„Nein, nicht im Mindesten."

Randall stand auf. Seine Hände ballte er zu Fäusten und öffnete sie wieder. Bevor er zu Claire trat, zwang er sich zur Ruhe. Er setzte sich auf den Tisch und stützte ein Bein auf den Stuhl neben ihr. „Ich habe nie daran gedacht, unser Zusammensein als Affäre zu betrachten", erklärte er.

„Dann nenne mir ein besseres Wort dafür", erwiderte sie.

„Dass du so etwas sagen würdest, habe ich mir beinahe schon gedacht. Ich habe keins. Was ich damit ausdrücken will, ist nur, dass ich nie über unser Zusammensein so gedacht habe", antwortete er.

„Stickle liebte meine Mutter, denke ich. Sie liebte ihn. Dennoch änderte das nichts."

„Wir sind nicht sie. Ich arrangiere nicht deine Heirat mit einem anderen Mann, damit ich dich als meine Mätresse behalten kann. Claire, glaubst du, dass deine Mutter oder der Duke etwas anderes als Vernunftehen geführt haben? Nicht ihre Liebe zueinander war die Tragödie. Es war, wie sehr sie sich verpflichtet fühlten, den Standesregeln der Gesellschaft zu folgen. Mir ist bisher nicht aufgefallen, dass du dich besonders darum geschert hättest."

„Ich nicht", entgegnete sie leise. „Du aber schon."

„Ich?"

„Randall, du hast in einem Krieg gekämpft, um deine kostbare Südstaatengesellschaft zu bewahren. Du riskierst dein Leben, um deine Familienehre wiederherzustellen. Ich belüge mich nicht selbst, indem ich mir einbilde, ich wäre die Frau, die du dir immer an deiner Seite gewünscht hast."

„Dann streite dich mit meiner Einbildungskraft deswegen", erwiderte er knapp.

Bei seinem scharfen Ton hob Claire den Kopf. Verunsichert runzelte sie die Stirn. „Du bist böse."

„Himmel, ja."

Claire fühlte, wie der Stuhl ein Stück nach hinten rutschte, als Randall sich davon abstieß. Sie umklammerte die Armlehnen, um nicht das Gleichgewicht zu verlieren. „Ich verstehe das nicht."

„Ist es nur, dass du nicht glauben kannst, dass ich dich liebe, oder dass ich irgendjemanden lieben kann?"

„Du verdrehst, was ich gesagt habe."

„Das denke ich nicht, Claire. Warum fällt es dir so schwer, anzunehmen, dass ich dich liebe?"

Tränen glitzerten in ihren dunklen Augen. Es gelang ihr nicht, sie fortzublinzeln. „Weil es nie jemand getan hat."

Da fasste Randall sie an den Ellbogen und zog sie auf die Füße. Er nahm sie in die Arme und hielt sie sachte. Sie legte ihren Kopf an seine Schulter und schloss die Augen. Ein paar Tränen flossen, benetzten ihre Wangen und sein Hemd. Er spürte sie, sagte aber nichts.

„Mein Vater. Mutter. Der Duke. Sie waren alle so mit ihren eigenen Interessen beschäftigt. Meistens wurde mir keine Beachtung geschenkt. Ich ging davon aus, dass es mein Fehler war. Niemand hat mir je erklärt, dass dem nicht so war."

„O Claire."

Sie zuckte die Schultern, ungeduldig mit sich selbst. „Bis jetzt habe ich das stets sachlich betrachten können. Alle waren nett zu mir, aber ich hatte immer das Gefühl, dass ich irgendwie benutzt wurde. Mutter und der Duke vertuschten ihre Affäre mit mir. Vater benutzte mich, um seine Forschungen voranzutreiben. Ich kann es nicht ändern, wenn ich ein wenig unsicher bei dem Gedanken werde, dass du mich liebst. Dann bekomme ich Angst, dass es mir zu viel bedeutet. So sehr ich es mir auch wünsche, flößt es mir doch Furcht ein."

„Furcht?"

„Meine Mutter liebte den Duke. Es hat sie zerstört."

Vorsichtig rückte Randall sie von sich. Suchend sah er Claire in das ernste Gesicht. Es war klar, dass sie glaubte, was sie da sagte. „Wie?" wollte er wissen. „Erzähl mir wie."

„Sie konnte ihm nichts abschlagen. Selbst wenn das, um was er sie bat, unvernünftig und potenziell gefährlich war, konnte sie nicht Nein sagen."

„Wovon sprichst du?"

„Zuerst hat sie sich mit ihm darüber gestritten, dass mein Vater in die Südsee zurückgeht. Ich weiß das, weil ich sie dabei zufällig belauscht habe. Als sie begriff, dass der Duke von ihr erwartete, dass sie Sir Griffin begleitete, war sie wütend. Am stärksten im Gedächtnis ist mir haften geblieben, dass sie nicht zornig bleiben konnte. Am Ende lenkte sie ein. Einzig in dem Punkt begehrte sie auf, dass ich ebenfalls mitkommen sollte. Mein Vater und der Duke waren beide dagegen. Sie wollten mich in ein Pensionat schicken, aber ich wollte lieber bei meiner Mutter bleiben. Vermutlich neigte das die Waagschale in ihre Richtung. Am Ende segelten sie und ich mit meinem Vater. Wir waren fünf Jahre fort; es hätte länger sein können, aber Mutter wurde krank. Wenige Monate, nachdem wir nach London zurückgekehrt waren, starb sie. Stickle war bei ihr. Trotz dem, was geschehen war, verzieh sie ihm zum Schluss, sie fortgeschickt zu haben."

„Für ihre Krankheit war er nicht verantwortlich."

„Ihre Krankheit hätte sie nirgendwo anders als in der Südsee bekommen können. Der giftige Fisch, auf den sie getreten ist, lebt nur dort. Mein Vater tat alles, was in seiner Macht lag, um ihr Blut zu reinigen. Es reichte nicht. Es war schon ein Wunder, dass sie so lange überlebt hat. Ich denke, es war, weil sie den Duke noch einmal sehen wollte."

Randall schüttelte den Kopf. Er wünschte, es läge in seiner Macht, das alles für Claire in Ordnung zu bringen. „Gibst du deinem Paten die Schuld?"

„Nein."

„Dann deiner Mutter."

„Sie hätte stärker sein müssen", entgegnete sie still. „Sie ließ zu, dass das, was er wollte, wichtiger war als ihre eigenen Wünsche."

„Sie wollte bei ihm sein", bemerkte Randall.

„Ja."

„Und hätte sie das tun können, wenn sie zurückgeblieben wäre?"

„Natürlich."

Randall berührte zärtlich Claires Wange. Mit seinem Daumen wischte er die letzten Spuren ihrer Tränen fort. „Wirklich? Vermutlich hatten sie mehr Gelegenheit, einander zu sehen, solange dein Vater im Land war, als wenn er fort gewesen wäre. Der Duke wird nicht gewollt haben, dass deine Mutter in schlechtem Licht erschienen wäre. Du weißt so gut wie ich, dass ihr Ruf am meisten darunter gelitten hätte. Wahrscheinlich wollte sie ihn nicht verlassen, aber ich denke, sie sah ein, dass es der weiseste Weg wäre. Du wärest ganz bestimmt nicht die, die du heute bist, wenn deine Mutter eine Närrin gewesen wäre. Du warst ein Kind, Claire, und du hast an deiner kindlichen Denkweise zu viele Jahre lang festgehalten. Kannst du dich jetzt nicht von ihr lösen und deine Mutter, deinen Vater und den Duke einfach als normale Sterbliche ansehen?“

Claires Lächeln war dünn, ihr Tonfall trocken. „Du meinst, einzuräumen, dass sie Fehler gemacht haben?“

Randall hob ihre Hand an sein Gesicht und ließ sie seine Züge erforschen. Er wollte, dass sie die Tiefe seiner Gefühle begriff. „Viele“, sagte er. „Aber der schwerwiegendste war, dir nicht zu zeigen, wie liebenswert du bist.“

# 11. KAPITEL

Hundert Meilen nordöstlich von Tahiti gelegen und Teil derselben Inselkette, war Raiatea vornehmlich als „Mutter des Landes“ bekannt, weil es die Erste der Gesellschaftsinseln war, die besiedelt worden war. Es vergingen noch fünf Tage, ehe die *Cerberus* in den natürlichen Hafen der Insel einlief.

Claire hatte sich oft überlegt, was sie wohl empfinden würde, wenn das Schiff endlich Raiatea erreichte. Hier war ihr Kanu nach der langen, qualvollen Reise über den Pazifik angespült worden. Die Inselbewohner hatten sie mit einer Mischung aus Freude und Achtung, die an Furcht grenzte, aufgenommen. Hätte nicht im Hafen die britische Fregatte gelegen, dann wäre es gut möglich gewesen, dass ihre Retter sie zu einem ihrer Götter erhoben hätten. Stattdessen hatte man sie der Obhut ihrer Landsleute anvertraut, die mit ihr von der Insel abgesegelt waren, bevor sie allen, die ihr geholfen hatten, richtig hatte danken können.

„Ich freue mich schon darauf, allen meine Dankbarkeit ausdrücken zu können“, sagte Claire zu Dr. Stuart. „Es gab Zeiten, da zweifelte ich daran, diese Gelegenheit je zu erhalten.“

„Hm.“ Macauley Stuart hörte ihr nur mit halbem Ohr zu.

Claire lächelte über seine Abgelenktheit. Sie fragte sich, wie viel er von ihrer Bemerkung mitbekommen hatte. „Kommen die Boote zu uns heraus?“ erkundigte sie sich.

„Ja. Es sind vier. Wie Spinnen gleiten sie über das Wasser.“

Claire erinnerte sich daran. Sie spürte, wie Macauley ihren Arm streifte, als er sich über die Reling lehnte. Über ihnen in den Rahen erklangen Männerstimmen, die den Frauen am Ufer Begrüßungen zuriefen, die sie gar nicht würden hören können. An Bord herrschte immer noch ein gewisses Maß an Ordnung, aber das lag nur an der Anwesenheit des Captains und von Cutch. Ihren eigenen Wünschen überlassen, wären die meisten Männer ins Wasser gesprungen und zum Strand geschwommen.

Claire berührte Macauley am Arm, um seine Aufmerksamkeit zu erregen. „Hat der Captain gesagt, warum wir hier vor Anker gehen?"

„Um Vorräte zu laden, vermute ich", entgegnete er. Er löste seinen Blick von der Gruppe dicht beieinander stehender, honighäutiger Frauen am Ufer und schaute Claire erstaunt an. „Sie wissen es nicht? Ich dachte, Sie wären nun stets in Captain Hamiltons Pläne eingeweiht."

Sie presste ihre Lippen zu einer schmalen Linie zusammen. Nicht seine Worte an sich waren geschmacklos, sondern die Anspielung darin. Dr. Stuart hatte nie direkt gesagt, dass er von ihrer Affäre mit Randall wusste, aber er fand stets Mittel und Wege, es anzudeuten. „Er hat mir nichts gesagt", erwiderte sie gelassen. „Heute Morgen erst hat Mr. Cutch mir gegenüber erwähnt, dass wir nahe der Insel sind."

„Irgendwie umgibt den Aufenthalt hier ein Geheimnis", bemerkte Stuart.

Trotz ihres Wunsches, der Arzt möge gehen, war Claires Interesse geweckt. „Geheimnis? Inwiefern?"

Von Macauleys herzlichem Lächeln war keine Spur mehr zu sehen, während er sich nachdenklich das Kinn rieb. „Geflüster, wenn ich in der Nähe bin. Gespräche, die verstummen, wenn ich in den Raum komme. Es ist erst in dieser letzten Woche aufgetreten, möchte ich sagen. Glauben Sie, es hat etwas mit dem Schatz zu tun?"

„Das kann schon sein, obwohl ich vermute, dass das eine ganze Reihe von Gründen haben könnte. Mir war gar nicht bewusst, dass Sie sich für den Schatz interessieren."

Er zuckte die Schultern. „Das habe ich in London auch nicht getan. Dem Duke gegenüber habe ich das nicht verhehlt. Ausgemachter Unsinn, habe ich ihm gesagt. Aber jetzt, wo wir in der Südsee sind, scheint die ganze Idee eines vergrabenen Schatzes wesentlich wahrscheinlicher. Wasser, das so klar und blau ist wie der Himmel, und Inseln, die sich jeden Morgen in silbrigen Nebel und Regenbogen hüllen, umgibt etwas Magisches. Jetzt kann ich mir gut vorstellen, dass Männer ihre Schätze hier verstecken würden, nur um wieder zurückkehren zu können und sie zu suchen." Macauley warf Claire einen Blick von der Seite zu. „Damit habe ich Sie überrascht, nicht wahr?"

„Ein wenig", räumte sie ein. Sie erinnerte sich daran, wie der Arzt ihr beim ersten Mal Bria beschrieben hatte. „Ich hatte vergessen, dass Sie ein Romantiker sein können."

Sein Akzent wurde deutlicher. „Romantisch und zugleich vernünftig veranlagt. Das ist der Fluch der Schotten."

Claire lachte. Es tat gut, in seiner Gesellschaft wieder Vergnügen zu finden. „Die Auslegerkanus sind hier, nicht wahr?" Sie konnte hören, wie sie gegen den Rumpf der *Cerberus* stießen. „Gehen Sie an Land?"

„Wenn meine Beine mich tragen. Ich fürchte, auf festem Boden geben sie unter mir nach."

Sie tätschelte ihm den Arm. „Es wird schon gut gehen."

Randall wählte genau diesen Moment, um sich zu ihnen zu gesellen. „Claire, wir werden dich in eine Schlinge setzen und in eines der Kanus hinablassen."

Erstaunt riss sie die Augen auf. „In einer Schlinge? Das habe ich noch nie getan. Und vermutlich werde ich es so bald nicht wieder tun wollen. Werden wir lange hier bleiben?"

„Ich weiß es nicht", erwiderte er und griff nach ihrer Hand. „Wie lange dauert eine Hochzeit denn gewöhnlich?"

Claire rollte sich verschlafen auf die Seite. Dabei stieß sie gegen Randalls kräftigen Körper und schlug die Augen auf. Als er sich nicht rührte, lächelte sie und drückte ihm einen federleichten Kuss auf die Schulter. Die Stille schien ihn nicht so zu stören wie sie. Die ungewöhnliche Ruhe, die über der *Cerberus* lag, hatte sie geweckt, denn heute Nacht war das Schiff so gut wie verlassen. Bis auf den Mann, der Wache hielt, waren sie und Randall die einzigen Menschen an Bord. Es war wohltuend und beunruhigend zugleich.

Ganz schwach über den gegen den Schiffsrumpf schwappenden Wellen konnte sie die Feiernden am Strand noch hören. Auf diese Entfernung unterschied es sich nicht sonderlich vom Glucksen des Wassers. Es war wie ein Summen in ihren Ohren, etwas, das sie gar nicht wahrgenommen hätte, wenn es um sie herum nicht so still gewesen wäre.

Fünfzehn Minuten, dachte sie. So lange hatte die Hochzeit gedauert. Randall hatte viel mehr Zeit dafür gebraucht, den Missionar ausfindig zu machen. Reverend Alvin Simmons wurde schließlich in einer abgelegenen Bucht aufgespürt, wo man ihn kurzerhand auflas und dann zu seiner kleinen Kirche zurückschleppte. Der arme Mann bestand darauf, dass man ihm seine restlichen Kleider brachte, bevor er bereit war, die Zeremonie durchzuführen. Claire hielt das für eine vernünftige Forderung, als Cutch ihr davon berichtete. Randall dagegen betrachtete es offenbar als enorme Zeitverschwendung.

Claire hielt sich die Hand vor den Mund. Das half zwar nicht, ihr überglückliches Lächeln zu ersticken, aber gegen den Drang zu lachen wirkte es. Bis zu dem Augenblick, in dem sie ihr Ehegelübde sprach, war Randalls Benehmen eher hochfahrend und ungeduldig gewesen, gerade so, als erwarte er, dass sie ihn doch noch abweisen würde. Nicht, dass es überhaupt auch nur so etwas wie einen Heiratsantrag gegeben hätte. Es hatte Claire belustigt, dass Randall nicht bereit gewesen war, ihr die Frage zu stellen. Seine Logik – dass sie nicht Nein sagen konnte, wenn er sie nicht direkt fragte – war ebenso unsinnig wie rührend.

Die einzige andere Person, die von Randalls Erklärung überrascht war, war Macauley Stuart. Dessen Beobachtung, dass mit dem Aufenthalt auf Raiatea ein Geheimnis verknüpft war, hatte sich am Ende als zutreffend herausgestellt. Die Mannschaft war weit früher in Randalls Pläne eingeweiht worden als die zukünftige Braut – vermutlich aus Angst, sie könnte sich angesichts dieser Idee über die Reling ins Wasser stürzen. Tatsächlich hatte sie sich aber nur in Randalls Arme gestürzt. Die Beifallsrufe an Bord waren ohrenbetäubend gewesen. Claire hatte keine Ahnung, ob der Arzt in sie eingefallen war oder in stoischer Stille verharrt hatte. Bis jetzt hatte sie keinen Gedanken daran verschwendet, was er von den Ereignissen des Tages hielt.

Sie reckte sich, dann schmiegte sie sich an Randalls nackten Rücken. Sie wollte jetzt nicht über Macauley Stuart oder seine Ansichten nachdenken. Wenn er sich Sorgen machte, was ihr Pate zu all dem sagen würde, würde sie ihn beruhigen. Sie würde die Verantwortung hierfür übernehmen, schließlich war es nicht so, dass er sie hätte aufhalten können. Und es wäre sehr unfair vom Duke, das für möglich zu halten.

Sie fragte sich, wie sehr ihr Pate wohl gegen die Verbindung gewesen wäre. Oder ob er am Ende doch zugestimmt hätte? Wenn die Hochzeit in Abberly stattgefunden hätte, hätte er sie dann als Brautführer ihrem Ehemann übergeben? Welche Warnungen hätte er für sie gehabt, die sie sich nicht schon von Macauley angehört oder sich selbst gedacht hatte?

Während sie sich die Zeremonie ins Gedächtnis rief, wurde ihr Lächeln wehmütig. Nach Reverend Simmons' anfänglicher Verblüffung und seinen mannigfaltigen Einwänden war alles so verlaufen, wie sie es selbst geplant hätte. Es war die Tiefe seiner Gefühle für sie, nicht Unsicherheit oder Angst, die Randalls Stimme leicht hatte zittern lassen, was ihr wiederum Tränen in die Augen getrieben hatte. Sie hatte gestrahlt, so sagte er ihr später. Das hatte sie von dem Augenblick an, in dem sie an Cutchs Arm in die Kirche gekommen war.

Claire hatte gewusst, dass die grob gezimmerten Bänke mit der Besatzung der *Cerberus* gefüllt waren, weil Cutch es ihr erzählt hatte, nicht weil sie irgendetwas gehört hatte. Die ganze Feier über schienen sie alle gemeinsam den Atem anzuhalten, gerade so, als hegten sie trotz allem an dem Ausgang Zweifel. Als sie Randall danach fragte, lachte er nur. Es war nicht Verunsicherung, die sie verstummen ließ, sondern Bewunderung, behauptete er. Man hätte jede einzelne Kerze löschen können, und doch wäre die Kirche von dem Strahlen ihrer Augen hell erleuchtet gewesen.

Das schien ihr nicht völlig außerhalb des Möglichen zu liegen.

Claire stieß mit dem Fuß gegen Randalls Bein. Sie fuhr mit dem großen Zeh an seinem Schenkel auf und ab, rieb ihn an seinem Knöchel, und ihr zufriedenes Murmeln war schläfrig.

„Das klingt sehr erregend“, bemerkte Randall. Seine Augen waren noch geschlossen, und seine Stimme klang rau vom Schlaf.

„Hm.“ Dieses Mal berührte Claire mit ihren Lippen seinen Rücken. Seine Haut war so herrlich warm. „Ich wusste gar nicht, dass du wach bist.“

Randall war nicht überzeugt. „Es scheint mir ganz so, als hättest du nichts unversucht gelassen, dafür zu sorgen.“

Claire legte eine Hand auf seine Hüfte. „Ach ja?“

Sie hört sich so völlig unschuldig an, dachte Randall, aber die Finger, mit denen sie seine Schenkel streichelte, waren erfahren. Er stöhnte leise, als sie seine Lenden erreichte. Sanft legte er seine

Hand über ihre. Sie umschloss ihn zart. „Reverend Simmons wäre entsetzt“, erklärte er heiser.

„*Ich* bin entsetzt“, verkündete Claire.

Randall lachte leise. Er bezweifelte nicht, dass sie das war. Es schien fast so, als wäre Claire selbst überrascht von ihrer Sinnlichkeit. Sie gab sich der körperlichen Liebe mit einer erregenden Mischung aus Neugier und Verwunderung hin, und ihre Fähigkeit, ihn zu erregen, erstaunte sie selbst manchmal noch. Einmal hatte sie ihm den Punkt, an dem sie die Herrschaft über sich verlor und seine Leidenschaft sie überwältigte, so beschrieben, als wenn man einen Flaschengeist einfach nicht mehr in seine Flasche zurückzwingen konnte. Es war herrlich aufregend und auch ein bisschen beunruhigend. Das war nicht als Klage gemeint, sondern nur eine Feststellung.

Randall drehte sich um, da seine Lenden unter ihrem stetigen Streicheln schwer geworden waren. Er küsste sie auf den Mund, tief und fest. Sein Knie zwischen ihre zwängend, spreizte er ihre Beine, und dann war er in ihr, von ihr samtig, heiß und feucht umschlossen. Sie seufzte. Ihr Atem vermischte sich, sie zog sich um ihn zusammen. Eine Weile lang lagen sie still, miteinander verbunden, aber ohne den Drang, sich zu bewegen. Er liebkoste ihre Lippen, fuhr mit seiner Zunge ihre Form nach, küsste sie aufs Kinn. Dann kam ihre Zunge heraus, um seine zu kosten. Er nahm sie in den Mund und saugte daran. Unter ihm schwollen ihre Brüste, und ihr Körper umschloss ihn fester. Unwillkürlich bewegte er die Hüften, ihre hoben sich, von leisen Lauten der Lust begleitet.

Randalls Lächeln war träge. „Ich denke, einer von uns muss sich jetzt bewegen.“

Aber Claires Antwort bestand nur aus einem kaum hörbaren Seufzen. Sie war zufrieden, als er das als Zustimmung auffasste.

Mit der Zeit wurde sein Atem so regelmäßig wie sein Eindringen. Auf nichts achtend als dies, merkte sie gar nicht, wie sie ihm half, indem sie sich ihm entgegenbog. Ihre angezogenen Beine, wie sie ihn zwischen ihren Knien hielt, die Finger in seinem Haar, all das geschah unabsichtlich. Die Leidenschaft beherrschte sie so wie ihn. Sein Rhythmus war so urtümlich wie Ebbe und Flut und so unausweichlich wie die Anziehungskraft des Mondes auf die Wasser der Ozeane. Sich so den Bedürfnissen ihrer Körper zu überlassen war ein unglaublich befriedigendes Gefühl.

Claire hielt die Luft an, als Randall zum Höhepunkt kam. Er war tief in ihr, und sein Erschauern war der letzte Auslöser für sie. Der einzige Nerv, der ihre Lust zu beherrschen schien, erbebte, in vollkommener Schönheit gefangen. Sie klammerte sich an Randalls Schultern fest und stieß einen erstickten Schrei aus, dann war sie still. Es verging eine Weile, ehe sich ihr Atem beruhigte.

„Schläfst du?“ fragte er schließlich.

„Nein. Ich bin tot.“

Randall grinste und küsste sie leicht auf den Mund. „Du schmeichelst mir.“ Er setzte sich auf und ging zur Waschschüssel.

Claire glaubte nicht, dass ihre Glieder ihr gehorchen würden. „Wie kannst du dich nur bewegen?“

„Reine Willenskraft.“ Er wusch sich und brachte ihr dann das feuchte Tuch. Sie zuckte erschreckt zusammen, als er die Decke zurückschlug und sie an den Schenkeln berührte, aber dann ließ sie ihn gewähren. Seine Hände waren zärtlich und erledigten ihre Aufgabe Claires Ansicht nach lobenswert rasch. Erst nachdem Randall das Tuch in die Schüssel zurückgeworfen und sie das begleitende Klatschen gehört hatte, konnte sie sich entspannen.

„Denkst du, ich wäre verlegener, wenn ich sehen könnte?“ erkundigte sie sich.

„Ich wüsste nicht, wie.“

Claire lachte. Sie spürte, wie er neben ihr ins Bett kroch. Als sein Schenkel dabei an ihrem Bein entlangstrich, merkte sie, dass er wieder seine Hosen trug. Seltsam, dass es ihr nichts ausmachte, nackt zu sein, wenn er es nicht war. Irgendwie mochte sie die Vorstellung, dass er sie uneingeschränkt berühren konnte.

„Deine Wangen sind feuerrot“, bemerkte Randall und schaute sie an.

„Du würdest nicht glauben, was ich gerade gedacht habe.“

„Verrat es mir.“

„Nicht für allen verdammten Tee Chinas.“

Nach einer kurzen Pause musste Randall laut auflachen. Claires prüder, leicht säuerlicher Tonfall stand in so krassem Gegensatz zu ihrer Sprache, dass er nicht anders konnte.

„Das ist nicht nett, so zu lachen“, erklärte sie ihm.

„Ich weiß.“ Sein Versuch einer ernsten Entschuldigung schlug fehl. Es war der Sache auch nicht zuträglich, dass es um Claires Mundwinkel zuckte. „Das ist ein reichlich selbstgefälliges Lächeln, das du da aufgesetzt hast.“

Claire blinzelte überrascht. „Hast du eine Lampe angemacht?“ verlangte sie zu wissen.

„Nein“, erwiderte er mit ausdrucksloser Miene. „Kerzen. Zwei.“ Sein Ton wurde ernst, als er sah, wie sie zu einem Widerspruch anhob. Randall fuhr mit einer Hand in ihr Haar und umfasste ihren Hinterkopf. „Ich wollte meine Frau ansehen, während ich sie liebe. Heute scheint kein Mond, und nur einer von uns beiden vermag im Dunkeln zu sehen.“

Sie lächelte ein wenig. „Das hättest du mir doch sagen können“, entgegnete sie leise.

„Das werde ich von jetzt an auch tun. Soll ich sie nun ausmachen?“ Die Kerzen würden ohnehin bald von selbst verlöschen, aber wenn es ihr Wunsch war, würde Randall sie sofort auspusten.

„Nein, es ist schon in Ordnung ... jetzt, wo ich es weiß.“

„Warum stört es dich?“

Einen Augenblick schwieg Claire, während sie überlegte. „Ich weiß nicht, ob ich es erklären kann. Vermutlich fühle ich mich weniger verletzlich, wenn ich glaube, dass du nichts sehen kannst. Am Tag bin ich unübersehbar im Nachteil. Dann bin ich mehr auf der Hut, bin wachsamer bei dem, was ich tue. In der Nacht, besonders hier in der Kabine mit dir, spüre ich meine Blindheit nicht so deutlich. Ich stelle mir vor, wenn jemand im Vorteil ist, dann bin ich das.“

„Du musst bei mir nicht auf der Hut sein.“

„Ich weiß. Doch das macht es nicht einfacher. Ich weiß nie, wann ich beobachtet werde. Manchmal denke ich, es ist ständig.“ Mit einem knappen Lachen machte sie sich über sich selbst lustig. „Ich weiß ganz genau, dass ich so viel Aufmerksamkeit nicht verdiene, aber ...“

„Ich beobachte dich immerzu“, warf Randall ein.

Claire erinnerte sich daran, gehört zu haben, wie Bria ihm das sagte. *Du bemerkst sie. Du bemerkst alles an ihr.* „Ja?“ fragte sie.

„Hm.“ Er beugte sich vor und küsste sie auf die Stirn. „Stört es dich?“

„Es ist ein wenig beunruhigend.“

„Bria sagte, dir würde schwach in den Knien werden, wenn du es wüsstest.“

Das hatte Claire nicht vergessen. „Sie hatte Recht. Von jetzt an werde ich meinen Stock genauso als Stütze wie als Orientierungshilfe brauchen.“

Randall streichelte ihren Mund mit seinem Daumen. „Ich liebe dich“, sagte er.

Claires Herz schwoll bei seinen Worten. Einen Augenblick später wiederholte sie sie leise.

Bis auf die Tatsache, dass sie nun mit Mrs. Hamilton angesprochen wurde, so fand Claire, hatte sich ihr Leben nicht weltbewegend verändert. Mr. Cutch las ihr immer noch vor. Die Mannschaft wachte nach wie vor über sie. Und Macauley Stuart leistete ihr noch Gesellschaft. Randall sah sie nicht häufiger als vor ihrer Hochzeit. Nichts davon störte sie im Mindesten. Irgendwie bestätigte es ihr nur, wie gefestigt ihre Stellung zuvor gewesen war. Sie begrüßte es, dass niemand sie anders behandelte, nur weil sie nun die Frau des Captains war.

Claire bemerkte an sich eine gewisse innere Unruhe, als sich die *Cerberus* den Gewässern um Pulotu näherte. Niemand außer Macauley Stuart sprach sie darauf an, und dann nur, um sich ihres Wohlbefindens zu versichern. Sie glaubte nicht, dass der Arzt scharfsinniger war als die anderen, er machte sich lediglich die meisten Sorgen wegen ihrer wechselhaften Stimmungen. Randall, Cutch und der Rest der Mannschaft schienen zu erwarten, dass sie Unbehagen verspürte, und hatten damit keine Schwierigkeiten.

Die den Eingeborenen heilige Insel lag an der südlichen Spitze der solonesischen Inselkette. Randall hatte ihre Lage auf seiner Karte verzeichnet, war aber nie selbst dort gewesen. Seine Erfahrung mit den Vulkaninseln und Atollen, aus denen Solonesien bestand, hatte ihn die Erkenntnis gelehrt, dass er, selbst wenn er sein ganzes Leben im Südpazifik verbrachte, nie jede einzelne betreten könnte. Die kleinsten lagen kaum über dem Meeresspiegel, so dass man sie völlig übersehen konnte, bis ein Schiff darauf auf Grund lief. Die größeren erhoben sich aus dem blauen Wasser des Pazifiks wie schimmernde Smaragde. Ihre Berge waren üppig von dunkelgrünen Pflanzen bewachsen, und die Sonne hatte ihre Strände weiß gebleicht.

Auf Randalls Karte war Pulotu ein dreieckiges Stück Land,

das etwa in der Mitte von vier Atollen lag. Von dem Krähennest der *Cerberus* aus betrachtet, war es ein zackiger schwarzer Felsen, der aus dem Meer ragte, als steckte der Teufel seine Hand aus dem Wasser. Wenigstens war es das, was Paul Dodd vom Ausguck aus berichtete.

Claire schüttelte den Kopf, als sie das hörte. „Es ist ganz anders", sagte sie zu Randall. „Er kann es durch den Nebel nicht deutlich erkennen."

Randall legte ihr einen Arm um die Schultern. „Und du kannst es."

Sie nickte. „Ich erinnere mich genau, wie tiefgrün die Berghänge sind. Die Vegetation ist dicht und üppig. Wenn es nicht die Tapus auf der Insel gäbe, wäre sie bewohnt. Dort könnten Äcker angelegt werden, und es gibt Süßwasser. Mein Vater hatte sein Lager im Südwesten, am Fuß von Mauna Puka aufgeschlagen. Dort war der beste Platz, um an Land zu gehen. Deine Karten zeigen das Korallenriff, nicht wahr?"

„Entlang der ganzen Nordseite der Insel", bestätigte er. „Es sieht tückisch aus. Befinden sich dort die Tikis?"

„Nein. Du solltest sie sehen können, da wir uns von Süden nähern. Sie sind nicht so groß wie die auf den Osterinseln, machen aber einen ähnlich grimmigen Eindruck."

„Die Insel selbst sieht grimmig aus", erwiderte Randall. Im Dunst des Morgennebels schien es, als hüllte sie sich in Vulkanrauch. Er konnte sich gut vorstellen, dass die Hölle sich geöffnet und ihr Feuer über diesen Felsen ergossen hatte. „Dodds Beschreibung ist glaubwürdiger als deine. Der Berg, sagst du, heißt Mauna Puka? Das steht nicht auf meinen Karten."

„Es bedeutet ‚Berg der Gefahr'."

Randall verdrehte die Augen. „Verrat das bloß nicht meinen Männern. Dodd hat ihnen schon genug Angst eingejagt."

„Beunruhigt es dich?“

„Lass es mich so ausdrücken, wäre es nicht wegen deiner Mission und unseres Schatzes, würde ich ein so machtvolles Tapu nicht unbefugt übertreten.“

„Mein Vater hat keinen Gedanken daran verschwendet“, erklärte Claire. Ihr Ton legte die Vermutung nahe, dass sie sich wünschte, es wäre anders gewesen. „Wie weit sind wir noch entfernt?“

„Vielleicht drei Meilen noch. Eines der kleineren Riffe befindet sich etwa auf halber Strecke backbord.“ Randall hob das Fernglas und blickte hindurch. Jetzt konnte er die grünen Hänge von Mauna Puka ausmachen. Wenn die Sonne den Nebel erst einmal aufgelöst hätte, wäre die Insel ein makelloser Smaragd.

„Sind alle an Deck?“ fragte sie.

„Fast.“ Er schob das Fernrohr zusammen und schaute sich um. „Dr. Stuart hat sich eben zu uns gesellt. Dann werden es nun wohl alle sein.“ Randall betrachtete Claires Profil. Sie bemühte sich, eine gelassene Miene aufzusetzen, aber sie lehnte sich unwillkürlich weiter vor. Eine warme Brise wehte ihr die Haare aus dem Gesicht und presste das Oberteil ihres leichten Kleides fest gegen ihre Brüste. Randall nahm den Arm von ihrer Schulter und hoffte, er würde es nicht noch bereuen. „Ich werde dir nicht hinterherspringen“, bemerkte er trocken.

Claire nahm sich seine sanfte Warnung zu Herzen und richtete sich auf. Aber ihr Griff um die Reling blieb unverändert.

„Bist du besorgt, Claire?“

„Eher aufgeregt und auch ein wenig ängstlich.“

Darauf sagte Randall nichts. Aber er stand bereit, ihr seine Schulter anzubieten, wenn es nötig wurde.

Außer den Wellen, die an den Schiffsrumpf schlugen, und dem südlichen Passatwind, der die Segel blähte, war es auf der *Cerbe-*

*rus* still. Jeder Mann hielt den Blick auf die Insel gerichtet, bemüht, ein Anzeichen dafür zu erspähen, dass es dort Menschen gab, jeder von dem Wunsch beseelt, der Erste zu sein, der Claire die gute Nachricht überbrachte. Während sie Pulotu immer besser erkennen konnten, wurde ihre Stimmung zunächst hoffnungsvoll, dann aber gedrückt. Claire entging der Umschwung in ihrem Schweigen nicht und begriff, als ihre Hoffnung Verzagen wich.

Die *Cerberus* hatte ihre Geschwindigkeit nicht verringert, aber alle Geräusche waren verstummt. Die Stille an Bord war so unnatürlich, dass Claire sich einen Augenblick lang vorstellen konnte, sie wäre allein. Der Griff, mit dem sie die Reling umklammert hielt, spendete ihr keinen Trost mehr, und sofort machte sich Entsetzen in ihr breit. Die Kehle wurde ihr eng, und ihr Magen hob sich. Ihr Herz schlug so laut, dass es das Rauschen des Meeres und Randalls Stimme übertönte. Blindlings streckte sie die Arme nach ihm aus, als die Knie unter ihr nachgaben.

Randall fing Claire auf, bevor sie auf das Deck fiel. Er schwang sie herum und riss sie an seine Brust, um sie zu stützen. Cutch war augenblicklich an seiner Seite, dicht gefolgt vom Arzt.

„Ist sie ohnmächtig?“ erkundigte sich Macauley.

Randall schüttelte den Kopf. „Sie ist außer sich vor Angst. Cutch, übernimm du. Umrunde die Insel und wirf Anker. Wir werden zwei Boote nehmen, mit je sechs Mann Besatzung, um das Land zu erkunden.“ Er hob Claire auf seine Arme und ging mit ihr zur Kajüttreppe.

„Nein.“

Randall hörte sie gar nicht. Nur die plötzliche Anspannung in ihrem Körper sagte ihm, dass etwas nicht stimmte. Er blieb stehen.

„Lass mich runter“, flüsterte sie heiser. Claire fand seine Rockaufschläge und zupfte drängend daran. „Runter, bitte.“

Langsam stellte er sie auf die Füße. Sobald er sicher sein konnte, dass ihre Beine sie nun wieder trugen, ließ er seine Arme sinken. Er beobachtete, wie sie um Fassung rang. Sie musste wissen, dass seine Augen nicht die einzigen waren, die jetzt auf ihr ruhten. Obwohl Cutch die Mannschaft fest im Griff hatte und den Männern ihre Aufgaben zuwies, gab es dennoch keinen an Bord, der sich nicht überzeugen wollte, dass es Claire wieder gut ging. Einer nach dem anderen musterte sie verstohlen.

„Ich möchte hier bleiben", verkündete Claire. Ihre Züge waren zur Maske erstarrt, aber ihre Stimme zitterte leicht. „Ich schaffe das. Bitte zwing mich nicht, nach unten zu gehen."

„Bist du dir sicher?" fragte Randall besorgt.

Macauley Stuart räusperte sich. „Ich glaube nicht, dass man die Entscheidung ihr überlassen sollte, Captain."

Randall warf ihm einen Blick von der Seite zu. Der Arzt meinte das ernst. „Sie wollen sie für sie treffen?"

„Sie ist krank. Sie können doch selber sehen, dass sie ganz blass ist. Ihre Fähigkeiten sind eingeschränkt. Lassen Sie sie nicht bestimmen ..."

Claire merkte, dass sie nicht länger vor Angst, sondern nun vor Wut am ganzen Körper bebte. „Sie sind nicht so eingeschränkt, dass ich nicht mit meinem Fuß Ihr Schienbein finden könnte", erklärte sie scharf.

Randall musste grinsen, als Dr. Stuart einen Schritt zurück machte. „Ich neige ebenfalls dazu, ihr zu glauben." Er fasste Claire am Arm. „Du kannst hier – an Deck – bleiben, während die Boote zum Strand gerudert werden. Ich werde dich nicht an Land gehen lassen, ehe ich mich nicht gründlich umgesehen habe."

Sie nickte. „Ist das Lager verlassen?" wollte sie wissen. „Sind deswegen alle so still geworden?"

„Es gibt kein Lager", erwiderte Randall. „Kein Anzeichen,

das einer von uns hätte erkennen können. Wären nicht die Tikis und meine Karten, würde ich bezweifeln, dass wir Pulotu gefunden haben."

Claire atmete tief ein, aber ihre Lungen schienen sich gar nicht mit Luft zu füllen. Doch wenn sie jetzt ohnmächtig wurde, würde sich Macauley in Zukunft immer durchsetzen. Der Gedanke gab ihr genug Kraft, sich aufzurichten. „Bitte, bring mich zur Reling zurück", bat sie leise. „Lass mich nicht mit Dr. Stuart allein, während du an Land ruderst."

Randall war sich bewusst, dass der Arzt Claire gehört hatte. Der Einwand lag dem Schotten schon auf der Zunge, als Randall einfach abwehrend seine Hand hob und ihn nicht zu Wort kommen ließ. „Ich werde dich in Dodds Obhut zurücklassen", sagte er. „Cutch nimmt das eine Boot, und Stuart wird mich in dem anderen begleiten. Wir können nicht wissen, was uns erwartet, wenn wir mit der Erkundung der Insel beginnen. Seine Dienste werden eher auf Pulotu benötigt als hier."

Claire drückte Randall den Arm, dankbar für sein Vertrauen in sie. Unter ihren Füßen spürte sie, wie sich die Geschwindigkeit der *Cerberus* verringerte, als die Segel gerefft wurden, und das Schiff die Richtung änderte. Vom Bug her spritzte keine Gischt mehr auf, und der Wind schien sich zu legen. Als Claire sich dieses Mal vorbeugte, mahnte Randall sie nicht zur Vorsicht. „Was siehst du?" fragte sie ihn.

„Etwa vierzig Meter weißer Sand vor einem grünen Wall aus Bäumen. Von hier sieht er ziemlich undurchdringlich aus. Das Land steigt steil an. Die Tikis kann man auf Felsvorsprüngen erkennen. Das niedrigste befindet sich etwa fünfzehn Fuß über dem Meeresspiegel, das höchste würde ich auf vielleicht fünfzig Fuß Höhe schätzen."

„Es soll Faia sein, die mächtigste Göttin."

„Ist sie mit den anderen verwandt? Du hast gesagt, sie erinnerten dich an sieben Schwestern."

„Ja, aber das hat mehr mit dem Kinderreim zu tun, als dass ich es wüsste." Der Anker wurde geworfen, und Claire zuckte zusammen. Sie hatte gar nicht gehört, wie Cutch den Befehl dazu gab. „Denkst du, das Lager könnte an eine andere Stelle verlegt worden sein?"

Randalls Stimme war sanft, als er antwortete. „Claire, mehr als anderthalb Jahre sind vergangen, seit du von hier fort bist. Dein Vater und Bruder können inzwischen auf irgendwelchen anderen Inseln sein. Pulotu ist nur der Ort, wo man mit der Suche anfangen kann. Die Tatsache, dass sich hier kein Lager befindet, würde ich nicht überbewerten."

Ihre Schultern sanken. „Das habe ich schon immer gewusst", sagte sie. „Aber zwischen Wissen und Hoffen ..." Sie musste nicht zu Ende sprechen. Randall würde das verstehen. Sie standen schweigend nebeneinander an der Reling, bis es Zeit war, die Boote zu Wasser zu lassen. Sich auf die Zehenspitzen stellend, gab Claire ihrem Mann einen züchtigen Kuss auf die Wange. Er war derjenige, der die Liebkosung so leidenschaftlich werden ließ, dass von den Zuschauern in den Rahen Pfiffe ertönten.

„Gerade wenn ich denke, ich bin allein mit dir", bemerkte Randall leise, „erinnern mich sechsundzwanzig Männer daran, dass ich es nicht bin."

Claire lächelte. Es gelang ihr, das Lächeln beizubehalten, bis Paul Dodd ihr versicherte, dass der Captain so weit entfernt war, dass es nicht mehr nötig wäre. Als sie sich sicher war, dass ihre Stimme ihr wieder einigermaßen gehorchte, wandte sie sich an den Seemann: „Nehmen Sie das Fernrohr und berichten Sie mir, was Sie sehen."

Cutchs Boot erreichte den Strand kurz vor Randalls. Die Männer sprangen in die Wellen, stemmten das Beiboot auf ihre Schultern und trugen es an Land. Sie waren schon damit beschäftigt, ihre Hosen auszuwringen, als das zweite Boot neben ihnen anlegte.

Randall und Cutch standen etwas abseits von den anderen und betrachteten nachdenklich die Insel. Die steinernen Tikis starrten auf die See hinaus, ihre grob gehauenen Züge waren abweisend. Randalls Blick glitt vom einen zum anderen, musterte jedes Standbild, als könnte es ihm etwas verraten. „Denkst du, sie wurden hier auf der Insel in den Felsen gehauen?“ erkundigte er sich.

Cutch schüttelte den Kopf. „Das bezweifle ich, aber ich muss zuerst den Stein selbst anschauen, um das sicher sagen zu können. Erstaunlich, nicht wahr? Was meinst du, wie groß ist das höchste?“

Das war aus ihrem Blickwinkel schwer zu entscheiden. „Größer als du.“

„Das dachte ich auch. Acht Fuß?“

„Vermutlich. Eine viertel bis eine halbe Tonne Stein. Wie sind sie deiner Meinung nach auf die Felsvorsprünge da geschafft worden?“

Cutch kratzte sich seinen kahlen Kopf und tat so, als dächte er über die Antwort wirklich nach. Schließlich erklärte er: „Darüber weiß ich genauso viel wie darüber, wie diese kleinen Segelschiffe in die Flaschen kommen.“

Randall lachte. „Überanstreng dich nur nicht.“

Cutch hörte auf, sich zu kratzen. „Mir ist gerade etwas viel Interessanteres aufgefallen.“

„Ja?“

„Findest du es nicht auch wenigstens ein bisschen merkwürdig, dass wir sie alle sehen können?“

Es dauerte einen Augenblick, bis Randall begriff, was Cutch

meinte. Wie Statuen thronten die Tikis deutlich sichtbar auf ihren Sockeln. Sie waren umrahmt von dem üppig grünen Laubwerk der Inselpflanzen. Das Unterholz war dicht, von blühenden Ranken durchzogen. Sich selbst überlassen, müssten die Tikis inzwischen überwuchert sein. „Du denkst, die Pflanzen werden von Inselbewohnern immer wieder entfernt?“ wollte Randall wissen.

„Möglich.“

„Gibt es eine andere Erklärung?“

„Tapus.“

Randall fragte nicht, ob Cutch das ernst meinte. „Ich verstehe es, wenn du dich lieber nicht umsehen willst.“

Cutch zuckte mit seinen mächtigen Schultern. „Ich bin schon hier“, erklärte er. „Ich denke mir, um sich wegen der Tapus Sorgen zu machen, ist es nun zu spät.“

„Dann teilen wir uns. Du und deine Männer, ihr bewegt euch entlang der Küstenlinie. Geht nicht weiter als hundert Meter in den Wald. Wenn du keine Anzeichen dafür findest, dass Sir Griffin das Lager verlegt hat, kommt wieder heraus. Geht bis zur Lagune, dann kehrt um. Ich werde meine Gruppe die Anhöhe hinaufführen. Wir werden uns die Tikis anschauen.“

Sie kamen nur langsam voran. Ob sie sich nun entlang des Strandes bewegten oder ins Landesinnere vordrangen, das Unterholz machte ihnen gleichermaßen zu schaffen. Cutchs Männer mussten sich an vier verschiedenen Stellen einen Weg freischlagen, damit ihnen kein Hinweis entging. Randalls Gruppe musste hauen und klettern. Er wusste, dass von der *Cerberus* aus ihr Vorankommen nicht zu erkennen war, bis sie neben dem ersten Tiki erschienen. Jedes Mal, wenn er ein Tiki erreichte, flaggte Randall dem Schiff ein Signal, dass alles in Ordnung war. Er hoffte, Dodd würde seine Nachrichten nicht als Zeichen dafür missdeuten, dass sie auch in anderer Hinsicht Fortschritte machten. Denn die gab es nicht.

Es war später Nachmittag, bevor die beiden Gruppen wieder zusammentrafen. Hungrig und durstig, erschöpft von ihren Anstrengungen, lagen die Männer ausgestreckt im Sand, während sie Kräfte sammelten, um zu dem Schiff zurückzurudern. Keiner von ihnen konnte von irgendwelchen Hinweisen auf Sir Griffins Lager berichten.

„Könnte Claire sich irren?“ fragte Randall. „Es ist, als seien sie nie hier gewesen.“

„Ich hatte auch irgendein Zeichen erwartet. Außer dort, wo wir gewesen sind, scheint alles ungestört.“

„Wir sollten die gesamte Insel absuchen.“ Es war das Einzige, was Sinn machte, aber Randall hatte wenig Hoffnung. „Wenn sie das Lager verlegt haben, warum sollten sie dann alle Überreste des alten entfernen?“

„Wir brauchen Claire hier bei uns“, erklärte Cutch. „Sie weiß Antworten auf Fragen, die uns noch gar nicht eingefallen sind.“

Randall setzte sich auf und blickte zu dem Schiff hinüber. Claire stand immer noch an der Reling. In ihrem rot und weiß gestreiften Popelinkleid war sie etwa so leicht zu übersehen wie eine Warnbarke. Er lächelte vor sich hin. Diesen Vergleich würde er ihr gegenüber besser nicht erwähnen. „Du hast doch selbst gesehen, wie viel Angst sie hatte, als wir uns der Insel näherten“, hielt er Cutch vor. „Und sie hat nicht widersprochen, als ich ihr auftrug, an Bord zu bleiben. Ich weiß nicht, ob sie sich überwinden kann, hierher zu kommen, selbst wenn ich zugeben muss, dass es eine gute Idee ist. Im Augenblick bin ich nicht davon überzeugt.“

Cutch schwieg. Das hier war die Entscheidung des Captains. Er fragte sich, wie weit der Ausgang durch die Tatsache, dass er nun Claires Ehemann war, beeinflusst werden würde.

„Ich will nicht, dass sie verletzt wird“, sagte Randall.

„Das weiß ich.“

Randall fuhr fort, zu Claire hinauszustarren. Hatte sie sich überhaupt seit heute Morgen bewegt? Was dachte sie gerade? Dodd würde ihr beschreiben, was er beobachtete. Sie musste wissen, dass sie wieder alle am Strand waren. Ihre Untätigkeit würde beredsam genug sein. „In Ordnung“, verkündete er schließlich. „Nimm dein Boot und rudere zum Schiff hinaus. Bring genug Vorräte für sechs von uns, Claire eingeschlossen, um hier zu übernachten. Wir bleiben vierundzwanzig Stunden. Das wird dir Zeit geben, die Insel mit der *Cerberus* zu umrunden. Mit Einbruch der Nacht gibt es vielleicht Laternen oder Feuer, die uns helfen könnten, ein anderes Lager zu entdecken.“

„Wen willst du bei dir haben?“

„Der Arzt bleibt. Ich behalte Adams, Whittier und Brown von meiner Mannschaft. Alle anderen können mit dir zurückfahren.“

Cutch erhob sich. Er schüttelte sich den Sand aus Hemd und Hosen. Wortlos winkte er den Männern. Die meisten hatten die Diskussion mit angehört und waren ohne weitere Erklärungen zum Aufbruch bereit.

Randall hatte sich mit Absicht dafür entschieden, auf der Insel zu warten. Denn er glaubte, Claire würde eher zu ihm kommen als mit ihm. Und wenn sie ihn gebeten hätte, mit ihr an Bord zu bleiben, hätte er es ihr nicht abschlagen können. Auf ihre Courage vertraute er weit mehr als auf seine eigene. Das hatte er von Anfang an getan.

Als die Boote zurückkehrten, watete Randall ins Wasser, ihnen entgegen. Er trug Claire an den Strand und führte sie dort an eine schattige Stelle unter ein paar Kokospalmen. „In einer Stunde werden wir das Lager aufgeschlagen haben.“

Claire nickte. Sie sprach nicht, aus Angst, zu verraten, wie nahe sie den Tränen war. Das letzte Mal, als sie hier gewesen war, hatte sie nicht nur geholfen, das Lager einzurichten, sondern viel mehr seinen Aufbau geleitet. Ihr Vater war sofort nach seiner Ankunft zwischen den Bäumen verschwunden, um nach unbekannten Pflanzen zu suchen, Tipu auf seinen Fersen. Tiare war auf dem Schiff geblieben und hatte sich mehrere Tage lang standhaft geweigert, das Land zu betreten.

„Mach keine Streifzüge, ja?“ sagte Randall.

Sie zwang ein Lächeln auf ihre Lippen und fragte sich gleichzeitig, ob es so zittrig war, wie es sich anfühlte.

Irgendjemand reichte Randall eine Decke, er faltete sie auf und breitete sie auf dem Boden aus. „Hier, Claire.“ Als sie sich darauf niederließ, kniete er sich neben sie und nahm ihr Kinn in die Hand. „Es ist sehr tapfer von dir gewesen, überhaupt an Land zu gehen.“

Sie fühlte sich kein bisschen tapfer. „Lügner.“

„Ich lüge dich nicht an. Vorhin saß ich hier am Strand und musste daran denken, dass dein Kleid an eine rot-weiß-gestreifte Warnbarke erinnert.“ Wie erwartet zog sie die Brauen in die Höhe. „Siehst du? Ich würde dich nie anlügen.“

„Um deine Worte zu unterstreichen, wählst du aber seltsame Methoden. Ich mochte dieses Kleid,“ antwortete sie knapp. *Warnbarke, also wirklich!*

Randall küsste sie kurz und hart. Jetzt hatte sie etwas Unbedeutendes, über das sie sich den Kopf zerbrechen konnte. Solange er es noch konnte, wandte er sich ab und eilte zu den anderen, um ihnen zu helfen.

Claire saß geduldig auf der Decke und wartete, dass die Zelte aufgestellt wurden. Der Arzt war dafür zuständig, ein Feuer zum Kochen anzuzünden. Es überraschte sie nicht, als er in den Wald gehen wollte, um nach Holz zu suchen. „Das ist ein Regenwald“, erklärte sie ihm. „Ganz bestimmt werden Sie nicht viel Holz finden, das trocken genug ist, dass es brennt. Sie werden mehr Glück haben, wenn Sie am Strand entlanggehen und nach Treibholz Ausschau halten.“

Es dauerte nicht lange, bis sie auch an anderer Stelle eingriff. Sie sagte Adams, wo er frisches Wasser finden konnte, und erklärte Whittier, welche Palmwedel die weichsten Matratzen abgaben. Sie schickte Brown in die Lagune, um Fische für ihr Abendessen zu fangen, und beschrieb ihm, wie er eine Falle bauen sollte, damit sie auch zum Frühstück welche hätten.

Als das Feuer angezündet wurde, gesellte sich Randall zu ihr. „Du wurdest zum Befehlen geboren, Mylady.“

„Das habe ich auch immer geglaubt.“

Er lachte. „Vorher habe ich mir schon Sorgen gemacht, ob wir auf der richtigen Insel gelandet sind, aber du scheinst genau zu wissen, wo alles ist. Du findest dich mit Leichtigkeit zurecht. Hier muss euer Lager gewesen sein.“

„Stimmt.“

„Warum gibt es dann kein Anzeichen dafür?“

„Mein Vater empfand vielleicht keinen Respekt vor dem Tapu über der Insel, aber das heißt nicht, dass das auch für die Natur galt. Wenn er ein Lager aufschlug, achtete er stets darauf, die Umgebung so wenig wie möglich zu stören. Trotzdem hätte er den Lagerplatz nicht aufgeräumt. Dazu hatte er keinen Grund. Vielleicht waren es die Priester.“

„Die Priester? Das musst du näher erklären.“

„Das Tapu wird für sehr mächtig gehalten. Wenn daran geglaubt werden soll, dann dürfen die Priester keinem Unbefugten gestatten, Pulotu zu betreten, und besonders nicht, wenn ihnen kein Unheil zugestoßen zu sein scheint.“

„Also würden sie alle Überreste fortschaffen, so dass es aussieht, als ob niemand die heilige Insel betreten hätte."

„Genau."

„Sind sie diejenigen, die dafür sorgen, dass die Tikis immer zu sehen sind? Ich habe entdeckt, dass um die Statuen herum nichts wächst."

„Nein. Das ist das Tapu."

Randall drehte sich um und schaute Claire an. Er warf ihr einen viel sagenden Blick zu, den sie nicht würdigen konnte. So musste er ihren Namen gedehnt aussprechen, um ihr ein Lächeln zu entlocken.

„Na gut", räumte sie widerwillig ein. „Aber wer will es sich anmaßen, zu sagen, was Tapu ist? Das Geheimnis der Standbilder von Pulotu ist, dass sie aus einem Felsen gehauen sind, der einen hohen Basengehalt besitzt."

„Wie Kalkstein."

„Ja, aber es ist kein Kalkstein. Es gibt ihn nur auf Solonesien – ein Gestein, das sich unter Natureinflüssen verändert. Es entstand zu einer Zeit, als die Vulkane in diesem Teil der Welt noch aktiv waren, ist aber nicht das gewöhnliche Eruptivgestein, das man beinahe überall findet. Dieser Stein stammt aus einem Steinbruch auf Fala. Die hohe Feuchtigkeit auf Pulotu sorgt dafür, dass er nicht trocken wird. Die basischen Bestandteile sickern in den Boden und verhindern so, dass Rankpflanzen, Moose und Gräser, die sonst hier alles überwuchern, dort wachsen können. Dadurch sind die Tikis immer sichtbar."

„Tapu", wiederholte Randall leise.

Claire nickte. „Die wissenschaftliche Erklärung bedeutet hier nichts. Was die Solonesier wahrnehmen, ist die Macht des heiligen Steines, den Urwald auf Abstand zu halten." Claire zog ihre Knie an und strich ihre Röcke darüber glatt. Sie wandte ihr Gesicht zum Meer und schaute hinaus, als könnte sie das nahtlose Verschmelzen von klarem blauen Wasser und Himmel sehen. „Mr. Dodd hat mir berichtet, dass ihr an jedem Tiki gewesen seid. Hast du irgendetwas gefunden, was dir einen Hinweis auf das Versteck des Schatzes gibt?"

„Nein. Das war nicht der einzige Grund, aus dem ich sie mir anschauen wollte, aber nein, es gab keine Hinweise. Die Tikis selbst besitzen überhaupt keine ungewöhnlichen Zeichen. Doch das wirst du ja vermutlich selber wissen, schließlich hast du sie untersucht, als du hier warst."

„Ein wenig. Nicht so gründlich, wie ich es mir gewünscht hätte. Es hat Tiare wütend gemacht, besonders wenn Tipu mich begleitete. Ich habe mir Mühe gegeben, ihre Wünsche zu respektieren, aber ich war auch neugierig. Es war schwierig für sie, weil sie die Tochter eines Priesters war. Hätte sie nicht meinen Vater kennen gelernt, wäre sie selbst Priesterin geworden. Tiare hat immer die alten Bräuche hochgehalten. Ihr war es wichtig, dass die Europäer die Kultur nicht auslöschten."

„Und dennoch wurde sie die Geliebte deines Vaters. Wie du selbst sagst, achtete dein Vater weder das Tapu noch auf anderes an der solonesischen Gesellschaft."

Claire zuckte die Schultern. „Das habe ich sie auch gefragt, aber sie tat so, als verstünde sie die Frage nicht. Was ich dagegen weiß, ist, dass mein Vater sie liebte. Vielleicht genügte ihr das ... oder vielleicht wollte sie nur den Feind nicht aus den Augen lassen."

„Es kann doch ein wenig von beidem gewesen sein", bemerkte Randall. Er beobachtete, wie Claires Miene nachdenklich wurde, als sie das erwog. „Was ist das Letzte, an das du dich auf Pulotu erinnerst?"

Claire schenkte der Unruhe keine Beachtung, die um das Feuer herum entstand, als Brown mit einem Netz Fische zurückkehrte. „Ich saß in meinem Zelt und lernte. Es war spät. Meine Laterne brannte. Wusstest du schon, dass unsere Gruppe aus acht Personen bestand? Von meinem Vater, Tiare, Tipu und mir weißt du ja."

„Und Trenton", warf Randall ein. „Der Assistent deines Vaters. Er war zu der Zeit bei euch, nicht wahr?"

„Stimmt. Er wäre gerne woanders gewesen, aber da Vater ihn wegen seiner Krankheit behandelte, musste er bei uns bleiben. Die anderen drei Männer waren schon seit Jahren bei Sir Griffin. Mr. Davis war gewöhnlich dafür zuständig, die Arbeiter zu beaufsichtigen. Da die Solonesier sich jedoch weigerten, die Insel zu betreten, fiel die Arbeit Mr. Davis und den anderen beiden zu."

„Tiare kam an Land."

„Ja, aber erst nach Tagen. Normalerweise fuhren wir in Auslegerkanus von Insel zu Insel. Als die Eingeborenen, die für meinen Vater arbeiteten, begriffen, dass er Pulotu erforschen wollte, verweigerten sie ihre Mithilfe. Sir Griffin musste zwei Monate warten, bevor er einen Yankee-Walfänger fand, der bereit war, seine Ausrüstung und seine Begleiter herzubringen. Tiare ging an Bord, aber als wir Pulotu erreichten, wollte sie nicht auf die Insel. Der Kapitän drohte, er werde sie zum Walfang mitnehmen, wenn sie das Schiff nicht verließe. Mein Vater musste noch einmal hinausgerudert werden und sie überzeugen, mit ihm zu kommen. Es war das einzige Mal, soweit ich mich erinnere, dass er mit ihr die Geduld verlor. Er weigerte sich ganz einfach zu glauben, dass sie wirklich den Fluch fürchtete."

Claire spürte Randalls Finger leicht in ihrem Nacken. Er schob ihr Haar zur Seite und strich ihr über den Rücken. Die sanfte Liebkosung entlockte ihr einen wohligen Schauer. „Ich entsinne mich, dass geschrien wurde", fuhr sie fort. „Ich kann nicht sagen, wer es war oder worum es ging. Ich habe viel darüber nachgedacht, aber ich weiß nicht mehr, ob die Stimmen beunruhigt oder ärgerlich klangen. Ich weiß nur, dass ich aus dem Zelt gegangen bin, aber ich weiß nicht, ob ich neugierig war oder ob mich jemand von draußen gerufen hatte."

Randall wartete. Als sie nicht weitersprach, erkundigte er sich: „Das ist alles? Alles, woran du dich erinnerst?"

„Ich fürchte ja."

„Warum bist du in das Kanu gestiegen? Um von der Insel fortzukommen?"

„Furcht, vermute ich."

„Vor was?"

„Ist das nicht einer der Gründe, aus denen wir hier sind?" erkundigte sie sich ein bisschen ungeduldig. „Dachtest du wirklich, alles würde mir schlagartig wieder einfallen, sobald ich an Land käme?"

„Nein ... ich weiß nicht. Ich ..." Randalls Stimme verlor sich.

Claire seufzte, und ihre Kurzangebundenheit tat ihr Leid. „Ist schon gut. Ich weiß selbst nicht, was ich erwarten soll. Ein Teil von mir hoffte, dass es ausreichen würde, nach Pulotu zurückzukehren. Dann glaubte ich, an Land zu gehen, wäre das, was ich tun müsste. Nun scheint es einfach so, als ob Dr. Messier sich geirrt hat und alle anderen Ärzte Recht hatten. Es ist nicht deine Schuld. Schließlich gehörtest du immer zu denen, die es mir auszureden versuchten."

„Mir wäre es lieber, ich hätte nicht Recht behalten", erklärte er ruhig.

„Das weiß ich." Sie spürte, dass er ihr den Arm um die Schultern legte, und lehnte sich gegen ihn. Sie deutete zu dem Lagerfeuer. Das Knistern der Flammen war zu hören, aber der Geruch röstenden Fisches fehlte. „Haben sie sich inzwischen darauf geeinigt, wer die Fische ausnimmt und wer kocht?"

Randall schaute zu den vier neben dem Feuer hockenden Männern. „Sieht so aus, als wollten sie Lose ziehen. Bist du hungrig? Ich kann ihnen sagen, dass sie sich ...“

„Nein, lass sie nur machen. Ich kann warten.“

„Ich habe Wein in den Vorräten entdeckt, die Cutch mitgegeben hat. Hättest du davon gerne?“

„Ja. Sehr sogar.“

Randall verließ Claire, um in den Kisten nach Gläsern und dem Wein zu suchen. Dann goss er ihnen beiden etwas ein und drückte die Flasche neben sich in einen Sandhaufen. Er stieß mit seinem Glas gegen ihres und wurde dafür mit einem schwachen Lächeln von ihr belohnt, was wiederum in ihm den Wunsch weckte, mit ihr allein zu sein. „Ich hätte Cutch auftragen sollen, alle mit sich zurück aufs Schiff zu nehmen.“

Claire begriff, welche Richtung seine Gedanken genommen hatten. „Heute Nacht gehen wir zusammen zur Lagune“, sagte sie. „Während die anderen alle schlafen, werden wir schwimmen.“

Randall überlegte, wie er wohl den Einbruch der Nacht beschleunigen könnte. „Hast du das schon einmal getan?“ fragte er.

„Allein“, antwortete sie. „Oft. Ich war es gewohnt, allein umherzustreifen, meistens in der Nacht, wenn mich niemand vermissen würde. So habe ich fast die ganze Küste der Insel zu Fuß oder mit dem Boot erforscht.“

„Aber nicht das Innere?“

„Nein. Nicht ohne andere. Das Unterholz ist zu dicht, als dass man ohne Hilfe weit kommt. Die Tikis habe ich allein mit Tipu erkundet, aber das war alles.“ Claire nippte von ihrem Wein. „Denkst du, der Schatz ist hier versteckt?“

Randall schwieg einen Augenblick. Die Wahrheit entmutigte ihn. „Ich weiß es nicht“, sagte er.

Claire fand seinen Unterarm und strich mit ihrer Hand darüber. „Erzähl mir die Sage."

„Du kennst sie."

„Ich kenne eine Version davon. Jeder tut das. Aber ich habe sie noch nie aus dem Mund eines Hamilton oder Waterstone gehört. Was hat man sich in deiner Familie weitererzählt?"

Randall leerte sein Glas, bevor er antwortete. „Du musst wissen, dass James Hamilton und Henry Waterstone in erster Linie freundschaftliche Rivalen waren, und Freunde erst in zweiter. Sie genossen beide ihren Status als Freibeuter der Krone. Königin Elisabeth stellte ihnen Kaperbriefe aus, die ihnen erlaubten, nach Belieben spanische Schiffe aufzubringen. Sie waren unabhängig voneinander erfolgreich, zum Teil auch wegen der Rivalität zwischen ihnen, aber die ganz große Beute, die ihnen zu wirklichem Reichtum und Ruhm verholfen hätte, blieb aus.

Ich weiß nicht, wer von beiden vorschlug, ihre Kräfte zu vereinen – das ist in der Überlieferung verloren gegangen –, aber James und Henry einigten sich darauf, gemeinsam die Spanier zu jagen. Auf diese Weise gelang es ihnen, ein bescheidenes Vermögen für die Krone zu gewinnen, bis sie den Schatz erbeuteten, der für Papst Gregor bestimmt war. Neben Gold gehörten dazu auch Edelsteine, die wegen ihrer Farbabstufungen gewählt worden waren. Nebeneinander gelegt, würden sie aussehen wie ein Regenbogen aus kostbarsten Steinen. Die beiden Kapitäne wussten sehr gut, was sie da in den Händen hielten. Es erfüllte sie mit Ehrfurcht, wobei die Furcht wohl überwog. Der ungeheure Wert ihrer Beute überstieg alles, was sie sich je erträumt hätten."

Randall schaute zu Claire. Sie lauschte mit gespannter Miene und stieß ihn mit dem Ellbogen an, damit er weitersprach. „Sie entschieden, nicht sogleich nach England heimzukehren. Obwohl sie das spanische Schiff im Atlantik gekapert hatten, war das eigentliche Ziel ihrer Reise Peru. Sie sahen keinen Grund, ihre Pläne zu ändern, und so fuhren sie fort, spanische Schiffe aufzubringen und Gold zu erbeuten. Allerdings wurden sie mit der Zeit immer vorsichtiger, aus Sorge, das zu verlieren, was sie bereits erbeutet hatten. Schließlich hörten sie völlig mit der Piraterie auf und machten sich auf den Weg durch den Pazifik.

James und Henry konnten sich nicht einigen, wie sie den Schatz aufteilen sollten und welcher Teil der Königin zustünde. Als es so aussah, als würden sich die beiden Mannschaften jeden Moment an die Kehle gehen, versöhnten die beiden Kapitäne sich lange genug, um eine neue Allianz einzugehen. Ein Fünftel der Beute teilten sie unter ihren Männern auf. Ein weiteres Fünftel beschlossen sie Königin Elisabeth zu bringen. Drei Fünftel, darunter die sieben Schwestern, beschlossen sie zu verstecken. Sie wussten, dass sie, wenn sie den ganzen Schatz nach England mitnähmen, nur sehr wenig als Lohn für ihre Mühen behalten würden."

„Aber sie versteckten ihn nicht zusammen", warf Claire ein. „Warum nicht?"

„Sie trauten einander nicht. An Bord von Henrys Schiff war ein Kartenzeichner. Ihn wählten sie aus, einen geeigneten Platz für ein solches Versteck zu finden. Der Mann muss vermutet haben, dass es eine Art Todesurteil war, oder vielleicht glaubte er auch, dass man ihn einfach zurücklassen würde. Er war entweder sehr klug oder sehr verzweifelt, als er seinen eigenen Plan schmiedete. Zwar versteckte er den Schatz, hinterließ den Kapitänen jedoch zwei verschiedene Rätsel, die sie beide lösen mussten, um ihn zu finden. Sie konnten den Schatz ausfindig machen, wenn sie ihn am Leben ließen oder wenn sie zusammenarbeiteten. Offensichtlich glaubten Henry und James, sie könnten zusammenarbeiten, denn der Kartenzeichner wurde umgebracht."

„Wer hat das getan?“

„Henry Waterstone“, antwortete Randall. „Und wenn seine Nachfahren überlebt hätten, dann würden sie, da bin ich mir sicher, ähnlich überzeugt behaupten, dass es James Hamilton gewesen sei. Das ist noch etwas, das in der Erzählung verloren gegangen ist.“

„Wie die Bedeutung der Löcher im Papier“, überlegte sie laut.

„Oder ob sie überhaupt von Bedeutung sind. Henry und James waren nach dem Mord völlig entzweit. Es ist eine Ironie, dass ihre beiden Namen mit dem Schatz verknüpft sind.“

„Wer war der Kartenzeichner? Weiß jemand noch seinen Namen?“

Randall lachte. „Das herauszufinden ist mir nie gelungen, aber ich habe einen Namen für den alten Fuchs.“ Er bemerkte Claires fragende Miene. „Ich nenne ihn Mercutio.“

Claire benötigte nicht lange, um Randalls Andeutung zu begreifen. *„Zum Teufel mit Eurer beider Sippschaft“*, zitierte sie leise. „Aus *Romeo und Julia*.“ Ihre Züge nahmen einen besorgten Ausdruck an. „Das gefällt mir nicht, Randall.“

Er zuckte die Schultern. „Du musst doch zugeben, dass es passt. Nicht der Schatz ist all diese Jahre verflucht gewesen, sondern die Sippen Hamilton und Waterstone.“

# 12. KAPITEL

Die Lagune lag beinahe unnatürlich ruhig da. Die Stille schien fast greifbar, und Claire verspürte eine seltsame Scheu, sie zu stören. Sie stand auf einem Felsvorsprung, ihr schlanker Körper zum Sprung gespannt, und atmete in tiefen Zügen die duftende Luft ein.

Vom Wasser aus beobachtete Randall, wie sie sich auf die Zehenspitzen stellte. Wenn sie Angst empfand oder zögerte, dann war das für ihn nicht zu erkennen. Claire beschrieb mit ihrem Körper einen anmutigen Bogen, bevor sie in das glatte Wasser eintauchte und unter der Oberfläche verschwand.

Ein Stück weiter kam sie wieder hoch. „Randall?"

Bis zu diesem Augenblick hatte er gar nicht gemerkt, dass er den Atem angehalten hatte. Jetzt stieß er ihn langsam aus und überwand die kurze Strecke, die sie voneinander trennte. „Hier."

Wassertretend drehte sich Claire zu ihm um. „Nimmst du meine Hand?"

Randall umfasste ihr Handgelenk und zog sie mit sich in flacheres Wasser, wo er bequem stehen konnte. Er hatte nichts dagegen, dass sie die Tiefe nicht testete, sondern sich stattdessen an ihn klammerte. Ihre Beine schlang sie ihm um die Hüften, und die Hände legte sie ihm auf die Schultern. Sie bog sich nach hinten, bis ihr Haar im Wasser trieb und ihr nicht mehr ins Gesicht fiel. Als sie sich wieder aufrichtete, wartete Randalls Mund schon auf sie.

Er küsste sie tief und innig, sein Griff um ihre Taille festigte sich. Sie drängte ihm die Hüften entgegen, unwillkürlich nach ihm suchend. Die Bewegung ihres Körpers war es, die sie vereinte. Sie war es, die ihm den Atem raubte.

Claire beendete den Kuss. Mit einem Finger folgte sie dem

Wasserrinnsal von seinem Nacken über den Rücken. Zart strich sie mit ihren Daumen über sein Kinn. „Beobachtest du mich?" flüsterte sie.

„Hm."

Sie zog ihn am Haar. „Tust du es?"

„Ja." Selbst ohne Mondlicht konnte er ihre Züge ausmachen. Es gab das natürliche Nachtlicht des Himmels, und dazu spiegelten sich die funkelnden Sterne im Wasser. „Ja", antwortete er mit belegter Stimme. „Ich beobachte dich."

„Tu es nicht."

„Warum?"

„Schließ deine Augen und sieh mich so, wie ich dich sehe."

Randall tat, wie ihm befohlen. Einen Augenblick später spürte er Claires Fingerspitzen über seine Augenlider streichen und lächelte. „Dachtest du, ich würde schummeln?"

„Schsch", sagte sie, seinen Mund berührend. Sie hob den Kopf und ersetzte ihre Finger durch ihre Lippen. Sie küsste ihn sanft mit ihrem feuchten Mund. Ihre Brüste rieben sich an seinem Oberkörper, ihre Nägel zerkratzten ihm den Rücken.

Randall spürte, wie jeder Muskel in ihm sich spannte. Er erschauerte, aber nicht in Erfüllung, sondern in Vorfreude. Er wartete, dass sie sich zu bewegen begann, sich auf dem Teil von ihm, der tief in ihr war, als wäre es ein Teil von ihr, hob und wieder senkte. Sie tat es nicht. Er verharrte in ihr, und sie verharrte bewegungslos.

Er hörte sie atmen, im Takt der Wellen, die sich leise an den Felsen brachen. Es war ein ruhiger, urtümlicher Rhythmus, zeitlos. Schließlich ging er ihm in Fleisch und Blut über und wurde zu einem dumpfen Dröhnen in seinem Ohr, das ihn für alles andere taub machte.

Claires Mund berührte ihn am Hals, sie kostete seine Haut.

Ihre Zunge strich über sein Ohr. Ihre Zähne fanden sein Ohrläppchen, und sie begann zart daran zu nagen. In seinen Armen war sie federleicht, und doch war er sich ihrer nie zuvor so bewusst gewesen. Ihr weicher, fraulicher Körper schmiegte sich an seinen harten, männlichen. Der Druck seiner Arme verstärkte sich, als sie sich an ihm rieb, sich ihm entgegenbog und über ihm zu bewegen begann.

Randall fürchtete fast, jeden Moment buchstäblich aus der Haut zu fahren. Ihre Lippen schlossen sich hungrig über seinen, und dann war ihre Zunge in seinem Mund. Ihre Bewegungen wurden nachdrücklicher, schneller. Seine Erwiderung folgte auf dem Fuße, ohne dass er darüber nachdachte. Er wusste nicht, wo sie ihn als Nächstes berühren würde oder wie; er wusste nur, er wollte nicht, dass sie aufhörte.

Claire barg ihr Gesicht in seiner Halsbeuge, als sie ihren Höhepunkt erreichte. Sie hielt ihn fest an sich gepresst. Das Wasser schien nun kühler als noch Augenblicke zuvor. Sie erschauerte ein wenig, während sie von seinen Armen glitt. Als sie Boden unter ihren Füßen spürte, stand sie bis zu den Schultern im Meer. Sie lehnte sich immer noch gegen Randall, ihre Hand lag über seinem Herzen. Keiner von ihnen sprach.

Er senkte den Kopf und hauchte einen Kuss auf ihr feuchtes Haar. Der Duft englischen Lavendels war nun dem der tropischen Aromen der Insel gewichen. Claire ließ sich von Randall zu einem Bett aus Farn am Ende der Lagune führen, wo er sie erneut liebte, diesmal mit offenen Augen.

„Es ist wie Ertrinken", wisperte sie. Ihre Worte klangen ein bisschen verschwommen, als sie sich schläfrig in seinen Armen umdrehte. Sie hatte sich von Randall in ihr Hemd helfen lassen, aber sie erlaubte ihm nicht, sie zum Lager zurückzubringen. Bei Tagesanbruch könnten sie zurückgehen, hatte sie ihm gesagt.

„Selbst wenn ich den harten Boden unter meinem Rücken spüre, ist es gut so."

Randall musste lächeln, als er ihre träumerische Stimme hörte. Er streichelte ihre Schulter. „Eben wären wir beinahe ertrunken", wandte er ein.

Claire hob sich auf einen Ellbogen. Sie fand Randalls Mund mit ihren Fingern, dann mit ihren Lippen. Der Kuss war süß und zärtlich. Sachte berührte sie ihn im Gesicht. „Das dafür, dass es dir nichts ausmacht."

Ein tiefes Lachen erschütterte Randalls Brustkorb. „Schlaf jetzt."

Das tat sie, aber nur für eine Weile. Trotz der angenehmen Müdigkeit, die sie davon abhielt, von Randalls Seite zu weichen, lag Claire hellwach. *Zum Teufel mit Eurer beider Sippschaft.* Im Geiste drehte und wendete sie Mercutios Todesfluch immer wieder. Montagues und Capulets. Hamiltons und Waterstones. Randall lag gar nicht so falsch, wenn er die Feindschaft zwischen den beiden Familien damit verglich. James Hamilton und Henry Waterstone waren Zeitgenossen Shakespeares gewesen, und die Legende um den Schatz war in jener Zeit entstanden. War es möglich, dass der Dichter sich davon zu seinen beiden verfeindeten Familien hatte inspirieren lassen?

Claire setzte sich auf. Sie zog die Beine an, strich den Stoff ihres Hemdes darüber glatt und steckte sich den Saum unter die Zehen. So saß sie eine Weile da und dachte nach. Selbstvergessen begann sie an ihrer Unterlippe zu nagen. *Zum Teufel mit Eurer beider Sippschaft.* Es hatte drei Jahrhunderte gedauert, die Waterstones auszulöschen, aber nun war es vollbracht. Claire wollte nicht glauben, dass die Hamiltons sich auf demselben Pfad ins Verderben befanden, doch es war schwierig zu übersehen, dass die Reihe der Männer, die das Rätsel bewahrt hatten, kurz vor dem Erlöschen stand. Shelby, David und Randalls Vater waren alle tot. Bria würde vielleicht nie Kinder haben.

Claire spürte ein Ziehen in ihrem Bauch, und ein so starkes Sehnen erfasste sie, dass es beinahe wehtat. Die Angst, die diesem Gefühl auf dem Fuße folgte, raubte ihr beinahe den Atem.

„Claire?“

Sie hatte nicht gemerkt, dass sie einen Laut von sich gegeben hatte, bis sie ihn ihren Namen sagen hörte. Ein zweiter Schluchzer stieg in ihrer Kehle empor und drohte sie zu ersticken, als sie ihn zurückzuhalten versuchte. Tränen traten ihr in die Augen, und sie begann zu zittern.

Randall erhob sich. Wortlos schloss er sie in die Arme und spürte, wie sie am ganzen Körper bebte. „Ich bringe dich ins Lager zurück. Dr. Stuart ...“

Claire rang nach Luft. „Nein“, sagte sie kopfschüttelnd. „Nein, ich bin nicht krank. Nicht ...“

Da begriff Randall. Claire hatte Angst. Sie durchlebte dieselbe bodenlose Furcht wie auf der *Cerberus* nach ihrer Krankheit. „Dir wird nichts geschehen“, flüsterte er. „Ich werde nicht erlauben, dass dir ein Leid geschieht.“

Aber das ist nicht das Problem, dachte Claire. „Du bist es“, erklärte sie rau und drehte sich in seinen Armen um. „*Dir* darf nichts geschehen.“

Er versuchte sie zu beruhigen, sein Tonfall war ein bisschen gönnerhaft. „Na gut, mir darf nichts geschehen.“

Claire stieß ihn gegen die Brust und befreite sich aus seinen Armen. „Du hast keine Ahnung von Flüchen“, teilte sie ihm mit vor Anspannung starrem Körper mit. Ihre Hände waren zu Fäusten geballt, so dass die Knöchel weiß hervortraten. Die Worte des Rätsels wiederholte sie wie eine Gebetsmühle. „*Blut wird fließen, Flammen schießen, Sonne, blendend hell, gepriesen, wie*

*Lanzen aus dem Boden sprießen. Die Fluten steigen, es ist Regenmond, Pesthauch wie Tinte am Horizont und dein Aug' von Schatten umflort.*" Claire fiel es schwer, Luft zu holen, und sie versuchte aufzustehen.

Randall fasste sie am Handgelenk und zog sie wieder herunter. „Es gibt keinen Fluch, Claire."

Sie schüttelte den Kopf. „Mercutio", flüsterte sie. „Das hast du selbst gesagt."

Randall verfluchte sich insgeheim und nahm sie wieder in die Arme. „Das habe ich nicht so gemeint, Claire. Kein Wort davon."

„Doch."

Da hielt er sie einfach. Er hatte die Fruchtlosigkeit, ihr zu widersprechen, erkannt. Seine Taktik ändernd, lenkte er seine Bemühungen dahin, Claire zu helfen, sich wieder zu beruhigen. So trocknete er ihre Tränen, versuchte ihre Rastlosigkeit zu vertreiben, und kämmte mit seinen Fingern ihr feuchtes Haar. Er rieb ihr den Rücken und wärmte sie. Er konnte nicht sagen, wie viel Zeit verging. Vielleicht hielt er sie so nur Minuten, vielleicht beinahe eine Stunde. Das Einzige, was er mit Sicherheit wusste, war, dass Claires schlanker Körper schwer wurde, als ihr Atem wieder ruhiger ging. Er hielt sie immer noch, als sie schon längst schlief.

Der Sonnenaufgang tauchte die Lagune in blassgelbes Licht. Der dunkle Baldachin aus Palmwedeln wurde hie und da, wo immer sich ein Loch befand, von einem Lichtstrahl durchbrochen. Einer davon fiel Claire auf die Schulter, doch sie wachte nicht auf.

Randall kniete am Ufer und schöpfte mit seinen Händen Wasser. Er wusch sich Gesicht und Oberkörper und fuhr sich durch die Haare. In einiger Entfernung, dort, wo sich ein schmaler Durchlass zum Meer hin öffnete, konnte er die hohen Masten der *Cerberus* ausmachen. Cutch war mit dem Schiff irgendwann in der Nacht zurückgekehrt. Randall gestattete sich nicht die Hoffnung, dass Cutchs Mission erfolgreicher gewesen war als seine eigene.

Claire hatte sich aufgesetzt, reckte die Arme und versuchte ein Gähnen zu unterdrücken. Ihre Verrenkungen mussten sehr komisch wirken, denn plötzlich ertönte Randalls tiefes Lachen. Sie erstarrte.

„Darf ich vielleicht einen Moment ungestört sein?“ erkundigte sie sich nicht ohne Schärfe.

Randall räusperte sich. „Natürlich. Ich drehe mich um.“

Claire glaubte ihm nicht, aber sie reckte sich trotzdem zu Ende. Dann stand sie auf, erkundigte sich, in welche Richtung sie gehen musste, und kam dann auf leisen Sohlen geradewegs an Randalls Seite. Sie kniete sich neben ihn und erledigte ihre Morgenwäsche genauso wie er. „Ich kann Sonnenschein auf meinem Gesicht fühlen“, erklärte sie.

Ihre Haut strahlte sanft. Das Licht brachte den roten Schimmer in ihren Haaren zum Vorschein. Von der Seite betrachtet wirkten ihre Züge gelassen und heiter. Als sie ihr Gesicht Randall zuwandte, sah er, dass es kein Trick des Sonnenlichts war. Claires Miene war ungetrübt von Sorgen, ihr Lächeln aufrichtig und ungekünstelt.

Er konnte sich nicht vorstellen, sie nicht zu küssen, darum tat er es einfach.

„Warum hast du das getan?“ fragte sie, als er sich von ihr löste. Sie verspürte den Drang, ihren Mund zu berühren, um den verblassenden Druck von Randalls Lippen neu zu beleben.

„Weil ich es wollte.“

Spitzbübisch lächelnd streckte sie die Hände aus, um ihm einen spielerischen Stoß zu versetzen. Doch sie schätzte ihre Kraft und Randalls Position falsch ein, so dass sie beinahe beide im

Wasser landeten. Lachend kam Claire auf die Füße und wich geschickt seinem Griff aus.

Randall schüttelte den Kopf, als seine Hände leer blieben. Mit den Augen verfolgte er voller Bewunderung, wie sie zu dem Bett aus Farnen zurückeilte. Ihr Richtungssinn war unfehlbar. Sie hatte den Stapel mit ihren ordentlich zusammengelegten Kleidern gefunden und schon begonnen, sich wieder anzuziehen, als er zu ihr kam.

Er setzte sich neben sie und nahm seine Strümpfe und Stiefel. „Wir müssen darüber reden, was letzte Nacht geschehen ist", bemerkte er.

Claire strich sich gerade ihren Strumpf von der Ferse bis zum Knie glatt. Sie verharrte mitten in der Bewegung und lächelte selbstbelustigt. „Es war also kein unangenehmer Traum."

„Nein", erwiderte er. „Kein Traum."

Sie nickte langsam. Es war nicht das, was sie hören wollte, aber das, womit sie gerechnet hatte. „Kannst du mir verzeihen?"

Randalls Verwunderung war nicht gespielt. „Verzeihen? Was?"

„Dass ich so ... so ..." Ihr fehlten die Worte.

„So weiblich?" schlug er vor.

„Das sagst du nur, weil ich nichts habe, was ich dir an den Kopf werfen kann."

Randall grinste. Das war nicht zu leugnen. „Ich habe es nur erwähnt, weil es ebenso unsinnig ist wie deine Annahme, der Verzeihung zu bedürfen." Sein Lächeln verblasste, als sein Ton ernster wurde. „Heute Morgen will ich Pulotu gründlicher erforschen, besonders die nähere Umgebung der Tikis. Wenn du möchtest, kann ich dich an Bord zurückbringen lassen. Es gibt keinen Grund für dich, hier zu bleiben, wenn es dir solche Angst einjagt."

„Ich möchte gerne hier sein“, entgegnete Claire. „Mit dir. Letzte Nacht ... letzte Nacht haben sich meine Gedanken selbstständig gemacht. Heute werde ich sie besser kontrollieren.“

Randall konnte sehen, dass es ihr immer noch schwer fiel, darüber zu reden. Der verkniffene Zug um ihren Mund und die schmale Falte zwischen ihren dunklen Brauen verriet ihre Anspannung. „Erzähl mir von deinen Gedanken.“

Claire streifte sich ihren zweiten Strumpf über und zog ihn glatt. Die Brust wurde ihr eng, aber es war nicht mehr, als sie ertragen konnte. „Vorher war mir nie so klar geworden, wie stark die Wirkung des Fluchs auf deine Familie war. Dein Vater und deine Brüder sind tot, und deine Schwester wird vermutlich nie heiraten. Da wurde mir zum ersten Mal bewusst, dass der Fluch auf deinen Schultern lastet. Diese Worte in dem Rätsel – die deiner Meinung nach einen Regenbogen lupenreiner Edelsteine beschreiben – können genauso gut den Krieg beschreiben, in dem du gekämpft hast.“

„Sie könnten jeden Krieg beschreiben“, erwiderte Randall. „Ich denke, denen, die vor mir kamen, ist das auch schon aufgefallen. Es hat genug Kriege, Seuchen und Hochwasser in den vergangenen dreihundert Jahren gegeben, um jedem Teil des Rätsels wahrsagerische Qualitäten zu verleihen. Das war eine besondere Begabung des Kartenzeichners.“

„Es gibt keine Waterstones mehr“, bemerkte sie leise.

„Familien entstehen und sterben aus. Das ist der Lauf der Natur. Du hast doch Darwins Schriften selbst gelesen. Es ist nur Arroganz und Aberglaube, davon auszugehen, dass Menschen von den Naturgesetzen ausgenommen sind, als wären wir nicht Teil des Tierreiches.“

„Der letzte Waterstone wurde wegen des Rätsels umgebracht.“

„Dann ist es Habgier, die ihn das Leben kostete. Eine weitere Facette der menschlichen Natur, kein Fluch. Ich wünschte, ich hätte Mercutio nicht erwähnt. Du hast dir das eindeutig zu sehr zu Herzen genommen."

Claire neigte den Kopf und stieß atemlos hervor: „Ich will den Schatz finden."

Randall zwängte seinen Fuß in den Stiefel. „Das will ich auch."

„Und den Fluch brechen", beendete sie ihren Satz.

Er drehte den Kopf zur Seite und starrte sie an. „Hast du denn nichts von dem gehört, was ich eben gesagt habe?"

„Doch, alles. Und ich will glauben, dass du Recht hast." Claire breitete den Rock ihres Kleides über ihre Beine und strich mit den Händen die Falten heraus. „Aber jetzt sind wir auf Pulotu, und es gibt kein Anzeichen dafür, dass vor uns je ein Mensch hier gewesen ist. Es wird eine vernünftige Erklärung dafür geben, genauso wie es eine dafür gibt, dass um die Tikis herum nichts wächst, aber ich weiß auch, dass sie zu hören mir wenig Trost spenden wird. Ich weiß, du achtest die Religion auf diesen Inseln. Doch du achtest nicht im Geringsten, was sie in deinem Leben bewirken kann." Claire wandte Randall den Rücken zu, so dass er ihr die Knöpfe dort schließen konnte. „Es stört mich nicht, wenn du nur mir zuliebe nachgibst", fuhr sie fort. „Macht es denn einen Unterschied, ob wir aus denselben oder aus verschiedenen Gründen den Schatz finden wollen? Am Ende werden wir beide haben, was wir wollen, genau wie in dem Kinderreim: *Wieder vereint, dem Banne entfloh'n, sei die prallste Börse dein Lohn.*"

Randall schwieg, ihre Worte sorgfältig wägend. Claire hatte Recht damit, dass er den Glauben der Eingeborenen der Sonneninseln achtete. Sie hatte nicht gesagt, dass er seine Denkweise derjenigen der Inselbewohner für überlegen hielt, aber das las er zwischen den Zeilen. Er suchte nach einem Schatz. Sie wollte beruhigt sein. Was änderte sich durch ihre unterschiedlichen Beweggründe schon? Schließlich sagte er: „Diesen Reim kenne ich nicht."

Da sie begriff, dass Randall vorerst das Thema ruhen lassen würde und sie nicht weiter von ihrem Irrtum zu überzeugen suchte, stieß Claire ihren angehaltenen Atem aus. Ihre Mundwinkel hoben sich zu einem zögernden Lächeln. Als er mit den Knöpfen ihres Kleides fertig war, drehte sie sich um und gewährte ihm einen flüchtigen Blick auf die seltene Schönheit dieses Lächelns. „Hat deine Mutter dir nie aus ‚Mutter Gans' vorgelesen?" erkundigte sie sich.

„Ich dachte, das hätte sie", entgegnete er. „Ich kenne nur diesen Vers nicht."

„Meine Mutter mochte gerade diesen besonders. Ich habe das zuvor schon erwähnt, als wir zum ersten Mal von den Tikis sprachen. Es kommen darin auch sieben Schwestern vor."

„Dann weiß ich, dass ich ihn noch nie gehört habe. Daran würde ich mich erinnern."

„Aber ich habe dir doch einen Teil davon aufgesagt. Erinnerst du dich? Auf dem Schiff. Nachdem du mir das Rätsel gezeigt und beigebracht hast. *Mit den Schwestern dieser Vers dir bringt, mehr Reichtum, als ein König je erringt.*"

„Ich dachte, das hätte etwas mit Daumesdick zu tun."

Claire lachte. „Da bringst du etwas durcheinander. Hör zu:

*Am Ende eines Gottes Versprechen,*
*Sieben der heidnischen Gottheiten steh'n,*
*Sieben Ringe, aber Schlüssel einer nur,*
*Silber, Zinn und Quecksilberspur,*
*Kette aus Blei, Eisen gewunden,*
*Ein Schatz verloren und wieder gefunden,*

*Ring von Kupfer, Krone aus Gold,*
*Sieben Schwestern, aus dem Kerker geholt,*
*Wieder vereint, dem Banne entfloh'n,*
*Sei die prallste Börse dein Lohn.*
*Sieben Ringe, aber Schlüssel einer nur,*
*Alchimie, Metalle pur.*
*Mit den Schwestern dieser Vers dir bringt ...*"

„... mehr Reichtum, als ein König je erringt", beendete Randall den Reim für sie, doch seine Stimme verlor sich bei den letzten Worten.

Claire entging sein veränderter Tonfall genauso wenig wie sein Schweigen. „Randall? Was ist? Hast du ihn doch vorher schon gehört?"

„Nein", antwortete er verblüfft. „Nein, nie."

„Dann was ..." Sie verstummte, als sich Randalls Finger jäh um ihre Oberarme schlossen. Er schüttelte sie leicht. Seine Grobheit überraschte sie, und sie schloss den Mund.

„Claire. Sag es mir noch einmal auf. Alles."

Sie blinzelte. Er stand auf und riss sie vor sich auf die Füße. Er ließ sie lang genug los, um sich seinen zweiten Stiefel anzuziehen, dann packte er sie am Arm und zog sie mit sich an den Strand.

„Noch einmal", verlangte er.

Claires Vortrag war jetzt etwas atemloser. Sie hatte es gerade beendet, als sie den Strand erreichten. Um ihr Vorankommen zu verlangsamen, stemmte sie die Fersen in den Sand. Doch Randall hob sie einfach hoch. Claire empfand die Vorstellung, über seine Schulter geworfen zu werden, abstoßend, und so begann sie sich zu wehren, dann aber waren mit einem Mal seine Lippen auf ihren, erst an ihrem Mundwinkel, dann bedeckten sie sie völlig. Er küsste sie auf Brauen, Schläfen, Nasenspitze. Sie spürte seinen

Mund auf ihren geschlossenen Lidern und ihrem Haar. Schließlich ließ Randall sie wieder langsam zu Boden gleiten. Wie aus eigenem Antrieb schmiegte sich ihr Körper an seinen, und so lehnte sie sich einfach gegen ihn.

„Meine Güte", hauchte sie, nachdem sie wieder zu Atem gekommen war.

Randall umarmte sie. „Ganz genau."

Claire wusste nicht, was sie davon halten sollte. Sie hob ihr Gesicht, so dass er ihre Zweifel sah. „Du kannst mir genauso gut gleich sagen, wozu das alles gut gewesen sein soll. Ich jedenfalls begreife das nicht."

Randall hielt sie kurz ein Stück von sich ab. „Das tust du wirklich nicht, oder?"

Claires Lippen wurden schmal. „Das zuzugeben, bereitet mir keine große Freude", verkündete sie. „Du brauchst es nicht noch eigens hervorzuheben."

Da lachte er. „Gott, wie sehr ich dich liebe."

„Das will ich auch hoffen." Ihr Mund wurde weicher.

Randall küsste sie wieder, dann hakte er sie unter. Er musste sie nicht drängen, mit ihm zum Lagerplatz zurückzugehen. „Es ist der Reim", erklärte er. „Er stammt nicht aus deinem geliebten ‚Mutter Gans'."

„Natürlich stammt er daraus. Du erkennst ihn vielleicht nicht wieder, aber meine Mutter hat ihn mir immer wieder zusammen mit den anderen vorgelesen."

„Langsam reift in mir der Verdacht, dass deine Mutter klüger war, als irgendjemand ihr zutraute. Sie hat dir das Waterstone-Rätsel auf eine Art und Weise erzählt, in der du es unverfänglich hören konntest. Schon vor Jahren hat sie es dir anvertraut und sich darauf verlassen, dass die Zeit und die Umstände es dir irgendwann enthüllen."

Claire blieb abrupt stehen, so dass Randall es ihr gleichtun musste. „Das kann nicht sein", wandte sie ein. „Warum sollte sie das tun? Und viel wichtiger: *Wie* konnte sie das? Meine Mutter war keine Waterstone. Ich kenne meinen Familienstammbaum. Da gibt es weit und breit keinen Waterstone-Zweig."

„Das glaube ich. Aber ich frage mich, wie gut du dich in der Familie deines Paten auskennst."

„Stickle?"

„Es sei denn, du hast noch einen Paten."

Diesmal ließ ihm Claire seinen Spott ungestraft durchgehen. Ihre Gedanken waren mit etwas anderem beschäftigt. „Das Blatt, das ich in dem Manuskript des Dukes gefunden habe ... das mit den Löchern ... war also wirklich das Waterstone-Rätsel."

„So scheint es", antwortete Randall. „Der Duke of Strickland ist entweder ein Nachfahre der Waterstones oder hat den letzten umgebracht, um selbst an das Rätsel zu kommen."

„Stickle ist kein Mörder."

Randall widersprach ihr nicht. Claire konnte das nicht besser wissen als er, aber diese Meinung war für sie angenehmer. Er konnte sie ihr lassen, bis sie eines Besseren belehrt wurden. „Dann ist er ein Waterstone", schloss Randall. „Und er ist am Leben, weil er das geheim gehalten hat."

„Er muss es meiner Mutter gesagt haben." Claires Stimme bebte leise. „Dieses Geheimnis mit ihr geteilt zu haben ... ihr so weit vertraut zu haben ... ich hatte mir nur eingebildet, begriffen zu haben, wie sehr er sie geliebt hat."

In Randalls Augen war das nur eine mögliche Deutung der Ereignisse, aber er verzichtete darauf, ihr das zu sagen. Er nahm wieder ihren Arm. „Komm. Ich möchte zurückgehen. Das Rätsel darfst du auf keinen Fall vor jemandem wiederholen, Claire, jetzt, da du weißt, was es ist. Mich kannst du es später lehren. Heute werde ich dich mitnehmen, wenn ich noch einmal einen Blick auf die Tikis werfe."

Sie nickte. „Warum habe ich das nur nicht schon früher gemerkt?"

„Warum solltest du? Deine Mutter besaß ihre eigene Vorstellung von der Idee, das Rätsel für alle sichtbar zu verstecken. Sie war eine sehr kluge Frau, deine Mutter." Er schüttelte den Kopf und lächelte anerkennend, dann lachte er laut auf. „‚Mutter Gans'. Das war wirklich ein ausgezeichneter Einfall."

„Dieser Reim machte genauso wenig Sinn wie die anderen", bemerkte Claire. „‚Ring ums Röschen' handelt von der Pest. Wusstest du das?"

„Ich habe es mal gehört."

„Und die London-Bridge ist wirklich eingestürzt, bevor sie wieder aufgebaut wurde."

„Was ist mit Humpty-Dumpty?"

Claire lachte. „Das hat dir wirklich gefallen, was?"

Er zuckte die Schultern. „Ich erinnere mich nur an alle Wörter davon."

„Ich denke, der Vers enthält eine Anspielung auf König Richard III."

Darüber dachte Randall nach. „Ich mag sie alle lieber, solange sie einfach nur Unsinn sind."

„Das geht mir ebenso." Claire drückte ihm den Arm.

Die Männer standen erst auf, als Claire und Randall zu ihnen stießen. Sie kamen mit verschlafenen Mienen und verstrubbelten Haaren auf die Füße und begaben sich in die Büsche, um dort ihre dringendsten Bedürfnisse zu erledigen. Randall war sich Macauleys scharfen Blicks in seine und Claires Richtung bewusst, konnte aber nicht sagen, ob er missbilligend oder neidvoll war. Klugerweise behielt der Arzt seine Ansichten heute Morgen für sich.

Cutch kam mit ein paar Männern an Land, als sie sich gerade zum Frühstück niederließen. Er stritt nicht ab, durch das Fernrohr beobachtet zu haben, wie der Fisch über dem Feuer geräuchert wurde, bevor er zu ihnen herausruderte. Doch niemand verwehrte es ihm, an dem Mahl teilzuhaben.

Randall beendete sein Frühstück und lehnte sich, auf die Ellbogen gestützt, in den Sand zurück. „Claire kommt mit mir, um die Tikis näher anzuschauen." Niemand außer Macauley Stuart schien an der Ankündigung irgendetwas merkwürdig zu finden. „Ich brauche zwei Männer, die uns helfen. Freiwillige."

Eine ganze Reihe von Köpfen wurde gehoben, der des Arztes eingeschlossen. Randall entschied sich für Whittier und Brown. „Das wird den größten Teil des Vormittags in Anspruch nehmen. Die Übrigen sollten noch einmal die Küste erkunden und den Wald. Cutch wird die Führung übernehmen." Er wandte sich an seinen ersten Maat. „Ich habe noch keinen Bericht gehört. Ich nehme an, das heißt, dass du bei deiner Umrundung der Insel nichts gefunden hast."

Cutch nickte bedächtig. „Es gibt kein anderes Lager auf Pulotu. Wir haben nach mehr Tikis Ausschau gehalten, aber keine entdeckt."

„Vorschläge?"

„Wir sollten als Nächstes die Nachbarinseln erforschen. Auch die Atolle. Die Bewohner der anderen Inseln könnten uns weiterhelfen und unsere Suche abkürzen."

„Nun gut." Randall sprang mit einer flüssigen Bewegung auf. „Wir werden unseren Kurs und das weitere Vorgehen heute Abend an Bord besprechen. Brown, Sie und Whittier kümmern sich um unsere Vorräte. Wir brauchen eine Schlinge und ein Geschirr für Claire. Ohne Hilfe kann sie nicht klettern."

Claire wusste auch, dass sie unmöglich in einem Kleid klettern konnte. Sie schlüpfte in ihr Zelt, und als sie wieder herauskam, trug sie Kleider, die Cutch für Randall eingepackt hatte. Nichts davon passte ihr, aber sie hatte sich Ärmel und Hosenbeine hochgekrempelt und einen Gürtel um die Mitte geschlungen. „Nun“, fragte sie mit einem Anflug von Trotz in die Runde. „Dieses Schweigen ist nicht gerade schmeichelhaft.“

Randalls Blick glitt von ihrem Kopf zu ihren Füßen. „Wir sind alle sprachlos“, erklärte er trocken. „Du hättest uns wenigstens vorwarnen können.“

Claire zählte sechs Schritt vom Zelt aus und ließ sich neben Randall im Schneidersitz nieder und begann sich ihr Haar zu einem Zopf zu flechten. „Du wirst mir zustimmen müssen, dass das hier viel besser geeignet ist, Felsen zu erklimmen.“

Randalls Tonfall war zweifelnd. „Na ja, wenn ich dir zustimmen *muss* ...“

„Sie wird doch nicht allen Ernstes Hosen tragen, oder?“ schaltete sich Macauley Stuart ein.

„Und wer will ihr das verbieten?“ erkundigte sich Randall trocken. „Sie etwa?“

Stuart schloss den Mund.

Claire senkte den Kopf, damit man ihr selbstzufriedenes Lächeln nicht sehen konnte. Sie widmete sich weiter ihrem Zopf, während Randall ihren Aufstieg zu Ende plante. Niemand fragte unterdessen, warum Randall die Tikis noch einmal untersuchen wollte. Alle, Macauley Stuart eingeschlossen, waren nun ganz im Bann der Schatzsuche und die sieben Tikis schienen dabei eine bedeutendere Rolle zu spielen. Selbst wenn sich später herausstellen sollte, dass sie nur der Irreführung dienten, würde keiner die Chance, etwas über sie herauszufinden, verstreichen lassen.

Randall nahm einen Stock und zog sieben Furchen in den Sand.

Jede Furche stand für eine unterschiedliche Anhöhe und entsprach der Höhe der Tikis auf Mauna Puka. Cutch legte an das obere Ende jeder Linie eine Muschel, die die Tikis selbst darstellten.

Claire hatte die Diskussion verfolgt und sich bemüht, sich die Karte vorzustellen, die Randall in den Sand gezeichnet hatte. Den Kopf schief gelegt, wandte sie sich an ihn, als er zu Ende gesprochen hatte. „Was ist?“ fragte sie.

„Sieh selbst.“ Er legte ihr den Stock, den er benutzt hatte, auf den Schoß. „Verbinde die Muscheln.“

Claire band ihren Zopf zusammen und warf ihn sich über die Schulter. Dann nahm sie den Stock und streckte Randall ihre Hand hin, damit er ihr half. Er fing am Ausgangspunkt an und führte sie sorgfältig von Muschel zu Muschel, bis alle sieben miteinander verbunden waren.

Cutch rieb sich nachdenklich das Kinn. „Na, das ist doch was.“ Er blickte über seine Schulter zu den Tikis auf dem Bergausläufer. Das Muster, in dem sie aufgestellt waren, war so nicht zu erkennen, wenn man sie aber wie Randall in eine Karte eintrug, hätte es nicht offensichtlicher sein können. „Das ist eindeutig der Große Wagen.“

Randall half Claire, die Verbindungen noch einmal nachzufahren, so dass sie dasselbe Bild von der Karte hatte wie alle anderen auch. Er konnte nicht anders, als sie dafür zu bewundern, wie gut sie ihre Aufregung vor den anderen verbarg. Nur er konnte spüren, wie sie unter seiner Hand leise bebte.

„Was, denkst du, bedeutet das?“ fragte Claire.

Randall schaute zu den Männern. Cutch starrte immer noch in Gedanken versunken auf die Zeichnung im Sand. Brown, Whittier und einige andere waren schon dabei, Pläne zu schmieden, wofür sie ihren Anteil des Schatzes ausgeben sollten. Nur Macauley Stuarts Aufmerksamkeit war ganz auf Randall gerichtet, und der spürte sie beinahe körperlich. Er zuckte die Schultern und war nicht willens zu sagen, was er von dieser zufälligen Entdeckung hielt. Er nahm Claire den Stock ab. „Das müssen wir versuchen herauszufinden."

Macauley schaute auf die Zeichnung, dann zu Claire. „Warum sollte es irgendetwas bedeuten?"

Cutch antwortete darauf. „Es ist ein Sternbild des nördlichen Himmels", erklärte er. „Sirius und das Kreuz des Südens sind in diesen Gewässern viel wichtiger. Wenn solonesische Priester die Tikis so angeordnet haben ..." Er brach ab, sah auf und bemerkte Randalls warnenden Blick.

Macauley beendete für Cutch den Satz: „Dann war es Zufall. Das meinen Sie, nicht wahr?"

Cutch nickte und bereute, überhaupt etwas gesagt zu haben. Zu spät begriff er, dass Macauley Claire seine Frage gestellt hatte. Würde der Arzt denn nie lernen, dass er ihren Namen sagen musste, wenn er von ihr eine Antwort erhalten wollte? „Irgendetwas in der Art", erwiderte er.

„Wie hoch ist Ihrer Ansicht nach die Wahrscheinlichkeit, dass es ein Zufall ist?" fragte Stuart.

Cutch warf die Hände in die Höhe. „Kann ich nicht sagen."

Stuart schaute zu Randall. „Captain?"

„Weiß ich nicht."

In der Stimme des Arztes schwang jetzt Begeisterung mit. Eifrig beugte er sich vor, um seine Meinung vorzutragen. „Aber wenn es Absicht war, dann hat man den Eingeborenen genau gesagt, dass sie ihre Tikis so aufstellen sollen ... Oder sie wurden von jemand anderem als von solonesischen Priestern errichtet."

„Wenn es nicht bloß Zufall ist", erinnerte Claire ihn.

Zwischen den buschigen Augenbrauen des Arztes entstand eine steile Falte, als er heftig den Kopf schüttelte. „Ist es nicht."

„Nun“, warf Randall trocken ein, „vielleicht können Sie auch noch gleich Stonehenge erklären, wo Sie gerade dabei sind.“

Trotz des Schmunzelns, das Randalls Bemerkung hervorrief, tat Macauley Stuart so, als dächte er ernsthaft darüber nach. Seine Antwort erfolgte in genauso trockenem Ton: „Vielleicht werde ich das sogar. Das würde mir einen Platz in den Geschichtsbüchern sichern.“

Claire hob erstaunt ihre dunklen Brauen. „Ich wusste gar nicht, dass das Ihr Ziel ist.“

Macauleys freundliches Lächeln wurde spöttisch. „Eine Fußnote, mindestens. Nichts so Auffälliges wie Hamilton-Waterstone.“

Randall schwieg. Er zog seinen Stock über die Karte im Sand, so dass die Furchen verwischt wurden und die Muscheln durcheinander gerieten. Was übrig blieb, enthielt keinen Hinweis mehr auf den Weg, dem er und seine Begleiter auf den Mauna Puka folgen wollten. Den Stock ins Wasser werfend, stand Randall auf. Neben ihm kam Claire auf die Füße. Er nahm ihre Hand und legte sie sich in die Armbeuge. „Brown, Whittier. Sie nehmen die Ausrüstung. Cutch, nimm die anderen mit dir.“

Der Rest der Gruppe erhob sich. Die Männer verteilten sich. Nur Macauley sah Randall an, als hoffte er, der Captain würde es sich noch einmal anders überlegen und ihn doch mitnehmen. Als Randall nichts sagte, trat der Arzt schließlich zögernd zu Cutch.

Randall begab sich mit Claire zum Fuß des Berges. „Wir werden uns zwischen den Tikis so bewegen, als befänden sie sich auf einer Ebene, und als gäbe es eine Verbindung solcherart, wie du sie eben im Sand aufgemalt hast. Das ist ein anderer Weg als der, den ich gestern mit meinen Männern genommen habe.“

„Ich habe es noch nie so herum versucht“, erklärte sie. „Tipu und ich sind Seite an Seite geklettert, bis wir oben auf der Spitze angekommen waren.“

„Es mag nichts dabei herauskommen“, warnte Randall sie. „Ich habe die Tikis gründlich untersucht und nichts gefunden. Du hast sie dir auch sorgfältig angeschaut.“

„Sollte Cutch uns nicht besser begleiten?“ Claire hörte Schritte hinter ihnen und wusste, dass Whittier und Brown sie beinahe eingeholt hatten.

„Es ist nicht so, dass ich ihn nicht hier haben wollte“, erwiderte er, „sondern, dass ich ihn lieber in der Nähe des Arztes wissen möchte.“

Claires Lächeln war sanft. „Dr. Stuart wurde angestellt, auf mich aufzupassen, Randall. Ich denke nicht, dass er der Ansicht ist, unsere Ehe änderte etwas an seiner Aufgabe.“

„Das kommt auf den Blickwinkel an“, entgegnete Randall.

Claire hob den Kopf, ihre Miene war fragend. „Was meinst du damit ...“ Sie brach ab, als Randall ihren Arm drückte. Brown und Whittier waren nun in Hörweite. Claires Gedanken schlugen augenblicklich eine andere Richtung ein. Vor ihrem geistigen Auge sah sie den Berg groß vor sich aufragen, die Bäume, Farne und Ranken beinahe undurchdringlich verschlungen. „Glaubst du wirklich, ich kann das?“ wollte sie wissen.

„Du bist auf jeden Fall richtig dafür angezogen.“

Sie lachte. Einem Impuls folgend vertrat sie ihm den Weg, so dass er stehen bleiben musste. Dann warf sie ihm die Arme um den Hals und küsste ihn auf den Mund. Sie hörte Brown und Whittier leise lachen, als sie an ihnen vorbeigingen.

Randall fasste Claire um die Taille und hielt sie an sich gedrückt, als sie den Kuss beendete. „Was habe ich getan, um das zu verdienen?“ erkundigte er sich.

„Beschwerst du dich etwa?“

Ihr kokettes Lächeln stand so im Gegensatz zu ihrer männlichen Kleidung, dass Randall stark versucht war zu lachen. „Keine Beschwerde. Ich habe mich nur gefragt, wie ich wohl in Zukunft eine ähnliche Reaktion hervorrufen kann."

Claire nahm wieder seinen Arm und drängte ihn, dem Weg zu folgen, den Brown vor ihnen in das Unterholz schlug. „Es ist dein Vertrauen in mich", erklärte sie schlicht. „Das mag ich sehr."

Randall seufzte. „Du hättest mir schon früher sagen können, dass das ein Aphrodisiakum ist."

Während ihr die Röte heiß in die Wangen stieg, kniff Claire ihn leicht in den Arm. Ohne ihre Lippen zu bewegen, sagte sie: „Denk an den Schatz."

„Oh", entgegnete er. „Das tue ich." Er überließ es Claire, sich sein mutwilliges Grinsen vorzustellen. Jetzt, wo sie mit dem Aufstieg begonnen hatten, war das Vorankommen schwieriger. Er verwandte seine ganze Aufmerksamkeit darauf, Claire sicher an seiner Seite und auf festem Untergrund zu halten. Um das erste Tiki zu erreichen, benötigten sie die Schlinge nicht, aber Randall streifte Claire das Geschirr aus Seilen über, als sie auf dem Felsvorsprung ankamen. Dass sie die Gefahr begriff, in der sie schwebte, war an der Tatsache zu erkennen, dass sie keinen Widerspruch erhob.

Brown und Whittier blieben am Rand der Lichtung stehen, während Randall Claire näher zu der Statue führte. Die Steinfigur stand allein auf einem Stück Land, das aus dem Berghang herausragte. Randall schaute einmal zurück, um sich zu vergewissern, dass Whittier die Seile gesichert hatte und seine ganze Aufmerksamkeit dieser Aufgabe galt. Die Augen des jungen Mannes ruhten auf Claire. Er war bereit, sie zurückzureißen, sollte sie dem Abgrund auch nur einen Schritt zu nahe kommen.

Das Tiki war etwa einen Fuß größer als Randall. Die Züge der Statue waren grob in den Stein gehauen, aber sie wirkten eher weise als drohend. Wie bei allen anderen Tikis ruhten die Hände dieser Göttin auf ihrem runden Bauch. Auf der Rückseite standen ihre nackten Pobacken steil ab.

Randall legte Claires Hände dem Tiki auf die Schultern. Sie sahen blass und zart gegen den dunklen Felsen aus. „Sag mir noch einmal das Rätsel“, bat er.

Claire sprach die Verse, während sie mit ihrer Erforschung begann, suchte nach etwas, das ihre Augen nicht gesehen hatten. *Am Ende eines Gottes Versprechen, sieben der heidnischen Gottheiten steh'n. Sieben Ringe, aber Schlüssel einer nur, Silber, Zinn und Quecksilberspur, Kette aus Blei, Eisen gewunden, ein Schatz verloren und wieder gefunden. Ring von Kupfer, Krone aus Gold, sieben Schwestern, aus dem Kerker geholt, wieder vereint, dem Banne entfloh'n, sei die prallste Börse dein Lohn. Sieben Ringe, aber Schlüssel einer nur, Alchemie, Metalle pur. Mit den Schwestern dieser Vers dir bringt mehr Reichtum, als ein König je erringt.*“

Randall hörte genau zu und musterte die Steinfigur kritisch. „Sie trägt keinen Schmuck, keine Kette, keinen Reif und keine Krone. Die einzigen Ringe, die ich sehe, sind die um ihre Augen.“

Claire stellte sich auf die Zehenspitzen und tastete über die Furchen, die um die Augen der Göttin in den Stein geschlagen waren. „Da sind keine sieben Ringe. Nur zwei um jedes Auge. Solonesische Priester lassen sich ähnliche Ringe um ihre Augen tätowieren.“

„Wenn dieses Tiki eine der heidnischen Göttinnen darstellt, wo sind dann ihre Ringe?“

„Heb mich hoch“, forderte Claire. „Lass mich ihr auf den Kopf schauen.“

Randall kniete sich hin und tat, was sie von ihm verlangt hatte. Er ließ ihr eine Weile Zeit, bevor er sie wieder auf den Boden stellte. „Und?“

„So glatt wie Mr. Cutchs Haupt.“

„Das ist nicht gerade ermutigend." Im Geiste ging er durch, an was von dem Rätsel er sich erinnerte, dann bat er Claire, es ihm noch einmal zu wiederholen. „Eines Gottes Versprechen", überlegte er laut. „Welcher ist der mächtigste unter den solonesischen Göttern?"

„Orono. Er ist die solonesische Entsprechung zu Oro von den Gesellschaftsinseln. Wie Zeus und Jupiter in der griechischen und römischen Mythologie."

„Orono", wiederholte Randall. „Und welches Versprechen hat er gegeben?"

„Ich habe nie von einem gehört. Die meisten Geschichten, die ich kenne, enden damit, dass die Geister die *Papalagi* vertreiben. Den weißen Mann."

„Die kenne ich auch. Aber mir scheint, dieses Versprechen sollte älter sein als die europäische Bedrohung. Diese Inseln wurden tausend Jahre vor der Entdeckung durch Portugiesen und Spanier besiedelt."

„Stimmt wohl, aber ich weiß von keinem."

Randall sah noch einmal zum Tiki. Das tief eingeritzte Lächeln der Göttin kam ihm jetzt nicht mehr wohl wollend vor. „Ich denke, sie macht sich über uns lustig", bemerkte er.

„Weil wir närrische *Papalagi* sind", erwiderte Claire. „Lass uns weitergehen. Das Rätsel sagt, es gibt nur einen Schlüssel. Wonach wir suchen, könnte auf einer der anderen Figuren sein."

Dieser Gedanke trieb sie bis zum fünften Tiki an. Als Randall den steilen Hang betrachtete, den es auf dem Weg zum sechsten Standbild zu überwinden galt, begann sein Interesse daran, auch die beiden letzten zu untersuchen, zu schwinden. Claire spürte sein Zögern.

„Ich gebe jetzt nicht auf", erklärte sie.

„Claire, es sind fünfzig Fuß steil in die Höhe."

„Das wussten wir, als wir heute Morgen aufbrachen.“

„Da dachte ich noch, wir würden eher etwas finden. Dein Rätsel ...“ Es war ihm unmöglich, seine Enttäuschung zu verbergen.

Claire berührte ihn am Arm. „Randall“, sagte sie leise. „Wenn du Angst um mich hast, warte ich hier. Aber gib nicht meinetwegen vorzeitig auf. Ich schwöre, dann gehe ich allein weiter.“

Randall studierte Claires stur gerecktes Kinn. Ein paar Haarsträhnen hatten sich aus ihrem Zopf gelöst und klebten ihr feucht an Stirn und Schläfen. Über ihrer Oberlippe lag ein feiner Schweißfilm, und ihr Hemd schmiegte sich eng um ihre Brüste. Er sah, wie sie es sich vom Leib zupfte und sich dann mit der Hand Luft zufächelte. Er hatte den Eindruck, das behelfsmäßige Geschirr scheuerte sie an den Schultern. Mit einer Handbewegung bedeutete er Brown, die Feldflasche mit Wasser zu bringen. Claire trank in tiefen Zügen, sobald sie ihr in die Hand gedrückt worden war. Als sie genug hatte, hielt sie sie Randall hin.

„Mr. Brown und Mr. Whittier werden mich mitnehmen, wenn du es nicht willst“, erklärte sie, während er die Flasche an die Lippen hielt.

Randall warf beiden Männern einen raschen Blick zu, aber sie schauten schnell zur Seite. Er war sich nicht ganz sicher, wie er ihr Zögern, ihm in die Augen zu sehen, deuten sollte, und überlegte, ob sie wohl wirklich gegen seine ausdrückliche Anweisung handeln würden. Randall entschied sich dagegen, das herauszufinden. Er nahm ein paar Schlucke aus der Flasche und gab sie Brown zurück. „Wir werden etwas länger ausruhen“, verkündete er, Claire beobachtend. „Dann fangen wir an zu klettern.“ Das brachte ihm ein seliges Lächeln als Belohnung ein.

Randall lehnte sich mit dem Rücken an das Tiki. Die Gefahr, dass die Figur umstürzen könnte, bestand nicht, schließlich wog sie bestimmt eine halbe Tonne. Brown und Whittier streckten sich unter Palmen aus. Whittier gab Claires Seil etwas mehr Spiel, so dass sie sich ebenfalls hinsetzen konnte. Ihre Beine ließ sie über dem Abgrund baumeln.

„Wie hoch sind wir?“ fragte sie.

„Neunzig oder fünfundneunzig Fuß vielleicht.“

Claire atmete langsam aus, rutschte ein Stück zurück und hörte Randall leise lachen. „Immer schon hatte ich vor, hier heraufzukommen“, erzählte sie ihm, „aber Tipu musste mich immer zu den Tikis auf die Felsvorsprünge locken. Er war wie ein kleiner Affe, hatte nicht im geringsten Angst. Mir ging es ganz anders. Wenn ich sehen könnte, säße ich jetzt nicht hier.“

Darauf erwiderte Randall nichts. Sein Blick war aufs Meer hinaus gerichtet, erst auf die *Cerberus*, dann schweifte er weiter zu den dunklen Schatten, die über die Wellen auf sie zuhielten. Langsam nahmen die Schatten Gestalt an, hoben und senkten sich zunächst, dann blieben sie ganz auf der Oberfläche, während sie einen Wellenberg nach dem anderen überwanden. Randall schätzte die Geschwindigkeit der kleinen Auslegerboote auf knapp zwölf Knoten. Sie glitten über das Wasser wie ein einziges Schiff, nur durch ein paar Fuß an Heck und Bug, Backbord und Steuerbord voneinander getrennt. In ihrer Annäherung lag eine machtvolle Schönheit, ihre Masten waren biegsam wie Schilfrohr, und ihre dreieckigen Segel blähten sich im Wind. Sie kamen rasch näher, wie von Geisterhand gelenkt. Wie bei einer Ameisenarmee war ihr Vorankommen unaufhaltsam. Sie hätten die Tentakel eines einzigen Lebewesens sein können, so gleichmäßig bewegten sie sich.

Doch sie waren eine Streitmacht.

Über Claires Kopf hinweg bedeutete Randall Brown und Whittier, zum Horizont zu schauen. Er legte sich einen Finger an die Lippen, um sie zu warnen, etwas zu sagen. Nachdem die beiden Männer die heranrückende Flotte von Auslegerbooten erst einmal gesehen hatten, wurden eilends stumme Fragen gestellt und wortlos Befehle mit Händen und Blicken erteilt.

Claire hob den Kopf, die Stirn gerunzelt. „Warum wedeln alle mit den Armen?“ wollte sie wissen. „Mr. Brown? Üben Sie das Fliegen?“

Brown, der tatsächlich mit seinen Armen herumgefuchtelt hatte, um seine Absicht kundzutun, sie zu verlassen und Cutch zu warnen, ließ seine Hände jäh sinken. Er räusperte sich, so dass sein Adamsapfel auf und ab hüpfte, und blickte hilfesuchend zu Randall.

„Mr. Brown muss dem Ruf der Natur folgen“, erklärte Randall und sah, wie Browns schmales Gesicht eine rötliche Färbung annahm. „Er wollte nur taktvoll sein.“

„Oh.“ Claire senkte den Kopf.

Randall winkte Brown, aufzubrechen. Der Mann eilte durch die Farne, ohne den Weg zu nehmen, den sie sich zuvor freigeschlagen hatten. Randall beugte sich vor und berührte Claire an der Schulter. „Lass dir aufhelfen.“

„Wollen wir weitergehen?“ Sie gab ihm ihre Hand und ließ sich von ihm auf die Füße ziehen. „Ich muss gestehen, ich dachte, wir würden länger rasten.“

Randall erwiderte darauf nichts. Er hatte keine Ahnung, ob sie auf der Klippe gesehen worden waren. Einige der Errungenschaften der *Papalagi* hatten die Inselbewohner übernommen. Fernrohre waren nun ein wertvoller Besitz für die seefahrenden Solonesier. Randall nahm Claires Arm und drängte sie hastig von der Lichtung, wo das Tiki stand. Der Wald bot rasch Schutz, aber die Eile weckte Claires Argwohn.

„Irgendetwas *stimmt* hier nicht“, verkündete sie. „Du kannst es mir ruhig gleich sagen, Randall. So ist meine Mitarbeit viel leichter zu erwirken."

Randall packte Claires Geschirr im Rücken und verhinderte so, dass sie sich einfach alleine auf den Weg machte. „Du musst jetzt ganz genau das tun, was ich dir sage, Claire. Verstehst du das?"

„Ja", erwiderte sie. Sein drängender Tonfall war deutlich, und nichts darin ließ die Vermutung zu, dass das zur Debatte stand. „Natürlich. Was immer du willst."

Er küsste sie auf die Haare, dankte ihr im Stillen dafür, ihn nicht mit Fragen aufzuhalten. „Ich möchte, dass du mit Whittier hier bleibst. Das ist alles, was du tun musst."

Claire ballte ihre Hände zu Fäusten. Nur so konnte sie verhindern, dass sie die Arme nach ihm ausstreckte. Sie hörte, wie er sich genauso eilig durch das Unterholz entfernte wie vor ihm Brown. „Das ist *nicht* der Ruf der Natur", bemerkte sie sarkastisch.

„Nein, Ma'am", antwortete Whittier.

„Es war nicht richtig von meinem Ehemann, Ihnen die Erklärungen zu überlassen, Mr. Whittier, aber nun haben Sie sie am Hals." Claire streifte sich das Geschirr aus Seilen ab. Jetzt, da es ihr ohnehin verboten war, irgendwohin zu gehen, war es überflüssig geworden. „Ich warte."

Whittier reckte seinen Hals, um hinter Claire und das Tiki aufs Meer zu sehen. Inzwischen hatten die Boote die *Cerberus* fast erreicht. Beinahe war es, als würde der Klipper von einem Algenteppich verschluckt. „Es sind die Solonesier", erklärte er. „Sie sind mit ihrer Kriegsflotte gekommen."

Claire runzelte die Stirn. „Die Solonesier haben keine Kriegsflotte."

Whittier zupfte sich nervös an einer Augenbraue. „Entschuldigung, Mrs. Hamilton, aber wenn so viele Menschen ihre Boote vereinen, dann ist es eine Flotte."

„Eine Fischfangflotte."

„Ich kann ungefähr fünfzig Auslegerboote erkennen mit je sechs Mann Besatzung."

„Fünfzig?" Claire spürte, wie ihr Herz zu klopfen begann. Sie hatte nie zuvor davon gehört, dass so viele Boote zusammengezogen worden waren. „Das kann nicht sein."

„So ist es aber."

Verspätet merkte Claire, dass sie ihren Beschützer beleidigt hatte. Es erstaunte sie dabei nicht, dass sie ihn nun in diesem Lichte sah, denn sie begriff, dass das Randalls Absicht gewesen war, als er sie mit ihm zurückgelassen hatte. „Es tut mir Leid, Mr. Whittier. Ich ziehe Ihre Worte nicht in Zweifel. Die Männer müssen von allen Inseln Solonesiens stammen. Keine Insel hat allein so viele Boote."

„Darum sagte ich ja, es sei ihre Flotte."

Claire schüttelte den Kopf. „Warum glauben Sie nicht, dass sie gekommen sind, uns willkommen zu heißen?"

„Das wird wohl an den Lanzen liegen", erwiderte er mit flacher Stimme. „Solche Speere habe ich schon zuvor gesehen, und sie werden nicht zum Fischen verwendet."

Mit einem Mal fühlte sich der Boden unter ihren Füßen weich und unsicher an. Ihr Magen verkrampfte sich. „Wohin ist der Captain gegangen?"

„Er folgt Brown", antwortete Whittier. „Sie wollen beide Cutch und die anderen finden, bevor es zu spät ist. Es ist gut möglich, dass Cutch nichts von alledem hier sieht."

„Es ist doch schon zu spät, nicht wahr?" erkundigte sich Claire zögernd.

Gerade als sie die Frage stellte, teilte sich die Flotte. Die eine

Hälfte der Kanus sammelte sich um die *Cerberus*, während die andere auf den Strand zuhielt.

„Was ist das für ein Geräusch, Mr. Whittier?“ Claire bemühte sich, es selbst zu hören. Zuerst dachte sie, es sei der Wind in den Segeln. „Sind es Trommeln?“

„Nein, keine Trommeln“, entgegnete er. „Die Männer singen. Vermutlich ein Schlachtgesang.“ Er beobachtete, wie die Eingeborenen um die *Cerberus* Seile auswarfen und die Seiten des Klippers so behände und geschwind hinaufkletterten wie Spinnen. Die Mannschaft an Bord des Segelschiffes konnte unmöglich gegen eine solche Menge etwas ausrichten. Ihre einzige Hoffnung bestand darin, sich rasch zu ergeben und auf Gnade zu hoffen.

Claire erschauerte, als ein lauter Schrei über das Wasser an ihr Ohr drang. „Ist es die *Cerberus*?“ fragte sie. „Haben Sie sie übernommen?“

„Aye“, erwiderte Whittier leise. „Jetzt gehört sie ihnen. Nicht, dass sie irgendeine Verwendung für sie hätten. Sie ist ein großes, plumpes Schiff verglichen mit den schlanken Segelbooten, die sie in diesen Gewässern haben.“

„Was ist mit der Besatzung? Können Sie erkennen, ob es ihnen gut geht?“

Whittier konnte nicht mit Sicherheit wissen, was an Bord geschehen war, aber er antwortete, um Claire zu beschwichtigen. „Es hat kein Kampf stattgefunden. Das ist, was der Captain gewollt hätte.“

Claire nickte. „Sind auch Boote kurz vor dem Strand?“ wollte sie wissen.

„Ja. Die Hälfte, die nicht die *Cerberus* gekapert hat. Ich dachte, sie würden an Land kommen, aber sie haben davor angehalten. Jetzt flankieren sie die Küste von der Lagune bis etwa sechzig Meter westlich davon.“

„Sie werden nicht an Land gehen“, erklärte sie. „Nicht alle. Dies hier ist geheiligter Boden. Die Priester sind die Einzigen, die sich dem Fluch entgegenzustellen wagen.“ Claire wusste, dass die Priester, indem sie vor so vielen Zeugen Pulotu betraten, von den Geistern eine Bestätigung ihrer Macht erhielten. Randall musste sehr umsichtig vorgehen, wollte er sich mit ihnen einigen. Sie hoffte, er dachte selbst daran. „Bringen Sie mich zu meinem Ehemann.“

Whittier schluckte. „Äh ... Mrs. Hamilton, das ist doch genau das, was, wie der Captain sagte, ich nicht tun soll. Und Sie sollten mich nicht darum bitten.“

Claire gelang es, nicht erbittert mit dem Fuß aufzustampfen. Sie fand Whittiers Ärmel und zog daran. „Was können Sie sehen?“ erkundigte sie sich mit wachsender Ungeduld. „Gibt es da ein Boot, das sich dem Strand nähert?“

Vorsichtig trat Whittier mit ihr an den Rand der Lichtung. „Ein Auslegerboot“, sagte er, seinen Arm ausstreckend, um Claire davon abzuhalten, weiterzugehen. „Die Männer tragen alle aufwändigen Kopfputz.“

„Das sind die Priester.“

„Die meisten“, bemerkte Whittier, dessen Augen an der Gestalt in der Mitte hingen.

„Wie meinen Sie das?“

„Ich meine, dass es hauptsächlich Männer sind. Die Anführerin ist jedoch eindeutig eine Frau.“

Claire stockte der Atem. Ihre Finger schlossen sich fester um Whittiers Arm, und ihre Stimme war kaum mehr als ein Flüstern. „Tiare“, hauchte sie. „Das muss Tiare sein.“

# *13. KAPITEL*

Randall machte einen Schritt auf die offene Bucht zu, doch Cutch verstellte ihm augenblicklich den Weg. „Geh zur Seite", sagte sein Captain.

Cutch bewegte sich nicht. Er war sich der anderen bewusst, die ihn beobachteten. „Ich möchte wissen, was du davon hältst", verkündete er.

Randall musste seinen Kopf in den Nacken legen, um Cutch in die dunklen Augen sehen zu können. „Ich werde verlangen, dass mir meine Männer und mein Schiff zurückgegeben werden."

Aus seinem Mund klang das so selbstverständlich, dass Cutch beinahe glaubte, dass er Erfolg haben könnte. „Es sind dreihundert von ihnen."

„Ich brauche nur *ihre* Erlaubnis."

Cutch blickte über seine Schulter. Hinter dem Schatten der Palmen, die ihre kleine Gruppe verbarg, konnte er die solonesische Priesterin sehen und ihre Begleiter, die auszuschwärmen begannen. Sie sandte sie zu den Tikis. „Claire", sagte Cutch leise. Ob sie in Gefahr schwebte, war nicht klar, aber er wusste, Whittier würde sie den Priestern nicht kampflos überlassen. Er merkte, wie Randall einfach um ihn herumging. Dieses Mal hielt er ihn nicht zurück.

Eine leise Unruhe entstand am Rand des Waldes, als Randall sich durch das Unterholz bewegte. Als er den hellen Sand erreichte, erzeugte sein Erscheinen keine Überraschung mehr. Die Priester hatten ihre Reihen wieder geschlossen und bildeten eindeutig einen schützenden Kreis um die Frau in ihrer Mitte. Ihre Aufmerksamkeit galt in diesem Moment allein Randall und nicht mehr den Tikis.

Sein Schritt war selbstsicher, aber nicht bedrohlich. Randall hielt seine Hände in Höhe seiner Hüften, die Handflächen nach außen gedreht, so dass offensichtlich war, dass er keine Waffe hatte und auch keinen Grund anzunehmen, eine zu brauchen. Als er nur noch etwa zehn Fuß von den Priestern entfernt war, blieb er stehen.

„Captain Randall Hamilton", stellte er sich vor und deutete eine Verbeugung an, die der Frau galt. Ihm entging nicht, dass sein Name unter den Priestern für Unruhe sorgte. Sie tauschten vielsagende Blicke aus. Lediglich die Frau zeigte sich von dieser Information unbeeindruckt. Randall fuhr fort: „Herr der *Cerberus*."

„Nicht länger", erklang die ruhige Antwort. „Ich bin Tiare. Und das Schiff ist jetzt mein." Anmutig hob sie einen Arm und teilte die Reihen ihrer Beschützer. Sie überwand die Entfernung zu Randall, bevor irgendjemand sie aufhalten konnte. Einen Moment lang schweiften ihre Augen zum Waldrand. „Wie viele Männer bewachen Ihren Rücken?" erkundigte sie sich.

Die Offenheit der Frage erstaunte Randall nicht. Er musste entdecken, dass ihn nichts mehr überraschen konnte. „Tiare." Er wiederholte ihren Namen tonlos, ohne seine Lippen zu bewegen. *Weiß Claire das?* fragte er sich.

Tiares Rehaugen ruhten wieder auf Randall, aber die reglose Miene, die sie aufgesetzt hatte, war unergründlich. Ihr schmales Kinn hob sich ein Stück in einer eindeutig arroganten Geste. Ihre bloßen honigfarbenen Schultern hielt sie gerade. Sie trug den Mantel der Autorität, als wäre er sichtbar, und ihre stolze Haltung ließ keinen Widerspruch zu. „Wie viele?" hakte sie nach.

„Sechs", sagte Randall. „Die meinen Rücken bewachen."

„Sie werden Ihnen befehlen, vorzutreten."

„Weswegen?"

„*Meinet*wegen."

Randall schüttelte den Kopf. Wenn sie von seiner Weigerung verärgert war, dann ließ sie sich das nicht anmerken. Aber sie hatte auch dreihundert Mann, die nur auf ihren Befehl warteten, erinnerte Randall sich. Seine mangelnde Bereitwilligkeit war wahrscheinlich höchstens lästig. Vielleicht fand sie sie sogar erheiternd, auch wenn Randall keinen Anflug eines Lächelns um ihre großzügig geschwungenen Lippen entdecken konnte. Er beobachtete, wie sie ihren Kopf leicht zur Seite neigte, während sie ihn mit gleichgültiger Neugier musterte. Diesen Blick kannte er. So blickte er selbst oft, wenn ihm bei seinen Forschungen ein besonders merkwürdiges Exemplar einer Art unterkam. Ihre Augen ruhten nun mit demselben Ausdruck auf ihm.

Es war nicht leicht, ihr Alter zu schätzen, denn ihr honigfarbener Teint gab keinen Hinweis darauf. Um Mund und Augen zeigten sich keine Fältchen, und ihr schlanker Hals war glatt. Ihr dickes Haar, dunkel und glänzend, fiel ihr bis auf die Hüften. Sie trug es schmucklos, einfach in der Mitte geteilt und hinter die Ohren gesteckt, so dass es sich in sanften Wellen über ihre Schultern ergoss. Anders als die Priester hatte sie weder Kopfputz noch Tätowierungen. Die Brüste der Priester waren nackt, während ihre züchtig von einem blassgelben Tuch bedeckt war. Das Lava-lava umhüllte sie von der Brust bis zu den Fußknöcheln, und nur wenn sie ging, teilte sich der Stoff an ihrem Bein, so dass flüchtig die elegante Linie ihres Schenkels zu sehen war.

„Was sind Ihre Absichten?“ fragte Randall.

„Das ist meine Frage an Sie.“

„Wir stellen keine Bedrohung für Sie dar.“

„Keine Bedrohung?“ Mit ihrem Arm machte sie eine umfassende Geste. „Diese Insel ist heilig“, erklärte sie. „Ihre Anwesenheit am Strand war eine Bedrohung. Ihr Betreten ist Schändung.“

„In wenigen Stunden wären wir abgesegelt.“

Sie ließ sich nicht anmerken, ob sie ihm glaubte. „Sie werden jetzt gehen. Befehlen Sie Ihren Männern vorzutreten."

„Was ist mit meinem Schiff?"

„Das habe ich noch nicht entschieden. Aber solange Ihre Männer keinen Widerstand leisten, sind sie sicher."

Randall überlegte, ob er ihr vertrauen durfte.

Als ob sie seine Gedanken lesen könnte, fragte Tiare: „Welche Wahl haben Sie, Captain?"

Erneut warf er einen Blick zur *Cerberus*. Die Männer, die die Reling säumten, waren alle Solonesier. Seine eigenen Männer waren vermutlich gebunden an Deck oder schon im Frachtraum. Sein Blick schweifte zu der Armada von Auslegerbooten vor der Küste. Es war nahezu bedeutungslos, dass Tiares Gefolgschaft nicht die Insel betreten würde. Solange sie seinen Klipper besaßen, das wusste Randall, hatte er kein Druckmittel in der Hand. Sein Widerstand konnte höchstens die Männer an Bord ihr Leben kosten. Wie Tiare sagte, welche Wahl hatte er? Er hob eine Hand und bedeutete Cutch und den anderen, sich zu zeigen. Dann trat er zur Seite, so dass Tiare sie näher kommen sehen konnte, ohne sich zu rühren.

Als striche ein leichter Wind durch den Wald, bewegten sich die Palmwedel einer nach dem anderen, bis die Gruppe ins Freie trat. Anders als die anderen blieb Cutch nicht am Rand stehen; nach einer Weile folgten sie jedoch seinem Beispiel, wobei Macauley Stuart den Schluss des Zuges bildete.

„Sie können sehen, dass sie unbewaffnet sind", bemerkte Randall zu Tiare.

„Sie haben keine Waffen, die ich *sehen* kann", stellte sie richtig. „Das ist ein Unterschied."

„Wir sind keine Soldaten."

„Daran bestand nie Zweifel, Captain Hamilton. Selbst wenn

es so gewesen wäre, dann hat Ihr Name sie beiseite geschoben. Hamilton-Waterstone. Es war nur eine Frage der Zeit, dass Sie uns erreichten."

Randall nahm an, dass sie über seine Schatzsuche von den Bewohnern anderer Inseln gehört hatte. Die *Cerberus* war kein ungewohnter Anblick in der Südsee. Obgleich durch hunderte Meilen Wasser getrennt, besaßen die Inselketten ein erstaunlich schnelles Nachrichtenübermittlungssystem. Die Einwohner von Solonesien waren nicht länger so isoliert, wie sie es einst gewesen waren. Der Handel mit Europa verband sie nun in einer Art und Weise, die zu der Zeit, als die Inseln entdeckt und besiedelt wurden, undenkbar gewesen war. „Sie haben uns erwartet", sagte Randall.

Zum ersten Mal lächelte Tiare. „Seit dreihundert Jahren, Captain."

Randall starrte sie nur an, nicht sicher, ob er sie richtig verstanden hatte. Ihr Lächeln bewies, dass sie ihre Antwort und seine Verblüffung genoss.

„Sie sind wegen des Schatzes gekommen, der Ihren Namen trägt." Sie sprach das nicht fragend aus, sondern einfach wie eine Tatsache. „Ihren Namen und den Namen eines anderen." Tiare zeigte auf Cutch, der sie gerade erreichte. „Ist *er* ein Waterstone?"

Randall schüttelte den Kopf. „Es gibt keine Waterstones mehr."

Tiare hob den Blick, um Cutchs ins Gesicht zu sehen, aber das reichte nicht. Am Ende zwang seine Größe sie, den Kopf in den Nacken zu legen. Er schenkte ihr ein breites Grinsen und stellte sich vor: „Cutch, Ma'am. Mein Name ist Cutch."

Randall glaubte nicht, dass er sich die schwache Röte nur eingebildet hatte, die Tiares Wangen daraufhin überzog. Er schaute zu Cutch und betrachtete seinen Freund und Mentor im Licht dieser neuerlichen Entdeckung. Wenn Cutch sich der Reaktion Tiares bewusst war, so ließ er es sich nicht anmerken.

„Ich bin Tiare."

Cutchs Lächeln verblasste und verschwand schließlich ganz. Er blickte bestätigungsheischend zu Randall. „Tiare?"

„Ganz offensichtlich."

Macauley Stuart drängte sich zwischen den Männern hindurch nach vorne. „Claires Tiare?"

Erst nahm Tiare nur wahr, dass er sich in die Unterhaltung eingemischt hatte, dann jedoch begriff sie, was er gesagt hatte. Eine steile Falte entstand zwischen ihren dunklen Brauen. „Claire?" fragte sie. „Claire Bancroft?" Eigentlich war es keine richtige Frage, so wie Tiare sie stellte. Beinahe schien es, als wüsste sie die Antwort schon, könnte sie aber nicht so recht glauben.

Randall beachtete Tiare nicht und widerstand dem Drang, sich zum Berg umzudrehen. Wenn Whittier seinen Anweisungen folgte, dann war Claire in Sicherheit. Tiare hatte ihm nicht den Eindruck vermittelt, dass sie Claires Anwesenheit auf Pulotu willkommen heißen würde. Es könnte ihnen schlecht ergehen, wenn die Priesterin erführe, dass Claire sich auf Pulotu befand. „Sagen Sie mir, was Sie mit meinem Schiff anstellen werden", verlangte er.

Tiare schenkte Randall so wenig Beachtung, wie er es eben getan hatte. Aus schmalen Augen musterte sie den Arzt. Sie deutete auf ihn und gab ihm ein Zeichen vorzutreten. Ihr entging nicht, wie er erst zu Randall und dann zu Cutch sah. „Sie haben hier nichts zu sagen", erinnerte sie ihn. „Nicht auf Pulotu. Jetzt kommen Sie her." Sie zeigte auf den Boden vor sich. Als Macauley gehorcht hatte, schlossen die Priester den Kreis um die kleine Gruppe. „Wie heißen Sie?" wollte Tiare wissen.

„Macauley Stuart."

„Erklären Sie mir, was Sie gemeint haben."

Der Arzt tat nicht so, als hätte er sie missverstanden. „Ihren Namen habe ich zuvor schon gehört“, antwortete er. „Ich frage mich, ob Sie diejenige sind, von der Miss Bancroft gesprochen hat.“

„Woher kennen Sie Miss Bancroft?“

„Ich bin ihr Arzt.“

Randall beobachtete Tiare genau. Stuart hatte eine Frage beantwortet, die sie nicht hatte stellen wollen. Nun wusste Tiare, dass Claire lebte.

„Claire ist hier?“

Zu spät schien Macauley zu begreifen, dass er zu viel verraten hatte. Er zögerte, erwog seine Antwort, dann schaute er sie an und log ihr ins Gesicht. „Nein, nicht auf Pulotu. Auf Raiatea.“

Tiare erwiderte nichts, verzog aber ihren Mund verächtlich. Sie trat aus dem Kreis zurück und spähte in das dichte Unterholz des Waldes. Ihre Augen glitten langsam über die Bäume und dann weiter nach oben zu den Ausläufern von Mauna Puka. Sie betrachtete jedes der Tikis. Schließlich zeigte sie auf die beiden Priester, die ihr am nächsten standen und sagte etwas in ihrer eigenen Sprache zu ihnen.

Die Männer ergriffen Macauley Stuart und begannen, ihn zum Wasser zu zerren. Cutch machte einen Schritt nach vorne, um dem Arzt zu Hilfe zu kommen, aber Randall fasste ihn am Arm und hielt ihn zurück.

Tiare lächelte schmallippig. „Ihr Captain ist weise“, bemerkte sie.

Randall ließ Cutchs Arm los und sah, wie die Priester Macauleys Kopf unter Wasser drückten. Der Arzt wehrte sich, trat um sich und wand sich, doch sie gaben nicht nach. „Was haben Sie ihnen aufgetragen?“

„Ich befahl ihnen, den Lügner zu ertränken.“ Sie sah Randalls zweifelnde Miene. „Dachten Sie, ich würde ihn für seinen Mangel an Respekt nicht umbringen lassen?“ erkundigte sie sich ruhig. „Sie kennen mich nicht im Geringsten, Captain Hamilton.“

Die Priester rissen Stuart zurück auf die Knie, damit er Luft holen konnte. Er versuchte, wieder auf die Füße zu kommen, aber sie hielten ihn fest. Eine Welle brach sich an seiner Brust, so dass er ein Gemisch aus Luft und Salzwasser in seine Lungen sog. Bevor er zu Ende husten konnte, drückten sie seinen Kopf wieder nach unten.

Tiare beobachtete alles gelassen. „Er will sie nicht verraten“, bemerkte sie. „Auch um sich selbst zu retten nicht. Wie seltsam.“

Randall konnte nicht entscheiden, ob sie die Loyalität des Arztes an sich so verwunderlich fand oder die Tatsache, dass sie Claire galt. „Halten Sie sie auf“, sagte er.

Tiare blickte ihn zufrieden lächelnd an, dann wandte sie sich wieder gelassen der Betrachtung von Stuarts Überlebenskampf zu.

Mit einer so schnellen Bewegung, dass selbst Cutch überrascht war, sprang Randall zu Tiare. Den Männern auf den Booten entrang sich ein Entsetzensschrei, der mit der nächsten Welle an Land gespült wurde. Der Klang trieb Randall einen Schauer über den Rücken, aber er ließ Tiare nicht los. Er zog sie mit sich ein paar Schritte fort, so dass sie sich außer Reichweite der restlichen Priester befanden. Aus dem Augenwinkel sah er, wie Macauley aufstand. Der Griff seiner Wächter war erschlafft, so dass er ihre Hände mit Leichtigkeit hätte abschütteln können, wenn die Überraschung ihn nicht wie gebannt an Ort und Stelle gehalten hätte.

„Tiiii-aaaaaa-reee.“ Der Name wurde vom Wind zu ihnen getragen. Tiare und Randall hörten ihn gleichzeitig, und sie beide blickten nach oben, um herauszufinden, woher er kam. Die Stimme erklang wieder, diesmal war der Name der Priesterin so laut, dass er selbst bis zu der nun verstummten Armada zu verstehen war. „Tiiii-aaaaaa-reee."

Randall suchte mit den Augen die Hänge von Mauna Puka nach Claire ab, von einem Tiki zum nächsten schauend. Dann sah er sie auf die Lichtung des Tikis treten, bei dem er sie zurückgelassen hatte. Dort oben, neben der grimmig dreinschauenden Statue aus Stein, wirkte sie unglaublich zerbrechlich. Whittier hatte sie nicht gehen lassen, aber offensichtlich hatte er sie nicht davon abhalten können, sich zu erkennen zu geben. Sie trug noch nicht einmal das Geschirr aus Seilen. Randall ließ Tiare los. Seine Hände zitterten.

Tiare berührte die Stelle an ihrem Hals, wo der Druck seines Armes ihre Haut gerötet hatte. „Sagen Sie ihr, sie soll herunterkommen", verlangte sie von Randall. „Wenn Sie nicht wollen, dass Ihre Männer vor Claires Augen ermordet werden, dann sagen Sie ihr, sie soll herkommen."

„Das muss ich nicht", entgegnete er und beobachtete, wie Claire sich umdrehte. Whittier trat auf den Felsvorsprung und nahm sie am Ellbogen. „Sie hat Sie wissen lassen, dass sie aus eigenem Antrieb kommt."

Tiare wandte sich den Priestern zu, die Stuart hielten. Sie sagte wieder etwas zu ihnen in ihrer eigenen Sprache; dieses Mal trug sie ihnen auf, den Arzt zu einem der Auslegerboote zu bringen. Als sie dies ausgeführt hatten, kamen sie wieder zum Land zurück und nahmen einen weiteren von Randalls Männern. Als Whittier Claire über den offenen Sand führte, waren nur noch Tiare und zwei ihrer Priester übrig. Whittier wurde trotz seiner Einwände als Nächstes fortgeschafft.

Tiare musterte Claire leidenschaftslos. „Du tust gut daran, mich nicht anzuschauen, Claire", empfing sie sie. „Du bringst

Schande über dich, indem du an diesen heiligen Ort zurückgekehrt bist. Du bringst Schande über uns alle, indem du sie hergebracht hast."

Claire hielt ihren Blick weiter abgewandt. Das war nicht sonderlich schwer. Sie hatte das Gefühl, als würde ihr gleich übel werden; die Galle stieg ihr hoch, und auf ihrer Brust lastete ein schweres Gewicht. Zu dem Tiki hinauszutreten, um sich Tiare zu zeigen, war das Schwerste, was sie je getan hatte, doch sie hatte nie erwogen, es *nicht* zu tun. Whittiers Beschreibung dessen, was am Strand geschah, hatte sie überzeugt, dass sie keine andere Wahl hatte. Irgendwie wusste sie, dass es bei der Auseinandersetzung um sie ging. Weder konnte sie zulassen, dass der Arzt ertränkt wurde, noch, dass Randall glaubte, er könne die Armada in Schach halten, indem er Tiare als Geisel nahm.

„Kannst du nicht respektieren, was wir hier haben?" verlangte Tiare zu erfahren. „Oder hat der Schatz dich ebenso blind gemacht wie deinen Vater?"

Als wäre sie geschlagen worden, riss Claire den Kopf hoch und stolperte rückwärts, während die Knie unter ihr nachgaben. Die Dunkelheit, die ihr die Sicht nahm, blieb unverändert. Ihr wurde entsetzlich schwindelig. Ihr Magen hob sich, und dann war sie schwerelos und fiel, fiel durch die Leere, die ihr Sehvermögen war.

„Claire?" Randall berührte sie sachte an der Schulter, als sie sich regte. Mit Tiares Erlaubnis hatte er sie an Bord der *Cerberus* in ihre Kabine gebracht. Während der Fahrt zu dem Klipper und auch, als er sie unter Deck trug, war es ihm nicht möglich gewesen, sie aus ihrer Ohnmacht zu wecken. Am Anfang hatte er geglaubt, dass Claire ihre Bewusstlosigkeit nur vortäuschte. Es war dieser Gedanke allein, der ihn Ruhe bewahren ließ, bis sie das

Schiff erreichten. Als sie jedoch auch nicht antwortete, als sie allein waren, musste er sich der Wahrheit stellen. Sich selbst dafür verfluchend, dass er nicht nach Stuart verlangt hatte, kniete Randall sich neben sie und badete ihr Gesicht in kaltem Wasser.

Die Segel des Klippers waren eingeholt worden. Das Schiff wurde wie ein leckgeschlagener Kahn an einen Ort geschleppt, den Tiare bestimmt hatte. Seine Männer, an Deck an Händen und Füßen gebunden, konnten nichts unternehmen, um den Kurs der *Cerberus* zu ändern. Tiares Armada ruderte sie unaufhaltsam in die späte Nachmittagssonne.

Claire hätte sich aufgesetzt, hätte Randall ihr nicht eine Hand auf die Schulter gelegt.

„Langsam", mahnte er sie. „Du hast tief geschlafen."

„Bin ich ohnmächtig geworden?"

Er nickte. „Ja. Ich dachte, du hättest das geplant."

„Ich wünschte, ich hätte. Ich habe keinen Plan. Du etwa?"

„Nein." Diese Information trug sie mit Fassung. Er nahm seine Hand von ihrer Schulter und half ihr auf. Sich von seinen Knien erhebend, setzte er sich neben sie. „Mir wurde gestattet, dich zur *Cerberus* zu bringen."

Beim Aufwachen schon hatte Claire den vertrauten Geruch ihres eigenen Kissens wieder erkannt. „Wir bewegen uns", bemerkte sie. „Hat Tiare dir das Kommando über das Schiff übertragen?"

„Ganz und gar nicht. Cutch steht am Steuer, aber nur, um sie anzuleiten. Tiares Männer ziehen die *Cerberus*."

„Ziehen? Aber wohin denn?"

„Sie hat mich nicht in ihre Pläne eingeweiht."

Claire schloss die Augen und rieb sich die Nasenwurzel. „Was kann sie nur denken?" Sie stützte ihre Ellbogen auf ihre Knie. „Was hat Tiare gesagt, während ich noch verborgen war?"

Randall wiederholte für sie die kurze Unterhaltung. „Bis dein Name fiel, schien es, als sollten wir nur von der Insel fortgebracht werden. Stuart hat Tiares Zorn erregt, als er sie anlog."

„Das ist eine schwere Beleidigung", erklärte Claire. „Er hätte nicht versuchen sollen, mich zu schützen."

„Zuallererst hätte er deinen Namen nicht nennen sollen."

„Ich denke nicht, dass Tiare ihn wirklich hätte ertränken lassen."

„Ach ja?" erkundigte sich Randall trocken. „Warum hast du dich dann gezeigt?"

„Weil Whittier mir sagte, du hättest Tiare als Geisel genommen. So gesehen scheint mir mein Eingreifen als zeitlich passend."

„Das war es."

Claire richtete sich auf, und ein schwaches Lächeln ließ ihre besorgte Miene weicher werden. Randalls Eingeständnis war zögerlich gekommen, als bereite es ihm Schmerzen, dass sie Recht hatte. Von ihrem Lächeln einmal abgesehen, ging Claire nicht weiter darauf ein.

„Was hat Tiare zu dir gesagt?" fragte Randall.

„Sie war wütend auf mich, dass ich dich nach Pulotu gebracht habe."

„Warum? Warum freut sie sich nicht? Sie behauptete, sie hätte dreihundert Jahre auf mich gewartet."

„Das hat sie gesagt?"

Randall begriff, dass er das jetzt zum ersten Mal vor ihr erwähnte. „Tut mir Leid. Ja, das ist, was sie sagte, als sie meinen Namen hörte."

Claire runzelte die Stirn. „Aber was bedeutet das? In all den Jahren, die ich Tiare nun schon kenne, habe ich sie nie den Schatz erwähnen gehört, erst heute. Warum sollte sie das zu dir sagen?"

„Vermutlich, weil ich ein Hamilton bin. Sie schien von der

Entdeckung enttäuscht, dass sich unter meinen Männern kein Waterstone befand."

„Ich verstehe das alles nicht. Bringt sie dich jetzt zu dem Schatz oder von ihm weg?"

Randall hatte sich selbst schon darüber gewundert. „Ich weiß nicht." Er stand auf und ging zu dem kleinen Schreibtisch. Seit ihrer Heirat hatte er mehrere seiner Sachen in Claires Kabine geräumt. Es gab keinen Grund, warum sie lernen sollte, sich in seiner Kabine zurechtzufinden, wenn sie mit ihrer bereits vertraut war. Er griff unter den Tisch, um die Seekarten herauszuholen, die er dort zusammengerollt aufbewahrte.

„Was machst du?" wollte Claire wissen.

„Ich suche eine Karte. Vielleicht kann ich unsere Position bestimmen."

Claire nickte. Weiter auf das Bett rutschend, setzte sie sich im Schneidersitz hin und faltete die Hände im Schoß.

Randall schaute zu ihr und lächelte. „Du hast eine sehr nachdenklich Pose eingenommen. Hilft es dir?"

„Noch nicht." Sie zögerte. „Ich hatte Angst, ihr gegenüberzutreten."

Randall unterbrach kurz seine Suche. „Ich weiß."

„Es gab so viele Augenblicke, in denen ich dachte, mir würde übel. Mr. Whittier war so nett und geduldig. Er versuchte mich umzustimmen. Ich weiß, dass er versuchte deinen Anweisungen zu folgen, aber ich denke, er hat sich um mich gesorgt."

„Da bin ich mir sicher."

„Und dann ist nichts geschehen."

Randall schloss seine Finger um die Karte, die er gesucht hatte. Er legte sie auf den Tisch, doch seine ganze Aufmerksamkeit galt Claire. „Ich verstehe nicht ganz, was du meinst. Du bist ohnmächtig geworden, erinnerst du dich? Das ist kaum ‚nichts'."

Claires Stimme war nicht mehr als ein Wispern. „Ich kann nicht sehen.“

Randalls Stuhl fiel nach hinten, als er sich vom Schreibtisch abstieß und aufsprang. Er eilte an Claires Seite und zog sie in seine Arme. Mit seinen Fingern fuhr er ihr durch das Haar und rieb ihr sachte die Rücken. Das Zucken ihrer Schultern zerriss ihn innerlich. Sie drückte ihr Gesicht in seine Halsbeuge, und ihre Tränen benetzten ihre Wangen und seinen Hals. Er wischte sie nicht weg. Wenn er gekonnt hätte, hätte er sie ihr abgenommen.

„Sie fragte mich, ob ich von dem Schatz ebenso geblendet sei, wie mein Vater es war.“ Claires Worte klangen ein wenig zittrig, aber Randall hatte keine Schwierigkeiten, sie zu verstehen.

„Und da bist du ohnmächtig geworden?“

Sie nickte. „Ich weiß noch nicht einmal, warum. Auf welches Wort habe ich reagiert? Blind? Schatz? Vater?“

„Alle.“

„Warum bedeuten sie mir dann so wenig?“ Sie hob den Kopf und wischte sich ungeduldig ein paar Tränen fort. „Warum ist mir jetzt nicht schlecht vor Angst?“

„Vielleicht, weil du dich deiner größten Angst gestellt hast.“

„Tiare?“

Randall hob Claires Hand an seine Wange. Er schüttelte den Kopf und ließ sie die Bewegung spüren. Seine Stimme war sanft. „Deine *größte* Angst, Claire.“

Sie schnappte nach Luft, als sie begriff. „Ich werde nie wieder sehen“, hauchte sie.

Da drückte Randall seine Lippen auf ihre Handfläche und zog sie wieder an sich. Sie hielt sich an ihm fest, weinte aber nicht mehr. Er fühlte, wie ihr Atem sich beruhigte, leise und gleichmäßig wurde, und nach einer Weile war sie in einen tiefen, heilsamen Schlaf gefallen.

Vorsichtig legte Randall Claire auf das Bett und deckte sie zu. Er beugte sich über sie und küsste sie auf die Schläfe. Dabei atmete er den Duft ihres Haares tief ein. „Du wirst stets Dinge sehen, die mir verborgen bleiben", flüsterte er.

Dann erhob er sich langsam und ging zu seiner Karte zurück.

Die Insel hieß Tarahiki, und sie erreichten sie bei Beginn der Abenddämmerung. Zuerst dachte Randall, Tiare habe vor, die *Cerberus* auf Grund zu setzen, aber im letzten Moment änderten die Auslegerboote die Richtung, so dass das Segelschiff an den Untiefen vorbei in den geschützten Hafen der Insel gezogen wurde. Randall sah augenblicklich, dass die *Cerberus* nun nicht länger vom Meer aus gesehen werden konnte. Sein Schiff wurde an drei Seiten geschützt – oder verdeckt – von hohen Kokospalmen und Vulkangestein. Ein Wasserfall teilte die hufeisenförmige Lagune in der Mitte. Der Strand war schmal, weniger als zehn Meter weißer Sand trennten das Wasser von dem Wald, und die Felsen stiegen an den Seiten der Bucht steil an.

Randall beschrieb Claire das alles, während sie an der Reling des Klippers standen und darauf warteten, dass Tiare an Bord kam. Nichts von ihrer Umgebung kam Claire bekannt vor.

„Vielleicht ist meine Beschreibung unzureichend", bemerkte Randall.

„Nein. Du hast alles sehr schön in Worte gefasst. Ich bin ganz einfach nie zuvor hier gewesen. Der Name bedeutet mir genauso wenig." Sie wiederholte ihn leise für sich. „Tarahiki." Claire schüttelte den Kopf. „Nein, ich kenne ihn nicht."

„Unter Umständen habe ich ihn falsch verstanden. Es ist schwer, sicher zu sein."

Cutch trat zu ihnen. Es war ihm unangenehm, dass er ein paar Freiheiten besaß, während die restliche Besatzung an Deck gefesselt war. Am Spill standen die solonesischen Bewacher und warfen den Anker. „Sieht so aus, als hätte Tiare vor, uns hier zu behalten."

„Das dachte ich auch schon", erklärte Randall. Er lehnte sich mit dem Rücken an die Reling und deutete mit einem Heben seines Kinnes zu seinen Männern, die dicht gedrängt um den Großmast saßen. „Hast du darüber nachgedacht, wie wir sie befreien und das Schiff wieder in unsere Gewalt bringen könnten?"

„Die Gegenwart von dreihundert solonesischen Kriegern beeinträchtigt meine Fähigkeit, klar zu denken."

Randall begriff. Die Auslegerboote umgaben den Klipper. Der Hafen war so voller Kanus, dass man an Land gelangen konnte, ohne sich die Füße nass zu machen. Selbst mit eingezogenen Rudern blieb wenig Platz zum Manövrieren. „Ich kann nicht entscheiden, ob wir freigelassen werden oder nur einen ersten Blick auf unser Gefängnis werfen dürfen."

Cutch hatte dieselben Befürchtungen. „Wie fühlen Sie sich, Claire?"

„Mir geht es gut."

„Die Mannschaft war erleichtert, als Randall Sie an Deck brachte. Bis zum letzten Mann hatten sie sich Ihretwegen Sorgen gemacht."

Eine leichte Röte stieg Claire in die Wangen. Alle hatten ihren Zusammenbruch mit angesehen. Daran zu denken war ihr peinlich. „Wo ist Tiare?"

„Sie ist noch nicht auf der *Cerberus* gewesen", erwiderte Cutch. „Sie befindet sich mit den anderen Priestern auf einem der Auslegerboote. Aber vermutlich wird sie bald an Bord kommen. Was hat sie über Ihren Vater und Ihren Bruder gesagt?"

Claire schüttelte den Kopf. „Nichts. Da war keine Gelegenheit, danach zu fragen."

An Steuerbord entstand Unruhe. Randall drehte sich um und schaute über die Reling. Einen Augenblick später tat es ihm Cutch gleich.

„Was ist?“ fragte Claire.

„Tiare“, erwiderte Randall. „Wie aufs Stichwort.“ Die Arme vor der Brust verschränkt, beobachtete er, wie die Krieger an Bord ihr eine Strickleiter auswarfen. Von den Priestern in ihrem Boot wurde sie angehoben, bis sie die Leiter fassen konnte. Doch anstatt sie hochzuklettern, wurde sie von ihren Männern daran nach oben gezogen. Trocken bemerkte Randall: „Das ist eine Methode, an Bord zu kommen, die ich nicht kannte.“

Cutch verfolgte, wie Tiare sanft aufs Deck gestellt wurde. Sie schwankte nicht, als sie auf sie zuschritt. Ihr Gang war elegant, ihre Schritte ausholend. Unwillkürlich senkte Cutch seine Augenlider, während er beobachtete, wie der blassgelbe Stoff ihres Lava-lava sich an ihrem Bein teilte. Jeder Zoll ihrer Haut war von der Sonne geküsst. Er trat einen Schritt zurück, als sie sich Claire näherte.

Tiare hob ihre Hand vor Claires Gesicht und sah selbst, dass deren Augen der Bewegung nicht folgten. „Das wusste ich nicht, Claire“, sagte sie. „Am Strand von Pulotu wusste ich es nicht.“ Sie fasste nach Claires Hand und legte sie sich auf ihr Herz. „Ich war verärgert, aber ich wollte nicht grausam sein. Wir waren nie Freunde, du und ich, aber wir waren auch nicht immer Feinde. Ich möchte jetzt nicht deine Feindin sein.“

Claire nickte, die Augen kurz schließend. Sie spürte, wie sich Tiares Griff lockerte, und zog ihre Hand langsam fort. „Ich wollte da nicht, dass du es weißt“, erklärte Claire, sobald sie ihrer Stimme wieder trauen konnte. „Aber ich bin nicht traurig, dass Captain Hamilton es dir erzählt hat.“

Tiare blickte zu Randall. Seine Züge blieben leidenschaftslos, aber seine Haltung war beschützend, und seine Hände ruhten auf

Claires Schultern. Sie wandte sich noch einmal an Claire. „Er ist dein Ehemann?“

„Ja.“

Zu Cutch deutend, fragte Tiare: „Und dieser schwarze Mann?“

„Ein Freund“, erwiderte Claire.

Tiare nickte, zufrieden mit der Antwort. „Warum bist du zurückgekehrt, Claire? Ist es wirklich nur wegen des Schatzes? Ich habe nicht gewusst, dass du daran Interesse hast.“

„Dasselbe könnte ich über dich sagen.“

Tiares Lächeln war deutlich in ihrem Tonfall zu hören. „Dann haben wir beide unsere Geheimnisse gehabt. Aber du hast meine Frage nicht beantwortet. Ist es nur der Schatz?“

„Nein“, entgegnete Claire. „Natürlich nicht. Ich bin wegen Tipu gekommen ... und wegen meines Vaters.“

Randall und Cutch mussten Tiare für ihren Versuch Bewunderung zollen, sich nicht durch ihre Miene zu verraten. Dennoch konnte sie nicht verhindern, dass ihr alle Farbe aus dem Gesicht wich und sie ganz blass wurde. Der Griff von Randalls Fingern verstärkte sich, als er sie und sich gegen das wappnete, was Tiare noch nicht in Worte fassen konnte.

Claire spürte die plötzliche Anspannung. „Tiare?“

„Dein Vater ist tot, Claire. Wie kannst du das nicht wissen?“ Erst verriet ihre Miene Zögern, dann besorgte Nachdenklichkeit, die Cutch und Randall zeigte, dass sie ihre Worte sorgfältig erwog. „Du warst doch dabei, als Sir Griffin starb.“

Claire blinzelte. „Du irrst. Ich würde mich daran erinnern. Das wüsste ich.“

„Claire“, sagte Randall ruhig. Unter seinen Händen hatten sich ihre Schultern versteift. „Du warst dir doch immer darüber im Klaren, dass es Ereignisse gibt, an die du dich nicht mehr erinnern kannst.“

„Aber doch nicht dies. Ich sage dir, das wüsste ich doch." Sie reckte ihr Kinn. „Wo ist Tipu? Ich möchte meinen Bruder sehen."

„Ich werde dich später zu ihm bringen", antwortete Tiare.

Randall erkannte Tiares kühlen Tonfall wieder. Ihr wunderschöner, weicher Akzent war nun eiskalt, und ihre Stimme strahlte kühle Autorität aus. Zu spät begriff er, dass der Ausspruch Claires, Tiare müsse sich irren, dasselbe war wie, sie eine Lügnerin zu nennen. Randall setzte zum Sprechen an, aber Tiare hob abwehrend ihre Hand.

„Ihre Männer werden losgebunden, wenn meine Männer die Lagune verlassen haben. Das hier ist Arahiti. Es wird Ihr Zuhause sein, bis entschieden ist, was mit Ihnen geschehen soll. Sie können natürlich von Bord gehen, aber nicht die Insel verlassen. Ihr großer Klipper kann ohne unsere Hilfe nicht die Riffe passieren. Versuchen Sie zu fliehen, werden Sie sinken."

Claire streckte die Hand nach Tiare aus, aber die wich ihr mühelos aus. Daraufhin ließ sie ihre Hand wieder sinken. „Warum?" fragte sie. „Warum tust du das?"

Tiare antwortete nicht. Sie drehte sich um und ging fort, bewegte sich ungezwungen zwischen ihren Männern. In ihrer Sprache erteilte sie Anweisungen, der Befehlston in ihrer Stimme unüberhörbar, und ihre Männer beeilten sich umzusetzen, was sie ihnen aufgetragen hatte.

Eine Falte erschien zwischen Claires Brauen, während sie lauschte. „Diese Frau kenne ich nicht", erklärte sie. „Tiare war still. Meistens war sie fügsam. Sie bediente andere. Nie hat sie einen Befehl erteilt."

Randall hob eine Braue und blickte über Claires Kopf hinweg zu Cutch hinüber. „Es scheint ganz so, als hätte sie in deiner Abwesenheit einiges dazugelernt."

Cutch beobachtete Tiare, aber er hörte Randalls Bemerkung.

Er schüttelte den Kopf. „Das hier hat sie nicht gelernt", verkündete er. „Niemand kann das. Sieh nur, wie sie für sie springen. Sie wurde dafür geboren. Die Tiare, die Sie kannten, Claire? Ich wette, *die* war die Hochstaplerin."

Claires Stirnrunzeln vertiefte sich. „Aber warum sich so sehr verstellen? Kann sie wirklich Sir Griffin so geliebt haben?"

„Vielleicht", sagte Randall leise. „Und vielleicht verfolgte sie eigene Ziele." Während er sprach, wurde Tiare über die Reling der *Cerberus* gehoben und vorsichtig in das wartende Boot herabgelassen. „Hast du mir nicht einmal erzählt, Tiares Vater sei ein Priester gewesen? Dass sie selbst Priesterin geworden wäre, hätte es deinen Vater nicht gegeben?"

„Ja", erwiderte Claire leise.

„Nun, was, wenn sie immer schon eine Priesterin gewesen ist? Was, wenn ihre Beziehung zu deinem Vater von ihr ausging, nicht von ihm?"

„Aber sie hatte doch ein Kind von ihm."

„Ja?" erkundigte er sich. „Wie kannst du dir da sicher sein? Wie kann sich da irgendjemand außer Tiare sicher sein?"

„Das kann nicht sein. Tipu sieht aus wie ..."

„Ja?" Unter seinen Händen spürte Randall, wie sie ihre Schultern sinken ließ. „Claire?"

„Er sieht aus wie Tiare", antwortete sie schließlich. „Er sieht Sir Griffin oder mir überhaupt nicht ähnlich." Claire entwand sich Randalls leichtem Griff. Sie drehte sich zu ihm um, ihre Miene noch immer voller Zweifel und Fragen. „Selbst wenn es stimmt, warum? Was kann das alles bedeuten, Randall?"

„Ich wünschte bei Gott, ich wüsste es." Er schob Claire ein Stück zur Seite und folgte Cutchs Blick zum Ausgang des Hafens. Randall konnte erkennen, wie die Solonesier ihre Boote in Richtung des Lagunenausgangs lenkten. Die letzten von Tiares Männern verschwanden gerade. Sie war ganz offensichtlich sehr zuversichtlich, die *Cerberus* auch ohne Wachen im Hafen halten zu können. „Warte hier. Cutch und ich müssen erst die Männer von ihren Fesseln befreien."

In weniger als zehn Minuten war auch der letzte Mann wieder Herr über seine Glieder. Sie standen auf, streckten sich und manche gingen zur gegenüberliegenden Reling, um sich außerhalb von Claires Hörweite zu erleichtern. Macauley Stuart trat sofort an Claires Seite, während Randall und Cutch der Besatzung ihre Lage erklärten.

„Sie sollten in Ihrem Bett liegen", sagte er ihr. „Sie haben nur noch wenig Farbe im Gesicht."

„Randall wird mich dorthin bringen, wenn er mit seinen Männern gesprochen hat. Wollen Sie nicht auch hören, was er zu sagen hat?"

„Wozu? Ich weiß weniger als nichts darüber, wo wir sind oder wo wir hinsegeln, wenn wir von hier aufbrechen."

„Genau das meine ich, Macauley. Wir segeln nicht weg. Wenigstens nicht, solange Tiare uns nicht die Erlaubnis erteilt."

„Wie das?"

„Randall kann es besser erklären, aber es hat mit den Riffen um Arahiti zu tun. Ohne die Hilfe der Solonesier würde die *Cerberus* auf Grund laufen."

„Aber er hat doch Seekarten. Ich habe sie selbst gesehen."

„Selbstverständlich hat er die", entgegnete sie mit mehr Geduld, als sie eigentlich besaß. „Aber die sind nur so gut wie die Kartenschreiber und Entdecker, die vor uns hier waren. Wenn diese Insel nie auf einer Karte verzeichnet wurde, dann findet man sie auch nicht auf irgendeiner seiner Karten, nicht wahr?"

„Nein, vermutlich nicht." Er lehnte sich gegen die Reling. „Und der Name dieser Insel lautet?"

„Arahiti. So nannte Tiare sie. Randall dachte, wir befänden uns auf Tarahiki."

„Zwei verschiedene Namen für denselben Ort?"

„Möglich." Claire glaubte das nicht, aber wenn es dem Arzt half, Ruhe zu bewahren, wenn er glaubte, dass Randall wüsste, wo sie waren, dann wollte sie ihn nicht eines Besseren belehren. „Was ist mit Ihnen, Dr. Stuart? Tiares Männer sind nicht gerade sanft mit Ihnen umgesprungen. Sollten Sie sich nicht unter Deck ausruhen?"

Würde er seine Augen schließen, das wusste Macauley, dann würde er wieder die Hände der Priester in seinem Nacken spüren, die seinen Kopf unter Wasser drückten. Das Letzte, was er tun wollte, war, sich hinzulegen. „Später", versetzte er.

Claire schwieg einen Augenblick, dann sagte sie: „Danke."

„Danke?"

„Für das, was Sie auf Pulotu getan haben. Ich wusste, dass Sie versucht haben, mich zu schützen."

„Ich habe Ihren Namen überhaupt erst ins Spiel gebracht", erklärte er.

Sie lächelte. „Das hat Randall auch gesagt."

„Er hatte Recht. Wie Cutch mir später verraten hat, wurde ich für das Lügen bestraft. Mir war vorher nicht klar, dass ich darin so schlecht bin."

Darauf erwiderte Claire nichts, aber seine Worte gingen ihr noch lange durch den Kopf.

Es war schon spät, als Randall ihre gemeinsame Kabine betrat. Zuerst dachte er, Claire schliefe schon. Erst als er sich auf die Bettkante setzte, merkte er, dass sie gar nicht da war. Die Laken waren zerwühlt, und die Kissen verstreut, aber sie lag nicht im Bett. Da er von Deck kam, wusste er, dass sie nicht dort sein konnte. So ging er zu seinem Arbeitsraum, wo er sie auch fand.

Sie saß am Tisch, den Kopf in die Hände gestützt, tief in Gedanken versunken. Mondlicht schien ihr in das blasse Gesicht. Ihre Augen waren klar, und keine Spur von Tränen war auf ihren Wangen zu sehen.

„Wenigstens bist du fürs Bett angezogen“, bemerkte er und schloss die Tür hinter sich.

Sie nickte einmal, doch eher vage, als hätte sie ihn gar nicht richtig gehört.

Randall näherte sich ihr. Mit dem Fuß zog er den anderen Stuhl vor und stellte ihn neben Claires. Er setzte sich, lehnte sich mit dem Rücken an den Tisch und streckte seine langen Beine von sich. Seine Arme verschränkte er vor der Brust. „Bist du denn nicht müde?“

Claire stützte weiter ihr Kinn in die Hand. Einzelne Haarsträhnen fielen ihr ins Gesicht. „War es erst letzte Nacht, dass wir zusammen an der Lagune geschlafen haben?“

„Hmmm.“

„Wie kann ich nur das mit meinem Vater nicht gewusst haben?“

Randall begriff, dass Claires Gedanken sich überschlugen. Kein Wunder, dass sie nicht schlafen konnte. „Ich denke, du wusstest es“, sagte er. „Du hast doch immer vermutet, dass du ihn nicht mehr am Leben finden würdest.“

„Aber wenn es stimmt, was Tiare sagt ... ich war bei ihm, als er starb. Warum kann ich mich *daran* nicht erinnern?“

„Vielleicht willst du das auch gar nicht.“ Randall sah, dass Claire den Mund verzog. Diese Erklärung gefiel ihr nicht. Als sie das Thema noch einmal wechselte, zuckte er nicht mit der Wimper.

„Ist Arahiti dieselbe Insel wie Tarahiki?“

„Nein. Ich habe mich verschätzt. Auf meinen Karten gibt es

kein Arahiti, und Tarahiki hat weder diese Lagune noch die Riffe. Warum möchtest du das wissen?“

„Macauley behagte die Idee nicht, dass du nicht weißt, wo wir uns befinden.“

Randall lächelte trocken. „Mir ist bei der Vorstellung auch etwas unwohl.“

Claire hob den Kopf ein wenig, um ihre Wange auf ihre Hand zu legen. Jetzt war ihr Gesicht Randall zugewandt, und er sah, dass sie die Stirn runzelte. „Du weißt es wirklich nicht?“

„Es gibt keine Insel mit dieser Küstenlinie auf irgendeiner meiner Karten. Arahiti existiert gar nicht, soweit es die Kartenschreiber betrifft. Tiares Männer haben einige meiner Instrumente mit sich genommen, so dass ich Längen- und Breitengrade nicht genau bestimmen kann. Den Verlauf des Sirius am Nachthimmel und die Tatsache, dass ich die Lage von Pulotu kannte, sowie die Zeit, bis wir hier ankamen, helfen, unsere Position einzugrenzen, aber festlegen? Nein, das kann ich nicht. Ich fürchte, Arahiti ist ein solonesisches Geheimnis.“

Claire nickte langsam, während sie das durchdachte. „Ich habe Macauley gesagt, dass es so sein könnte, habe es aber nicht wirklich geglaubt. Ihm gegenüber war ich sogar ziemlich gönnerhaft. Jetzt muss ich gestehen, gefällt mir diese Neuigkeit genauso wenig wie ihm.“

„Tiare hat nie von dieser Insel gesprochen?“

„Nie.“ Sie seufzte. „Ich lerne langsam, dass es eine Reihe von Dingen gibt, die ich über Tiare nicht weiß. Vermutlich hat sie mir immer nur das erzählt, von dem sie wollte, dass ich es weiß.“

„Dann unterscheidet sie sich gar nicht so sehr von uns anderen.“

Claire erwog das. „Ich habe dir erzählt, dass mein Vater nie sonderlich an der Kultur der Solonesier interessiert war, aber ich dachte, er liebte Tiare. Ich begreife nun erst, wie sehr er sich bemüht hat, aus ihr eine richtige englische Dame zu machen. Er hat nie andere solonesische Sitten geduldet als die, die *ihm* passten."

„Das heißt aber nicht, dass er sie nicht geliebt hat."

„Vermutlich, doch scheint es sonderbar."

„Besonders jetzt, da du so erfahren in Liebesdingen bist", neckte Randall sie.

„Genau", erwiderte sie ein wenig selbstgefällig. Ohne Vorwarnung wurde sie da gepackt und gründlich geküsst. Ihr stand der Sinn nicht danach, sich zu wehren. Stattdessen schlang sie ihm die Arme um den Hals und ließ sich von ihm auf den Tisch setzen. „Nicht wieder hier", murmelte sie an seinen Lippen.

„Letztes Mal habe ich keine Klagen gehört."

„Da war ich auch noch nicht verheiratet." Sein tiefes Lachen vibrierte an ihren Lippen.

„Dann bist du jetzt also respektabel."

„Genau."

„Wie schade." Er richtete sich auf und ließ seine Hände auf ihren Hüften liegen.

„Das heißt aber nicht, dass du nicht mit mir ins Bett gehen kannst."

„Eigentlich doch. Ich habe Wache und bin nur nach unten gekommen, um nach dir zu sehen."

„Darf ich mit an Deck?"

„Natürlich." Er half ihr vom Tisch und zu ihrer Kabine, wo er dann wartete, bis sie sich ein Kleid übergestreift und einen Schal gefunden hatte.

Der Himmel war bedeckt. Wenn die Wolkendecke aufriss, konnte man die schmale Mondsichel erkennen. Claire stand neben Randall auf dem Vorderdeck. Es waren nur wenige Männer oben. Manche hatten sich in ihre Hängematten zurückgezogen;

andere waren an Land gerudert, um dort ein Lager aufzuschlagen. Vereinzelte Laternen glitzerten als Lichtpunkte auf dem schmalen Strand. Claire bemerkte nur die Milde des Abends. Wellen klatschten leise gegen den Schiffsrumpf, und ein leichter Wind schlug ab und zu die gerafften Segel gegen den Mastbaum. Von weiter entfernt war das Rauschen des Wasserfalles zu hören. Sie überlegte, was diese friedliche Nacht stören sollte. „Warum brauchst du eine Wache?“ fragte sie deshalb.

„Die Macht der Gewohnheit.“ Randall legte ihr den Arm um die Schultern. „Ich habe mich freiwillig gemeldet, weil ich nicht dachte, dass ich schlafen könnte.“

Claire begriff, dass er das nicht leichtfertig eingestand. „Kannst du Sirius sehen?“

„Nicht heute Nacht. Der Himmel ist voller Wolken.“

„Wissen die Männer, dass du unsere Position nicht kennst?“

„Ja. Sie haben es hingenommen, dass wir im Augenblick nirgendwohin gehen.“

„Aber du nicht.“

„Mir gefällt es nicht, Gefangener zu sein, Claire. Die Umgebung hier hat damit nichts zu tun. Einmal reicht jedem für ein ganzes Leben. Ich weiß nicht, was Tiare mit uns vorhat, aber ich werde nicht zulassen, dass uns nichts anderes übrig bleibt, als ihren Plänen zu folgen. Die Männer, die von Bord gegangen sind, erkunden heute Nacht die anderen Buchten der Insel. Cutch führt die eine Gruppe an, Dodd die andere. Am Lager gibt es Laternen, aber die dienen nur der Ablenkung.“

„Denkst du, Tiares Gefolgsleute beobachten uns?“

„Ein paar von ihnen schon. Du nicht?“

Claire hatte darüber noch nicht nachgedacht. Jetzt, da sie es tat, schien es ihr wahrscheinlich. „Vermutlich.“

„Trotz dem, was sie über die Riffe gesagt hat, muss sie doch wissen, dass nicht ganz auszuschließen ist, dass ich die *Cerberus* sicher an ihnen vorbeinavigieren könnte. Tiare macht mir nicht den Eindruck, als überließe sie irgendetwas dem Zufall. Ich kann mir gut vorstellen, dass wir angegriffen würden, wenn wir nicht erst sänken." Randall nahm seinen Arm von Claires Schultern. Er beugte sich vor und stützte sich auf die Reling. „Ich muss immer wieder über ihre Antwort auf meine Bemerkung nachdenken, dass sie meine Ankunft erwartet zu haben schien. ‚Seit dreihundert Jahren, Captain.' Was zum Teufel meinte sie damit?"

„Vielleicht genau das, was sie sagte, Randall. Was, wenn du sie wörtlich nimmst? Es ist drei Jahrhunderte her, dass der Schatz hier versteckt wurde. Was, wenn die Solonesier immer schon von ihm wussten? Was, wenn sie ihn bewacht haben?"

„Bewacht", wiederholte Randall leise. „Vor wem?"

Claire überlegte. „Vor jedem, der kein Waterstone oder Hamilton war, vermute ich."

„Du willst sagen, dass sie mit der Bewachung des Schatzes betraut worden sind? Wer soll ihnen diese Verantwortung aufgebürdet haben?"

Claire rieb Randall die Schulter. „Es ist die Legende deiner Familie. Wer ist deiner Meinung nach derjenige, der am wahrscheinlichsten in Frage kommt? James Hamilton oder Henry Waterstone?"

„Am liebsten würde ich glauben, dass es mein Vorfahre war, aber die Wahrheit ist, dass es nicht wie irgendetwas klingt, das er oder Henry getan hätten. Sie trauten einander nicht über den Weg. Kannst du dir vorstellen, dass einer von ihnen den Solonesiern den Schlüssel zu ihrer beider Königreich übergeben hat?"

„Wenn du es so ausdrückst ..."

Randall atmete die aromatische Inselluft tief ein, dann stieß er sie langsam wieder aus. Er begriff, dass er nicht länger klar zu denken vermochte. Statt sich weiter darum zu bemühen, zog er Claire einfach in den Schutz seiner Arme und hielt sie dort. „Was ist mit Tipu?“ erkundigte er sich leise.

„Tiare sagte, sie wolle mich zu ihm bringen. Ich muss darauf vertrauen, dass sie es tut.“

„Claire, was hattest du mit deinem Bruder vor, als du zu dieser Reise aufgebrochen bist?“

„Zuerst dachte ich, ich wollte ihn einfach nur wieder finden, mich vergewissern, dass er in Sicherheit ist.“

„Und später?“

„Später, vermute ich, hatte ich die vage Idee, dass ich ihn mit nach London nehmen könnte und ... und ihn großziehen ...“ Ihre Stimme erstarb.

„Und ihn großziehen, als wäre er dein Sohn?“

Claire war die Kehle eng geworden, und hinter ihren Augen bildete sich ein Schmerz. Sie konnte nur nicken.

„Und was ist mit seiner Mutter?“

„An Tiares Wünsche habe ich keinen Gedanken verschwendet“, erwiderte Claire mit leiser, angespannter Stimme. „Nur an die meines Vaters. Er wollte, dass Tipu in England aufwächst und mit den englischen Sitten vertraut wird.“ Claire spürte, wie Randall seine Arme fester um sie schloss. Sie lächelte entschuldigend, den Tränen nah. „Sir Griffin war kein einfach zu verstehender Mann.“

Randall schwieg einen Moment. „Kannte Tiare die Wünsche deines Vaters?“

„Er hat nie ein Geheimnis daraus gemacht.“

„Dann muss sie vermuten, dass du hierher zurückgekehrt bist, um Tipu mit dir zu nehmen. Kein Wunder, dass sie Angst bekam, als sie begriff, dass du dich auf Pulotu befandest. Sie hat vor dir Angst, Claire.“

„Angst? Vor mir? Da irrst du dich.“

„Keineswegs.“

Ein Räuspern, das hinter ihnen erklang, verhinderte Claires Antwort. „Was ist?“ erkundigte sie sich.

„Offensichtlich ist unsere Wache vorüber.“ Ohne Claire loszulassen, drehte Randall sich um. „Mr. Brown.“

„Aye, Captain. Sie können beruhigt sein. Ich übernehme die nächste Wache.“

Randall nickte. Er nahm Claire am Ellbogen und wartete, bis sie Brown eine gute Nacht gewünscht hatte; dann brachte er sie zurück in die Kabine. Erst als sie schon mehrere Minuten im Bett lag, fiel ihr auf, dass er keine Anstalten unternahm, sich zu ihr zu gesellen.

Sich auf die Seite drehend und auf einen Ellbogen stützend, legte Claire den Kopf schief, um Randalls Bewegungen zu verfolgen. Sie hörte das vertraute Rascheln seiner Karten, als er eine davon auf dem Tisch ausbreitete. „Es lässt dir einfach keine Ruhe, dass du nicht weißt, wo wir sind, nicht wahr?“ Seine Antwort wartete sie gar nicht ab. Claire schwang ihre Beine aus dem Bett, stand auf und trat neben Randall. „Ist es, weil du nach Pulotu zurückkehren möchtest?“

„Pulotu? Nein, ich habe kein Interesse daran, zurückzukehren.“

„Nein? Was ist mit dem Schatz?“

„Wo auch immer der ist, er ist nicht auf dem Mauna Puka. Ich denke nicht, dass er sich irgendwo auf Pulotu befindet.“

„Aber ...“

„Die Tikis dienen nur der Ablenkung. Du hast mir das klargemacht.“

„Ich?“

Randall nahm Claire beim Handgelenk und zog sie auf seinen

Schoß. Die Karte lag ausgebreitet vor ihnen. Sie bedeckte den gesamten Schreibtisch und stand an allen Seiten ein Stück über. „Was du über die Solonesier gesagt hast, dass sie mit der Bewachung des Schatzes betraut wurden ..."

„Das weiß ich doch nicht genau. Es war nur eine Idee, die erklären würde, was Tiare zu dir gesagt hat."

„Und es war eine gute Idee. Die Anordnung der Tikis auf Mauna Puka hat nie einen Sinn für mich ergeben. Sie ist nicht Werk der Solonesier. Es ist gut möglich, dass sie die körperliche Arbeit getan haben, jedoch nicht den Plan dahinter erdacht."

„Weil sie wie der Große Wagen angeordnet sind."

„Ja."

„Wenn die Tikis Fremde fern halten sollen, folgt dann nicht daraus, dass sich dort auch der Schatz befindet?"

„Nicht notwendigerweise. Was, wenn der ursprüngliche Plan darin bestand, die Aufmerksamkeit auf die Insel zu lenken, damit der Schatz an einem anderen Ort sicherer wäre? Das ist wie bei einem Zauberer, der uns auffordert, seinen Hut nicht aus den Augen zu lassen, während er das Kaninchen in seinem Ärmel hat?"

„Aber die Tikis dienen doch nur dazu, die Solonesier fern zu halten."

„Nicht die Priester", erinnerte er sie. „Es erscheint ja sinnvoll, in das Geheimnis um den Schatz nur einige wenige einzuweihen, nicht die ganze Bevölkerung. In jeder Kultur gibt es kleine Gesellschaftsgruppen, die Geheimnisse bewahren. Die Priester Solonesiens müssen eine Tradition hochhalten, die seit drei Jahrhunderten weitergegeben wurde: den Schatz zu beschützen."

„Und nun, da du hier bist, müssen sie entscheiden, was zu tun ist."

„Jetzt, da ich hier bin", wiederholte er leise. „Wenn ich nur wüsste, wo das ist."

## 14. KAPITEL

„Lass mich die Karte einmal ansehen", bat Claire. „Wo ist Pulotu?"

Randall führte Claires Zeigefinger zu der Insel. „Hier. Beinahe vierzehn Grad südlich des Äquators und auf dem hundertsechzigsten Längengrad." Damit sie sich ihre Position besser vorstellen konnte, fuhr er mit ihrem Finger den Äquator entlang. „Hier sind die vier Inseln, die Pulotu am nächsten liegen. Haipai. Arotu. Hanna und Amo. Amo im Süden ist nur ein Atoll."

„Was ist mit dem Rest der Sonneninseln?"

Randall schaute auf die Karte. Da waren so viele kleine Inseln, aus denen Solonesien bestand, dass er kaum wusste, wo er anfangen sollte. Er begann mit der, die die meisten Einwohner hatte. „Hier ist Gaiati."

Claire nickte zustimmend. „Ja, die kenne ich. Tiare wurde dort geboren."

Immer noch ihren Daumen auf Pulotu haltend, zeigte er ihr Rapa Tiri und Mauna Ti. „Wahrscheinlich stammen die meisten der Männer von den Auslegerbooten heute von einer dieser drei Inseln. Der Ruf zu den Waffen ging vermutlich von Gaiati aus und wanderte von da an südwärts. Überall machten sich Männer mit ihren Booten auf, bis Tiares Kriegsflotte entstanden war, dann nahmen sie Kurs nach Süden, geradewegs nach Pulotu."

„Zeig es mir."

Er legte ihren Finger auf eine Insel nach der anderen. „Hier, hier ... hier ... und hier."

„Von Gaiati nach Rapa Tiri, dann weiter nach Mauna Ti und dann nach Pulotu? Stimmt das?"

„Nun, sie werden an Hanna vorbeigekommen sein, bevor sie Pulotu erreichten."

Claire bat ihn, ihr noch einmal die Inseln um Pulotu herum zu zeigen. „Nicht das Atoll“, sagte sie. „Das verwirrt mich nur.“

„Du verwirrst *mich*“, erklärte er. „Was suchst du?“

„Den Wald“, erwiderte sie schlicht.

Als sie ihm keine weitere Erklärung lieferte, wiederholte Randall seine Bewegungen von zuvor. Er studierte Längen- und Breitengrade einer jeden Insel, ihre Küstenlinien und die Entfernung zwischen ihnen, während er mit Claires Finger von einer zur nächsten ging. Zu spät fiel ihm auf, dass ihre Hand zitterte. Er drückte sie. „Was ist, Claire? Bist du ...?“

Sie fand seinen Mund mit ihrem und küsste ihn fest. „Siehst du es nicht?“ wollte sie wissen.

„Was?“ fragte er und blickte wieder auf die Karte.

„Den Wald!“

„Claire, das ist der Pazifik. Da gibt es keinen ...“

„Den Wald, den man vor lauter Bäumen nicht sieht“, erklärte sie atemlos und sprang von Randalls Schoß, um zu ihrem Schrank zu eilen. Es kümmerte sie nicht, woran sie sich dabei stieß oder dass sie fast von der Tür ihres Schrankes getroffen wurde, als sie sie aufriss.

„Vorsichtig“, rief Randall. Er schaute zu, wie sie Schubladen aufzog und zu durchwühlen begann. Sie zerrte Bänder, Schals und Kämme heraus und warf sie einfach hinter sich. Das bunte Durcheinander zu ihren Füßen legte beredtes Zeugnis von ihrer Erregung ab. Die Claire, die darauf bestand, dass sich alles ordentlich an Ort und Stelle befand, war verschwunden.

„Hier ist sie!“ verkündete sie schließlich.

Randall konnte nicht erkennen, was sie in ihrer Hand hielt, bis sie zum Tisch zurückkehrte. Sie setzte sich wieder auf seinen Schoß und zeigte ihm, was sie so fieberhaft gesucht hatte. „Eine Brosche?“ fragte ungläubig. „Was hat das zu tun mit ...“

Er brach ab, weil ihre ganze Aufmerksamkeit der Aufgabe galt, den Verschluss der Brosche zu öffnen und sie ihm gar nicht zuhörte. Als die Nadel gelöst war, nahm Claire seine Hand und wollte sie zu sich ziehen. Randall zögerte, unsicher, was sie vorhatte.

Claire spürte sein Sträuben. „Denkst du, ich wollte dich stechen?“ erkundigte sie sich belustigt.

„Keine Ahnung.“

„Leg deine Hand über meine und führ sie zu Pulotu.“

„Na gut.“ Er zog ihre Hand mit der Brosche zu der Insel und beobachtete dann entsetzt, wie Claire ein Loch in seine kostbare Seekarte bohrte. Seine Finger schlossen sich fest um ihre Hand, um sie davon abzuhalten, weiteren Schaden anzurichten. „Was tust du da ...?“

„Ich zeige dir den Wald“, erklärte sie geduldig, als spräche sie zu einem Kind. „Indem ich die Bäume miteinander verbinde.“

Da endlich begriff Randall. „Meine Güte“, sagte er tonlos und musterte die Karte aufs Neue. Dieses Mal ließ er sich nicht von den Linien, die Meerestiefen, Küstenläufe oder die Höhe von Landmarken kennzeichneten, ablenken. Seine Augen ruhten nicht länger auf Meridianen, Parallelen und Kompassstrichen. Jetzt sah er, was Claire erblickte. „Hier“, sagte er und nahm ihr die Brosche ab. „Ich habe etwas, das besser ist.“ Er griff in die Schublade unter dem Schreibtisch und fand seinen Stechzirkel. Er gab ihn Claire, so dass sie die Form des Zeichengerätes ertasten konnte.

„Wie zwei sich gegenüberliegende Fragezeichen“, sagte sie.

Randall lachte leise. „Stimmt. Vorsicht, die Fragezeichen sind an den Enden spitz.“

Ihre Finger glitten über die Einstellschraube, die die Zirkelteile zusammenhielt. Indem sie an der Schraube drehte, konnte sie den Abstand der beiden Enden erweitern oder verringern. „Jetzt wissen wir wohl, was Captain Waterstones Kartenschreiber benutzt hat, um die Löcher in die Blätter mit dem Rätsel zu machen." Sie gab ihn ihm zurück. „Mach du es."

„Stechzirkel werden in der Regel benutzt, um die Entfernung zwischen zwei auf einer Karte verzeichneten Punkten zu messen. Wie auch immer ..." Er stach in das Loch, das Claire bei Pulotu gemacht hatte und weitete es ein wenig. „Der hier wird ..." Er durchbohrte Rapa Tiri und Mauna Ti. „Ausgezeichnet ..." Die Zirkelspitze wurde in kurzer Folge in Haipai, Arotu und Hanna gestochen. „Seinen Zweck erfüllen." Damit machte er das letzte Loch bei Gaiati.

Er ließ den Stechzirkel fallen, hob die Karte und hielt sie gegen das Licht der Laterne. Die durch die Löcher scheinenden Lichtstrahlen wirkten wie Sterne am Nachthimmel. Es war unverwechselbar der Große Wagen, der erschien. Randall warf den Kopf in den Nacken und lachte. „Du bist die *aller*erstaunlichste Frau, die ich ..."

Claire drehte sich in seinen Armen um, so dass er gezwungen war, die Karte zu senken. Sie umschlang seinen Nacken. „Ich bin die allererstaunlichste Frau *überhaupt*", flüsterte sie.

Randalls Lachen wurde tiefer. „Ja", sagte er. „Das bist du." Er küsste sie auf den Mund. Ihre Lippen teilten sich unter seinen, und der Griff ihrer Finger um seinen Nacken wurde kräftiger. Randall schob ihr eine Hand unter die Beine und die andere hinter den Rücken. Er stand auf, hob sie mit sich hoch und trat mit dem Fuß zur Seite, was ihm den Weg zum Bett versperrte.

„Was tust du?" fragte Claire, als er sie auf die Matratze legte.

„Falsche Frage. Du solltest dich danach erkundigen, was ich zu tun gedenke!"

„Aber du weißt doch gar nicht ..."

Randall zog seine Augenbrauen hoch. „Ich weiß immerhin dies“, verkündete er und hauchte einen Kuss auf die Stelle genau unter Claires Ohr. „Und das hier.“ Seine Zunge war feucht und köstlich rau, als er sie über ihre Haut gleiten ließ. „Und wie dies geht.“ Er öffnete die ersten drei Knöpfe ihres Nachthemdes und schlug den Stoff zur Seite, um ihre Brüste zu enthüllen.

Claire hinderte ihn an Weiterem, indem sie ihre Hände gegen seine Schultern stemmte. „Ich spreche von dem Schatz“, erklärte sie. „Du weißt nicht, wo er ist.“

„Oh, ich denke, den kann ich von hier aus allein finden.“ Weil sein Ton keinen Zweifel daran ließ, auf was er anspielte, war Randall nicht sonderlich überrascht, dass Claires Haut von ihren Wangen bis zu ihren wunderschön vollen Brüsten zartrosa anlief. Er nahm ihre Handgelenke und hielt sie locker an ihren Seiten fest, während er seinen Kopf senkte. Sein Mund schloss sich über einer Spitze, und dann saugte er sanft daran. Er hörte sie scharf einatmen und die Luft anhalten, bis er sich ihrer Lippen bemächtigte.

Claire ließ ihre Zunge über Randalls Oberlippe gleiten. Sie fuhr den Schwung seines Lächelns nach und knabberte selbstvergessen an seinen unartigen Lippen. Ihre Hände seinem losen Griff entwindend, begann sie ihren Ehemann auszuziehen. Sie half ihm, aus seinem Rock zu schlüpfen und knöpfte sein Hemd auf. Zusammen setzten sie sich auf, während sie es ihm abstreifte. Es landete auf dem Durcheinander vor ihrem Schrank. Der Haufen wuchs, als sich Randalls Stiefel, Strümpfe, Hosen und Unterhosen und schließlich auch noch ihr Nachthemd dazugesellten.

Claire streckte sich neben Randall aus. Ihre bloßen Zehen strichen über seine Knöchel. Seine Hände lagen auf ihrem Rücken, dann ließ er sie nach unten gleiten, umfasste ihren Po. „Kommst du an Bord?“ fragte er heiser.

Lachend erhob Claire sich mit Randalls Hilfe, bis sie ganz auf ihm lag. Ihre Brüste drückten sich an seinen Oberkörper, ihre festen Brustspitzen köstlich empfindsam. Eine Hand schob sie zu seinen Lenden, hob ihre Hüften und führte ihn in sich. Das leichte Zucken ihrer inneren Muskeln ließ Randall leise aufstöhnen. Claire stieß einen kehligen Laut aus.

Während Randall sie zärtlich am Rücken streichelte, richtete sie sich auf. Sie bewegte sich langsam auf und ab, in demselben sanften Rhythmus wie das Schiff unter ihnen. Randall liebkoste die zarte Haut an ihren Schenkeln, dann wanderten seine Hände höher, bis sie die Unterseite ihrer Brüste gefunden hatten. Mit seinem Daumennagel reizte er vorsichtig ihre zarte Brustspitze. Claires Erschauern ließ auch ihn erbeben.

Er zog sie zu sich herab und küsste sie tief. Ihr Mund war warm und süß. Mit einer geschmeidigen Wendung drehte er sie beide, so dass er nun oben war. Tief und kraftvoll schob er sich in sie, so dass ihr ein Wimmern entfuhr. Unter ihm wand sie sich und krallte sich an seinen Schultern fest. „Tut mir Leid", flüsterte er. „Ich weiß nicht, was ..."

Doch Claire hielt ihn eng umschlungen und schüttelte den Kopf. „Nein, es ist schon gut." Ihre Lippen waren von seinen leidenschaftlichen Liebkosungen beinahe wund. „Ich werde nicht zerbrechen."

Trotzdem wurden Randalls Berührungen sanfter. Seine Leidenschaft unterdrückte er nicht, sondern zügelte sie nur. Allerdings machte sie es ihm nicht leicht. Claire umklammerte seine Hüften mit ihren Schenkeln, sie bäumte sich unter ihm auf, stemmte ihre Fersen in die Matratze. Ihre Brüste hob sie ihm einladend entgegen. Sie lag in Laternenlicht gebadet da, und dort, wo sein Mund gewesen war, schimmerte ihre Haut feucht. Erneut nahm er eine kecke Brustspitze zwischen seine Lippen, knabberte zärtlich daran. Mit ihren Händen, die sie ihm in die Haare geschoben hatte, hielt Claire seinen Kopf fest. Sein heißer, saugender Mund erweckte in ihr ungeahnte Gefühle. Drängend rief sie seinen Namen.

Als er kam, hielt sie ihn in ihren Armen, zwischen ihren Beinen. Sie küsste ihn auf die Schulter. Dort, wo sie so intim verbunden waren, zog sie sich um ihn zusammen. Jetzt war sie an der Reihe, und er liebkoste sie mit seinen Fingern. Sie war feucht, und sie duftete nach Moschus und Leidenschaft. Er streichelte sie, fand den Takt, in dem er sich noch Augenblicke zuvor in ihr bewegt hatte. Sie beklagte sich nicht, dass es zu viel sei. Genau, wie sie es gesagt hatte, zerbrach sie nicht.

Sie zerbarst.

Er beobachtete, wie die Leidenschaft sie erfasste, ihre Züge weicher werden ließ. Ihre Wimpern flatterten, dann senkten sie sich über ihre Augen. Die Welle schlug über ihr zusammen, ebbte ab. Langsam rötete sich ihre Haut.

Claire spürte, wie sie wieder in die Wirklichkeit zurückfand. Sie wurde sich Randalls Arm über ihrem Bauch bewusst, seines Atems dicht an ihrem Ohr. Ihre Arme und Beine fühlten sich herrlich müde an, und ihr Herzschlag beruhigte sich, fand einen langsamen und schweren Rhythmus.

„Schlaf ein“, sagte er leise.

Claire nickte. Das musste er ihr nicht zweimal sagen.

Als Claire aufwachte, war sie allein in der Kabine. Sie hatte keine Ahnung, ob sie eine oder sieben Stunden geschlafen hatte. Doch sie fühlte sich ausgeruht genug, um aufzustehen und Randall suchen zu gehen. Rasch wusch sie sich und frisierte sich die Haare. Ihr fiel auf, dass es keine Anzeichen ihrer fieberhaften Durchsuchung des Schrankes mehr gab. Randall musste alles wieder ordentlich weggeräumt haben. Sie lächelte, summte leise vor sich hin, während sie sich ein Kleid anzog. Dann strich sie den cremefarbenen Leinenstoff über ihren Hüften glatt und schloss die Knöpfe des Oberteils. Zum Schluss, bevor sie ihren Stock nahm und die Kabine verließ, überprüfte sie, ob Randalls Karte noch auf dem Schreibtisch lag. Als sie sie nicht fand, wusste sie, wo er sein würde.

„Hast du überhaupt geschlafen?" fragte sie, als sie seinen Arbeitsraum betrat.

Randall blickte nicht von der Karte auf, die vor ihm ausgebreitet lag. In Gedanken versunken klopfte er auf den Stuhl neben sich, damit sie sich setzte.

Mit ihrem Stock fand Claire den Stuhl und ließ sich darauf nieder. „Ich habe die Nacht sehr angenehm verbracht."

Randalls einzige Antwort bestand aus einem geistesabwesenden Schnauben.

„Ja, nun ... danke der Nachfrage." Sie ließ ein paar Minuten schweigend verstreichen. Gelegentlich war das Kratzen seines Stiftes auf dem Papier zu hören, wenn er mit Lineal und Plotter Berechnungen anstellte. Claire stützte die Ellbogen auf den Tisch und legte das Kinn auf ihre verschränkten Hände. „Verdecke ich irgendetwas Wichtiges?" erkundigte sie sich.

„Hmm?"

Claire begriff, dass er sie wirklich nicht gehört hatte. Vermutlich war das sogar eine Art Antwort. Offensichtlich störte sie ihn nicht im Mindesten. Weniger gekränkt als verärgert legte Claire einen Arm quer über die Karte. „Verdecke ich *jetzt* etwas Wichtiges?"

Randall rieb sich mit Daumen und Zeigefinger die Nasenwurzel. Die Kopfschmerzen, die sich hinter seinen Augen bildeten, ließen dabei etwas nach.

Seine Qualen erahnend, bereute Claire augenblicklich, sie noch verstärkt zu haben. Sie lehnte ihren Stock an den Tisch und stand auf. Sich hinter Randall stellend, begann sie die angespannten Muskeln in seinen Schultern zu kneten. „Kann ich dir irgendetwas holen?“ fragte sie. „Dr. Stuart hat ein Pulver gegen Kopfschmerzen.“

„Nein, von *seiner* Medizin will ich nichts.“

„Schneidest du dir damit nicht irgendwie ins eigene Fleisch?“ erkundigte sich Claire belustigt und knetete kräftiger, wofür sie mit einem dankbaren Seufzen belohnt wurde. „Wie lange hast du geschlafen?“

„Ein paar Stunden. Jetzt ist es nach sieben.“

„Hast du seit dem Aufstehen über den Karten gebrütet?“

Randall schüttelte den Kopf. „Erst habe ich an Deck die Wache überprüft. Dodds Gruppe ist irgendwann nach Mitternacht zum Lager am Strand zurückgekehrt. Wir wissen jetzt etwas mehr über die Riffe als zuvor. Allerdings nicht viel. Cutch und seine Leute sind kurz vor Tagesanbruch zurückgekommen. Bis jetzt hat er noch nicht Bericht erstattet.“

„Soll ich dir Kaffee holen?“ fragte sie.

„Ich gehe selbst, danke.“ Er merkte, wie gut ihm allein der Gedanke an das belebende Getränk schon tat. „Vielleicht kannst du in meiner Abwesenheit unseren Kurs berechnen.“

„Sehr witzig.“ Sie ließ ihre Hände sinken, als Randall aufstand. Er hauchte einen Kuss auf ihr Haar, dann ging er. Mit einem Schulterzucken kehrte Claire zu ihrem Stuhl zurück. Ihr Magen knurrte. Sie hoffte, dass Randall daran denken würde, nicht nur Kaffee mitzubringen – und dass es genug war, um zu teilen.

Claire nahm das Parallellineal und klopfte damit leicht auf die Karte. Sie überlegte, wann Tiare wohl wiederkommen würde, und wann sie endlich Tipu sehen könnte. Sie hatte viel über Randalls

Schlussfolgerung nachgedacht und vermutete, es lag nicht außerhalb des Möglichen, dass die Priesterin sie fürchtete. Immer schon war Tiare sehr darauf bedacht gewesen, Tipu zu schützen, und stets hatte sie sich gegen das verwahrt, was sie als Claires Einmischung betrachtete. Jetzt wunderte sich Claire über die Selbstherrlichkeit, mit der sie davon ausgegangen war, dass sie irgendein Recht besäße, Tipu von seiner Mutter zu trennen, nur um ihn im kalten, verrauchten, aber ach so viel mehr zivilisierten London aufwachsen zu lassen.

Selbstbelustigt lächelte sie und nahm sich fest vor, Tiare bei der nächsten Gelegenheit zu erklären, dass kein Grund bestand, sich wegen ihrer Absichten Sorgen zu machen. Sie bemerkte, dass ihr nun viel leichter ums Herz war. Als sie dieses Mal mit dem Lineal auf den Tisch klopfte, tat sie das in viel beschwingterem Takt.

Die Tür öffnete sich, und Claire drehte sich auf ihrem Stuhl um. Ihr Willkommenslächeln wurde herzlicher, als das Aroma frisch aufgebrühten Kaffees ihr in die Nase stieg. „Ich hoffe, der ist für mich."

„Wenn Sie wollen." Macauley Stuart durchquerte den Raum, stellte seine Tasse auf den Tisch und vereitelte dadurch Claires hastigen Versuch, die Karte aufzurollen. „Es wird keinen Kaffeefleck geben, das verspreche ich", sagte er.

Claire ließ ihre Finger auf dem Teil liegen, den sie schon aufgerollt hatte. „Ich könnte sie umstoßen", erwiderte sie. „Wissen Sie, ich bin blind."

Kurz starrte der Arzt sie sprachlos an, dann entgegnete er: „Ich denke, langsam gewöhne ich mich an Ihren seltsamen Sinn für Humor." Er nahm ihr das Lineal aus der rechten Hand und versetzte ihr damit einen spielerischen Klaps auf das andere Handgelenk. Unwillkürlich öffneten sich ihre Finger, so dass die Karte sich wieder entrollte. „Sie dürfen mir glauben, es wird kein

Malheur geben.“ Er schob ihr die Tasse über die Karte hinweg zu. „Genießen Sie ihn“, bemerkte er, als sich ihre Hände darum schlossen.

Claire hob die Tasse nicht an. Sie wusste, so, wie ihre Unterarme lagen, wäre es Stuart unmöglich, Randalls Karte näher zu studieren. „Was tun Sie hier?“

„Ich habe nach Ihnen gesucht. Seit Sie gestern ohnmächtig wurden, hatte ich noch keine Gelegenheit, Sie zu untersuchen. Eigentlich dachte, ich würde Sie noch erwischen, bevor Sie mit Ihrer Morgentoilette fertig wären. Mir war nicht klar, dass Sie so eine Frühaufsteherin sind.“

„Vielleicht wussten Sie es deswegen nicht, weil Sie so viel Zeit während der Reise in Ihrer eigenen Kabine verbracht haben“, bemerkte sie.

Stuart ging darauf nicht weiter ein. „Möchten Sie den Kaffee am Ende doch nicht?“ fragte er. „Ich habe noch nicht davon getrunken, falls Sie aus diesem Grund zögern.“

„Nein, das ist es nicht. Der Kaffee ist nur noch recht heiß, oder? Ich möchte mir nicht den Mund verbrennen.“

„Das ist mir gar nicht aufgefallen. Hier, lassen Sie mich die Tasse nehmen. Ich werde ein wenig Wasser aus dem Krug auf der Bank hinzufügen.“

„O nein, nicht. Sonst wird er zu sehr verwässert. Ich mag ihn lieber stark, Sie nicht auch?“

„Mir schmeckt er heiß besser“, erwiderte er. „Wenn Sie ihn nicht trinken wollen, dann werde ich es tun.“ Seine Hände legten sich über ihre.

Claire war entschlossen, diesen Willenskampf nicht zu verlieren. Sie hielt die Tasse fest, als der Arzt sie zu sich ziehen wollte. Heißer Kaffee schwappte über und spritzte auf seinen Handrükken und ihre Fingerspitzen.

„Au! Mist!“

Dann überraschte Macauley Claire, indem er plötzlich losließ, so dass sie zu kräftig zog und die Kaffeetasse umfiel. Claire sprang auf und konnte sich in Sicherheit bringen, aber für die Karte kam jede Hilfe zu spät. Sie konnte hören, wie es an dem Papier herab auf den Boden tropfte und begriff, dass der Kaffee sich über Randalls kostbare Seekarte ergossen hatte. „Schnell!“ fuhr sie den Arzt an. „Geben Sie mir etwas zum Aufwischen!“

Zu spät erkannte Claire, dass er genau das nicht machen würde. Stattdessen riss er die Lage an sich, und sie konnte nichts tun, als zur Seite zu treten. „Ist sie ruiniert?“ erkundigte sie sich besorgt.

„Das ist schwer zu sagen“, antwortete er, während er vorsichtig die Karte mit seinem Taschentuch abwischte. Zweimal ging er zu dem Wasserbecken, um das schmale Stück Leinen auszuwringen. „In der Karte sind ein paar Löcher, aber die stammen wohl nicht von dem Kaffee, denke ich.“ Er sagte das beinahe zögernd, als wäre er sich wirklich nicht sicher. „Das kann nicht sein, oder?“

Claire seufzte. „Nein, das kann es nicht.“

„Dieses Buch hier hat auch etwas abbekommen“, sagte er.

Claire schlug das Herz bis zum Hals. „Welches Buch?“ fragte sie mit schwacher Stimme.

„Das hier die eine Ecke der Karte beschwert. Vermutlich wussten Sie nicht, dass es dort lag.“

Sicher, dass ihr Herz nie wieder zu einem normalen Rhythmus zurückfinden würde, bat Claire: „Kann ich es bitte haben?“

„Einen Augenblick.“ Macauley wrang sein Taschentuch ein drittes Mal aus, bevor er vorsichtig damit die aufgeschlagene Buchseite bearbeitete. „Das hier muss eines der Journale des Captains sein.“

„Ein Logbuch?“

„Nein, eine seiner naturwissenschaftlichen Schriften."

„Kann man es noch entziffern?"

„Das ist schwer zu sagen. Ich konnte es schon nicht lesen, als noch kein Kaffee darüber gelaufen war."

Dorthin ist sein Blick also gewandert, während er mit mir gesprochen hat, dachte Claire. Er hatte etwas anderes Interessantes entdeckt, während sie die Karte vor seinen Blicken zu schützen versucht hatte. „Kann ich es haben?" fragte sie.

„Wozu? Denken Sie, Sie könnten es lesen? Vergessen Sie nicht, Sie sind blind."

Claires Lippen wurden schmal. „Das ist nur dann komisch, wenn ich es sage." Auffordernd streckte sie ihm die Hände entgegen.

„Einen Augenblick." Macauley kniff die Augen zusammen. Seine hübschen Züge zeigten eine verwunderte Miene, als er eine der Seite umblätterte und bemerkte, dass Kaffee durch die obere auf die darunter liegende gesickert war. „Wie seltsam", sagte er.

„Was?" fragte Claire rasch. „Was ist seltsam?"

Er beschrieb ihr, was geschehen war. „Aber die Flecken haben die Form des Großen Wagens", fuhr er fort.

„Ich gebe zu, dass es seltsam ist", räumte Claire ein. „Kann ich jetzt bitte das Buch meines Gatten haben?" Sie hoffte, dass sie, indem sie Macauley an ihre Beziehung zu Randall erinnerte, dazu bringen würde, ihrer Aufforderung schneller nachzukommen. Doch ihre Hände blieben leer. „Was tun Sie da?"

„Ich tupfe den Kaffee ab."

Das tat er langsamer, als es Claire lieb war. Sie war sicher, dass er das Geschriebene zu entziffern versuchte. Ein paar Augenblicke später erkannte sie, dass sie nur teilweise Recht hatte. Macauley Stuart studierte die Karte.

„Wissen Sie, was Captain Hamilton gezeichnet hat?" wollte er wissen.

„Gezeichnet?“ Claire gab ein gezwungenes Lachen von sich. „Können Sie ihn sich als Maler vorstellen?“

Der Arzt schüttelte den Kopf. „Die Karte, Claire. Ich spreche von dem Kurs, den er eingezeichnet hat. Er hat sechs ... nein, sieben ... Inseln durch Linien auf der Karte miteinander verbunden.“ Er sprach immer langsamer, während er seinen Kopf tiefer über die Karte beugte und sie genauer betrachtete. „Er hat diese Löcher hier gemacht ... ich frage mich nur ...“ Er blinzelte und sah mit einem Mal das ganze Bild. „Das ist der Große Wagen, nicht wahr? Genau wie die Tikis auf Pulotu.“ Er besah sich noch einmal die Seite in dem Journal, blätterte vorsichtig hin und her. „Das hier ist schon sehr merkwürdig. Sein Buch zeigt dieselben Löcher wie die Karte.“

„Ich bin sicher, das ist alles sehr interessant“, erklärte Claire in gelangweiltem Tonfall. „Sie müssen ihn unbedingt darauf ansprechen. Sind Sie nun endlich damit fertig, alles sauber zu machen?“

„Ja, beinahe ... so ... jetzt bin ich ... fertig.“

Claire runzelte die Stirn. Den Kopf hielt sie schräg, während sie angestrengt lauschte. „Was haben Sie getan?“ verlangte sie zu erfahren.

Macauley schloss das Journal und legte es in ihre Hände. „Ich habe die ganze Seite noch einmal abgewischt.“

Sie schüttelte den Kopf. „Nein, Sie haben etwas anderes getan. Schließlich habe ich es selbst gehört. Sie haben eine Seite herausgerissen.“

„Claire, ich versichere Ihnen ...“

„Nein, ich versichere *Ihnen* ...“ Sie brach ab, das Buch schützend an ihre Brust gedrückt. Sie musste es nicht untersuchen, um zu wissen, dass das Hamilton-Rätsel sich nicht länger darin befand. „Sie waren es“, sagte sie anklagend.

„Ich?“ Seine Antwort klang geistesabwesend. Er beugte sich schon wieder über die Karte und fuhr die Linien, die Randall eingezeichnet hatte, mit einer Fingerspitze nach. Seine Lippen bewegten sich lautlos, während er sich die ungewöhnlichen Namen einzuprägen versuchte.

Claire schlug mit der flachen Hand auf den Tisch. Sie konnte fühlen, wie Macauley zusammenschrak. Zufrieden, dass sie nun seine ungeteilte Aufmerksamkeit besaß, fuhr sie fort: „Sie waren derjenige, der alle unsere Sachen durchsucht hat."

Macauley zog seine Brauen in die Höhe, wobei seine Miene freundlich blieb. Möglichst leise steckte er die Seite aus dem Journal in die Innentasche seines Rockes. „Wirklich? Und wann habe ich das getan?"

„Auf unserer Fahrt von London nach Charleston", erwiderte sie. „Die Kabinen waren ab und zu irgendwie anders als zuvor ... dieser Arbeitsraum ... letzte Nacht sagten Sie zu mir, Sie hätten die Karten des Captain gesehen ..." Ihre Stimme verlor sich, während sie darüber nachdachte, was das alles bedeutete. „Während unseres Aufenthaltes auf *Henley* waren Sie es, der Orrin Fosters Arbeitszimmer durchsucht hatte. Und danach, als wir auf die *Cerberus* zurückgekehrt sind, waren Sie es, der in meiner Kabine war."

„Ich war oft in Ihrer Kabine", bemerkte er ruhig.

Sie fegte seinen Einwand beiseite. „Sie waren dort, um nach etwas zu suchen", erklärte sie. „Und ich habe Sie dabei überrascht. Sie haben sich vor mir versteckt, als ich die Kabine durchforstete. Sie *wussten*, dass ich Angst hatte, und doch haben Sie sich nicht zu erkennen gegeben. Der eigentliche Witz an der Sache ist, dass ich gegangen bin, um Sie zu Hilfe zu holen. Sie waren damals nicht in Ihrer Kabine, gleichgültig wie oft Sie das Gegenteil behaupten. Erst später sind sie dahin zurückgekehrt, vermutlich während der kurzen Zeitspanne, die ich an Deck war; darum konnte Mr. Cutch sie dort auch finden. Erinnern Sie sich, es gab einen Unfall an Deck. Sie wurden gebraucht, um ein gebrochenes Bein zu schienen."

„O ja, ich erinnere mich", antwortete der Arzt. „Wenigstens daran, das Bein geschient zu haben. Meine Erinnerung an den Rest ist eher vage, vermutlich, weil ich nichts mit dem zu tun habe, wie Sie vermuten."

„Waren Sie überhaupt auch nur einen Tag seekrank?" erkundigte sich Claire aufgebracht. „So konnten Sie sich frei bewegen, nicht wahr? Während Randall und die anderen Sie an Ihr Bett gefesselt glaubten, konnten Sie sich an Bord nach Belieben umsehen. *Ich* jedenfalls stellte keine Bedrohung für Sie dar."

„Habe ich irgendetwas getan, um Sie zu beleidigen, Claire? Werfen Sie mir deswegen derart haltlose Anschuldigungen an den Kopf?"

Claire legte das Journal auf den Tisch und stützte ihre Hände darauf. „Bitte geben Sie mir die Seite, die Sie an sich genommen haben. Sie haben kein Recht, sie zu behalten."

Macauleys blickte flüchtig auf die Karte. „Hamilton hat es gelöst, nicht wahr? Das hier ist das Rätsel. Das *Hamilton-Rätsel.*"

„Ich habe keine Ahnung. Soweit ich weiß, ist das Journal wissenschaftlicher Natur."

„Dann hat Ihr Ehemann Ihnen vielleicht doch nicht so weit vertraut, wie Sie es sich erhofft haben." Macauley betrachtete Claires gefasste Miene kritisch. „Oder vielleicht sind Sie eine gewieftere Lügnerin, als ich dachte."

„Randall wird bald zurück sein. Wenn Sie mir die Seite geben, werde ich die Verantwortung für den angerichteten Schaden übernehmen. Ich werde ihm nichts sagen."

„Sie tragen zu dick auf. *Jetzt* weiß ich, dass Sie lügen."

Claire fühlte, wie ihre Wangen heiß wurden. „Was für ein Interesse haben Sie eigentlich an dem Schatz?"

„Dasselbe wie Sie, stelle ich mir vor", erklärte er. „Ich will ihn finden."

Mit dieser Antwort hatte Claire gerechnet, und doch hatte sie plötzlich Schwierigkeiten zu atmen. Sich mit den Händen den Bauch haltend, setzte sie sich langsam. „Wer sind Sie?" fragte sie. Selbst in ihren eigenen Ohren klang ihre Stimme merkwürdig, ganz flach.

„Macauley Stuart", antwortete er schlicht. Dann erst begriff er, was sie mit ihrer Frage eigentlich gemeint hatte. „Oh, Sie wollen wissen, ob ich ein Waterstone bin, oder ob es einen Hamilton in meinem Familienstammbaum gibt? Die Antwort darauf lautet: nein. Weder noch. Und ich verrate Ihnen noch etwas. Ebenso wenig bin ich Mercutio."

„Mercutio?" Verwirrt krauste Claire die Stirn. Ihre Worte waren kaum mehr als ein Wispern. „Aber wie ... wann?" Dann riss sie die Augen auf. „Sie haben uns belauscht ... an der Lagune ... auf Pulotu."

Stuart zuckte die Schultern. „Ich habe an jenem Morgen auf eigene Faust Erkundungen angestellt. Dass Sie und der Captain das Lager verlassen hatten, wusste ich nicht."

„Sie lügen." Dann fiel ihr auf, dass er „Morgen" gesagt hatte, nicht Abend. Er hatte mehr mit angehört als ihre Unterhaltung mit Randall über Mercutio.

Macauley sah die Veränderung in ihrer Miene. „Ja, ich kenne das Waterstone-Rätsel. Aber das habe ich schließlich schon immer gekannt. Es war nur eine Überraschung zu erfahren, dass Sie es ebenfalls kannten."

Claire versuchte zu begreifen, was er meinte. Zwar konnte sie nun leichter atmen, dafür schmerzte ihr jetzt der Kopf. Geistesabwesend rieb sie sich die Schläfen. Der Schmerz wanderte hinter ihre Augen. Die Dunkelheit, die ihr ständiger Begleiter war,

war nahezu greifbar. Sie tat sogar weh. Claire wandte ihren Kopf zur Tür der Kabine und lauschte auf Randalls Schritte. Wo blieb er nur?

„Der Captain wurde aufgehalten, denke ich“, bemerkte Macauley. „Ein Auslegerkanu kam gerade in den Hafen, als ich unter Deck ging. Ich hörte jemanden sagen, es sei Tiare. Vermutlich ist er oben geblieben, um sie zu begrüßen.“

Claire wollte aufstehen, aber augenblicklich spürte sie die Hand des Arztes auf ihrer Schulter, als er sie auf ihren Stuhl zurückdrückte. Sie versuchte nicht sich zu wehren. „Ich will Tiare sehen. Sie wird mich zu meinem Bruder bringen.“

„Einen Augenblick. Hamilton wird sie herbringen. Schließlich weiß er, wo Sie sind.“ Er hob seine Hand, zog sie aber nicht ganz fort, sondern ließ sie ein paar Zoll über Claires Schulter in der Luft schweben. „Erzählen Sie mir, was Sie über den Schatz wissen“, sagte er. „Ist er auf einer dieser Inseln?“

„Ich weiß es nicht.“

„Warum hat Randall sie auf der Karte miteinander verbunden?“

„Ich weiß es nicht.“

„Welche Bedeutung hat der Große Wagen?“

„Ich weiß es nicht.“

Da hob er seine Hand, wie um sie zu schlagen, hielt sich aber dann doch zurück. Er betrachtete Claire, die ohne eine Miene zu verziehen dasaß und nichts von seiner Absicht geahnt hatte. Langsam ließ er seine Hand sinken. „Wir können unsere Kräfte vereinen, Claire. Sie, ich und der Captain. Hamilton wird meine Hilfe akzeptieren, wenn Sie es ihm vorschlagen. Und ich *kann* helfen. Darauf können Sie sich verlassen.“

Ihre Lippen wurden schmaler.

„Was sagen Sie, Claire?“

„Ich glaube Ihnen kein Wort."

Macauley zuckte die Schultern. „Ich wünschte, Sie würden es noch einmal überdenken."

Claire schwieg einen Augenblick, dann nickte sie. „Na gut, aber es gibt nichts, das ich Ihnen verraten könnte, was Sie nicht schon selbst herausgefunden haben. Ich weiß wirklich keine Antworten auf Ihre Fragen."

Er überlegte, ob er ihr glauben konnte. Doch die Gelegenheit, sie weiter zu bedrängen, war verstrichen, denn auf dem Gang hörte er Schritte. „Ich glaube, der Captain kommt", bemerkte er. „Denken Sie darüber nach, was ich gesagt habe."

Randall öffnete die Tür zum Arbeitsraum und verharrte auf der Türschwelle. „Doktor", sagte er mit einem Nicken zu dem Arzt. „Ich habe nicht erwartet, Sie hier anzutreffen." Er trat zur Seite und ließ Tiare vor sich in die Kabine gehen. „Tiare, Sie erinnern sich an Macauley Stuart, nicht wahr?"

„Der Lügner", antwortete sie verächtlich. Zufrieden sah sie den Arzt zusammenzucken. Danach schenkte sie ihm keine Beachtung mehr, durchquerte den Raum auf Claire zu. Mit einer anmutigen Bewegung hob sie die Hand, um Claire am Arm zu berühren. „Ich bin gekommen, dich zu Tipu zu bringen", sagte sie in ihrem melodischen Singsang. „Wie ich es versprochen habe."

Claire rang sich ein Lächeln ab. Bei Tiares Ankündigung verspürte sie keine Freude und hasste in diesem Moment Macauley Stuart dafür, dass er sie ihr verdorben hatte. „Ich hätte es gerne, wenn mein Ehemann mich begleitet. Ich möchte, dass er Tipu kennen lernt."

Tiares Stimme nahm einen herrischen Klang an. „Das ist bereits arrangiert."

Macauley räusperte sich. „Dann werde auch ich mitkommen. Um Mrs. Hamilton bei Bedarf beistehen zu können."

Randall hob die Augenbrauen. „Warum halten Sie das für nötig?“ Er wartete die Antwort des Arztes nicht ab. „Claire?“ fragte er. „Ist etwas nicht in Ordnung?“

Alles, wollte sie sagen. *Ich habe das Hamilton-Rätsel verloren.* „Nein, nichts.“ Es war eine so offensichtliche Lüge, dass Randall sie augenblicklich durchschaute, genau wie Claire es vorausgesehen hatte. Genauso rechnete sie damit, dass er den falschen Schluss ziehen würde. Sie wurde nicht enttäuscht.

„Deine Wangen sind ganz rot“, erwiderte er. Er drängte den Arzt zur Seite und ging zu Claire, legte ihr seinen Handrücken auf die Stirn. Sie fühlte sich warm an, aber nicht heiß. Randall musterte sie erneut und fasste sie am Kinn.

Claire bedeckte seine Hand mit ihrer. „Es ist nichts, glaub mir. Ich habe am Tisch gesessen und den Kopf in meine Hände gestützt.“

Randall blickte über seine Schulter zu Macauley. „Wird sie wieder krank?“

„Das ist meine Vermutung“, erklärte der. „Vielleicht sollte der Besuch ihres Bruders verschoben werden.“

„Nein!“ Claire zog Randalls Hand fort. „Ich gehe. Sie können mitkommen, wenn Sie wollen, Macauley, aber ich bleibe auf keinen Fall hier.“

Randall blickte zu Tiare. Ihre wunderschönen Züge verrieten nicht, was sie dachte. „Tiare? Kann der Arzt uns begleiten?“

„Ich traue ihm nicht. Er ist ein Lügner.“

Claire wandte sich bittend an sie. Auf keinen Fall wollte sie, dass Macauley hier blieb, um in Ruhe das gestohlene Rätsel zu studieren. Sie war sich sicher, dass er seine eigenen Gründe für den Wunsch hatte, mitgenommen zu werden, anderenfalls hätte er es nicht vorgeschlagen. Sie verfolgten vielleicht verschiedene Ziele, doch der Weg dorthin war derselbe. „Dr. Stuart hat nur versucht mich zu schützen", sagte sie. „Die Schwere des Vergehens, dich anzulügen, konnte er nicht ahnen."

Tiare schwieg eine Weile. „Nun gut", erklärte sie schließlich. „Er darf mitkommen."

Macauley verließ als Letzter die Kabine. Er nahm Claires Stock, warf ihn in die Luft und fing ihn dann breit lächelnd wieder auf. Claire hat Randall und Tiare perfekt manipuliert, dachte er. Das kam nicht völlig unerwartet. Der Duke of Strickland hatte ihn von Anfang an gewarnt, dass Claire Bancroft in jeder Beziehung die Tochter ihres Vaters war. Macauley Stuart fand, er täte gut daran, das nicht zu vergessen.

Das Auslegerboot war voll, nachdem sie alle an Bord gegangen waren. Sechs Männer befanden sich an den Rudern, Randall, Claire und Macauley saßen jeweils eingezwängt immer zwischen zwei Solonesiern, während Tiare allein im Bug Platz genommen hatte.

Der Arzt klopfte Randall auf die Schulter. „Denken Sie, die Fahrt wird lange dauern?"

Randall zuckte nur die Achseln. Jede andere Bewegung hätte zu einem Zusammenstoß mit den Ruderern geführt. Er schaute abschätzend zur Sonne und versuchte den Kurs auszumachen, den sie einschlugen. In einiger Entfernung konnte er den dunklen Schatten einer Insel erkennen. Er behielt sie im Auge und bemühte sich darum, das mit dem zu vergleichen, was er von ihrer Position anhand seiner Karten wusste. Das Auslegerkanu glitt schnell über das Wasser, unterstützt von einem leichten Ostwind. Sie fuhren in Richtung Nord, Nordwest. Es entging ihm nicht, dass sie sich anschickten, einen weiten Bogen zu beschreiben.

Das Auslegerboot verlangsamte seine Fahrt, als sie eine kleine Bucht erreichten. Die sanfte Brise wurde durch Bäume auf beiden Seiten der Felsenklippen gemildert. Claire lehnte sich nach hinten, so dass Randall ihr die üppig grüne Landschaft beschreiben konnte, an der sie vorüberglitten. Alle möglichen Sorten von Pflanzen wuchsen auf den beinahe senkrecht ansteigenden Wänden der schmalen Bucht. Zierliche Baumfarne wiegten sich sachte über ihren Köpfen, beinahe so, als fächelten sie den Besuchern kühlend zu. Sieben farbenprächtige Hibiskusarten verströmten ihren Duft in die schwüle Luft. Über einem Wasserfall hatte sich ein Regenbogen gebildet.

Als das Boot schließlich sein Ziel erreicht hatte, streckte Randall einen Arm zu Claire aus, um ihr aus dem Kanu zu helfen. Er trug sie durch das flache Wasser und stellte sie, am Strand angekommen, ab. „Ist es wirklich so schön hier?“ fragte sie.

„Ja“, antwortete er.

„Ein Regenbogen“, flüsterte sie und seufzte. „Wasser und Sonnenschein. Das Versprechen Gottes.“

Einen Augenblick lang rührte sich keiner von beiden. *Am Ende eines Gottes Versprechen*. Es war nun so offensichtlich, dass Randall sich fragte, warum er eigentlich nicht schon viel früher darauf gekommen war. Ein Regenbogen. Das war perfekt. Beinahe hätte er laut aufgelacht, stattdessen fasste er Claire am Ellbogen. Sein leichtes Drücken war überflüssig. Die Erkenntnis hatte sie ebenfalls sprachlos gemacht.

„Ist irgendetwas geschehen?“ erkundigte sich Macauley.

Randall drehte sich um und sah, dass der Arzt sie beide beobachtete, besonders Claire. „Nur ein kleines Straucheln“, erwiderte er.

Macauley eilte unverzüglich an Claires Seite und hakte sie unter. „Falls Sie ohnmächtig werden sollten“, erklärte er scheinbar besorgt.

Claire wusste ganz genau, was er mit seiner gespielten Ritterlichkeit bezweckte: Der Arzt wollte nicht, dass sie mit Randall sprach, solange sie außerhalb seiner Hörweite waren. So akzeptierte sie seine Hilfe ohne Murren.

„Was ist das hier für ein Ort?“ fragte Randall Tiare.

Sie beantwortete seine Frage nicht. „Kommt. Wir sind beinahe dort.“

Sie drehte sich um und schritt mit selbstsicherer Anmut auf einen schmalen Pfad zwischen den Bäumen zu. Randall führte Claire, indem er das eine Ende des Stockes in die Hand nahm und ihr das andere gab. Nach ihnen kam Macauley, gefolgt von den sechs Ruderern.

Der Pfad ging zunächst nur leicht bergan, dann wurde er steiler. Nach etwa hundert Metern stiegen sie Stufen hoch, die grob in den Vulkanstein geschlagen worden waren. Der dunkelgrüne Vorhang aus Farnen und Blattwedeln schirmte das Sonnenlicht fast gänzlich ab, bis sie die Bergspitze erreichten. Dort teilte sich der Pflanzenvorhang, um den Blick auf das wolkenlose Blau des Himmels freizugeben.

Claire hob ihr Gesicht, damit sie die Wärme der Sonne auf ihrer Haut fühlen konnte. Randall ließ sein Ende des Stockes los und trat neben sie. Sie fand seinen Arm. „Was für ein Ort ist das hier?“ erkundigte sie sich.

„Ein Tempel“, antwortete Randall. „Am Ende der großen Plattform befindet sich ein Freiluft-Altar. Plattform und Altar sind aus Vulkangestein. Es muss Jahre gedauert haben, alles hier heraufzuschaffen. Vier hölzerne Säulen sind ein paar Fuß von den Ecken des Altars entfernt aufgestellt. Ein Tiki ist oben auf jeder der vier platziert. Der Wald ist auf allen Seiten zehn Meter zurückgeschnitten, und die Plattform befindet sich in gutem Zustand. Ich habe schon Tempelruinen auf Inseln wie diesen gesehen. Das hier ist keine davon.“

Macauley Stuart hörte Randalls Beschreibung zu. „Meinen

Sie, hier werden noch Götter verehrt?“ fragte er mit gedämpfter Stimme.

„Das ist genau, was ich denke.“

Der Arzt betrachtete den Altar argwöhnisch, schätzte seine Länge und Breite. „Mit Menschenopfern?“

„Wenn sie den Richtigen finden“, erwiderte Claire trocken.

Vor ihnen sah Randall, dass Tiares Schultern leise bebten, als versuche sie ein Lachen zu unterdrücken. Lächelnd bedeutete er Claire, dass es Zeit war, weiterzugehen, fasste sie am Arm und führte sie vorsichtig die Stufen zu der Plattform hinauf. Erst als sie sich bis auf ein paar Meter dem Altar genähert hatten, erblickte er flüchtig einen kleinen Jungen, der sich schüchtern hinter den Steinen verbarg.

Randall wusste, dass Tiare diesen Ort aus einem einzigen Grund für das Treffen gewählt hatte: um Claire an Tipus solonesische Abstammung zu erinnern. Es machte nichts, dass Claire den Tempel nicht sehen konnte. Sie konnte die glatten Vulkansteine unter ihren Füßen spüren und den alten Altar berühren, auf dem einmal den solonesischen Göttern Opfer dargebracht worden waren. Außerdem besaß selbst der Felsen hier eine irgendwie geheiligte Ausstrahlung.

Randall blickte über seine Schulter und sah, dass die Inselbewohner, die sie begleitet hatten, die Plattform nicht betraten. Sie standen in respektvoller Entfernung, wachsam, aber mit der Absicht, ein ungestörtes Wiedersehen zu ermöglichen.

Randall ließ Claires Arm los, als Tiare ihren Sohn zu sich winkte. Der Junge kam nur zögernd hinter dem Altar hervor. Randall konnte erkennen, dass mehr als Schüchternheit das Kind zurückhielt. Tipu hatte Angst. „Hier ist dein Bruder, Claire“, sagte er zu ihr.

„Tipu?“ Claire streckte ihre Hand aus.

Tiare gab ihrem Sohn einen aufmunternden Stoß nach vorne. „Er hat Angst vor dir, Claire. Ich habe ihm erzählt, dass du nicht sehen kannst. Er denkt, die bösen Geister, die dir dein Augenlicht genommen haben, werden verhindern, dass du ihn erkennst."

Tränen quollen Claire aus den Augen. Sie ließ sich neben dem Altar auf ihre Knie fallen. „Ich werde dich erkennen", erklärte sie. „Du bist mein Bruder, Tipu. Ich würde dich unter hundert Kindern herausfinden."

Tipu betrachtete Claire aus seinen dunklen Augen argwöhnisch. Er mochte es nicht, Angst zu haben, besonders in Anwesenheit von *Papalagis*. Seine Mutter hätte nicht sagen sollen, dass er Angst hatte. Langsam kam er näher, als die Neugier nach und nach stärker wurde als die Furcht.

Claires Rock lag kreisförmig um sie ausgebreitet auf dem Boden. Als Tipus kleine, bloße Füße auf dem Stoff standen, bemerkte sie es sofort. Sie raffte etwas von dem Material in einer Hand, so dass der Kreis kleiner wurde und sie Tipu näher zu sich zog. Erst als sie ihn an ihre Knie stoßen fühlte, hörte sie auf. Sie wusste, sie befanden sich nun beinahe auf Augenhöhe. Ganz deutlich konnte sie sein leises Atmen hören, spürte seinen Atem in ihrem Gesicht. „Ich werde dir nicht wehtun", verkündete Claire ruhig. „Du kannst mich anfassen. Es gibt kein Tapu."

Damit hatte sie natürlich den Kern seiner Angst getroffen. Es war nicht nur die Angst, dass sie ihn vielleicht nicht wieder erkennen würde, die ihn von ihr fern hielt, sondern dass das mächtige Tapu auch ihm das Augenlicht stehlen würde. Nach Bestätigung heischend, schaute er sich zu seiner Mutter um. Doch diesmal enthielt Tiare sie ihm vor. Ihre ebenmäßigen Züge blieben ernst und boten keine Ermutigung. Es ist deine Entscheidung, sagte sie, ohne ein Wort zu sprechen.

Claire saß so reglos wie die Steine um sie herum. Sie spürte nicht, dass Tipu sich bewegte, dann jedoch war die Wärme seiner Hand an ihrer Wange. Sie bekämpfte den Drang, sie gegen ihr Gesicht zu drücken. „Tipu?“ flüsterte sie.

„Hallo Claire.“ Nachdem er seine Entscheidung getroffen hatte, warf Tipu ihr seine Arme so stürmisch um den Hals, dass er sie glatt aus dem Gleichgewicht brachte. Mit ihrer Schulter stieß sie gegen den Altar, aber Claire bemerkte den Schmerz kaum. Sie drückte ihn an sich, lachte, küsste ihn auf die Stirn und hörte erst auf, als sie spürte, wie er sein Gesicht verzog, um sich ihren überschwänglichen Zärtlichkeiten zu entziehen.

„Es ist wohl nicht wichtig, wo auf der Welt man sich befindet“, bemerkte sie zu Randall. „Jungs eines bestimmten Alters mögen Küsse einfach nicht.“

„Das verwächst sich später“, antwortete er. Er schaute zu Tiare. Sie beobachtete Tipu und Claire, ein leicht nachsichtiges Lächeln auf den Lippen.

Claire schob Tipu ein Stück von sich. Sie zerzauste ihm das dunkle Haar, dann strich sie es ihm aus der Stirn. Es war dick und weich. Vor ihrem geistigen Auge sah sie es; es hatte denselben bläulichen Schimmer wie das seiner Mutter. Lächelnd zupfte Claire Tipu am Ohrläppchen und entlockte ihm ein Kichern. „Du bist so groß geworden“, sagte sie und zog mit den Händen eine Linie in der Luft von seinem Kopf zu ihrem. Er reckte seine Schulter und streckte die Brust heraus, so dass er aufrechter stand und vielleicht einen Zoll größer war.

„Größer als du“, verkündete er stolz.

Claire nickte. Sie wies ihn nicht darauf hin, dass sie kniete. So hatten sie immer schon ihre Größe verglichen. Sie ließ ihre Finger über sein Gesicht gleiten und kurz auf seinem schmalen Kinn verweilen. Sein Gesicht war runder, als sie sich erinnerte, sein Kinn kräftiger. Sie berührte seine breite Stirn und fuhr seine Nase nach.

Es gab nichts in seinen Zügen, das sie an ihren Vater erinnerte: kein Buckel auf seinem Nasenrücken, kein leicht fliehendes Kinn. Sie wusste, seine Hautfarbe war nicht viel heller als der warme Honigton des Teints seiner Mutter.

Claire bemerkte, dass eine von Tipus Befürchtungen sich fast bewahrheitet hätte. Hätte sie noch länger mit ihrer Rückkehr nach Solonesien gewartet, sie hätte ihn tatsächlich nicht wieder erkannt. Er war zweisprachig aufgewachsen und beherrschte Solonesisch so gut wie Englisch, jetzt aber fiel ihr auf, dass der solonesische Einfluss auf seine Sprechweise zugenommen hatte. Die wenigen Worte, die er zu ihr gesagt hatte, hatten wie der leichte Singsang der Eingeborenen geklungen. So sollte es sein, dachte sie. Noch einmal drückte sie Tipu an sich. Er trug ein um die Taille geknotetes Lava-lava. Seine sonnenwarmen Schultern und sein Rücken waren nackt. „Tiare?“ sagte sie.

„Ja?“

„Danke“, flüsterte Claire heiser. Sie erlaubte Tipu, sich aus ihren Armen zu befreien. „Ich musste einfach wissen, dass es ihm gut geht. Danke. Ich habe mir ... ich habe mir so lange Sorgen gemacht.“

Tiare nickte. „Das ist verständlich. An deiner Liebe zu ihm habe ich nie gezweifelt. Bei deinen Absichten dagegen war ich mir nicht so sicher.“

Randall half Claire auf die Füße. Er merkte, dass Tipu ihn genau beobachtete. Fragend erwiderte er den Blick des Jungen.

Tipu ließ sich davon nicht einschüchtern; er empfand vor dem fremden *Papalagi* weniger Angst, als er vor seiner eigenen Schwester gehabt hatte. „Gehört das große Schiff im Hafen Ihnen?“

Tiare berührte ihren Sohn an der Schulter und schüttelte den Kopf.

„Seine Fragen stören mich nicht im Geringsten", erklärte Randall. „Ja. Ich nenne es *Cerberus*."

Tipu probierte das unbekannte Wort aus. „Ist das der Name Ihrer Mutter?"

Randall lachte. „Nein. Es ist der Name des dreiköpfigen Hundes, der den Eingang zur Unterwelt bewacht."

Der Junge blinzelte erschreckt. „Ich mag Tikis lieber."

„Ich auch." Er zeigte zu den Tikis auf den Säulen. „Erzählst du mir von diesen hier?"

Tipu gehorchte nur zu gerne und führte Randall zu dem ersten.

Tiare schaute ihnen nach und nickte billigend. „Dein Ehemann gibt uns Gelegenheit für eine vertrauliche Unterhaltung", sagte sie und nahm Claires Arm. Sie blickte über ihre Schulter zu Macauley. „Der andere ... der Lügner ... ist immer noch in der Nähe." Sie winkte ihn mit einer herrischen Handbewegung fort und nahm Claire mit auf die gegenüberliegende Seite der Tempelanlage.

Die Spitze ihres Stockes klapperte leise über den schwarzen Stein, bis sie den Rand der Plattform gefunden hatte, dann trat Claire ein paar Schritte zurück.

„Ich werde dich nicht über den Rand stürzen", bemerkte Tiare.

Claire lächelte. „Das hatte ich auch nicht geglaubt, aber es wird den Arzt beruhigen, wenn ich nicht so dicht am Abgrund stehe. Vorhin war mir etwas schwindelig."

„Tatsächlich?" fragte Tiare.

Die Ausdruckslosigkeit ihrer Stimme verriet Claire, dass sie Verdacht geschöpft hatte. „Ein bisschen."

„Wirklich?"

Claire seufzte. „Nein, gar nicht." Sie drehte sich um, so dass Macauley ihre Lippen nicht lesen konnte. „Beobachtet er uns?"

„Ja."

Das hatte Claire erwartet. „Er wollte unbedingt mit uns kommen", sagte sie. „Randall hätte es nicht erlaubt, wenn ich nicht vermittelnd eingegriffen hätte."

„Es überrascht mich, *dass* du es getan hast."

Claire zuckte die Schultern. Sie hatte nicht vor, Tiare von dem gestohlenen Rätsel zu erzählen. Bislang war der Schatz nicht erwähnt worden, und sie wollte die Sprache nicht darauf bringen. Der Schatz hatte in ihrer Beziehung zu Tiare nie eine Rolle gespielt, und das sollte er auch jetzt nicht. „Ich wollte keinen Streit", behauptete sie. „Dr. Stuart und Captain Hamilton sind nicht immer gut miteinander ausgekommen."

Tiare akzeptierte das als Tatsache. „Jetzt, da du dich davon überzeugt hast, dass es Tipu gut geht, was sind da deine Pläne?"

Hinter sich konnte Claire hören, wie Tipu von den Geistern sprach, die den Tikis innewohnten. Seine jugendliche Stimme enthielt eine Mischung aus Verehrung und Stolz. Er war in ihrer Abwesenheit nicht nur größer und kräftiger geworden, sondern auch innerlich gereift. „Du möchtest, dass er Priester wird", sagte sie.

„Das ist sein Blut."

„Du meinst, ‚es liegt ihm im Blut'", verbesserte Claire sie.

Tiare schüttelte den Kopf. „Nein, das meine ich nicht. Dein Vater hat oft von diesen Dingen gesprochen. Ihr Engländer verwässert es. So, wie ihr euren Tee mit Milch versetzt. Es *ist* sein Blut."

„So, wie es deines ist."

„Ja."

Claire nickte und verstand es auf eine Weise, wie sie es zuvor nicht getan hatte. Ihre Stimme war nicht mehr als ein Flüstern. „Ich werde ihn dir nicht wegnehmen, Tiare. Ich weiß, was mein Vater wollte, aber es wäre nicht richtig."

„Es ist schwierig, die Wünsche seines Vaters nicht zu ehren, nicht wahr?“

Stirnrunzelnd nickte Claire erneut. Tiares Worte klangen, als spräche sie aus Erfahrung.

„Ich sollte sein Kind nicht bekommen“, bemerkte Tiare leise. „Man hatte mir gezeigt, wie ich es verhindern konnte, aber ich missachtete die Belehrungen meiner Mutter und die Wünsche meines Vaters. Griffin wollte ein Kind, und ich wollte ihm eines schenken.“ Sie hielt inne, als sie sah, wie sich Claires Züge überschatteten und dann plötzlich klärten. „Was denkst du jetzt?“

„Es ist nur, dass ich anfing, mich zu fragen, ob Tipu wirklich mein Bruder ist. Ich begann ...“

„Aber das ist er nicht“, unterbrach Tiare sie. „Trenton ist Tipus Vater.“

Claire öffnete den Mund und schloss ihn gleich wieder. Mit diesem Geständnis hatte sie überhaupt nicht gerechnet. „Ich verstehe nicht“, erwiderte sie schließlich. „Wusste Sir Griffin das?“

Tiare zögerte. „Du erinnerst dich wirklich nicht mehr, nicht wahr? Es war am letzten Abend auf Pulotu ...“

## *15. KAPITEL*

*Die Abendluft war feucht und warm. Claire band die Verschlüsse ihres Zeltes auf und schlug die Stoffbahnen zur Seite. Selbst die leichte Brise vom Meer fühlte sich schwül an. Einen Augenblick lang stand Claire dort, lauschte auf das entfernte Donnergrollen und beobachtete, wie Blitze über den Nachthimmel zuckten. Sie duckte sich und trat wieder an ihren Arbeitstisch zurück. Doch sie setzte sich nicht, sondern beugte sich noch einmal über das Mikroskop und rieb sich dabei geistesabwesend das Kreuz, während sie den Glasträger betrachtete. Einen Moment unterbrach sie ihre Arbeit, um die Lampe anders zu stellen. Jetzt konnte sie den Blutstropfen unter dem Mikroskop viel deutlicher erkennen.*

*Claire ließ die schmalen Schultern sinken. „Keine Veränderung." Sie seufzte und vermerkte die Beobachtung in ihrem Journal. Dann markierte sie den Glasträger und ersetzte ihn durch einen anderen. Was sie erblickte, war dasselbe. Dieses entmutigende Gefühl, das sich in ihr breit machte, gefiel ihr nicht. Weil sie auf mehr gehofft hatte, als sie jetzt fand. Sie hatte gedacht, dieses Mal würde das Blut gerinnen.*

*Langsam ließ sie sich auf dem Stuhl nieder. Sir Griffin musste es erfahren. Ihn würde es nicht so entmutigen wie sie. Er investierte nicht in jedes Experiment so viel von sich wie sie. Dennoch würde er enttäuscht sein und sich wahrscheinlich laut wundern, ob sie seinen Instruktionen auch genau gefolgt war.*

*Claire nahm das Notizbuch. Rasch blätterte sie ein paar Seiten zurück und zog Bilanz ihrer bisherigen Ergebnisse. Jeder Schritt war in ihrer sauberen Handschrift einzeln festgehalten. Messungen. Zeit. Methode. Zwischen zwei Seiten befand sich eine gepresste Blüte von der Pflanze, aus der sie das Serum gewonnen hatte. Sie selbst hatte die detaillierten Zeichnungen angefertigt. Der Fundort dieser besonderen Hibiskusart war genau beschrieben. Sie konnte keinen Fehler finden.*

*Der Klang von Sir Griffins Stimme riss sie aus ihren Überlegungen. Zuerst dachte sie, sie bildete sich nur ein, ihn zu hören und versuchte, es nicht zu beachten.*

*In letzter Zeit war ihr Vater oft geistesabwesend gewesen, aber anders als sonst, wenn ihn seine Arbeit ganz gefangen nahm. Seit kurzem drängte er Claire sogar, mehr und mehr von seinen Untersuchungen allein zu übernehmen. Er erkundete die Insel nach neuen Pflanzenarten und machte sich jede Menge Notizen darüber, doch ihr überließ er die Destillation und Bearbeitung für die Glasträger. Sie mochte die Arbeit, die Zeit, die sie zum Überlegen und Entdecken hatte, und es störte sie nicht, den mit Palmwedeln abgetrennten Bereich, der ihnen als Labor diente, nicht länger mit Trenton zu teilen. Es wäre eine fast himmlische Situation gewesen, hätte Sir Griffin nur mehr Vertrauen in ihre Entdeckungen gehabt. Manchmal schien es beinahe so, als setzte er geradezu voraus, dass sie Fehler machte.*

*Stirnrunzelnd schloss Claire die Kladde mit ihren Aufzeichnungen. Was sie hörte, entsprang nicht ihrer Einbildung. Eindeutig konnte sie die Stimme ihres Vaters ausmachen, aber sie klang wie der Donner aus einiger Entfernung. Sie trat aus dem Zelt und drehte den Kopf. Seine Worte wurden durch die schwüle Luft zu ihr getragen.*

*In keinem der anderen Zelte brannte Licht. Tiare und Sir Griffin teilten sich ein Zelt, Trenton besaß sein eigenes, und Tipu schlief gewöhnlich am Strand oder bei Claire. Heute Nacht lag er in einer Sandkuhle, die er sich zuvor selber ausgehoben und sorgfältig mit frischem Farn ausgelegt hatte. Seine Mutter hatte ihn zwar gewarnt, dass ein Sturm aufziehen würde, hatte aber schließlich nur eine Decke über ihn gelegt und war bei ihm geblieben, bis er eingeschlafen war. Er rührte sich nicht, als Claire an ihm vorbeikam.*

*Ebenso wenig wie der Mann, der in dem kleinen Lager Wache hielt. Er schlief genauso tief und fest vor dem Zelt wie seine beiden Kameraden innen. Claire nahm an, dass das heute keine Ausnahme war. Sie fand höchstens ihre eigene Gutgläubigkeit insofern bemerkenswert, als sie darauf vertraut hatte, dass die Männer Sir Griffins Befehle befolgen würden.*

*Beinahe lautlos überquerte sie den Strand in Richtung der Lagune. Ihre Fußspuren wurden sofort von nachrutschendem Sand verwischt. Sie gab sich keine Mühe, besonders leise zu sein, denn sie wollte den Streit nicht belauschen, sondern schlichten. Als sie die Palmen erreichte, konnte sie die andere Stimme erkennen. Claire hörte Trenton wütend schreien und ihren Vater ebenso erzürnt antworten. Sie verlangsamte ihre Schritte, überrascht von der Feindschaft und dem Misstrauen zwischen den beiden Männern. Sir Griffin war Trentons Mentor. Sie konnte sich nicht erinnern, dass sie sich schon einmal gestritten hätten.*

*Donner grollte. In der schwülen Luft dröhnte er, dass die Palmen zu erbeben schienen, und vereitelte so Claires Versuch, sich bemerkbar zu machen. Weder ihr Vater noch Trenton hörten ihr Räuspern.*

*„Sie sind ein verdammter Narr“, schrie Trenton Sir Griffin an. „Hier ist nichts. Es ist Zeit, weiterzuziehen.“*

*„Das sind nur wilde Spekulationen“, entgegnete Griffin heftig. „Wir haben gerade erst gut ein Drittel von Pulotu erforscht.“*

*„Und wir haben bislang nichts gefunden, das einen zweiten Blick verdiente oder dass wir hier bleiben.“ Er zeigte auf die Auslegerboote, die in der Lagune verankert lagen. „Ich bin bereit, weiterzuziehen, selbst wenn Sie es nicht sind.“*

*„Drohen Sie mir nicht. Claires Arbeiten gibt es schließlich auch noch zu bedenken."*

*Trentons Lachen war abfällig und verbittert zugleich. Alle Pläne Claires, ihre Anwesenheit zu verraten, lösten sich in Luft auf. Mit einem Schritt verließ sie den Pfad, lehnte sich hinter eine Palme und wartete, was ihr Vater darauf erwidern würde.*

*„Sie ist die Einzige, die nicht aus den Augen verloren hat, weswegen wir eigentlich hier sind", erklärte Sir Griffin.*

*„Das ist nur deswegen so, weil sie nicht weiß, aus welchem Grund wir tatsächlich hier sind. Es ist Ihnen gelungen, sie darüber jahrelang in Unkenntnis zu lassen. Ihre Frau hat ihr nichts erzählt."*

*„Damals war Claire noch ein Kind. Sie musste es nicht wissen."*

*„Und jetzt? Welche Entschuldigung gilt heute?" Trentons Lachen war diesmal verächtlich. „Haben Sie Angst, sie würde die Arbeit nicht fortführen, die Sie begonnen haben? Ihr wissenschaftliches Erbe wird mit Ihnen enden, nicht mit ihr."*

*„Gehen Sie ins Lager zurück, und schlafen Sie Ihren Rausch aus", befahl Sir Griffin. „Sie wissen nicht, wovon, zum Teufel, Sie reden. Zwar bezweifle ich, dass sich das ändern wird, wenn Sie wieder nüchtern sind, aber wenigstens muss ich dann nicht Ihren stinkenden Atem riechen, den Sie verschwenden. Hier, geben Sie mir die Flasche."*

*Vorsichtig trat Claire wieder näher. Die Schatten in der Lagune waren tief und erschwerten es ihr, etwas zu erkennen. Im Licht eines Blitzstrahles sah sie zum ersten Mal Trenton, eine Whisky-Flasche in der Hand. Hinter ihm tanzten die Auslegerboote auf den Wellen. Das Wasser in der Lagune war nicht länger ruhig. Dann verdunkelte sich der Himmel wieder.*

*„Nein, danke", erwiderte Trenton übertrieben höflich. „Ich*

*mag es, betrunken zu sein. Das ginge Ihnen nicht anders, müssten Sie bald sterben.“*

*„Ich habe Ihnen schon mehrmals gesagt, Sie werden ein alter Mann sein, bevor die Syphilis Sie umbringt.“*

*Trenton schnaubte abfällig. „Nicht, wenn es nach Tiare geht.“*

*„Was meinen Sie?“*

*„Hat sie es Ihnen nicht gesagt? Sie hat mich verflucht.“*

*„Oh, um Himmels willen“, erklärte Sir Griffin angewidert. „Sie sind ein Idiot. Warum Strickland je glaubte, Sie könnten seine Arbeit erledigen ...“ Er brach ab und wandte sich ab, um zu gehen.*

*„Wir sind noch nicht fertig“, rief Trenton ihm nach. „Wo wollen Sie hin?“*

*„Ich bin fertig.“*

*Als Claire sah, wie Trenton ihren Vater zu Boden warf, schlug sie sich die Hand vor den Mund, um ein Aufkeuchen zu ersticken. Die Whisky-Flasche fiel mit einem dumpfen Aufschlag auf die Erde, einen Moment, bevor die beiden Männer ebenfalls dort landeten. Ineinander verschlungen, folgten sie dem Weg der Flasche und rollten über das Ufer zum Meer. Kurz vor dem Wasser blieben sie liegen.*

*Sir Griffins Atem ging schwer, aber seine Stimme war deutlich zu verstehen. „Gehen Sie von mir herunter.“ Er stemmte Trenton an den Schultern von sich. „Das hier wird mich schwerlich umstimmen.“*

*Übermäßiges Trinken hatte Trentons Haut vorzeitig faltig gemacht, so dass er älter aussah, als er eigentlich war, aber seine Kraft hatte darunter nicht gelitten. Er war immer noch schlank, muskulös, und es bereitete ihm keine Schwierigkeiten, Sir Griffin zu Boden zu drücken. Selbst als er sich aufrichtete, konnte er den Älteren mühelos weiter unter sich gefangen halten, indem er sein Gewicht auf dessen Bauch verlagerte.*

*„Ich sage, wir ziehen weiter", wiederholte Trenton, und seine Worte waren nur leicht verschwommen. „Tiare führt Sie an der Nase herum, und Sie sind so von sich selbst überzeugt, dass Sie es nicht merken. Sie glauben, es war Ihre Idee, hierher zu kommen, und dabei hat sie Sie die ganze Zeit hierhin gelenkt. Es gibt nur einen Idioten hier, und auf dem sitze ich gerade."*

*Das Sprechen bereitete ihm Mühe, aber es gelang Sir Griffin hervorzupressen: „Tiare musste gedroht werden, damit sie überhaupt das Schiff verließ. Sie wollte Pulotu nicht betreten."*

*Trenton schüttelte nur heftig den Kopf. „Sie wollte, dass Sie das denken. Je länger Sie hier mit der Suche beschäftigt sind, desto weiter sinkt die Wahrscheinlichkeit, dass Sie den Schatz finden."*

*„Sie wollen eine Frau", erwiderte Sir Griffin. „Das ist alles. Claire will nichts mit Ihnen zu tun haben, und Tiare gehört mir. Sie glauben, Sie werden eine finden, wenn wir erst einmal Pulotu verlassen haben." Sein Lachen klang angestrengt. „Begreifen Sie nicht, dass keine Frau in Solonesien Sie wird haben wollen? Dafür wird Tiare sorgen."*

*„Ich habe Ihnen doch gesagt, sie hat mich verflucht."*

*„Sie beschützt ihr Volk vor Ansteckung mit Ihrer Krankheit, und das wissen Sie verdammt gut."*

*„Tiare hasst mich", sagte er. „Sie will meinen Tod."*

*Sir Griffin stieß Trenton erneut von sich und versuchte sich zu befreien. Einen Augenblick lang hob Trenton sich ein wenig, so dass der Ältere leichter atmen konnte, dann ließ er sich wieder hart auf ihn fallen. Was auch immer Sir Griffin hatte sagen wollen, ging in dem Keuchen unter, mit dem ihm die Luft aus den Lungen gepresst wurde.*

*„Wollen Sie wissen, warum?" fragte Trenton.*

*Claire beugte sich vor. Zwar stand sie immer noch dicht neben der Palme, aber sie war nun leichter zu sehen. Niemand bemerkte sie. Da erschien plötzlich wie ein Wesen aus der Geisterwelt Tiare. Sie war in ein leichtes Tuch gehüllt, dass in dem am Himmel aufzuckenden Blitz ganz bleich aussah. Es schmiegte sich in weichen Falten um ihre schlanke Gestalt, als sie auf die beiden Männer zuging.*

*Trenton schob angriffslustig sein Kinn vor. „Sag es ihm", forderte er sie auf. „Erzähl ihm, warum du mich hasst."*

*Tiare sagte nichts zu Trenton. Sie kniete sich neben Sir Griffin. „Geht es dir gut?"*

*Der ältere Mann nickte. „Trenton hat den Verstand verloren."*

*„Ja", erwiderte sie leise. Ihr Blick fiel auf die Whiskey-Flasche. „Das kann ich sehen."*

*Lautlos fluchend stand Trenton schließlich auf. Er klopfte sich seine Kleider ab und griff nach seiner Flasche. Er hob sie an die Lippen und nahm einen langen Schluck. Aus dem Augenwinkel beobachtete er, wie Tiare Sir Griffin auf die Füße half. Er senkte die Flasche wieder. „Ich habe ihm gesagt, was für eine Betrügerin du bist, Tiare."*

*Tiare schenkte ihm keine Beachtung. „Lass uns zum Lager zurückkehren, Griffin." Sie schob ihren Arm unter seinen.*

*Als sie sich umdrehten, schlug Trenton zu. Er holte weit aus und ließ die Flasche auf Sir Griffins Nacken niedersausen. Der Schmerz breitete sich mit rasender Geschwindigkeit über dessen Rücken aus. Er stolperte nach vorne, als seine Knie unter ihm nachgaben. Nur Tiares unerwartete Kraft hielt ihn aufrecht.*

*„Lassen Sie mich nicht einfach so stehen."*

*Ohne an die möglichen Folgen zu denken, rannte Claire zwischen den Bäumen hervor und warf sich mit ganzer Kraft gegen Trenton. Er fiel nach hinten ins Wasser, während sie schwankend am Ufer stand, bis Tiare sie am Kleid zu fassen bekam und zurückriss. Als Trenton auftauchte, spritzte Wasser nach allen Seiten.*

*Er stand bis zum Bauch in der Lagune und hob seine Faust. Zwar hatte er es geschafft, die Flasche in der Hand zu halten, aber ihr Inhalt bestand nun mehr aus Wasser als aus Whisky. Seine Miene war eine Mischung aus Wut und Triumph, als er die Flasche drohend schwenkte.*

*„Denken Sie, Sie können ihn beschützen?“ schleuderte er Claire entgegen. „Sie müssen die Wahrheit genauso hören wie er. Tipu ist mein Sohn, Griffin! Sag es ihnen, Tiare! Sag es ihnen beiden!“ Er watete zum Ufer. „Sie hat mich verführt, als Sie ihr nicht den Sohn geben konnten, den Sie sich wünschten, Griffin. Als sie sicher war, dass sie ein Kind trug, schickte sie mich meiner Wege und zeigte mir eine glutäugige Schöne, von der sie wusste, dass sie sich mit der Franzosenkrankheit angesteckt hatte. Vermutlich dachte sie, das würde mich ebenso schnell umbringen wie ihre eigenen Leute.“ Ein Blitz zuckte und zeigte Trentons zu einem hässlichen Lächeln verzogenen Mund. Einen Augenblick lang leuchteten seine Zähne weiß auf. „Du willst wegen Tipu, dass ich gehe!“*

*„Ich will wegen des Schatzes, dass du gehst“, erklärte Tiare. Sir Griffin loslassend, stellte sie sich vor Claire und versperrte so Trenton den Weg an Land. „Eure Suche zerstört ihn. Er kam her, um die Geheimnisse unserer Pflanzen zu erforschen, die Kräfte, die unsere Götter ihnen mitgegeben haben, um mein Volk zu heilen. Das ist die Arbeit, für die er bestimmt ist. Nicht das, was du tust, oder der, der dich geschickt hat, ihn zu überwachen.“*

*„Geh mir aus dem Weg“, knurrte Trenton beinahe. Er begann das Ufer zu erklimmen, aber Tiare stieß ihn zurück.*

*„Geh“, befahl sie ihm und deutete zu den Kanus. „Ich habe gehört, wie du sagtest, das sei, was du tun wolltest.“*

*„Nein!“ Sir Griffin fasste Tiare an der Schulter. „Er kann nicht fort. Ein Sturm zieht auf.“*

*Trenton lachte. „Bleib. Geh." Er schaute zu Claire. „Sie müssen doch auch eine Meinung dazu haben."*

*„Ich habe eine", antwortete sie. „Aber ich denke nicht, dass Sie sie hören wollen."*

*„So selbstgerecht, Claire? Sie begreifen es immer noch nicht, nicht wahr? Ihr Vater will nicht, dass ich gehe, weil ich über das Geld bestimme, das seine Arbeit unterstützt. Oder besser Ihre Arbeit."*

*„Aber Sie sind doch sein Schüler."*

*Sir Griffin blickte seine Tochter an. Mühsam, zögernd erwiderte er: „Er ist mehr, Claire."*

*Trenton nahm zufrieden zur Kenntnis, dass Claire einen Schritt zurückwich. „Jetzt fällt es Ihnen wie Schuppen von den Augen, was? Sehen Sie jetzt klarer?"*

*„Lassen Sie sie in Ruhe", sagte Sir Griffin müde. Er drängte Tiare zur Seite und hielt Trenton seine Hand hin. Der jüngere Mann ignorierte sie. Ohne die Flasche loszulassen, watete er aus der Lagune. Wasser rann aus seinen Kleidern.*

*„Es stimmt alles", sagte Trenton zu niemandem im Besonderen. Er schüttelte sich, so dass Tropfen in alle Richtungen spritzten, dann stampfte er mehrmals mit den Füßen auf. „Jedes Wort."*

*Claire schaute von Tiare zu ihrem eigenen Vater. „Stimmt das?" erkundigte sie sich leise.*

*Sir Griffin ließ seine breiten Schultern hängen. „Dir kann das gleichgültig sein, Claire. Du hast nichts damit zu tun. Dafür habe ich gesorgt. Die Arbeit, die du hier tust, ist alles, was dir wichtig sein sollte."*

*„Aber ..."*

*Er schüttelte den Kopf. „Es ist deine Arbeit. Das ist es schon länger, als du ahnst."*

*„Ich habe es nie geahnt."*

*Trenton lachte laut auf. „Ich habe doch gesagt, sie ist blind."*

*Da versetzte Sir Griffin ihm einen rechten Haken, der Trenton von den Füßen riss und ins Wasser zurücksandte. Bevor Tiare oder Claire ihn aufhalten konnten, sprang Sir Griffin seinem Assistenten hinterher. In der Lagune entbrannte ein heftiger Kampf zwischen den beiden Männern, jeder von ihnen versuchte, den anderen unter Wasser zu drücken oder ihm einen Schlag zu versetzen, der die Sache beenden würde. Trenton hatte den Vorteil der Jugend, während Sir Griffin die Wut Kraft verlieh.*

*Blitze erleuchteten den Himmel und tauchten die Szene in ihr unstetes Licht. Claire trat dichter ans Wasser, als wollte sie eingreifen. Tiare blieb, wo sie war, verfolgte die Vorgänge gebannt, während ihre Lippe Worte formten, heilige Worte eines mächtigen Zauberspruches.*

*„Kein Tapu", rief Claire, als sie merkte, was Tiare sprach. Sie legte der anderen ihre Hand auf den Arm. „Kein Tapu."*

*Tiare schüttelte Claires Hand ab. Ihre Worte waren nun ein heiseres Flüstern. Im Wasser wehrte Trenton Sir Griffins Vorstoß mit seiner Flasche ab.*

*„Nicht." Claire schloss die Augen, als Trentons Waffe knapp Sir Griffins Kopf verfehlte. „Ich glaube das einfach nicht." Sie hielt sich krampfhaft die Augen zu. Es war einfach zu quälend, es mit anzusehen. Keiner der beiden schien zu merken, wie dumm sie sich verhielten. Hinter sich konnte Claire Tiare immer noch ihren Singsang mit dem tödlichen Inhalt murmeln hören. „Es gibt kein Tapu", erklärte sie beinahe zornig.*

*In diesem Moment hörte Claire das dumpfe Geräusch, mit dem Trentons Flasche Sir Griffin am Schädel traf. Sie riss ihre Hand fort und sah, wie ihr Vater im Wasser versank.*

*„Tiare!"*

Claires Seufzen war kaum hörbar. Neben ihr im Bett auf einen

Ellbogen gestützt, betrachtete Randall das leise Heben und Senken ihrer Brust, während ihr Atem sich langsam beruhigte. Sein Blick glitt zu ihren Augen, in denen Tränen glitzerten. Sie blinzelte einmal, zweimal und ein paar von ihnen rannen ihr über die Schläfen und verschwanden in ihrem dunklen Haar. Sie wusste, dass in ihrer Kabine eine Lampe angezündet war. Sie wusste, dass er sie sehen konnte, und sie versuchte nicht sie vor ihm zu verbergen.

„Ist das Tiares Darstellung der Ereignisse?“ fragte er sie. „Oder deine eigene?“

„Meine“, antwortete Claire. „Bei dem Tempel ... als sie mir alles erzählte ... da merkte ich, dass meine Erinnerung ihren Worten vorauseilte. Ich wusste, was sie sagen würde, noch bevor ich sie hörte. Ich denke, da habe ich begriffen, dass ich mich wieder erinnern konnte, was geschehen war.“

„Mir war klar, dass etwas anders war, als du zu uns zurückkamst.“

„Du hast nichts gesagt.“

„Ich glaubte, du würdest es mir erzählen, wenn du dazu bereit wärest.“ Er zögerte einen Augenblick, in dem er überlegte, was er *ihr* sagen wollte. „Und ich wollte nicht ...“

Claire unterbrach ihn, ihr Lächeln schwach, aber echt. „Du wolltest nicht, dass Dr. Stuart bemerkte, dass etwas anders war.“

Es sollte mich nicht überraschen, dachte er. Claire hörte immer mehr, als gesagt wurde. Und sie kannte das Ausmaß seines Misstrauens dem Arzt gegenüber. „Genau“, erwiderte er. „Das wollte ich nicht.“ Mit seinem Daumen rieb er in ihren Augenwinkeln die Spuren der Tränen fort. „Deine Geschichte ist noch nicht zu Ende“, bemerkte er. „Weißt du, wie sie weitergeht?“

Claire nickte. „Der Schlag auf den Kopf war für meinen Vater tödlich, aber Trenton wartete nicht, um das herauszufinden. Er begann zu einem der Kanus zu schwimmen, sobald mein Vater untergegangen war. Tiare sprang ins Wasser, um Sir Griffin zu helfen, und ich schwamm Trenton hinterher."

„Dann wusstest du wirklich nicht, dass dein Vater tot war."

„Nein", erwiderte sie ruhig. „Das wusste ich nicht. Nicht sicher. Tiare rief mir zu, ich solle zurückkommen, aber ich verstand sie nicht. Oder vielleicht wollte ich das auch gar nicht. Ich erinnere mich daran, dass ich immer wieder dachte, ich müsse Trenton aufhalten. In meinem Kopf war kein Platz für andere Gedanken. Ich hielt mich an dem Boot fest, bis wir auf dem offenen Meer waren. Ich dachte, ich könnte es zum Kentern bringen."

Randall schüttelte den Kopf. „Auslegerkanus kentern nicht."

„Das wusste ich damals nicht. Aber ich fand es schließlich selbst heraus." Jetzt war Claire selbst überrascht über ihre eigene Dummheit. Sie konnte sich gut vorstellen, wie närrisch das alles Randall erscheinen musste. „Trenton war nicht in der Lage, mich daran zu hindern, in das Kanu zu klettern. Er brauchte beide Hände zum Steuern. Es regnete noch nicht, aber das Unwetter war schon näher, und der Wind nahm zu. Trenton beschäftigte sich nun mit dem Segel, so dass die Ruder frei waren. Ich nahm eines und versetzte ihm damit einen Schlag auf den Rücken. Er fiel, aber ich auch. Das Segel schlug um und riss mir das Ruder aus der Hand. Es rutschte ins Wasser. Wir versuchten beide, es zurückzuholen. Ich warnte ihn, dass wir zum Strand zurückmüssten. An diesem Punkt hätten wir noch mit Leichtigkeit Pulotu erreichen können, aber Trenton hatte seine eigenen Vorstellungen davon, wohin er wollte."

„Hierher?" fragte Randall. „Wusste er von diesem Ort?"

„Das weiß ich nicht. Er hat nie etwas davon gesagt. Wir fuhren genau auf den Sturm zu. Trenton war kein geübter Segler. Nachdem wir den Sturm überstanden hatten, trieben wir völlig orientierungslos auf dem Meer. Er gab mir die Schuld daran, traute sich aber nicht, mich über Bord zu werfen. Ich konnte ihm mit dem Boot helfen, und das wusste er. Es gab sogar ein paar Vorräte, die er zu seinen Gunsten einteilte, aber er versuchte nie, mich auszuhungern oder mir Wasser vorzuenthalten, wenigstens am Anfang nicht. Ich denke, hätten wir irgendwo Land erspäht, hätte Trenton sich ohne Zögern meiner entledigt und wäre alleine weitergerudert. Er ließ mich am Leben, weil ich nützlich war. Das änderte sich, als klar wurde, dass die Vorräte zur Neige gingen. Von da an hortete er alles, er schlief sogar auf dem Wasserschlauch, damit ich ihn nicht nehmen konnte."

„Aber du hast überlebt und er nicht", warf Randall ein. „Wie ..."

Claire schüttelte den Kopf. „Ich weiß es nicht", sagte sie. „Wirklich nicht. Ich war zu schwach, mich zu bewegen oder sogar zu sprechen. Immer wieder wurde ich bewusstlos, unterbrochen von kurzen Phasen des Wachseins. Trenton war da ... und dann plötzlich nicht mehr. Das Boot trieb einfach weiter. Ich weiß nicht, ob er Tage oder Stunden verschwunden war, als ich Raiatea erreichte. Zu dem Zeitpunkt, als ich dort ankam, hatte ich vergessen, dass er überhaupt bei mir gewesen war."

„Wann hast du gemerkt, dass du blind warst?"

„Ich war ohne Bewusstsein, als meine Retter mich an Land brachten. Erst als ich später zu mir kam, fiel mir auf, dass ich nicht sehen konnte."

„Und dich nicht erinnern konntest", sagte Randall.

Sie nickte. „Der Arzt an Bord der britischen Fregatte hatte mehr Fragen, als ich beantworten konnte. Es gab Dinge, an die ich mich nach und nach erinnerte, die halfen zu erklären, was geschehen war, aber erst als ich neben Tiare in dem Tempel stand, vervollständigte sich das Bild." Claires Seufzer klang ein wenig zittrig, nicht wirklich ein Schluchzer, doch auch nicht völlig gefasst.

„Ich verstehe, warum du dachtest, Tiare hätte mich mit einem Fluch belegt. Während meiner Krankheit habe ich eine Menge durcheinander gebracht."

„Ich habe falsche Schlüsse aus dem gezogen, was du gesagt hast. Das Tapu war für Trenton."

„Ja. In Tiares Augen hat das Tapu gewirkt."

„Das will ich nicht bestreiten."

„Ich auch nicht", bemerkte sie leise. „Tiare und Tipu wurden am Tag nach dem Tode meines Vaters von den Priestern von Pulotu abgeholt. Sie hat mir erzählt, dass wir die ganze Zeit über beobachtet worden waren. Die anderen Männer meines Vaters wurden auf andere Inseln verbannt. Sie werden nie in der Lage sein zu berichten, was in jener Nacht geschah. Jede Spur des Lagers wurde getilgt. Tiare wollte mir zeigen, wo sie die Asche meines Vaters verstreut hat. Es ist hier auf Arahiti. Sie sagt, man könne die Stelle vom Tempel aus sehen." Die Worte blieben ihr im Halse stecken, und Claire spürte, wie sich hinter ihren Augen ein Schmerz bildete. Rasch blinzelte sie und holte zitternd Luft, bevor sie fortfuhr. „Jetzt blüht dort eine neue Hibiskusart. Sir Griffin würde das gefallen. Es ist ein passender Tribut."

Eine Pause entstand. Randall verschränkte seine Finger mit ihren und drückte sie sachte. Claire erwiderte den Druck, sagte ihm so, dass es ihr gut ging. „Ich weiß jetzt, dass Tiare Recht hatte: Am Ende verlor mein Vater seine eigentliche Arbeit aus den Augen ... und sich selbst. Den Schatz zu suchen, beanspruchte mehr und mehr seiner Zeit. Danach entschied er, welche Inseln wir aufsuchen und wie lange wir dort bleiben würden. Trenton war stets da, trieb ihn an. Ich denke, Sir Griffin glaubte nicht, dass er Nein sagen könnte, aber das alles mindert nicht, was er erreicht hat. Er hat sich seinen Ritterschlag verdient, denn er hat als Naturforscher einen bedeutenden Beitrag zur Wissenschaft geleistet."

„Das wird ihm niemand nehmen", versicherte Randall ihr. „Aber es ist nur ein Teil dessen, was er der Nachwelt hinterlassen hat. Du bist der andere Teil. Er hat dich unterrichtet, gefördert, dir vielleicht sogar zu stark zugesetzt, doch er hat es dir ermöglicht, seine Arbeit fortzuführen. So hat er sich nie völlig von dem abgewandt, was er liebte; er hat es an dich weitergegeben."

„Dann habe ich versagt." Es war unmöglich, die Bitterkeit, die sie empfand, aus ihrer Stimme herauszuhalten. „Ich kann seine Arbeit nicht wirklich fortführen, nicht wahr?"

Randall versuchte nicht, Claire in die Arme zu schließen. Sie genau in diesem Moment an sich zu ziehen, sie zu halten, hätte ihr keinen Trost gespendet, sondern nur ihre Verzweiflung verstärkt. Es hätte sie schwächer erscheinen lassen, als sie war. Sie konnte die Tränen nicht sehen, die seine Sicht verschwimmen ließen. Er wollte sie nicht wissen lassen, dass in dem Augenblick, als er ihr anbot, ihre Augen zu sein, er selbst nichts sehen konnte.

Es war immer noch dunkel, als Claire erwachte. Vorsichtig stieg sie aus dem Bett, bemüht, Randall nicht zu wecken. An der Waschschüssel wusch sie sich rasch ihr Gesicht. Ihre Augenlider waren leicht geschwollen und schmerzten etwas vom vielen Weinen. Sie überlegte, ob sie je die Verluste ihres Lebens würde verwinden können. Ihre Mutter. Sir Griffin. Ihr Augenlicht. Claire schüttelte den Kopf, voller Verachtung für die sich selbstbemitleidende Richtung ihrer Gedanken. Es war an der Zeit, sich etwas zurückzuholen.

Leise verließ sie die Kabine. Obwohl sie ihren Stock bei sich hatte, benutzte sie ihn nicht, um sich ihren Weg über den Gang zu ertasten. Sie benötigte keine Hilfe, um Stuarts Kabine zu finden. Seine Tür öffnete sich geräuschlos, und Claire trat ohne Ankündigung ein. Sie war darauf eingestellt, sich mit ihm auseinander setzen zu müssen, doch so weit kam es nicht. Macauley lag laut schnarchend in seinem Bett, ohne ihre Anwesenheit zu spüren.

Den Rock, den er heute getragen hatte, fand Claire mühelos. Er hing über der Lehne des einzigen Stuhles im Raum. Doch das Hamilton-Rätsel befand sich nicht länger darin. Claire fragte sich, wie viel Zeit Stuart wohl gehabt hatte, es zu betrachten. Den Tag über bis zur Nacht hatte sie ihm wenig Gelegenheit gelassen. Erst nachdem sie sich in ihre Kabinen zurückgezogen hatten, war er mit seiner Beute allein gewesen.

Claire tastete Stuarts Schreibpult ab. Die offene Flasche Rum lieferte die Erklärung für seinen tiefen Schlaf. Sie überlegte, ob er zur Feier seines Erfolges oder aus Ratlosigkeit getrunken hatte. Lautlos stellte sie ihren Stock ab, nahm die Flasche in eine Hand, so dass sie das Pult öffnen konnte. Keines der Blätter darin wies die Eigenheiten des Papiers mit dem Rätsel auf. Sie ordnete sie wieder so, wie sie gewesen waren, und schloss den Deckel.

Macauley rührte sich. Claire blieb reglos stehen und hielt den Atem an, bis er wieder zu schnarchen begann. Es klang jetzt anders, und sie begriff, dass er sich zur Wand gedreht hatte. Nun wurde sie wagemutiger, durchsuchte vom Schreibpult ausgehend systematisch die ganze Kabine.

Schließlich fand sie seinen Arztkoffer am Fußende des Bettes. Sie war sich so sicher, dass er das Rätsel darin verborgen hatte, dass sie ihn am liebsten einfach mitgenommen hätte. Als sich der Verschluss jedoch unter ihren Händen öffnete, überlegte sie es sich anders. Hätte sie mit ihren Augen statt mit ihren Fingern gesucht, hätte sie die Öffnung im Futter der Tasche bestimmt übersehen, denn sie war beinahe unsichtbar. Es war vielmehr die kleine Veränderung in dem glatten Stoff, die ihr auffiel. Danach war es ein Leichtes, das Rätsel zu finden und an sich zu nehmen.

Claire steckte es in ihren Ärmel, schloss die Tasche wieder und verließ Macauleys Kabine.

Auf dem Gang rannte sie geradewegs in Randall. Er sagte nichts, und sie bot ihm keine Erklärung. Als er sie am Ellbogen fasste, wusste Claire, dass sie zur Kabine zurückgezerrt werden würde, und folgte sie ihm nicht willig.

Einmal dort angekommen, rieb sie sich auffällig den Arm, da wo er sie angefasst hatte.

Randall ließ sich keinen Moment täuschen. „Ich habe dir nicht wehgetan", sagte er. „Wecke nicht den Wunsch in mir, ich hätte es. Was hattest du in Stuarts Kabine zu suchen?"

Claire hörte auf, sich den Arm zu reiben. Nie zuvor hatte er in diesem Ton zu ihr gesprochen, und er gefiel ihr überhaupt nicht. „Beschuldigst du mich etwa?"

Tat er das? „Wenn", sagte er schließlich, „dann bin ich nicht bereit, das zuzugeben."

Darüber musste sie lachen. Ihn schien das genauso zu überraschen wie sie. Claire erbarmte sich seiner. „Ich wollte dir nicht davon erzählen, bevor ich es nicht wieder in Ordnung gebracht hatte."

„Falls du denkst, dass mich das beruhigt, dann lass mich richtig stellen: Das tut es nicht."

Claire durchquerte den Raum zu ihm. Er stand an seinen Schreibtisch gelehnt. Er machte zwar Platz für sie, aber sein Mund blieb fest, als sie ihn küsste. Beim zweiten Kuss war es besser. „Hilft das?" fragte sie.

„Ich behalte mir meine endgültige Entscheidung noch vor."

Sie seufzte. „Das ist vermutlich nur weise", räumte sie ein. Wieder etwas Entfernung zwischen sie legend, zog sie das Rätsel aus ihrem Ärmel und reichte es Randall. „Gestern, bevor Tiare kam und während du fort warst, um Frühstück zu holen, überraschte Dr. Stuart mich im Arbeitsraum. Zuerst dachte ich, du wärest es. Ich hatte keine Zeit, die Karte zu verbergen, die wir uns angesehen hatten, als ich meinen Fehler bemerkte. Ich wusste nicht, dass dein Journal auf dem Tisch lag." Sie erzählte ihm von dem verschütteten Kaffee und Macauleys Entdeckung.

Vorsichtig entfaltete Randall das Rätsel. Der linke Rand war zerfranst, wo das Blatt aus dem Buch gerissen worden war. Die Kaffeeflecken waren zu sehen, aber die Schrift war noch zu erkennen. Allerdings hatte sich das Papier mit dem verschütteten Getränk voll gesogen und war dabei aufgequollen, so dass die Löcher verschwunden waren. Wenn Claire sie nicht entdeckt hätte, würde niemand wissen, dass es sie je gegeben hatte. Das sagte er ihr.

„Dr. Stuart weiß, dass sie da waren", erklärte sie. „Der Kaffee muss durch die Löcher auf die Seite darunter gesickert sein. Er machte eine Bemerkung über die Anordnung der Flecken. Dasselbe Muster fand er auf deiner Karte." Sie holte tief Luft und stieß hervor: „Ich denke, er arbeitet für meinen Paten. Stickle möchte sichergehen, dass du ihn nicht um seinen Anteil prellst. Stuart muss eine ähnliche Vereinbarung getroffen haben wie Trenton. Erinnerst du dich, was ich dir über das belauschte Gespräch in der Lagune erzählt habe? Sir Griffin sagte, Trenton sei ein Idiot; er wisse nicht, warum Strickland glaube, er könne seine Aufgabe erledigen. Sie hatten vorher über den Schatz gesprochen. Das alles muss zusammenhängen. Das *muss* es."

Ihre Ernsthaftigkeit entlockte Randall ein Lächeln. Es gelang ihm nicht, es völlig aus seiner Stimme herauszuhalten. „Das klingt einleuchtend, vermute ich."

Claires Augen wurden schmal. Sie hob ihre Hand und stieß mit der Schnelligkeit einer Kobra zu, aber ihre Berührung verursachte keinen Schmerz. Sie ertastete nur rasch die Form seines

Mundes. Ihm blieb keine Zeit, eine teilnahmslose Miene aufzusetzen. Und das versuchte er auch nicht. „Du weißt es!“ Ihr Tonfall war anklagend. „Du hast es immer schon gewusst.“

Sein Lächeln vertiefte sich. Er zog ihre Hand an seine Lippen und küsste ihre Fingerspitzen. „Machst du mir etwa Vorwürfe?“ Randall wartete ihre Antwort nicht ab. „Ich habe es nicht immer gewusst“, erklärte er. „Genau genommen hatte ich immer nur Vermutungen, bis du mir das Rätsel aufgesagt hast.“

„Aber du hast nie ein Wort mir gegenüber erwähnt.“

„Was hätte ich sagen können, das du geglaubt hättest? Du wolltest ja noch nicht einmal daran zweifeln, dass er ein Arzt ist. Du hast Gründe zu seiner Verteidigung angeführt, als er meine Mutter auf *Henley* versorgt hat, erinnerst du dich?“

Claire erinnerte sich und errötete leicht. „Vielleicht ist er nur kein sonderlich guter Mediziner.“

Randall lachte leise. „Vermutlich. Es ist ohnehin gleichgültig, nicht wahr? Er hat keinen Schaden angerichtet. Wie du selbst deutlich gemacht hast, war seine Behandlung meiner Mutter mindestens ausreichend. An Bord hier hat er ein paar gebrochene Knochen geschient und hat dir während deiner Erkrankung geholfen. Er hat nie viel von deiner Blindheit verstanden. In der Beziehung hat dein Pate wohl zu viel von ihm erwartet. Ich vermute fast, auf seine eigene Art hat Macauley sogar versucht dich zu beschützen – vor mir.“

Claire fand den Stuhl hinter dem Schreibtisch und setzte sich schwer darauf. Sie ließ ihre Schultern sinken. „Mein Pate“, sagte sie mehr zu sich als zu Randall. „Was hat er sich nur gedacht?“

„Er will den Hamilton-Waterstone-Schatz, könnte ich mir vorstellen.“ Randalls Stimme war sachlich. „Genauso wie ich.“

„Aber du hast einen Anspruch darauf.“

Randall zuckte die Schultern. „Nach all diesen Jahren? In meinen Augen ist mein Anspruch nicht berechtigter als der jedes anderen. Schließlich war der Schatz ja von Anfang an gestohlen. Ich denke, er gehört rechtmäßig dem, der ihn finden kann. Der Duke of Strickland will derjenige sein. Er kann es nicht selber tun, darum hat er mit anderen eine Abmachung getroffen."

„Meinem Vater."

„Ja."

„Er hat es arrangiert, dass meine Mutter meinen Vater geheiratet hat."

„Ja." Er war sich nicht sicher, ob Claire begriff, vor wie langer Zeit Strickland mit seinen Machenschaften begonnen hatte. Die Suche nach dem Schatz hatte fast das ganze Leben des Dukes beherrscht. Beinahe verspürte Randall Mitleid mit ihm. Er verstand nur zu gut, wie das war. „Strickland muss deinen Vater mit Bedacht gewählt haben. Nicht jeder würde überredet werden können, auf eine Schatzsuche zu gehen und den Schatz dann vollständig abzugeben. Schließlich hätte der Duke ihn nicht verlieren wollen, wenn er gefunden worden wäre."

„Mein Vater muss Stickle wie ein Geschenk des Himmels erschienen sein."

„Wahrscheinlich. Sir Griffin hatte großes Interesse an der Flora in genau dem Teil der Welt, den Strickland erforschen wollte. Deinem Vater lag mehr an seiner eigenen Arbeit als an dem Schatz, so dass der Duke keine Angst haben musste, Sir Griffin würde ihn stehlen. Vermutlich musste er ihm nur versprechen, im Gegenzug alle seine zukünftigen Forschungsreisen zu finanzieren. Dein Vater wäre damit zufrieden gewesen."

Claire lächelte wehmütig. „Ja", sagte sie leise. „Ja, das wäre er."

„Es dauerte einige Zeit, alles zu arrangieren. Wir beide wissen, dass der Duke im Besitz des Waterstone-Rätsels war. Deine Mutter hätte es dir anders nicht weitererzählen können."

„Aber warum? Warum hat sie das überhaupt getan?"

„Aus so etwas wie Rache vielleicht." Randall sah, dass Claire die Stirn runzelte, als sie darüber nachdachte. „Aus vielen Gründen. Der Duke wollte sie nicht heiraten. Er bahnte ihre Vermählung mit einem anderen an. Und er wollte, dass sie mit Sir Griffin in den Südpazifik ging. Du hast mir selbst erzählt, dass sie deinen Vater auf keinen Fall auf seiner Reise begleiten wollte."

„Nein, das wollte sie nicht. Sie stritten deswegen. Stickle bestand darauf." Ihre Miene klärte sich. „Rache", sagte sie leise. „Ja, das ergibt einen Sinn. Meine Mutter begriff, dass der Duke sie benutzte, meinen Vater zu überwachen."

Randall nickte. „Seine Augen und seine Ohren. Ich glaube nicht, dass er damit rechnete, sie könnte sich dagegen wehren. Ganz sicher glaube ich nicht, dass er damit rechnete, sie würde dich mitnehmen wollen. Deine Mutter sorgte dafür, dass er keine andere Wahl hatte."

„Der endgültige Beweis dafür, dass ihm der Schatz wichtiger war als sie ... oder ich."

„Du weißt nicht, ob du wirklich seine Tochter bist, Claire. Es kann sein, dass er es selbst nicht weiß. Deine Mutter war die Einzige, die die Wahrheit gekannt hat und ..."

„Und er hat sie umgebracht."

„Er hat nicht wissen können, dass das geschehen würde."

„Er wusste, dass es gefährlich war." Sie hob den Kopf. „Warum verteidigst du ihn eigentlich? Du hast genauso viel Recht wie ich, ihm böse zu sein. Ihn sogar zu hassen. Wenn es den Duke nicht gäbe, wäre Stuart nicht hier. Und genau betrachtet wäre auch *ich* nicht hier."

„Eben."

„Oh."

Randall fasste Claire am Handgelenk und zog sie auf die Füße.

Er stellte sie zwischen seine Beine und legte ihr seine Hände auf die Hüften. „Eigentlich ändert sich nichts dadurch, dass wir es wissen, aber es gibt mir die Möglichkeit, ihn nicht völlig zu verachten. Du musst deine eigene Entscheidung treffen."

„Er sandte Sir Griffin hierhin zurück, nachdem meine Mutter gestorben war."

„Glaubt du, dein Vater wollte nicht zurückkehren?" fragte Randall. „Du wolltest es ja auch."

„Aber er hat Trenton mitgeschickt."

Darauf konnte Randall nichts erwidern. Der Duke war nicht völlig schuldlos. Selbst seine Motive, Claire zu erlauben, an Bord der *Cerberus* zu gehen, waren alles andere als über jeden Verdacht erhaben. Strickland hatte darauf bestanden, dass sie ihn, Randall, begleitete, aber warum, würden sie vielleicht nie erfahren. War es, weil er ihr nicht die Gelegenheit nehmen wollte, ihr Sehvermögen zurückzugewinnen, oder weil er so seinen Spion auf die *Cerberus* bringen konnte?

Randall beobachtete, wie sich Claires Miene veränderte, als sie mit denselben oder ähnlichen Fragen rang. Zu welchen Schlüssen sie auch gelangte, sie behielt sie für sich. Alle bis auf einen.

„Ich denke, er muss verantwortlich sein für den Mord an dem letzten Waterstone", erklärte sie.

Randall streichelte mit seinen Fingerknöcheln Claires Wange und steckte ihr eine Strähne ihres dunklen Haares hinters Ohr. „Es gibt keinen Beweis dafür."

„Er hat das Rätsel."

„Der Besitz bedeutet nicht, dass er gemordet hat. Er kann es auch dem Mörder abgekauft haben."

„Das glaubst du selbst nicht."

„Nein", räumte er ein. „Das tue ich nicht. Aber wir werden es nie wissen, Claire. Damit musst du dich abfinden."

Claire wusste nicht, ob sie das konnte. In letzter Zeit schien es so, als müsse sie sich mit zu vielen solcher Erkenntnisse abfinden. Im Gegenzug dafür wollte sie etwas haben. „Ich will den Schatz finden“, verkündete sie und trat aus Randalls Reichweite. „Deine Familie ist nicht die einzige, die zum Teufel gewünscht wurde.“

„Claire.“

Sie schüttelte den Kopf. „Du wirst mir das nicht wirklich ausreden wollen“, sagte sie. „Das weißt du genau.“

„Es wäre möglich“, erwiderte er. „Wenn du denkst, dass der Schatz mir wichtiger ist, als du es bist.“

Das ließ sie innehalten. Der in ihr aufwallende Ärger erstarb. Claire senkte beschämt den Kopf. „Nein, das glaube ich nicht.“

Randall beugte sich vor und umfasste ihr Kinn. Er hob es an und zog sie zurück in seine Arme. Dann küsste er sie zärtlich. „In Ordnung“, sagte er. „Wir werden den Schatz finden.“

Seine Zuversicht kam ihr verdächtig vor. „Du weißt etwas, nicht wahr? Etwas anderes, als wir uns gestern zusammengereimt haben.“

Er wusste, sie sprach von dem Regenbogen. *Am Ende eines Gottes Versprechen.* „Ich weiß, wo der Regenbogen ist“, erklärte er.

„Wirklich?“

„Wir waren gestern dort.“

„Das ist er?“ erkundigte sie sich aufgeregt. „Am Wasserfall? Aber woher weißt du das?“

„Weil ich weiß, wo wir sind.“

„Du meinst, wo wir *waren*.“

„Nein“, verbesserte er sie. „Ich meine, wo wir sind. Das ist dasselbe.“ Er klopfte ihr leicht mit seinem Finger auf die Lippen, als sie zu einer Erwiderung ansetzte. „Gestern habe ich viel über den Großen Wagen nachgedacht. Warum sollte der Kartenmacher ihn verwenden? Ich habe die Inseln auf meiner Karte miteinander verbunden und erkannte immer noch nicht, was er getan hat, solange nicht, bis ich anfing, wie ein Navigator zu denken. Unser Kartenzeichner erkannte in der Lage der Inseln eine Form wieder, die ihm vertraut war, und er erforschte sie. Er benutzte sie, um die Insel zu bezeichnen, auf der der Schatz versteckt werden würde."

Claire konnte nicht länger still bleiben. „Aber es sind sieben Sterne – ich meine Inseln. Es könnte jede von ihnen sein."

„Es ist keine davon", teilte Randall ihr mit. „Er war schlauer."

„Schlauer als ich jedenfalls. Ich verstehe es nicht."

„Der Große Wagen ist vor allem so wichtig wegen dem, worauf er zeigt, nicht wegen dem, was er ist."

Claire blieb der Mund offen stehen, als sie begriff, was er meinte. „Der Polarstern. Der Große Wagen zeigt auf den Nordstern."

„Nun, genau genommen zeigt er auf eine kleine Insel mit dem Namen Arahiti, genau wie Tiare es gesagt hat. Auf der Karte ist sie nicht verzeichnet. Ich habe sie gefunden, so wie ich die Lage des Nordsterns bestimmt hätte – indem ich die beiden letzten Sterne des Großen Wagens genommen und eine gerade Linie, ungefähr fünfmal so lang wie der Abstand zwischen Haipai und Pulotu, gezogen habe. Erinnerst du dich, dass ich dachte, wir wären auf Tarahiki? Die Insel liegt nah genug, dass ich sie sehen konnte, als Tiare uns zu dem Tempel brachte. In der Tat habe ich sie fast die ganze Fahrt über im Blick gehabt. Daher weiß ich auch, dass wir Arahiti nicht wirklich verlassen haben."

„Nicht? Aber wir waren doch stundenlang im Boot – in beiden Richtungen."

„Das war ein Kreis. Genau genommen zwei Halbkreise. Wenn dir das nicht reicht, denk zurück, was Tipu mich gefragt hat. Er wollte wissen, ob das große Schiff im Hafen mir gehört.

Wie sollte er wissen, dass es dort war, wenn er es nicht gesehen hätte? Ich bin sicher, der Tempel, den wir besucht haben, liegt hier irgendwo auf der Insel, Claire. Das bedeutet, auch der Wasserfall. Tiare mag uns glauben machen wollen, dass der Schatz auf Pulotu ist, aber sie hat uns zu ihm gebracht."

„Denkst du, sie will uns zeigen, wo er ist?"

„Du kennst sie besser als ich."

Claire begann an ihrer Unterlippe zu nagen, während sie überlegte. „Sie hätte ihn meinem Vater jederzeit zeigen können und hat es doch nie getan. Aber schließlich war er weder ein Waterstone noch ein Hamilton."

„Ich bin nur die eine Hälfte", bemerkte Randall. „Unser Kartenmacher wollte, dass Hamilton und Waterstone zusammenarbeiten. Ich vermute nicht ..."

Claire schüttelte den Kopf. „Ich habe es dir schon gesagt, in meinen Adern fließt kein Tropfen Waterstone-Blut."

„Was, wenn du die Tochter des Dukes bist?"

„Nein, auch dann nicht. Ich habe seine Ahnengalerie gesehen. Nichts als Markhams und Abberlys seit Generationen. Keine Waterstones."

„Dann hat Tiare, denke ich, Grund, ihr Wissen nicht mit uns zu teilen", erwiderte Randall. „Wir müssen selbst dahinter kommen."

„Wann?"

„Jetzt. Wir haben noch ein paar Stunden bis Tagesanbruch. Cutch wird uns begleiten. Er hat einen Teil der Insel erforscht. Das könnte für uns von Nutzen sein." Randall musterte Claires Nachthemd und ihren Morgenmantel. „Geh, zieh dich an."

Claire beeilte sich. Sie durchwühlte geschwind seine Sachen, bis sie ein Hemd und eine Hose fand, die ihr allerdings nur unwesentlich besser passten als die, die sie auf Pulotu getragen hatte.

Doch Randall schwieg. Er wartete an der Tür auf sie und führte sie dann an Deck. Der Mann, der Wache hielt, half ihnen, eines der Beiboote zu Wasser zu lassen, und Randall ruderte sie an Land. Er weckte Cutch und erzählte ihm, was sie vorhatten.

„Ich hatte mich gerade erst hingelegt", sagte Cutch. „Bin fast die ganze Nacht auf gewesen und habe nach einem Weg gesucht, die Insel zu verlassen." Er rieb sich den kahlen Kopf. „Scheint mir nicht richtig, dass du mich jetzt aufweckst und mir erklärst, dass du gar nicht weg willst."

„Du hast also was entdeckt?" erkundigte sich Randall, auf den schlaftrunkenen Cutch eingehend.

„Vielleicht." Er gähnte ausgiebig und ließ sich von Randall auf die Füße helfen. Die Männer um ihn herum schliefen weiter. „Ich sag's dir, sobald ich wach bin."

Schmunzelnd drückte Randall ihm eine Fackel und eine Spitzhacke in die Hände. Er selbst trug eine Schaufel. Claire hatte ein zusammengerolltes Seil auf ihrer Schulter. Nur einmal hatte sie sich beschwert, sie fühle sich wie ein Ackergaul, akzeptierte das Gewicht aber ohne Murren.

„Wer weiß, dass wir hier draußen sind?" erkundigte sich Cutch, als Randall sie in den Wald führte.

„Dodd hält Wache. Ich habe ihm gesagt, er solle Alarm schlagen, wenn wir bis Mittag nicht zurück sind. Nicht, dass er wüsste, wo genau wir zu finden wären." Er fing Cutchs besorgten Blick über Claires Kopf hinweg auf. „Tiare wird es wissen. Dodd muss ihr nur sagen, dass wir nach dem Schatz suchen, und sie wird uns ausfindig machen."

„Und vermutlich umbringen", verkündete Cutch mit einem Anflug von Bedauern.

Claire musste lächeln. „Das denke ich nicht, Mr. Cutch. Sie mag Sie."

Cutch schloss zu Claire auf. „Hat sie Ihnen gegenüber etwas erwähnt?"

„Nicht direkt. Aber ich konnte das Interesse in ihren Augen aufflackern sehen, wann immer Ihr Name fiel."

Einen Augenblick lang glaubte Cutch ihr. Dann, als er begriff, was sie gesagt hatte, rumpelte ein tiefes Lachen in seiner Brust. „Ach ja. Sie haben es *gesehen*, was?"

Randall schaltete sich ein, bevor Claire antworten konnte. „Ich würde sie nicht herausfordern, Cutch."

Claire wandte ihren Kopf und schenkte Cutch ein breites Lächeln. Sie stolperte, während Randall mühelos über einen abgebrochenen Ast stieg. Da spürte sie, wie Cutch ihr seine riesige Hand auf den Kopf legte und ihn mit sanftem Druck nach vorne drehte.

„Wenigstens einer von euch sollte auf den Weg achten", mahnte er ernüchtert.

Danach gab sich Claire mehr Mühe, auf Randalls Schritte zu lauschen. Sie legten beinahe die ganze Strecke schweigend zurück. In dem Urwald waren genug Nachttiere unterwegs, um ihr Vorankommen zu übertönen. Im Hintergrund begleitete sie das leise Rauschen von Wasser. Die Kokosnussschalen-Fackel, die Cutch trug, zündeten sie nicht an. Ihr Licht hätte sie jedem verraten, der vom Schiff oder der gegenüberliegenden Seite des Inselhafens aus hersah. Der Mondschein reichte aus, solange sie sich langsam voranbewegten. Gelegentlich blieben sie stehen, so dass Randall mit seinem Kompass die Richtung überprüfen konnte.

„Du weißt also sehr wohl, *wohin* wir gehen", bemerkte Cutch, der beobachtete, wie Randall mit zusammengekniffenen Augen den Kompass studierte. „Das habe ich mich die ganze Zeit gefragt."

„Das solltest du ruhig weiter tun", erwiderte Randall. Er

machte eine Vierteldrehung und zog noch einmal seinen Kompass zu Rate. Auch nachdem er ihn wieder eingesteckt hatte, stand er noch da, den Kopf schräg, als lausche er konzentriert. Plötzlich drehte er sich wieder um. „Hier entlang ... denke ich."

Während sie weitergingen oder besser kletterten, erklärte Claire Cutch alles, was sie wusste. Zwar verlieh er seinen Zweifeln nicht Ausdruck, schien aber auch nicht eben begeistert. Er erinnerte sie daran, dass er einen Großteil der Insel bereits erkundet hatte. Weder hatte er den Tempel gesehen, noch war er auf einen anderen Wasserfall gestoßen als den im Hafen.

„Sind Sie auch hier entlanggekommen?" erkundigte sich Claire schlicht.

„Nun, nein. Randall führt uns ins Landesinnere. Wir jedoch haben nach einem Weg fort von hier gesucht."

„Wenn man weit genug ins Innere vordringt, kommt das unter Umständen auf das Gleiche heraus, wie nach außen zu gehen."

Randall lachte. „Das widerleg mal", sagte er zu Cutch.

Der schüttelte den Kopf. „Nein, danke. Ganz bestimmt nicht."

Sie kamen leichter voran, als Randall sie näher zum Fluss führte. Das Rauschen, das immer im Hintergrund zu hören gewesen war, schien nun an Lautstärke zu gewinnen. Cutch verlor kein Wort, aber seine Schritte wurden beschwingter.

Es war beinahe Tag, als sie am oberen Ende des schmalen Flusslaufs ankamen. Es war kein Wasserfall, der ihn speiste, sondern eine Quelle. Das Wasser rann aus dem Felsen in einen kleinen Teich, aus dem allmählich der Fluss wurde. Randall ließ sich nicht beirren. Er deutete nach oben, damit Cutch sah, wohin sie klettern mussten. „Wir müssen Claire sichern."

Das Seil wurde ihr von den Schultern genommen und ein Stück davon um ihre Taille gebunden. Randall befestigte das andere Ende um seinen Oberkörper. „Es unterscheidet sich kaum von dem Aufstieg zu den Tikis auf dem Mauna Puka“, erzählte er ihr. Über ihrem Kopf warf er Cutch einen Blick zu, der den anderen herauszufordern schien, ihm zu widersprechen. Cutch betrachtete die raue Oberfläche der Lavafelsen. Er musste seinen Kopf in den Nacken legen, um den oberen Rand sehen zu können. Es waren bestimmt hundert Fuß bis dahin, und ein Großteil der Strecke stieg steil an.

„Unterscheidet sich kaum“, wiederholte Cutch tonlos. „Ich übernehme das Ende.“

Sie begannen mit dem Aufstieg. Es gab natürliche Felsvorsprünge und Spalten, an denen man Halt finden konnte, aber sie waren uneben und lagen oft nicht dicht genug beieinander. Randall und Cutch studierten beide die Strecke, die vor ihnen lag, um den besten Weg für Claire zu finden. Die leichteste Route war auch die längste. So erklommen sie den Lavafelsen in einem weiten Zickzackkurs und brauchten mehr als eine Stunde, um die Spitze zu erreichen.

Die Tempelplattform mit dem Altar befand sich genau vor ihnen.

„Was ist?“ wollte Claire wissen, als sie spürte, wie Cutch neben ihr ganz still wurde.

„Ich schaue mir den Tempel an. Er sieht genauso aus, wie Randall ihn beschrieben hat.“

„Selbstverständlich“, sagte Claire. Sie klopfte sich ihre Hosen ab und entfernte das Seil von ihrer Taille. „Hatten Sie daran gezweifelt?“

Randall grinste, während Cutch beteuerte, dass er stets davon überzeugt gewesen war. Er band das Seil auf und half Claire, es wieder aufzurollen. „Es ist nicht mehr weit, Cutch. Von nun an geht es leichter.“

Als sie den Abstieg begannen, war wieder deutlich das Rauschen von Wasser zu hören. Die von Menschen gemachten Stufen, die den Berg hinabführten, waren viel einfacher zu begehen als der Weg, den sie eben zurückgelegt hatten. Selbst der letzte Teil des Pfades, der Claire am Vortag so steil erschienen war, kam ihr nun wenig bemerkenswert vor. Sie traten an genau der Stelle aus dem Wald, an der Tiare die Wanderung gestern begonnen hatte.

Claire lauschte auf das Wasser, das in Kaskaden aus dem Felsen in den Teich fiel. „Ist der Regenbogen da?“ fragte sie Randall.

„Nein. Die Sonne steht noch zu tief am Himmel.“ Er legte ihre Hand auf seinen Unterarm. „Hier entlang“, erklärte er. „Wir müssen sieben heidnische Gottheiten finden.“

Cutch hatte auf seine Spitzhacke gelehnt dagestanden und darauf gewartet, etwas zu hören, das Sinn machte. „Sieben heidnische Gottheiten“, wiederholte er leise. „Die sind doch auf Pulotu.“ Niemand schenkte ihm Beachtung. Kopfschüttelnd richtete er sich auf und schulterte die Spitzhacke; dann folgte er Claire und Randall.

Claire spürte die feine Gischt auf Gesicht und Hals, als sie sich dem Wasserfall näherten. Das beständige Rauschen des Wassers tat beinahe in den Ohren weh, so laut war es. Am liebsten hätte sie sie sich zugehalten, aber sie durfte Randall nicht loslassen. Um einander zu verstehen, mussten sie beinahe schreien.

„Es ist nur ein schmaler Vorsprung“, berichtete Randall ihr. „Du musst genau hinter mir gehen. Halt dich gut an meinem Hemd fest.“

„Vielleicht sollten wir sie noch einmal mit dem Seil sichern“, schlug Cutch vor.

Claire schüttelte den Kopf. „Ich werde das schaffen! Wie weit ist es?“

„Ungefähr zwölf Fuß!“ rief Randall. „Wir gehen direkt hinter den Wasserfall.“

Sicherheitshalber fasste Cutch Claire hinten am Hemd, so dass er sie zurückreißen konnte, sollte sie auf dem glitschigen Stein ausrutschen. Langsam begaben sie sich hinter das herabrauschende Wasser. Außer dafür zu sorgen, dass er seinen Halt nicht verlor, musste Cutch auch noch aufpassen, dass die Fackel nicht nass wurde. Sobald sie hinter dem Vorhang aus Wasser sicher auf einer größeren Felsplatte standen, trug Randall ihm auf, sie anzuzünden.

Zuerst sah Cutch nichts als bloße, glatt polierte Steinwände. Die natürliche Ausbuchtung im Felsen hinter dem Wasserfall schien keinen anderen Ausgang zu haben als den, durch den sie hereingekommen waren.

Randall winkte ihn zu sich. „Leuchte hierhin“, sagte er. „Auf diese Zeichen.“

„Was ist es?“ fragte Claire. „Was siehst du?“

„Ich habe nicht die geringste Ahnung“, antwortete Randall.

## 16. KAPITEL

„Was sehen Sie?“ wandte sich Claire an Cutch.

„Schriftzeichen an der Wand“, erwiderte der. „Nur kann ich sie nicht lesen.“

Randall ließ seine Schaufel sinken. Nachdem er die Felswand gesehen hatte, wusste er, dass sie nutzlos war. Aus dem Augenwinkel bemerkte er, wie Cutch seine Spitzhacke aus der Hand legte. Keines der Werkzeuge, die sie mitgebracht hatten, schien ihnen jetzt weiterzuhelfen. Randalls knappes Lachen enthielt mehr Spott als Belustigung. „Ich habe immer gedacht, der Schatz wäre vergraben“, bemerkte er.

Ungeduldig zupfte Claire Randall am Ärmel. „Beschreibe es“, verlangte sie. „Zeig es mir.“

Cutch hielt die Fackel ruhig, während Randall beschrieb, was sich vor ihnen befand. „Hier sind bloß noch mehr Felsen, Claire. In die Oberfläche sind eine Art Runen gehauen.“ Seine Augen wurden schmal, während er sie genauer betrachtete. Die Fackel warf Schatten unter die Zeichen. Die Runen waren gar nicht in den Stein geritzt. Er fuhr mit seiner Hand darüber und merkte, dass sich die einzelnen Zeichen auf kleineren Steinkreisen befanden, die in den Felsen eingefügt waren, jeder von der Größe eines Goldstücks.

Claire lauschte gebannt Randalls Beschreibung. Neben ihr war Cutch ebenso gefesselt. „Wie viele Runen?“ fragte sie.

Randall zählte sie, vergewisserte sich, dass er kein Zeichen übersehen und keines doppelt gezählt hatte. Sie waren überall auf dem Stein verteilt. „Sieben“, sagte er schließlich langsam. Er schaute sie noch einmal an, als könnte er es nicht recht glauben. „Sieben.“ Claires nächster Frage kam er zuvor. „Nein, diesmal sind sie nicht wie der Große Wagen angeordnet. Hier gibt es kein Muster.“

„Da muss eines sein.“

Randall machte einen Schritt nach hinten und betrachtete die Zeichen noch einmal, verband sie im Geiste immer wieder neu. „Nichts, Claire.“

Claire spürte die Hitze der Fackel, als sie dichter an den Felsen trat. „Sie können das Licht fortnehmen“, sagte sie zu Cutch. „Mir wird es nicht helfen, irgendetwas besser zu sehen.“ Sie legte ihre Hände flach auf den Stein. Er war glatter als erwartet. Langsam ließ sie ihre Finger über die Runen gleiten, konnte sich aber kein Bild von ihnen machen. Auch die Vertiefungen auf beiden Seite der Kreise kamen ihr merkwürdig vor. „Hast du die hier gesehen?“ fragte sie Randall.

Beide, Randall und Cutch, beugten sich vor und schauten Claire über die Schulter, mit den Augen ihrem Zeigefinger folgend. Sie fuhr einen größeren Kreis in der Mitte des Steines nach. Das brachte sie zurück zu den Steinschnitzereien, bei denen sie angefangen hatte. „Es ist nur ganz schwach“, erklärte sie. „Ich denke, der Stein hat sich über die Zeit abgeschliffen, so dass die Furche heute viel flacher ist, als sie früher war. Selbst diese Runen liegen vermutlich nicht mehr so tief, wie sie einmal waren.“ Mit der Hand glitt sie zu einem anderen geschnitzten Symbol und fand eine weitere Rinne, die einen anderen kreisförmigen Verlauf nahm. „Jeder Buchstabe ist wie eine einzige Perle auf einer Halskette. Es sind sieben Ketten da, eine immer in der anderen, jede mit ihrer eigenen Perle.“

„Sieben konzentrische Kreise“, sagte Randall.

„*Sieben Ringe*“, stellte Claire fest. „*Aber Schlüssel einer nur.*“

Cutch, der versuchte ihren Überlegungen zu folgen, unterbrach sie. „Was ist mit den heidnischen Gottheiten? Ich dachte, ihr müsstet sie finden.“

Statt einer Antwort zog Randall Claire von dem Stein fort, so dass er ihn im Ganzen betrachten konnte. Seine Hände hatte er ihr auf die Schultern gelegt, um sie ruhig zu halten und seine eigene Erregung im Zaum zu halten. „Das ist das Sonnensystem", verkündete er. „Diese Runen sind Symbole für die Planeten. Saturn. Jupiter. Mars. *Das* sind die heidnischen Gottheiten! Die römischen Götter."

Cutch musterte den Felsen mit neuer Achtung. „Wirklich?" Er beugte sich zu einem der Buchstaben hinab und besah ihn sich genauer. „Diese Sichel da könnte tatsächlich der Mond sein. Allerdings nicht gerade ein Planet, was?"

„Nein", antwortete Randall. „Das ist er nicht. Aber er wird immer als solcher auf alten Sternenkarten verzeichnet. Sieben Himmelskörper finden sich darauf, ohne die Erde. Zu jener Zeit hielt man die noch für den Mittelpunkt des Universums."

„Also tun wir so, als wäre sie in der Mitte dieser Ringe", sagte Cutch.

„Umlaufbahnen", verbesserte ihn Randall. „Das stellen die Furchen in Wahrheit dar. Der Mond hat die innerste Bahn um die Erde. Die Rune hier, der Kreis mit einem Punkt in der Mitte, ist die Sonne. Dann kommt Venus. Mars. Merkur. Jupiter und Saturn." Randall konnte spüren, wie Claire beinahe zitterte, so sehr wollte sie die Runen noch einmal berühren. Er ließ sie los. „Es ist nur zu schade, dass es uns nicht weiterhilft", bemerkte er zu ihr. „In dem Rätsel werden die Planeten überhaupt nicht erwähnt. Ich weiß nicht, was wir mit dieser Entdeckung anfangen sollen."

Claires Erregung war deutlich zu sehen, als sie die Symbole erneut abtastete. „Ich kenne diese Zeichen", verkündete sie schließlich. Nun waren sie ihr, anders als zuvor, vertraut. Als Randall die Sonne und den Mond beschrieben hatte, wusste sie plötzlich wieder, wo sie sie zuvor schon gesehen hatte. Es war nicht auf einer alten Himmelskarte gewesen. „Das hier sind alchemistische

Symbole. Genau wie es in dem Rätsel heißt: *Sieben Ringe, Schlüssel aber einer nur.*"

„*Alchemie, Metalle pur*", beendete Randall für sie.

Claire nickte. „Jedes Planetensymbol steht für ein anderes Metall auf der Erde. Die alten Alchemisten stellten eine Verbindung her zwischen dem Einfluss der Planeten und den Metallen, die sie benutzten. Der Mond ist Silber, die Sonne Gold."

„Mein Gott", entfuhr es Randall leise. Er hatte das in Oxford gelernt, doch es war ihm immer, so wie den meisten seiner Kommilitonen auch, als etwas erschienen, das mehr mit Mystik zu tun hatte als mit den Grundlagen der Naturwissenschaft. Claires Erziehung auf Sir Griffins Knien war wesentlich gründlicher und umfassender als seine eigene Bildung. „Venus?" fragte er.

„Kupfer."

Er nickte, da er wusste, sobald er ihre Antwort gehört hatte, dass sie Recht hatte. Seine Stirn legte sich in Falten, als er angestrengt nachdachte. „Mars ist Eisen."

„Ich habe das nie gelernt", warf Cutch ein, „aber selbst ich kann mir denken, dass Merkur Quecksilber ist."

Claire lachte. „Sehr gut. Aber was ist mit Jupiter?"

Darauf antwortete Randall: „Zinn. Und Saturn ist Blei."

„Das sind alle", sagte Claire. Sie noch einmal im Geiste durchgehend, fügte sie langsam hinzu: „*Sieben Ringe, Schlüssel aber einer nur.*"

„Ich sehe keinen Schlüssel", bemerkte Cutch. Das Licht der Fackel flackerte unstet, während er suchend umherging.

Randall hielt ihn auf. „So ein Schlüssel ist es nicht. Schau her." Randall stand neben Claire und zog an dem Zylinder, der das Symbol der Sonne trug. Zwar musste er ein bisschen rütteln, aber dann gab der Stab schließlich nach. Jetzt konnte man ihn herausziehen oder hineindrücken. „Ich vermute, was wir hier haben, ist ein Mechanismus, der durch die richtige Reihenfolge ausgelöst wird, in der die Zylinder betätigt werden. Dann lässt sich der Stein bewegen. Aber vermutlich haben wir nur eine Chance, es richtig zu machen."

Cutch zog die Augenbrauen hoch. Er hielt die Fackel dichter vor sein Gesicht, damit Randall seine Zweifel sehen konnte. „Und wie willst du das schaffen?"

„Nicht ich. Diese Ehre werde ich Claire überlassen." Er wandte sich an sie. „Ich helfe dir, wenn sie klemmen. Fang an", drängte er leise. „Du weißt, was zu tun ist. Dieses Recht hast du dir verdient. *Sieben Ringe, Schlüssel aber einer nur ...*"

Claires Hand schloss sich um den Zylinder mit dem eingeritzten Halbmond. *„Silber"* sagte sie und zog ihn heraus. Als Nächstes fand sie Jupiter. Der sah dem vierten zum Verwechseln ähnlich. *„Zinn."* Der acht Zoll dicke Bolzen ließ sich viel leichter bewegen als der erste. Sie reichte beide an Randall weiter. „Und *Quecksilber*." Sie musste sich auf die Zehenspitzen stellen, um an Merkur heranzukommen. *„Kette aus Blei."* Sie entfernte den Zylinder, der für den römischen Gott Saturn stand, und fand das Zeichen für Mars. *„Eisen gewunden, ein Schatz verloren und wieder gefunden."* Claire befreite den Zylinder und hielt ihn Randall hin. Jetzt waren nur noch zwei übrig. *„Ring von Kupfer"*, sagte sie. Venus wurde herausgezogen. „Hilf mir bei dem letzten. Wir machen es zusammen."

Randall legte die Bolzen aus poliertem Stein auf der Felsplatte ab, auf der sie standen. Er nahm Claires Hand und legte sie über den letzten verbliebenen Zylinder. „Die Sonne", erklärte er.

Sie nickte. *„Krone aus Gold."* Unter ihren tastenden Fingern löste sich der Zylinder, erst langsam, doch dann mit Randalls Unterstützung rutschte er glatt heraus.

Randall tat ihn auf den Haufen zu den anderen. *„Sieben Schwestern, aus dem Kerker geholt"* Er wartete.

Sie warteten alle. Claire hielt sogar den Atem an.

Nichts geschah.

Randall begann leise: „*Am Ende von Gottes Versprechen, sieben der heidnischen Gottheiten steh'n, sieben Ringe, aber Schlüssel einer nur. Silber, Zinn und Quecksilberspur, Kette aus Blei, Eisen gewunden, ein Schatz verloren und wieder gefunden, Ring von Kupfer, Krone aus Gold, sieben Schwestern, aus dem Kerker geholt, wieder vereint, dem Banne entfloh'n, sei die prallste Börse dein Lohn. Sieben Ringe, aber Schlüssel einer nur, Alchemie, Metalle pur. Mit den Schwestern dieser Vers dir bringt mehr Reichtum, als ein König je erringt.*"

Nichts geschah.

Cutch reichte Randall die Fackel. „Halt mal." Er nahm die Schaufel und schlug sie mit Wucht gegen den Stein. Die Kraft des Schlages ließ seine muskulösen Oberarme erbeben. Als Randall ihn nur entgeistert anstarrte, zuckte er unschuldig die Schultern. „Zaubersprüche sind gut und schön", bemerkte er. „Doch manchmal hilft rohe Gewalt besser." Er hob erneut die Schaufel.

Zuerst war es ein leises Grollen, das nur schwer über das Rauschen des Wasserfalles auszumachen war. Claire deutete auf die Felsoberfläche. Cutch senkte die Schaufel und wich einen Schritt zurück. Randall tat genau das Gegenteil und trat dicht vor den Stein. Er hielt sich eine Hand trichterförmig ans Ohr und zählte die dumpfen Schläge, mit denen die groben Bolzen einrasteten. Bei sieben hörte das Vibrieren auf.

Randall schaute zu Cutch. „Schau her." Er stieß mit beiden Händen gegen den Stein, musste nicht viel Kraft einsetzen, damit er so leicht nachgab wie ein Segel unter Wind. Er öffnete den Durchgang weit genug, damit sie eintreten konnten, dann prüfte er die Tür, um sicherzugehen, dass sie sich nicht einfach hinter ihnen schließen konnte.

„Warum bleibe ich nicht einfach hier", erbot sich Cutch. „Nur für alle Fälle."

„In Ordnung. Claire?"

„Ich komme mit dir." Sie deutete auf das Seil um ihre Schultern. „Ich möchte das hier durch etwas aus Gold ersetzen."

Randall blickte Cutch an. „Du hattest Recht. Sie hat mich wegen meines Geldes geheiratet."

„Du hast doch noch gar keines", hielt sie ihm vor. „Geh schon." Claire hakte sich bei ihm unter.

„Ich brauche die Fackel", erklärte er. „Du kannst sie tragen." Er wartete, bis Claire sie hielt. „Für den Fall, dass der Schatz tatsächlich vergraben ist, nehme ich Schaufel und Spitzhacke mit."

Der Raum hinter dem Felsen war eng und leer. „Da ist nur ein Gang", sagte Randall.

„Dann sollten wir ihm vermutlich folgen."

Randall lächelte über ihren Eifer. „Du willst wirklich mehr Reichtum, als ein König erringt."

Claire schnaubte wenig damenhaft und gab ihm einen Schubs nach vorne.

Der Gang war gewunden. Sie waren noch nicht weit gekommen, als das Licht von draußen schon nicht mehr bis zu ihnen drang. Die Fackel, die Claire trug, beleuchtete den Weg ein paar Schritte vor Randall und warf ihrer beider Schatten verzerrt an die Wand.

„Was ist?" fragte Claire, als Randall plötzlich stehen blieb. Sie konnte eine kaum merkliche Veränderung in der Luft wahrnehmen. Wasser rieselte irgendwo vor ihnen. Der Raum um sie hatte sich geweitet. „Ist es der Schatz?"

„Eine weitere Kammer", erklärte er.

„Oh."

„Der Schatz befindet sich genau in ihrer Mitte."

Claire ließ beinahe die Fackel fallen. „Wirklich?“

„Halt das gerade“, warnte Randall sie. Die Schaufel und die Hacke berührten mit einem dumpfen Geräusch den Boden, als er sie ablegte. Er sah, wie Claire bei dem unheimlichen Hall zusammenzuckte. „Tut mir Leid. Ich wollte dich nicht erschrecken. Ich habe nicht nachgedacht.“

Sie wischte seine Besorgnis beiseite. „Möchtest du die Fackel jetzt lieber selbst halten?“

Er nahm sie ihr ab. „Es ist eine ganz gewöhnliche Seemannstruhe“, bemerkte er, während er sich ihr langsam näherte. „Ungefähr zwei Fuß breit und sechs lang.“

„Ist sie mit Juwelen besetzt?“

„Nein. Nicht mit einem einzigen Edelstein.“ Insgeheim musste er sich auch eine leichte Enttäuschung eingestehen. Wenn er und seine Brüder den Schatz im Spiel gefunden hatten, war die Truhe immer mit Juwelen verziert gewesen. Randall ließ sich auf ein Knie nieder und spürte, wie Claire es ihm nachtat. Keiner von ihnen berührte die Truhe, auch wenn sie unmittelbar vor ihnen stand.

„Wie sieht es hier aus?“ erkundigte sich Claire mit gedämpfter Stimme.

„Warum flüsterst du?“

„Das hier scheint mir der rechte Ort dafür zu sein.“

„Es ist weder eine Grabstätte noch eine Kirche.“

„Bist du dir sicher?“

In Wahrheit hatte Randall sich nicht umgesehen, seit er die Truhe erblickt hatte. Er hielt die Fackel in die Höhe und beschrieb mit ihr einen kleinen Kreis über seinem Kopf. Drei Gänge führten von hier tiefer in den Berg. Kein Licht schimmerte aus ihnen. „Hier gab es vor langer Zeit Wasser“, erzählte er ihr. „Das hat sich die Höhlen und Gänge gegraben.“

„Ich kann es immer noch hören“, erwiderte sie.

„Das muss ein unterirdischer Flusslauf sein, der den Wasserfall speist. Dieser Raum hier wurde nicht von Eingeborenen geschaffen. Vermutlich zeigten sie ihn dem Waterstone’schen Kartenmacher, aber ihm ist auf jeden Fall der steinerne Mechanismus am Eingang zu verdanken.“

„Mercutio“, ergänzte Claire. „Es macht mir nichts aus, wenn du ihn so nennen willst. Der Name passt so gut wie jeder andere.“

Randall hielt die Fackel direkt über den Deckel der Truhe und fuhr mit seiner Hand über die raue Holzoberfläche. Rostige Eisenbänder hielten das fleckige Holz zusammen. Vorsichtig zog er an einer Ecke etwas von dem Moosbelag ab. Er löste sich mühelos. Randall starrte auf das, was er erblickte. Mit seinem Daumennagel kratzte er etwas stärker. Es bereitete ihm keine Schwierigkeiten, die Zeichen zu erkennen, die er freigelegt hatte. Sie waren Buchstaben des englischen Alphabets, und sie verrieten ihm, was er wissen wollte.

„Genau genommen“, sagte er leise, „habe ich doch einen besseren Namen für unseren Kartenmacher. Wie gefällt dir William Abberly?“

„Abberly?“ Claire setzte sich erstaunt hin. „Wie Abberly Hall?“

„Könnte ich mir vorstellen.“ Er nahm ihre Hand und legte sie über die geschnitzten Buchstaben. „Du wirst es nur schwer ertasten können, aber genau das heißt es.“

„Er schnitzte seinen Namen in die Truhe?“

„Ja.“

Claire richtete sich auf, so dass sie wieder kniete. „Also hat Strickland doch eine Verbindung zu dem Schatz. Daran habe ich nie gedacht. Denkst du, er weiß es?“

„Du etwa nicht?“

Sie nickte. „All diese Jahre ... Jahrhunderte ... der Teil der Geschichte, von dem nie jemand sprach."

„William Abberly war vermutlich ein jüngerer Sohn. Gebildet und gut erzogen, aber ohne besondere Aussichten. Mit Henry Waterstone zur See zu fahren, muss ein großartiges, aber gefährliches Abenteuer gewesen sein. Und Karten von der Neuen Welt für die Königin anzufertigen war bestimmt eine besondere Ehre."

„Er war schließlich der Sohn eines Adligen. Als er nicht mit Waterstone zurückkam, muss doch eine Untersuchung stattgefunden haben."

„Nicht, wenn die Familie bei Elizabeth in Ungnade gefallen war", erwiderte Randall. „Strickland hat mir einmal erzählt, dass seine Vorfahren beinahe Abberly Hall verloren hätten. Es ist durchaus möglich, dass ihnen damals nicht Gerechtigkeit widerfahren ist ... wenigstens nicht sofort. Wer weiß, wann sie begriffen, welche Rolle William Abberly bei dem Schatz gespielt hat? Er war die Schlüsselfigur, doch sie besaßen keine Beweise, nichts."

„Genauso wenig wie die Hamiltons oder Waterstones."

„Wir hatten Abberlys Rätsel. Sie nicht. Als Henley Hamilton mit seiner Familie in die Kolonien übersiedelte, dachte er, er würde sie vor den Waterstones beschützen. Ich glaube, sie hatten alle viel mehr von William Abberlys Familie zu befürchten."

Claire schwieg, während sie das alles in sich aufnahm. „Wenn Stickle wirklich mein Vater ist, dann ..."

„Dann bist du eine Abberly." Randall konnte an ihrer Miene ablesen, dass ihr der Gedanke nicht behagte. „Möchtest du die Truhe öffnen?"

„Sie schüttelte den Kopf. „Was, wenn ... du weißt ... er ..."

„Darin ist?" Randall schüttelte den Kopf. „Das ist er nicht. Ich bin überzeugt, dass William Abberly hier noch ein langes, fruchtbares Leben geführt hat. Obwohl Henry Waterstone ihn für tot hielt und hier zurückließ, hat der Kartenmacher überlebt. Er hat Nachfahren, die das beweisen."

„Tiare."

„Und Tipu. Und all die Priester, die diesen Schatz gehütet haben. Das war es, was Tiare meinte, als sie sagte, sie habe schon dreihundert Jahre auf mich gewartet. Das ist der wahre Grund, warum der Name Hamilton ihr etwas sagte. Die anderen Priester erkannten ihn auch. William Abberly hat seine eigene Geschichte weitererzählt."

Bei dieser Enthüllung drehte Claire sich nach hinten um und lauschte auf fremde Schritte. „Ich denke, wir sollten uns besser beeilen. Wir wissen nicht, was er seinen Kindern und Kindeskindern aufgetragen hat, mit dir zu tun."

Daran hatte Randall auch schon gedacht. Er gab die Fackel an Claire zurück, legte beide Händen an den Truhenrand und zog kräftig. Der Deckel ließ sich problemlos öffnen.

Claire hörte das Quietschen der Scharniere. „Und?" fragte sie.

„Es sind viele kleinere Kisten darin", berichtete er ihr und nahm eine heraus. „Die, die ich sehen kann, sind alle gleich groß. Aber die Schnitzereien darauf sind unterschiedlich." Er öffnete eine. In einem Bett aus smaragdgrünem Samt, dem die dreihundert Jahre im Versteck nichts hatten anhaben können, befand sich eine Schnur mit den makellosesten Perlen, die Randall je erblickt hatte. Er hob sie vorsichtig heraus, als erwarte er halb, dass sie auf den Felsboden fallen und in alle Richtungen davonkullern würden. Dann bat er Claire, ihre Hand auszustrecken. Einen Augenblick ließ er den Strang über ihrer Hand schweben, bevor er ihn langsam senkte.

Er war wie Regen, der auf ihre Hand fiel. Die Perlen waren so kühl wie Wassertropfen. „Perlen", sagte sie leise. Die Kette war zu lang, als dass sie sie in einer Hand hätte halten können. „Ich werde sie zu den Seilen tragen." Claire streifte sie sich über ihren Kopf, so dass die Perlen um ihren Hals lagen. „Was ist sonst noch da?" Sie tat so, als fühlte sie sich durch sein leises Lachen gekränkt. „Ich bin neugierig", verteidigte sie sich.

Randall lächelte immer noch vor sich hin, als er die nächste Kiste herausnahm. „Diamantohrringe", verriet er ihr, dann drehte und wendete er das Kästchen in der Hand. Die lupenreinen Diamanten funkelten herrlich. „Willst du sie anlegen?"

„Nein. Sie passen nicht zu dem, was ich anhabe."

Randalls Gelächter hallte in der Höhle wider. Er schloss den Deckel. „Vielleicht etwas anderes", bemerkte er, stellte das Kästchen zurück und nahm ein anderes. „Rubine? Das hier ist ein Armband."

„Die Perlen sind genug, danke." Claire beugte sich vor. „Ich verstehe das nicht. Waren diese Dinge nicht alle für Papst Gregor bestimmt? Er hätte den Schmuck doch nie getragen."

„Es war mehr als Tribut gedacht", erläuterte Randall. „Er konnte mit den Juwelen tun, was er wollte. Sie horten. Zur Schau stellen. Oder einer Mätresse geben." Ihre überraschte Miene entging ihm nicht. „Bist du wirklich so naiv?"

„Nicht mehr."

Grinsend lehnte sich Randall zu ihr und gab ihr einen Kuss. Bevor Claire ihn dafür zur Rede stellen konnte, begann er die nächsten Kästchen zu öffnen. Die Geschenke der spanischen Krone an Papst Gregor beinhalteten einen Silbergürtel, Tabatieren, Spieldosen, Ringe, einen Kelch, Elfenbeinkämme, ein Kruzifix und zwei kleine Schachteln, die bis zum Rand mit ungeschliffenen Edelsteinen gefüllt waren. Alle Gegenstände, die Kästchen eingeschlossen, waren mit kostbaren Juwelen besetzt. Jedes Teil war das Werk eines Künstlers.

Randall starrte auf den Grund der Truhe. Es waren nur noch acht Holzkästchen übrig. Anders als die Kisten, die er schon geöffnet hatte, trugen diese Schnitzereien, die er wieder erkannte. Er griff nach dem mit der Krone darauf. Vorsichtig hob er den Dekkel.

Die Krone bestand aus einem Band aus gehämmertem Gold. Schmal, schlicht. Randall hielt sie hoch. „Es ist für jeden Stein eine Fassung vorhanden, aber sie sind alle noch leer", beschrieb er sie Claire. Er legte die Krone auf ihr Kästchen und nahm ein weiteres aus der Truhe. „Wenn ich Recht habe, dann ist das hier der Rubin."

„*Blut wird fließen*", sagte Claire. Trotz ihres bedächtigen Tonfalles verrieten ihre ganze Haltung und ihre Miene Eifer.

„Ich frage mich, ob der Fluch sich erfüllt", erklang Macauley Stuarts Stimme plötzlich hinter ihnen. Randall und Claire fuhren gleichzeitig zum Eingang der Höhle herum. Dort stand der Arzt, eine Pistole in der Hand, Tiare und Tipu neben sich. Tipu hielt eine Fackel. Er strengte sich sehr an, sie ruhig zu halten.

„Dr. Stuart?" fragte Claire.

„Er hat eine Pistole, Claire", unterrichtete Randall sie leise. Aus dem Augenwinkel sah er sie erstarren. Ohne es zu merken, ließ sie die Fackel langsam sinken. Randall legte das Kästchen, das er in der Hand hielt, ab und berührte sie sachte am Ellbogen, um sie daran zu erinnern, das Licht hochzuhalten. „Tiare und Tipu begleiten ihn."

Tiare schüttelte kaum merklich den Kopf, als Randall sie anblickte.

„Tiare und Tipu sind hier", verbesserte er sich. „Sie sind nicht freiwillig mit ihm gekommen." Sein Blick schweifte zu Stuart zurück. „Warum lassen Sie nicht Tiare die Fackel halten? Sie ist zu schwer für den Jungen. Am Ende wird er sie fallen lassen."

Macauley legte seine freie Hand Tipu auf die schmale Schulter. „Er schafft das schon."

„Wo ist Mr. Cutch?" erkundigte sich Claire.

„Dort, wo Sie ihn zurückgelassen haben."

„Haben Sie ihn verletzt?"

„Er ist am Leben", erwiderte der Arzt.

Das war keine direkte Antwort auf ihre Frage. Claire öffnete den Mund, um nachzuhaken, aber nach Randalls leichtem Händedruck besann sie sich anders.

„Wo sind Ihre Männer, Tiare?" wollte Randall wissen.

Macauley antwortete an ihrer Stelle. „Die kommen nicht", bemerkte er. „Ich vermute, alles wird viel glatter ablaufen, wenn Sie sich keine unberechtigten Hoffnungen auf Rettung von anderer Seite machen. Dann können Sie besser auf das achten, was ich Ihnen sage."

Randall wandte seinen Blick nicht von Tiare ab. Sie hatte eindeutig Angst. Im unsteten Licht der Fackel waren bleiche Züge und eine zitternde Unterlippe zu erkennen. Es überraschte ihn, als sie auf seine Frage antwortete, obwohl es eindeutig Stuarts Absichten zuwiderlief.

„Ich kam mit Tipu an Bord Ihres Schiffes. Nur wir beide. Keiner meiner Männer weiß, dass wir hier sind. Ich wollte unbeobachtet mit Ihnen sprechen."

„Genug", unterbrach Macauley sie. Er schwenkte seine Pistole ein wenig. Danach war sie auf Tipu gerichtet. „Sie dachte nicht, dass Sie den Schatz finden könnten", vertraute er Claire und Randall an. „Davon war ich nicht so überzeugt. Sie sind beide sehr klug ... meistens." Er schaute zu Claire. „Sie haben heute Morgen Ihren Stock in meiner Kabine vergessen. Daher wusste ich, dass Sie dort gewesen waren. Ich entdeckte, dass das Rätsel aus meiner Tasche verschwunden war. Sie hätten sich mehr Zeit verschaffen können, wenn Sie nicht so achtlos gewesen wären." Befriedigt nahm er zur Kenntnis, wie Claire schuldbewusst heiße Röte in die Wangen stieg. „Ohne Tiares Hilfe wäre es mir unmöglich gewesen, Ihnen zu folgen. Sie hat mich mit dem Kanu hergebracht. Es überraschte mich zu entdecken, dass ich schon einmal hier war. Das ist ganz offensichtlich etwas, was Sie von selbst herausgefunden haben, Captain."

„Ich wäre lieber in einem Kanu hergekommen. Der Landweg ist ziemlich beschwerlich."

Macauley nickte. „Das hat Tiare mir auch erzählt. Sie sagte, selbst wenn Sie wüssten, wo Sie hin wollen, würde es einige Zeit dauern, bis sie ankämen. Sie hatte Recht. Sie sind noch nicht so lange hier." Sein Blick glitt über die Schatzkästchen, die um Claire und Randall verstreut lagen. Manche davon standen offen. Er konnte selbst die Juwelenbeute sehen, die sie bisher entdeckt hatten. Seine Aufmerksamkeit wieder Randall zuwendend, erklärte er: „Tiare hat sich aber doch bei dieser unterirdischen Gruft geirrt. Sie sagte, Sie würden nicht hineinkommen. Offenbar kennt niemand hier das Geheimnis, mit dem sich der Stein öffnen lässt. Noch nicht einmal die Priester."

„So wollte es mein Vorfahr", bemerkte Tiare.

„William Abberly", sagte Claire.

Tiare und Tipu nickten gleichzeitig. „Nur Hamilton und Waterstone zusammen können die Gruft öffnen", verkündete Tipu feierlich. „Du musst eine Waterstone sein, Claire."

„Meine Mutter hat mir das Rätsel anvertraut", erwiderte sie. Es hatte keinen Sinn zu erklären, dass kein Waterstone-Blut in ihren Adern floss. Das Tiare zu enthüllen, könnte gefährlich sein.

„Du hast deinem Vater nie geholfen, den Schatz zu finden", stellte Tiare fest.

„Ich wusste ja gar nicht, dass er danach suchte. Und ich begriff nicht, dass ich überhaupt das Rätsel kannte. Es hätte ohnehin nichts ausgemacht. Es ist so, wie Tipu es von dir gelernt hat. Hamilton und Waterstone mussten zusammenarbeiten. Das war Abberlys wahre Absicht."

Macauley Stuarts spöttisches Lachen unterstrich Claires Worte. „Glauben Sie das wirklich? Er wollte doch nur Mitglieder beider Familien zur selben Zeit am selben Ort haben, so dass er sie zusammen mit dem Schatz begraben konnte. In diesem Fall sind das Sie beide." Er deutete mit seinem Kinn auf sie. „Sagen Sie es ihnen, Tiare. Das ist doch der Grund, weshalb Sie heute Morgen heimlich zu ihnen gekommen sind. Erzählen Sie, was Ihre Priester entschieden haben."

Tipu drehte sich um und sah seine Mutter an. Sie wich seinem Blick aus. Die Fackel in seiner Hand begann wieder zu schwanken.

„Sie will es nicht vor dem Jungen sagen" erklärte Macauley. „Aber ich werde Ihnen verraten, was sie mir gesagt hat. Die Priester haben beschlossen, dass Sie beide hierher gebracht werden sollten, und wenn Sie sich bewiesen hätten, indem Sie den Stein öffneten, dann würden Sie hier bleiben. Für immer. Der einzige Weg, durch den Sie und Ihr Schiff freikommen könnten, bestünde darin, dass es Ihnen unmöglich gewesen wäre, in die Gruft zu gelangen. Tiare kam allein, um sie zu warnen. Sie dachte, sie könnte Sie überreden, den Stein unangetastet zu lassen, obwohl Sie das Geheimnis kannten." Er zuckte die Schultern. „Jetzt weiß sie, dass sie zu spät kam." Einen Moment ruhte sein Blick auf der Hacke und der Schaufel. „Ich denke nicht, dass Sie in der Lage sein werden, sich Ihren Weg nach draußen freizugraben."

Macauley schubste Tipu nach vorne und drückte ihm den Lauf seiner Pistole an den Hinterkopf. „Los", sagte der Arzt. „Halt die Fackel hoch."

Tipu versuchte seine Mutter anzuschauen, aber es gelang ihm nicht. Er machte ein paar zögernde Schritte vorwärts. Der Lichtschein seiner Fackel verband sich mit dem von Claires, und der Schatz zu ihren Füßen begann zu funkeln und zu glühen. Trotz seiner Angst zog ihn das bunte Glitzern an. „Wo sind die sieben Schwestern?“ wollte er wissen.

Macauley Stuart nickte. „Genau die Frage habe ich auch.“ Er benutzte seine Waffe, um auf den goldenen Reif zu zeigen. „Ist das die Krone?“

Randall hielt sie in die Höhe und blickte Macauley an. „Möchten Sie sie sehen?“

Aber Macauley war nicht gewillt, sich so leicht ablenken zu lassen. Sicherheitshalber wich er einen Schritt zurück. „Darin sind gar keine Steine. Mir wurde gesagt, es müsste ein Regenbogen aus Edelsteinen sein.“

„Wir waren gerade erst auf sie gestoßen, als Sie ankamen. Wollen Sie, dass wir weitermachen? Ich kann sie in die Krone setzen.“ Ohne auf Macauleys Antwort zu warten, ergriff Randall die Schachtel, die, wie er hoffte, den Rubin enthielt, und öffnete sie. Das innere Feuer des Steins wurde durch das Fackellicht verstärkt. Randall nahm ihn aus seinem Samtbett und fügte ihn vorsichtig in die ovale Fassung in der Krone. *„Blut wird fließen“*, sagte er. Er wählte eine weitere Schachtel. Diesmal war es ein orange-roter Saphir von außergewöhnlicher Färbung. Der runde Schliff passte perfekt in die Fassung. *„Flammen werden schießen.* Claire, gibst du mir den nächsten?“ Er führte ihre Hand zu dem Kästchen, das, wie er wusste, den gelben Stein enthielt. Es war wieder ein Saphir, diesmal in einem kräftigen Gelbton und rechteckig geschliffen. Randall drückte ihre Hand sachte, als er ihr half, ihn an der richtige Stelle einzusetzen.

*„Sonne, blendend hell, gepriesen“*, sagte sie.

Macauley hob spöttisch eine Augenbraue. „Ihr eigener Fluch, Claire. Wie passend."

Sie beachtete ihn nicht und ließ sich von Randall dabei helfen, ein weiteres Kästchen auszuwählen. „Es sollte ein Smaragd sein. *Wie Lanzen aus dem Boden sprießen.*"

Der Edelstein war ein birnenförmiger Smaragd, beinahe fünfzehn Karat schwer. Seine Reinheit war erstaunlich. Claire war die Einzige, die sich davon nicht ablenken ließ. Allein durch Tasten fügte sie ihn in die vorgesehene Fassung.

*„Die Fluten steigen, es ist Regenmond."* Randall hielt einen Aquamarin in die Höhe. Für sich allein betrachtet, war dies der am wenigsten wertvolle Stein der Sammlung, aber ohne ihn war der Satz unvollständig. Es gab keinen anderen Edelstein, dessen Farbe so gut zu den anderen passte, um alle Farben des Regenbogens darzustellen. Randall setzte ihn mit derselben Vorsicht wie die anderen ein.

Als Nächstes kam ein tief dunkelblauer Saphir zum Vorschein. Er war auf Kohinor-Art geschliffen, ein Stil, der die persische Bedeutung seines Namens exakt wiedergab: Berg aus Licht. Randall hielt ihn kurz hoch, bevor er ihn in die Krone einpasste. *„Pesthauch wie Tinte am Horizont."*

„Und jetzt der Letzte", verlangte Macauley ungeduldig. „Öffnen Sie das letzte Kästchen."

Randall zog die letzte verbliebene Schachtel aus der Truhe und klappte den Deckel auf. Darin war ein Amethyst. Das Lila war rein, der Edelstein beinahe makellos. *„Und dein Aug' von Schatten umflort."*

Macauley nickte. „Ich habe Ihr Rätsel gelesen", bemerkte er. „Und es auch auswendig gelernt." Er erwähnte nicht, dass er es nicht verstanden hatte. Am meisten hatte er sich darauf konzentrieren müssen, die Spiegelschrift zu entziffern. *„Sieben Schwes-*

*tern, verflucht eine jede. Sieben Schwestern, ganz allein, erwarten den Tag, da sie vereint auf ihrem Thron werden sein.*" Er streckte seine Hand aus. „Jetzt sind sie vereint, nicht wahr? Geben Sie mir die Krone."

„Selbstverständlich." Damit schleuderte Randall Macauley die Krone an den Kopf. Sie traf den Arzt mitten auf die Stirn. Die kostbaren Steine, von denen keiner fest in seiner Fassung saß, flogen in sieben verschiedene Richtungen. Stuart hob seine Waffe, doch da stürzte sich Randall schon auf ihn. Er landete schwer auf dem Boden und Randall auf ihm. Aus der Pistole löste sich ein Schuss, als sie über den Boden schlitterte. Tiare schrie auf und lief zu ihrem Sohn, um ihn zu schützen. Claire tastete nach Tipu, fand seine Fackel und nahm sie ihm aus den zitternden Händen.

„Randall?"

Seine Antwort wurde abgeschnitten, als Macauley ihm seinen Ellbogen in die Rippen hieb.

Claire musste an den Kampf zwischen den beiden Männern auf *Henley* denken. Wenigstens hatte Bria ihr da erzählt, was gerade geschah. Tiare war seltsam still. Zwar konnte Claire Tipu seiner Mutter etwas zuflüstern hören, aber es waren unverständliche Worte, die vage tröstend klangen. Das jagte Claire so viel Angst ein wie alles andere, was geschah. War Tiare verletzt worden? Oder Tipu?

Weiterhin erklangen Kampfgeräusche. Keiner der beiden Männer kam auf die Füße. Sie rollten auf dem kalten Felsboden hin und her, erst der eine oben, dann der andere. Sie waren sich beide immer noch so ebenbürtig wie auf *Henley*. Und Claire wusste, dass Randall hier vielleicht nicht der Sieger sein würde.

Sie neigte den Kopf zur Seite und lauschte angestrengt. Die ausgeteilten Schläge hörten sich gleich gefährlich an, und das Keuchen beider Männer war nicht voneinander zu unterschieden.

Jemand trat sie, und sie fiel gegen die Truhe. Die Schachteln rutschten fort. Sie vernahm das Scharren von Metall auf Stein und begriff, dass einer von ihnen die Pistole zu fassen suchte. Der nächste verständliche Laut war Macauleys triumphierender Ausruf, gefolgt von Randalls besorgtem.

Nun wusste sie, wer die Waffe hatte.

Claire warf beide Fackeln in die Seemannstruhe und schlug den Deckel zu. Sie hörte, wie die Flammen zischten und knisterten. Der Deckel wurde warm, aber nur kurz. In der luftleeren Truhe erstickte das Feuer rasch, und in der Höhle wurde es augenblicklich still. Niemand rührte sich, weil niemand sehen konnte.

Außer Claire. Sie nahm die Schaufel. Noch bevor Macauley Stuart begriff, was ihn traf, hatte sie zugeschlagen.

Sie beugte sich über ihn, löste seine schlaffen Finger von der Pistole und nahm sie ihm ab. „Randall? Nimm das hier bitte." Sie hörte, wie er Stuart von sich schob und sich aufrichtete. Es war leicht, sich vorzustellen, wie er sich den Kopf rieb und überlegte, wie knapp er dem Tod entronnen war. Sie hätte ihm sagen könne, dass es so knapp nicht gewesen war.

„Hast du die Schaufel genommen?" erkundigte sich Randall, während er auf die Füße kam. Die undurchdringliche Finsternis machte jede Orientierung unmöglich. Er ertappte sich dabei, wie er sich um sich selbst drehte, als würde ihm das helfen, Claire auszumachen. „Oder die Spitzhacke?"

„Die Schaufel." Sie klopfte damit auf den Boden, um ihm zu helfen, sie zu finden. „Hier bin ich." Als er nur noch ein paar Schritte von ihr entfernt war, machte sie einen Schritt auf ihn zu und griff nach seiner Hand, in die sie die Pistole legte. „Hier, halte das."

Randall nahm die Waffe und steckte sie sich im Rücken in den Hosenbund. „Ist Tiare verletzt worden?"

„Ich weiß es nicht." Sie ging in die Richtung, in der sie Tiare vermutete und trat auf eines der kleineren Kästchen. „Pass auf, Randall. Der Schatz liegt hier überall verstreut auf dem Boden." Geschickt streifte sie sich das Seil von der Schulter. „Nimm das hier, um Macauley zu fesseln."

Randall nahm es und kniete sich wieder hin, tastete nach dem Arzt, bis er ihn gefunden hatte. Er erinnerte sich daran, wie seine Männer an Bord der *Cerberus* Claire beigebracht hatten, Seemannsknoten zu knüpfen. Jetzt, da er Macauley im Dunkeln band, entdeckte er, wie schwer das für sie gewesen sein musste. „Wie geht es Tiare?" fragte er, um sich von seiner Unbeholfenheit abzulenken.

„Sie ist nicht verletzt. Genauso wenig wie Tipu." Claire ließ ihre Hände ein letztes Mal über ihn gleiten, dann küsste sie ihn leicht auf die Wange. „Sie sind beide verängstigt. Dieser Ort hier besitzt in ihren Augen ein mächtiges Tapu. Wir müssen sie hier herausschaffen, bevor sie nicht mehr gehen können."

Randall setzte sich auf seine Fersen. Er spürte etwas unter seiner Schuhsohle und fand einen der Edelsteine. Rasch steckte er ihn in seine Tasche. „Nach draußen? Wie sollen wir das deiner Meinung nach anstellen? Ich habe nichts, um die Fackeln anzuzünden, und außer dem Weg, über den wir gekommen sind, gibt es noch drei weitere Gänge, die aus dieser Höhle führen. Wir können nicht darauf vertrauen, dass Cutch uns holen kommt, Claire. Wir wissen nicht, was ..." Er beendete diesen Gedanken nicht, sondern begann von neuem. „Keine Nacht war je so stockfinster wie das hier. Ich bin völlig durcheinander. Ich kann nicht sagen, welcher Weg hier herausführt."

Claire lächelte nur. „Aber ich." Sie gab ihm mehr von dem Seil. „Binde dir das hier um den Bauch und befestige es an Tipu und Tiare. Lass genug Platz zwischen euch, damit ihr nicht stolpert. Ist Macauley verschnürt?"

„Wie eine Weihnachtsgans.“

„Du wirst ihn tragen müssen.“

Randall seufzte. „Ich habe fast befürchtet, dass du das sagen würdest. Er hätte uns hier zurückgelassen, weißt du?“

„Ich weiß.“

„Aber wir werden das nicht mit ihm machen.“

„Nein“, bestätigte Claire. „Das werden wir nicht. Wir sind nicht wie er, Randall. Wir werden niemanden wegen dieses Schatzes umbringen. Das ist er nicht wert.“

Sie begann sich umzudrehen, aber Randall fasste sie am Ellbogen und zog sie an seine Brust. „Manchmal machst du mich zu einem besseren Mann, als ich eigentlich bin“, erklärte er leise.

Randall bereitete es keine Schwierigkeiten, ihren Mund mit seinem zu finden. Er löste sich erst von ihr, als Macauley sich zu seinen Füßen zu regen begann. „Gib mir noch einmal die Schaufel“, bat er sie, während er sie ein Stück von sich schob.

Sie fand sie. „Nicht zu fest, bitte.“

Es dauerte ein paar Augenblicke, bis Randall die richtige Position gefunden hatte. Dann ließ er die Schaufel mit einem dumpfen Schlag zwischen Macauleys Hals und seinen Schultern niedersausen. Ein Stöhnen erklang, gefolgt von Stille. Randall ließ die Schaufel fallen und begann das Seil abzurollen, das Claire ihm gegeben hatte. „Es wird nicht lange dauern“, bemerkte er.

Claire wartete schon am Anfang des Ganges. „Binde das andere Ende um meine Taille“, sagte sie, drehte sich um und verschränkte die Arme vor der Brust, damit sie ihm nicht im Weg waren.

„Fertig.“ Randall blickte mit einem Anflug von Sehnsucht über seine Schulter zu dem Schatz, den er nicht sehen konnte. Er dachte an den Edelstein in seiner Tasche. Der allein wäre schon ein Vermögen wert. Mit einer der Schwestern konnte er zufrieden sein, selbst wenn es der Aquamarin war. Er bezweifelte stark, dass Claire es ihm gestatten würde, für den Rest der Regenbogenschwestern zurückzukehren. „Geh voran“, sagte er.

Claire wartete, bis Tipu und Tiare hinter ihr standen. Als sie hörte, wie Randall sich den Arzt auf die Schulter lud, begann sie einen Fuß vor den anderen zu setzen. Das Seil spannte sich einmal, als Tipu strauchelte.

Tiare drückte ihrem Sohn aufmunternd die Schulter. „Es ist in Ordnung“, beruhigte sie ihn. „Hier drinnen ist Claire nicht blind. Es gibt kein Tapu.“

„Kein Tapu“, wiederholte Claire leise. „Das hat es nie gegeben.“

Sie führte sie durch den Gang, ohne ein einziges Mal zu zögern. Erst als Claire den Eingang zur ersten Felsenkammer erreichte, wurden ihre Schritte unsicher. Der Wasserfall dröhnte in ihren Ohren. Hinter ihr erklang ein anderes Dröhnen, das aber eher ein tiefes Grollen war. Der Boden erbebte. Das Zittern erfasste auch sie.

„Die Höhle stürzt ein!“ schrie Randall. Keiner konnte ihn verstehen. Sie waren weit genug gekommen, dass er den Wasserfall sehen konnte. Der Stein stand immer noch offen, und schwaches Licht fiel durch den Vorhang aus Wasser darauf.

Randall stieß Tiare und Tipu vor sich her, als er sah, dass Claire stolperte und schließlich stehen blieb. Sie hielt sie alle auf. Er ließ Macauley zu Boden fallen, zerrte an dem Knoten um seinen Bauch und befreite sich. Dann band er Claire los, während er Tiare und Tipu zurief, ins Freie zu rennen.

„Claire!“ Er schüttelte sie. Sie reagierte nicht. Ihre Arme waren fest vor ihrer Brust verschränkt. Sie stand steif und unnachgiebig da. Es war, als wäre sie auch noch taub für ihn, nicht nur blind. Kurzerhand hob Randall sie auf seine Arme und trug sie eilig nach draußen. Tiare und Tipu hatten Cutch auf die Füße geholfen und stützten ihn auf dem Weg durch den Wasserfall. Auf seiner Schulter war Blut und mehr davon seitlich an seinem Kopf. Er fand Halt bei Tiare.

Feiner schwarzer Staub drang aus dem Gang, wie Rauch aus einem brennenden Haus. Randall folgte Tipu. Sobald sie in Sicherheit waren, setzte er Claire ab.

Dann kehrte er in den Gang zurück, um Macauley Stuart zu holen.

Der Staub war jetzt so dicht, dass Randall nichts mehr erkennen konnte. Er kniete sich hin und tastete den Boden nach dem anderen Mann ab. Als er einen Arm fand, nahm er ihn und zerrte den Arzt daran zum Ausgang. Da spürte er, wie er selbst gepackt wurde. Randall wusste, es gab nur einen Mann, der stark genug war, das zu tun. Trotz seiner eigenen Verwundung war Cutch gekommen, ihm zu helfen.

Randall stolperte durch den Wasserfall, Cutch und Macauley dicht hinter sich. Die Wucht, mit der der Eingang einstürzte, warf sie fast zu Boden. Randall drehte sich um und erwartete beinahe zu sehen, dass der ganze Berg in sich zusammengefallen war. Doch nichts hier draußen schien verändert. Er und Cutch schauten zu, wie sich das Wasser aus dem Wasserfall auf die kleine Steinlawine und den Staub ergoss, bis nichts mehr davon zu sehen war. Es schäumte kurz auf, und dann verriet nichts mehr, dass es die Gruft je gegeben hatte.

Kopfschüttelnd ließ Cutch den gefesselten Körper des Arztes auf den Strand fallen und folgte Randall dorthin, wo die anderen saßen.

„Ich hätte nicht damit leben können, dich allein da hineingehen zu lassen“, erklärte Cutch und kniete sich neben Tiare in den Sand. „Das hätte sie nicht zugelassen.“

„Claire?“

„Nein, Tiare.“

Randall lächelte schwach. Er unterzog Tiare und Tipu einer kurzen Musterung, dann überließ er sie Cutch. Oder vielleicht auch andersherum. Ihnen ging es gut.

An Claires Seite angekommen, hockte er sich hin. „Ist alles in Ordnung mit dir?“ fragte er und betrachtete ihre feinen Züge prüfend. Er konnte selbst sehen, dass sie den Schreck überwunden hatte. Ihre Arme waren nicht länger fest verschränkt, und die Beute, die sie an ihrer Brust geborgen hatte, lag nun vor ihr. Was sie nicht so getragen hatte, hatte sie sich angelegt.

Staunend schüttelte Randall den Kopf. Ihm schwoll das Herz, und es fehlten ihm die Worte zu beschreiben, was er in diesem Moment fühlte. Er starrte sie an und hoffte, sie würde sein Schweigen verstehen.

Vorsichtig nahm Claire erst den einen Diamantohrhänger ab, dann den anderen. „Ich fand, sie passten eigentlich doch ganz gut zu der Gelegenheit.“ Nachdem sie die Elfenbeinkämme herausgezogen hatte, schüttelte sie ihr Haar aus. Die Smaragdsplitter am Rand glitzerten, als sie die Kämme zu den anderen Schmuckstücken tat. Dann legte sie die Perlenkette ab. Die Ringe waren als Nächstes an der Reihe. Zwei der größten hatte sie sich an die Daumen gesteckt. Sie streifte sie einfach ab.

Dann hob sie ihr linkes Bein und zog an dem Goldreif, der ihren Oberschenkel wie ein Strumpfhalter umschloss. Claire hielt ihn ihm hin, bis Randall ihn nahm; dann griff sie in ihre Tasche und holte eine Hand voll Steine hervor. „Es sind alle da, bis auf einen“, erklärte sie. „Ich konnte ihn nicht finden.“

Einen Augenblick lang begriff Randall nicht, was sie meinte. Er blinzelte und blickte auf ihre ausgestreckte Hand. Rot. Orange. Grün. Hellblau. Nachtblau. Lila. Nur der gelbe Saphir fehlte.

*„Sonne, blendend hell, gepriesen."* Randalls Lächeln war bittersüß, als er in seine Tasche griff und den einen Stein herausholte, den er hatte retten können. „Das kann ich sehen."

Zum ersten Mal schaute ihm Claire in die Augen. „Und ich auch."

Sein Gesicht war wie eine Offenbarung für sie. Sie sah, wie er langsam eine seiner Brauen hob, während in seiner Miene Verwirrung und Hoffnung miteinander rangen. Seine schön geschwungenen Lippen teilten sich, aber er hatte keine Worte. Er hielt sie mit seinem Blick wie gebannt, so dass sie nicht hätte wegsehen können, selbst wenn sie es gewollt hätte, und dieses Mal konnte sie ihm im Gegenzug etwas bieten: Sie erwiderte seinen Blick.

Das Sonnenlicht schimmerte auf seinem kupferfarbenen Haar. Ein paar Strähnen ringelten sich auf seinem Kragen und bewegten sich leise in der sanften Brise. Seine vollkommenen Züge waren mit einer feinen Staubschicht bedeckt. Die dünne Narbe, die an seiner Schläfe auslief, stach hell hervor. Claire erinnerte sich, dass Mrs. Webster ihr einmal gesagt hatte, dass die Narbe verhinderte, ihn als schön bezeichnen zu können. Jetzt erkannte Claire, dass ihre Lehrerin sich geirrt hatte. Mrs. Webster hatte Randall nie in die Augen gesehen, so wie sie selbst es jetzt tat, sie hatte nie die wunderschöne Seele gesehen, die sich dort widerspiegelte oder in der Reinheit der Tränen, die Spuren in dem Staub auf seinen Wangen hinterließen. Er wischte sie nicht fort.

Claire verspürte einen Moment lang lähmendes Entsetzen, als ihr Blick verschwamm. Sie war noch nicht wieder bereit, in die Dunkelheit zurückzukehren, nachdem sie so kurz nur das Licht gesehen hatte. Sie schaute sich rasch um und versuchte sich die Farben ihrer Umgebung einzuprägen. Es schien, als hätte ihr Gedächtnis sie getrogen. Die fedrigen Palmwedel über ihr waren früher gewiss nicht von einem so satten Smaragdgrün gewesen. Mit ihren Fingern fuhr sie durch den Sand, dessen winzige Körner bestimmt ebenso hell glitzerten wie die Sterne. In der kleinen Bucht spiegelte sich die Sonne und das strahlende Blau des Himmels über ihnen. Magenta. Violette und karmesinrote Hibiskusblüten flammten vor dem Grün der Blätter und dem Schwarz des Lavafelsens auf. Der raue Schrei einer Möwe erklang, und Claire legte den Kopf in den Nacken. Flüchtig sah sie weiße Flügel und scharlachrote Schwanzfedern.

Sie blinzelte erneut. Die Umrisse verschwammen, aber die Farben verblassten nicht. Alles um sie herum erschien ihr wie mit kühnen Pinselstrichen in leuchtenden Wasserfarben gemalt. Dort, wo Tiare neben Cutch kniete, war die Trennlinie zwischen den beiden Gestalten, die eine wie Honig, die andere dunkel wie Kaffee, nicht mehr zu sehen. Die Zärtlichkeit der Szene, Tiares sanfte Versorgung ihres verwundeten Kriegers, besaß eine eigene goldene Aura. Tipu tanzte mit dem ungeduldigen Eifer der Jugend um die beiden herum, versuchte zu helfen, wusste aber nicht, wie. Seine Zähne blitzten weiß auf, als er sich umdrehte.

Das Rauschen des Wasserfalles erregte als Nächstes Claires Aufmerksamkeit. Die Farben von Gottes Versprechen waren so nah, dass es ihr schien, sie könne sie berühren. Sie schwebten schimmernd, durchsichtig und doch greifbar in der klaren Luft. Die Farbe des Lichtes. Ein Wasserfall aus Licht.

„Claire." Randall umfasste ihr Gesicht mit beiden Händen und hielt ihren Kopf fest. Ohne ein Wort zu sagen, brachte er sie dazu, ihn anzusehen. Er sah ihre Verunsicherung, ihre Furcht, die Wiederkehr des Entsetzens, und dann sprach er mit der ruhigen Sicherheit, die alles änderte.

„Du weinst, Claire. Verstehst du nicht? Von mir aus gesehen befindet sich der Regenbogen genau in deinen Augen."

## *EPILOG*

Die *Cerberus* glitt mit geblähten Segeln über das Meer, von einem kräftigen Wind getrieben. Das dumpfe Klatschen des Wassers gegen den Schiffsrumpf hörte sich beinahe wie rhythmisches Trommeln an. Salzige Gischt sprühte in einem feinen Nebel bis über die Reling. In diesem Augenblick gingen am Horizont Wasser und Himmel nahtlos ineinander über, ungestört von Inseln, Atollen oder anderen Schiffen. Einsam durchschnitt die *Cerberus* die Wellen. Solonesien hatte sie hinter sich gelassen.

Claire beugte sich über die Reling, wobei sie sich mit durchgedrückten Armen gegen die steife Brise abstützte. Wo ihr dunkles Haar sich aus den Nadeln gelöst hatte, wurde es ihr aus dem Gesicht geweht. Sie konnte das Meer auf ihren Lippen schmecken.

„Ich wusste, ich würde dich hier finden.“ Randall stellte sich hinter sie und legte ihr die Hände auf die Schultern. Sie wehrte sich nicht gegen den sanften Druck seiner Hände, als er sie ein Stück zurückzog.

Der Einbruch der Dämmerung lockte sie beide hierher. Jeden Abend, seit nunmehr einer Woche, hatte Claire beobachtet, wie das Zwielicht der Dämmerung dem Dunkel wich und der Ozean das tiefe Blau der Nacht annahm. Randall konnte stets die Spannung spüren, die erst dann aus ihrem Körper wich, wenn sie den ersten Stern am Himmel erblickte. Sie stand bei Einbruch der Nacht da und stellte sich ihrer größten Angst, die Dunkelheit würde sich für immer über sie senken.

Claire entspannte sich im Schutz von Randalls Armen. Sirius war deutlich als Lichtpunkt über ihnen zu erkennen. „Ich will es nicht als selbstverständlich nehmen“, bemerkte sie leise.

„Ich weiß. Genauso wenig wie ich."

„Denkst du, es ist närrisch von mir herzukommen?"

„Du bist unglaublich tapfer."

Claire lächelte. „Warum kommst du?"

„Weil du hier bist. Ich will *dich* nicht als selbstverständlich nehmen."

Claire drehte sich in seinen Armen um und legte ihren Kopf in den Nacken. *Das würde ich dich auch nicht lassen*, hatte sie sagen wollen. Doch die leichtfertige Antwort erstarb auf ihren Lippen. Sie hatte sich noch nicht genug daran gewöhnt, ihn zu sehen, den Ausdruck in seinen kastanienbraunen Augen. Sie hatte gedacht, sie wüsste, wie er sie ansah, aber in Wirklichkeit war es völlig anders. Die Form seiner Züge kannte sie, wusste, wie sie sich anfühlten, das kräftige Kinn und die hohen Wangenknochen, die römische Nase, die schmale Narbe, die von der Schläfe zu seinem Kinn verlief, aber dieser völlig konzentrierte, eindringliche Blick überstieg ihre Vorstellungskraft.

Claire hielt sich an Randall fest, als sie sich auf Zehenspitzen stellte. Dann drückte sie ihren Mund auf seinen, schloss aber ihre Augen nicht, auch dann nicht, nachdem er seine geschlossen hatte. Der Kuss machte sie beide atemlos. Sie fühlte, wie Randall seine Finger in ihrem Kreuz verschränkte und sie ein paar Minuten länger festhielt, bevor er sie widerstrebend losließ.

„Ich muss mit Dodd sprechen", erklärte er. „Es gibt da ein paar ..."

Claire schüttelte den Kopf. „Du musst nichts sagen. Ich verstehe das. Geh nur." Sie schaute ihm nach, beobachtete seinen leicht wiegenden Gang, der sich den Bewegungen des Schiffes mühelos anpasste. Etwa auf halbem Weg blieb er stehen und sah sich nach ihr um. Sie hob ihre Hand, um ihm zu sagen, dass es ihr gut ging, und dessen versichert, ging er weiter. Nachdenklich fragte sie sich, wie oft er sich früher schon so nach ihr umgedreht und nie eine Antwort erhalten hatte.

Ihr Lächeln wurde weich, bittersüß. Nein, dachte sie, ich werde das Wunder, dass ich wieder sehen kann, nie für selbstverständlich halten.

Oder das Wunder, dass sie nun zusammen waren, auf der *Cerberus* mit Kurs auf Charleston. Es war Tiares geschickte Hand gewesen, die für diesen Ausgang gesorgt hatte. In dem Einsturz der unterirdischen Höhle hatte sie eine Möglichkeit gesehen, ihnen zu helfen, von der Insel zu fliehen. Die Priester hatten geglaubt, der Schatz würde den Hamiltons und Waterstones den Tod bringen und Tiare zeigte ihnen, dass genau das geschehen war.

Als Claire und Randall längst wieder sicher an Bord der *Cerberus* waren, riefen Tiare und Tipu die Priester zusammen. Tiare führte sie dann mit ernster Miene zu dem eingestürzten Eingang und berichtete, wie Dr. Stuart sie und Tipu hierher gebracht hatte. In ihrer Erzählung machte sie den Arzt zu einem Helden, der ihr die Gelegenheit gab, Zeuge zu werden, wie Claire und Randall unter den Steinen lebendig begraben wurden. Von Macauley Stuart war kein Widerspruch zu erwarten. Tiares Worten gemäß war er gestorben, als er versuchte Claire und Randall zu retten. Es war eine beachtliche Leistung, dass Tiare, die die Lüge so sehr verabscheute, die Worte nicht im Halse stecken geblieben waren. Allerdings bezog sie einige Befriedigung aus dem Wissen, dass, auch wenn der Arzt zu diesem Zeitpunkt bereits an Bord der *Cerberus* war, sein Versteck bestimmt wesentlich unbequemer und beengter war als das von Randall und Claire.

An ihrer Seite hatte Tiare Tipu zur Unterstützung und auch Cutch, dessen dunkles, gramvolles Gesicht als weiterer Beweis für den Tod von Claire und Randall galt. Es gab keinen Moment, in dem ihr nicht geglaubt wurde.

Da der Schatz nun endgültig verschüttet und William Abberlys Wünsche, wie es schien, erfüllt waren, gab es keinen Grund, die *Cerberus* länger auf Arahiti festzuhalten. Das mächtige Tapu der Tikis hatte die Zeit überdauert und den Familien Hamilton und Waterstone das ihnen zugedachte Ende beschert. Die Aufgabe der Priester war erledigt, die den Schatz für jene beschützt hatten, denen er zum Verhängnis werden sollte.

Tiare und ihre Männer brachten die *Cerberus* aus der Bucht, an den gefährlichen Riffen vorbei ins offene Meer. Claire und Randall kamen erst an Deck, als sie sicher sein konnten, dass man sie nicht mehr von den Auslegerbooten aus sehen konnte. Es war eine unbefriedigende Art und Weise, sich von der Frau zu verabschieden, die sie am Ende gerettet hatte. Als sie an jenem Abend an der Heckreling standen, mussten Claire und Randall sich damit trösten, dass Tiare bestimmt wusste, wie es in ihren Herzen aussah.

Sie hatte ihnen das Leben und den Schatz gelassen, und dank ihrer Großherzigkeit waren sie nun sowohl reicher als auch ärmer. Niemals nach Arahiti zurückkehren zu können bedeutete, dass Tipu auf immer für sie unerreichbar war. Tiare und Cutch ebenso.

In der Woche, die sie nun auf der *Cerberus* waren, hatten weder Randall noch Claire den Schatz angesehen. Er war unweit Macauley Stuarts neuem Quartier sicher verstaut. Nach ihm hatten sie ebenso wenig gesehen.

Als Randall sie das nächste Mal sah, saß Claire auf dem Bett und bürstete sich das Haar mit langen, gleichmäßigen Strichen. Eines seiner Journale lag geöffnet auf ihrem Schoß. Sie studierte seine Notizen über die Korallenriffe um Tahiti, mit der freien

Hand fuhr sie die Zeilen nach, während sie sie las. Sie war so darin versunken, dass sie nicht aufblickte, als er die Kabine betrat.

Randall räusperte sich.

„Ich weiß, dass du da bist", erwiderte Claire. „Ich beachte dich nur nicht."

Randall streifte sich den Rock ab und legte ihn über die Lehne seines Schreibtischstuhles. Er setzte sich und zog sich seine Stiefel aus, warf sie dann vor dem Bett auf den Boden. Doch seine Ehefrau ließ sich nicht stören. Kopfschüttelnd ließ er sie in Ruhe, nahm das Logbuch von seinem Schreibtisch und vermerkte die Vorkommnisse der heutigen Tagesreise. Als er fertig war, richtete er sich auf, reckte sich und blickte zu Claire. Sie betrachtete ihn, und ein süßes Lächeln spielte um ihre Lippen. Sie hielt das geschlossene Journal vor sich, die Bürste lag auf der Truhe. Ganz offensichtlich hatte sie ihn ebenso eindringlich studiert wie seine Aufzeichnungen vorher.

„Hast du es mit Räuspern versucht?" fragte er.

„Mehrmals. Du hast es überhaupt nicht gemerkt."

Er klappte das Logbuch zu, legte es zur Seite und lehnte sich zurück. „Heute hatte ich viel einzutragen."

Claire wusste, dass dieser siebte Tag auf See vergleichsweise ereignislos verlaufen war. Randall hatte alles aufschreiben müssen, was geschehen war, seit sie Pulotu erreicht hatten. „Wirst du es mir vorlesen, wenn du fertig bist?"

Randall zog seine Augenbrauen ein wenig in die Höhe. „Du kannst es selbst lesen."

„Es wäre mir lieber, du würdest es lesen. Ich mag deine Stimme."

Darüber musste er grinsen.

„Fast so sehr wie Mr. Cutchs", fügte sie hinzu.

Sein Grinsen wurde nur noch breiter, so dass ein kleines Grübchen in seinem Mundwinkel erschien. „Versuchen Sie etwa mir einen Dämpfer zu versetzen, Mrs. Hamilton?"

Sie lachte. „So ähnlich, Captain." Claire rutschte auf dem Bett nach hinten, bis sie mit dem Rücken an die Wand stieß. Leise klopfte sie auf den Ledereinband des Journals. „Was, meinst du, tut Mr. Cutch gerade?" erkundigte sie sich ein wenig wehmütig.

Randall tat so, als dächte er darüber nach. „Lass mal sehen ... es ist ein warmer, wunderschöner Abend auf Arahiti ... Sterne stehen am Himmel ... eine leichte Brise ... Tipu schläft, und Cutch ist mit Tiare allein. Ich würde ja gerne eine Vermutung äußern, aber dann wirst du nur rot." Randall sah, dass Claire auch so errötete. Sein Lächeln verblasste langsam. „Ich vermisse ihn", erklärte er. „Ich freue mich für ihn, aber ich vermisse ihn."

Claire nickte. Ihr erging es ähnlich. Cutch hatte sich dafür entschieden, mit Tiare und Tipu auf Arahiti zu bleiben. Er hatte gesagt, dass ihm eigentlich keine andere Wahl blieb. Es war einfach etwas, das er tun musste. Claire und Randall verstanden genau, was er damit meinte. „Hast du dir je vorgestellt, dass Mr. Cutch sich verlieben könnte?"

„Verlieben? Er wurde hinterrücks von Amors Pfeil getroffen!"

Claire widersprach nicht. „An seiner schwächsten Stelle."

Randall lachte. „Genau." Er knöpfte sein Hemd am Kragen auf und rieb sich den Nacken. Seine Miene wurde ernst. „Er wird Tipu ein guter Vater sein."

„Genau das habe ich auch gedacht", stimmte sie zu. „Wenn er seine Sache bei Tipu nur halb so gut macht wie bei dir, dann denke ich, wird mein Bruder zu einem guten Mann heranwachsen."

Randall fühlte seine Ohren rot werden. Gleichermaßen erfreut wie verlegen, wechselte er rasch das Thema. „Cutch nicht hier zu haben, bedeutet zunächst einmal, dass ich mehr Zeit an Deck werde verbringen müssen, wenigstens bis Dodd sich in seiner neuen Stellung und mit seinen neuen Pflichten sicherer fühlt."

„Ich weiß", sagte sie. „Ich habe dir vorhin schon gesagt, dass ich das verstehe. Das meine ich auch so." Claire hob das Journal ein Stück an. „Ich habe mehr als genug, das mich interessiert und beschäftigt. Deine Arbeit ist faszinierend, Randall. Du hast ein viel weiter gefasstes Forschungsgebiet als mein Vater. Sir Griffins Untersuchungen beschränkten sich fast völlig darauf, aus den Inselpflanzen Tinkturen zu gewinnen. Sein Beitrag zur Wissenschaft ist sicher wichtig, aber das, was du getan hast, hat viel mehr Anwendungsmöglichkeiten."

„Meinst du?"

Claire merkte, dass er sie das fragte, weil er ihre Meinung schätzte. Er vertraute darauf, dass sie ihm aufrichtig antworten und ihm nicht in unechter Ermutigung auf die Schulter klopfen würde. „Ja", erwiderte sie. „Das tue ich. Deine Arbeit ist wirklich bemerkenswert. Mit Sir Griffin zu arbeiten hat mich isoliert, und als ich nach England zurückkehrte ... du weißt ja selbst, ich konnte meine Arbeit nicht fortführen. Der Duke hat mir nur ganz wenig über deine Forschungen erzählt ..."

Claire schüttelte den Kopf und starrte einen Moment lang blicklos über Randalls Schulter, während sie sich genauer zu erinnern versuchte. „Nein, das stimmt nicht ganz. Er hat mir ein paar Sachen über dich erzählt, über deine Studien, aber ich bekundete wenig Interesse. Ich war neidisch, dass du tun konntest, was ich tun wollte, du es aber nur irgendwie halbherzig tatest, während du dem Schatz nachjagtest."

Sie legte Randalls Buch auf die Truhe am Fußende des Bettes. „Stickle begriff von Anfang an, wie wichtig dir deine Arbeit war. Ich wünschte, ich hätte das auch getan. Dann hätte ich dir vermutlich auch nicht seinen Aschenbecher an den Kopf geworfen." Sie seufzte. „Oder hätte mich wenigstens ein bisschen länger von dir küssen lassen."

Die Erinnerung an diesen Kuss in Stricklands Speisesalon zauberte ein Lächeln auf Randalls Lippen. „Das hätte mir gefallen."

„Du hast versucht, mich zu schockieren."

„Vielleicht", sagte er. „Aber es hätte mir trotzdem gefallen."

Das selbstzufriedene Lächeln konnte Claire nicht ganz unterdrücken. Während Randall sich auszog, schlug sie die Decken zurück. Obwohl sie nicht so tat, als ob das Glattstreichen der Laken sie ganz in Anspruch nahm, schaute Claire ihrem Ehemann dabei aus dem Augenwinkel zu.

Randall blies eine Lampe aus und wollte ebenso das Licht der anderen löschen.

„Nein", rief sie. „Lass sie brennen."

Er zuckte die Schultern und wandte sich um. Er hob die Decke an einer Ecke an und schlüpfte ins Bett. Beinahe zeitgleich schlang Claire ihm ihren Arm um die Taille und legte sich auf die Seite.

„Ich sehe dich so gerne an", sagte sie rasch. Unter der Decke begaben sich ihre Finger auf eine Erkundungsreise über seine Brust und seinen Bauch hinab. Sie spürte, wie Randall den Atem anhielt. Überrascht erstarrte sie, als er ihre Hand festhielt. „Randall?"

„Tust du das, Claire?" Seine Stimme war heiser, sein Ton ernst. Er sah, dass seine Frage sie erstaunte, und kam sich dumm vor, sie überhaupt gestellt zu haben. „Ich ... die Narbe ... ich frage mich, was ...“ Er schien einfach keinen zusammenhängenden Gedanken fassen zu können, also verstummte er. Seine Hand glitt von ihrer herunter.

Claire legte ihre Finger auf die dünne Narbe, die seine Wange durchschnitt. Die Linie war nun weißer als sonst, weil Randall die Zähne so fest zusammenbiss, so dass ein Muskel in seiner Wange zuckte. Sie strich mit einem Finger vorsichtig darüber, bis sie spürte, wie er sich entspannte; dann ersetzte sie ihren Finger durch ihren Mund. Sie küsste ihn dort einmal und noch einmal fuhr sie mit ihren Lippen bis zu seiner Schläfe, wo die Narbe in den Haaren verschwand. „Du solltest dir einmal meine Fantasie vorknöpfen“, flüsterte sie. „Vor meinem geistigen Augen sahst du nicht annähernd so gut aus. Trotz Mrs. Websters treffender Beschreibung bist du so viel mehr als die Summe deiner körperlichen Vorzüge.“ Sie küsste ihn auf den Mund. „Obwohl einige deiner körperlichen Vorzüge ...“

Es war ein langer, gemächlicher Kuss. Claire fuhr mit den Fingern durch sein Haar, nahm seinen Kopf zwischen ihre Hände. Randall drehte sich um, so dass sie unter ihm lag. Unwillkürlich hob sie ihre Hüften an, als sie den Saum ihres Nachthemdes nach oben zog. Mit den Daumen strich er über die weiche Haut auf der Innenseite ihrer Schenkel. Als er ihre Beine spreizte, stieß sie einen leisen, kehligen Laut aus.

Randall schob ihr Nachthemd weiter nach oben. Unter seiner Hand tastete er ihren flachen Bauch, ihre warme Haut. Er konnte ihre Rippen spüren, als sie zitternd Luft holte. Dann hob sie beide Arme, um ihm zu helfen, ihr das Nachthemd auszuziehen. Sie sah zu, wie er den Kopf senkte und mit seinem Mund ihre Brustspitze umschloss.

Claire blinzelte. Auch wenn sie wusste, gleich würde sie seine feuchte Zunge spüren, war sie nicht auf dieses Gefühl vorbereitet. Sie klammerte sich an seinen Schultern fest und bog sich ihm entgegen, als Lust sie durchfuhr. Genauso war es, als er mit seinen Lippen ihre andere Brust liebkoste. Sie schloss nur ganz kurz die Augen. Sie wollte nicht wegsehen.

Später zog Randall sie damit auf. „Wirst du mich je wieder mit geschlossenen Augen küssen?"

„Wahrscheinlich nicht", sagte sie, räkelte sich schläfrig und gähnte. „Stört es dich?"

„Nein."

Sie lächelte zufrieden und rieb ihre Wange an seiner bloßen Schulter. Ein leichter Schauer durchlief ihn. „Zu viel?" erkundigte sie sich.

„Nein." Beinahe war es das doch. Er konnte immer noch ihre Hände auf seinem Körper fühlen. Es war, als erinnerte sich seine Haut an ihre Berührung. Claire hatte sich über ihn gebeugt, um ihm beim Ausziehen seiner Unterhosen zu helfen, und dabei hatten ihre Haarspitzen seine Oberschenkel gestreift. Dann hatte sie mit ihrem Mund ... „Nein", sagte er noch einmal mit belegter Stimme. „Nicht zu viel."

Trotzdem hob Claire den Kopf. Sie stützte sich auf einen Ellbogen und schaute auf Randall hinab. „Irgendwann möchte ich hierher zurückkommen, Randall. Ich weiß, wir können nicht nach Solonesien, aber es gibt noch so viele andere Inseln im Südpazifik. Du möchtest doch auch hier forschen, nicht wahr?"

Er antwortete nicht sofort. „Was ist mit *Henley*?" sagte er schließlich.

„Bria wird sich darum kümmern. Der Schatz wird dafür sorgen, dass sie genug Geld hat, das zu tun. Das größte Problem deiner Schwester wird in Zukunft darin bestehen, sich die Mitgiftjäger vom Leib zu halten. Mit Orrin wird sie sich nicht mehr abgeben müssen, wenn du ihn erst einmal ausgekauft hast."

„Da ist noch meine Mutter."

„Sie wird sich ebenso wenig mit Orrin abgeben müssen. Und sie kann immer mit uns reisen."

Randall versuchte sich seine Mutter an Bord der *Cerberus* vorzustellen und Bria allein auf *Henley*. Beides fiel ihm nicht leicht. „Wir werden sehen", erwiderte er darum, er wollte sich nicht festlegen. „Es liegen noch Wochen vor uns, bevor wir Charleston erreichen, und da ist dann immer noch ..."

Claire schüttelte den Kopf und unterbrach ihn. „Darüber will ich nicht reden."

Er konnte nicht anders, er musste lächeln. „Verstehe", entgegnete er milde. „Es ist völlig in Ordnung, wenn du mein Leben bestimmst, aber deines zu regeln kommt gar nicht in Frage."

„Es ist *unsere* Zukunft", sagte sie.

„Dann sollten wir besprechen, was wir wegen Strickland unternehmen. Wenn du ihn nicht sehen willst, wenn ich ihm seinen Anteil vom Schatz bringe, dann soll es mir recht sein, aber ich möchte, dass er ihn bekommt."

„Darum geht es mir ja gerade", erwiderte sie. „Er verdient nichts davon. Macauley Stuart hätte uns umgebracht."

„Ich glaube keinen Augenblick, dass das die Absicht deines Paten war. Was auch immer er sonst getan hat, Claire, Strickland liebt dich, und er hätte dir nie ein Leid angetan. Stuart hat auf eigene Faust gehandelt, und der Herzog wird sich um ihn kümmern."

„Und Macauley bleibt so lange eingesperrt."

„Himmel, ja. Da kannst du mich nicht umstimmen."

„Das will ich auch gar nicht", erklärte sie mit Nachdruck.

„Ich wollte nur einfach sichergehen.“ Weil das in ihren eigenen Ohren ein bisschen zu grausam klang, fügte sie hinzu: „Aber du behandelst ihn doch gut genug, oder?“

„Gut genug“, bestätigte Randall trocken.

Claire bettete ihren Kopf wieder auf Randalls Schulter. „Hältst du es für möglich, dass der Duke möchte, dass ich eines Tages seine Kunstsammlung erbe?“

„Das halte ich für sehr wahrscheinlich.“

„Dann fällt ja der Anteil des Schatzes, den du ihm gibst, irgendwann an mich.“

„Ja. Genau genommen werde ich sogar darauf bestehen. Das ist tatsächlich eine Möglichkeit für den Duke, zu zeigen, dass du ihn zu einem besseren Menschen gemacht hast, als er ist.“ Randall blickte seine Frau zärtlich an.

Claire lächelte. „Manchmal denke ich, dass du wirklich klug bist.“

„Ich hoffe, dass du so denkst.“

Ihre Zustimmung war gedämpft, da sie wieder gähnen musste. Sie wusste, dass der Schlaf sie zu überwältigen drohte, und schien nichts dagegen tun zu können. „Ich glaube nicht, dass ich die Londoner Ärzte aufsuchen will“, vertraute sie ihm an. „Oder selbst Dr. Messier. Das wird so einen Wirbel geben, und sie werden alle meine Augen untersuchen wollen. Das will ich nicht. Du wirst nicht darauf beharren, oder?“

„Selbstverständlich nicht.“

Sie runzelte die Stirn. „Aber vielleicht kann jemandem meine Erfahrung nützen.“ Claire biss sich auf die Unterlippe, während sie darüber nachdachte, was eigentlich ihre Erfahrung gewesen war. Obwohl sie und Randall gemeinsam immer wieder die Ereignisse durchgegangen waren, konnten sie nicht sicher sagen, was ihr schließlich ihre Sehfähigkeit zurückgegeben hatte. „Ich vermute, es wird so viele Erklärungen geben für das, was mir zugestoßen ist, wie Ärzte."

„Wahrscheinlich."

„Ich weiß nicht, ob Dr. Messier wirklich Recht hatte. Wenn doch, warum ist mein Sehvermögen dann nicht zusammen mit meiner Erinnerung zurückgekehrt? Nachdem Tiare mir alles erzählt hatte, hätte ich ohne fremde Hilfe den Berg hinabsteigen können müssen." Sie wartete nicht auf Randalls Antwort. „Und doch geschah es nicht in dem Moment. Ich denke, mein Sehvermögen kam zurück, während wir noch in der Höhle waren, aber ich wusste es nicht, bis ich alle den Weg zurückführte. Als wir in der Vorkammer ankamen, verwirrte mich der Sonnenschein hinter dem Wasserfall. Ich begriff nicht, was ich sah oder *dass* ich sah."

Randall erinnerte sich wieder an Claires unsichere Schritte, als sie an dem Eingang zu der Höhle ankam. Sie hatte sich nicht rühren können. „Ironisch, nicht? Du wurdest von dem Licht geblendet."

Ihre Lippen kräuselten sich. „Du bist nicht sehr hilfreich."

„Verzeih mir." Sein Grinsen strafte seine Entschuldigung Lügen. „Du weißt, was ich denke."

Das war richtig, aber es fiel ihr schwer, ihm zuzustimmen. „Die sieben Schwestern", seufzte sie. „*Wieder vereint, dem Banne entfloh'n*. Glaubst du wirklich, dass, indem ich die Steine in die Krone eingesetzt habe, ich einen Fluch aufgehoben habe?"

„Nein. Aber du glaubst es."

„Nein. Das habe ich nie gesagt."

„Bloß weil du dich nicht selbst dazu bringen kannst, es zuzugeben, heißt das nicht, dass du es tief innen in dir nicht für wahr hältst. So sehr du uns auch alle retten wolltest, Claire, so musstest du auch *dich* selbst befreien. Die sieben Schwestern haben dir die Möglichkeit gegeben, beides zu tun."

Sie schwieg und dachte über seine Schlussfolgerungen nach. So hatte er es ihr zuvor noch nicht erklärt. Es war nicht so, dass die Steine den Schlüssel enthielten, sondern dass sie den Schlüssel irgendwie in sich getragen hatte. *Sieben Ringe, aber Schlüssel einer nur.* Zwischen ihren Brauen bildete sich eine steile Falte. „Das würde Dr. Messiers Diagnose bestätigten", sagte sie langsam. „Irgendwie."

„Oder nicht völlig widerlegen", warf Randall ein. „Irgendwie."

Claire schwieg wieder. Schließlich sagte sie: „Es kann nicht richtig sein, die Information zurückzuhalten, nicht wahr?"

„Ich weiß nicht, ob richtig oder nicht, aber deine Gefühle sind auf jeden Fall wichtig."

„Dr. Messier wird seine Theorie veröffentlichen wollen. Ich wäre Patient C. Ich denke nicht, dass mir das gefallen würde. Obwohl es mir noch viel weniger gefiele, wenn mein Name erwähnt würde."

Randall lachte leise. „Kannst du diese Debatte allein weiterführen, oder muss ich ab und zu eine Bemerkung einwerfen?"

Claire verzog den Mund zu einem schläfrigen Lächeln. „Ich mache allein weiter", erwiderte sie leise. „Schlaf nur."

Randall wusste, dass sie überrascht wäre, erführe sie, dass sie zuerst einschlummerte. Er betrachtete ihre entspannten Züge, die weichen Lippen, und fühlte unendliche Zärtlichkeit in sich aufwallen. Er berührte sie an der Wange und strich ihr eine Locke aus dem Gesicht. Sie rührte sich nicht.

Wir werden in den Südpazifik zurückkehren, dachte Randall, sobald alles auf der anderen Seite der Welt erledigt ist. Claire konnte nicht ernsthaft daran zweifeln, dass er das von Anfang an so vorgehabt hatte. Er musste nur wissen, dass es auch das war, was sie wollte. Vermutlich hatte sie irgendeine vage Vorstellung, seine Assistentin zu werden, für ihn in etwa dasselbe zu tun, was sie für ihren Vater getan hatte. Aber er würde dafür sorgen, dass sie diese dumme Idee gleich vergaß.

Niemals würde er Claire als seine Assistentin akzeptieren. Sie war seine Partnerin. Randall dachte an den Schatz im Bauch des Schiffes und den, den er im Arm hielt. Als er seine Augen schloss, formten seine Lippen die Worte:

*Mit den Schwestern dieser Vers dir bringt*
*mehr Reichtum, als ein König je erringt.*

*– ENDE –*

*Taylor Chase*

Verrat und Begierde

London, 1586: Man nennt sie die Königin der Diebe, und in stürmischen Nächten voll ungehemmter Leidenschaft raubt die sinnliche Schönheit dem kühnen Rafe Fletcher, Spion im Namen der Krone, das Herz ...

Band-Nr. 25100
5,95 € (D)
ISBN 3-89941-133-1

MIRA®